한국 근대시와 시론의 구조적 연구

오형엽

詩

詩
論

태학사

오형엽(吳瀅燁, Oh Hyung-yup)

1965년 부산에서 태어나 고려대학교 영문학과와 같은 학교 대학원 국문학과 석사 및 박사 학위 과정을 졸업했다. 1994년 『현대시』 신인추천작품상을 수상하고 1996년 『서울신문』 신춘문예 평론 부문에 당선되어 비평 활동을 시작했다. 저서로 『한국 근대시와 시론의 구조적 연구』, 『현대시의 지형과 맥락』, 『현대문학의 구조와 계보』, 『문학과 수사학』, 『한국 모더니즘 시의 반복과 변주』 등의 문학 연구서와 『신체와 문체』, 『주름과 기억』, 『환상과 실재』, 『알레고리와 숭고』 등의 비평집을 펴냈고, 역서로 『이성의 수사학』이 있다. 젊은평론가상, 애지문학상, 편운문학상, 김달진문학상. 팔봉비평문학상을 수상했다. 현재 고려대학교 국어국문학과 교수로 재직 중이다.

한국 근대시와 시론의
구조적 연구

초판 1쇄 발행 2023년 10월 25일

지은이 | 오형엽

펴낸곳 | (주)태학사
등록 | 제406-2020-000008호
주소 | 경기도 파주시 광인사길 217
전화 | 031-955-7580
전송 | 031-955-0910
전자우편 | thspub@daum.net
홈페이지 | www.thaehaksa.com

편집 | 조윤형 여미숙 고여림
디자인 | 김현주
마케팅 | 김일신
경영지원 | 김영지

ⓒ 오형엽, 2023. Printed in Korea.

값 26,000원

ISBN 979-11-6810-212-5 (93810)

*이 책은 1999년 10월 25일 초판 발행된 책으로, 이후 표지를 새로이 하여 다시 발행했습니다.

머리말

부끄러움을 무릅쓰고 첫 저서를 내면서 내 공부의 시작과 한 매듭을 바라본다. 책을 내는 작업은 독자들과의 대화를 전제로 한 것이지만, 그보다 먼저 자신을 돌아보는 거울이 됨을 느낀다. 교정지를 검토하는 과정에서 그 동안 시와 비평을 공부하면서 암중 모색해 온 정신적·방법적 궤적을 조망할 수 있었다. 스스로도 의식하지 못했던 사유의 틀과 방식들을 객관적으로 들여다보고 확인하게 되었다. 글은 때로 그 글을 쓴 필자에게도 반성과 깨달음의 기회를 주는 것이다.

이 책은 필자의 석사논문(1989)과 박사논문(1998)을 근간으로 이루어진다. 결코 짧지 않은 기간의 모색들이 담기는 셈인데, 다만 조금씩이나마 나아지는 모습이기를 바랄 뿐이다. 시를 습작하며 방황하던 학부시절의 어느 날 필자를 사로잡았던 것은 서정주의 「자화상」이었다. 이 시가 던져준 강렬한 충격을 언어로 정리하고자 시도한 데서 시 연구와 비평의 싹이 텄다고 해도 과언이 아니다. 이후 대학원에 진학하여 석사논문의 테마로 잡으면서 서정주와의 대화와 싸움이 본격화되었다. 그 결과 작성된 「서정주 초기시의 의미구조 연구」는 비록 보잘 것 없는 논문이지만, 저자에게는 연구의 첫 결실이라는 점에서 애착이 남아 있다. 그리고 지금 읽어 보니 많은 시행 착오와 시각의 편차 속에서도 어느 정도 유지되어 온 연구 관점 및 방법의 원형질이 배태되어 있음을 알게 된다.

그것은 첫째, 한 편의 시를 완결된 구조로 파악하되 그것을 텍스트 전체와의 연관 속에서 조망하는 것이다. 부분과 전체의 상호 연관적 고찰을 왕복함으로써 한 편의 시는 하나의 시집에 편입되고 다시 그 시집은 전체 텍스트에 편입될 수 있다. 둘째, 형식주의 비평의 한계를 넘어서기 위해 구조론적 고찰과 발생론적 고찰을 결부시키는 것이다. 존재로서의 작품이 발생하게 된 근거와 그 지향성의 근거를 텍스트 안에서 발견하면, 내재적 비평과 외재적 비평이 만나는 지점을 포착할 수 있게 된다. 셋째, 작품에 대한 의미적 고찰과 기법적 고찰, 혹은 구조 원리의 고찰과 전개과정의 고찰을 상호 보완적으로 시도하는 것이다. 동일한 텍스트에 대해 두 방향의 연구를 연관적으로 시도할 때 텍스트의 전체성에 근접할 수 있다.

이 세 가지 관점을 결부시켜 서정주 초기시의 전체적 의미구조를 파악하고자 한 것이 석사논문이다. 이후 작성된 한용운론, 김종삼론, 정지용·서정주·김수영의 시적 형상화 방식 연구는 이러한 관점 및 방법을 각각의 텍스트에 알맞게 변형시켜 적용한 것이다. 박사논문인 「한국 근대시론의 구조적 연구」는 연구 대상을 시론으로 확대하고 앞의 연구 방법을 발전시켜 체계화하려는 시도에서 작성되었다. 문학비평의 연구는 논리의 연구이되, 일반 담론의 내용 분석과는 구별되는 미학적 탐구가 되어야 한다. 따라서 문학비평 연구의 좌표를 새롭게 설정하여 모더니즘·리얼리즘·낭만주의를 포괄하는 근대문학 연구의 거시적 좌표를 마련하고, 문제설정 및 미적 근대성의 개념을 적용하여 개별 연구의 더 정교한 미시적 방법을 모색하였다. 이를 토대로 텍스트를 내적 역동성의 체계 및 외적 역동성의 체계로 간주하는 구조적 연구를 시도한 것이다.

석사논문이 내 공부의 첫 걸음이라면 이 박사논문은 하나의 매듭에 해당한다. 하나의 매듭을 짓고 나는 다시 암중 모색의 방황으로 나아가려고 한다. 방법에 대한 모색은 그 정립에 목적이 있지 않고 텍스트의 비밀을 온전히 밝히는 데 목적이 있다. 따라서 방법은 수없이 반복되는 텍스트 읽기로부터 자연스럽게 솟아나야 한다. 원리나 방법으로 환원될 수 없는 구체적 사실들과 대면하는 것은 문학과 문학 연구의 공통된 과제인 것이다. 서구 비평의 전거들을 참고로 하면서 그것을 비판적으로 수용하려 한 것도 이러한 인식과 무관하지 않을 것이다.

이 책에 실린 논문들은 자구나 문장을 다듬는 정도에 그치고 발표 당시의 내용을 전체적으로 유지하였다. 다시 돌아볼 때 부끄러운 점이 너무 많음에도 불구하고 수정·보완에 엄두를 내지 못하였다. 부족하나마 그간의 모색의 기록으로 남기는 것도 의미가 있으리라는 자위로써 애써 부끄러움을 덮는다. 이 책에 실린 논문들을 포함하여 그 동안 글을 써 오면서 많은 분들의 가르침과 격려와 도움을 받았다. 분에 넘치는 관심과 충고가 아니었다면 이 만큼의 성과나마 거두기 어려웠을 것이다. 모교의 은사님들, 특히 문학적 인식의 길을 열어 주시는 김인환 선생님과 논문을 지도해 주시고 이끌어 주신 김종길·유종호·이기서·오탁번·김명인·최동호 선생님께 감사드린다. 책을 펴내어 주시는 태학사 지현구 사장님께도 감사드린다. 말로 다 갚지 못하는 후의에 대한 감사를 반성과 새로운 정진의 모습으로 대신하고자 한다.

1999년 6월 9일
오 형 엽

차 례

제2부 한국 근대시의 구조적 연구

제1부 한국 근대시론의 구조적 연구

—1930년대 시론을 중심으로

I. 서론

1. 연구 목적 및 대상

본고의 목적은 김기림·임화·박용철을 중심으로 1930년대 시론을 구조적으로 연구하는 데 있다. 이는 한국 근대시론사 기술을 심화하는 데 필요한 기초 작업의 의미를 지닌다. 시론사에 대한 연구는 시사뿐만 아니라 비평사와도 맥락이 닿아 있어, 그 연구의 심화가 요청된다. 시론사 기술은 시사 기술과 비평사 기술을 보조하는 작업이 되며, 각 양식사 혹은 분류사 기술은 궁극적으로 문학사 기술을 전제로 한다. 따라서 시론을 심층적으로 규명하는 작업은 시사와 비평사 연구에 도움을 주어, 국문학 연구의 최종 목표인 근대문학사와 한국문학사 연구에 기여할 수 있는 것이다.

시론이란 개인 또는 특정한 유파의 시에 대한 견해이며, 시학은 시나 시비평의 일반적 원리에 대한 탐구이며, 이 중간 지점에서 시작품에 대한 가치 판단에 나서는 것이 시비평이라 할 수 있다.[1] 시학은 시론이나 시비평을 포함하는 개념뿐 아니라, 문학작품의 창작과 제작

---

[1] 김기림, 「시학의 방법」, 『김기림전집』 2권, 심설당, 1988, 11~13면과 김윤식, 『한국근대문예비평사연구』, 일지사, 1976, 441면을 참고.

에 관계되는 일체의 일반 법칙에 대한 연구를 의미하기도 한다.2) 본
고의 시론이란 용어는 개인 또는 어떤 유파의 시에 대한 견해로서의
시론과, 시에 대한 실제비평인 시비평을 포함하는 개념으로 사용한다.
결국 시론은 시에 대한 이론적 관심이나 주장이며, 따라서 시론사의
기술은 시에 대한 지적 체계의 수립이자 시의 지성사를 의미하는 것
이 된다.

　본고가 근대시론사 기술의 기초 작업으로 1930년대 시론을 우선 검
토하는 것은 다음과 같은 이유에서이다. 첫째, 한국 근대시론의 전개
에 있어서 가장 중요한 성과를 낳았던 시기가 1930년대이다. 주지하
는 대로 근대문학사에서 1930년대 문학이 지닌 중요성은 비단 시론
분야뿐 아니라 문학 전분야에 걸쳐 있다. 파시즘과 일본의 군국주의
가 극성을 부리던 1930년대는 한국 문예비평사에 있어서 전형기로서,
프로문학이 퇴조하고 시대의 중심 사상이 모색되는 주조 탐색의 시기
로 볼 수 있다. 시대의 중심 사상을 모색하는 전형기의 공간은 새로
운 문학론과 비평이 활발하게 시도되고 상호 각축을 벌이는 양상을
낳는다. 따라서 이 시기에 서구 사조에 근거를 둔 지성론, 모랄론, 휴
머니즘론, 행동주의론 등과 고전론, 세대론 등 다양한 비평 활동이 이
루어진다.3) 이런 맥락에서 1930년대 시론은 개화기 이후 1910년대에
맹아를 보이고 발전해 온 근대시론이 본격적인 현대시론으로 정립되
어, 이후의 흐름을 선도하는 중요한 문학사적 위상을 지니고 있는 것
이다. 둘째, 1930년대에 서구 모더니즘의 수용으로 문학에 있어서의
근대성의 인식이 본격화된다. 1930년대에는 서구의 현대적 사조인 이
미지즘과 주지주의를 중심으로 한 모더니즘이 수용되어, 카프(KAPF)

---

2) Tzvetan Todorov, 곽광수 역, 『구조시학』, 문학과지성사, 1977, 19~21면 참
　고. 이런 용법의 예는 아리스토텔레스의 『시학』에서부터 러시아 형식주의,
　로만 야콥슨, 롤랑 바르트 등에서 찾을 수 있다. 특히 로만 야콥슨과 롤랑 바
　르트는 문학의 과학을 지칭하기 위해 이 용어를 사용한다.
3) 김윤식, 앞의 책, 202~203면 참고.

가 붕괴되며 생겨난 공백을 메우고 모더니티 지향의 문학사적 흐름을 더 선명히 한다. 그리고 전통 지향과 모더니티 지향을 결합한 순수시의 경향과 함께, 카프 계열에 속했던 문인들도 창작방법론을 중심으로 한 비평적 관심을 지속함으로써, 다양한 비평적 유파를 형성하고 견제와 비판을 통해 비평의 수준을 향상시킬 수 있었다. 근대성의 인식을 통해 얻어진 비평의 다양성과 수준 향상은 시론의 경우에 더욱 두드러지게 나타나는데, 김기림을 중심으로 한 소위 모더니즘 시론, 임화를 중심으로 한 소위 리얼리즘 시론, 박용철을 중심으로 한 소위 낭만주의 시론, 혹은 순수 시론의 경우가 그 예가 된다.

1930년대 시론을 고찰하면서 김기림·임화·박용철로 연구 대상을 한정한 것은, 이처럼 그들이 소위 모더니즘·리얼리즘·순수시라는 각 유파를 대표하는 시론가이기 때문이다. 1933년부터 최재서·이양하 등에 의해 주지주의 문학의 소개가 본격화되지만, 이미 1930년대 초 김기림에 의해 1920년대 말부터 징후를 보여온 모더니즘 계열의 시작품에 대한 이론적 조명이 시도된다. 그리고 이후 김기림은 30년대 내내 모더니즘시의 대표적 이론가로 활동하였다. 임화의 경우는 1920년대 중·후반의 신경향파 문학과 카프 초기의 시이론에 중요한 역할을 담당했던, 김기진의 프로시 대중화 문제를 비판하고 시의 볼셰비키화를 주장하면서, 1930년대 프로문학 진영의 대표적 이론가로 자리잡았다. 그의 비평 활동은 주로 원론과 소설론 분야에 비중을 두었으나, 기교주의 논쟁을 계기로 시비평을 심화시켜 시론에 있어서도 프로문학 진영의 이론을 대표하게 된다. 1930년 『시문학』 창간을 계기로 시비평을 시작한 박용철은, 임화뿐 아니라 김기림과도 대타의식을 지니면서 김영랑·정지용 등의 시문학파 시인들의 시 경향을 옹호하는 순수 시론을 전개하였다.

각 유파의 대표적 시론가로서 김기림·임화·박용철이 각자의 시론을 전개하던 중 그들의 시관이 첨예하게 한 자리에서 경합하게 된 것은, 1935년에서 1936년에 걸쳐 벌어진 소위 기교주의 논쟁에서이다.

이 논쟁은 김기림·임화·박용철이 자신과 자신이 속한 유파의 입장
을 확인하고 상대편에 대해서는 대타의식을 더 분명히하는 계기가 되
는데, 이 계기를 통해 세 비평가는 각자의 시론을 더욱 심화하고 정
립하는 데 노력을 기울인다. 그리하여 세 시론가가 주장하고 정립하
려 한 소위 모더니즘 시론·리얼리즘 시론·낭만주의 혹은 순수 시론
은 이후 각각의 계보를 형성하면서, 1980년대까지 한국 근대시사에
세 개의 큰 물줄기를 형성해 온 것이다. 김기림·임화·박용철을 중
심으로 1930년대 시론을 체계적으로 연구하는 작업이 근대시론사 기
술의 기초 작업이 된다는, 본고의 전제는 이러한 이유에서 기인하는
것이다.

2. 연구사 검토 및 문제 제기

  시론 또는 시론사에 관한 기존의 연구와, 김기림·임화·박용철의
시론에 대한 연구사를 정리하면서 문제를 제기하고자 한다.
  시론 또는 시론사에 대한 기존의 연구는 근대문학사나 비평사를 기
술하는 과정에서 비평의 한 분야로서 일부 언급되는 정도에 그치다
가, 1980년대 이후 시론을 단독 테마로 한 연구가 이루어지고, 모더니
즘·리얼리즘을 중심으로 한 유파별 주제 연구가 진행되어 왔다. 그
리고 특정 시인이나 비평가의 시론을 개별적으로 연구하는 작업도 산
발적으로 이루어져 왔다. 이러한 연구 양상을 구체적으로 세분하면
(1) 문학사 기술과 관련된 연구, (2) 비평사 기술과 관련된 연구, (3)
시사 기술과 관련된 연구, (4) 비교문학적 연구, (5) 본격적인 시론사
연구, (6) 각 유파나 사조와 관련된 주제별 연구, (7) 개별적 시론가
연구로 분류할 수 있다.
  (1) 문학사 기술과 관련된 연구4)의 경우, 문학작품의 전체적 조망

에 치중하기 때문에 시론의 원용이나 대비는 거의 이루어지지 않고
있다. 이는 시론이나 시론사 연구가 치밀하게 진행되지 못했기 때문
이기도 하며, 문학사 기술의 방법론이 시론을 포용할 정도로는 수준
에 이르지 못했기 때문으로 판단된다. (2) 비평사 기술과 관련된 연
구5)의 경우, 대부분 시대별·주제별 구분에 의해 시론이 선택적으로
취급되고 있어 부분적 연구에 머물고 있거나, 논쟁 중심으로 기술하
여 비평사가 논쟁사인 것처럼 인식되었다. (3) 시사 기술과 관련된 연
구6)의 경우는 비교적 시론의 고찰이나 원용이 상세히 취급되고 있지
만, 각 유파나 개별 시인의 시관을 시대별로 정리하고 있어 각 시론
의 상관성이나 일관된 흐름을 간취하지 못하고 있다. (4) 비교문학적
연구7)는 전반적으로 원천과 영향관계를 중심으로 전개되어 환원주의
의 오류에서 자유롭지 못하다. 따라서 한국 근대시론 자체의 내부적

---

4) 대표적인 저서로 백철의 『신문학사조사』(백양당, 1949), 이병기·백철의 『국
   문학전사』(신구문화사, 1965), 조연현의 『한국현대문학사』(성문각, 1969), 김
   윤식·김현의 『한국문학사』(민음사, 1974), 김윤식의 『한국현대문학사』(일지
   사, 1976), 정한숙의 『한국현대문학사』(고려대출판부, 1982) 등이 있다.

5) 대표적인 저서로 신동욱의 『한국현대비평사』(한국일보사, 1975), 김윤식의
   『한국근대문예비평사연구』(일지사, 1976), 홍문표의 『한국현대문학논쟁의 비
   평사적 연구』(양문각, 1980) 등이 있다.

6) 대표적인 저서로 정한모의 『한국현대시문학사』(일지사, 1974), 박철희의 『한
   국시사연구』(일조각, 1980), 최동호의 『현대시의 정신사』(열음사, 1985), 김용
   직의 『한국근대시사』(학연사, 1986), 『한국현대시사』(한국문연, 1996) 등이
   있다.

7) 주요 저서로는 김학동의 『한국근대시의 비교문학적 연구』(일조각, 1981), 문
   덕수의 『한국모더니즘시연구』(시문학사, 1981), 한계전의 『한국현대시론연
   구』(일지사, 1983), Kevin O'Rourke의 『한국근대시의 영시 영향 연구』(새문
   사, 1984), 임규찬의 『일본 프로문학과 한국문학』(연구사, 1987), 박인기의
   『한국현대시의 모더니즘 연구』(단국대출판부, 1988) 등이 있으며, 주요 논문
   으로는 이창준의 「20세기 영미시·비평이 한국현대시·비평에 끼친 영향」
   (단국대 논문집, 1973), 김용직의 「해외시의 수입과 수용」(『한국현대시연구』,
   일지사, 1974), 김은전의 「김억의 프랑스상징주의 수용 양상」(서울대 석사논
   문, 1982) 등이 있다.

요청에 의한 전개와 변모과정에 대한 천착이 필요하다고 볼 수 있다. 이상에서 살펴본 문학사·비평사·시사와 관련된 시론 연구와 비교문학적 연구는 크게 두 가지 문제점을 노출한다. 첫째는 본격적인 시론 연구가 선행되지 않았고, 둘째는 문학사·비평사·시사 기술이 아직은 실증주의적 연구의 단계에 머물러 있다는 사실이다. 따라서 시론·소설론 등의 분류사 연구의 심화와 더불어, 문학사·비평사·시사 기술의 새로운 방법론이 요청된다고 볼 수 있다.

이런 차원에서 (5) 본격적인 시론사 연구8)의 경우는 시론을 단독 테마로 한 연구로서, 문학사의 빈 틈을 메우는 데 기여할 수 있다. 한계전의 『한국현대시론연구』는 시론 연구의 선구적 업적이라는 의미가 있으나 주제별 연구와 비교문학적 원천 및 영향 연구에 치중하고 있으며, 정종진의 『한국현대시론사』는 개화 이후 해방공간까지를 조망하는 장점이 있으나 시대별로 그 전개과정을 정리·기술하는 데 그치고 있다. 그리고 이승훈의 『한국현대시론사』는 연구 대상을 1910년대에서 1980년대까지 폭넓게 취급하는 장점이 있지만, 시인들의 시론을 개별적으로 정리·소개하는 차원에 머물고 있어 전체적 체계나 본격적인 연구의 면모를 찾기 어렵다. 이런 점에서 백운복의 『한국현대시론사연구』는 근대시론의 전개를 크게 리얼리즘 지향과 모더니즘 지향의 두 방향으로 체계를 잡아 서술하고 있다는 점에서 진전을 보여준다. 그러나 전체적으로 역사적 연구가 지닌 실증주의적 단계에 머물고 있으며, 근대시론의 흐름을 리얼리즘과 모더니즘이라는 두 영역으로 포괄하는 데서 오는 단순화의 오류가 노출된다. 전통 추구의 경향과 계몽적 민족주의의 경향을 리얼리즘 지향의 시론에 포함한다든지,

---

8) 개인 저서로는 한계전의 『한국현대시론연구』(일지사, 1983), 정종진의 『한국현대시론사』(태학사, 1988), 백운복의 『한국현대시론사연구』(계명문화사, 1993), 이승훈의 『한국현대시론사』(고려원, 1993) 등이 있으며, 개별 시론 연구를 모은 저서로는 한국현대문학연구회의 『한국현대시론사』(모음사, 1992)와 한계전 외의 『한국현대시론사연구』(문학과지성사, 1998)가 대표적인 것이다.

유기적 생명시론이라고 볼 수 있는 순수 시론을 모더니즘 지향의 시론에 포함하는 등의 경우가 그러한 예에 해당한다. 한편 개별 시론 연구를 모은 저서들은 시대별로 중요 시론을 선택하여 심층적인 연구를 시도한 점에서 의미가 있으나, 그 성격상 체계적 일관성과 개별 시론들간의 상호 연관성을 탐구하기 어려운 단점이 있다. (6) 각 유파와 관련된 주제별 연구9)의 경우, 각 유파나 사조별로 특정 시기나 역사적 전개과정을 심도있게 연구하고 있으나, 다른 유파의 문학관과의 상호 관련성을 천착하거나 시론을 일관된 관점에서 연구할 수 있는 방법론적 안목이 미비한 실정이다.

지금까지 기존의 시론 또는 시론사 연구의 현황을 정리한 결과, 우리는 그것이 여러 영역에서 다양한 성과를 얻었으나 전반적으로 실증주의적 연구 단계와 역사적 체계화의 단계에서 크게 벗어나지 못하고 있다는 사실을 발견한다. 이는 시사 연구와 소설사 연구가 그 동안 다양한 방법론을 통해 체계적이고 심층적인 연구 성과를 얻었던 데 비하면 미약한 수준에 머물고 있는 것이다. 이러한 사정은 시론 연구를 포함한 비평사 연구의 현단계를 말해 주고 있는데, 비평사 연구 분야의 최근 성과들은 실증주의적 단계와 역사적 체계화의 단계를 넘어 해석학적 연구10)와 문체론적 연구11)로의 진전을 보여주고 있다.

---

9) 대표적인 저서로 김시태의 『한국프로문학비평연구』(아세아문화사, 1978), 오세영의 『한국낭만주의시연구』(일지사, 1980), 문덕수의 『한국모더니즘시연구』(시문학사, 1981), 장사선의 『한국리얼리즘문학론』(새문사, 1988), 서준섭의 『한국모더니즘문학연구』(일지사, 1988), 박인기의 『한국 현대시의 모더니즘 연구』(단국대출판부, 1988), 윤여탁의 『리얼리즘시의 이론과 실제』(태학사, 1994) 등이 있다.

10) 박남훈의 「카프 예술대중화론의 상호소통적 연구」(부산대 박사논문, 1990), 남송우의 「1930년대 전환기 비평의 해석학적 연구」(부산대 박사논문, 1992), 권성우의 「1920~30년대 문학비평에 나타난 타자성 연구」(서울대 박사논문, 1994) 등이 대표적인 성과물이다.

11) 이병헌의 「한국 현대비평의 유형과 그 문체에 대한 연구」(고려대 박사논문, 1995)가 대표적인 성과물이다.

따라서 시론 연구에 있어서도 새로운 방법론에 의해 연구 대상을 체계적이고 심층적으로 해석하고 분석하는 노력이 요구된다. 본고는 기존의 실증주의적 연구와 사적 체계화의 연구가 보여준 성과를 토대로, 구조적 연구12)를 통해 시론 연구의 다음 단계를 모색하려는 의도를 지니고 진행된다.

다음으로 김기림·임화·박용철의 시론에 관한 기존의 연구를 검토하기로 한다.

김기림의 시론에 관한 연구는 양적·질적으로 상당한 수준에 도달한 것으로 보인다. 그간의 연구는 크게 다섯 가지 측면에서 이루어졌다고 볼 수 있다. (1) 모더니즘 시론에 대한 연구, (2) 전체 시론에 초점을 맞춘 연구, (3) 시론이 지닌 관점이나 원리에 대한 연구, (4) 시론 전체를 전개과정에 의해 고찰한 연구, (5) 김기림의 모더니즘을 당대 사회적 생산 환경과의 관계를 중심으로 고찰한 연구가 그것이다.

(1) 모더니즘 시론에 대한 연구는 다시 비교문학적 관점의 연구와, 김기림 시론의 모더니즘적 특징을 그 자체로 살펴보는 연구로 나눌 수 있다. 먼저 비교문학적 방법에 의한 연구13)는, 주로 1930년대 김기

---

12) 구조적 연구는 구조주의 문학 연구가 지닌 장점을 수용하고 그 한계를 넘어서기 위한 개념으로 사용한다. 구조적 연구에 대한 자세한 논의는 II장 1절에서 언급할 것임.

13) 송 욱, 「한국 모더니즘 비판」, 『시학평전』, 일조각, 1963.
  이창준, 「20세기 영미시·비평이 한국 현대시·비평에 미친 영향」, 『단국대 논문집』 7, 1973.
  이창배, 「현대 영미시가 한국의 현대시에 미친 영향」, 동국대 대학원, 1974.
  김종길, 「한국 현대시에 끼친 T.S. 엘리어트의 영향」, 『진실과 언어』, 일지사, 1974.
  김용직, 「모더니즘의 시도와 실패」, 『한국현대시연구』, 일지사, 1974.
  _____, 「1930년대 한국시의 스티븐 스펜더 수용」, 『관악어문연구』, 1979.4.
  오세영, 「모더니스트―비극적 상황의 주인공들」, 『문학사상』, 1975.1.
  염무웅, 「30년대 문학론」, 『민중시대의 문학』, 창작과비평사, 1979.
  서준섭, 「한국 현대문예비평사에 있어서 시비평이론 체계화 작업의 한 양상」,

림의 초기 시론을 대상으로 서구 모더니즘의 수용과 영향관계를 파악하는 데 초점을 맞추고, 그 공과를 가려내는 작업에 주력했다. 이 경우 대부분의 논자들은 서구 이론에 대한 편견이나 단편적 이해를 들어 그의 모더니즘적 시도가 실패한 것으로 결론짓는다. 외국문학에 대한 단편적 지식, 역사의식과 전통의식의 결여, 내면성의 결핍 등을 들어 김기림 문학 전체를 부정적으로 평가한 송욱의 견해가 대표적인 것이다. 이 견해는 이후 기술적 측면에 대한 비판과 이념적 측면에 대한 비판의 두 줄기로 나뉘어져 진행된다. 김용직은 김기림의 시론에 대해 모더니티의 수립을 위해 시에서 감상을 배격하고 건강성 확보를 위해 노력한 것을 인정하면서도, 시에 있어서 음악성을 배제한 것, 건강성이나 모더니티의 확보가 도시어·문명어·외래어 등의 사용에 있다고 믿은 점은 시행착오라고 비판한다. 오세영은 30년대 모더니스트들이 서구 모더니즘 이론을 잘못 받아들인 점과, 우리와 서구의 문화적·이념적 차이를 들어 모더니즘 운동이 실패로 돌아갔다고 진단한다. 그밖에 문덕수는 김기림의 모더니즘 이론이 지닌 배경과 원천이 영미 이미지즘뿐 아니라 일본의 주지주의에도 있음을 밝힌다. 그 역시 김기림 시론이 서구 모더니즘 이론을 자기화하는 노력을 보여주기는 했지만, 그것을 체계적으로 도입하기보다는 그때 그때의 시단의 요구에 응한 실천적·운동적 성격을 지니고 있기 때문에 미숙함을 지닐 수밖에 없음을 지적한다.

이상의 비교문학적 연구는 대부분 김기림의 시론을 서구 중심적인 기준으로 평가하여 그 부정적 측면을 부각시킨 나머지, 서구 모더니즘과 구별되는 한국 모더니즘의 특수성을 간과하고 있다. 한편 김기림 모더니즘 시론의 특징을 그 자체로 고찰한 논의[14]는 1980년대 이

『비교문학』 5집, 한국비교문학회, 1980.

이재선, 「한국현대시와 T.E. 흄」, 『한국문학의 해석』, 새문사, 1981.

문덕수, 『한국모더니즘시연구』, 시문학사, 1981.

한계전, 「모더니즘 시론의 수용」, 『한국현대시론연구』, 일지사, 1983.

후에 활발하게 전개된다. 조남철은 1920년대의 무절제한 감성이 넘치던 시단에 감상성을 배격하고 회화성을 강조한 점에서, 김기림의 시론은 우리 시를 현대시로 발돋움하게 했다고 평가한다. 최유찬은 김기림의 시작 방법이 주지적 방법에 의한 정의(情意)와 지성의 통합에 있다고 보고, 시어관은 하이데거의 언어관과 유사한 면을 지닌 사물적 언어관으로서 전달의 매체로 인식했다고 지적한다. 박기수는 김기림의 시론을 모더니즘으로 보고, 모더니즘의 추구와 반성이라는 두 축을 중심으로 서구의 모더니즘을 얼마나 주체적으로 시론에 적용시켰는지 주목하고 있다.

(2) 전체 시론에 집중한 연구15)는 비교문학적 연구가 김기림의 초기 시론이 지닌 모더니즘의 공과에 초점을 맞춘 데 비해, 기교주의 논쟁 이후의 시론이 지닌 사회성과 역사성을 포괄하려는 시도를 보여준다. 김시태와 박상천은 김기림의 전체 시론이 엘리어트 T.S. Eliot의 통합된 감수성과 리차즈 I.A. Richards의 포괄의 시의 이념과 동궤에 있는 것으로 보고, 이러한 시도는 우리 시의 체질 개선에 중요한 업적을 남겼다고 호평한다. 강은교는 김기림이 시도한 프로시의 경향성과 모더니즘의 종합이 30년대 한국 시문학사의 한 방향을 설정하는 데 시사하는 점이 많았다고 긍정적으로 평가한다. 김윤식은 당대에 제기되었던 임화의 비판을 이어받아 전체 시론이 사회성과 모더니즘의 형식논리적·산술적 종합에 지나지 않는다고 비판한다. 전체 시론에 대한 논의는 초기 시론과 관련하여 모더니즘 이론에 국한되었던

---

14) 조남철, 「김기림 연구」, 연세대 석사논문, 1980.
　　최유찬, 「1930년대 모더니즘론－김기림의 시론을 중심으로」, 『리얼리즘 이론과 실제 비평』, 두리, 1992.
　　박기수, 「김기림의 모더니즘 시론 연구」, 한양대 석사논문, 1995.
15) 김시태, 「기교주의 논쟁」, 『현대시연구』, 정음사, 1981.
　　박상천, 「김기림의 시론 연구」, 한양대 석사논문, 1981.
　　강은교, 「1930년대 김기림의 모더니즘 연구」, 연세대 박사논문, 1981.
　　김윤식, 「전체시론」, 『한국근대문학사상사』, 한길사, 1984.

기존의 연구 범위를 확대한 점에서 의미가 있지만, 연구의 방법론이 정립되지 못하고 연구 범위가 제한되어 있어 이 역시 김기림 시론의 전체성을 체계적이고 깊이있게 연구하는 데는 미치지 못하고 있다. 따라서 김기림 시론의 전체적 면모를 심층적으로 고찰하기 위해서는, 시론에 내재하는 관점이나 원리에 대한 연구와, 전체적 전개과정에 대한 연구가 필요하게 된다.

(3) 김기림 시론의 관점이나 원리에 대한 연구16)는 김기림 시론에 내재한 기준이나 원리를 전체적으로 집약하여 보여준다는 점에서 연구사의 진전을 보여준다. 김인환은 그간의 연구가 서구 문학이론에 대한 온당한 수용과 성과로 연결되지 못한 이유로 전통문학과 유럽문학에 대한 그릇된 구분을 들고, 김기림의 비평을 단순하게 모더니즘으로 포괄하는 것은 옳지 않다는 점을 지적한다. 이러한 지적은 김흥규의 문제 제기17)와 함께 그간의 비교문학적 연구가 지닌 오류에 경종을 울리는 언급이 된다. 김인환은 김기림 비평에 내재하는 기준을 언어관·사회관·과학 정신의 세 범주로 나누어 검토하는데, 그 결과 김기림은 과격한 형식주의자가 아닌 온건한 언어관을 지니고 있다는 점, 민중의 언어를 시의 재원으로 간주했다는 점, 회화성과 음악성뿐만 아니라 시적 현실의 사회성과 역사성을 강조했다는 점, 추상적이고 보편적인 사고 습성의 한 귀결로서 과학 정신에 도달했다는 결론을 내린다. 비평에 내재하는 기준을 탐색하는 이러한 방법론은 구조적 연구의 일환으로 선구적인 의미를 지닌다. 이후 이러한 구조적 연구는 김기림 시론의 전개과정을 순차적으로 고찰하는 연구에 부분적으로 원용되는 정도에 그치고 본격적인 후속 연구가 이어지지 못한 아쉬움을 남긴다. 한편 이남호의 논문은 이러한 구조적 방법론을 적

---

16) 김인환, 「김기림의 비평」, 『문학과 문학사상』, 열화당, 1979.
　　이남호, 「현실과 문학과 모더니즘」, 『세계의 문학』, 1988년 가을.
17) 김흥규, 「전파론적 전제와 비교문학의 문제」, 『문학과 역사적 인간』, 창작과 비평사, 1980.

용하지는 않았지만 김기림 비평이 지닌 전체적 특징을 모더니즘 문학
론에서 찾고, 문학과 현실과 모더니즘을 상호 연관성의 관점에서 고
찰하고 있는 점에서 주목된다.

(4) 김기림 시론의 전체적 면모를 전개과정을 통해 고찰하는 연구[18]
는 주로 학위논문에서 이루어진다. 김기중은 김기림 시론을 시대의
흐름에 따라 드러나는 시적 관심과 논리의 변화를 기준으로 모더니즘
시론, 전체성의 시론, 공동체의 시론으로 구분하는데, 그 분기점을
1935년과 1945년으로 잡는다. 김기중에 의해 선구적으로 이루어진, 이
러한 시기 구분과 세 단계의 시론 변화과정에 대한 고찰은, 이후 하나
의 큰 틀로서 후속 연구자들에게 수용된다. 정순진과 김학동의 저서
도 1935년과 1945년을 분기점으로 초기 시론, 중기 시론, 후기 시론으
로 구분하여 논의를 전개하고 있다. 하태욱은 김기림 시론을 주지 시
론, 전체 시론, 과학적 시학으로 나누고 시론의 차별성보다 연계성에
주목하여 고찰한다. 주지 시론에서 이미 정치성(사회성)이 드러나는
것으로 보고, 그것이 전체 시론으로 확대되어가는 과정과 후기의 과
학적 시학으로까지 연결되는 과정을 고찰한다. 한편 하나의 관점을
통해 시론의 전개과정을 설명하려는 시도가 있다. 문혜원은 초기 이
미지즘 시론이 후기의 집단 이념의 추구로 넘어가는 연결고리로, 문
학과 사회의 매개항으로서 풍자의 방식에 주목한다. 그리고 김기림

---

18) 김기중, 「김기림 연구」, 고려대 석사논문, 1984.
　　김윤태, 「한국 모더니즘 시론 연구-김기림의 시론을 중심으로」, 서울대 석
　　사논문, 1985.
　　정순진, 『김기림문학연구』, 국학자료원, 1987.
　　김학동, 『김기림연구』, 새문사, 1988.
　　문혜원, 「김기림 문학론 연구」, 서울대 석사논문, 1990.
　　김정숙, 「김기림 시론을 통해 본 주체의 의미 변화 연구」, 외국어대 석사논
　　문, 1996.
　　하태욱, 「김기림 시론의 전개 양상 연구」, 연세대 석사논문, 1996.
　　박삼옥, 「김기림 시론 연구-방법론의 변모 양상을 중심으로」, 세종대 석사
　　논문, 1997.

시론의 특징이 문학을 효과의 측면에서 파악하는 실용론적 관점에 있다고 파악하여, 문학적 변모 양상을 하나의 관점으로 묶어 보려는 시도를 한다. 그러나 김기림 시론이 애초부터 문학과 사회의 관계에 염두를 두고 있다는 사실로부터 그의 문학론을 일관하는 축이 실용론의 입장에 있다고 판단하는 것은, 논리적 비약에 의한 확대 해석의 오류에 빠질 우려가 있다. 김정숙은 주체의 개념을 중심으로 김기림 시론의 전개과정을 조망하려는 시도를 보여주는데, 주체의 개념이 김기림 시론의 다른 요소들과 맺는 관계성을 고려하지 못하여 좁은 안목에 머물고 있다. 이상에서 살펴본 김기림 시론 전체에 대한 고찰은 크게 시기 구분을 통해 그 변별성을 고찰하는 방식과, 시기가 구분됨에도 불구하고 그 과정에 내재된 연속성을 발견하려는 방식으로 전개되었다. 여기서 우리는 김기림 시론 연구에 있어서 시기 구분의 문제와, 각 시기별 시론 사이의 연속성과 변별성을 객관적인 기준에 입각하여 검토하는 것이 중요한 과제로 요청됨을 알 수 있다.

(5) 김기림의 모더니즘을 당대 사회적 생산 조건과 관련하여 고찰한 연구[19]는, 1930년대의 서울과 관련지어 사회문화사적 의미망을 살핌으로써 김기림 문학이 지닌 근대성의 측면을 고찰한다. 서준섭은 도회의 아들인 김기림과 서울의 만남을 고찰하고, 그가 문학의 사회적 역할에 대해 자율성과 매개론 사이를 방황하고 있다고 본다. 그리고 이러한 방황이 근대도시 서울을 전제한 근대 문명의 인식과 일관된 논리를 전개시키지 못한 이유라고 지적한다. 이미경은 시론·수필

---

19) 서준섭, 「모더니즘과 1930년대의 서울」, 『한국학보』 제45집, 1986년 겨울.
_____, 『한국모더니즘문학연구』, 일지사, 1988.
이미경, 「김기림의 모더니즘 문학 연구」, 서울대 석사논문, 1988.
신범순, 「1930년대 모더니즘에서 산책가의 꿈과 재현의 붕괴」, 『한국 현대 시사의 매듭과 혼』, 민지사, 1992.
신범순, 「김기림의 근대성 추구에 있어서 '작은 자아', '군중', 그리고 '가슴'의 의미」, 김용직 편, 『모더니즘연구』, 자유세계, 1993.
조영복, 「김기림 수필에 나타난 일상성」, 『외국문학』, 1995년 겨울.

·소설 등 다양한 장르의 글을 대상으로 김기림의 문학을 1930년대 서울의 도시화의 성격과 관련시키며 그 발생과 변화과정을 고찰한다. 서준섭과 이미경의 논문은 1930년대 한국의 모더니즘을 당대 서울이 라는 도시적 공간에서 발생한 자생적 모더니즘으로 인정하려는 의도 를 내포하고 있다. 그러나 이러한 시각은 당시 서울을 자본주의적 생 산 양식을 갖추고 있었다는 이유를 들어 모더니즘의 근거지인 근대적 도시로 부각시킴으로써, 한국 사회의 특수성을 무화하는 소재주의의 오류를 범할 수 있다. 즉 당시 서울은 전근대적 양상과 근대적 징후가 겹쳐 있었으며, 더구나 그 근대적 징후라는 것도 일제가 경제적 침탈 의 일환으로 조성한 소비적 경제구조에 토대를 두고 있다는 복합적 양상을 간과하고 있는 것이다.[20] 신범순은 벤야민 Walter Benjamin 이 보들레르 C. Baudelaire와 제2제정기의 파리를 분석하는 데 사용 한 산책자(flâneur)의 개념이 서준섭의 논문에서 피상적으로 적용되었 다고 보고, 서준섭의 분석이 모더니즘의 징후학이지 그 미학은 아니 라고 비판한다. 그는 산책자의 역사적·범주적 존재와 그 시선이 갖 는 미학이 중요하다고 주장하면서, 김기림의 시를 포함한 30년대 시 를 분석하며 산책자의 시선을 포착한다. 그리고 다른 글에서 수필과 문학론 사이의 괴리를 지적하면서 작은 자아·군중·가슴의 의미를 근대성의 추구와 관련시켜 논의함으로써, 모더니즘과 김기림 연구에

---

20) 김기림 자신도 우리 문학이 근대정신을 완전히 체현하지 못한 이유를 언급 하면서 이 점을 인식하고 있었다. "보다 더 근본적인 원인으로 문화 전반의 지반을 이루는 조선 사회 그것이 근대화의 과정이 지지할 뿐 아니라 정상적 이 아니었다는 것을 들어야 하리라고 생각한다. 그것은 우선 생산조직을 근 대적 규모와 양식에까지 끝끝내 발전시키지 못하고 있다. 고도로 발달된 생 산의 근대적 기술은 오직 전설이나 일화로 밖에는 우리에게 알려지지 못하였 다. 그와 반대로 소비의 면에서는 모든 근대적 자극이 거의 남김없이 일상생 활의 전면에 뻗어 들어온다. 말하자면 '근대'라는 것은 실은 우리에게 있어서 소비도시와 소비생활면에 '쇼윈도'처럼 단면적으로 진열되었을 뿐이다." 김기 림, 「조선 문학에의 반성」(『인문평론』, 1940.10), 『김기림전집』 2권, 심설당, 1988, 47~48면.

새로운 차원을 열어놓았다는 점에서 중요한 의미를 지닌다. 그러나 그의 시 분석이나 시론 분석이 산책자의 시선·작은 자아·군중·가슴 등의 몇몇 모티프를 텍스트에서 발견하고 그 의미를 부여하는 방식으로 진행됨으로써, 그가 중요한 것으로 언급한 모더니즘의 미학 연구 수준에는 미치지 못하고 있다. 다시 말하면, 개별 모티프 연구에 치중함으로써 그 각각의 모티프가 시나 시론의 구조 속에서 어떤 위상을 차지하고 있으며, 또 다른 구성요소들과의 관계망을 통해 시나 시론의 작품성을 어떻게 구현하고 있는지 천착하는 데까지 나가지 못한 것이다. 이처럼 텍스트 자체가 지닌 미학, 혹은 작품의 문학성에 대한 천착의 부족이라는 문제점은 신범순, 이미경, 조영복 등의 연구가 수필 등의 다른 장르로 그 연구 대상을 옮겨가는 양상과도 관련성을 지닌다. 물론 수필 등의 산문을 통해 근대성의 모티프를 추적하는 작업도 의미가 있으나, 시·소설·비평 등을 그 자체의 문학적 구성요소와 관계망을 통해 근대성의 미학을 고찰하려는 노력이 요청된다고 볼 수 있다. 이러한 지적은 한국 모더니즘을 그 발생 조건을 통해 고찰함으로써 근대성의 성격을 파악하려는 연구자들에게 공통적으로 적용되는 것으로, 문학작품을 마치 하나의 일반 담론처럼 취급하여 그 속에서 특정한 모티프나 주제를 발견하고 의미를 부여하려는 시도에 대해 재고해야 할 것으로 판단된다.

김기림 시론의 연구사를 검토하면서 제기한 문제점을 정리하면 다음과 같다. 첫째, 김기림 시론은 모더니즘이라는 개념을 중심으로 논의되고 있는데, 모더니즘을 규범적·선험적으로 대입시키지 않고 김기림 시론을 객관적으로 깊고 세밀하게 천착하는 과정에서 그 미학적 원리나 양식이 규명되어야 한다. 둘째, 서구 모더니즘을 기준으로 한 비교문학적 연구는 원천과 영향관계라는 관점이 지닌 문제점 때문에, 한국적 모더니즘의 자생적 발생을 전제로 한 연구는 소재주의와 텍스트의 문학성을 고려하지 않는 모티프 찾기라는 문제점 때문에 재고되어야 한다. 셋째, 김기림 시론 자체의 연구에 있어서 전개과정에 따른

통시적 연구와 내재하는 기준과 원리를 추출하는 공시적 연구가 상호
보완적으로 시도되어야 한다. 넷째, 이를 통해 객관적 기준을 가지고
김기림 시론의 시기 구분과 그 연속성 및 변별성이 검토되어야 한다.
다섯째, 김기림 시론이 지닌 근대 지향의 성격을 근대성의 개념뿐 아
니라 미적 근대성의 개념을 통해 더 정밀하게 고찰하여야 한다.

임화에 대한 연구는 월·납북 작가의 해금을 계기로 1980년대 후반
이후 본격적으로 이루어져 일정한 성과를 얻은 것으로 보인다. 그간
의 임화 문학에 대한 연구는 작가론, 시작품론, 문학론에 대한 연구의
세 가지 영역에서 전개되었다. 문학론에 대한 연구 중에는 비평론과
소설론에 대한 연구가 주를 이루고 있기 때문에, 본고의 주된 연구
대상인 시론에 대한 연구는 거의 없는 실정이다. 그러나 시 분야에
있어서 1930년대의 가장 중요한 논쟁인 기교주의 논쟁의 한 담당자로
서, 또한 카프 해체 이후에 리얼리즘 문학의 완강한 수호자로서, 임화
의 시론은 리얼리즘 시론의 당대 수준과 특징을 고찰하는 데 가장 핵
심적인 대상이 된다. 따라서 여기서는 문학론을 중심으로 한 기존 연
구사를 개괄하면서 임화 시론 연구의 전제 조건을 살피기로 한다.

우선 임화와 그의 문학에 대한 전반적인 연구에 해당하는 저서[21]
를 들 수 있다. 김윤식의 『임화연구』는 루시앙 골드만의 '두 사람이
함께 책상 들기'라는 방식에 의거해 시대적·문단적 상황 속에서 당
대 문인과의 관계를 중심으로 논의를 전개한다. 또한 현해탄 컴플렉
스, 누이 컴플렉스, 가출 모티프, 네거리 모티프 등 일종의 정신분석
적 모티프를 통해 임화 문학의 주제적 측면을 탐구한다. 이러한 방법
론은 임화라는 한 존재의 내면 풍경과 문학의 양상을 당대 현실과 관
련해서 파악하는 장점을 지닌 반면에, 컴플렉스나 모티프 분석이 지
닌 인과론에 의존하여 일종의 심리 결정론적 오류를 범할 우려도 지

---

21) 김윤식, 『임화연구』, 문학사상사, 1989.
　　김용직, 『임화문학연구』, 세계사, 1990.

닌다. 이러한 문제점은 그의 논의가 시나 비평 등의 텍스트 자체에 대한 분석적 천착이 소홀한 점과 대응관계에 있다. 이에 반해 김용직의 『임화문학연구』는 시작품을 중심으로 한 연구로서, 임화 시의 문학성과 역사성에 대한 분석적 접근을 시도하고 있다. 기초 자료에 대한 천착이 두드러지며, 시의 전개 양상을 생활이나 문학론과 관련시켜 그 상관성을 고찰하고 있다. 이런 점에서 김용직의 연구 방법과 김윤식의 연구 방법은 대조를 이루는데, 양자는 상호 보완적 성격을 띤다고 볼 수 있다.

임화의 문학론에 대한 연구는 크게 (1) 비평론에 대한 연구, (2) 소설론에 대한 연구, (3) 문학사론에 대한 연구, (4) 시론에 대한 연구로 나눌 수 있다. (1) 비평론에 대한 연구[22]는 임화 문학론의 원리가 되는 현실주의론이나 리얼리즘론에 대한 연구가 중심이 된다. 신두원은 임화가 주객 변증법을 정당하게 이해하고 이를 창작방법에 결부시킴으로써, 세계관과 방법의 올바른 연관 위에서 현실주의론을 수립할 수 있었다고 평가한다. 이훈은 임화의 문학론을 리얼리즘론으로 수렴하고 주체 재건을 위한 실천적 모색의 결과로서 중요한 성과라고 보는 동시에, 당대 식민지 현실에 대한 탐구가 부족하다는 한계도 지적한다. 이형권은 임화 시와 비평을 전체적으로 고찰하는 과정에서 그의 문학론을 현실주의 문학론의 형성, 리얼리즘 논의의 심화, 문학사와 민족문학의 논리적 확립이라는 명제로 그 전개과정을 고찰한다.

(2) 소설론에 대한 연구[23]는 임화가 주창한 본격소설론에 대한 연

---

22) 신두원, 「임화의 현실주의론 연구」, 서울대 석사논문, 1991.
　　이 훈, 「1930년대 임화의 문학론 연구」, 서울대 박사논문, 1993.
　　김외곤, 「주체의 재건을 중심으로 한 임화의 리얼리즘론 비판」, 『한국근대 리얼리즘문학비판』, 태학사, 1995.
　　이형권, 「임화 문학 연구」, 충남대 박사논문, 1997.
23) 민경희, 「임화의 소설론 연구」, 서울대 석사논문, 1990.
　　나병철, 「임화의 리얼리즘론과 소설론」, 『1930년대 문학연구』, 평민사, 1993.
　　조현일, 「임화의 소설론 연구」, 『한국문학과 모더니즘』, 한양출판, 1994.

구가 중심을 이룬다. 민경희는 세태소설과 내성소설을 비판하면서 임화가 주장한 본격소설론의 형성과정을 살핀 후, 성격과 환경의 조화·주인공과 작가의 사상의 동일성이라는 관점에서 그 이론적 구조를 고찰한다. 나병철은 본격소설론이 작가의 사상과 객관 현실의 조화와 통일을 지향했다는 점에서 의의를 지니지만, 실천 가능한 창작방법의 제시나 새로운 기법의 수용에는 능동적이지 못했다고 한계를 지적한다. 조현일은 임화의 소설론이 프리체로부터 수용한 '서사적인 것=자연주의=사실주의=묘사'라는 묘사관과, 킬포친을 통해 수용한 엥겔스의 전형론을 정리한 것으로서, 일반론의 차원에서 소박한 것이라고 비교문학적 관점에서 정리한다.

(3) 문학사론에 대한 연구24)는 대체로 임화의 문학사론이 우리 문학 논의의 수준을 한 단계 높이는 데 기여했다는 평가와 함께, 이식 문학사론의 문제점을 지적하는 방식을 보여준다. 김윤식은 임화의 신문학사 방법론을 유물사관의 피상적 이해와 적용, 식민지 사관과의 기묘한 유착으로 정의한다. 그리고 그 문학사 서술이 우리 근대문학 사상의 처녀성과 신이원론(문학과 삶·정치의 분리)을 극복한 데 반해, 이식문학론의 모순과 한계를 지니고 있다고 평가함으로써, 임화 문학사론에 대한 연구의 틀을 설정하였다. 이상경은 임화의 문학사론을 소설사론에 초점을 두고 비판적으로 고찰하며, 한기형은 임화의

---

24) 김윤식, 「신문학사론 비판」, 권영민 편저, 『월북문인연구』, 문학사상사, 1989.
　　이상경, 「임화의 소설사론과 그 미학적 근거에 대한 비판적 검토」, 『창작과 비평』, 1990년 가을.
　　한기형, 「임화의 문학사 서술에 대한 관점의 몇 가지 문제」, 『한국근대문학 사의 쟁점』, 창작과비평사, 1990.
　　오현주, 「임화의 문학사 서술에 대한 고찰」, 『현상과 인식』, 1991년 봄·여름.
　　신승엽, 「이식과 창조의 변증법」, 『창작과 비평』, 1991년 가을.
　　임규찬, 「임화의 신문학사에 대한 연구」, 『문학과 논리』, 1991.10.
　　＿＿＿, 「임화의 신문학사를 바라보는 최근의 관점과 비판」, 『한길문학』, 1991년 가을.

신경향파 소설에 대한 평가의 오류를 지적한다. 한편 신승엽은 이식 문학사론이 단지 몰주체적 이식만을 내세운 것이 아니라, 이식을 통한 새로운 문화의 창조과정을 전통과 연관시켜 변증법적으로 서술한 것이라고 평가하여, 비난 일변도의 연구 태도에 이의를 제기한다.

(4) 임화 시론에 대한 연구는 아직 초기 단계에 머물러 있다. 기존의 연구는 문학사적 언급이나, 기교주의 논쟁의 상대자였던 박용철의 시론과 김기림의 시론을 연구하는 과정에서 부분적으로 논의된 경우가 대부분이다. 임화 시론을 전체적으로 취급한 논문25)은 시론의 전개과정을 프롤레타리아시의 독자성 추구 단계·기교주의 논쟁의 과정으로 나누어 분석하고, 그 특징을 낭만주의론과 리얼리즘론의 관계·내용과 형식의 변증법적 통일의 관점에서 서술한다. 이 논문은 임화 시론에 대한 본격적인 연구라는 점에서 의미를 지니고 있는데, 관점이나 방법론, 분석의 틀 등이 더 정교해져야 임화 시론의 심층적 국면을 포착할 수 있을 것으로 보인다.

임화의 문학론에 관한 연구사를 검토한 결과 비평론·소설론·문학사론에 대한 연구가 활발히 진행된 데 비해, 시론에 대한 연구는 아직 초기 단계에 머물러 있는 것으로 판단된다. 임화 시론 전반에 대한 실상을 밝혀 내는 작업은 1930년대 시론의 전체적 양상을 고찰하는 데 필수적인 과제가 된다. 따라서 본고는 앞서 언급한 김기림 시론 연구에 대한 문제 제기와 보조를 맞추어 임화 시론을 다음과 같은 관점에서 고찰하고자 한다. 첫째, 리얼리즘의 개념을 선입관으로 개입시키지 않고 텍스트 자체에 근거해 임화 시론을 깊고 세밀하게 천착하는 과정에서 그 미학적 원리나 양식을 규명한다. 둘째, 임화 시론 자체의 연구에 있어서 전개과정에 따른 통시적 고찰과 원리를 추출하는 공시적 고찰을 상호 보완적으로 시도한다. 셋째, 이를 통해 임화 시론의 시기 구분과 그 연속성 및 변별성을 객관적으로 검토한다.

---

25) 김주언, 「임화 시론 연구」, 단국대 석사논문, 1992.

넷째, 임화 시론이 지닌 근대 지향적 성격을 근대성의 개념과 미적 근대성의 개념을 통해 더 정밀하게 고찰한다.

다음으로 박용철 시론에 대한 기존의 연구를 정리하기로 한다. 박용철 시론에 대한 연구는 박용철 문학에 대한 연구가 김기림이나 임화 문학 연구에 비해 상대적으로 빈도가 적은 만큼 드물게 진행되어 왔다. 박용철 연구는 크게 (1) 박용철 문학 전체를 대상으로 한 연구, (2) 시론 연구로 나눌 수 있다. (1) 박용철 문학에 대한 전체적 연구26) 는 박용철의 시와 시론을 1930년대 시문학파의 특징과 함께 고려하면서 실증주의적 연구와 해석학적 연구를 시도한다. 김윤식의 논문은 편집인·비평가·시인으로서의 박용철과 그 문학의 전모를 포괄적으로 연구하여 후속 연구의 전범이 되었다. 특히 박용철의 비평을 존재로서의 시론, 청우계(晴雨計)로서의 비평가, 초기 문예비평의 한계, 하우스만의 시론—순수 시론의 의미, 순수 시론의 전개, 기교주의 논쟁, 선시적(先詩的)인 것의 의미 등으로 세분하고 상세하게 해석함으로써 박용철 연구의 이정표를 세웠다. 그러나 이 논문은 박용철 시론의 발생을 영향사적 관점이나 당시 문단 상황 속에서 박용철이 차지한 위상과 입장을 중심으로 고찰함으로써, 박용철 시론이 지닌 내재적 원리나 그 지향의 과정을 심층적으로 연구하는 데는 미치지 못하고 있다. 이기서는 박용철의 생애와, 책임의식에서 비롯된 시운동가적 자세와, 이를 뒷받침하게 되는 시이론가적 자세를 관련지어 종합적으로 고찰하면서, 1930년대 순수서정시의 중핵적 역할을 규명한다. 그는 특히 박용철의 시론을 변용의 시론·순수의 시론·감상의 시론으로 세분하여 고찰하는데, 감상적인 정서가 절규에 가까운 순수시로 변용됨으로써 순수서정시를 정립하는데 중핵의 역할을 담당한 것으로 평가한다.

---

26) 장양완, 「박용철 연구」, 단국대 석사논문, 1964.
　　김윤식, 「용아 박용철 연구」, 『학술원 논문집』 9집, 1970.
　　이기서, 「용아 박용철 연구」, 고려대 석사논문, 1971.
　　김학동, 「용아 박용철 연구」, 『국어국문학논총』, 탑, 1977.

(2) 박용철 시론에 대한 연구27)는 크게 김윤식 논의의 테두리를 벗어나지 않으면서 새로운 방법론이나 관점을 통해 해석을 시도하는 방향과, 김윤식의 논의와는 다른 관점에서 연구를 진행하는 방향으로 나누어질 수 있다. 한계전은 하우스만 시론의 수용 양상을 비교문학적 관점에서 실증적으로 검토하면서 김기림·임화와의 논쟁을 고찰한다. 김진경은 박용철의 「효과주의적 비평논강」을 중심으로 해석학의 관점을 빌어 고찰하는데, 박용철 비평이 생리적인 것을 문제삼음으로써 천재론의 성격을 띠며, 그것이 예술적 표현의 효과에 한정된다는 점에서 '기교의 진공'이라는 비난을 면하기 어렵다고 지적한다. 김명인은 박용철이 심미주의에서 순수 시론을 이끌어 내었으면서도 그것의 실천인 형식과의 대결을 회피하거나 포기함으로써, 시론과 시작 양면에 걸쳐 스스로 취약한 논리 구조를 드러내고 있다고 지적한다. 정효구는 박용철의 시론과 김영랑의 시를 중심으로 1930년대 순수서정시 운동의 시대적 의미를 규명하는데, 박용철의 시론을 창작과정의 측면·존재론의 측면·기능의 측면에서 고찰한다.

박용철 시론에 대한 연구사를 정리한 결과, 우리는 김기림·임화 시론의 경우와 마찬가지로 새로운 관점과 방법론에 의해 더 심층적으로 연구될 필요가 있음을 알게 된다. 따라서 본고는 김기림·임화 시론 연구에 대한 문제 제기와 보조를 맞추어 박용철 시론을 다음과 같은 관점에서 고찰하고자 한다. 첫째, 낭만주의나 심미주의의 개념을 선입

---

27) 한계전, 「박용철에 있어서 하우스만 시론의 수용」, 『관학어문연구』 2, 1977.
김진경, 「박용철 비평의 해석학적 연구」, 『선청어문』 13집, 1982.11.
김 훈, 「박용철의 순수 시론과 기교」, 『한국현대시사연구』, 일지사, 1983.
김명인, 「순수시의 환상과 문학적 현실」, 『한국 근대시의 구조 연구』, 한샘, 1988.
정효구, 「1930년대 순수서정시 운동의 시대적 의미」, 『한국현대시사의 쟁점』, 시와시학사, 1991.
이명찬, 「시의 언어에 대한 새로운 자각」, 『한국현대시론사연구』, 문학과지성사, 1998.

관으로 개입시키지 않고 텍스트 자체를 깊고 세밀하게 천착하는 과정
에서 그 미학적 원리나 양식을 규명한다. 둘째, 박용철 시론 자체의 연
구에 있어서 전개과정에 따른 통시적 고찰과 원리를 추출하는 공시적
고찰을 상호 보완적으로 시도한다. 셋째, 이를 통해 박용철 시론의 시
기 구분과 그 연속성 및 변별성을 객관적으로 검토한다. 넷째, 박용철
시론이 지닌 미적 근대성의 개념을 면밀히 고찰한다.

시론사와 김기림·임화·박용철의 시론에 대한 연구사 검토를 통
해 시도된 문제 제기를 토대로 연구의 전제 조건을 종합해 보면 다음
과 같다. 첫째, 그간의 시론 연구가 모더니즘, 리얼리즘, 낭만주의 혹
은 심미주의라는 문예사조적 개념과 관점에서 자유롭지 못했다. 더구
나 각 사조의 개념이 독립되어 있는 것처럼 인식되고 그 상호 관련성
의 측면이 간과되었다. 따라서 본고는 큰 테두리에서 모더니즘, 리얼
리즘, 낭만주의의 개념을 함께 고려하고 상호 연관성을 고찰할 수 있
는 문학비평 연구의 좌표와 근대문학의 범주를 설정한다. 둘째, 개별
비평가의 시론을 모더니즘, 리얼리즘, 낭만주의로 규정하는 선입견에
서 벗어나 시론 자체를 심층적이고 미시적으로 고찰하는 태도를 견지
하고자 한다. 셋째, 개별 시론의 내재적 연구를 위해 전개과정을 그
연속성과 단절에 유의하여 고찰하는 시간적·통시적 연구와, 구조원
리를 추출하는 공간적·공시적 연구를 동시에 수행하려고 한다. 넷째,
이렇게 연구된 개별 시론의 양상을 1930년대 시론의 전체적 구도 속
에서 살피기 위해 다른 시론과의 상호 연관성과 차별성을 비교 검토
하기로 한다. 이 절차를 통해 개별 시론에 대한 미시적 분석은 다시
상호 관련성 속에서 거시적으로 조망할 수 있게 된다. 덧붙여 이러한
연구가 각 시론의 유형을 그 계보를 따라 시대별로 거슬러 올라가거
나 내려오며 연속성과 창조적 변용의 과정을 고찰하는 계보적 연구로
이어질 때, 한국 근대시론사의 전체적 구도가 잡힐 것으로 기대한다.
이러한 작업을 위해 본고는 다음 II장에서 새로운 연구 관점과 방법
론의 모색을 구체적으로 제시하고자 한다.

II. 연구 관점 및 방법론의 모색

1. 구조적 연구의 의미와 방법

　본고가 채택한 구조적 연구의 방법은 일단 구조주의의 방법론을 원용한 것이다. 언어학에 토대를 두고 발전된 구조주의의 방법론은 러시아 형식주의로부터도 일반 원칙과 분석의 방법에서 영향을 받았다. 야콥슨 Roman Jacobson은 문학 연구의 대상을 문학이 아니라 문학성, 즉 주어진 작품을 문학작품으로 만드는 그 무엇이라고 정의한다. 작품 자체, 즉 문학 텍스트를 하나의 내재적 체계로 간주하고 그 구성요소의 형성 원리와 법칙을 규명하는 것이다. 야콥슨이 제시한 이 시학의 개념을 발전시킨 토도로프 Tzvetan Todorov는, '시학'을 '해석'과 '과학' 사이의 대칭관계를 깨뜨리는 것으로 파악한다. 그는 문학 텍스트 자체를 그것만으로 끝나는, 앎의 대상으로 보는 태도를 해석이라고 칭하고, 개개의 텍스트를 어떤 추상적인 구조의 발현이라고 생각하는 태도를 과학이라고 칭한다. 그리하여 토도로프는 시학의 개념을 다음과 같이 정의하고 있다.

　　시학은 개별적인 작품의 해석과는 반대로 의미를 규정하려고 하지 않고, 각각의 작품의 탄생을 주재하는 일반적인 법칙을 알아냄을 목

적으로 한다. 그러나 또한 심리학, 사회학 등과 같은 과학과도 반대로
그 법칙을 문학 자체 안에서 찾으려고 한다. 따라서 시학은 문학에 대
한 '추상적'이며 동시에 '내적'인 접근인 것이다.[28]

  토도로프의 이러한 진술은 시학이 해석과 과학 사이에서 상보적인
관계를 유지하면서 끊임없이 왕복운동을 함으로써 형성되는 것임을
말해준다. 이 역동적 방법론은 텍스트 자체를 동적 체계, 즉 폐쇄된
조직이 아닌 개방된 체계로 보는 관점을 전제로 하는 것이다. 본고의
입장은 토도로프의 시학 개념이 지닌 이러한 구조주의적 관점에서 출
발한다. 즉 하나의 텍스트를 동적 체계로 보고 텍스트 자체의 내재적
연구에 의한 해석과, 그 텍스트를 가능케 한 일반 법칙과 원리를 추
출하는 작업을 상호 보완적으로 시도하는 것이다.
  이를 구체적으로 시도하기 위해서는 우선 개별 텍스트에 대한 좁은
의미의 통시적 연구와 공시적 연구를 병행하거나 결합시키는 방법이
요청된다. 여기서 좁은 의미의 통시적 연구는 개별 시론이 형성되고
전개되는 과정을 연속성과 단절의 결절점을 중시하며 해석하고 평가
하는 것을 의미하고, 좁은 의미의 공시적 연구는 시론의 형성 원리나
일반 법칙을 시론의 구성요소인 시론소(詩論素)들간의 관계망을 통해
밝혀내는 것을 의미한다. 본고는 이 두 방향의 상보적 연구를 병행하
는 방식이 아니라 결합하는 방식을 채택하여 하나의 연구방법으로 시
도하고자 한다. 즉 개별 시론의 전개과정 고찰과 구성 원리의 고찰을
분리해서 진행하는 방식이 아니라, 하나의 대상에 대한 두 방향의 연
구를 동적으로 상호 결합시키는 방식을 취하는 것이다. 이를 위해서
는 몇 가지 전제가 필요하다. 첫째, 전개과정을 따라가며 텍스트를 면
밀히 고찰하는 작업을 통해 연속성과 변별성을 고려하여 그 결절점을
찾아내야 한다. 둘째, 결절점을 기준으로 시기 구분을 시도한다. 셋째,

---

28) Tzvetan Todorov, 곽광수 역, 『구조시학』, 문학과지성사, 1977, 19면.

시기별로 구분된 각각의 연구 대상을 전개과정을 고려하면서 내재하
는 원리나 기준을 고찰한다. 넷째, 이렇게 추출된 텍스트의 원리나 기
준이 연속성과 변별성의 관점에서 단절, 혹은 변모의 양상을 드러내
는지 검증한다. 이러한 네 가지의 작업은 단계별로 가시화되는 것이
아니라, 통시적 연구와 공시적 연구를 동적으로 결합하는 작업 속에
용해되어 있는 것이다.

이상에서 본고가 시도하는 구조적 연구의 1차적 의미가 토도로프
의 시학 개념을 원용한 통시적 연구와 공시적 연구의 동적 결합에 있
음을 서술하였다. 그런데 본고의 구조적 연구가 지닌 2차적 의미는,
하나의 텍스트를 개방된 체계로 보는 관점을 더 적극적으로 이해하는
차원과 더불어, 좁은 의미의 공시적 연구와 통시적 연구를 확대하여
넓은 의미의 공시적 연구와 통시적 연구를 전개하는 차원에서 설명될
수 있다.

첫째로, 텍스트를 개방된 체계로 보는 관점을 더 적극적으로 이해
하는 차원에 대해 서술하기로 한다. 하나의 텍스트를 개방된 체계로
보는 관점은 앞서 언급한 대로 형식주의나 구조주의의 경우에 내적
역동성을 소유하는 구조의 개념으로 사용된다. 텍스트를 그 내부의 구
성요소들이 보여주는 상호 의존적 다양성의 관계로 간주하는 것이다.
그런데 이러한 내적 역동성의 체계는 트로츠키 Trotsky・프레드릭 제
임슨 Fredric Jameson 등의 마르크스주의자들에 의해 그 예술적 형식
의 자율성이 지닌 비사회성・비역사성이 비판되다가, 알튀세 Louis
Althusser[29]나 바흐찐 Mikhail M. Bakhtin[30]에 이르러서는 형식주의

---

29) 알튀세는 텍스트 속에 이데올로기와 기법들이 존재하는데, 텍스트는 이데올
   로기와 투쟁하고 이데올로기는 자신을 제한하는 문학적 기법들에 저항한다고
   본다. 문학 텍스트가 파괴하거나 변형시키는 형식들은 이데올로기의 구조이
   므로 문학 텍스트는 사회 과정 속에서 객관적・정치적 역할을 담당한다는 것
   이다. 문학을 이렇게 규정함으로써 알튀세의 유물론은 문학 생산과 문학의
   정치적 효과를 분석할 수 있는 새로운 모습을 취하게 된다. T. Bennette,
   The Lessons of Formalism, *Formalism & Marxism*, Methuen, 1979, pp.

와 마르크스주의의 연관성이 탐색된다. 알튀세와 바흐찐의 탐색은 언어가 지닌 이데올로기적 요소를 매개로 문학 내부의 자율적 체계와 사회·역사적 현실을 연관시키려는 시도를 보여준다. 즉 형식주의나 구조주의가 지닌 내적 역동성의 체계를 외적 역동성의 체계로 전환시키려는 노력을 보여주는 것이다. 한편, 문학성과 사회성의 연관성 추구는 텍스트의 구조와 집단의식, 즉 세계관 사이의 구조적 상동성을 주장하는 골드만 Lucian Goldmann의 '발생론적 구조주의' 개념에서도 차원을 달리하여 시도되는 것으로 보인다.31)

알튀세·바흐찐·골드만의 방법론을 참고하면, 형식주의·구조주의가 지닌 내적 역동성의 체계를 더 적극적으로 이해할 때, 텍스트가 사회·역사적 현실과 만나는 외적 역동성의 체계까지 고려할 수 있게 된다. 본고가 사용하는 '구조적 연구'라는 개념은 텍스트를 내적 역동성의 체계로 보는 동시에, 그것과 사회·역사적 상황의 관련성을 고려하는 외적 역동성의 체계로 간주하고 연구함을 의미한다. 이때 문학성과 사회성을 연결하는 매개를 텍스트 자체에서 찾아야 함은 물론

127~131면 참고.

30) 바흐찐은 형식주의자들이 시적 구성의 기본 요소로 상정한 음소·형태소·의미소 등은 이데올로기적 기능이 없는 추상적인 요소라고 보고, 모든 시적 구성은 구체적인 언어행위, 곧 발화의 단위들을 기본 요소로 한다고 주장한다. 문학은 특수한 발화 유형으로 정의되는데, 특수하다는 것은 이 발화가 사회적 삶 속에서 총체적·구체적·이데올로기적 지평을 거느리고 수행되기 때문이다. 문학의 내용이나 의미, 즉 이데올로기적 요소를 형식과 더불어 시적 요소의 핵심이라고 보는 것이다. Mikhail M. Bakhtin, 이득재 역, 『문예학의 형식적 방법』, 문예출판사, 1992, 31~67면 참고.

31) 골드만은 인식의 과정은 부분과 전체가 서로 조명하며 나아가는 영원한 왕복운동으로 이루어진다고 보고, 이러한 인식론적 입장을 문학 연구에 적용한다. 그는 먼저 하나의 문학작품에 내적인 통일성을 부여해주는 의미구조를 찾아내고, 이 의미구조를 그것을 감싸는 보다 포괄적인 구조 속에 끼워넣는 방법을 제안한다. 골드만은 앞의 작업을 '이해'라고 부르고 뒤의 작업을 '설명'이라고 부른다. Lucian Goldmann, 송기형·정과리 역, 『숨은 신』(인동, 1979)과 박영신·오세철·임철규 역, 『문학사회학방법론』(현상과인식, 1984) 참고.

이다.

둘째로, 좁은 의미의 공시적 연구와 통시적 연구를 확대하여 넓은 의미의 공시적 연구와 통시적 연구를 전개하는 차원에 대해 서술하기로 한다. 넓은 의미의 공시적 연구는 1차적으로 연구된 개별 시론들을 상호 텍스트성에 입각하여 그 연관성을 고찰함으로써 1930년대 시론의 전체적 구도를 파악하는 것이다. 넓은 의미의 통시적 연구는 개별 시론이 지닌 문제설정과 유형들을 각각 계보학적으로 고찰하면서 시론사의 맥락을 역사적으로 재구성한다는 의미를 지닌다. 구체적으로 말하면, 넓은 의미의 공시적 연구는 전개과정과 구성 원리의 고찰을 결합하여 밝혀진 김기림·임화·박용철의 시론을, 시대 상황과 문화적·문단적 환경 속에서 상호 비교하여 1930년대 시론의 전체적 구도를 파악하는 작업이다. 그리고 넓은 의미의 통시적 연구는 김기림·임화·박용철로 대표되는 시론의 유형, 혹은 문제설정을 계보학적 관점에서 시대별로 연구하는 것인데, 이는 본고의 연구 범위에서는 제외되는 것으로 차후의 과제로 남겨둔다.

2. 문학비평 연구의 좌표 설정

앞 절에서 언급한 '구조적 연구'의 방법을 '열린 구조주의'라고 부를 수 있다. 이 열린 구조주의의 방법을 구체적인 텍스트에 적용하기 위해서는 더 정교한 비평 연구의 방법적 틀이 요청된다. 특히 텍스트에 내재하는 구조의 원리를 규명하는 데 있어서, 분석 방법론뿐 아니라 그 기준이 되는 분석소를 더 구체적이고 정교한 차원에서 설정할 필요가 있다. 모더니즘 시론, 리얼리즘 시론, 낭만주의 혹은 순수 시론이라는 규범적·사조적 문제설정을 처음부터 대입하는 기존의 연구 관행을 넘어서기 위해서도, 문학비평 연구의 방법에 대한 모색을 문학론의 근본적 차원에서부터 새롭게 시도할 필요가 있는 것이다.

이를 위해 먼저 문학비평의 이론, 즉 문학론이나 비평에 대한 이론 설정으로 널리 알려지고 통용되어 온 로만 야콥슨 Roman Jacobson, 에이브럼스 M.H. Abrams, 폴 헤르나디 Paul Hernadi의 이론을 살펴보기로 한다.

관련상황(지시 기능)
메시지(시적 기능)
발신자(감정표시 기능) ——————————— 수신자(능동적 기능)
접촉(친교 기능)
약호체계(메타언어적 기능)

<그림 1>

야콥슨은 체계로서의 언어는 통합적 관계와 계열적 관계에 지배된다는 소쉬르의 언어학에 토대를 두고, 언어의 시적 기능에 대한 일반 이론을 「언어학과 시학」을 통해 제시한다. 이 논문에서 야콥슨은 언어적 교통을 가능케 하는 여섯 가지 요소로 발신자·수신자·문맥·접촉·코드·메시지 등을 들고, 그에 상응하는 여섯 가지 언어적 기능을 제시한다. 이 중 언어의 시적 기능은 메시지를 지향할 때 나타나는데, 메시지를 지향하는 언어란 언술의 내용이 아니라 말하는 행위를 중시하는 태도를 말한다. 결국 야콥슨은 언어적 교통-언어적 기능-시적 기능의 순서를 밟아, 시적 기능을 첫째로 메시지, 곧 언술 행위 자체를 지향하는 것, 둘째로 지시적 기능을 모호하게 하는 것, 셋째로 모든 언어학적 수준에서 이에 대응되는 구조를 잠재적으로 지향하는 것으로 요약한다. 또한 야콥슨은 시적 기능이란 등가성의 원리를 선택의 축에서 결합의 축으로 투사한다고 정의한다.[32] 야콥슨이 제시한 두 가지 도식을 결합하면 <그림 1>과 같다.

---

32) Roman Jacobson, 신문수 편역, 「언어학과 시학」, 『문학 속의 언어학』, 문학 과지성사, 1989, 50~91면 참고.

야콥슨의 이론은 문학에 대한 이론적 고찰의 토대를 언어에서 찾고, 그것이 지닌 의사소통의 제반 기능 속에서 문학성을 과학적으로 규명하고 있다. 그런데 이러한 관점은 시학을 발신자와 수신자 사이의 의사소통의 장으로 국한시킴으로써, 사회현실이나 역사적 정황을 배제시킬 우려를 지닌다. 야콥슨이 지닌 형식주의적 관점에 대한 마르크스주의자들의 비판도 이런 측면에서 기인한다고 볼 수 있다.

이와 달리 에이브럼스는 작품·예술가·청중·우주의 네 가지 요소를 중심으로 비평이론의 좌표를 설정하여 관점의 다양성을 지향한다. 여기서 우주는 작품을 형성하는 사건의 객관적 상태, 혹은 그러한 사건들과 모종의 관계를 맺는 그 무엇으로서, 흔히 자연이라는 말로 표시되어 온 것이다. 이처럼 포괄성을 띤 관점은 청중이 듣는 사람·관객·독자를 포함하고 있는 점에서도 드러난다. 에이브럼스는 작품을 중심으로 이 네 가지 요소를 삼각형의 도식으로 표시한다.[33]

〈그림 2〉

에이브럼스는 이 삼각형의 도식을 토대로 문예비평의 유형을 네 가지로 설정한다. 우주와 작품의 관계에서 모방론, 작품과 청중의 관계에서 효용론, 예술가와 작품의 관계에서 표현론, 작품 자체의 관점에서 존재론이 그것이다. 그는 이 네 유형에 해당하는 비평의 사례들을 역사적으로 고찰해서 그 특징을 살핀다. 이러한 좌표 설정에 따른 문학이론과 비평의 유형에 관한 이론은 이후 널리 받아들여지고 활용되

---

33) M.H. Abrams, *The Mirror and the Lamp*, London : Oxford University Press, 1953, p.6.

고 있다.34) 그러나 이 관점은 연구 대상의 전체적 위상을 조망할 수
있는 장점이 있는 반면, 좀더 미세한 특징을 정교히 고찰하기에는 너
무 포괄적인 것이다. 또한 모방론, 표현론, 존재론, 효용론 등 네 가지
로 분류된 문학론의 각 유형이 마치 독립되어 있는 것처럼 인식하여,
실제비평이나 문학론에 있어서 각 유형의 특징이 상호 교섭하는 복합
성을 고찰하는 데는 미치지 못하는 한계를 지닌다.

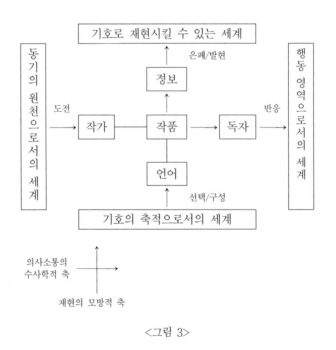

<그림 3>

---

34) Hazard Adams의 *The Interests of Criticism*(New York : Harcourt, 1969)
과 Paul Hernadi의 *Beyond Genre*(Ithaca and London : Cornell University
Press, 1972)도 에이브럼스의 체계를 따른 것이다. 헤르나디는 이 책에서 장르
비평의 유형으로 표현론적 개념, 효용론적 개념, 구조론적 개념, 모방론적 개
념을 설정하여 이를 원용한다. 이상섭의 『문학의 이해』(서문당, 1972)와 『문
학이론의 역사적 전개』(연세대출판부, 1975)도 문학론의 근본 체계를 모방론,
효용론, 표현론, 존재론으로 나누어 그 역사적 전개를 살피고 있다.

이런 측면에서 폴 헤르나디의 좌표 설정에 주목할 수 있다. 헤르나디는 문학작품을 모방의 도구(재현)로 보는 관점과 의사소통의 수단(전달)으로 보는 관점을 동시에 고려한다. 작품을 중심으로 작가와 독자를 연결하는 의사소통의 수사학적 축과, 언어와 정보를 연결하는 재현의 모방적 축을 결합한다. 그리고 작가와 독자를 동기의 원천 및 행동 영역으로서의 세계와 만나게 한다. 또한 언어와 정보를 기호의 축적으로서의 세계 및 기호로 재현시킬 수 있는 세계와 결부시킨다. 이를 헤르나디는 <그림 3>의 도식으로 제시한다.[35]

헤르나디의 관점은 의사소통의 수사학적 축과 재현의 모방적 축을 작품을 중심으로 결합시킴으로써, 표현론적 관점과 모방론적 관점을 동시에 고려하는 성과를 얻는다. 하나의 텍스트를 다양한 기호론적 법칙의 실현이라고 보는 동시에, 그 텍스트가 사회적 배경과 작가와 독자 사이의 복합적인 관계망에서 생성된다는 사실을 가시화한 것이다. 이 이론 설정은 다양성과 복합성을 일목요연하게 가시화했다는 점에서 진일보한 것이다. 그러나 우리는 이 방법론에 대해 다음과 같은 질문을 제기할 수 있다.

첫째, 재현의 모방적 축에서 세계나 언어가 작품 창작의 주체로 간주될 수 있는가라는 질문이다. 헤르나디의 도식을 보면, 기호의 축적으로서의 세계로부터 언어가 선택되거나 구성되는 과정과 언어가 작품화되는 과정에 개입하는 주체로서의 작가가 배제되어 있다. 또한 작품의 정보를 은폐하거나 발현시키는 세계와의 관계에서도 그것을 수용하는 주체로서의 독자가 배제되어 있다. 이것은 재현의 모방적 축에서 일단 하나의 텍스트를 기호론적 코드의 실현이라고 보는 관점을 취하기 때문으로 보인다. 그러나 실제에 있어서 창작 주체 없이 언어가 작품화되고 수용 주체 없이 작품이 정보로 받아들여질 수 없

---

35) Paul Hernadi, 박철희·김시태 엮음, 「비평의 이론」, 『문예비평론』, 탑출판사, 1995, 46면 참고.

다고 볼 때, 헤르나디의 관점은 재현의 모방적 축에서 주체를 배제한 데서 오는 단순화의 오류를 지닌다고 볼 수 있다. 둘째, 의사소통의 수사학적 축에서 세계의 도전을 통해 작가가 작품을 만드는 식으로 일방 통행적인가라는 질문이다. 즉 세계와 작가의 관계를 상호 침투적으로 고려해야 정당한 관계망을 설정할 수 있다고 본다. 이러한 지적은 독자의 반응과 행동 영역으로서의 세계의 관계에도 적용되고, 재현의 모방적 축에서 언어와 세계·정보와 세계의 관계에도 적용될 수 있다.

결국 헤르나디의 이론 설정은 포괄적 도식성을 넘어선 복합성을 보여 주었지만, 기존의 모방론적 측면과 표현론적 측면을 단순히 수직축과 수평축으로 결합하는 데서 오는 문제점을 지니고 있는 것이다. 에이브럼스가 분류한 모방론과 표현론은 각각 세계와 작품, 작가와 작품의 관계망에 초점을 맞춘 것이므로, 작가와 세계가 상호 교섭하면서 언어를 매개로 작품을 생산하는 실제적 과정에서 각각 하나의 측면만을 분리하여 제시한 것이다. 따라서 그 자체로 도식성을 지니고 있는데, 헤르나디의 방법론은 모방론의 측면에 해당하는 재현의 모방적 축과 표현론의 측면에 해당하는 의사소통의 수사적 축을 분리한 후 다시 결합시킨 것이므로 역시 도식성을 면하지 못하는 것이다.

본고는 이러한 단순화와 도식성을 극복하고 문학이론과 비평의 현대적 양상을 포용할 수 있는 새로운 좌표 설정을 모색하고자 한다. 헤르나디의 방법론을 평가하면서 지적한 대로, 우선 모방론과 표현론이 지닌 도식성을 깨뜨리기 위해서 작가와 세계의 관계망을 고려해야 한다. 모방론과 표현론은 공통적으로 작품화 과정에 대한 이론이다. 작품을 기준으로 모방론은 세계에 중점을 두고 표현론은 작가에 중점을 둔 것인데, 실제에 있어 작가와 세계는 주관과 객관·자아와 현실·내면과 풍경 등의 관계망을 통해 긴밀히 교섭하고 있다. 따라서 작품화 과정에 있어서 모방론과 표현론이 아닌 제3의 이론이 요구되는데, 이러한 이론은 독자와 세계의 관계, 즉 작품의 수용과정에서도 요구되는 것이다.

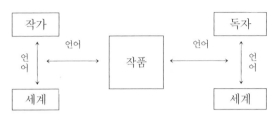

<그림 4>

본고는 작가와 세계의 관계를 일방 통행이 아닌 상호 침투적인 관계망으로 설정하고, 그 관계망으로부터 작품이 생산되는 과정을 역시 상호 침투적으로 고찰해야 한다는 입장을 취한다. 그렇다면 헤르나디가 재현의 모방적 축을 설정하면서 핵심 요소로 삼은 언어는 어떻게 작용하는 것일까? 언어는 바로 작가와 세계가 상호 침투적인 관계를 맺게 하는 매개이며, 작가와 세계의 상호 침투가 다시 작품화 과정으로 전이되는 매개가 되는 것이다. 언어가 있음으로 해서 주체는 세계와 만나 교섭하고, 그 상호 교섭이 작품 생산으로 연결될 수 있다. 따라서 본고는 언어가 하나의 기호로서 주체없이 그 자체로 선택되고 발현되는 것으로 보지 않고, 주체로서의 작가가 사회·역사적 현실로서의 세계와 상호 교섭하는 매개, 그 교섭이 작품화되는 매개, 그리고 작품이 독자나 세계에 수용되는 매개로서 작용한다고 본다. 여기서 본고가 취급하는 매개의 개념은 상이한, 혹은 대립하는 양자 사이의 중간자를 칭하는 것이 아니라, 상이한 것 사이에서 상호 침투하며 역동적으로 생성되어가는 과정을 의미한다. 그것은 헤겔의 전통에 위치하는 마르크스주의 이론가들이 주로 사용하는, 하나에서 다른 하나로의 변증법적 이행과정을 포함하면서 좀더 포괄적인 개념으로 사용된다. 지금까지 언급한 내용을 하나의 도식으로 표시하면 <그림 4>와 같다.

우리는 지금까지 기존의 문학비평 연구의 좌표 설정들을 비판하고 새로운 좌표 설정을 모색하는 과정에서, '주체'와 '매개'를 중요한 기능을 담당하는 개념으로 간주하였다. '주체'와 '매개'의 개념은 '구조'의 개념과 함께 본고가 문학비평 연구의 방법론을 모색하는 데 핵심적인 요소가 된다. '구조'와 '주체'의 관계는 앞의 II장 1절에서 암시된 것처럼, 형식주의·구조주의와 마르크시즘이 많은 노력을 기울여 자체 내에서 해결하고자 한 핵심적인 문제였다. 그리고 그 현대적 전개과정에서 형식주의·구조주의와 마르크시즘의 상호 연관성 천착을 통해 문제 해결이 모색되었다고 볼 수 있다. 페리 앤더슨 Perry Anderson 은 「구조와 주체」라는 글에서 1960년대 이래의 마르크스주의와 구조주의·탈구조주의의 상호 관련과 영향과정을 거시적으로 요약하면서, 모든 이론들이 경쟁하며 맴돌았던 하나의 중심 문제가 근본적으로 인간의 역사와 사회에서 구조와 주체가 어떤 관계를 맺느냐는 문제라고 말한다. 그리고 앤더슨은 마르크스주의 이론 안에서 해명되지 못했고, 구조주의나 탈구조주의도 꼼꼼이 해명하지 못한 이 주체와 구조의 관계에 대한 문제는, 그 상호 의존성에 변증법적 관심을 기울임으로써만 발전될 수 있다는 결론을 내린다.36) 페리 앤더슨의 이러한 견해는 거시적 안목과 압축적 진술이 맞물리는 데서 오는 포괄적 단순성의 한계를 지니지만, '주체'와 '구조'의 문제가 현대 사상이나 문학이론의 핵심적 과제라는 논점을 제기하기에는 충분한 것이다. 그러나 그가 결론으로 내린, 주체와 구조의 상호 의존성에 변증법적 관심을 기울여야 한다는, 원칙적이고 관념적인 차원으로는 이 문제를 해결하기에 역부족인 것으로 보인다. 이러한 한계는 그가 '구조-주체'라는 하나의 틀로 마르크스주의, 구조주의, 탈구조주의를 일관되게 조망하려 한 데서 오는 위험성과 연관된다. 또한 그것은 역사학자이며 이론가인

---

36) Perry Anderson, 오길영·강우성 역, 「구조와 주체」, 『마르크스주의와 포스트모더니즘』, 이론과실천, 1993, 31~61면.

앤더슨이 구조와 주체의 관계 문제를 해결하기 위해 구조주의 문학이
론과 마르크스주의 문학비평이 추구해온 모색들을 간과하거나 단순화
하는 데서도 기인하는 듯이 보인다.

페리 앤더슨이 '주체'와 '구조'의 관계에서 간과한 것은 무엇일까?
그것은 바로 '매개'의 문제일 것이다. 앞서도 언급했듯, 이 '매개'는 우
선 '언어'의 기능을 통해서 얻어진다. 문학예술의 경우, 주체로서의 작
가와 세계 사이의 상호 관계뿐 아니라, 그것과 작품 구조 사이의 상
호 관계성과 역동적 침투를 가능케 하는 매개가 바로 '언어'인 것이다.
그런데 실제 문학이론의 영역에서 이 매개는 이데올로기, 세계관 등
의 개념으로 구체화될 수 있다. II장 1절에서 살펴본 대로 주체와 구
조, 혹은 문학성과 사회성을 연관시키는 매개를 바흐찐은 구체적 발
화가 지닌 이데올로기에서 찾았고, 알튀세는 텍스트 속에서 텍스트와
투쟁하고 문학적 기법에 저항하는 이데올로기에서 찾았다. 그리고 골
드만은 텍스트와 구조적 상동성을 지니는 작가가 속한 집단의식, 즉
세계관에서 그 매개를 찾고자 했다. 이들 외에도 아도르노 T.W.
Adorno는 예술성과 사회성의 매개를 예술적 형식들과 처리 방식들이
예술작품에 구체화된 상태로서의 '재료'의 개념에서 찾고,37) 야우스
H.R. Jauß는 작품과 독자 사이의 관계, 즉 '수용'의 영역에서 모색한
다.38)

---

37) 아도르노의 '재료'의 개념은 예술작품과 사회가 서로 만나는 장소를 지칭하
기도 하고, 예술의 발전을 자율적인 동시에 전체 사회적 발전에 따르는 것으
로 파악하는 데 사용되기도 한다. 다시 말해 그것은 개개 작품과 사회의 매
개일 뿐 아니라, 예술 발전과 역사의 매개를 이루기도 하는 것이다. Peter Bürger,
김경연 역, 『미학이론과 문예학 방법론』, 문학과지성사, 1987, 92~107면 참
고.

38) 야우스의 수용미학적 시도는 형식주의와 해석학을 연결시키려는 노력으로
설명될 수 있다. 그는 이 연결을 러시아 형식주의의 진화이론을 해석학의 개
념들로 바꿔 말해보려는 시도와, 가다머 H.G. Gadamer의 지평이론을 받아들
여 변용하는 방식으로 시도한다. '낯설게 하기'라는 러시아 형식주의의 중심
명제가 자동화된 인지가 새로운 구성원리에 의해 대체되는 것을 의미하듯,

그런데 이 '매개' 개념에 '언어' 이외에도 '실천'의 개념을 포함시킬
수 있다. '구조'와 '주체'의 이원성을 깨뜨릴 수 있는 매개로서 '실천'의
개념은, 마르크스 K. Marx와 비트겐슈타인 L. Wittgenstein의 이론을
참고로 할 수 있다. 본고가 취급하는 '실천'의 개념은 대상과 현실을
실천으로 파악하며 지각과 감성도 실천으로 파악하는 마르크스의 관
점39)과, 언어적 실천과 생활적 실천을 포함하는 실천에 의해 주체와
세계의 교호 작용이 이루어진다는 비트겐슈타인의 관점40)을 포함한
다. 한편 문학비평의 영역에서 이러한 실천 개념을 구조의 개념과 함
께 실제비평으로 시도한 예로, 김인환의 「구조와 실천」41)을 들 수 있

야우스에게도 새로운 작품은 장르에 대한 사전 지식을 통해, 혹은 기존의 알
려진 작품의 형식과 주제를 통해 각인된 기대지평을 깨뜨리는 것이다. Peter
Bürger, 앞의 책, 155~167면 참고.

39) 마르크스는 「포에르바하에 관한 테제」에서 실천에 관한 몇 가지 명제를 제
출한다. 첫째는 대상으로서의 실천인데, 그는 대상·현실을 객체의 형식으로
파악하지 말고 실천으로 파악할 것을 주장한다. 둘째로 마르크스는 대상을
인식하고 느끼는, 지각이나 감성도 대상과 목적을 갖는 활동이요 실천으로
간주한다. 셋째는 진리의 문제인데, 인간이 대상적 진리를 가질 수 있는가의
문제는 이론의 문제가 아니라 실천의 문제라고 말한다. 넷째는 교육과 환경
에 의해 인간이 변화된다는 계몽주의적 이분법을 비판하고, 혁명적 실천의
개념을 통해 교육자 자신도 교육받아야 함을 주장한다. 이진경, 「마르크스주
의와 근대성」, 김성기 편, 『모더니티란 무엇인가』, 민음사, 1994, 79~115면
참고.

40) 『논리철학논고』로 대표되는 초기의 논리실증주의적 이론과 사상을 스스로
해체한 비트겐슈타인은, 후기 사상에서 '언어게임'이란 개념을 제시하고 '실
천'을 중시한다. 비트겐슈타인의 언어철학은 다음과 같이 요약될 수 있다.
첫째, 실천 개념은 언어적 실천과 행동적, 혹은 생활적 실천이 교차하는 지
점에서 이루어진다. 둘째, 진리는 실천, 즉 특정한 언어게임 내부에서 진리
효과에 의해 정당화되는 지식이므로, 이러한 진리 개념은 주관과 대상의 일
치, 대상과 개념의 일치라는 근대적 진리 개념을 벗어난다. 다시 말하면 주
체와 세계는 각각 자명한 존재로 정립되어 있는 것이 아니라, 주체와 세계의
관계망에서 그 교호 작용이 실천(언어적/비언어적)에 의해 이루어진다는 것이
다. George Pitcher, 박영식 역, 『비트겐슈타인의 철학』, 서광사, 1987, 253~
309면 참고.

다. 김인환은 이 글에서 "비유의 언어를 통하여 사물은 힘이 되고, 상호 침투하고 상호 관통하는 에네러기가 된다. (……) 사물의 참다운 자리는 이러한 관계의 구조에 의하여 결정된다."라고 말하면서, 시인에게 현실의 관계 구조에 상응할 수 있는 감각의 역동성을 요청한다. 시의 언어와 사물이 상호 침투하는 자리에서 관계의 구조를 발견하고, 이 구조에 시인의 감각이 역동적으로 개입할 때 대지를 세계로 변형시킬 수 있다고 보는 것이다. 따라서 김인환은 구조와 실천이 따로 분리되어 있다고 보지 않는다. 그의 실천 개념에는 언어적 실천과 생활적 실천이 상호 긴밀히 연관되어 있는 것이다. 한편 우리는 '관계의 구조'라는 언급에 주목할 필요가 있다. 이 용어는 텍스트 자체를 구조로 인식하는 차원을 넘어, 텍스트와 작가와 사물(세계)이 상호 교섭하고 침투하는 역동적 관계망을 하나의 구조로 간주한다는 의미를 지닌다. 우리는 김인환이 작가와 세계와 작품의 관계망, 즉 텍스트 생산과정에서 사용한 '관계의 구조'라는 관점을 작품과 독자와 세계의 관계망, 즉 텍스트 수용과정에도 적용해 볼 수 있을 것이다.

이상에서 본고는 주체와 구조, 구조와 실천, 매개와 수용 등의 개념들을 중심으로 논의를 전개하였다. 여기서 본고는 '주체' '구조' '매개'라는 개념과, 매개의 기능을 담당하는 '언어' '실천'의 개념을 문학이론과 비평의 기준을 설정하는 데 있어서 핵심적인 구성요소로 간주할 수 있으리라 기대한다. 이 구성요소들과 그 관계망을 통해 야콥슨, 에이브럼스, 헤르나디의 이론 설정이 지닌 도식성을 넘어서는 동시에, 지금까지 전개되어 온 현대적 사상이나 문학이론의 논의들을 포용할 수 있는, 문학비평 연구의 좌표를 설정할 수 있으리라 생각하기 때문이다. 이 구성요소들을 상호 교섭하는 관계망 속에서 가시화하기 위해 앞서 제시한 <그림 4>에 적용하면 다음과 같은 모습이 된다.

---

41) 김인환, 「구조와 실천」, 『상상력과 원근법』, 문학과지성사, 1993, 166~185면.

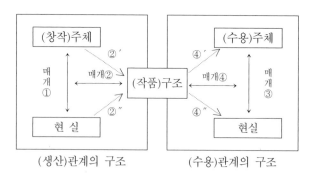

<그림 5>

이 도식에서 유의할 점은 '구조'와 '주체'와 '현실'이라는 구성요소가 각각 개방된 구조를 지니면서, 그 상호 관련성을 '매개'를 통해 형성하고 있다는 점이다. 따라서 주체·구조·현실의 관계는 일방적 진행 과정이 아니라 쌍방적 교섭과정으로 표시되고 있으며, ①과 ②의 관계를 통해 창작 주체와 현실과 작품 구조는 역동적으로 상호 침투하는 복합적인 관계망을 형성한다. 이 상호 침투와 역동성을 가능케 하는 것은 바로 '언어'와 '실천'이라는 매개인데, 이 언어와 실천 또한 '언어적 실천'이라는 관계를 통해 상호 교섭하며 중첩되기도 하는 것이다. 그렇다면 점선으로 표시된 ②′와 ②″는 무엇일까? ②′는 그 동안 에이브럼스의 이론을 통해 통용되어온 표현론의 측면이며, ②″는 모방론의 측면이다. 실제에 있어서 '작가→ 작품'이나 '세계→ 작품'이라는 일방적인 작품 생산과정은 있을 수 없으며, 따라서 그것은 과도한 단순화에 의한 포괄성의 한계를 지닌 설명모델이다. 그러나 키이츠·콜리지를 비롯한 낭만주의 시인들이 주장한 상상력 이론이나, 고대 그리스의 모방 이론에서부터 속류 마르크스주의자들의 토대결정론에 이르기까지의 경우처럼, 이러한 관점의 문학론이나 비평이 역사적으로 존재해왔으므로, 비평론 연구의 한 항목으로 설정할 필요가 있다. 따라서 그것을 점선으로 표시한 것이다. 하지만 그 동안의 문학

이론과 비평 연구의 대부분이 이 포괄성의 한계를 지닌 설명모델을 준거로 이루어지고 있어, 더 정교하고 심층적인 연구 단계로 진전되지 못한 점을 반성해야 할 것이다. 결국 문학이론과 비평의 기준을 설정하려는 이 방법론의 주안점은, 주체와 구조와 세계를 고정된 관점에서 규정하지 않고 상호 침투하는 역동적 관계망으로 포착하는 데 있다. 이 역동적 관계망을 생산관계의 구조라고 한다면, 수용관계의 구조도 그러한 차원에서 살펴볼 수 있을 것이다.

작품은 독자에 의해 수용되지만, 독자는 그가 속한 사회적·역사적 현실의 영역에서 자유로울 수 없다. 수용 주체는 이 현실을 반영하거나 저항하면서 상호 교섭의 관계망 속에서 작품의 구조를 수용한다. 따라서 ③과 ④의 관계를 통해 수용 주체와 현실과 작품 구조는 역동적으로 상호 침투하는 관계망을 형성한다. 이 상호 침투와 역동성을 가능케 하는 것은 역시 언어와 실천이라는 매개이다. 이 수용관계의 구조는 생산관계의 구조의 역으로 간주하기 쉽지만, 그러나 단순한 역의 관계는 아니다. 예를 들면, 수용관계의 구조가 지닌 세계는 생산관계의 구조가 지닌 세계와 그 시간적·공간적 차원이 다를 수 있다. 이럴 때 수용 주체에게는 그가 속한 사회·역사적 현실과의 교섭 속에서 작품의 구조를 수용하는 동시에, 그 작품 구조를 그것이 산출된 생산관계의 구조 속에서, 즉 창작 주체와 그가 속한 사회·역사적 현실의 관계망 속에서 파악하고 재구성하는 이중의 독서과정이 요구되는 것이다. <그림 5>에서 생산관계의 구조와 수용관계의 구조를 분리하여 테두리를 설정한 이유는 여기에 있다. 허쉬 E.D. Hirsch가 자신의 해석학에서 주장한 텍스트의 의미와 의의의 구분은 본고의 이러한 설명과 관련된다.42) 그러나 허쉬의 견해는 작가의 의도와 독자의 해석적 지평의 차원에서 논의한 것이므로, '작가 → 작품 → 독자'라는

---

42) E.D. Hirsch, *Validity in Interpretation*, New Haven and London : Yale University Press, 1967, pp.209~244 참고.

테두리에 갇혀 있는 한계를 지닌다. ④ ′와 ④ ″는 에이브럼스 이후 통용되어온 효용론의 측면을 표시한 것이다. 사실 에이브럼스가 설명한 효용론은 '작품→독자'의 관계에 기초를 둔 것이므로 ④ ′에 해당하는데, 이 설명모델은 아리스토텔레스의 카타르시스 이론, 호라티우스와 시드니의 교훈과 쾌락설에서부터 지속되어온 것이다. ④ ″는 속류 마르크스주의자들의 계급 투쟁의 목적의식론이 대표적으로 해당될 수 있을 것이다. 그러나 이 또한 단순화에 의한 포괄성의 한계를 지닌 설명모델이므로 점선으로 표시한다.

그렇다면 이제 <그림 5>를 토대로 문학비평을 연구하는 좌표 설정의 기준을 더 구체적으로 설정해 보기로 한다.

우선 ① '창작 주체 ↔ 현실'에서 우리는 '주체'와 '현실'(리얼리티)의 문제를 설정할 수 있다. 이는 주관과 객관·자아와 대상·내면과 풍경 등으로 표시될 수 있는데, 문학관의 좌표 설정으로서 가장 기본적인 항목이 된다. 이로부터 우리는 몇 가지 분석소를 추출할 수 있다. 첫째는 '주체'의 개념, 둘째는 '현실', 즉 리얼리티의 개념, 셋째는 주체와 현실, 주관과 객관의 관계망을 형성하는 '매개'의 개념이다. 이 경우의 매개는 주체가 현실의 리얼리티와 교섭하는 과정에서 작용하는 것이므로 인식적 차원의 매개가 된다.

②는 주체와 현실의 상호 관계망이 다시 하나의 내용이 되어 작품 구조와 상호 교섭하는 관계로서, '내용'과 '형식'의 문제를 설정할 수 있다. ①에서 설정된 주관과 객관의 관계망을 하나의 내용으로 본다면, 그 내용과 형식의 관련 양상이 초점이 된다. 이로부터 첫째, '내용'의 개념, 둘째, '형식'의 개념, 셋째, 내용과 형식의 관계망을 형성하는 '매개'의 개념이라는 세 가지 분석소를 설정할 수 있다. 이때의 매개는 내용과 형식의 관계망에 작용하는 것이므로 기법적 차원의 매개가 된다. 여기서 내용은 다시 의미(주제)로, 형식은 시의 경우 운율과 비유로, 소설의 경우 구성과 문체로 세분될 수 있다. 사상성, 회화성, 음악성 등의 개념 설정도 가능하다. 한편 작품 구조를 자율적 구조로

보느냐, 주체나 현실과 관련된 양상으로 보느냐에 따라 문학의 자율성 문제, 시와 시인(현실)의 분리/비분리 문제 등이 설정될 수 있다.

우리는 ①과 ②의 과정 속에 작용하는 매개가 각각 인식적 차원과 기법적 차원으로 구분되는 점에 유의할 필요가 있다. 앞서 언급한 대로 매개의 일반적 개념은 언어와 실천인데, 그것이 인식적 차원과 기법적 차원으로 구분되고, 또한 각 비평가의 경우에 따라 지성·감성·모랄·세계관·이데올로기 등으로 세분될 수 있는 것이다.

결국 본고는 지금까지 논의한 문학비평 연구의 좌표 설정을 염두에 두면서 ① 현실(리얼리티) ② 주체 ③ 인식적 매개 ④ 내용 ⑤ 형식 ⑥ 기법적 매개 등과 같은 분석소와 그 관계망을 기준으로 김기림·임화·박용철의 시론을 구조적으로 연구하고자 한다.

3. 미적 근대성의 개념과 근대문학의 범주 설정

앞의 두 절에서 본고는 구조적 연구의 방법론을 모색하고 문학비평 연구의 좌표를 설정하였는데, 그 결과 현실·주체·인식적 매개·내용·형식·기법적 매개 등의 개념을 중요한 분석소로 설정하였다. 이 절에서는 근대성과 관련된 용어들의 개념을 고찰하면서 근대문학의 범주를 설정하고자 한다. 이러한 작업은 모더니즘·리얼리즘·낭만주의라는 사조적 개념을 작가론 혹은 작품론에 규범적으로 적용하는 관행에서 벗어나고자 하는 의도와도 관련된다. 근대성과 미적 근대성 등의 개념을 본고의 연구 방법론에 결부시킬 때, 기존의 평가 기준이나 설명방식을 넘어서는 문학 연구의 새로운 방법을 찾을 수 있을 것으로 기대하는 것이다. 이럴 때 어쩌면 모더니즘·리얼리즘·낭만주의를 포괄하는 근대문학 연구의 거시적 좌표를 설정하는 동시에, 더 정교한 개별 연구의 미시적 방법도 가능해질 것이다.

모더니즘을 포함한 자연주의와 리얼리즘, 낭만주의와 상징주의와
심미주의 등의 근대 이후의 사조들이 지닌 차별성과 관련성을 고찰
하기 위해서는, 먼저 근대화(Modernization)와 근대성(Modernity)의
개념을 살펴볼 필요가 있다. 하버마스 J. Habermas에 의하면 '근대화'
는 자본 형성, 자원 동원, 생산력의 발전과 노동 생산성의 증대, 중앙
집권화된 정치 권력의 수립과 국가적 정체성의 형성, 도시적 삶의 형
식, 가치와 규범의 세속화 등을 목표로 내세우는 자본의 발전 이데올
로기 내에서 사용된다.43) 그리고 하버마스는 '근대성'을 연대기적 범
주가 아닌 질적 범주로 간주한 아도르노의 견해를 받아들여, 과거적
인 것을 부정하는 새로운 질적 변화 혹은 자기 자신을 자발적으로 갱
신하는 시대 정신으로 정의한다.44) 이에 따르면 '근대화'는 봉건제에
서 자본주의로의 이행과 그에 따른 제반 사회적 변화의 양상을 의미
하고, '근대성'은 그 과정에서 과거와 단절하고 새로운 것으로 자신을
갱신하는 사유방식이나 속성이라고 볼 수 있다. 아도르노나 하버마스
처럼 근대성을 질적 범주로 정의하더라도, 그러한 개념이 역사적으로
현실성을 획득했던 시기를 확인할 수 있을 것이다. 대부분의 논자들
은 근대성이 구체적으로 발현된 역사적 시기를 18세기 중엽 계몽주
의 시기로 간주하는 것으로 보인다. 서구에서 이 시기는 산업혁명과
프랑스 대혁명에서 단적으로 표현된 정치적·경제적 변혁이 기본 동
력으로 작용하고 있었다. 경제적으로는 산업이 대량생산 구조로 재편
되고, 정치·사회적으로는 민주주의 제도의 수립을 위한 사회적 갈등
이 전면화되는 속에, 생활을 목적합리성에 기초하여 조직하고자 하는
계몽주의의 기획이 개인적 삶에까지 파급되고 있었던 것이다. 결국
계몽주의는 근대 초기 신흥 부르조아계층의 세계관을 반영한 것으로

---

43) J. Habermas, 이진우 역, 『현대성의 철학적 담론』, 문예출판사, 1994, 20면.
44) J. Habermas, Die Moderne-ein unvollendetes Projekt, in : *Wege aus der
    Moderne*, hrsg, v.W. Welsch, Weinheim, 1988, S. 178(최문규, 『(탈)현대성
    과 문학의 이해』, 민음사, 1996, 16면에서 재인용).

서, 봉건 질서를 지탱했던 형이상학적·신학적 세계관을 깨뜨리고 이
성적 주체에 의한 인간 해방, 자연의 수학화에 따른 자연 지배, 일직
선적·합목적적 시간관에 의한 진보의 개념 등을 그 이념으로 하고
있다.[45)]

계몽주의로 대표되는 근대성은 베버 M. Weber에 의해 '가치합리
성'과 '합목적성'의 양면적 성향을 지닌 것으로 평가되는데, 이 양면성
은 호르크하이머 Max Horkheimer에 의해 '객관적 이성'(본질적 이
성)과 '주관적 이성'(도구적 이성)으로, 하버마스에 의해 '의사소통적
합리성'과 '도구적 합리성'으로 전개되면서 근대성의 개념이 설명된
다.[46)] '근대화'의 경험과 상호 작용하는 '근대성'은 다시 문학예술의
근대적 양상과 성격으로 연결되는데, 그것이 소위 '미적 근대성'으로
나타난다. 그런데 '모더니즘'의 개념과 마찬가지로 '미적 근대성'의 개
념도 다양한 범주와 의미로 혼용되고 있어 혼란을 가중시킨다. 예를
들면, 미적 근대성은 근대적 문예양식을 포괄하는 대상적 개념으로
사용되기도 하며, 각 문예양식이 내부에 지닌 부르조아 근대성에 대
한 저항의식이라는 속성의 개념으로 사용되기도 한다. 경우에 따라서
는 영미 주지주의 계열의 20세기 현대 모더니즘과 동일시하는 경향도
있다. 이러한 각각의 경우는 관점에 따라 나름의 타당성을 가지고 있
는데, 따라서 무엇보다도 '미적 근대성'의 개념 설정이 선행될 필요가
있다. 본고는 우선 낭만주의와 심미주의, 사실주의와 리얼리즘, 영미
이미지즘과 유럽의 아방가르드 등의 근대적 문예양식들을 포괄하는
개념으로 '근대 모더니즘'이라는 용어를 설정함으로써 개념의 혼란에
서 벗어나 논의를 진행하고자 한다. 이럴 때 미적 근대성은 근대적

---

45) 윤평중은 근대성의 이념들을 이성적인 주체, 주체의 인식에 의해 재현될 수
   있는 실재, 실재를 구성하는 본질적 법칙, 그리고 그 법칙의 합목적적인 진보
   성에 대한 신념 등으로 요약한다. 윤평중, 「탈현대 논쟁의 철학적 조망」, 『세
   계의 문학』, 1991년 가을, 247~274면.
46) 윤평중, 『푸코와 하버마스를 넘어서』, 교보문고, 1990, 28~41면 참조.

문예양식들이 그 내부에 지닐 수 있는 가치나 속성의 개념으로 한정
되는 것이다. 그것은 근대 세계 밖으로 탈출하며 원시적이고 능동적
인 상상의 힘과 자기 표현, 감정의 영역과 신비적 영역을 중시하는
경향과 관련된다. 이를 더 구체적으로 규명하기 위해서는 근대성의
양면성, 즉 가치적 합리성과 도구적 합리성을 함축하고 예각화한 개
념으로서, 역사철학적 근대성의 개념을 함께 살펴볼 필요가 있다.

최문규는 계몽주의적 근대성을 역사철학의 특징과 결부시켜 논의
하면서, 그것을 특징짓는 것을 '역사철학적 근대성'이라고 말한다. 그
리고 역사철학적 근대성이 지닌 특징들로서 경험적이고 복수적인 사
건들에서 단수적이고 집합적인 역사로의 전환, 역사의 시간적 구조화
와 유토피아적 미래의 현재화, 완전에서 완전성으로의 전화, 보편사
및 세계사에의 욕망, 분열을 극복하는 절대적 주체의 동일성 등을 들
고 있다. 한편 그는 이 '역사철학적 근대성'에 반발하는 개념으로서
'미적 근대성'을 오성적·이성적인 행위와는 달리 심미적 주체가 신비
스런 정신상태에서 대상과 은밀한 교호관계를 추구하는 양상으로 정
의한다. 그리고 그 특징을 예술의 자율성 미학과 관련시키면서 꿈, 무
의식, 댄디즘이 지닌 권태와 범죄, 배회자, 작고 개별적인 주체, 순간
에의 몰입 등으로 설명한다.47)

그러나 역사철학적 근대성과 미적 근대성을 대립 개념으로만 보는
최문규의 이러한 관점은, 다분히 복잡한 양상을 단순화한 문제점이
있다. (역사철학적) 근대성은 가치적 합리성과 도구적 합리성의 양면
성을 지니는데, 미적 근대성은 다시 이 근대성의 경험을 반영하면서
반발하고, 수용하면서 저항하므로 한층 복잡한 양상을 지니게 된다.
따라서 미적 근대성은 (역사철학적) 근대성과 단순한 대립관계에 있
는 것이 아니라, (역사철학적) 근대성의 측면과 그것에 저항하는 측
면을 동시에 가지고 있는 것이다. 결국 본고는 이러한 (역사철학적)

---

47) 최문규, 『(탈)현대성과 문학의 이해』, 민음사, 1996, 15~83면 참고.

근대성과 미적 근대성의 관계를 염두에 두면서 논의를 전개하기로 한다.

한편 '미적 근대성'의 개념은 칸트의 소위 '예술의 자율성 이론'과도 관련되는데, 이를 평가할 때는 두 가지 차원에 의해 그 차별성이 밝혀져야 온전한 평가가 이루어질 것으로 보인다. 즉 '미적 근대성'은 근대 세계의 비인간성에 대한 거부와 저항의 자세에서 역사의식의 한 표현 형태로 성립된 경우가 있는 반면, 단지 현실과의 단절 속에서 과거의 이상향으로 도피하거나 신비적인 세계로 초월하려는 폐쇄적이고 자족적인 자세에서 성립된 경우도 있는 것이다. 전자는 적극적 의미에서의 미적 근대성의 차원이고, 후자는 소극적 의미에서의 미적 근대성의 차원이라고 말할 수 있을 것이다. 따라서 칸트가 말한 '예술의 자율성 이론'과 '미적 근대성'을 동일시하는 관점은 단순화에 빠질 우려가 있다. 결국 우리는 미적 근대성의 개별적 사례들을 각각 역사철학적 근대성과 그 미적 저항의 역학관계 속에서 고찰하는 동시에, 역사철학적 근대성이 지닌 가치합리성과 합목적성의 양면성, 미적 근대성이 지닌 적극적 차원과 소극적 차원 등을 복합적으로 고려할 필요가 있는 것이다. 이런 전제 하에서 낭만주의와 상징주의, 사실주의와 리얼리즘, 모더니즘과 아방가르드 등의 근대적 문학양식들이 제각기 역사철학적 근대성을 어떻게 수용하고 저항하면서 미적 근대성을 형성했는지 살펴본다면, 문학에 있어서의 근대성의 특징들을 비교 고찰할 수 있게 될 것이다.

이제 이러한 근대성의 개념과 관련하여 모더니즘의 범주와 의미를 고찰하기 위해, 마샬 버먼 Marshall Berman·페리 앤더슨·프레드릭 제임슨의 견해를 살펴보기로 한다. 마샬 버먼은 오늘날 전세계의 사람들이 공유하는 시간과 공간, 자아와 타자, 삶의 가능성과 위험에 대한 매우 중요한 경험 양식 일체를 '근대성(Modernity)'이라고 정의한다. 그리고 근대적인 것의 의미를 가능성과 위험, 변화와 파괴, 분열과 통일, 해체와 갱생의 이중성으로 파악한다. 버먼은 이것을 현대 생

활의 소용돌이로 비유하고, 20세기에 있어서 이러한 소용돌이를 가능
케 하고 그러한 상태를 영원히 유지시키는 사회적인 과정을 '근대화
(Modernization)'라고 부른다. 또한 이러한 근대화의 경험에서 다시
인간들을 근대화의 객체일 뿐 아니라 주체로 만들고 그것들을 변화시
킬 힘을 부여해 주며, 이 소용돌이 속에서 자신의 길을 찾아내어 자
신의 것으로 만드는 것을 목표로 하는 다양한 비전과 가치를 '모더니
즘(Modernism)'이라고 명명한다.48) 근대화는 자본주의의 사회경제적
과정을 의미하고, 모더니즘은 그것에 대응하는 문화적 비전과 가치를
의미하는 셈인데, 버먼은 역사적 경험인 근대성을 근대화와 모더니즘
을 변증법적으로 매개해 주는 중간항으로 간주한다.

　버먼이 제기한 중요한 주제는 모더니즘과 근대화 사이에 존재하는
복합적이고 역동적인 관계이다. 그는 이 관계를 추상적인 법칙이 아
니라 역사적 실체성을 갖는 경험, 즉 근대화 과정에서 생겨난 인간
경험의 차원에서 접근한다. 버먼의 견해에서 또 하나 중요한 점은 근
대화에 대한 이중적 태도로부터 모더니즘이 생성되는 것으로 본 점에
서, 모더니즘의 시기를 19세기 이후로 확장하고 있다는 점이다.49) 그

---

48) Marshall Berman, *All that is solid melts into Air*, New York, 1983, pp.15
　～16.

49) 최근 한국문학 연구에 있어서도 마샬 버먼의 모더니즘관에 기대어 리얼리즘
　과 모더니즘을 포괄하는 광의의 모더니즘 개념을 설정할 것을 제안한 경우가
　있다(진정석, 「모더니즘의 재인식」, 『창작과 비평』, 1997년 여름). 이 견해는
　리얼리즘과 모더니즘을 적대적인 관계로만 보고 민족문학과 리얼리즘을 일관
　되게 대응시키려 했던, 민족문학 진영의 경직된 연구 관행에 경종을 울린 의
　미가 있다. 그러나 이 관점은 모더니즘 범주의 확장으로 인한 개념상의 혼동
　과 함께, 리얼리즘과 모더니즘의 변별성마저 무화시키는, 또 다른 문제를 야
　기시킨다. 이러한 문제들은 그의 제안이 모더니즘의 범주를 확장하자는 주장
　이상의 정교한 연구의 방법론을 제시하지 못하는 한계와도 관련된다. 따라서
　모더니즘의 범주를 단순히 확장하기 보다, 리얼리즘과 모더니즘을 포괄할 수
　있는 문학연구의 좌표 설정을 토대로 개별 텍스트 연구를 진행하면서, 근대
　성 및 미적 근대성의 개념을 통해 리얼리즘과 모더니즘이 지닌 유사성과 변

러나 이러한 모더니즘의 시기 확장은 적지 않은 장점이 있음에도 불구하고, 본고가 앞서 언급한 대로 낭만주의 · 리얼리즘 · 상징주의 · 모더니즘 등의 여러 문예사조나 미적 양식들이 지닌 차이점을 설명하지 못하게 되는 문제를 야기한다. 다시 말해, 모더니즘이라는 이름으로 여러 근대적 문예양식들을 개괄적으로 묶을 때, 이들이 지닌 다양하고 차별적인 근대성과의 관계 양상을 설명하기 어렵다는 것이다. 페리 앤더슨도 이러한 관점에서 버먼의 입장을 비판하는데, 버먼의 근대화 개념이 갖는 진보관과 역사관은 한 시기나 시대를 다른 것과 구별할 수 없게 하는 평면적인 발전관을 내포하고 있다는 것이다. 이에 대해 앤더슨은 차별화된 역사적 한시성을 좀더 면밀히 살펴서 모더니즘의 균등한 지리적 배분이나 여러 미적 경험과 실천들의 차이를 인정하고, 근대성에 대한 20세기의 이론과 실천, 예술과 사상 사이의 괴리를 설명해야 한다고 주장한다.50)

이런 문제 제기와 함께 앤더슨은 모더니즘을 차별화된 역사적 시간성에서 살피기 위해서, 일련의 미적인 실천과 이론들에 대한 종합국면적인 설명을 제안한다. 그는 모더니즘을 세 가지의 결정적인 좌표들에 의해 삼각 측량된 문화적 힘들의 장으로 이해한다. 그 세 가지 좌표는, 첫째로 시각 예술이나 다른 예술에서 매우 형식화된 전통주의가 하나의 성문법처럼 자리잡고 있었다는 점, 둘째로 본질적으로 새로운 전화 · 라디오 · 자동차 · 항공기 등과 같은 중요한 과학기술과 발명품들이 등장하고 있었다는 점, 셋째로 사회 혁명이 임박했다고 사람들이 상상했다는 점이다.51) 이를 요약하면, 귀족적 지배체제 및 전통주의의 존속, 불완전한 산업화, 그리고 사회주의 혁명에 대한 기

별성을 섬세하게 고찰하는 것이 더 생산적인 논의가 되리라는 것이 본고의 입장이다.

50) Perry Anderson, 유재덕 · 김영희 역, 「근대성과 혁명」, 『창작과 비평』, 1993년 여름, 342~345면.

51) 같은 글, 346~350면.

대심리가 중첩적으로 작용하여 모더니즘을 낳았다는 것이다.

이러한 앤더슨의 종합국면적 이론은 모더니즘의 발생과 변화과정을 서구 역사과정과 연관하여 설명하고 있는데, 이는 프레드릭 제임슨의 모더니즘론과도 비교될 수 있다. 제임슨은 봉건제에서 자본주의 생산양식으로 변화함에 따라 부르조아 문화혁명이 수반된다고 가정하는데, 부르조아 문화혁명은 기존의 주체를 단자화된 주체로 변화시키고, 공간을 균질화하며, 질을 양으로 변화시킨다. 그 첫 번째 계기는 19세기 리얼리즘인데, 그것은 산업혁명 이후의 시장 자본주의에 대응한다. 두 번째 계기는 모더니즘으로서 자본주의의 제국주의 단계에 대응하면서 문화혁명의 중간 단계를 수행한다. 세 번째 계기는 다국적 자본주의 단계에 따른 포스트모더니즘이 자본주의 최후의 예술 형태로서 문화혁명의 마지막을 장식한다고 본다.[52]

제임슨은 모든 예술이 상징적인 해결인 한에 있어서 이데올로기적이라고 보는데, 이런 관점에 서면 그가 제시한 삼단계론에서 리얼리즘·모더니즘·포스트모더니즘은 상황에 대한 상징적 반응이라는 면에서 동일한 위치를 부여받는다. 제임슨은 이런 전제 하에서 자본주의 문화 내에 설정된 단계들 사이의 질적 차이를 규명하는 데 주력한다. 그러나 제임슨의 삼단계론은 서구 문예양식의 전개를 일목요연하게 설명하는 장점이 있는 반면, 각 문예양식의 특징을 단순화한 측면과 함께, 문예양식과 역사적 시기가 일대일로 대응되기 어렵다는 점에서 한계를 보여준다. 더구나 한국적 현실과 문화 상황에 그대로 적용하는 데는 더 큰 무리가 따른다. 한국의 경우, 개화기 이후 짧은 기간에 서구 문예사조들을 한꺼번에 수용하면서 한 시기에 있어서도 여러 문학운동과 미학적 실천들이 혼재되어 있기 때문이다. 이것은 제임슨 뿐만 아니라 버먼과 앤더슨이 공통적으로 시도한 모더니즘 발생

---

52) F. Jameson, Postmodernism or The Culture Logic of Late Capitalism, *New Left Review* 146(1984. 7·8), pp.77~78. 백낙청, 「모더니즘 논의에 덧붙여」, 『민족문학과 세계문학 Ⅱ』, 창작과비평사, 1985, 459~463면 참조.

과 전개의 역사적 고찰이, 나름의 타당성을 지니고 있음에도 한국적 문학 현실에 그대로 적용되기 어려운 사정을 말해 준다.

이상에서 마샬 버먼, 페리 앤더슨, 프레스릭 제임슨이 제시한 근대성과 관련된 모더니즘의 개념들을 살펴보았는데, 우리는 그들이 제기한 문제들을 참고로 하면서 한국문학의 연구에 있어 그 특수성과 세계적 보편성을 함께 고려하는 개념 설정을 필요로 한다. 즉 모더니즘·리얼리즘·낭만주의와 상징주의 등의 문학운동과 미적 실천들을 근대성의 테두리 속에서 어떻게 설명하는가가 중요한 과제가 되는 것이다. 이를 위해서는 우선 첫째로, 모더니즘의 개념보다 미적 근대성의 개념을 적용하는 것이 논의를 더 생산적인 것으로 이끌 수 있다. 둘째로, 미적 근대성을 고찰할 때 역사철학적 근대성에 대한 수용과 미적 저항을 함께 고려하면서, 그 관련성과 괴리의 양상을 세밀히 검토하는 것이 필요하다. 셋째로, 자본주의적 근대성이 지닌 활력과 모순을 창조의 원천과 부정으로 삼는다는 특성을 공유하는 점에서, 모더니즘과 리얼리즘을 반드시 적대적인 관계로만 볼 것이 아니라, 근대성에 대한 미적 대응으로서 그 공통점과 차별성을 정교하게 고찰할 필요가 있다. 넷째로, 근대성의 개념과 관련하여 미적 근대성을 고찰할 때, 모더니즘과 리얼리즘 이외에 낭만주의·상징주의·심미주의 등의 양상도 고려해야 한다.

산업혁명과 프랑스 대혁명을 기폭제로 추동된 18세기 중엽 이후 19세기의 근대 사회에 성립되고 왕성한 세력을 얻었던 것은 낭만주의 문예운동이었다. 따라서 우리가 근대 이후 18세기 중엽의 계몽주의로부터 역사철학적 근대성이 구체적으로 발현되었다고 간주할 때, 그 미적 대응으로서 낭만주의가 중요하게 고찰되어야 한다. 흔히 20세기 영미 모더니즘의 영역에 국한하여 근대성을 논의할 때는, 그것의 특징을 반낭만주의로 규정한다. 따라서 우리가 낭만주의를 미적 근대성의 한 범주로 간주할 때, 모더니즘의 범주와 시기 설정을 분명히 해야 한다는 최초의 문제와 다시 만난다.

모더니즘(Modernism)은 그 어원적 의미에 따르면 근대화의 경험을 표현하는 모든 문학예술을 가리킬 수 있다. 그러나 민족주의와 자본주의 세계시장이 배태된 16세기 이후의 모든 문학예술 양식을 모더니즘으로 포괄하는 방식은, 그 양식들 사이에 나타난 질적 차이를 무화시킨다는 점에서 채택하기 어렵다. 자연주의와 리얼리즘, 낭만주의와 모더니즘이 제각기 일정하게 근대화의 경험을 표현하는 양식으로 성립한 것이므로, 현대문학의 주류적인 사조로서 모더니즘을 살펴보기 위해서는, 그것의 영역을 19세기 말엽 상징주의 이후에 전개된 특정한 역사적 문화 현상을 지칭하는 것으로 한정시킬 필요가 있다.53) 본고는 이 문제에 있어 근대와 현대로 나누는 역사의 시대 구분과 관련하여, 근대문학과 현대문학으로 구분하는 관점을 원용할 수 있다고 본다. 물론 이 때 근대 속에는 현대가 포함되고, 근대문학 속에는 현대문학이 포함되는 것이다. 서구의 경우 일반적으로 역사에서 근대의 개념은 자본주의 성립 이후로 잡으며, 그 구체적인 시기를 넓은 의미에서는 14~15세기 르네상스 이후로, 좁은 의미에서는 18세기의 프랑스 시민혁명과 산업혁명 이후로 본다. 그리고 현대의 시점을 자본주의가 새롭게 전환된 20세기 이후로 잡는 것이 보통이다. 이런 역사적 시기 구분과 관련하여 문학에 있어서도 근대문학의 시작을 넓은 의미에서 르네상스 이후로 보지만, 대체로 1750년 이후로 보는 것이 보편적이다. 그리고 현대문학의 시작을 영미 이미지즘이 발생한 1900년대, 혹은 유럽의 다다와 초현실주의가 고조된 1920년대 이후로 잡는 것이 일반적인 견해인 듯하다.54) 그렇다면 서구의 경우 근대문학에 해당하는 문학운동으로 낭만주의, 자연주의와 리얼리즘, 상징주의와 심미주의가 있으며, 현대문학에 해당하는 문학운동으로 영미 이미지즘과 유럽의 아방가르드가 있다고 볼 수 있다. 그런데 모더니즘이란 용어는

---

53) 최유찬, 『문예사조의 이해』, 실천문학사, 1995, 306면 참고.
54) 오세영, 「근대시와 현대시」, 『20세기한국시연구』, 새문사, 1989, 13~19면 참고.

마샬 버먼의 경우처럼 19세기 이후 리얼리즘 문학을 포함하는 개념으로도, 페리 앤더슨과 프레드릭 제임슨처럼 20세기 현대문학의 양상을 지칭하는 개념으로도, 또한 20세기 현대문학의 양상 중 특히 영미 이미지즘 계열을 지칭하는 경우로도 혼용되어 왔으므로, 혼란을 야기시킨 주된 원인이 된 것이다. 따라서 본고는 이런 범주를 구분하여 용어를 부여함으로써 용어 혼용에서 오는 혼란을 막고, 미적 근대성의 개념과 관련하여 한국문학의 제 양상들을 세밀하게 연구하는 기초를 마련해야 한다고 본다. 이를 위해 우선 한국문학에 있어서 근대문학과 현대문학의 구분을, 특히 근대시와 현대시의 경우를 살펴보자.

한국 근대문학의 기점은 최근까지 많은 논란을 빚어왔다. 18세기 영·정조 시대 기점설,55) 1894년 갑오경장설,56) 1905~1910년의 애국계몽기설57) 등이 있으며, 이에 따라 근대시의 시작을 그동안 관례가 되어온 최남선의 「해(海)에게서 소년(少年)에게」(1905)로 보는 관점 이외에, 조선후기 사설시조로 보는 관점58)과 1910년대 서구 자유시의 세례를 받은 황석우·김억·주요한을 거쳐 이상화를 중심으로 한 백조파의 낭만주의로 보는 관점59) 등이 제기되었다. 그리고 현대시의 기점 문제는 근대시와 현대시를 구분하지 않는 경우도 있으며, 구분하는 경우에는 대체로 영미 이미지즘의 수용과 그 형성을 기준으로 하고 있다. 다만 이미지즘이 배태된 1926년을 기점으로 보는 경우60)

55) 김윤식·김현, 『한국문학사』, 민음사, 1973, 8~22면.
　　조동일, 「한국 근대문학 형성과정론 연구사」, 『근대문학의 형성과정』, 문학과지성사, 1983, 40~43면.
56) 백낙청, 「문학과 예술에서의 근대성 문제」, 『창작과 비평』, 1993년 겨울, 25~26면.
57) 최원식, 「한국문학의 근대성을 다시 생각한다」, 『창작과 비평』, 1994년 가을, 12~21면.
58) 오세영, 「근대시와 현대시」, 앞의 책, 25~29면.
59) 최원식, 앞의 글, 14면.
60) 문덕수, 『한국모더니즘시연구』, 시문학사, 1981, 51면.

와 본격적인 문학운동으로 전개된 1930년대로 보는 경우61)로 나뉠 뿐
이다.

본고는 1910년대 낭만주의시로부터 근대시의 기점을, 1930년대 이
미지즘 문학운동으로부터 현대시의 기점을 잡는 것에 동의하는 입장
이지만, 이러한 기점 문제보다 중요한 과제는 한국 근대문학과 현대
문학의 제 양상들을 체계적이고 심층적으로 고찰하여 그 자체의 미학
적 원리와 특성을 규명하는 것이라고 본다. 이러한 작업을 위해 본고
는 일단 18세기 이후의 서구 근대문학의 제 양식을 총칭하여 근대 모
더니즘이라 칭하고, 다시 그중에서 20세기 현대문학을 영미 이미지즘
계열과 유럽 아방가르드 계열로 나누어, 전자를 현대 모더니즘, 후자
를 아방가르드로 명명하고자 한다. 이런 범주 설정을 토대로 각각의
문학운동 양상을 미적 근대성의 이중적 성격, 즉 역사철학적 근대성
의 반영과 그 미적 저항의 관점에서 차별성과 공통점을 고찰하면, 근
대 이후 근대성의 경험을 토대로 형성된 제반 문학운동과 실천의 양
상들을 균형있게 연구할 수 있는 토대가 마련될 것이다.

정한모, 「한국 근대시 연구의 반성」, 『현대시』 1집, 1984. 48~53면.
오세영, 「한국 모더니즘시의 전개와 그 특질」, 『예술원 논문집』 25집, 1986,
15~19면.
61) 백철은 『조선신문학사상사-현대편』(백양당, 1950), 238면에서 1934년을, 조
연현은 『한국현대문학사』(성문각, 1969), 463면에서 1935년 전후를, 조지훈은
「한국현대시문학사」, 『조지훈전집』 7권(일지사, 1973), 214면에서 1935년을
분기점으로 생각하였다.

III. 기교주의 논쟁의 의미와 위상

　우리 문학사에서 시에 대한 입장의 차이가 확연하게 드러나는 것은 1930년대의 기교주의 논쟁에서이다. 이 논쟁이 중요한 의미를 지닌 이유는, 첫째로 그 당사자인 김기림·임화·박용철이 자신의 시론을 전개하는 과정에서 이 논쟁을 계기로 시에 대한 관점과 이론을 체계화하기 때문이다. 둘째로 이런 사실로 인해 한국 근대시론의 전개과정에서 소위 모더니즘 시론·리얼리즘 시론·유미주의 시론이 어느 정도 정립되어, 이후 현대시론의 큰 물줄기를 형성하게 되었기 때문이다. 다시 말해 이 기교주의 논쟁은 김기림·임화·박용철의 개별적 시론 전개에 있어서 세 입장과 관점이 상호 교섭하면서 자기를 정립하는 계기가 되는 동시에, 1910년대 이후 형성되고 전개되어 온 한국 근대시론의 제 양상들이 상호 공통점과 차이점을 확인하면서 체계화되어, 다시 1930년대 이후의 흐름으로 분화 발전되어가는 계기가 되는 것이다. 그러므로 기교주의 논쟁을 논쟁 그 자체를 중요하게 취급하고 연구하는 것은 의미있는 성과를 얻기 어렵다.

　가령, 기교주의 논쟁을 중심으로 김기림·임화·박용철의 시론을 검토하고 문학적 수준을 평가한다면, 문학 외적 사정이 개입되기 쉬운 논쟁의 성격과 한계로 인해 그 평가가 왜곡되기 쉽다. 일반적으로 논쟁 자체보다 논쟁에서 벗어나 있는 이론이나 비평이 더 높은 문학

적 의미와 수준을 지니는 경우가 많은 것이다. 더구나 김기림·임화
·박용철의 시론이 지닌 전체적 면모나 전개과정을 고찰하지 않고 논
쟁만을 취급한다면 그 왜곡 정도가 더 심해질 것이다. 이러한 언급은
기존 비평사 연구의 상당수가 논쟁 중심의 연구가 되어 온 점에 대한
비판의 성격도 지닌다.62) 따라서 본고는 이 장에서 기교주의 논쟁이
김기림·임화·박용철의 시론 전개과정에 어떤 작용을 했는지, 그리
고 한국 근대시론의 전개에서 소위 모더니즘 시론, 리얼리즘 시론, 유
미주의 시론 정립에 어떤 작용을 했는지에 중점을 두고 살펴보기로
한다. 우선 한국 근대시론의 전개와 관련하여 1930년대 이전까지의
김기림·임화·박용철 시론의 계보에 관한 개괄적 정리를 시도한 후,
기교주의 논쟁의 경과를 정리하는 순서로 진행한다.

　우리 문학사에서 근대적인 의미의 시론은 1910년대 말 백대진, 김
억, 황석우 등이 서구 상징주의 시론을 수용하면서 나타나기 시작한
다. 물론 그 이전에 단재 신채호의 「천희당시화(天喜堂詩話)」(『대한
매일신보』, 1909.11.9~12.4) 등 중요한 견해나 주장들이 있긴 했지만,
그것들은 대체로 문학을 사회적 교화의 수단으로 본 실용적 문학관을
지닌 데다 문학 일반론의 형식으로 제출된 것이어서 독립된 시론으로
보기는 어렵다. 이러한 공리주의 일변도의 문학관에서 벗어나 시의
형식과 운율에 대한 새로운 관심을 보이면서 형성된 상징주의 시론
은, 개성의 자각 및 강조, 호흡율·개성율 같은 시의 운율에 대한 새
로운 인식을 토대로 이른바 자유 시론으로 전개된다. 김억의 「시형의
음률과 호흡」(『태서문예신보』, 1919.1)과 「스핑크스의 고뇌」(『폐허』,

---

62) 유종호는 논쟁 위주의 비평사 연구를 비판하면서 다음과 같이 피력한다. "비
　　평사 기술에서 논쟁 궤적을 추적하는 것은 의미 있기는 하나 그로 인해 정작
　　읽을 만한 이차 문서가 가려지는 것은 역사적 공정에 대한 반칙이라 하지 않
　　을 수 없다. 논쟁 위주의 편의주의적인 기술은 비평사를 단순히 저널리즘의
　　분야사로 변모시키게 된다." (유종호, 「비평 50년」, 『한국현대문학 50년』, 민
　　음사, 1995, 251면)

1920.7), 황석우의 「조선 시단의 발족점과 자유시」(『매일신보』, 1919.
11) 등이 구체적인 성과인데, 이 상징주의 시론과 자유 시론은 넓은
의미의 유미주의 시론에 포함되는 것으로 볼 수 있다. 김억과 황석우
가 생성시킨 이 흐름은 이후 1920년대 주요한의 「노래를 지으시려는
이에게」(『조선문단』, 1924.10~12)와 김소월의 「시혼」(『개벽』, 1925.5)
등으로 이어지고, 1930년대 초 박용철에 이르러 어느 정도 체계를 갖
추게 된다.

한편 1920년대 중반을 고비로 개성·운율·언어를 중심으로 한 미
적 구조로서의 서구적 시관에 반발하는 경향이 대두되는데, 조선적
전통과 조선 정신의 문학적 구현을 재인식한 민족주의 시론과, 계급
의식에 토대한 현실 참여와 사회적 역할을 강조한 사회주의 시론이
그것이다. 전자가 유미주의 시론이 지닌 서구적 경험에 반발하였다면,
후자는 그것이 지닌 미적 구조로서의 시관에 반발하였다고 볼 수 있
다. 이 중 계급의식을 기반으로 한 시론은 러시아와 일본의 프로문학
을 수용하면서 전개되는데, 김기진·박영희의 신경향파 시론과 1927
년 목적의식기로의 방향전환 이후 대중화론과 관련된 김기진의 시론
이 여기에 해당한다. 박영희의 「시의 문학적 가치」(『개벽』, 1925.3)와
김기진의 「단편 서사시의 길로」(『조선문예』, 1929.5), 「프로시가의 대
중화」(『문예공론』, 1929.6) 등이 그 대표적인 경우이다. 이 과정에서
1930년대 초 임화의 프롤레타리아 시론이 등장하게 된다. 그리고 이
런 상황 속에서 김기림은 감상적 낭만주의와 카프의 편내용주의를 비
판하면서 정지용·김광균 등의 이미지즘 계열 시인들을 지지하는 주
지주의 경향의 시론을 주장한다.

김기림·임화·박용철의 시론이 각각 「시인과 시의 개념」(『조선일
보』, 1930.7.24~30), 「노풍(蘆風) 시평에 항의함」(『조선일보』, 1930.5.
15~19), 「'시문학' 창간에 대하여」(『조선일보』, 1930.3.2)에서 시작된
다고 볼 때, 이 세 시론가의 활동은 거의 비슷한 시기에 출발한다. 이
후 각각 이미지즘시를 중심으로 한 모더니즘 시론·카프 계열의 시를

중심으로 한 리얼리즘 시론·시문학파를 중심으로 한 유미주의 시론을 형성하면서 전개되다가, 1935년 기교주의 논쟁을 계기로 이들의 시론은 한 자리에서 만나게 된다.

1. 낭만주의의 재평가와 수용

기교주의 논쟁은 김기림의 「시에 있어서의 기교주의의 반성과 발전」(『조선일보』, 1935.2.10~3.14)에서 촉발되고 임화의 「담천하(曇天下)의 시단 1년」(『신동아』, 1935.12)에서 비롯된다. 그런데 그 이전인 1934년 초반에 이미 김기림과 임화는 상호 입장 차이로 인한 대립 양상을 보여준다. 임화는 「33년을 통하여 본 현대조선의 시문학」(『조선중앙일보』, 1934.1.1~12)에서 프롤레타리아시의 정당성을 옹호하는 차원에서 다른 경향의 시들을 비판하는데, 그 대상이 주로 낭만주의시·순수시·주지주의 경향의 시였다. 이에 김기림은 「문예시평—비평의 태도와 표정」(『조선일보』, 1934.3.28~30)에서 "그의 비평의 시야에는 작품이 먼저 들어오는 것이 아니고, 계급적 화장을 입은 작자의 얼굴이 먼저 들어온다. 거기서부터 작품에 대한 가치 판단이 아니고, 작자의 인간에 대한 무수한 판단들이 뛰어 나온다"[63]라고 지적하면서 임화의 비평을 비판한다.

작품 자체에 대한 분석과 해명이 선행된 후 그것에 근거해서 작품과 작가에 대한 판단이 이루어져야 한다고 주장하는[64] 김기림은, 임

---

63) 김기림, 「문예시평—비평의 태도와 표정」(『조선일보』, 1934.3.28~30), 『김기림전집』 3권, 심설당, 1988, 123면.

64) 이것은 김기림 비평의 일관된 관점인데, 그것이 명시된 글로는 「시평의 재비평」(『신동아』, 1933.5), 「현대비평의 딜렘마」(『조선일보』, 1935.11.29~12.6), 「과학과 비평과 시」(『조선일보』, 1937.2.22~26) 등이 있다.

화의 비평이 텍스트를 분석하고 해명할 과학적 방법론을 가지지 못한 점을 들어 그 한계를 지적한 것이다. 이는 일견 방법론 습득의 문제인 듯 하지만, 그것만으로는 해결되지 않는 세계관적 차이를 내포하고 있다. 그것은 자본주의 사회를 기정 사실로 인정하느냐 인정하지 않느냐에 따른 차이인 것으로 보인다. 김기림은 "창백한 지식계급의 존재는 자본주의 사회의 숙명이다. 그 개개의 분자의 '모랄'의 문제가 아니다"[65]라고 말하는 반면, 임화는 "오늘날의 문학은 자본주의 세계에 대한 태도 여하, 즉 그것의 긍정자이냐 ××적 비판자이냐 하는 지점, 그것이 그가 자기를 예술적으로 발전식히고 성장식히느냐 즉화(卽化)식히고 고탕(枯湯)식히느냐 하는 것을 결정하는 문학예술의 최후의 십자로이다"[66]라고 말하는 것이다. 이러한 세계관적 상이점은 좁혀질 수 없는 입장 차이인 것처럼 보이는데, 그러나 우리는 문학비평의 방식으로 제출된 평문을 인식의 깊이와 정밀성, 비평 방식과 논의의 수준 등에서 평가할 수 있다. 임화의 주장은 자본주의를 비판하느냐 긍정하느냐는 세계관의 문제가 바로 예술작품의 성패를 좌우한다는 것이므로, 단순한 결정론의 차원에 머물고 있다. 이러한 한계는 임화가 세계관과 작품 사이를 이어주는 매개항을 고려하지 않은 데서 기인하는 것으로 보인다. 또한 어떤 문학인이 자본주의의 비판자냐 긍정자냐를 단도직입적으로 구분하는 것도 무리이다. 예를 들어, 임화가 그런 차원에서 비판하고 있는 김기림은 "사회적 비평가의 '메스'는 아무 방위도 없는 개개의 분자에게 향하기 전에 그들이 의존하는 사회적·시대적 질병의 심소(深所)로 향할 것이나 아닐까"[67]라고 말한다. 그는 자본주의 사회의 병폐를 인식하고 사회학적 비평을 중요한 것으로 보는데, 다만 그 방법상의 엄밀성과 정교성을 문제삼는 것이다. 한편 이 대목에서 우리는 김기림이 지식계급이나 작가의 '모

---

65) 김기림, 「문예시평―비평의 태도와 표정」, 앞의 책, 124면.
66) 임화, 「현대의 문학에 관한 단상」, 『형상』 제1호, 1934.2, 58면.
67) 김기림, 앞의 글, 124면.

랄'의 문제를 도외시하고 있는 점을 지적할 수 있다.

이런 양상은 1935년의 이른바 기교주의 논쟁에서 더 구체화되면서 전개된다. 김기림은 「시에 있어서의 기교주의의 반성과 발전」(1935. 2)에서 기교주의를 "시의 가치를 기술을 중심으로 하고 체계화하려고 하는 사상에 근저를 둔 시론"이라고 규정하고, 이를 심미주의나 예술 지상주의와는 엄연히 구별되어야 한다고 말한다. 예술지상주의는 윤 리학에 속하는 문제이나 기교주의는 순전히 미학권 내의 문제라는 것 이다. 그리고 그는 30년대 전반기를 통해 개별적으로 형성된 이 기교 주의는 편향화되어 이미 그 역사적 의의를 잃어버렸고, 따라서 그 근 저에 높은 시대정신이 연소하고 있는 전체시에 종합되어야 한다고 주 장한다.68) 사실상 이러한 기교주의 비판은 당시 이미지즘 계열의 시 들이 지닌 일반적 한계를 지적하는 동시에 자기 비판의 성격을 지닌 것이다. 그런데 임화가 「담천하의 시단 1년」(1935.12)에서 기교주의와 함께 김기림의 논리를 비판하면서 기교주의 논쟁이 시작된다. 임화는 이 글에서 예술지상주의는 윤리학의 문제이고 기교주의는 완전히 미 학권 내의 문제라는 김기림의 언급을 기교주의 옹호로 간주한다. 정 지용·신석정 류의 시와 김기림 류의 시를 동일한 기교주의로 보는 임화는, 그 이유로 그들의 작시상(作詩上) 근본 입장인 사상의 동일성 을 세 가지로 든다. 첫째는 시적 내용에 대하여 시적 기교를 우위에 두며, 둘째는 현실 상황에 대한 관심의 회피자로서 현실이나 자연의 단편에 대한 감각만 있으며, 셋째는 이런 결과로 현실이나 자연에 대 하여 단순한 관조자의 냉철 이상을 시에서 표현하지 않는다는 것이 다.69) 임화의 논리는 김기림의 논리가 지닌 기교주의 경향의 역사적 성격을 폄하하고, 프롤레타리아시의 발전 경로를 근대시의 정통성으

---

68) 김기림, 「시에 있어서의 기교주의의 반성과 발전」(『조선일보』, 1935.2.10~ 3.14), 「기교주의 비판」, 『전집』 2권, 98~99면.

69) 임화, 「담천하의 시단 1년」(『신동아』 50호, 1935.12), 『문학의 논리』, 학예사, 1940/서음출판사, 1989, 367~370면.

로 확인하려는 데 있다고 볼 수 있다.

한편 임화는 김기림이 말하는 '전체로서의 시'가 진정한 의미의 통일이 아니고 단순한 기술적인 질서화의 기도라고 비판한다. 그리고 그 질서화의 의지의 근저에 범박하기 짝이 없는 인간 정신, 휴머니즘이 가로놓여 있다고 말한다. 이어서 이찬의 시를 신변잡기적 한계와 영탄적 음율로 인해 진실한 낭만주의 대신 감상주의가 자리잡고 있다고 비판하고, 진실한 낭만주의의 전형으로 안용만의 「강동(江東)의 품」(『조선중앙일보』, 1935년 신춘 당선시)을 거론하며 상찬하고 있다.70) 여기서 우리는 김기림이 주장한 '전체로서의 시'나 임화가 내세운 '진실한 낭만주의'에서 휴머니즘과 낭만주의라는 개념이 중요한 논점으로 부각됨에 주목할 필요가 있다. 김기림뿐만 아니라 임화도 초기 비평과 시론에서 일관되게 낭만주의 경향을 비판하였는데, 기교주의 논쟁이 발단된 1935년경을 전후하여 낭만주의나 휴머니즘 정신을 재평가하고 수용하는 것이다. 이 문제는 일단 김기림과 임화 시론의 전개 과정에서 하나의 변모 양상으로 인정될 수 있는데, 거기에 작용한 당시 세계적 문화의 동향이나 한국 내 문단 상황도 간과할 수 없다.

우선 세계적 문화 상황을 살펴보면, 1930년을 전후하여 급격히 만연된 파시즘의 신화와 정면으로 대결하기 위해 사회주의와 공산주의 및 자유주의가 연합한 인민전선이 출현하고, 1935년 4월에 니스에서 <지적협력 국제협회>가, 6월에 파리에서 <문화옹호 국제작가대회>가 개최된다. 이 대회는 파시즘의 팽창으로 인한 위기의식, 지식계급의 불안과 고민 등에 대응하기 위해 인간성의 해방, 문화의 옹호, 표현의 자유라는 공통 과제를 제시하게 된다. 또 하나 주목할 만한 사실은 이 대회의 목적 중의 하나가, 예술파와 계급파의 근본적 차이라고 할 수 있는 문학의 목적성 유무의 장벽을 어떻게 극복할 수 있는가라는 문제였다는 것이다. 이 시기에 계급문학의 창작방법론이 변증

---

70) 같은 글, 371~379면.

법적 사실주의에서 사회주의적 리얼리즘으로 전환되었으므로, 어느 정도 자유주의 예술론과의 교차점을 찾을 계기가 마련되었던 것이다.71) 이러한 세계 정세와 세계문단의 동향을 민감하게 받아들여 형성된 논의 중의 하나가 소위 휴머니즘론이다. 휴머니즘론은 백철을 중심으로 도입·전개되었는데, 그는 1933년부터 인간묘사론을 중심으로 휴머니즘을 일관되게 주장한다. 그가 제시한 인간묘사의 구체적인 방법은 "하나는 사회주의적 리얼리즘이라는 창작방법을 갖고 또 한편은 심리주의적 리버럴리즘이라는 문학적 수업"72)을 갖는 것이다. 즉 그는 "인간적 개성을 무시한 집단과 사회를 묘사하는 대신 사회적 실천관계에서 개인적 인간을 통일적으로 묘사"73)할 것을 주장하는데, 이는 프로문학과 부르조아문학을 결합한 일종의 절충론이라고 볼 수 있다. 한편 김기림과 임화는 1933년 이후 문단에 제기된 이 휴머니즘론을 자기 나름의 논리로 수용한다.74)

김기림의 경우 휴머니즘 논의를 통해 초기 시론과 변별되는 양상을 보인 것은, 기교주의 논쟁 이전에 발표한 「새 인간성과 비평정신」(『조선일보』, 1934.11.16~18)에서이다. 그는 우리 근대시의 전개를 서구 문명사의 흐름과 연관시키는 맥락 위에서 논의를 전개한다. 편내용주

---

71) 김윤식, 『한국근대문예비평사연구』, 일지사, 1976, 202~210면 참고.

72) 백철, 「인간묘사시대」, 『조선일보』, 1935.9.1.

73) 백철, 「인간탐구의 도정」, 『동아일보』, 1934.5.27.

74) 백철에 대한 평가로 김기림의 「시평의 재비평」(『신동아』, 1933.5)과 임화의 「동지 백철 군을 논함」(『조선일보』, 1933.6.14~17)을 주목할 수 있다. 김기림은 백철 비평이 양적 광범성의 장점을 지니고 있으나, 평면적으로 흘러버릴 위험, 작품을 과학적으로 분석·설명하지 않고 전면적 부정의 태도를 보인 점, 문학 외적인 요소로 문학을 간섭하는 딜레탕티즘 등을 들어 비판하고 있다. 임화는 백철의 장점은 부지런함과 자기 성실이나, 그 약점은 규율있는 조직생활 즉 마르크스주의자로서의 훈련을 받지 못한 자유주의적 인텔리성에 있다고 본다. 이는 김기림과 임화가 프로문학과 자유주의문학의 절충적 위치에 있었던 백철의 관점을 각각 자신의 입장과 관점에서 비판한 것으로, 흥미로운 대조를 이룬다.

의·공식주의에 대한 반발로 나머지 문학이 그릇 형식의 옹호가 되어
버린 인상을 주었다고 보고, 그런 경향의 근거를 인간에서 출발해서
인간을 무시하는 경지에 이른 근대 문명에서 찾는다. 그리고 근대 문
명의 아나르시(혼돈) 상태는 심오한 휴머니티(인간성)를 다시 그리워
하게 될 것을 믿었고, 그 새로운 휴머니즘은 공상적 낭만주의가 아닌
20세기적인 리얼리즘의 연옥(煉獄)을 졸업한 더 광범하고 심오한 인
간성을 집단을 통해 실현할 것을 목적으로 한다고 주장한다.[75] 김기
림은 흄에 의해 철학적 기초가 세워지고 엘리어트에 의해 성립된 신
고전주의가 낭만주의를 극복하였지만 인간성을 배격한 것으로 보고
새로운 인간성을 주장한 것이다. 이러한 견해는 편내용주의와 더불어
그보다 더 강도 높게 낭만주의를 비판해온 김기림이 시론의 전개과정
에서 보여준 일종의 변모라고 볼 수 있다. 그것은 낭만주의를 감상주
의와 동일시한 관점에서 벗어나, 더 섬세한 기준으로 낭만주의와 인
간성의 가치를 고려하고 수용한 것으로 이해되는 것이다.

　김기림의 경우와 유사하게 낭만주의적 특성을 감상주의와 동일시하
고 극복할 대상으로 인식했던 임화도, 기교주의 논쟁 이전에 제출한
「낭만적 정신의 현실적 구조」(『조선일보』, 1934.4.19～25)에 오면 낭만
주의에 대해 재평가하기에 이른다. 낭만주의를 리얼리즘과 절대적으
로 분리된 별개의 영역으로 파악하지 않고, 또한 1920년대 한국문단에
나타났다 완료된 역사적 사조라는 관점에서 벗어나, 하나의 '원리적
범주'로 인식하게 되는 것이다. 임화는 이 글에서 '주관적인 것－낭만
적인 것'과 '객관적인 것－사실적인 것'이라는 두 항을 문학의 역사적
전개과정 속에서 변증법적으로 고찰하면서 진실한 낭만적 정신을 요
청한다. 칼포친의 용어를 빌어 현실적인 몽상·현실을 위한 의지가 낭
만적 정신의 기초이며, 이 낭만적 정신은 과거의 리얼리즘이 몰아적

---

75) 김기림, 「새 인간성과 비평정신」(『조선일보』, 1934.11.16～18), 『전집』 2권,
　　89～93면.

객관주의로 말미암아 도달치 못한 객관적 현실의 진실한 자태를 파악
할 수 있다고 말한다.76) 이처럼 낭만주의가 리얼리즘의 본질적인 측
면으로 적극적으로 인식되는 데에는, 문화 옹호와 인간성 옹호라는 세
계문단의 동향과 휴머니즘론이 대두된 한국문단의 상황과도 관련되
며, 더 직접적으로는 프로문학 진영에서 제시된 사회주의 리얼리즘의
수용과 관계가 있다. 이 점은 임화가 킬포친의 용어를 빌어 말하는 데
서도 확인된다. 사회주의 리얼리즘은 1934년 소련의 <제1차 소비에트
작가 전연방회의>에서 제기된 것인데, 이때 이미 리얼리즘과 혁명적
낭만주의의 결합이 규정되고 있었다. 막심 고리끼는 1920년대 나프
(RAPF)의 문학이 실제 창작에 있어서 사실 복제의 문학으로 전락했
던 경향을 비판하면서, 혁명적 낭만주의론을 제기하였다.77) 킬포친도
「창작방법의 확립을 위하여」라는 논문에서, "건설 도중에 있는 사회적
현실의 적극적 근원을 칭송하는 묘사는 사회주의적 리얼리즘의 범위
내에서 사회주의적 예술을 창조하는 가장 중요한 방법의 하나인 혁명
적 로맨티시즘의 창조적 경향을 빚어낸다"78)고 말하면서, 혁명적 낭
만주의를 사회주의 리얼리즘의 한 방법으로 제시하고 있다.

이상에서 기교주의 논쟁의 발단이 된 김기림의 「시에 있어서의 기
교주의의 반성과 발전」(1935.2)과 임화의 「담천하의 시단 1년」(1935.
12)을 검토하는 과정에서 쟁점의 하나로 부각된 낭만주의에 대한 재
평가를 중심으로, 그 이전에 제출된 김기림의 「새 인간성과 비평정
신」(1934.11)과 임화의 「낭만적 정신의 현실적 구조」(1934.4)를 살펴보
았다. 이로부터 우리는 기존 연구에서 간과해 온 몇 가지 중요한 가
설을 유추할 수 있다.

---

76) 임화, 「낭만적 정신의 현실적 구조」(『조선일보』, 1934.4.19~25), 『문학의 논
　리』, 14~24면.
77) 임홍배, 「사회주의적 현실주의 성립기의 쟁점들」, 『창작과 비평』, 1988년 여
　름, 205면 참고.
78) 루나찰스키 외, 김휴 편역, 『사회주의 리얼리즘』, 일월서각, 1987, 122면 참고.

첫째, 기교주의 논쟁이 표면적으로는 기교주의에 대한 평가가 쟁점인 듯하지만, 실상 내면적이고 핵심적인 쟁점은 낭만주의에 대한 평가라는 것이다. 즉 낭만주의를 어떻게 인식하고 받아들이느냐라는 문제가 숨어 있는 중요한 논쟁의 초점이 되는 것이다. 앞서 살펴본 대로, 임화와 김기림은 「33년을 통하여 본 현대조선의 시문학」(1934.1)과 「문예시평─비평의 태도와 표정」(1934.3)의 대립에서, 이미 방법론적인 관점과 세계관적 관점 사이의 좁혀질 수 없는 입장 차이를 확인했다고 볼 수 있다. 그나마 공통점은 낭만주의를 감상주의와 동일시하고 타파해야 할 전근대적 양식과 태도로 보는 것이다. 그런데 김기림과 임화는 자체의 시론 전개과정에서 이 낭만주의를 휴머니즘 수용의 차원과 사회적 리얼리즘 수용의 차원에서 재검토하게 된다. 따라서 이 지점에서부터 상호 논쟁의 계기가 마련되는데, 왜냐하면 기존의 단순한 입장 차이에서는 진전되기 어려웠던 논쟁이, 낭만주의의 수용 양상이 가미됨으로써 복잡한 공유점을 지니게 되어 논쟁의 초점이 형성되었던 것이다. 이런 상황이므로 순수 시론, 혹은 낭만주의 시론을 전개해 왔던 박용철이 논쟁에 가세하는 것은 당연하고 자연스러운 것으로 보인다. 그러나 박용철은 이 내면적 쟁점을 인식하지 못한 채, 비판당한 시문학파 시인들과 자신의 시론을 옹호하는 차원에서 논쟁에 가담하게 된다.

둘째, 김기림·임화의 시론 전개과정에서 시기 구분을 시도할 때, 이러한 인식론적 단절이 내재적 기준으로 적용되어야 한다는 점이다. 즉 김기림과 임화의 경우, 낭만주의의 재검토 및 수용 양상에 의해 초기 시론과 질적으로 변별되는 시론이 형성되므로, 일단 「새 인간성과 비평정신」(1934.11)과 「낭만적 정신의 현실적 구조」(1934.4)를 기준으로 하나의 시기 구분이 이루어져야 한다는 것이다. 기존의 연구들은 막연히 기교주의 논쟁을 전후로 시기 구분하거나, 표면적으로 드러난 '전체성의 시'라는 용어나 관점을 기준으로 시기 구분하거나, 시론 외적 요소인 역사적 사건·문단 상황·생애를 대입하여 시기 구분하였다. 따라서 본고는 이러한 연구 관행에 문제를 제기하면서, 위에 제시한 두 가지 가설을 검증하는 차원에서 논의를 전개하고자 한다.

2. 기교주의와 기술의 개념

김기림을 위시한 기교주의시를 비판하고 진실한 낭만주의의 대안을 제시하기 위해 쓰여진 임화의 「담천하의 시단 1년」(1935. 12)에 대해, 김기림에 앞서 박용철이 먼저 「을해(乙亥) 시단 총평 : 변설 이상의 시」(『동아일보』, 1935.12.25~27)를 통해 반론을 제기한다. 박용철은 이 글에서 임화가 시를 약간의 설명적 변설(辯說)로 본다고 지적하고, 시는 변설 이상이 되어야 한다는 관점으로 임화를 비판한다. 여기서 변설이란 표제 중시의 사상, 즉 시를 내용과 사상을 중심으로 바라본다는 뜻이다. 시는 변설의 일종이지만 그것을 넘어서는 곳에 참된 시의 모습이 드러난다는 것인데, 이것은 바로 하우스만 시론의 핵심을 수용한 것이다. 박용철의 비판은 원래 논쟁의 핵심을 벗어난 차원에서 다분히 감정적 항의와 뒤섞여 나타나는데, 한편으로 김기림 시론과 임화 시론에 맞설 수 있는 유미주의 시론을 어느 정도 체계화하여 제시하였다는 점에서 그 의미를 찾을 수 있다.

이와는 달리 「담천하의 시단 1년」에 대한 김기림의 반응은 임화의 주장을 어느 정도 수긍하고 있다. 김기림은 「시인으로서 현실에 적극 관심」(『조선일보』, 1936.1.1~5)에서 30년대 전반기의 수년 동안 기교파의 세력이 시단을 압도하였다고 말한 임화의 의견에 동의하면서, 기교파를 언어에 대한 고전주의적 신념을 시론으로 한 일파, 일군의 첨예한 형이상학파, 수에 있어서 그보다 더 많은 사상파(寫像派)로 구분한다. 그리고 이들의 공통점으로 현실에서 도망하려는 자세를 지적하고, 시인에게 현실에의 적극적 관심과 함께 내용과 기교의 통일을 위한 전체성적 시론을 요망한다.79) 그가 주장한 이른바 '전체성의 시론'은 내용과 기교의 통일이라는 관념적인 수준에 머물고 있지만, 임화의 입장과 접합점을 찾을 수 있는 가능성을 제시한 점에서 주목된다.

이상의 박용철과 김기림의 반응에 대해 임화는 「기교파와 조선시단」(『중앙』 28호, 1936.2)에서 재반론을 시도한다. 그것은 주로 박용철의 주장을 반박하고 김기림의 논리를 부분적으로 수정하는 양상을 보여준다. 박용철을 김기림을 정점으로 하는 기교파의 아류로 보면서 비판하는데, 박용철과 정지용을 '보수적 수구적 기교파'로 규정하고 김기림의 '진보적 기교파'와 구분한다. 그리고 "기교주의란 미학상의 개념으로, 이 가운데는 '이마지즘', '슈르레아리즘', '포르마리즘', '모더니즘' 기타가 잡거하고 있다. 단지 그들은 잡다한 외모를 가지고 있으면서도, 시로부터 일체의 현실적 내용을 사상(捨象)하고 기교적 완성을 가지고 시의 목적을 삼는 데서 일치하는 것이다"80)라고 기교주의 시를 비판하고 있다. 임화는 박용철이 정지용의 시를 평하면서 이끌어낸, "영혼의 전동(顫動)", "감정은 다만 하나의 온전한 상태", "감정은 반드시 어떠한 형체에 태여나야 그 표현을 달성한다" 등의 견해에 대해 영혼설, 본능설, 생물학주의라고 규정하고 비판한다. 시란 감정에 의해서만 노래되는 것이 아니고 감정·정서와 더불어 이지(理智)를 가진 것이며, 이 양자에 의해서 시는 독자에게 호소력을 갖는다는 것이 임화의 주장이다. 하우스만 시론의 수용과 더불어 서구 유미주의 시론의 성격을 지니게 된 박용철의 시론을, 임화는 단지 관념적이고 상식적인 차원에서 윤리적 가치 판단의 문제로 재단하고 있다. 이에 반해 김기림에 대한 비판은 상대방의 입장을 부분적으로 인정하는

---

79) 김기림, 「시인으로서 현실에 적극 관심」(『조선일보』, 1936.1.1~5), 「시와 현실」, 『전집』 2권, 100~102면.

80) 임화, 「기교파와 조선시단」(『중앙』 28호, 1936.2), 『문학의 논리』, 383면.

차원에서 행해진다. 김기림의 기교주의 비판과 현실에 대한 관심 증
대는 고무적인 현상이나, 실상 김기림의 근작은 이를 창작상에서 구
현하지 못했다고 비판한다. 이는 틀린 지적이 아니나, 시론의 논리를
창작과의 괴리를 통해 지적하는 것은 논쟁의 초점에서 벗어난 것이
다. 또한 임화는 김기림이 제기한 전체성의 시가 내용과 기교의 통일
이 지닌 형식논리라고 비판하고, 그것은 양자가 등가적으로 균형되어
있는 것이 아니라 우선 그것을 가능케 하는 물질적 현실적 조건을 상
정한 후, 내용의 우위성 가운데 양자가 변증법적으로 통일되는 것이
라고 지적한다.[81] 이 비판은 김기림의 이론이 지닌 형식논리적 절충
주의를 정확히 간파하고 마르크시즘의 근본 이론인 유물변증법의 원
리를 제시한 것으로, 임화 논리의 핵심을 이룬다. 그러나 임화의 이론
은 이러한 원리를 시론과 시비평에 유효적절히 적용하는 매개적 방법
을 간과함으로써, 원칙론의 차원에 머무르는 한계를 보여준다.

　이상과 같은 임화의 반박에 대해 김기림은 침묵하고, 박용철은 「'기
교주의'설의 허망 : 기술의 문제」(『동아일보』, 1936.3.18~25)로써 다시
반론을 제기한다. 박용철은 김기림이 처음 사용한 기교주의라는 용어
를 임화가 받아들여 사용하면서 생긴 문제점을 지적한다. 임화는 '부
르조아시의 현대적 후예'라고 생각하는 모든 시인들을 기교주의라는
용어로 개괄하고 있는데, 이는 엄밀한 개념 규정에서 비롯된 것이 아
니며, 기교주의자로 정지용·신석정 등이나 박재륜·이서해·유치환
등의 아류자를 드는 것은 아무 근거가 없다는 것이다. 그리고 그는
'기교(技巧)'라는 말 대신에 보다 이론적인 술어라고 자부하는 '기술
(技術)'이라는 개념을 제시한다. 그에 의하면 '기술'은 "표현을 달성하
기 위하야 매재(媒材)를 구사하는 능력"이다.[82] 박용철의 견해는 창
작 주체가 자신의 정신 내부에서 시의 표현 매재로서의 언어와 갖는

---

81) 같은 글, 387~392면.
82) 박용철, 「'기교주의' 설의 허망 : 기술의 문제」(『동아일보』, 1936.3.18~25),
　　『박용철전집』 2권, 동광당 서점, 1940, 11~25면.

관계를 '기술'이라는 개념을 내세워 설명한 것으로, 시의 제작과정에 대한 이론으로 가치를 지닌다. 그런데 이 문제는 사실 기교주의 논쟁의 논점에서 벗어난 것이라고 볼 수 있다. 김기림이 사용한 '기교주의'는 근대시의 순수화 경향과 관련하여 1930년대 초반의 시를 진단한 역사적 관점의 용어인데, 임화는 이를 '부르조아시의 현대적 후예'라고 생각하는 시인들에게 적용하여 논점을 변화시킨다. 그리고 박용철은 이 '기교주의'에서 '기교'만을 추출하고 그것 대신 '기술'이라는 시 창작 과정상의 평면적 차원으로 논점을 변화시킴으로써, 논쟁의 초점이 일치하지 않는 양상을 초래하는 것이다. 그러나 한편으로 바로 이러한 이유 때문에 김기림과 임화가 논쟁과정에서 해결하지 못한 시의 본질에 관한 내밀한 부분을 건드려, 결국은 논쟁을 더 생산적인 방향으로 전환시킬 수 있는 계기를 제공했다고도 볼 수 있다.

박용철의 「'기교주의'설의 허망」 이후에 더 이상의 반론이 제기되지 않음으로써, 김기림의 「시에 있어서의 기교주의의 반성과 발전」과 임화의 「담천하의 시단 1년」에서 시작되고, 김기림·임화·박용철 사이에 전개된 소위 기교주의 논쟁은 일단 표면적으로 마무리되는 양상을 보인다. 결국 김기림과 임화가 이러한 관점 차이를 간과하였고, 박용철도 자신의 시론을 김기림·임화의 시론 등 타자와의 관련성 속에서 인식하고 천착하려는 태도가 부족하였기 때문에, 그 생산적 논의의 가능성이 묻혀버리고 만 것이다. 따라서 본고는 그 가능성을 진단해 보는 작업이 중요하다고 판단하는데, 이 작업은 우선 김기림으로부터 제기된 '기교주의'의 의미와 박용철이 그 대안으로 제시한 '기술'의 의미를 더 세밀히 비교·고찰하는 데서 시작되어야 할 것으로 보인다.

우선 김기림이 제시한 '기교주의'의 의미를 고찰하기 위해 다시 「시에 있어서의 기교주의의 반성과 발전」(『조선일보』, 1935.2.10~3.14)으로 돌아가 보기로 한다. 김기림은 근대시의 전체적 발전과정을 순수화의 경향으로 보고, 그 경향을 기교주의의 방향과 연관시킨다. 음악성이나 외형 같은 기술의 일부면을 각각 추상하여 고조할 때, 순수시

와 형태시의 경우처럼 순수화가 일면화(편향화)로 떨어지는 폐단을
지닌다고 보는 것이다. 결국 김기림이 언급한 '기교주의'는 근대 문명
의 발전과 시장르의 상관성에서 유추된 역사적 개념이다. "역사적 의
의를 잃어버린 편향화한 기교주의"83)라는 표현에 이러한 관점이 확연
히 드러나 있다. 역사적 개념으로서의 기교주의를 근대시의 여러 조
류에 공통된 순수화의 경향과 관련시켜 생각하는 김기림은, 그 순수
화 경향의 원인을 다음과 같이 제시하고 있다.

1. 사회정세의 변이이다. 과학문명의 급속한 발전을 따라서 그 속에
서 호흡하는 사람들의 생활 감정에 예기할 수조차 없었던 변화가
왔다. 그래서 그것은 그 변모를 따라서 시에 향하여도 항상 새로
운 양식을 구하였다.
2. 과학사상은 우선 구라파 사람의 머리 속에서 신의 관념을 붕괴
시켰고 종교를 무너뜨려 버렸다. 그것은 나아가서 시를 에워싸고
있는 오래인 신비의 보자기를 그냥 버려두려고 하지 않았다. 시는
드디어 잔인한 과학의 해부대 위에서 그 모든 비밀의 의상을 벗
기고 나체 그대로 해체당하였다. 그래서 거기 최후에 남은 것이
음(音)이거나 혹은 벽돌조각 같은 문자의 형해(形骸)거나 또는
'아라비아' 숫자 같은 것이었다.
3. 왕성한 세력으로 문학의 전분야를 풍미하기 시작한 소설·산문
의 협위에 대항하여 시는 그 자체의 독자성을 주장하여야 했다.
그것은 그 본질을 파악 제시하여 산문과의 구분을 명료하게 하여
야 할 필요에 직면했다.
4. 시인은 한 시대 이전의 조상들이 세워놓은 가치의 체계에 무조
건하고 신뢰를 가질 수는 없었다. 사실 19세기 이래의 예술가들처
럼 황망하게 뒤를 이어서 가치의 부정을 감행한 일은 일찌기 선
대에서는 보지 못하였다. 이 일은 내면적으로는 많이 시인의 결벽
에 기인(基因)한 일이다.

---

83) 김기림, 「시에 있어서의 기교주의의 반성과 발전」, 『전집』 2권, 99면.

　　5. 무엇보다도 조화와 충실한 인간성을 잃어버린 공소한 현대문명
　　　자체의 병적 징후다.[84]

　이 항목들은 서로 중복된 부분이 있는데, 그것을 정리하면 첫째로 과학문명의 발전으로 인한 근대화의 경험, 둘째로 그 근대화에 따른 시의 해체, 셋째로 소설·산문의 협위에 대항하기 위한 시의 독자성 주장으로 요약될 수 있다. 이는 김기림이 근대성이 지닌 이중적 성격을 나름대로 인식하고 있음을 보여준다. 즉 근대시의 순수화 경향은 과학문명의 발전으로 대표되는 근대화의 경험이 시의 해체로 이어져 음·문자·숫자 같은 하나의 구성요소로 파편화되는 양상과, 그 근대화의 경험 속에서 시가 자신의 존재 가치를 유지하기 위해 자율성을 주장하는 양상이 결합되어 생겨난 것으로 보는 것이다. 여기서 김기림이 역사철학적 근대성에 대한 반영과 반발이라는 관점에서 미적 근대성을 인식하고 있었다는 점이 드러난다. 4와 5의 항목은 이런 순수화 경향이 시인들의 전통적 가치 부정이라는 개인적 차원과, 현대 문명 자체의 병적 징후라는 사회적 차원이 동시에 작용하여 생겨났다는 점을 설명하고 있다. 결국 우리는 김기림이 말한 '기교주의'가 근대시의 전개과정 속에서 파악된 역사적 개념이며, 김기림이 미적 근대성이 지닌 이중성을 개인적 차원과 사회적 차원을 동시에 고려하면서 인식하고 있음을 확인할 수 있다.

　이제 박용철이 '기교주의'의 대안으로 제시한 '기술'의 의미가 무엇인지 살펴보자. 박용철은 「'기교주의'설의 허망」에서 기교주의라는 용어를 처음 사용한 김기림과 그것을 받아들인 임화의 평론을 검토하면서, 그 용어의 타당성에 의문을 제기한다. 우선 그는 김기림이 브레몽의 순수 시론과 초현실주의를 기교주의라고 정의한 것은 문제가 있다고 보고, 순수화 운동이나 다른 용어를 사용하는 것이 타당하다고 언

---

84) 같은 글, 98면.

급한다. 그리고 임화가 이 기교주의를 소위 '부르조아시의 현대적 후
예'라고 생각하는 시인들을 포괄하는 데 사용하면서 정지용·신석정
등의 시인을 비판한 것은, 기교주의라는 용어를 잘못 받아들인 것이
라고 비판한다. 이런 차원에서 박용철은 '기교주의'의 '기교' 대신 '기
술'이라는 용어를 사용할 것을 제안하는데, 이는 의도적이든 아니든
간에 김기림이 역사적 개념으로 사용한 기교주의를 단지 하나의 평면
적 차원으로 치환하여 논의하는, 관점의 이탈을 의미한다.

> 우리는 대체 기교라는 문제를 어떻게 정당하게 생각할 것인가. 기
> 교는 더 이론적인 술어 기술로 환치되는 것이 정당할 것이다.
> 기술은 우리의 목적에 도달하는 도정이다. 표현을 달성하기 위하야
> 매재(媒材)를 구사하는 능력이다. 그러므로 거기는 표현될 무엇이 먼
> 저 존재하는 것이다. 일반으로 예술 이전이라고 부르는 표현될 충동
> 이 있어야 하는 것이다.
> 이것은 강렬하고 진실하여야 한다. 바늘끝만한 한 틈도 없어야 한
> 다. 그것은 그 자체 굵을 수도 있고 가늘 수도 있고 조용할 수도 있고
> 격월(激越)할 수도 있으나 어느 것에나 열렬히 빠질 수는 없다.[85]

박용철은 '기교주의'를 '기교'라는 단일명사로 대체하고, 그것을 다
시 '기술'로 치환할 것을 제안한다. '기술'을 목적에 도달하는 도정, 표
현을 달성하기 위해 매재를 구사하는 능력으로 정의한 그는, 예술 이
전의 충동에 비중을 두고 비유적으로 그 상태를 묘사한다. 박용철에
게는 표현 이전의 내면적 덩어리가 중요한데, 그것이 비유적으로 묘
사되는 이유는 개념적 논리화가 어려운 하나의 체험이기 때문이다.
박용철은 이 표현 이전의 충동이 언어에 의해 표현되는 단계로 건너

---

85) 박용철, 「'기교주의'설의 허망」, 앞의 책, 18면. 원문을 그대로 인용하지만 한
   자를 가능한 한 한글로 고치고 띄어쓰기를 하였음. 이하의 인용에서도 마찬
   가지임.

가는 것을 인식하고 있는데, 이 지점에서 언어에 대한 탐구가 이루어
진다. 그는 언어를 통한 표현과 생각 사이의 오차를 인식하면서 다음
과 같이 언급한다.

> 　그 생각이 특이하면 할사록 미묘하면 미묘할사록 남달리 강렬하면
> 할사록 표현의 문은 좁아진다. 한편 언어 그것은 극소한 부분 극미한
> 정도를 제(除)하고는 임의로 개정할 수는 없는 것이요 장구한 시일을
> 두고 지지(遲遲)하게 변화 생장하는 생물이다. 그러므로 상징시인들
> 이 그들의 흉현(幽玄)한 시상(詩想)을 이 조잡한 인식의 소산인 언어
> 로 표현하게 되었을 때에 모든 직설적 표현법을 버리고 한 가지 형체
> 를 빌려서 그 전정신을 탁생(托生)시키는 방법을 취한 것이다. 이것은
> 불가능을 가능하게 하려는 필연의 길이었다.86)

박용철은 영감이라고 부르는 언어 이전의 감정과 충동을 귀하고 절
대적인 것으로 보고, 언어를 제한적인 것으로 본다. 즉 "언어란 조잡
한 인식의 산물"이며 임의로 개정할 수 없고 오랜 시간을 두고 변화
생장하는 생물이다. 따라서 상징시인들의 경우처럼 모든 창조적 시인
은 자기 하나를 위하여 또 그 한 때를 위하여 언어를 개조한다고 생
각한다. 박용철의 시관은 표현 이전의 감정의 덩어리를 중시한 소위
'선시적(先詩的)'인 것이며, 이것의 표현을 위하여 언어를 개조해야
한다는 것이다. 결국 박용철은 이 평문에서 언어 표현의 과정 속에서
'기술'의 문제를 파악하지만, 언어를 매개로 한 표현과정보다 표현 이
전의 정신 속에 이미 성립된 선시적인 것에 비중을 둠으로써, 매개로
서의 언어가 지닌 기능과 가치를 더 깊이 천착하지 못하고 만다.
　지금까지 기교주의 논쟁의 발생과 전개를 살펴보았다. 본고는 전체
적으로 첫째, 휴머니즘론 수용을 통한 낭만주의의 재평가 문제, 둘째,
'기교주의'와 '기술'의 개념 차이가 논쟁의 중요한 쟁점이 된다고 보고

---

86) 같은 글, 20면.

이를 중심으로 고찰하였다. 기교주의 논쟁의 발단은 표면적으로 기교
주의 비판에 대한 견해 차이였지만, 심층적으로 숨어있는 쟁점은 인
간성 옹호를 중심으로 어떻게 낭만주의를 받아들이는가에 있었다. 따
라서 김기림은 「시에 있어서의 기교주의의 반성과 발전」에서 전체로
서의 시의 근저에 높은 시대정신이 연소해야 한다고 말하면서, '구식
로맨티시즘'과는 구별된 '새로운 인간성'과 '낭만적 정신'을 주장하였
고, 임화는 「담천하의 시단 1년」에서 김기림의 「기상도」를 비판하면
서 안용만의 「강동의 품」을 '진실한 낭만주의'의 전형으로 상찬했던
것이다. 한편 김기림이 근대시의 전개과정에서 역사적 맥락으로 사용
한 '기교주의'를 평면적 차원으로 치환한 박용철은, '기교' 대신 '기술'
을 제안하면서도 사실은 언어 표현 이전의 내면적 충동과 체험 자체
에 가치를 두는 선시적 시론을 제시한다.

　이러한 기교주의 논쟁의 고찰을 통해 우리는 김기림·임화·박용
철 시론의 전개과정에서 하나의 분기점을 찾아낼 수 있다. 김기림과
임화의 경우, 기교주의 논쟁 이전에 그 심층적 쟁점인 휴머니즘과 낭
만주의 수용이 시작되는 「새 인간성과 비평정신」(『조선일보』, 1934.11.
16~18)과 「낭만적 정신의 현실적 구조」(『조선일보』, 1934.4.19~25)를
기준으로 삼을 수 있다. 박용철의 경우는 다분히 인상적이고 비체계
적인 초기 시론이 하우스만 시론을 수용하고 기교주의 논쟁에 개입하
면서 체계화되고 본격화되는데, 따라서 「을해 시단 총평」(『동아일보』,
1935.12.25~27)을 분기점으로 잡을 수 있다.

　한편 박용철의 「'기교주의'설의 허망」 이후 표면적으로 마무리된 이
논쟁은 내면적으로 그 여파가 지속되는 것으로 보인다. 김기림은 「오
전의 시론」을 통해 그 동안 제기해 왔던 자신의 논의를 체계화하는
데, 그 중의 중요한 과제는 논쟁 단계에서 제시한 '전체로서의 시'에
더 구체적인 의미를 부여하는 것이었다. 지성과 휴머니티의 종합, 고
전주의와 낭만주의의 통합, 내용과 기교의 종합으로서의 시의 추구가
그것이다. 임화는 이후 언어의 문제와 관련된 일련의 글들[87]을 발표

하는데, 이는 논쟁 단계에서 보여준 당위적 주장에 입각한 원칙론을
반성하고 시장르에 대한 이론적 관심을 기울이는 노력으로 볼 수 있
다. 이는 특히 김기림이 주장한 작품 자체의 분석에 의한 해명과 평
가, 박용철이 제기한 언어와 관련된 기술의 문제에 자극받아, 시의 매
개 문제로서 언어에 관심을 기울인 것으로 판단된다. 박용철의 경우
는 논쟁 단계에서 드러난 표현 이전의 충동과 언어를 통한 기술 문제
사이의 균열을 해소하기 위해, 릴케의 시론을 수용하여 '체험'과 '변용'
을 중심으로 시론의 체계를 세우게 된다.

---

87) 「언어의 마술성」, 『비판』 34호, 1936.3; 「언어의 현실성」, 『조선문학』 6호,
   1936.5; 「말의 빈곤」, 『조선문학』 6호, 1936.5; 「예술적 인식수단으로서의 언
   어」, 『조선문학』 7호, 1936.6.

Ⅳ. 1930년대 시론의 양상과 미적 근대성의 세 방향

이 장에서는 김기림·임화·박용철의 시론을 개별적으로 연구함으로써 1930년대 시론의 양상을 구체적으로 살피려 한다. 이 연구는 Ⅲ장 「기교주의 논쟁의 의미와 위상」에서 일종의 '징후발견적 독법'88)으로 제기한 몇 가지 가설들을 개별 시론의 구체적이고 전반적인 고찰을 통해 검증하는 의미도 지닌다. 이 점을 고려하면서, 개별 시론가의 시론을 Ⅱ장 「연구 관점 및 방법론의 모색」에서 제시한 방법론을 통해 구조적으로 연구하려 한다. 이 장에서 시도하는 구조적 연구의 주된 관점과 방법을 구체적으로 제시하면 다음과 같다.

첫째, 김기림·임화·박용철이 자신의 시론을 전반적으로 모더니즘

---

88) 알튀세는 마르크스의 독해 방법을 설명하면서 '징후발견적 독해'란 용어를 사용한다. 그것은 "읽고 있는 원문 속에 감추어진 것을 폭로하고, 최초의 원문에서 부재로 나타나는 별개의 원문에 원문을 관련 짓는 한에서, '징후적' (symptomale)인 것이라 부를 수 있는 방법이다"(Louis Althusser, 김진엽 역, 『자본론을 읽는다』, 두레, 1991, 33면). 한편, 알튀세는 이 징후발견적 독해의 방식을 심리학에서 최초로 실행한 사람이 프로이트였다고 말하는데, 이는 정신분석가가 환자의 말을 해독할 때 무의식의 이야기라는 엄청난 깊이를 파악하는 것을 의미한다. 알튀세가 제시한 이 방식은 결국 어떤 이론의 문제이든 오직 원전을 정확히 해독하려는 학습을 통해서만 해결될 수 있다는 것을 주장하려는 것이다(Louis Althusser, 앞의 책, 16면 참조).

·리얼리즘·유미주의의 영향권 하에서 추구한 것은 인정할 수 있으나, 모더니즘·리얼리즘·유미주의의 사조적 개념이나 원리 등을 먼저 제시하고 그것을 각 비평가의 시론에 대입하거나 관련지우려는 기존 연구의 관행은 재고되어야 한다. 따라서 본고는 각각의 개별 시론에 내재하는 사실들에 근거하여 그 특징과 원리를 추출하는 귀납적 방법을 일관되게 시도하고, 그것이 모더니즘·리얼리즘·유미주의와 어떤 관련성과 변별성이 있는지 살피고자 한다. 둘째, 개별 시론의 연구를 전개과정에 따른 시간적·통시적 연구와 내재하는 기준을 찾아 그 원리를 규명하는 공간적·공시적 연구를 병행하되, 그것을 결합시키는 방식을 시도한다. 이를 위해 김기림·임화·박용철의 시론 전개과정에서 '인식론적 단절'[89]에 해당하는 「새 인간성과 비평정신」(『조선일보』, 1934.11), 「낭만적 정신의 현실적 구조」(『조선일보』, 1934.4), 「을해 시단 총평」(『동아일보』, 1935. 12)을 분기점으로 초기 시론과 후기 시론으로 구분한다.[90] 셋째, 초기 시론과 후기 시론으로 구분된 각각의 대상을 시간적 전개과정에 따라 고찰하면서, 그 내재된 기준을 Ⅱ장 2절에서 제시한 분석소인 (1) 현실과 주체, 인식적 매개 (2) 내용과 형식, 기법적 매개의 개념을 중심으로 분석한다. 넷째, 이를 토대로 초기 시론과 후기 시론의 특징을 추출하고, 다시 이를 포괄하

---

89) '인식론적 단절'은 알튀세가 바슐라르 Gaston Bachelard의 용어를 차용한 개념이다. 그것은 하나의 이론적 문제설정 안에서 이데올로기로부터 과학으로의 전이를 명시한다. 따라서 전(前)과학적 관념체계와 과학세계 간의 단절을 설명하며, 기존의 준거체계와의 단절 및 새로운 문제들의 구성을 포괄한다(M. Gluksmann, 정수복 역,『구조주의와 현대마르크시즘』, 한울, 1983, 136면 참조). 본고에서는 이 용어를 '기존의 준거체계와의 단절 및 새로운 문제들의 구성'이라는 넓은 의미로 사용한다.

90) 본고의 연구 범위는 1930년대의 시론으로 한정된다. 따라서 김기림·임화·박용철의 시론 중 1930년대에 제출된 시론을 제시한 분기점을 기준으로 초기 시론과 후기 시론으로 구분한다. 1940년대 이후를 포함하여 김기림 시론 전체를 대상으로 할 때, 일반적으로 초기·중기·후기 시론으로 구분하는데, 따라서 본고에서 말하는 후기 시론은 이 경우와는 구별된다.

여 개별 시론의 전체적 특징을 하나의 이론적 '문제설정'91)으로 제시
하고자 한다.

그런데 이상에서 언급한 이 장의 방법론에 대해 다음과 같은 두 가
지 질문이 제기될 수 있다. 첫째, 시론의 전개과정을 순차적으로 고찰
하는 연구와 내재된 기준과 원리를 분석소를 통해 고찰하는 연구가
결합될 수 있는가? 둘째, 이런 방식의 구조적 연구는 구조적 인과성
에 사로잡혀 당대 현실과의 관련성이나 비평가들간의 상호 텍스트성
을 간과하는 것이 아닌가? 이 두 질문은 위의 방법론이 지닐 수 있는
'구조주의'적 한계를 지적하는 것인데, 본고는 Ⅱ장에서 언급했듯 '열
린 구조주의'의 방법을 통해 이 한계를 넘어서고자 한다. 첫째 질문은
'과정'과 '구조'의 모순성으로 요약되는데, 이는 둘 사이의 상호 보완
적 고찰을 통해 해결할 수 있다. 더 정확히 말하면, 현실과 주체ㆍ내
용과 형식ㆍ인식적 매개와 기법적 매개라는 분석소를 중심으로 시론
에 내재하는 비평의 기준과 원리를 고찰하되, 그 각각의 고찰에 있어
서 시론 전개의 시간적 순서를 고려하는 방식이다. 이는 '구조'의 연
구와 '과정'의 연구 사이를 끊임없이 왕복운동하는 과정에서 얻어지는
것이다. 둘째 질문은 구조가 지닌 내적 역동성의 체계를 외적 역동성
의 체계와 관련시키는 방식으로 해결이 가능하다. 즉 분석소로 설정
된 주체ㆍ현실ㆍ내용ㆍ형식ㆍ매개 등을 연결고리로 삼아 당대 현실과
의 관련성이나 비평가들간의 상호 텍스트성이 고찰될 수 있다. 더 나

---

91) 알튀세가 자크 마르땡 Jacques Martin에게서 차용했다고 밝힌 '문제설정'이
   란 개념은, 모든 문제와 그 문제들에 연관된 요소들을 제기하는 방식을 결정
   짓는 개념틀, 혹은 이론구조를 의미한다. 문제들은 특정한 이론, 개념, 방법론
   을 포함하고 있다. 알튀세는 모든 연구의 결론과 그 연구 결과를 결정하는 것
   은 바로 근본 문제, 즉 관점이라고 지적한다(Louis Althusser, 고길환ㆍ이화
   숙 역, 『마르크스를 위하여』, 백의, 1990, 35면 참조). 즉, 문제설정은 기본 개
   념들을 연관시키고 그 연관체계 속에서 각각의 개념이 갖는 위치와 기능을
   규정함으로써, 각각의 개념에다 그것이 갖는 특정한 의미를 부여하는 이론적
   틀을 의미한다.

아가 그것은 이미 Ⅲ장 「기교주의 논쟁의 의미와 위상」에서 어느 정도 시도되었으며, Ⅴ장 「1930년대 시론의 상관성」에서 더 본격적으로 고찰할 것이므로, 본고 전체를 통해서 해결이 가능하게 될 것으로 기대한다.

1. 김기림의 시론

1) 주지주의 시론과 반낭만주의

이 절에서는 「새 인간성과 비평정신」(1934.11)을 기준으로 그 이전까지의 초기 시론을, 앞서 제시한 분석소를 중심으로 구조적으로 고찰한다. (1) 항목에서는 '현실'과 '주체' 개념으로 유동적 현실과 미시적 주체를, 그 사이의 '인식적 매개'로서 지성과 원시적 감각을 중심으로 서술한다. (2) 항목에서는 '내용'과 '형식' 개념으로 시대정신과 공간적 형식을, 그 사이의 '기법적 매개'로서 언어를 중심으로 서술한다.

(1) 유동적 현실과 미시적 주체, 지성과 원시적 감각

김기림의 첫 번째 시론에 해당하는 「시인과 시의 개념」(『조선일보』, 1930.7.24~30)에는 초기 시론의 '주체'관이 암시되어 있다. 김기림은 이 글에서 역사적인 고찰을 통해 시와 시인의 위상을 검토한다. 그는 부르조아와 프롤레타리아의 중간에 부유(浮遊)하는 표백된 창백한 계급으로서의 근대 시인을 문제삼으며, '시를 쓰는 시민'이라는 말 이외의 시인의 개념은 많은 오류를 내포한 것이라고 지적한다.

우리는 예술, 더우기 시의 기능을 그렇게까지 생각지 않는다. 과거의 시의 발전 단계를 통하여 우리는 경험적으로 예술지상주의를, 아니 현금에 시에 향하여 허여된 관념까지도 부정할 수 있겠다. 그리고 시 그것의 본질적 구명에 의하여 더우기 이 사실을 선명(宣明)할 수 있다. 우리들의 지각에서 그것을 염색하는 선인적 정열을 거부하고 더 냉정한 태도를 가지기만 하면 인생생활의 일 여기(餘技)로서 밖에는 시는 지각되지 않으리라.92)

이러한 논리로 김기림은 낭만주의와 예술지상주의를 "불필요한 미학이라는 형이상학"을 통해 "시를 고정한 상태에서 관찰"하고 "시의 형태와 가치의 가능성에 대한 무조건 찬미에까지 도달"했다고 비판하면서, 이를 자본주의 말기를 통한 퇴폐화의 경향과 관련시켜 인식한다. 그리고 "시는 제일 먼저 생활의 여기(餘技)다. 시는 그리고 생활의 배설물이다."라는 명제를 선언하면서 시보다 삶을 중시하는 태도를 보이는데, 이를 통해 프롤레타리아시도 비판한다.

　　사실 문제는 '프롤레타리아' 예술은 "어떠한 형태로써 어떤 내용을 필연적으로 가지고 출현하여야 할 것인가"하는 예술학적 제목은 아니다. 문제는 오직 하나 따로 있다. 어떻게 우리의 시에 전투성을 주입해야 전면적 투쟁에 효과적으로 작용할 수 있게 할까. 그러나 재삼 중복하는 말이지만 어떤 흥분된 순간을 제하고는 가장 현실적인 전장(戰場)에는 시가 없었다. 환언하면 시의 전투적 작용이란 미력하다는 말이다. 시라는 '연장'에는 '부르'는 아무 고통도 받지 않는다. 그것은 위험성 없는 안전한 '연장'이다. 따라서 무용한 '연장'이다.93)

김기림은 프로시의 관점이 내용과 형식에 대한 예술학적 고려 대신에 시에 전투성을 주입하여 투쟁의 효과만을 고려한다는 점을 지적하

---

92) 김기림, 「시인과 시의 개념」(『조선일보』, 1930.7.24~30), 『전집』 2권, 295면.
93) 같은 글, 297면.

고, 시는 전투적 작용이 미미한, 무용한 연장임을 주장한다. 그리고
'인텔리겐차'가 그 '인텔리'성을 완전히 노동자의 생활에 재주(再鑄)하
지 않고 '프롤레타리아' 시인임을 선언하고 '프롤레타리아' 예술가 단
체에 가입한다면, 시 속에 있는 것은 '프롤레타리아'의 전투성과 정의
성을 바라보는 순간의 '인텔리겐차'의 내적 흥분일 뿐이라고 비판한
다. 이러한 비판은 당시 프로시가 지닌 한계를 정확히 지적한 것이다.
김기림은 "시는 직업이어서는 아니된다. 부업이어서도 아니된다. 그리
고 각 계급은 그 계급에 충실한 시를 가지리라"라고 말하는데, 이것
은 시인이 어떤 계급이든지 그가 속한 계급의 생활이 중요하다고 보
고, 시를 그 생활의 충실한 부산물로 간주하는 것이다.

  낭만주의 · 예술지상주의 및 프로문학에 대한 비판을 통해 드러난
김기림의 시와 시인에 대한 인식을 정리하면 다음과 같다. 첫째, 시와
시인의 존재를 역사적 · 시대적 변천과정 속에서 파악한다. 둘째, 시인
의 위상에 있어서 지식인계급의 속성에 회의를 느끼고 시민계급에 주
목한다. 셋째, 예술을 위한 예술 대신 생활을 위한 예술의 관점을 유
지한다. 넷째, 생활을 위한 예술이란 관점에서 프롤레타리아시 자체를
인정한다. 다만 그가 부정한 것은 노동자의 생활에 완전히 용해되지
않은 채 지식인이 프로시인화하려는, 당시 한국 프로시의 경향인 것
이다. 따라서 우리는 김기림이 단지 문학 일반 양식과 이념으로서의
리얼리즘을 부정했다기보다, 민중의 생활에 근거하지 않은 당시 한국
프로시의 조류를 비판한 것을 알 수 있다. 그러나 역사적 조망을 통해
파악한 낭만주의, 초현실주의, 예술지상주의, 프롤레타리아시에 대한
이해가 문예사조적 도식성의 차원에 머물러 있다는 점도 지적되어야
한다. 이 평문 다음에 발표한 「피에로의 독백」(『조선일보』, 1931.1.27)
에는 다음과 같은 시인의 계급적 측면에 대한 언급이 있어 주목된다.

  33. 산문화
  시는 맨 처음의 사제관과 예언자의 생활 수단이었다. 그 후에 그것

은 또 다시 궁정에 횡령되었다가 '부르조아'에게 몸을 팔았다.
　그러나 '민중'의 성장과 함께 시는 민중에게까지 접근하여갔다.
　'리듬'은 시의 귀족성이며 형식주의다. 민중의 일상 언어의 자연스
러운 상태에서 발견하는 미와 탄력과 조화가 새로운 산문예술이다.[94]

　김기림은 시의 역사적 진행과정을 리듬에서 산문화로 파악하고, 그
것을 창작 주체의 계급적 측면과 더불어 고찰한다. 사제관과 예언자,
부르조아 이후에 등장하는 민중이 그 새로운 담당자가 되는데, 김기
림은 이 민중이 지닌 일상 언어의 미와 탄력과 조화에 주목한다. 첫
평문에서 지식인계급으로서의 시인의 위상에 회의하고 '시민'계급에
주목한 김기림의 태도로 보아, 여기서의 '민중'은 프로문학이 주장하
는 노동자·농민 중심의 민중 개념이 아니라, 부르조아 이외의 계급
들을 포괄하는 개념으로 간주된다. 또 하나 유의할 점은 김기림이 근
대시의 산문화 경향을 일상 언어와 관련시키고 있다는 것이다. 낭만
주의시가 지닌 음악성 중시가 귀족성을 지닌 것으로 보고 비판하는
김기림은, 민중의 일상 언어가 지닌 탄력과 조화를 통해 자신이 지향
하는 새로운 시를 설명하려고 한다.
　이상에서 김기림이 보여준 시관은 역사의 변화에 따라 문학양식이
변화한다는 점과, 진정한 시는 생활에 근거한다는 점으로 요약되는데,
이 두 논리를 종합하면 '현실 중시의 시관'이 된다. 결국 김기림 초기
시론에 나타난 '주체' 개념은 시의 형식과도 결부되며 '현실' 개념과도
결부되어 있는 것이다. 이처럼 '주체' 개념 속에 내재되어 있던 '현실'
개념은 「시의 기술, 인식, 현실 등 제 문제」(『조선일보』, 1931.2.11~
14)에 이르러 구체적으로 표명된다.

　　이리하여 우리는 가장 결정적인 문제의 하나를 밝혀야 되겠다. 그
　것은 현실의 문제다. 개념의 정당한 내포에 있어서 현실이라 함은 주

---

94) 김기림, 「피에로의 독백」(『조선일보』, 1931.1.27), 『전집』 2권, 303면.

관까지를 포함한 객관의 어떠한 공간적 · 시간적 일점을 의미한다. 바꾸어 말하면 그것은 역사적 · 사회적인 일 초점이며 교차점이다. 현실은 시간적으로 부단히 어떠한 일점에서 다른 일점에로 동요하고 있다. 예술에 있어서 어떠한 현실의 단편이 구상화되었을 때 그것은 벌써 현실 이전이다. 거기는 고정된 역사와 인생의 단편이 있을 따름이다. 다만 상대적 의미에서 이렇게 부단히 추이하고 있는 현실을 여실히 포착할 수 있는 주관은 역시 움직이고 있는 주관이 아니면 아니된다. 그러므로 끊임없이 움직이는 시의 정신을 제외한 시의 기술문제란 단독으로 세울 수 없는 일이다.95)

'현실'은 "주관까지를 포함한 객관의 어떠한 공간적 · 시간적 일점", "역사적 · 사회적인 일 초점이며 교차점"으로 제시된다. 김기림이 제시한 현실은 단지 객관적 · 물리적 대상의 차원에 머물러 있지 않고, 주체의 의식과 상호 교섭하며 시간과 공간을 차지하고 있는 일점이다. 여기서 하나의 점이 시간성과 공간성을 지닌다는 말은 논리에 어긋나는 것으로 간주될 수 있다. 그러나 김기림은 "현실은 시간적으로 부단히 어떠한 일점에서 다른 일점으로 동요하고 있다"라고 말함으로써, 이 일점을 시간의 축인 역사성과 공간의 축인 사회성이 교차하는 지점으로 전이시킨다. 이것이 김기림이 인식하는 리얼리티인데, 그는 현실을 주체와 객체의 상호 교섭망으로 보고 그것의 본질을 유동성으로 봄으로써, 역사성과 사회성을 부여한다. 즉 그가 말하는 '현실'은 주관과 객관, 시간과 공간이 교차하는 유동적 현실인 것이다. 그런데 김기림은 이렇게 부단히 움직이고 있는 현실을 포착하는 주관은 역시 움직이고 있는 주관이어야 한다고 말함으로써, 주관과 객관을 포함하는 현실을 다시 주관이 포착하는 끊임없는 왕복운동의 과정으로 본다. 이로부터 움직이는 현실과 움직이는 주관이 생성된다. 주관과 객

---

95) 김기림, 「시의 기술, 인식, 현실 등 제 문제」(『조선일보』, 1931.2.11~14), 「시와 인식」, 『전집』 2권, 77면.

관의 왕복운동을 통해 얻어지는 유동적 현실에 대한 인식은, 현실을
정치적·경제적 상황으로 보고 그것을 주어진 객관적 대상으로 파악
하는 임화의 관점이나, 현실에 대한 관심과 고려가 부족한 박용철에
비하여 진일보한 것이다.

한편 "예술에 있어서 어떠한 현실의 단편이 구상화되었을 때 그것
은 벌써 현실 이전"이며, "거기는 고정된 역사와 인생의 단편이 있을
따름이다"라는 부분은 주의를 요하는 대목이다. 김기림은 주관과 객
관의 상호 관계망으로 현실을 파악하고 그 현실의 단편을 시의 언어
로 구상화하는 과정을 역동적으로 인식하고 있으나, 그렇게 구상화된
시는 하나의 대상적 존재로 보는 정태적 관점을 지니고 있는 것이다.
이러한 관점은 시의 수용과정, 즉 시가 독자나 현실에 미치는 영향이
나 상호 교섭에 대해서는 깊이 인식하지 못하는 양상으로 이어지는
듯이 보인다. 그런데 이러한 현실관은 「포에시와 모더니티」(『신동아』,
1933.7)에서 각도를 달리하여 언급된다.

> 시에 나타나는 현실은 단순한 현실의 단편은 아니다. 그것은 의미
> 적인 현실이다. 그리고 그것(현실)이 전문명의 시간적·공간적 관계에
> 서 굳세게 파악되어서 언어를 통하여 조직된 것이 시가 아니면 아니
> 된다. 여기서 의미적 현실이라고 한 것은 현실의 본질적 부분을 가리
> 켜 한 말이다. 그것은 현실의 한 단편이면서도 그것이 상관하는 현실
> 전부를 대표하는 부분이다.96)

김기림은 현실이 전(全) 문명의 시간적·공간적 관계에서 굳세게
파악되어서 언어를 통해 조직된 것이 시라는 관점을 다시 반복한다.
그런데 "굳세게"라는 부사를 굳이 사용한 데서도 드러나듯, 김기림의
인식은 관념적인 원칙론의 차원에 머무르고 있으며, 그것을 실제 시

---

96) 김기림, 「포에시와 모더니티」(『신동아』, 1933.7), 「시의 모더니티」, 『전집』 2
  권, 84~85면.

의 생성과정에 대한 구체적인 탐색으로 진전시키지는 못하고 있다.
한편 시에 나타나는 현실을 의미적 현실이라 하고, 그것을 현실의 단
편이면서 현실 전부를 대표하는 부분으로 간주한 것은 일종의 '전형'
에 대한 사고인데, 그것은 프로문학에서 말하는 당파성을 지닌 전형
의 의미라기보다 좀 더 포괄적인 의미로 사용된 것으로 보인다. 이러
한 사유는 이전의 정태적 시각에서 진일보한 것으로 평가될 수 있다.

　앞에서 김기림 초기 시론에 나타난 '현실' 개념을 살폈는데, 이제
다시 시민과 민중 등으로 제시되었던 '주체'의 개념이 어떻게 전개되
는지 살펴보자. 「상아탑의 비극」(『동아일보』, 1931.7.30~8.9)에서 김기
림은 '사포'에서 초현실주의까지의 서구 문예운동의 조류들을 역사적
변천과정에서 개괄한다. 그 중 '생활을 찾는 시파들'이라는 부제가 붙
은 장에서, 19세기 말엽의 창백한 지식계급의 위기의식을 지적하는
동시에, '주르·로맹'의 '유나니미즘'을 높이 평가하면서 다음과 같이
언급한다.

　　사람의 혼이 현실 생활에서 인지하는 것은 가장없이 솔직하게 표현
　　한다는 것이나 그들이 생활이라고 하는 것은 결코 개개의 생활은 아
　　니다. 전일적(全一的) 자아의 그것이다. 그래서 그들은 군중이라는 것
　　에 많은 매력을 느끼고 "군중은 발작이다. …… 군중은 다른 집단에
　　대하여, 영웅이 다른 사람에게 대하는 것과 같이 확대에 의하여 특수
　　한 성격을 보이고 그리고 그 대소에 의하여 경험없는 관찰자의 주목
　　을 끄는 '타입'이다"라고 규정했다. (…중략…) '유나니미즘'이야말로
　　개성적인, 너무나 개성적인 '생볼리즘'과 '바레스'의 전통주의에 대척
　　하여 일어난 것이고 가장 근거있는 시간적·역사적 생명의 발전이었
　　다.97)

　김기림은 로맹이 말한 '현실적인 전일체' '전일적 정서' 등을 인용하

---

97) 김기림, 「상아탑의 비극」(『동아일보』, 1931.7.30~8.9), 『전집』 2권, 313면.

면서 군중을 전일적(全一的) 자아라고 말한다. 김기림이 전일적 자아로서의 '군중'에 주목한 것은, 20세기 현대의 상황이 현실 생활을 개개의 것으로 남겨두지 않고 전일화하는 데 있다. 앞서 「피에로의 독백」에서 언급한 '민중'도 이 '군중'의 의미로 사용한 듯하다. 그가 긍정적으로 바라보는 '전일적 자아'로서의 '군중'은 특정 계급이나 집단이 아니라, 도시의 거리와 극장에서 볼 수 있는 무형의 무리, 대중을 의미한다. 시인의 위치를 역사적 변천과정에서 살핀 김기림은, 현대문명으로 인한 계급 분화와 파편화에 대응하기 위해 '현실적인 전일체' '전일적 자아'로서 '군중'에 주목한 것이다. 즉 근대 문명이 전쟁과 군국주의로 이어지면서 발생한 세계 평화의 붕괴 속에서 주체가 겪는 시련과 소외를 극복하기 위해 이 전일적 자아, 군중에게 기대를 건 것이다. 그러나 김기림의 군중에 대한 평가는 긍정과 부정 사이에서 흔들리는 것으로 보인다. 시론 뿐 아니라 시·수필 등에서도 군중에 대한 엇갈리는 평가가 나타나는데,98) 이는 두 가지 각도에서 그 원인을 추정할 수 있다. 첫째는, 근대 문명의 전개과정에서 분화된 계급 중 지식인(인텔리겐차) 계급의 시인적 위상에 위기를 느끼고 생활에 근거한 군중을 통해 건강성을 회복하려 했으나, 그 군중이 자본주의의 병폐와 파편화의 결과로 생겨난 집단이라는 사실을 깨닫게 되는 것이다. 이와 관련되는 것으로서 둘째는, 김기림이 군중을 하나의 주체 개념으로 인식했던 착오에서 기인하는 것으로 보인다. 김기림이 찾고자 하는 주체의 개념은 시창작 주체 및 역사나 현실의 주동세력이라는 의미인데, 군중은 이러한 주체의 개념이라기보다 도시라는 자본주의의 일상적 표면에 흩어져 있는, 단순한 대상적(對象的) 무리인 것이다. 이런 관점은 보들레르의 『악의 꽃』에서 대도시 군중의 이미

---

98) 수필의 경우, 「찡그린 도시 풍경」(『전집』 5권, 384면)에서는 "도취한 본능적인 군중"으로, 「도시풍경 1, 2」(『전집』 5권, 389면)에서는 "불건전한 몽유병자의 무리들", "심장과 뇌수를 보너스와 월급에 팔아버린 기계인간" 등으로 묘사된다.

지와 산책자(flâneur)의 모티프를 통해 근대성을 설명한 벤야민의 글
에서도 유추될 수 있다.

> 군중은 버림받은 사람의 가장 최근의 안식처만은 아니다. 그것은
> 또한 버려진 사람들의 가장 최근의 마약이기도 하다. 만보객은 군중
> 속에 버려진 사람이다. 그는 이렇게 상품과 같은 상황에 놓인다. 그가
> 이 특수 상황을 자각하는 것은 아니지만, 이 상황의 특수성은 그에게
> 적잖은 영향을 행사한다. 상황은 그의 수많은 모욕을 벌충해 줄 수 있
> 는 마취제로서 그를 지복(至福) 속에 빠뜨린다. 만보객이 탐닉하는 도
> 취, 그것은 고객의 물결에 부딪치는 상품의 그것이다.99)

벤야민이 보들레르의 작품에서 추출한 만보객(산책자)은 예술가, 즉
시인에 해당한다. 만보객은 군중 속에 자신을 숨기며, 군중 속에 버려
진 사람이다. 따라서 만보객은 마약과도 같은 군중에 매혹을 느끼는
중독자이지만, 군중들의 비인간적인 본질에 경멸의 눈짓을 보낸다. 군
중 속에 있으면서 그들과 구별되는 만보객을, 보들레르는 하나의 영웅
으로 설명하고 댄디(Dandy)라는 이름을 부여한다. 따라서 댄디즘
(Dandism)은 군중의 물결과 자본주의의 세력에 굴복하지 않는 정신
적 고귀함을 견지하는 태도로서, 퇴폐의 시대에 있어 영웅주의의 마지
막 발현이며 인간적 긍지의 한가닥 남은 밝은 빛과 같은 것이다.

앞의 두 가지 각도를 종합하면, 김기림의 민중, 혹은 군중에 대한
관점이 계급을 근거로 한 주체의 개념과 속도와 활력이라는 속성의
개념 사이에서 흔들리고 있다는 결론을 얻을 수 있다. 김기림 시론에
민중·군중에 대한 평가로 찬양과 회의가 엇갈리는 것은, 각각 그것이
지닌 속성과 계급적 주체라는 상이한 관점에서 생겨나는 것이다. 결
국 김기림의 군중에 대한 관점은 이 두 개념 사이에서 동요하는 것인

---

99) Walter Benjamin, 황현산 역, 「보들레르의 작품에 나타난 제2제정기의 파
리」 제2장, 『세계의 문학』, 1989년 여름, 129면.

데, 따라서 그는 지식인계급뿐 아니라 군중에서도 발견하지 못한 새
로운 주체를 찾아나서게 된다. 그리하여 그는 전통과 단절된 새로운
근대적 인간의 모습을 '작은 주관', 혹은 '작은 자아'에서 찾게 된다.

> 지난 날의 시는 '나'의 정신세계의 일부분이었다. 새로운 시는 '나'
> 를 여과하여 구성된 세계의 일부분이다. 그것은 새로운 세계다. 낡은
> '눈'은 현실의 어떤 일점에만 직선적으로 단선적으로 집중한다. 새로
> 운 '눈'은 작은 주관을 중축으로 하고 세계·역사·우주 전체로 향하
> 여 복사적으로 부단히 이동 확대할 것이다.[100]

김기림은 주관의 능동적 작용을 인정하는 동시에, 그 작용의 결과
생성된 시를 객관적 세계의 일부분이라고 하여, 객관세계에 더 큰 비
중을 둔다. 그리고 새로운 '눈'은 '작은 주관'을 중축으로 한다고 말하
는데, 이 '작은 주관'은 창작 주체로서의 시인을 일단 개인적 자아라
는 관점에서 인식하고 있음을 보여준다. 개인적 주체는 전통적 주체,
즉 낭만주의의 신화화된 주체나 리얼리즘의 집단적·계급적 주체와
구별되는 근대적 인간상인데, 더 엄밀히 말하면 '작은 주관'이란 이
'개인적 주체'의 개념보다 더 미세한 기준으로 규정된 개념으로 보인
다. 본고는 그것을 '미시적 주체'라고 간주한다. '미시적 주체'는 거대
주체, 즉 전체성을 지닌 주체에 대항하는 개념으로서, 어떤 통일된 주
체의 자기동일성을 깨뜨릴 수 있는 장치로서 작용한다. 따라서 그것
은 완성된 균정(均整)이 지닌 죽음을 타파하는 원시적 조야(粗野)의
힘과 연결될 수 있다.

> 시의 세계에서 돌진을 감행하는 자는 어떠한 유에 속한 시인일까.
> 그는 결코 암흑과 사(死)와 정밀(靜謐)을 사랑하지 아니할 것이다. 광
> 명을, 활동을 사랑하는 그의 천진한 마음은 나아가 태양 아래서 약동
> 하는 생명을 포용할 것이다. 그는 정열을 가지고 붉은 피가 흐르는 생

---

100) 김기림, 「포에시와 모더니티」, 앞의 책, 83면.

활 속에 그의 작은 자아를 묻을 것이다. 우리들은 현대시의 광야 위에 나타날 이 놀라운 원시적이고 무모(?)하고 야만한 돌진을 차라리 축복할 것이 아닐까.101)

「현대예술의 원시에 대한 욕구」에서 김기림은 "근대예술이 도달한 죽음과 같은 균정에 포만한 현대의 감성은 조야 속에 자신의 불만을 구제해 주는 활로를 발견하고 작약(雀躍)하였다"102)라고 말하는데, 균정(均整)을 죽음과 같은 것으로 보고 그 구제의 활로를 조야(粗野)에서 찾는다. 이는 인용문에서 '작은 자아'를 통해 원시적 조야와 야만한 돌진을 옹호하는 모습으로 나타난다. 따라서 '작은 자아'는 근대예술이 도달한 균정의 상태, 즉 전체적 통일성과 자기동일성에 균열을 일으킬 수 있는 원시적 조야의 힘을 지닌 '미시적 주체'이다.

그런데 여기서 우리는 김기림 초기 시론에 '지성'과 '원시적 조야'가 공존하는 현상을 어떻게 이해하고 평가해야 하는가라는 의문이 생긴다. 일단 김기림은 한국문단의 요청에 부응하는 차원에서, 과거의 낭만주의시가 지닌 감상성과 프로시가 지닌 편내용주의에 대한 반발로 신고전주의적 '지성'을 강조한다. 한편, "원시성의 동경―그것은 현대예술의 어떤 위대한 불만의 표현이다"103)에서 보듯, 근대 문명의 전개과정에서 생겨난 현대예술의 양상으로서, 즉 전세계적 예술의 발전단계라는 차원에서 현대예술의 분열과 파편화에서 탈피하기 위해 '원시적 조야'의 건강성을 요구하는 것으로 보인다. 그런데 이 두 관점이 한 자리에서 만날 때, 시론의 일관성을 해치는 논리의 모순과 균열이 생겨난다. 이를 김기림은 "그것은 지성에 의한 감정의 정화작용을 한편에 가지고 있다. 이도 또한 시의 원시적 명랑에 대한 욕구다"104)에

---

101) 김기림, 「현대예술의 원시에 대한 욕구」(『조선일보』, 1933.8.9~10), 「현대시의 표정」, 『전집』 2권, 88면.
102) 같은 글, 87면.
103) 같은 글, 86면.

서처럼, 한국적 상황에서 요구되는 '지성'을 세계적 차원의 근대예술에서 요구되는 '원시적 힘'에 포함시키고 합류시킴으로써 논리상의 모순을 해소하려 한다. 그러나 이는 미봉책일 뿐이다. 이 문제는 역사철학적 근대성과 그것에 대한 미적 저항을 동시에 추구하는 모습을 보여주고 있어 주목을 요한다. 김기림의 시론은 이성적 주체에 의한 역사의 진보라는 역사철학적 근대성을 일면으로 추구하는 한편, 그 저항으로서 주체의 자기동일성과 통일성에 균열을 일으키는 미시적 주체의 원시적 충동을 다른 한면으로 추구하는 것이다. 결국 김기림 비평에 있어 성패의 관건은 이 양면적 추구를 어떻게 결합시켜 온전한 미적 근대성을 형성하는가에 있었다.

미적 근대성은 역사철학적 근대성을 수용하면서 그것에 저항하는 동력을 생성시키므로, 이 두 측면이 공존하는 것은 모순이 될 수 없다. 그러나 김기림에게 있어 '지성'과 '원시적 감각'의 공존은 한국문학과 세계문학 사이의 시대적 격차로부터 생겨난다. 또한 이 둘은 시론의 구성요소상 공통적으로 주체가 현실을 포착하는 인식적 매개에 해당하는 요소이다. 따라서 시 창작과정에서 동일한 기능을 담당하는 요소들간의 상충은 자체 모순을 발생시키는 것이다. 결국 김기림 초기 시론의 미적 근대성의 양면적 추구가 지닌 모순과 균열은 두 가지 차원에서 연유한다. 하나는 세계문학의 흐름과 한국문학의 요청 사이의 시대적 격차이며, 또 하나는 그렇게 선택된 개념이 동일한 시론 구성요소로서 상충하는 것이다.

(2) 시대정신과 공간적 형식, 언어

앞 절에서 살핀 '현실'과 '주체'의 관계망은 문학 생성의 과정에서 하나의 '내용'이 되어 '형식'과의 상호 관련 속에서 작품을 생산시킨

---

104) 같은 글, 87면.

다. 따라서 이 절은 김기림 초기 시론에 내재한 '내용'과 '형식'의 개념
을 중심으로 진행하기로 한다. 내용에 해당하는 개념으로서 「시의 기
술, 인식, 현실 등 제 문제」(『조선일보』, 1931.2.11~2.14)에는 '시대정
신'이 등장한다.

> 한 시대의 시대정신 즉 그 시대의 '이데'는 그것에 가장 적응한 구
> 상작용으로서의 양식을 요구한다. 정신적·혁명적 앙양기는 적극적인
> '로맨티시즘'의 양식을 요구하였다. 과학적·물질적 정신이 횡일한 시
> 대에는 실험적인 과학적인 '리얼리즘'의 양식을 요구했다. 인류가 높
> 은 이상을 잃어버리고 회색의 박모(薄暮)에서 방황하던 세기말적 퇴
> 폐시대에는 '심볼리즘' 또는 소극적인 '로맨티시즘'의 양식을 요구하
> 였다.
> 그러므로 시인은 그가 위치한 시대―즉 과거로부터 미래로 향하는
> 특정한 시간성―는 어떠한 특수한 '이데'에 의하여 추진되고 있는가를
> 항상 이해하지 아니하면 아니된다. 따라서 그것의 특수한 구상작용으
> 로서의 양식의 발견에 열중하지 아니하면 아니된다. 그러므로 시의
> 혁명은 양식의 혁명인 동시에 아니 그 이전에 '이데'의 혁명이라야 한
> 다. 그렇다고 '이데'의 혁명에 그침으로써 시의 혁명이 완성되었다고
> 볼 수는 없다. 한 개의 '이데'가 필연적으로 발전 형성한 특수한 양식
> 을 획득하였을 때 비로소 시의 혁명은 완성되는 것이다.105)

김기림은 '이데'를 '시대정신'의 의미로 사용한다. 이 시대정신으로
서의 '이데'는 변화하는 현실과 주체가 만나 상호 침투하는 자리에서
형성된다. 이처럼 형성된 '내용'으로서의 '시대정신'은 역사적 변천과
정에서 그것에 상응하는 문학적 형식을 요구한다. 그것이 바로 '양식'
의 개념이다. 보편적 개념인 형식과는 달리 양식은 장르적 범주, 혹은
역사적 형식의 개념으로 사용되는데, 낭만주의·리얼리즘·상징주의

---

105) 김기림, 「시의 기술, 인식, 현실 등 제 문제」, 앞의 책, 73면.

등의 문예사조도 여기에 해당한다. 김기림은 정신적·혁명적 앙양기는 적극적인 낭만주의를, 과학적·물질적 정신의 시대는 리얼리즘을, 세기말적 퇴폐시대는 상징주의나 소극적 낭만주의 양식을 요구한다고 언급한다. 문학양식의 변화를 가져오는 동력은 시대정신에 있으므로, 시의 혁명은 이데의 혁명이 선행하고 양식의 혁명이 수반되는 것으로 보는 것이다. 이것은 '시대정신'을 '내용'으로 '양식'을 '형식' 개념으로 볼 때, 내용 우선의 입장에서 형식과의 관련성을 고려하는 관점을 보여준다. 이는 앞 절에서 살핀 '현실 중시의 시관'과도 연관되어 있다. 따라서 김기림의 초기 시론을 모더니즘으로 규정하고, 모더니즘에 대한 통념인 형식 중시의 관점으로 그것을 판단하는 기존 논의들은 재고되어야 한다. 김기림은 항상 역사적 발전과정을 맥락으로 하는 거시적 안목에서 시의 양식과 형식 문제를 인식하는데, 정작 문제가 되는 것은 이 거시적 관점과 텍스트 자체의 구성요소들을 유기적으로 고찰하는 미시적 관점 사이에서 오는 불균형이다.

결국 김기림이 주장하는 것은 시인이 새로운 시대정신을 획득하고 그에 합당한 형식을 추구할 때, 시대가 요구하는 새로운 문학양식을 찾을 수 있다는 것이다. 이런 논리의 이면에는 낭만주의와 리얼리즘이라는 과거의 문학양식에 대한 부정이 내재되어 있다. 김기림이 초기 시론을 통해 일관되게 데카당티즘과 프로문학의 리얼리즘 등을 비판하는 것은, 그것을 당대의 시대정신에 부응하지 못하는 과거적 문학양식으로 보았기 때문이다. 그렇다면 문제의 초점은 새로운 시대정신은 무엇이며, 그것에 상응하는 문학적 형식은 무엇인가에 모아진다. 김기림이 인식하는 당대의 '시대정신'은 첫 시론에 해당하는 「시인과 시의 개념」(『조선일보』, 1930.7.24~30)의 다음과 같은 구절에서 유추해 볼 수 있다.

여기에 이러한 근대시의 주관적 동향을 조세(助勢)하는 것은 그것이 처한 현대라고 한 특수한 '에포크'의 시대적·사회적 색채다. 즉 근

대시를 에워싸고 흐르는 객관적 정세다. 자본주의 말기를 통한 퇴폐
화의 경향이 그것이다. 한 사회의 문화가 난숙하였을 때에는 그 시대
의 문물은 일반적으로 향락적·퇴폐적 형태를 갖추게 된다. 이러한
것이 곧 근대시에 반영한다.

　'슈르리얼리즘', 담백한 '센티멘탈리즘', 말초신경적 신감각주의, 그
리고 감각의 교착과 환상, 이것이 현대에 남아있는 시인적인 시의 속
성이다. 그리하여 시는 자본주의 문화의 모든 영역에 팽배한 분해작
용과 함께 그것은 최후의 심판에로 맥진하고 있다.106)

　김기림은 근대시를 에워싸고 흐르는 객관적 정세, 즉 '시대정신'을
"자본주의 말기를 통한 퇴폐화의 경향"이라고 보는데, 이로 인해 문
화의 영역에서 분해작용, 즉 파편화가 일어나 시도 말초신경적 신감
각주의, 감각의 교착과 환상에 빠지고 있다고 파악한다. '자본주의 말
기의 퇴폐화'로 요약될 수 있는 이러한 시대정신은, 김기림이 인식한
시대정신의 거시적 층위에 해당한다. 여기서 거시적 층위란 근대 이
후의 역사적 전개과정을 전체적으로 조감하는 관점을 의미한다. 따라
서 그가 파악한 시대정신의 미시적 층위를 함께 살필 필요가 있는데,
이는 III장의 「시에 있어서의 기교주의의 반성과 발전」(『조선일보』,
1935.2.10~3.14)에서 근대시의 순수화 경향을 제시하는 대목을 통해
고찰한 바 있다. 그것을 다시 정리하면, 근대시의 순수화 경향은 과학
문명의 발전으로 대표되는 근대화의 경험이 시의 해체와 파편화로 이
어지는 양상과, 그 속에서 시가 자율성을 주장하는 양상이 결합되어
생겨난다. 역사철학적 근대성과 그 미적 저항을 함께 고려하는 김기
림의 이러한 사유에는, 시대정신을 거시적인 관점과 미시적인 관점으
로 파악하는 태도가 함축되어 있다.

　이는 김기림이 시대적 상황 속에서 문학양식을 고찰하는 역사적 비
평과, 텍스트 자체의 분석과 해명이라는 내재적 비평을 동시에 수행

---

106) 김기림, 「시인과 시의 개념」, 앞의 책, 293~294면.

하는 것과도 관련되는 태도이다. 그런데 근대 과학문명의 발전에 의한 생활 감정의 변화와 시양식의 변화, 역사적 진보의 개념에 의한 낭만주의 → 리얼리즘 → 모더니즘의 양식 변모 등의 관점은 역사철학적 근대성과 상당부분 관련되어 있으며, 자본주의 근대 문명의 진행에 저항하여 시의 자율성을 요구하는 관점은 미적 근대성으로 이어질 수 있다. 문제는 역사철학적 근대성과 그 미적 저항이 어떻게 공존하거나 결합되는가 하는 점이다. 이는 앞 절에서 살핀 '지성'과 '원시적 조야의 힘'이 공존하는 차원과도 상통한다. 김기림은 한국문학의 현실이 요청하는 차원에서 과거의 감상적 낭만주의와 편내용적 리얼리즘을 부정하기 위해 역사철학적 근대성과 관련된 '지성'과 '주지주의적 시론'을 주장한 것이며, 전세계적 문명의 발전 단계에서 자본주의 말기의 병적 징후에 주목하고 그 대안으로 미적 근대성의 일환으로 '원시적 조야'와 '프리미티브한 감각' 등을 제시하게 된다.

이는 서구를 중심으로 한 세계적 문화 단계와 격차를 지니고 있었던 당시 한국의 문화 상황에서, 김기림이 이 격차를 끌어안으며 두 차원을 동시에 고려했기 때문에 생겨나는 것으로 보인다. 즉 서구문학에서는 이미 자본주의 말기의 퇴폐화로 인한 파편화의 양상이 미적 근대성의 측면을 요구하고 있는데 비해, 감상적 낭만주의와 프로문학·민족주의문학의 편내용주의가 주류를 이루었던 1930년대 초반의 한국문학에서는 지성을 중심으로 한 역사철학적 근대성의 측면이 요구되었던 것이다. '지성'과 '원시적 조야'의 공존, '주지주의'와 '인간성 옹호'의 공존은 이처럼 한국적 문화 단계와 세계적 문화 단계, 역사철학적 근대성과 그 미적 저항을 함께 고려한 김기림의 딜레마와, 그것을 결합시키고자 했던 김기림 시론의 핵심적 과제와 밀접한 관계를 맺고 있는 것이다. 이 문제를 더 구체적으로 천착하기 위해 '기계문명'에 대한 김기림의 평가를 살펴보기로 한다.

김기림의 초기 시론에는 도시문명을 근거로 한 역사적 진보에 대한 낙관적 전망이 한 측면을 이루고 있다. 그것은 역사철학적 근대성의

면모를 지니는데, 이 양상을 더 면밀히 살펴보기 위해서는 도시문명
을 대표하는 '기계'에 대한 찬양을 살펴볼 필요가 있다. "첫째 우리들
의 시는 기계에 대한 열렬한 미감을 가지게 되었다는 것, '운동과 생
명의 구체화'(페르낭·레제)로서의 기계의 미를 인정하는 것이다"107)
와 "프롤레타리아의 생활 자체는 둔중하다. 그러나 그들이 참여하는
기계의 세계를 보라. 오늘의 전문명의 역학을 보라. 그래서 '스피드'는
현대 그것의 타고난 성격의 하나다"108)를 볼 때, 김기림이 기계문명
을 옹호하는 것은 그것이 운동성과 생명력, 즉 속도와 힘을 구체화하
고 있기 때문이다. 그가 '노동의 미'를 강조하는 것도 그것이 움직임
과 역동성을 대변하고 있기 때문이다. 즉 김기림은 기계문명이 지닌
움직임과 활력을 높이 평가하는 것인데, 이는 근대 자본주의 발달에
따른 기계문명의 물질적 힘과 진보에 대한 자신감, 역동적인 속도의
미학 등을 강조하는 미래파의 문학사상109)과 관련성을 지닌다고 볼
수 있다. 이러한 김기림의 태도에 대해 대부분의 기존 연구의 평가는
기계문명을 실제로 경험함으로써 우러나온 실천적 인식이 아니라 관
념적 인식에 불과하며, 기계문명과 현대문명에 대한 낙관적 태도는
기계문명이 가져온 물질적 풍요와 함께 정신적인 황폐함과 비인간화
를 경험한 동시대의 서구 지식인과는 거리가 있는 것으로서, 오히려
그보다 한 세대 이전인 20세기 초반 서구인들의 일반적 경향과 관련
을 갖는다는 것이다. 그런데 이러한 평가는 다른 측면과 함께 고려되
어야 할 것으로 보인다. 「포에시와 모더니티」(『신동아』, 1933.7)보다
먼저 발표된 「상아탑의 비극」(『동아일보』, 1931.7.30~8.9)에서 김기림
은 다음과 같이 말하고 있다.

---

107) 김기림, 「포에시와 모더니티」, 앞의 책, 82면.
108) 같은 글, 81면.
109) F. Marinnette, Futuristic Manifesto, 조영복, 「미래주의 운동과 그 내적 논
리」, 김용직 편, 『모더니즘연구』, 자유세계, 1993, 31~82면 참조.

　　그들은(미래파─인용자) 그들의 소위 '쾌주(快走)하는 미'를 창조하
기 위하여 무위(無爲)와 평온에 찬 옛 화원을 여지없이 짓밟았다. 그
들은 시의 고전적 약속이나 교양을 쓰레기와 같이 먼지통에 던져버렸
다. 그리하여 우리들은 미래파에게서 최초로 근대시의 붕괴작용을 보
았다.
　　궁지에 닥친 근대시가 한줄기의 생로(生路)로서 탐구해 얻은 이 미
래파의 길은 단말마의 최후의 유린한 발버둥처럼 밖에는 보이지 않는
다.110)

　　인용문은 김기림이 근대시의 변천을 살피면서 미래파에 대해 언급
하고 있는 대목이다. 여기서 미래파의 운동을 그들이 추구한 '쾌주하
는 미'와 더불어 부정적인 시각으로 평가하고 있는 데 주목할 수 있
다. 김기림의 시론에는 비슷한 시기의 평문 중에도 미래파에 대한 찬
·반이 엇갈린 평가가 존재하는데, 미래파에 대한 평가를 차치하고서
도 '쾌주하는 미'에 대한 상반된 평가를 어떻게 이해해야 할 것인가가
문제가 된다. 앞 절에서도 언급했듯, 김기림은 비평에 있어서 역사철
학적 근대성의 측면과 그 미적 저항의 측면을 동시에 추구한다. 그리
고 문학을 근대 문명의 전개과정에서 전체적으로 파악하는 역사적 비
평의 관점과 미적 자율성의 구조로 파악하는 내재적 비평의 관점을
동시에 지니고 있었다. 따라서 서구를 중심으로 한 자본주의 말기화
의 병적 징후와 그로 인한 근대시의 붕괴 현상, 즉 파편화를 인식하
고 있었던 김기림은, 한국문단 내 상황에서 과거의 감상적 낭만주의
와 프로문학의 편내용주의를 부정하고 새로운 시를 제안하기 위해서
'지성'과 함께 '기계문명'이 지닌 속도와 활력을 중시할 필요가 있었던
것이다.
　　여기서 우리는 김기림의 시론에 근대 과학문명의 힘과 진보에 대한
신뢰를 기반으로 하는 역사철학적 근대성과, 그것이 지닌 폐해를 인

---

110) 김기림, 「상아탑의 비극」, 앞의 책, 315면.

식하며 저항하려는 미적 근대성이 공존하는 이유와 근거를 찾을 수 있다. 따라서 김기림은 기존의 평가와는 달리 기계문명이 지닌 정신적 황폐함과 비인간화를 간파하고 있었는데, 정작 문제가 되는 것은 이러한 인식과 함께 기계문명의 힘과 진보에 대한 신뢰가 비슷한 시기에, 혹은 하나의 평문에도 공존하면서 논리적 모순을 발생시키는 데 있다. 앞 절에서 언급했듯 '지성'과 '원시적 조야'를 동시에 강조하는 양상도 이와 관련된다. 이 균열을 의식한 김기림이 지성에 의한 감정의 정화작용도 시의 원시적 명랑에 대한 욕구라고 말한 것은 논리적 타당성이 결핍된 진술이며, 김기림에게 있어서는 일종의 미봉책인 셈이다. 이 점이 김기림 비평의 딜레마인데, 이 모순과 균열은 물론 김기림 비평의 약점으로 지적되어야 하겠지만, 세계적 상황과의 관련 속에서 당시 한국문학의 현실에 주체적으로 개입하려 했던 한 비평가의 정직한 고민이라고 평가되어야 할 것이다. 전근대 속에 근대가 실험되는, 그나마 식민지 경제 침탈의 일환으로 소비적 경제구조가 지배하던 당시 1930년대 한국의 사회현실을 감안할 때, 김기림이 보여준 딜레마는 한국의 불완전한 사회적 근대성에 대응하는 동시에 서구의 근대성과 그 저항으로 나타난 미적 근대성에 복합적으로 대응하면서 근대성의 양면을 동시에 추구해야 했던 한 식민지 지식인의 정직한 초상이었던 것이다. 이 모순과 딜레마는 다른 한편으로 김기림 시론을 생성시키고 전개시키는 원동력이 되기도 한다. 그리하여 1930년대 중반 이후 한국문단에서 모더니즘이 기교주의로 흐르는 문제점을 드러내며 변모된 현실과 시대정신에 부응하지 못할 때, 서구 근대시의 순수화와 파편화 경향을 기교주의와 연결시키면서 모더니즘 비판을 시도하게 되는 것은, 이 두 관점 사이의 격차를 좁히며 딜레마를 해결하기 위한 노력과도 관련되는 것이다.

지금까지 내용과 형식의 관계 중에서 '내용'에 해당되는 '시대정신'을 중심으로 고찰하였는데, 이제 김기림 초기 시론이 지닌 '형식'의 문제를 살펴보기로 한다. 시대정신에 상응하는 문학적 형식은 넓은 의미로서의 '양식'과, 좁은 의미로서의 '시의 형식'으로 나눌 수 있다. 이 두 가지 형식 문제에 대해 김기림은 다음과 같이 요약적으로 언급하고 있다.

> '모더니즘'은 두 개의 부정을 준비했다. 하나는 '로맨티시즘'과 세기말 문학의 말류인 '센티멘탈·로맨티시즘'을 위해서고, 다른 하나는 당시의 편내용주의의 경향을 위해서였다. '모더니즘'은 시가 우선 언어의 예술이라는 자각과 시는 문명에 대한 일정한 감수를 기초로 한 다음 일정한 가치를 의식하고 쓰여져야 된다는 주장 위에 섰다.111)

1930년대 초의 모더니즘 시운동을 회고하고 정리하는 성격의 이 글에서, 김기림은 당시의 '시대정신'에 대응하는 '문학양식'을 모더니즘으로 보고, 그 '시적 형식'의 특징을 언어의 예술이라는 자각, 문명에 대한 일정한 감수, 일정한 가치의 의식 등으로 요약한다. 그는 모더니즘이 부정하는 센티멘탈 로맨티시즘에 대해서는 "내용의 진부와 형식의 고루(固陋)", 편내용주의에 대해서는 "내용의 관념성과 말의 가치에 대한 소홀"이라는 이유를 제시한다. 이 비판은 각각 내용과 형식에 대한 인식을 기준으로 하고 있는 점에서 중요하다. 김기림은 문학양식을 시대정신으로서의 내용과, 시 내부적 구조로서의 형식으로 구분하고 그것을 관련시켜 사고한다. 따라서 인용문에서 "문명에 대한 일정한 감수를 기초로 한 다음 일정한 가치를 의식"하는 차원은 시적 내용에 해당하며, "언어의 예술이라는 자각"은 시적 형식에 해당한다. 여기서 김기림이 특히 '언어'를 중시하는 점에 주목할 수 있다. 그는 바로 언어가 시적 내용과 시적 형식을 연결하는 매개라는 인식을 가지고 있는 것이다. 따라서 김기림에게 있어 시적 형식에 대한 탐구는 이 '언어'를 중심으로 이루어진다.

---

111) 김기림, 「모더니즘의 역사적 위치」(『인문평론』, 1939.10), 『전집』 2권, 55면.

말의 음으로서의 가치, 시각적 영상, 의미의 가치, 또 이 여러가지 가치의 상호작용에 의한 전체적 효과를 의식하고 일종의 건축학적 설계 아래서 시를 썼다. 시에 있어서 말은 단순한 수단 이상의 것이다. '모더니즘'은 이러하여 전대의 운문을 주로 한 작시법에 대항해서 그 자신의 어법을 지어냈다. 말의 함축이 달라졌고 문명의 속도에 해당하는 새 '리듬'을 물결과 범선의 행진과 기껏해야 기마행렬을 묘사할 정도를 넘지 못하던 전대의 '리듬'과는 딴판으로 기차와 비행기와 공장의 조음(燥音)과 군중의 규환을 반사시킨 회화의 내재적 '리듬' 속에 발견하고 또 창조하려고 했다.112)

김기림은 "시에 있어서 말은 단순한 수단 이상의 것이다"라고 말하면서 언어의 가치를 수단이 아닌 매개의 개념으로 파악한다. 그는 언어가 지닌 가치를 세 가지로 제시하는데, 음으로서의 가치·시각적 영상·의미의 가치가 그것이다. 김기림은 시의 내용과 형식을 매개하는 언어를 평면적으로 보지 않고, 소리·형태·의미라는 세 가지 가치를 구성요소로 하는 결합체로 보는데, 이 관점은 그의 시론 전체에 일관되고 있는 것으로 보인다. 그리고 그는 이 세 가지 "가치의 상호작용에 의한 전체적 효과를 의식하고 일종의 건축학적 설계"를 강조한다. 이 대목은 시에 있어서 일종의 '구성'과 관련된 언급인데, "전체적 효과를 의식"하는 "일종의 건축학적 설계"가 구체적으로 어떤 의미를 지니는 것인가를 규명하기 위해 「피에로의 독백」에 제시된 다음의 항목을 살펴보자.

  7. 구성
  우리들의 세기에 들어와서 가장 큰 발견 속에 단어의 발견이 있다. '구성'-그것은 1. 선택받은 본질적인 현실의 단편의 2. 유기적 결합에 의하여 3. 신현실을 창조함을 가리킨 말이다. 그것은 현실의 의식적

---

112) 같은 글, 56면.

정리이다. 그러므로 부정주의며 초현실주의다.113)

여기서 김기림은 언어(단어)의 발견에 큰 의미를 두고, 시의 '구성'을 본질적인 현실의 단편을 선택하고, 유기적 결합에 의해 재구성하여, 새로운 현실을 창조하는 것으로 정의한다. 그러므로 그것은 현실에 대한 부정이 개입된 의식적 정리라는 것이다. 여기서 "선택받은 본질적인 현실의 단편"을 음·형태·의미라는 세 가지 시의 구성요소로 본다면, "유기적 결합"은 김기림이 언어의 이 세 차원을 유기적으로 결합한 전체를 시로서 간주하고 있음을 알 수 있다.

그러면 다시 「모더니즘의 역사적 위치」로 돌아가, 김기림이 이런 전제 하에서 시의 언어를 어떻게 파악했는지 살펴보자. 우선 그가 주목한 것은 '산문화의 경향'이다. "전대의 운문을 주로 한 작시법에 대항해서" 지어낸 "그 자신의 어법"이란 바로 산문화의 경향을 말하는 것이다. 그는 구체적으로 그것을 '새 리듬'이라고 말하고, 그 특징을 "기차와 비행기와 공장의 조음(燥音)과 군중의 규환을 반사시킨 회화의 내재적 리듬"이라고 설명하고 있다. 과거의 시가 지닌 주관적인 감정 표현과 외형적 리듬의 구속을 버리고 새로운 현실인 현대문명의 속도에 상응하기 위해, 김기림은 기차와 비행기과 공장의 조음과 군중의 회화가 지닌 역동성을 중시한 것이다. 이를 요약하면, 김기림은 언어가 지닌 음으로서의 가치를 '일상 언어의 역동성'에서 발견하는 것이다.

'일상 회화의 리듬'이 김기림이 언어의 '음의 가치'로서 주목한 것이라면, 언어의 '형태'에 대한 관심은 '회화성'의 강조로 나타난다. 김기림은 "20세기 시의 가장 혁명적인 변천은 실로 그것이 음악과 작별한 때부터 시작된 것"114)으로 보고 "시 발전의 대세는 회화성의 동경"이라고 말한다. 앞의 인용문에서 '시각적 영상'이라고 요약된 이 회화성

---

113) 김기림, 「피에로의 독백」, 앞의 책, 300면.
114) 김기림, 「현대시의 기술」(『시원』, 1935.2), 「시의 회화성」, 『전집』 2권, 105면.

을, 김기림은 역사적 변천과정에서 바라본 현대시의 일반적 경향임을 강조한다. 감정 표현과 음악성에 치중한 과거의 서정시를 부정하는 현대시는, 감정 노출을 억제하고 조소성을 통해 객관적 현실의 모습을 드러내야 한다고 보는 것이다. 그리하여 20세기의 시에서 음악성을 구축(驅逐)한 회화성의 의미와 형태를 다음과 같이 제시하고 있다.

> 1. 문자가 활자로써 인쇄될 때의 자형 배열의 외형적인 미.
>   물론 시가 단순히 낭독되지 않고 인쇄되어 읽혀지기 시작한 뒤에 활자로서의 형태미가 시의 새로운 속성으로 등장한 것이다. (…중략…)
> 2. 독자의 의식에 가시적인 영상을 출현시키는 것을 목적으로 하는 때의 그 시의 내용으로서의 회화성.
>   이것이 즉 '올딩튼'·'커밍스' 등의 사상파의 노골한 목적의식이었으며 '파운드'가 말한 '파노포이아'다.115)

김기림은 시의 회화성이 지닌 필연성을 서구 근대시사의 맥락에서 찾고 있다. 그가 보는 회화성의 의미는 구텐베르크의 활자 발명 이후 인쇄에 의한 활자의 외형적 미라는 개념과, 이미지즘 운동에서 주장한 '이미지'의 개념을 동시에 지닌 것이다. 따라서 그것은 기존의 음악성을 대체하는 새로운 가치로서의 회화성이라는 시사적 차원에서 언급되는 것이지, 시 작품 내부의 기법적 차원에서 언급되는 것이 아니다. 김기림은 시의 언어가 지닌 회화성, 즉 이미지를 항상 문학양식의 발전과정이라는 문예사조사적 안목에서 사고한다. "영상을 통하지 않고 추상화한 주관의 감정이 직접 독자의 감정에 감염하려고 하는 그러한 경향의 시가 있다. 첫째는 감상적 낭만주의의 시다. 다음에는 격정적 표현주의의 시다"116)와 유사한 방식의 표현은 그의 시론 어디

---

115) 같은 글, 106면.
116) 김기림, 「포에시와 모더니티」, 앞의 책, 80면.

서나 찾아볼 수 있다. 이러한 인식의 틀은 시의 언어가 지닌 음의 가
치로서 '군중의 일상 언어'를 강조하는 차원에도 적용되는데, 이는 두
가지 문제점을 야기시킨다. 첫째는, 시 작품 내부를 바라보는 차원에
서 시의 구조를 음·형태·의미의 유기적 결합으로 간주하지만, 시론
의 실제에 있어서는 그 관계를 유기적인 것으로 보지 않고 분리해서
사고하는 것이다. 둘째는, 그 분리된 구성요소의 각각을 문예사조적
양식에 대입하여, 낭만주의=음악성, 이미지즘=회화성, 프로시=의미
등으로 문학양식의 특성을 단순화하여 도식적으로 사고하는 것이다.
이 점을 좀 더 구체적으로 논증하기 위해서, 김기림이 인용하고 있는
에즈라 파운드 Ezra Pound의 세 가지 시분류법을 살펴보기로 한다.

> '에즈라 파운드'는 시를 세 가지로 분류하였다.
> 1. '멜로포이아'. 거기서는 언어는 그 평범한 의미를 초월하여 음악
>   적 자산으로서 채워진다. 그래서 그 음악적 함축이 의미의 내용을
>   지시한다.
> 2. '파노포이아'. 가시적인 상상 위에 영상의 무리를 가져온다.
> 3. '로고포이아'. 언어 사이의 이지의 무도(舞蹈), 즉 그것은 언어를
>   그것의 직접한 의미 때문에 쓰는 것이 아니다. 언어의 습관적 사
>   용 언어 속에서 발견하는 문맥, 일상 그 상호 연락, 그것의 기지
>   (旣知)의 승인과 반어적 사용의 독특한 방법을 고려한다(「How to
>   Read」, p.25). 그 중에서 주로 귀로 들을 수 있는 것은 '멜로포이
>   아' 뿐이고, 다음의 둘은 하나는 주로 시각에 다른 하나는 그러한
>   관능의 매개를 통하지 않고 직접 의식 속에 향수되는 것이다.
>   그래서 '멜로포이아'는 장엄한 운율이라는 것보다도 아름다운
>   회화로 우리들의 시에 남아 있을 뿐이고, 우리들이 요망하는 시는
>   주로 2와 3에 속한 시였다. 현대의 시가 주로 귀와는 친하지 않고
>   눈과 친하고 있는 사실을 지적한 것을 나는 다른 시론가의 시론
>   속에서도 읽은 것을 기억한다.117)

에즈라 파운드가 분류한 세 가지 시의 종류는 '음악시'·'형태시'·
'논리시'로 번역될 수 있는데, 그것은 각각 시의 언어가 지닌 음악성
·회화성·논리적 형이상학성을 대표하는 것이다. 그러나 실제의 경
우 음악성·회화성·논리성에 비중을 많이 둔 시나 시의 양식은 있을
지언정, 완전한 음악시·형태시·논리시는 존재하지 않는다. 따라서
김기림은 이 분류법을 참조사항으로만 고려하고 활용했어야 했다. 그
러나 그는 에즈라 파운드를 인용한 이후의 언급처럼, 이 분류법을 개
별시를 이해하는 차원과 시의 역사적 양식을 이해하는 차원에 직접
대입하는 단순화의 오류를 범하고 있다. 김기림은 애초에 시를 음·
형태·의미의 세 가지 구성요소의 결합으로 간주하는 균형있는 관점
을 지녔지만, 그 구성요소들의 상호 유기적 결합의 양상을 고찰하는
데까지 진전하지 못한 채, 그것들을 분리시켜 각각의 요소가 하나의
독립된 시로 존재하는 것처럼 사유하는 오류를 범했다. 더 나아가 그
각각의 요소를 시의 역사적 양식에 일대일로 대입하는 단순화의 오류
를 범하고 말았다. 따라서 시의 언어가 지닌 음의 가치와 형태의 가
치를 분리하여, 그 각각을 문예사조적 맥락 속에서 새로운 시사적 가
치를 지닌 요소를 찾는 차원으로 흐르고 만다.

　그 결과 시의 언어가 지닌 '음'의 가치로서 추구한 '군중의 생동하
는 일상 언어'와, '형태'의 가치로서 추구한 '회화성과 이미지'가 상충
하는 현상이 생겨나는 것이다. 전자는 속도와 활력에 초점을 둔 것이
고 후자는 지적 명증성에 초점을 둔 것이므로 감상주의를 극복하는
공통점을 지니지만, 그것이 각각 지닌 생동성과 조소성은 하나의 시
작품의 구성요소로서 만날 때 상호 모순성을 발생시키는 것이다. 시
적 구성요소 사이에 생긴 이 모순성은 주체가 현실과 교섭하는 인식
적 매개로서 '지성'과 '원시적 감각' 사이에서 생긴 모순과 일맥 상통
한다. 따라서 그것은 한국문학의 요청과 세계문학의 흐름이라는 시간

---

117) 김기림, 「현대시의 기술」, 앞의 책, 105~106면.

적 격차에서 오는, 역사철학적 근대성과 미적 근대성 사이의 균열과 일정한 관련을 지닌다. 그리고 그것은 음·형태·의미 등의 시의 구성요소들을 분리시켜 역사적 양식개념에 대입한 점에서, 작품 자체의 내재적 비평의 관점과 역사적 비평의 관점 사이의 매개없는 전이에서 생기는 오류도 포함하고 있다.

김기림은 시의 구성을 언급하면서 '유기적 결합'이라는 용어를 사용했지만, 실제에 있어서는 음·형태·의미 등의 시적 구성요소들을 개별적으로 고찰하는 데 치중하는 경향이 있다. 이러한 도식성은 분리된 구성요소 각각을 근대 문예양식에 대입하는 단순화로 이어지며, 후기 시론에서는 이렇게 분리된 음과 형태를 조화시키고 다시 의미와 결합시키면 '전체성의 시'가 가능하다는 절충주의로 이어진다. 결국 도식적 분해가 절충적 종합으로 이어지는 점에서 김기림 시론의 한계를 보여주는 것이다.

2) 전체성의 시론과 휴머니즘

이 절에서는 「새 인간성과 비평정신」(1934.11) 이후의 1930년대 시론을 후기 시론으로 칭하고, 앞서 제시한 분석소를 중심으로 구조적으로 고찰한다. (1) 항목에서는 '현실'로서 시대적 현실과 '주체'로서 집단적 주체를, 그 사이의 '인식적 매개'로서 풍자와 모랄을 중심으로 서술한다. (2) 항목에서는 '내용'으로서 인간성과 '형식'으로서 기교를 중심으로 서술한다.

(1) 시대적 현실과 집단적 주체, 풍자와 모랄

김기림의 시론은 휴머니즘론을 수용하면서 새로운 단계로 나아가는데, 그것은 초기 시론의 관점을 더 심화하거나 확장하는 측면도 아울러 지니고 있다. 「새 인간성과 비평정신」(『조선일보』, 1934.11.16~

18)은 다음과 같이 시작하고 있다.

> 문학은 영구히 인생을 대상으로 하거나 그렇지 않으면 인생을 대상으로 한 것을 대상으로 한다. 그것은 또한 인생의 냄새를 완전히 떨어버릴 수 없는 숙명을 가지고 있다. (…중략…) 그러나 그것은 도대체 문학 이전의 문제다. 문학의 문제는 차라리 그 작가가 얼마나 깊이 인생의 진실에 육박하여 그것을 형상화할 수 있었느냐에 있다. 문예사조의 방향의 문제는 대체로 뭇 작가의 태도와 그러한 것들이 결과하는 작품에 나타나는 보편적인 시대색에 의하여 추상될 것이다. 그런데 우리 문학 속에는 한때 확실히 인생에서 멀어져가는 경향이 나타나고 있던 것도 사실이다.118)

앞 절에서 초기 시론이 '현실 중시의 시관'에 기초하며, 김기림이 그 현실을 주관과 객관·시간성과 공간성이 교차하는 유동적 현실로 파악함을 살폈다. 그런데 인용문에서는 그 '현실'의 자리에 '인생'이 등장한다. 김기림은 현실 중시의 초기 시관을 견지하면서, 관념적이고 원론에 가까운 현실 개념의 구체적 양상으로 '인생'을 상정한다. 이는 인간성 옹호의 휴머니즘론을 수용하면서 1930년대 초반의 모더니즘 시운동이 기교주의의 경향으로 흐른 것을 반성하는, 이 글의 성격과도 관련된다. 김기림은 인생의 중요성을 언급하면서, 정작 중요한 것은 작가가 인생의 진실에 육박하여 그것을 형상화하는 깊이의 문제라고 말한다. 이는 김기림이 현실을 주관과 객관의 상호 관계망에서 파악하는 태도를 다시 확인시켜 준다. '인생'과 '인생의 진실'로 요약될 수 있는 후기 시론의 '현실' 개념을 더 구체적으로 고찰하기 위해서, 비평의 임무를 제시한 다음의 항목들을 참고할 수 있다.

---

118) 김기림, 「새 인간성과 비평정신」(『조선일보』, 1934.11.16~18), 『전집』 2권, 89면.

1. 작가의 인간적 발전과 그 작품활동의 발전과정의 상호 관계에 있어서의 작가의 성장의 고찰.
2. 문학의 기술·사고방법·내용에 있어서의 시대성의 약속과 사회성의 제약의 제시와 해명.
3. 한 시대의 문학활동의 근저에 흐르는 문학정신의 발굴.
4. 새로운 시대에의 민감과 선견(先見)의 명에 의하여 오늘의 문학을 내일의 문학에로 항상 앙양할 것을 종용하는 일 등등······.119)

비평가는 작가가 기도한 작은 기술적 실험 같은 것까지 발견할 수 없으며, 그런 것들은 작가들 자신의 여기(餘技)에 맡겨도 족하다고 김기림은 말한다. 그리고 비평은 다른 방면에 더 넓은 일의 무대를 가지고 있다고 말하면서 위의 항목을 제시한다. 첫째 항목은 작가의 전기적 고찰, 둘째 항목은 문학의 내용과 형식을 제약하는 시대성과 사회성에 대한 고찰, 셋째 항목은 한 시대의 문학정신, 넷째 항목은 새로운 시대에 대응하는 새로운 문학의 전망으로 요약된다. 이는 김기림 비평의 관점이 내재적 비평에서 외재적 비평으로 그 비중이 옮겨가는 양상을 보여주는데, 전체적으로 현실 중시의 시관이 인간성 옹호와 시대적·사회적 현실에 대한 강조로 전개되고 있음을 알 수 있다. 한편 이 글에는 이러한 '현실'을 담당할 '주체'의 개념을 제시한 대목이 있어 주목할 수 있다.

근대의 지식계급을 형성하는 층은 인간을 떠난 기계적인 교양을 쌓은 사람들이며 그들은 또한 도회에 알맞도록 교육되어왔다. 전원은 벌써 그들의 고향도 현주소도 아니다. 그들의 '메카'는 더욱 아니다.
현대문화 자체와 지식계급의 도회 집중의 경향은 이 일을 가장 밝게 설명해 준다. 현대문명의 집중지대인 도회에서는 그들의 생활은 노골하게 인간을 떠나서 기계에 가까워간다. 인간에서 멀어지는 비례

---

119) 같은 글, 91~92면.

로 또한 그들과 민중과의 거리도 멀어지는 것이다.[120]

김기림이 근대 이후의 계급 분화를 살피면서 지식계급의 부유성(浮遊性)에 회의하고 민중에게 기대를 건 사실은 앞 절에서도 살핀 바 있는데, 인용문에서는 도회/전원, 기계/인간이라는 대립 개념과 함께 지식인/민중을 구분하고 있는 점이 주목된다. '도시-기계-지식계급'을 하나의 맥락으로 묶은 점이나, 이것과 '전원-인간-민중'의 맥락을 대립시킨 관점은, 도식적 이항 대립의 특징을 확인시켜 준다. 여기서 중요한 점은 김기림이 민중을 지식계급에 대체할 새로운 주체로 상정한 이유인데, 그것은 민중이 지식계급에 비해 인간성을 지니고 있다고 본 때문이다. 이는 피상적이고 단순화된 관찰이라고 볼 수 있는데, 그것은 김기림이 민중 개념을 막연한 수준에서 사고하는 데서 기인한다. 그는 민중을 막연히 '집단'의 개념으로 파악하는데, 그것은 김기림이 비판하고 부정하고자 하는 '지식계급-도회-기계-기교주의시'의 대타개념으로 상정한 것이다. 초기 시론을 포함하여 이 평문에 이르기까지 김기림은 자신이 주장하는 새로운 시대정신과 시의 모습을 현실적으로 구체화하는 수준에 이른 것이 아니라, 과거의 시에 대한 부정에 초점이 맞춰져 있다. 즉 그는 낭만주의나 리얼리즘 등의 과거의 시 경향에 대한 대타의식을 통해 과거와 대립되는 요소들을 설정하고, 그것들을 종합하여 새로운 시의 모습을 상정한 것이다. 이러한 문제점은 단순한 이항 대립의 도식성과 맞물려 김기림 시론의 논리적 결함으로 작용한다.

이윽고 세기의 색채로서 나타날 새로운 '휴매니즘'은 그러나 공상적인 '로맨티시즘'은 물론 아닐 것이고 종교적·미온적 '톨스토이즘'은 더욱 아닐 것이었다. 그것은 이미 20세기적인 '리얼리즘'의 연옥(煉獄)을 졸업한 더 광범하고 심오한 인간성의 이해 위에 서서 더 고귀하고

---

120) 같은 글, 89~90면.

완성된 인간성을, 집단을 통하여 실현할 것을 목적으로 하리라고 생각되었다. 집단은 20세기의 귀중한 발견의 하나라고 생각한다. 우리들은 다시 한번 인생 그 속에 우리들의 토대를 찾고 그 위에 인간성에 입각한 새 문학을 세우려 했다. 이 일은 그 일 자체가 문명의 강한 비판이 될 것이다. 그리하여 우리는 비로소 우리들의 노작(勞作)의 가치를 발견할 것으로 알았다.121)

　인용문은 김기림이 '인생'에 토대를 둔 '새로운 인간성'과 '집단'이라는 '주체' 개념을 통해 새로운 문학을 구상하고 있음을 잘 보여준다. 그가 제기한 '새로운 인간성'은 낭만주의와 관련성을 가지는데, 김기림은 초기 시론에서 비판했던 감상적 낭만주의와 구별하기 위해 '새로운 로맨티시즘', 혹은 '신 휴머니즘'이라는 용어를 구사한다. 그러나 "더 광범하고 심오한 인간성", "더 고귀하고 완성된 인간성" 등으로 표현된 것처럼, 이 '새로운 인간성'을 구체적으로 사고하고 규정하지는 못하고 있다. 이러한 사정은 '인생'과 '집단'의 개념에도 그대로 적용된다. 다만 우리는 그의 인간성 옹호가 도시문명의 전개 속에서 기계화되고 비인간화된 근대성에 대한 일종의 반성에서 얻어진 것을 유추할 수 있다. 따라서 그의 휴머니즘론은 '자본주의 말기의 퇴폐화 경향'과 그로 인해 발생된 '시의 기교주의화'에 대한 반성과 밀접한 관련성을 지니는 것이다.
　이상에서 「새 인간성과 비평정신」에 나타난 '현실'과 '주체' 개념을 살폈는데, 이제 이 평문 이후에 나타난 '현실'과 '주체'의 개념을 휴머니즘론이나 전체성의 시론과 관련하여 살펴보기로 한다. 현실의 개념이 인간성 옹호와 관련되어 제시된 대목으로 다음과 같은 부분이 있다.

　　그러한 기술에의 새로운 인식은 능동적인 시정신과 그리고 또한 불타는 인간정신과 함께 있지 아니하면 아니된다. 20세기의 시는 많은

---

121) 같은 글, 90~91면.

경우에 그 고도의 기술적 발달과 그 배후의 치열한 시정신에도 불구
하고 단순한 기술적 운동에 그치고 더 근원적인 인간적인 정신을 분
실하고 있는 것이 사실인 것 같다.
　잃어버렸던 인간정신을 어디 가서 찾을까. 물론 생활 속에서 아름
다운 행동 속에서 밖에는 찾을 데가 없다.
　결국 생활은 문학의 영구한 고향이다. 그러나 현대의 시인은 고향
에서 너무 먼 곳에 있었다. 여기에 시인의 고민이 있었다.122)

　김기림은 기술 이외에 "능동적인 시정신"과 "불타는 인간정신"이
필요함을 역설하고, 그것을 '생활'과 '행동' 속에서 찾아야 한다고 말
한다. 여기서 '생활'이란 초기 시론에서 언급한 '현실'과 이후 제시된
'인생'을 좀더 구체화한 리얼리티 개념이다. '인간정신'과 밀접히 관련
된 '생활'을 강조하는 이 시기의 김기림의 현실관은, '시대적 현실'에
대한 적극적인 관심과 그 대응으로 요약될 수 있다. Ⅲ장에서 살핀
대로 김기림이 휴머니즘론을 수용한 근본적인 배경은, 파시즘에 대한
대항으로 나타난 당대의 세계적 문화 옹호·오든 그룹의 현실 참여·
행동주의 등의 추세와, 그것을 받아들인 한국문단 내 휴머니즘론의
대두에 있었다. 결국 김기림은 초기 시론에서부터 견지한 현실 중시
의 시관에 입각하여, 개념적이고 원리적인 차원에서 제시한 '유동적
현실'의 구체적 모습을 '시대적 현실'에서 찾은 것이다. 이것은 당시
날로 가중되어가는 일제의 탄압 속에서 그 나름의 현실 비판의 방법
을 시론을 통해 시도하려는 노력의 일환이었다고 볼 수 있다. 그러나
당시 한국 현실에 대한 비판은 그의 시론에서 구체적으로 표현되지
않는다. 그의 '시대적 현실'에 대한 비판은 일종의 '문명 비판'의 차원
에서 제기되는 것이다.

　　시는 우선 시 자체의 역사를 가지고 있다. 다음에는 시대성의 이름

---

122) 김기림, 「현대시의 기술」, 앞의 책, 107~108면.

으로 대표되는 역사 일반의 시간성의 제약을 받을 밖에 없다. 역사 일
반의 시간성은 그것을 시가 소극적으로 반영하는 것과 적극적으로 그
속에 현대에 대한 해석을 가지려고 할 때의 두 가지의 경우를 예상할
수가 있다. 아무리 반시대적인 예술일지라도 자연발생적으로는 시대
의 어느 부분적인 병증(病症)일망정 대표하는 것이 사실이다. 이에 반
하여 시 속에서 시인이 시대에 대한 해석을 의식적으로 기도할 때에
거기는 벌써 비판이 나타난다. 나는 그것을 문명비판이라고 불러왔다.
이 비판의 정신은 어느새에 '새타이어'(풍자)의 문학을 배태할 것이
다.123)

　김기림은 시에 있어서의 시간의 문제를 두 가지 관점으로 구분하여
언급한다. 하나는 시 자체의 역사를 보는 관점인데, 그것은 시를 그것
의 발전과정에서 이해하는 것을 의미한다. 둘째는 시대성의 이름으로
대표되는 역사 일반의 제약을 받는 관점인데, 그것은 시를 당대 시대
현실의 전체적 제약성 속에서 파악하는 것을 의미한다. 이 두 번째
관점은 자본주의 말기의 퇴폐화로 인한 시의 파편화·기교주의화라는
인식과 관련된다. 그런데 김기림은 '문명비판'을 이러한 시대현실의
제약성에 반하여 시인이 시 속에서 해석을 기도할 때 생겨나는 것으
로 이해한다. 그리하여 김기림은 자본주의 말기의 퇴폐화에 대응하는
문명비판의 차원에서 '풍자'를 주창한다. 그리고 시의 파편화·기교주
의화에 대한 비판의 차원에서 기교와 인간성, 내용과 형식의 종합으
로서의 '전체로서의 시'를 주장하는 것이다.
　여기서 '풍자'는 초기 시론에서 현실과 주체 사이의 인식적 매개였
던 '지성'을 좀더 적극적으로 예각화하면서 얻어진 것이다. 그것은 초
기 시론의 '유동적 현실'이 '인생'과 '생활'로 표현되는 '시대적 현실'로
구체화되는 것과 맥락을 같이한다. 김기림은 '지성'을 부정의 정신과
종합의 정신으로 간주했는데, 이 '풍자'는 현실을 객관적으로 바라보

---

123) 김기림, 「시의 시간성」(『조선일보』, 1935.4.21~23), 『전집』 2권, 157면.

는 객관정신과 비판으로 간주한다. 그리고 그는 풍자문학의 토대를
'정직한 인텔리겐차'에 두어 풍자의 도덕성(모랄)에 대해 사유한다. 지
식인의 '지성'이 일종의 반성을 통해 현실과 연관되면서 '새타이어'라
는 양식, 혹은 기법으로 전개되어 간다고 보는 것이다. 반성적 지성과
비판의 정신으로서의 '새타이어'에 대해 김기림은 다음과 같이 언급하
고 있다.

　　현실을 붙잡고 몸부림할 용기는 감히 없으나 현실의 싸움터에서 한
　걸음 물러나서 변환(變幻)하는 현실의 모순·추악·허위·가면에 대
　하여 차디찬 조소를 퍼붓는 그러한 문학—'새타이어'의 문학이 이 나
　라에도 나타나야 할 것이다.124)

　김기림에게 있어 풍자는 현실의 싸움터에서 한 걸음 물러나서 변환
하는 현실의 모순·추악·허위·가면에 차가운 조소를 퍼붓는 태도이
며 양식이다. 객관적 자세로 현실을 관찰하고, 반성적 지성이 지닌 비
판의 정신을 구사하는 것이다. 김기림은 이 '풍자'의 문학이 주관적
태도로 현실을 초월하거나 도피하는 낭만주의를 극복할 수 있으며,
현실에 대한 면밀한 관찰과 이해없이 실천에 매진하는 편내용주의를
극복할 수 있다고 본 것이다. 김기림은 이 '풍자'와 관련하여 작가의
'모랄'을 문제삼음으로써 문학가의 도덕성을 거론하게 된다.

　　그리고 작가가 그의 작품을 통하여 가지는 '모랄'을 결코 강단에서
　나 서재에서 배운 것이어서는 아니된다. 그러한 관념적인 '모랄'은 작
　품 속에서는 대개는 고사(枯死)한 상태에서 잠깐 입원해 있는 정도의
　효과 밖에는 얻지 못한다. 작품 속에 나타나는 '모랄'은 작가가 그 속
　에서 진지하게 냉정하게 '리얼리티'를 추구할 때 거기서 자연스러운

---

124) 김기림, 「문단시평—불안의 문학」(『신동아』 23, 3권 9호, 1933.9), 『전집』 3
　　권, 112면.

상태에서 나타나야 할 것이다.125)

　김기림은 '모랄'이 그 자체로서 의미있는 것이 아니라 리얼리티를 확보할 때 비로소 제 기능을 발휘한다고 본다. 여기서 리얼리티는 현실을 고정된 물리적 대상으로 보지 않고 주관과 객관의 상호 교섭 속에서 포착하는 데서 생성되는 '의미적 현실'을 의미한다.

　이상에서 후기 시론에 나타난 현실관으로서 '인생'과 '생활'로 표현된 '시대적 현실'을 살펴보고, 그것을 포착하는 주체의 태도로서 '풍자'와 '모랄'을 살폈다. 이제 앞에서 '민중' 혹은 '군중'으로 제시된 '집단적 주체'의 구체적인 양상을 살펴보기로 한다. 우선 민중과 대중의 개념을 규정하고 있는 다음의 대목을 주목할 수 있다.

　　오늘에 와서는 민중이라는 말은 얼마 유행하지 않는다. 민중 그것을 대중과 시민계급의 두 편으로 명료하게 구별함으로써 그 상반하는 이해관계도 명료하게 하려고 한 것은 퍽 뒤의 일이다. 대중이라는 말은 결국 민중이라는 말 속에 그 말을 이용하고 있는 부분만을 구축(驅逐)한 나머지의 대다수의 하층에 적용된 것이다. 그런데 그 대중 속에는 말하자면 저급하고 무의식적이고 가장 생물학적인 층과 그와 딴판으로 의식적인 고급의 층이 혼재해 있는 채 아직은 구별되지 않고 쓰여지고 있다. 대중문학이라 할 때의 대중은 전자요, 대중운동이라고 할 때의 대중은 후자다. 나는 전자만은 속중(俗衆)이라고 불러왔다.126)

　김기림은 민중의 개념을 불란서 혁명 이전의 민중과 그 이후의 민중으로 나누고, 후자의 민중은 대중과 시민계급으로 구분한다. 그리고

125) 김기림, 「예술에 있어서의 리얼리티·모랄 문제」(『조선일보』, 1933.10.21~24), 『전집』 3권, 118면.
126) 김기림, 「신춘의 조선시단」(『조선일보』, 1935.1.1~5), 『전집』 2권, 357면.

다시 대중은 저급하고 무의식적인 속중과 의식적인 고급의 층으로 구별한다. 여기서 우리는 김기림이 새로운 시의 담당자로서 주체를 민중이라고 말할 때, 일단 그것은 속중이 아닌 의식적 고급의 대중과 시민계급을 의미한다고 추론해 볼 수 있다. 이런 이유에서 그는 "민중이라는 말은 오늘에 와서는 성립될 수가 없으며 완전히 분화되고 분규되었음에도 불구하고 조선의 민중주의자들은 이 개념적 잔해를 안고 황홀하며 이미 해체된 망령의 주문을 예상하면서 시를 쓴다"[127]라고 말하며, 민중주의자들의 민중 개념을 비판한다. 여기서 조선의 민중주의자들이란 잡지 『삼천리』의 필진이었던 춘원·요한·월탄·파인·안서·소월 등을 칭하는 것인데, 김기림은 이 글에서 파인(巴人)의 논설에 나타난 민중 개념에 대해 비판하고 있다. "원시적인 민중주의자"들의 이러한 미분화된 민중 개념을 비판하면서 김기림은 "'주르로망' 등의 '유나니미즘'은 집단 속에서 한 개의 철학을 구성하였으며, 유물론자들이 말하는 대중의 근거에는 과학적 분석이 있다"[128]라고 언급한다. 그런데 이러한 비판과 개념 정의에도 불구하고, 김기림 자신이 새로운 시의 주체로서 제시한 민중, 혹은 군중의 개념이 구체적 실체로서 드러나지 않는 점을 지적할 수 있다. 김기림은 근대 이후의 계급 분화라는 역사적 맥락을 당시 한국시의 주체 설정에 일대일로 대응시키려고 함으로써, 일종의 거시적 관점과 미시적 관점 사이에서 혼란을 일으키고 있는 것으로 보인다. 다시 말해 자신이 주장하는 새로운 시의 담당자를 계급의 역사적 분화라는 차원에서 설정하여 더 구체적이고 정밀한 사고로 진전하지 못한 것으로 생각된다. 그가 시인의 위상을 지식인계급, 시민계급, 민중, 대중, 군중 등의 개념으로 설정해 나가면서 주체에 대한 관점이 다소 일관성 없이 흔들리고 있는 점도 이와 관련될 것이다. 그런데 다음의 인용문은 김기림이

---

127) 같은 글, 359면.
128) 같은 글, 359면.

사유하는 시적 주체의 개념이 어떠한지 판단할 수 있는 근거를 제시
해 준다.

> 지식계급의 말은 물론 이러한 유한계급의 말과는 다르다. 그러나
> 그들이 걸머진 문화의 피로는 그들의 말에 심각하게 영향하여 많이
> 활기를 잃어버리고 있다. 그래서 오늘의 시에 쓰여지는 말에는 다소
> 의 피로와 또 무기력이 섞여 있음을 면치 못할 것이다.
> 그러나 조만간 시인은 그들이 구하는 말을 찾아서 가두로 또 노동
> 의 일터로 갈 것은 피하지 못할 일이다. 거기서 오고가는 말은 살아서
> 뛰고 있는 탄력과 생기에 찬 말인 까닭이다. 가두와 격렬한 노동의 일
> 터의 말에서 새로운 문체를 조직한다는 것은 이윽고 시인 내지 내일
> 의 시인의 즐거운 의무일 것이다.[129]

김기림은 유한계급, 즉 부르조아의 말을 부정하고, 지식계급의 말
도 문화의 피로로 인한 활기의 상실을 이유로 거부한다. 그래서 조만
간 시인은 '가두'로 '노동의 일터'로 갈 것임을 주장한다. "가두와 격렬
한 노동의 일터"는 대중성, 혹은 노동자계급의 민중성을 암시하는데,
따라서 이 글의 논리는 새로운 시의 주체를 지식인이 아닌 노동자를
중심으로 하는 민중으로 간주하고 있다고 판단할 수도 있다. 이는 김
기림이 이 글의 마지막 대목에서 "지식계급의 말은 보다 더 '머리'로
써 이야기해지고 있고 하층계급의 말은 보다 더 '심장'으로써 말해진
다"고 언급하면서 하층계급의 말을 긍정하는 데서도 나타난다.

그런데 "시인은 그들이 구하는 말을 찾아서 가두로 또 노동의 일터
로 갈 것은 피하지 못할 일이다"에서 '말을 찾아서'에 주목하면, 김기
림의 관점이 단순치 않음을 알 수 있다. 그는 시의 주체로서 시인의
계급이 지식인에서 노동자로 전이되어야 한다고 주장하는 것이 아니
라, 지식인의 계급을 인정하고 그들이 탄력과 생기에 찬 말을 찾기

---

129) 김기림, 「오전의 시론─시의 용어」(『조선일보』, 1935.9.27), 『전집』 2권, 172면.

위해 거리로, 노동의 일터로 가야 한다고 보는 것이다. 이런 차원에서 '민중의 일상 회화'에 대한 강조가 나타난다. 결국 김기림의 후기 시론에 나타난 '주체' 개념은 지식인에서 민중으로의 계급 전이라는 관점과, 생동하는 언어를 포착하기 위한 지식인의 태도 변화라는 관점 사이에서 동요하고 있는 것으로 보인다. 그러나 전반적인 맥락을 고려할 때 후자가 김기림이 지닌 입장에 가깝다고 판단된다. 결국 여러 관점들 사이에서 동요하는 김기림의 '주체'관을 정리하면, 전체적으로 지식인계급을 근간으로 하면서 초기 시론의 작은 주관·작은 자아라는 '미시적 주체' 개념이 민중·노동자 등의 '집단적 주체'의 개념으로 전개되었다고 볼 수 있다.

(2) 인간성과 기교주의의 결합

문학비평에 나타난 내용과 형식의 문제를 고찰할 때 문학양식의 문제를 방법적인 측면과 관련시켜 논의해야 한다. 김기림 후기 시론의 경우에는 더욱 그러하다. 왜냐하면 김기림이 제기한 휴머니즘론은 전체적으로 시정신과 관련된 양식사의 문제인데, 그것이 기법, 혹은 방법적인 측면과 결부되면서 전체성의 시론으로 진행되고 있기 때문이다. 김기림의 휴머니즘론은 현대문명의 비인간화 경향에 반대하면서 출발한다. 그의 휴머니즘론은 고전주의 비판에서 시작하여 휴머니즘과의 결합을 주장하고, 문학 방법적인 측면에서는 기교주의를 비판하고 '사상과 기술의 혼연한 통일'이라는 전체성의 시론으로 발전한다. 그의 휴머니즘론이 시작되는 「새 인간성과 비평정신」에서 논의를 시작해 보자. 그가 '새로운 휴머니즘'을 주장하면서, 그것이 공상적인 '로맨티시즘'도 아니고 종교적·미온적 '톨스토이즘'도 아니며, 20세기적인 '리얼리즘'의 연옥(煉獄)을 졸업한 더 광범하고 심오한 인간성의 이해 위에 서 있다고 말할 때, 이미 인간성을 문학양식과 관련시켜 사고하고 있는 것이 드러난다. 그는 '새로운 인간성'을 단순한 낭만주

의가 아니라 현실 속에서 미래를 발견하는 가치로 인식하는데, 그것
은 현실을 있는 그대로 객관적으로 파악하면서 거기에 머무르지 않고
그 곳에 있어야 할 가치를 찾아 매진하는 태도를 의미한다. 따라서
이러한 태도는 객관 중시의 현실주의와 주관 중시의 낭만적 태도가
적절히 결합되어야 하는데, 이는 임화가 이 시기에 주장하는 '혁명적
낭만주의'의 개념과도 유사한 측면이 있다. 인간성이라는 시정신을
시의 양식과 결부시켜 사용하는 태도는 다음과 같은 대목에서도 나
타난다.

> 이 제한없는 인간성의 신뢰는 부정적인 육체적인 악마와 통한다.
> 여기에 제재(制裁)를 가하여 질서를 주고 형상을 주려는 것이 고전주
> 의 정신이다. 다시 말하면 인간성에 대한 비인간적인 지성의 대립이
> 다. (…중략…)
> 현대에 오기까지는 아무도 이 두 가지의 극지의 중간지대를 생각한
> 일은 없다. 투쟁 속에서도 거기에 얽혀지는 연면한 관계를 명료하게
> 생각해본 사람은 드물다. 예술은 육체의 참가-다시 말하면 '휴매니
> 즘'의 조력(助力)에 의하여 비로소 생명성을 획득한다는 것은 어떠한
> 고전주의자도 부정할 수 없을 것이다. '로맨티시즘'은 질서 속에 조직
> 됨으로써 고전주의에 접근해 가고 고전주의는 또한 그 속에 육체의
> 소리를 끌어들임으로써 '로맨티시즘'에 가까워간다. 이 두 선이 연결
> 되는 그 일점에서 위대한 예술은 탄생되는 것이라고 생각한다.[130)]

김기림은 인간성과 육체성을 낭만주의에 대입시키고 비인간적 지
성을 고전주의에 대입시킨 후, 이 두 가지 극지의 중간지대에서 새로
운 위대한 예술을 기대한다. 인간성과 육체의 소리에 도움을 받아 고
전주의는 생명력을 얻고, 질서 속에서 조직됨으로써 낭만주의는 형상

---

130) 김기림, 「오전의 시론-고전주의와 낭만주의」(『조선일보』, 1935.4.26~28),
    『전집』 2권, 163면.

을 얻어 중간지점에서 만날 수 있다고 보는 것이다. 이처럼 김기림은 낭만주의와 고전주의를 각각 비판하고 양자의 종합을 지향한다. 이는 시가 지성과 인간성의 종합을 지향해야 한다는 주장으로 이어지는데, 이것이 곧 전체성의 시론에 해당된다.

> 시에 있어서 음악성만을 고조하는 것은 병적이다. 그와 동시에 극단으로 회화성을 주장하는 것도 병적이다. 단순한 외형적인 형태미에로 편향하는 '포말리즘'은 더욱 기형적이다. 그렇다고 의미의 곡예에 그치는 것도 부분적인 일 밖에 아니된다.
> '로맨티시즘'은 물론 원시적인 유치한 것이지만 상징주의 이래 모든 시파들은 시의 기술의 일부분을 과장하기에 급급하였다. 거기는 시대의 약속과 요구가 물론 있었다.
> 이제부터 시인은 선인들의 노력에 의하여 발견한 새로운 방법들을 종합하여 한 개의 전체로서의 시를 파악하여야 할 것이다.131)

김기림이 주창한 '전체로서의 시'는 음악성·회화성·의미라는 시의 기술적 각 측면을 종합하면서, 더 나아가 내용으로서의 높은 시대정신을 견지하는 시를 가리킨다. 그가 30년대 초의 모더니즘시가 중반에 이르러 기교주의로 흘렀다고 비판한 것은, 그것이 음·형태·의미 중 어느 하나의 기술적 측면으로 편향화되면서 당시의 시대정신으로부터 벗어나 있다고 판단했기 때문이다. 김기림은 「시인으로서 현실에 적극 관심」(『조선일보』, 1936.1.1~5)에서 당시의 기교파를 언어에 대한 고전주의적 신념을 시론으로 한 일파, 일군의 첨예한 형이상학파, 수에 있어서 더 많은 사상파(寫像派)로 구분할 수 있다고 보고, 그들의 공통점을 현실에 대해 도망하려는 자세라고 지적한다. 그런데 여기서 말하는 현실이란 어떤 현실일까? 그것은 1935년경의 세계적 정세와 문화 상황 및 한국의 문단 상황과 관련되는데, 즉 전세계적

---

131) 김기림, 「현대시의 기술」, 앞의 책, 107면.

파시즘의 팽창과 그에 따른 지식인의 위기·문화 옹호 및 행동주의·
인간성 옹호 등의 상황이 그것이다. 따라서 김기림은 현실 도피가 아
니라 '현실에 대한 적극 관심'을 통해 기교주의를 반성하고 기교와 내
용의 종합으로 나아가는데, 여기서 경향파 시와의 거리가 좁혀질 수
있는 가능성이 생겨난다.

> 그러나 이러한 의견은 곧 기교주의에 대신해서 편내용주의를 가져
> 오려는 것이라고 이해되어서는 아니된다. 내용의 편중은 벌써 1930년
> 이전에 청산한 오류였다. 차라리 내용과 기교의 통일을 통한 전체성
> 적 시론이 요망되었다.
> 1930년 직전의 경향시는 암만해도 내용편중에 빠졌던 것같고 그것
> 이 기교를 의식하고 내용과 기교를 통일한 전체로서의 시에 도달
> 하는 것은 오히려 그 뒤의 과제가 아니었던가 생각한다. 나는 물론 우
> (右)로부터 기울어지는 전체성의 선을 그려 보았다. 경향시가 만약에
> 금후 전체성의 선을 좇아서 발전을 꾀한다고 하면 그것은 물론 좌
> (左)로부터의 선일 것이다. 이 두 선이 어떠한 지점에서 서로 만날까,
> 또는 반발할까는 그 뒤의 과제다.132)

'전체로서의 시'가 경향파의 시와 다른 것은 편내용주의가 아니라
기교와 내용을 통일한 전체성을 추구한 것이다. 그런데 여기서 내용
이란 시에 있어서의 의미나 사상의 차원이 아니라, 시대 현실에 대한
적극 관심을 의미하는 것에 유의할 필요가 있다. 김기림 시론에 시종
일관 견지된 현실 중시의 시관은, 초기의 개념적이고 원칙적인 차원
에서 후기에 이르러 시대적 현실에 대응하는 구체적이고 적극적인 차
원으로 전개된다. 이와 함께 김기림의 후기 시론은 초기 시론에서 보
여준 정밀한 내재적 비평의 가능성, 즉 작품의 구조를 제 구성요소들
간의 결합으로 보고 그 상호 연관성을 면밀히 분석하고 해명하는 작

---

132) 김기림, 「시인으로서 현실에 적극 관심」, 앞의 책, 102면.

업을 심화시키지 못한 반면, 초기 시론에 잠재되어 있던 단순화된 도
식적 사유와 이항 대립적 사유가 표면화되고 심화되는 양상으로 진행
된다. 김기림은 식민지 상황 속에서 파시즘에 맞서야 하는 당시의 시
대적 과제에 정면으로 대응해 나갔으며, 그 결과 그의 시론은 시대적
현실의 하중에 눌려 모순과 한계가 심화되는 방향으로 전개되었던 것
이다.

  '지성과 인간성의 종합'으로 요약되는 '전체성의 시론'에 대해 대부
분의 기존 연구는 고전주의에서 지성을, 낭만주의에서 인간성을 그
장점만을 취하여 종합·통일하려는 기계주의적 절충론의 태도라는 비
판을 해 왔다. 그리고 이러한 오류는 흄 T.E. Hulme, 엘리어트 T.S.
Eliot를 수용하는 과정에서 피상적인 이해나 오해로부터 생겨났다는
것이다. 그러나 서구 이론을 기준으로 삼는 태도에서 벗어나 김기림
시론 자체의 전개과정에서 휴머니즘론이 제기된 경위를 살피고, 또한
그것을 통해 당시 한국 현실과 문단에 어떻게 대응하려 했는가를 고
찰하는 태도가 요구된다. 외국문학이나 이론에 대한 피상적 이해나
오해는 그것 자체가 문제될 수 있지만, 그 문제를 떠나서 한국의 현
실과 문단이 요청하는 필요성에 의거하여 수용하고 재구성한 이론은,
그 자체의 논리나 전개과정 상의 모순 여부로써 정당히 평가되어야
하기 때문이다.

  김기림 시론의 전반적인 특징은 서구문학과 이론에 대한 피상적이
고 도식적인 인식이라는 측면과 함께, 당시 한국 현실과 문단이 요청
하는 문학을 현실과 주체, 내용과 형식 등의 모든 영역에서 탐색하는
측면이 있다. 따라서 김기림은 초기 시론에서 감상적 낭만주의와 편
내용주의를 부정하고 새로운 시를 탐색하면서, 건강하고 생동감 넘치
는 시를 위해 '민중의 일상 회화'와 '기계의 속도'와 '원시적 조야의
힘'을 받아들이고, 객관성을 지닌 명증하고 정확한 시를 위해 '지성'과
'회화적 이미지'를 받아들인다. 따라서 이러한 요소들이 내포한 역사
철학적 근대성의 맥락과 미적 근대성의 맥락이 공존하는 양상이 생겨

난다. 이에 대한 평가는 시론 자체 내의 모순 여부로서 이루어져야 하는데, 본고는 초기 시론에서 '지성'과 '원시적 감각'의 공존은 인식적 매개라는 동일한 범주에서 상충하는 것이므로 일종의 논리적 모순으로 보고 그 한계를 지적하면서도, 그것을 식민지 지식인이 지닌 정직한 고뇌이자 딜레마로 평가하였다. 그리고 '민중의 일상 언어가 지닌 생동하는 리듬'과 '회화적·조소적 이미지'가 시의 형식이라는 동일한 범주에서 공존하는 것도 이와 유사한 관점으로 평가하였다. 그러나 후기 시론, 즉 전체성의 시론에서 주장한 '지성'과 '인간성'의 종합은 다른 차원에서 평가되어야 한다. '인간성'이 시정신, 즉 '내용'의 차원이라면 '지성'은 수단으로서의 지성이므로 '기법적 매개'의 차원에 해당한다. 따라서 인간성과 지성의 결합은 내용과 기법의 결합이므로 그 자체가 논리상의 모순이 되지 않는다. 휴머니티적 내용을 지성이라는 매개나 기법으로 형상화하는 것은 가능한 것이다. 그러나 낭만주의와 인간성·고전주의와 지성을 일대일로 동일시한 점이나, 이 두 항을 이항 대립의 관계로 본 최초의 관점에 단순화된 도식성의 문제점이 내재되어 있으므로 문제가 발생한다. 휴머니즘과 지성의 종합이라는 주장은 그 자체로는 논리상의 문제가 없으나, 낭만주의와 고전주의의 이항 대립과 결합을 내포하고 있어, 분리될 수 없는 것을 나누어 놓고 다시 결합하는 데서 오는 오류에서 자유롭지 못하다. 즉 도식적 이항 대립이라는 최초의 오류가 절충적 종합이라는 오류로 귀결되는 것이다.

3) 기하학적 문제설정과 미적 근대성의 양면적 추구

초기 시론과 후기 시론의 변별성에도 불구하고 김기림 시론은 전체적으로 기하학적 문제설정에 근거한다고 볼 수 있다. 김기림 시론의 기본 관점이 반낭만주의, 반인간주의, 객관적 분석주의 등에서 출발하기 때문인데, 그것은 현대예술과 문학의 특징인 '추상성'과도 연관되

는 듯이 보인다. 따라서 이 절에서는 우선 흄 T.E. Hulme과 보링어
W. Worringer의 현대예술에 대한 견해를 참고하여 기하학적 문제설
정이 지닌 일반적 의미를 살펴본다. 그리고 김기림 시론과 김기림이
언급한 파운드·엘리어트·리차즈·미래주의 등의 이론이 지닌 기하
학적 문제설정을 비교·고찰함으로써, 김기림 시론이 지닌 기하학적
문제설정의 특징을 살펴보기로 한다.

　기하학적 문제설정은 서구 모더니즘의 사상적 연원이 되는 흄의 철
학에서 이론적 체계가 세워진다. 신고전주의에 해당하는 흄의 사상은
반인간주의(Anti-Humanism)에 입각한 불연속적 세계관과 반낭만주
의로 요약될 수 있는데, 이를 토대로 그는 현대예술의 특징을 기하학
적 예술로 설명한다. 흄의 불연속적 세계관은 실재를 (1) 수학적·물
리학적 과학의 무기적 세계 (2) 생물학·심리학·역사학에 의해 취급
되는 유기적 세계 (3) 윤리적·종교적 절대가치의 세계로 구분하고
그 사이의 간극을 인정하는 것이다.133) 휴머니즘적 태도는 (2)를 중심
으로 (3)과의 연속성을 주장하는 것인데, 이러한 혼동으로 인해 문학
에서의 낭만주의, 윤리학에서의 상대주의, 철학에서의 관념론, 종교에
서의 모더니즘 등이 발생한다고 본다.134)

　이러한 사유를 토대로 흄은 예술의 존재 방식을 '생명적 예술'과
'기하학적 예술'이라는 대립항으로 구분한다. '생명적 예술'은 르네상
스 이후 발달한 근대예술의 경우로서 인간적인 관점에서 자연적인 형
태의 표현양식을 보여주는데, 따라서 선이 부드럽고 생명력을 지니고
있는 것이다. 이에 반해 '기하학적 예술'은 고대 이집트나 인도, 비잔
틴의 예술들에서 발견되는 엄숙성·완전성·경직성을 특징으로 하고
있다. 그것은 자연이나 인간에서 찾아볼 수 없는 추상적인 형태로 변
형되어 나타난다. 흄은 이 기하학적 예술의 특징을 설명하기 위해 독

---

133) T.E. Hulme, *Speculation*, London : Lotledge & Kegan Pall, 1971, pp.3~5.
134) 같은 책, p.10.

일의 미술사가인 보링어의 이론을 제시한다. 보링어에 의하면, 기하학적 예술의 특징인 '추상'은 덧없는 현상세계에 대한 불만의 표현이며, 이러한 불만은 현상적인 세계로부터 확고 부동한 초월적인 질서로 탈출하고자 하는 시도로 이어진다. 추상은 시간을 공간으로 변형시킴으로써 시간의 흐름을 정지시켜 놓으려는 욕망에 근거한 것이다.135) 흄은 현대예술이 기계의 구조에 관심을 가지게 되면서 이전 예술과 단절된다고 보고 '추상'을 '기계'와 연결하여 사고한다. 그리고 그는 고전적 세계관에 바탕을 둔 시는 시각적·구체적인 이미지가 중요한 역할을 담당한다고 보며, 이 이미지를 직관적 언어의 본질이라고 지적한다. 이미지를 직관적 언어의 본질이라고 간주한 것은 주목할 만한 사실이다. 왜냐하면 일반적으로 주지주의 예술의 이론적 근거를 제시한 것으로 알려진 흄이, 시적 언어에 있어서 지성에 의한 분석보다 직관이 더 중요하다고 보고 그것을 이미지와 관련시킨 것은, 이미지와 이미지즘을 단순히 주지적 경향으로 보는 통념에 어긋나기 때문이다.

이상에서 흄의 사상과 예술론을 중심으로 기하학적 문제설정의 일반적 개념을 살펴보았는데, 여기서 우리는 두 가지 문제를 유추할 수 있다. 첫째는 흄의 사상이 근대성의 개념과 관련되는 양상이고, 둘째는 흄이 지닌 사유틀의 문제이다.

첫째로, 흄의 사상은 인간의 능력과 역사의 진보가 환상에 지나지 않는다는 비관적 세계인식을 근거로 하고 있으며, 시에 있어서 지성보다 직관이 중요하다고 본 점에서, 일종의 미적 근대성의 측면을 지니고 있다. 이는 현대예술의 '추상'이 현실에 대한 불만의 표시이며 시간의 흐름을 정지시켜 놓으려는 욕망에 근거한 것이라는, 보링어의 견해로부터도 뒷받침된다. 역사철학적 근대성이 지닌 이성적 주체에 의한 진보적 역사관은, 시간을 현재를 중심으로 과거에서 미래로 전

---

135) W. Worringer, *Abstraktion und Einfühlung*(K. Harris, 오병남·최연희 역 『현대미술-그 철학적 의미』, 서광사, 1991, 114~168면 참고).

개되는 합목적적·직선적 진행의 과정으로 보는 것이다. 따라서 '추상'을 통해 시간의 흐름을 정지시켜 놓으려는 시도는, 이 역사철학적 근대성에 저항하는 미적 근대성의 속성을 지니고 있다.

둘째로, 흄이 지닌 사유틀 자체는 주지주의로 정의될 수 있을 만큼 지성적인 경향을 띤다. 이러한 주지적 사유틀은 주체가 대상을 객관적인 거리를 두고 관찰하고 판단하는 객관적 분석주의에 토대를 두고 있다. 이것은 기하학적 문제설정이 지닌 과학적 객관주의의 측면과 관련되는데, 한편으로 그것은 주체와 객체의 분리를 전제로 하는 점에서 주체의 자기동일성이 과도하게 작용할 경우 관념적 도식주의의 한계를 드러내기도 한다. 그것의 가장 대표적인 현상은 이분법적 사유방식이다. 흄의 경우 대부분의 그의 이론은 '연속성 / 불연속성'·'생명적 예술 / 기하학적 예술'·'감정 이입 / 추상'·'낭만주의 / 고전주의' 등으로 전개되면서 이분법적 사유틀을 견지한다. 이러한 사유틀은 실재하는 세계의 특징을 일목 요연하게 정돈하여 이해하는 장점을 지니는 반면, 과도한 단순화에 의한 도식성의 함정을 내포하고 있다. 따라서 주지주의적 사유틀은 이처럼 사유 주체의 자기동일성과 이분법적 사유방식으로 전개될 때 역사철학적 근대성의 측면을 지닌다.

이상의 두 고찰을 종합하면, 흄의 사상과 예술론은 데카르트에 의해 정초된 주체 철학의 인식론적 근거 위에서, 인간 능력과 역사의 진보에 대해 회의하고 근대 사회에 대한 불만과 경멸의 양상을 파악한 점에서, 역사철학적 근대성과 그 미적 저항이라는 미적 근대성의 양면성을 동시에 지니고 있다고 간주할 수 있다. 이러한 흄에 대한 평가는 김기림의 시론을 이해하는 데 있어서도 하나의 참고가 될 수 있을 것으로 판단된다.

이제 지금까지 살펴본 기하학적 문제설정의 일반적 의미를 전제로, 김기림이 언급한 파운드·엘리어트·리차즈·미래주의와 김기림 시론의 관련성을 검토해 보자. 김기림은 이 서구의 문예이론들을 참고로 하면서 자신의 시론을 형성하고 전개하는데, 그 이론들을 피상적으로 이해하고 수용한 한계도 지적되어야 하지만, 그보다 세계문학의 전개를 고려하면서 한국문학의 현실에 주체적으로 개입하려고 한 양상을 구체적으로 규명하는 것이 더 중요한 과제라고 생각된다. 먼저 김기림은 파운드를 중심으로 한 이미지즘과, 리차즈의 과학적 비평·심리학적 비평을 가장 직접적으로 수용하는데, 이는 주로 시의 기법과 태도의 측면에 초점을 맞춘 것으로 보인다. 따라서 김기림 시론에 나타난 이미지의 조소성과 회화성 중시, 시를 구성요소들간의 전체적 결합의 구조로 보는 관점 등은 파운드의 이미지즘과 리차즈의 신비평적 태도와 관련하여 형성된 것으로 판단된다. 이는 기하학적 예술의 추상성·공간적 형식·예술의 자율성 이론 등과 닿아 있어 미적 근대성의 측면을 지닌 한편, 과학적 세계관과 주지주의적 사유틀이 지닌 객관적 분석주의와 이분법적 사유방식으로 인해 역사철학적 근대성의 측면도 지니고 있다. 한편 엘리어트와 미래주의에 대한 수용은 미묘한 양면성을 지닌다. 초기 시론에서 엘리어트의 지성과 몰개성의 시론을 긍정적으로 평가하는 김기림은, 「오전의 시론─의미와 주제」에서는 바로 그것이 지닌 비인간성을 이유로 근대 문명의 반영이지 비판자가 될 수 없다고 비판한다. 이러한 상반된 평가는 인간성 옹호와 낭만주의 재평가를 계기로 이루어진, 후기 시론의 인식론적 변모가 가져다 준 양상으로 이해된다. 미래주의의 경우, 「시의 모더니티」에서 기계의 미·동(動)하는 미·노동의 미를 제시하며 그것이 지닌 역동성과 생명력을 긍정적으로 평가하지만, 「상아탑의 비극」에서는 "그들은 그들의 소위 '쾌주(快走)하는 미'를 창조하기 위하여 무위(無爲)와 평온에 찬 옛 화원을 여지없이 짓밟았다. (……) 궁지에 닥친 근대시가 한줄기의 생로(生路)로서 탐구해 얻은 이 미래파의 길은 단말마의 최후의 유린한 발버둥처럼 밖에는 보이지 않는다"라고 그 한계를 지적한다. 미래주의가 지닌 역동성과 생명력에는 동의하지만, 과격한 형식적 실험을 통한 근대시의 해체 작업에는 비판적 태도를 취하는 것이다. 이는 포말리즘·입체파·다다와 초현실주의 등의 아방가르드 계열에 대한 비판으로 이어진다. 그런데 이 상반된 평가의 근저에는 앞에서 고찰했듯, 한국문학의 요청에 부응하는 관점과 세계문명의 진행과정을 전체적으로 조망하는 관점 사이의 균열, 혹은 역사철학적 근대성과 그 미적 저항의 양면을 동시에 추구하는 데서 오는 균열이 자리잡고 있다.

전반적으로 김기림 시론은 반인간주의와 반낭만주의, 불연속적 세계관을 사상적 근거로 하는 현대예술의 기하학적 문제설정을 토대로 형성된다. 그것은 흄과 파운드 등의 이미지즘과 리차즈 등의 신비평이 그러하듯, 역사철학적 근대성의 측면을 지니면서 동시에 그것에 미적으로 저항하는, 미적 근대성을 추구하고 있다. 이 두 측면이 하나의 예술이나 이론에 공존하는 것은 가능한 일이지만, 김기림 시론의 경우 이 두 측면이 세계문학의 흐름과 한국문학의 요청 사이의 시대적 격차를 내포하고 있어 모순을 낳는다. 그리고 그 둘이 시론의 구성요소상 동일한 범주에서 상충할 때 모순과 균열이 발생하는 것이다. 현실과 주체를 이어주는 인식적 매개로서 '지성'과 '원시적 감각'이 공존하는 현상이나, 시의 형식적 구성요소에 해당하는 '민중의 일상 언어가 지닌 생동하는 리듬'과 '회화적·조소적 이미지'가 공존하는 현상은 이 모순과 균열에 해당한다.

한편 이러한 초기 시론의 기하학적 문제설정과 미적 근대성의 양면적 추구는, 내부 모순과 균열을 안은 채 '지성'과 '인간성'의 종합을 추구하는 '전체로서의 시'를 통해 후기 시론의 단계로 넘어간다. 여기서 '인간성'과 '지성'의 종합은 시정신과 기법적 매개의 결합, 즉 내용과 기법의 결합이므로 자체 모순에 해당되지 않는다. 그러나 이 종합은 그 심층에 낭만주의와 인간성·고전주의와 지성을 동일시하고 이 둘을 이항 대립으로 본 최초의 관점이 도식성을 지니고 있으므로, 도식적 이항 대립이 절충적 종합으로 이어지는 문제점을 안고 있는 것이다. 이러한 한계는 내재적 비평의 관점이 위축되고 외재적 비평이 압도하는 양상으로 전개되면서, 초기 시론의 모순과 균열이 증폭되고 표면화된 데서 연유한다. 그것은 1930년대 후반의 시대적 현실에 적극적으로 대응하려는 의도에서 생겨나는 것이지만, 시론 자체의 논리적 미비점은 지적되어야 할 것이다.

2. 임화의 시론

1) 프로 시론과 규범

이 절에서는 「낭만적 정신의 현실적 구조」(1934.4)를 기준으로 그 이전까지의 초기 시론을, 앞서 제시한 분석소를 중심으로 구조적으로 고찰한다. (1) 항목에서는 '현실'과 '주체' 개념으로 정치·경제적 현실과 관념적 계급 주체를, '인식적 매개'로서 이데올로기를 중심으로 서술한다. (2) 항목에서는 '내용과 형식' 개념으로 프로시의 독자성과 대타의식을, '기법적 매개'로서 세계관을 중심으로 서술한다.

(1) 정치·경제적 현실과 관념적 계급 주체, 이데올로기

자연발생적인 단계에서 목적의식적인 단계로 카프의 제1차 방향전환이 이루어진 1927년에, 임화는 김화산과의 논쟁으로 당시 같은 프로 문학의 갈래에 속했던 아나키즘적 경향을 공격하면서 서서히 카프측의 이론가로 부상하고 있었다. 한편 임화는 「네거리의 순이」(『조선지광』 82호, 1929.1), 「우리 옵바와 화로」(『조선지광』 83호, 1929.2) 등의 시들을 발표하여 김기진으로부터 '단편 서사시'[136]로 주목받으며 프로시가 나가야 할 올바른 방향을 제시한 것으로 평가되었다. 그런데 정

---

136) 김기진, 「단편 서사시의 길로-우리의 시의 양식 문제에 대하여」, 『조선문예』 창간호, 1929.5.

작 임화가 평단의 주목을 받은 것은 김기진이 「변증적 사실주의(1)」(『동아일보』, 1929.2.25)에서 주장한 대중화론을 노골적으로 비판하면서였다. 그는 김기진이 당시 상황을 "극도로 재미업는 정세"로 규정하고 "우리들의 연장으로서의 문학은 그 정도를 수그리어야 한다"라고 말한 것을 문제삼는다. 「탁류에 항(抗)하여」(『조선지광』 86호, 1929.8)에서 임화는 김기진의 이런 태도를 "원칙의 치명적 무장해제적 오류"를 범한 것이라고 비판하고, "××(계급-인용자)적 원칙에 의한 실천적인 세력과의 싸움"과 "아무러한 재미없는 정세에서라도 현실을 솔직하게 파악하여 엄숙하고 정연하게 대오를 사수하는 것"을 해결책으로 제시한다. 이러한 임화의 입장은 '전위의 눈으로 세계를 보는 당의 문학'이라는 명제를 원칙으로 삼는, 볼세비키화의 방침을 추수한 것으로 볼 수 있다.

이러한 태도는 첫 시평에 해당하는 「노풍 시평에 항의함」(『조선일보』, 1930.5.15~19)에서도 동일한 양상으로 나타난다. 이 글은 임화 자신의 작품 「양말 속의 편지-1930.1.15. 남쪽 항구의 일」(『조선지광』 90호, 1930.3)을 평한 정노풍에 대한 항의를 그 주된 내용으로 하고 있다. 정노풍은 「삼월 시단 개평(槪評)」(『대호』 2호, 1930.4)에서 임화의 「양말 속의 편지」를 1) 프롤레타리아 전위의 생활 단상을 서사적으로 노래했다, 2) 너무 평면적인데 이는 파인(巴人)과 비교할 때 더욱 그러하다, 3) 독자에게 어필되는 것은 무엇보다도 내용에 있지만 그 표현 형식에도 있다, 4) 임화에게는 좀더 표현 기술에 대한 유의가 요구된다는 요지로 평가한다. 이 평문이 지닌 관점은 시를 평가하는 기준으로 '의식'과 '표현 기술', 즉 내용과 형식으로 구분하여 주로 표현 기술의 미비점을 비판하는 것인데, 이는 임화뿐 아니라 다른 카프계 시인들에게도 주어지는 비판의 일반적인 양상이다.

이에 대해 임화는 「노풍 시평에 항의함」에서 감정적으로 반응하며 인신 공격까지 하면서 정노풍이 시평을 할 자격이 없다고 말한다. 「양말 속의 편지」에 나오는 '사나이'를 정노풍이 '장부(丈夫)'라는 말로 대치한 것에 대해 "장부는 무슨 장부냐? 노동자는 최후까지 지지 않는다"라고 반박한 부분을 보면, 임화는 정노풍이 자신이 지닌 노동 자계급의 상(像)을 이해하지 못한 것으로 보고 비판한 것이다. 그러나 여기서 나타난 임화 시평의 특징은, 시장르에 대한 문학적인 인식을 결여한 채 다른 입장에 대한 불만과 대타의식으로써 자신의 시 경향 을 옹호하는 것임을 알 수 있다. 이 불만과 옹호 사이의 가치 판단의 기준이 되는 것은 계급적 원칙인데, 임화는 이 원칙을 강조하면서 예 술운동의 볼세비키화를 추구하는 입장에서 「시인이여! 일보전진하 자!」(『조선지광』 91호, 1930.6)를 발표한다. 이 글은 당시의 객관적 상 황을 제시한 후 시인의 새로운 위상과 임무를 피력하고 있는 점에서, 임화 초기 시론의 '현실'과 '주체' 개념을 살펴볼 수 있어 주목된다.

　　우리는 지금 현재 누구나 공인하지 아니하면 아니될 한 개의 '딜렘 마'에서 자신을 발견한다.
　　조선 프롤레타리아 예술동맹을 중심으로 한―예술운동 자체의 주 도적 세력의 현저한 미력화(微力化)가 그 가장 큰 특징이며 그와 상 대적으로 대두하는 모든 형태 각양의 성상(性象)을 가진 일체의 반동 적 경향이 공연한 세력화와 그의 지배적 층의 제 세력과의 합류와 협 작에서 더한층 (반동적 세력의 강화) 확대의 면전에 당면한 자신을 확인한다.
　　그러나 이러한 정세를 결정하는 객관적 조건! 즉 ××자본주의의 제국주의적 ×세―자국 내에 재(在)하야는 자본가적 산업의 합리화에 의한 경제적의 고도화, 식민지에 잇서서는 공전(空前)의 경제적 지배 의 강화, 정치적 ××에 의하야 진행되는―태평양상의 문제, 북대륙의 문제, 등 극동에 재(在)한 제 ××주의적 세력의 불균형에서 일반 정 치적 관계―××간의 대비는 일층 첨예화한다.[137]

---

137) 임화, 「시인이여! 일보전진하자!」, 『조선지광』 91호, 1930.6, 61면.

임화는 카프의 지도력 약화와 제 세력의 반동화라는 당시의 정세를 말하면서, 그 정세를 결정하는 객관적 조건으로 자본주의의 제국주의 화와 정치적 분쟁을 지적한다. 이러한 관점은 문단의 현실과 문학의 양상을 당대 시대적 현실, 즉 국제 사회의 정치적·경제적 여건을 토대로 이해하고 있다는 점에서, 임화 비평이 마르크시즘에 기초한 '사회적 비평'임을 확인하게 한다. 임화는 이러한 객관적 조건을 전제로 현상의 한계를 넘어서 적극적으로 역사에 부응하는 것만이 현실 개량 주의적 국면과 예술 운동 자체의 조직적 미력화(微力化)를 극복하는 길이라고 피력한다. 또 이를 위하여 1) 강고한 지도부를 확립, 주체적 세력의 강대화를 위한 투쟁, 2) 민족 개량주의·소부르 표현주의 등과의 결연한 투쟁과 프롤레타리아시의 엄연한 독자성 고조, 3) 소부르 적 개념과 ××의 낭만주의에서 탈피, 대중의 앙등된 욕구를 자기의 예술로 형상화할 것 등으로써 역사적 상황을 타개해야 한다고 주장한다. 그런데 여기서 유의할 점은 임화가 정치적·경제적 현실을 근거로 당대 문학의 변화를 설명하는 매개로서 '이데올로기'를 언급하고 있다는 사실이다.

> 그러나 우리는 이러한 정세에 당면한 제반의 정치적 현상 경제적 변화에 대하야는 논급함을 피하고 그의 직접적인 이데오로기적 반영 인 예술상의, 주로서 문학상의 변화로서만 논술의 대상으로 하자.138)

여기서 문학과 예술은 당대 정치적·경제적 현실의 이데올로기적 반영이라고 보는, 임화의 기본적인 문학관이 여실히 드러난다. 이는 임화 비평의 미학적 근거가 넓은 의미의 마르크스주의와 당대 문학운 동의 성격임을 알게 한다. 따라서 임화의 시론을 고찰하는 데 있어서 시론 자체의 내재적 구조뿐만 아니라, 그것이 당대의 이데올로기적

---

138) 같은 글, 61~62면.

생산 조건과 결부된 양상을 주목하는 것이 필요하다.139) 임화는 이
글에서 시인이 역사성을 확보하고 역사가 부여하는 임무를 능히 수행
하기 위해서는, "전에 누군가 (김기진 – 인용자) 말하던 의미에서 보다
별(別)의미의 시의 대중화"와 "엄정한 프롤레타리아화"가 요구된다고
말한다. 임화는 김기진의 대중화론을 비판하면서 역사성의 확보, 볼세
비키적 대중화, 프롤레타리아화의 명제를 절대화하는 것이다. 그런데
임화는 이러한 명제를 수행하고 역사적 상황을 타개하기 위해, 예술
과 문학의 주인공으로서 시인의 태도가 어떠해야 하는가를 다음과 같
이 피력한다.

> 예술은 푸로레타리아의 ……(계급 해방 – 인용자)을 조력(助力)하는
> 데 그 임무를 다해야 한다. 푸로레타리아가 자체의 힘을 ××식히기
> 위한 ×× 그의 ××을 조력하는 한에서만 예술은 존재할 수가 잇는
> 것이다.
> 그러면 우리는 이 명확히 된 예술의 역할을 시인으로서 수행하는
> 한에서만 시인은 존재할 여지가 잇다. 즉 이 조선의 푸로레타리아가
> 자기의 힘을 ……식히기 위한 ……에 참가하기 위하야 시는 대중화되
> 어야 하며 시는 푸로레타리아화하여야 한다.140)

임화는 예술의 임무는 프롤레타리아의 계급 해방을 조력하는 데 있
다고 보고, 시인은 그러한 역할을 수행하여야 한다고 주장한다. 이러
한 주장으로부터 시의 대중화·시의 프롤레타리아화라는 명제가 생겨
나는데, 이 문제는 당시 임화를 비롯한 카프 진영 비평가들의 공통된
과제였다. 임화는 시가 "낭만적 경향에서 사실주의로 이행해야 한다"
고 주장하는데, 이러한 근거에서 자신의 시 「네거리의 순이」를 자기
비판하고 동시에 「우리 옵바와 화로」를 자찬한다. 곧 「네거리의 순

---

139) 김주언, 「임화 시론 연구」, 단국대 석사논문, 1992, 2면.
140) 임화, 앞의 글, 66면.

이」는 "연인과 누이(?)를 무조건적으로 ×××로 만들어 자기의 소시
민적 흥분에 공(供)하며 ××적 사실, 진실한 생활상이 업는 곳에서
동지만을 부르는 그 자신 훌늉한 일개(一個)의 낭만적 개념을 형성하
고 만 것"이지만, 「우리 옵바와 화로」에 와서 "과거의 개념적인 절규
의 낭만주의는 일변하야 소위 사실주의적 현실(?)로 족보(足步)를 옴
기기 시작하야 현대에 이르기까지 이 경향이 만연되어 잇다"는 것이
다. 이 논의를 정리하면, 시인은 프롤레타리아를 위한 시를 써야 하는
데, 이를 위해서 시의 대중화·시의 프롤레타리아화가 요구되고, 또한
문학양식이나 경향이 낭만주의에서 사실주의로 이행되어야 한다는
것이다. 이 제반 문제는 시인의 계급적 위상과 밀접히 연관되는데, 이
를 인식한 임화는 시인의 계급적 위상을 문제삼으며 이 글을 마무리
한다.

> 이것의 절대의 조건은 우리들 시인이 직접 그 ××(민중－인용자)
> 의 생활 속에 업는 것이 그 최대의 원인이며 자기의 예술을 직접 푸
> 로레타리아의 성장과 결합하지 못한 데 잇는 것이다. 그럼으로 이러
> 한 시는 소시민층 주로 학생 지식자 청년들의 가슴(?)을 흔들엇슬지
> 는 모르나 ×××(노동자－인용자)와 ××(농민－인용자)에게는 남의
> 것이고 낫서른 손님이 엇든 것은 지극히 당연한 것이다.
> 이러한 시를 가지고 대중화되지 안는다고 깁게 염려하며 생각해도
> 그것은 소시민의 초조된 감정적 흥분을 도음는 이외에 아무 효과도
> 업다.141)

임화는 시의 대중화, 시의 프롤레타리아화 문제가 결국 시인의 계
급적 위상의 문제로 귀결됨을 간파한다. 시인이 소시민적 생활이 아
니라 노동자·농민 등의 민중의 생활 속에 있어야, 자신의 시를 직접
프롤레타리아의 성장과 결합시킬 수 있다고 지적한다. 임화의 주장을

---

141) 같은 글, 67면.

더 밀고 나가면, 결국 시인이 소시민에서 민중으로 계급을 전이해야 한다는 문제에 귀착하는데, 이러한 주장은 이 글의 성격이 당시 프로 문학 진영의 볼세비키화 방침을 추수하는 것과 관련이 있다. 이상에서 임화 초기 시론의 본격적 평문에 해당하는 「시인이여! 일보전진하자!」를 살폈는데, 그 전체적 성격은 역사성의 확보·볼세비키적 대중화·시의 프롤레타리아화의 명제를 절대화하는 경향으로 판단된다. 그러나 새로운 역사적 요구를 수행하는 방식으로 제기된 시의 볼세비키적 대중화와 절대적 프롤레타리아화라는 주장이 일종의 규범적 차원을 넘어서지 못하는 점에 유의할 필요가 있다. 임화가 대중화나 프롤레타리아화를 시 속에 구현하는 방식으로 제시한 '프로시의 사실주의 지향'이 구체적인 방법론적 인식이나 이론적 거점도 없이 막연히 제시된 점에서도 그 점이 드러난다.

결국 임화 초기 시론의 특징은 넓은 의미의 마르크스주의와 당대 문학운동의 성격에 의해 규정되는데, 그것을 '사회적 비평' 혹은 '규범적 비평'이라고 말할 수 있을 것이다. 이 점은 임화의 비평가적 지향에 대한 자기 규정으로도 볼 수 있는 언급인, "오늘날까지의 조선의 문예비평은 작가, 작품과 심미학적으로 관계하는 대신에 더 많이 사회학적 또는 정론적(政論的)으로 교섭한 것입니다"[142]를 고려할 때도 타당성을 지닌다. 이러한 임화 시론의 미학적 원리는 '정치적·경제적 현실의 이데올로기적 반영이 시'라는 명제와 '시인 주체의 프롤레타리아 계급성'이라는 명제로 요약될 수 있다. 이제 임화 초기 시론에서 '현실'과 '주체'와 '이데올로기적 매개'라는 개념을 더 구체적으로 살펴보기로 한다.

임화는 1933년에 백철의 시에 대한 평문을 발표한다. 「동지 백철군을 논함」(『조선일보』, 1933.6.14~17)에서 임화는 백철의 시 「곤경을

---

142) 임화, 「조선적 비평의 정신」, 『문학의 논리』(학예사, 1940), 서음출판사, 1989, 405면.

넘어서」를 비판한다. 그는 이 작품을 들어 백철 시의 한계로 1) 소부르조아 출신의 시인이 가장 벗어나기 어려운 로맨티시즘의 잔재와 지식계급적 악취가 묻어 있다는 것, 2) 한 사람의 프롤레타리아 시인으로서의 독특한 작가적 성격이 형성되어 있지 않다는 것, 3) 김해강과는 전혀 다른 의미의 추상성을 가지고 있다는 것 등을 지적한다. 1)과 2)는 시인의 계급적 성격을 지적하는 대목으로 주목할 수 있는데, 소부르조아와 지식계급을 부정하고 프롤레타리아를 옹호하는 그의 계급관이 잘 나타난다. 그런데 "소부르조아 출신의 시인이 가장 버서나기 어려운 로맨티시즘의 잔재"라는 표현은 소부르조아와 낭만주의를 동일시함으로써 논리적 단순화의 위험을 내포하고 있다. 임화 시론의 특징 중 하나는 계급과 양식에 있어서 프롤레타리아와 사실주의를 주창하고, 그 대타개념으로서 부르조아 · 소시민 · 지식인계급 등과 낭만주의를 제시하여 그 구분을 선명히 하는 데 있다. 이러한 이분법적 사고는 사회적 · 정론적 비평이 지닌 거시적 시선과 관련되면서, 그 단순화의 속성으로 인해 문학 내부의 제 양상을 섬세하게 인식하지 못하는 한계를 보여준다. 3)의 추상성에 대한 비판은 1) · 2)와 분리된 것이 아니다. 임화는 백철의 시에서 언어 구사 능력이나 작시법상의 문제가 아니라, 시인의 계급적 위치와 세계 인식 태도, 즉 세계관을 문제삼고 있는 것이다. 그런데 시인의 세계관이 어떠냐에 따라서 시의 진실 여부가 가려질 수 있다는 논리는, 계급적 세계관의 도덕성으로 시의 수준을 평가하겠다는 의지가 된다. 이러한 의지는 임화로 하여금 시인과 실천의 문제를 제기하게 한다.

　　또 한번 이것을 명확한 말로 곳친다면 시인이 그냥 시를 원고지에다 쓰는 사람으로서가 아니라 ××(민중−인용자)의 ××(해방−인용자)을 근본 임무로 하는 커다란 실천의 환(環) 가운데 결부된 한 기구(機構)로서 한 종자로서 시를 노래하느냐 하는 것이다. 이것이 우에 예들은 백군의 시를 어듸인지 만드러 노흔 것으로 화하게 한 근본 원

IV. 1930년대 시론의 양상과 미적 근대성의 세 방향 145

인이고 시인과 실천의 문제를 진실로 변증법적으로 해결치 못하게 한 최후의 이유가 아닌가 한다. 그러나 이러한 결핍은 누구나 아는 바와 가티 세계관을 철학으로 공부하는 데서 제거되는 것이 아니다. 이 사실의 구체적으로 말하면 제 조직적 생활의 열화(熱火) 가운데서 단련되여야 하는 것이다.143)

임화는 백철 시가 어딘가 만들어 놓은 것 같은 느낌이 드는 이유로 민중의 해방을 임무로 하는 실천의 부족을 들고, 시인과 실천의 문제를 변증법적으로 해결해야 함을 강조한다. 여기서 임화는 민중 해방의 이념이라는 세계관과 시의 창작 사이, 즉 내용과 형식 사이의 매개로 '실천'의 문제를 주목한다. 그리고 이 실천의 구체적 의미를 조직적 생활 속의 단련으로 간주한다. 이는 임화가 작가와 실천의 문제를 김남천과의 '물' 논쟁 이전에 제기한 것이므로 여러 가지 면에서 중요한 자료가 된다. 소위 '물' 논쟁은 임화가 「6월 중의 창작」(『조선일보』, 1933.7.18)에서 김남천의 소설 「물!」을 작가의 계급적·당파적 입장의 부족, 작품 내부의 계급적 현실의 부족을 들어 비판한 데서 시작된다. 이에 김남천은 작품을 결정하는 것은 작가이며 작가를 결정하는 것은 그의 실천이라는 주장으로 이에 대응한다. 그런데 임화가 이 논쟁에서 보여준 관점, 즉 작가와 작품 속의 인물들이 계급적이고 당파적인 입장을 견지해야 한다는 주장은, 그보다 먼저 제출된 「동지 백철군을 논함」을 참고할 때, 작가와 실천의 문제를 간과한 채 이루어진 것이 아니라는 사실이 밝혀진다. 즉 그는 이미 조직적 생활 속의 단련이라는 의미를 지닌 '실천'의 중요성을 인식하고 있는 상태에서, 김남천의 소설이 지닌 계급적 당파성의 미비를 비판했던 것이다. 조직적 생활 속의 단련을 강조한 것은 카프 조직원 간의 동요가 일어나는 등 당시의 불리한 상황을 나름대로 극복해 보려는 의도도 내포되어 있는 것으로 보인다. 결국 백철 시에 대한 임화의 비평은

---

143) 임화, 「동지 백철군을 논함」, 『조선일보』, 1933.6.16.

시인과 실천의 문제를 제기한 점에서 프로문학 진영 내에서 진전된 사유를 보였지만, 아직도 시의 장르적 특성에 대한 인식이 결여된 채 카프 조직 내의 현실적 문제를 시비평의 동기로 삼는 등, 프로비평의 원칙론과 규범에서 벗어나지 못한 문제점을 보여주는 것이다.

(2) 프로시의 독자성과 대타의식으로서의 시양식, 세계관

임화가 당대의 시가 처한 역사적 성격을 폭넓게 주목하면서 본격적인 시론을 전개한 것은 「33년을 통하여 본 현대조선의 시문학」(『조선중앙일보』, 1934.1.1~12)에서부터이다. 이 평문은 분량과 내용 등 여러 면에서 발전된 면모를 보여주는데, 임화는 이 글에서 당시 시의 여러 경향에 대해 비판적인 견해를 피력한다. 그 내용은 1) 조선 근대시의 생성과정 2) 복고주의의 조가적(弔歌的) 행진 3) 신비주의 종교에의 길―'카톨리시즘' 기타 4) 소위 '순수시'의 행방과 주지주의의 피안(彼岸) 5) 개념과 추상의 아세아적 낭만주의 6) 프롤레타리아시의 그로의 문제 등으로 항목화되어 있다.

임화는 먼저 '조선의 시가'를 산출한 사회적·역사적 토대를 규명한다. 그는 조선 근대시가가 생성된 황량한 토대를 경제적 퇴보, 뿌리 깊은 봉건적 관계의 잔존, 외국 자본의 침투로 인해 독자적 성장이 저해된 민족 부르조아, 역사 변혁과정에서 주도권을 갖지 못한 시민계급, 대외적으로 제국주의와 타협적인 속물화된 소부르조아 등으로 파악한다. 그리고 이러한 황량한 토대가 규정하는 상부구조로서의 근대시가의 양식을 낭만주의로 파악하고, 그 낭만주의의 구체적 속성이 회고적·환상적·몽환적·주관적이라고 지적하는데, 이는 리얼리즘이 현대성을 지향하는 것과 대비된다고 말한다.144) 임화의 이런 사유들은 토대가 상부구조의 성격을 결정한다는 마르크시즘의 기본 원칙에

---

144) 임화, 「33년을 통하여 본 현대조선의 시문학」, 『조선중앙일보』, 1934.1.1~12.

입각한 것이다. 이런 기본적 인식 하에 임화는 프롤레타리아시에게 부여된 과제가 낭만주의의 극복이라는 점을 강조한다. 반낭만주의라는 점에서 임화 초기 시론과 김기림 초기 시론은 공통된 인식을 보여주는데, 이는 임화와 김기림의 초기 시론이 선명한 근대 지향의 목표의식을 공통적으로 지니고 있음과 관련된다.

임화의 경우, 프롤레타리아시의 역사적·현실적 거점을 근대성(모더니티)에서 구하고, 그 근대성을 토대로 프롤레타리아시의 정당성과 독자성을 주장하려는 것이다. 이러한 차원에서 우리는 임화가 시양식의 문제를 어떻게 인식했는지 알 수 있다. 리얼리즘을 구현하는 당시 한국의 프롤레타리아시가 모더니티를 담지한다고 생각하는 임화는, 낭만주의시뿐 아니라 시조에 대해서도 "귀족적 시가" "낡은 진부한 시형" "질곡적 시형" 등으로 부정적으로 평가하고 시조부흥운동을 비판한다. 낭만주의시와 시조 등의 경향을 복고주의라고 비판하는 태도는, 정지용 등이 보여준 종교적 지향의 시를 반동적인 경향이라고 비판하는 데로 이어진다. 사회적·역사적 토대에 상응하는 시의 양식이라는 인식틀에 근거하여 계급 해방을 지향하는 역사의 진보를 믿고, 그것에 배리된다고 여겨지는 시 경향을 '복고주의'나 '종교적 지향'의 시들에서 찾은 것이다. 이러한 인식은 더 나아가 '순수시'나 '주지주의시'의 경향에 대해서도 적용된다.

한편 이 글에는 낭만주의적 경향에 대해 좀더 세분화된 인식의 단초를 보여주는 대목이 있어 주목된다. 김해강·이흡·조벽암 등을 낭만주의 시가 가운데 가장 진보적인 후예라고 하고, 이들에 대해 관념론의 입장에까지 도달하여 인민주의적 경향과 아세아적 낭만주의의 경향을 드러내지만, 막연하게나마 역사주의적 입장을 견지하고 있다고 비교적 긍정적인 평가를 내린다. 이러한 평가의 근저에는 프롤레타리아시에서 부르조아적 요소인 낭만주의를 비판한다는 것이 시적인 것, 즉 감정적·정서적인 것을 축출한 결과로 '뼉다귀 시'가 횡행했다는 반성이 내재되어 있다.

그것은 푸로시로부터 뿌르조아적인 요소인 낭만주의를 비판한다고
우리들의 시로부터 시적인 것 즉 감정적 정서적인 것을 축출해 버리
고 말었다 그리하야 말나빠진 목편(木片)과 가튼 '뼉다귀' 시가 횡행
한 것이다.

그럿타고 해서 나는 30년대 이전에 낭만주의나 감상주의적 경향을
옹호하는 것은 아니다. 이러한 것은 우리들의 젊은 시가가 과거의 뿌
르조아시로부터 물려바든 악한 유산임은 틀림업는 것이다.

그러나 지난 9월 조선일보에 실닌 이정구의 시론 「감상주의를 버리
라」 가운데서 보는 것과 가튼 그러한 기계주의에 대하야는 날카롭게
대립하고자 한다.[145]

인용문에서 보듯, 임화에게 이러한 반성이 의미하는 것은 낭만주의
에 대한 새로운 인식이 아니라, 자신의 시가 갖는 낭만주의적 경향에
대한 옹호에 있다. 이정구는 1933년 9월에 발표한 글[146]에서 진실한
생활이 로맨티시즘과 감상주의를 극복한 시를 가능케 한다고 주장하
며, 임화의 「우리 옵바와 화로」(『조선지광』, 1929.2)와 「우산 받은 요
코하마 부두」(『조선지광』, 1929.9)를 감상주의를 조장하는 것으로 비
판한다. 이에 임화는 이정구가 자신의 작품을 몰이해하고 감상주의와
낭만주의의 한 흐름으로 파악하는 태도에 대해 불만을 토로한다. 이
정구가 자신의 작품이 우연성에 기대고 있다고 비판한 점에 대해, 임
화는 우연성이란 인식되지 않은 필연성이라는 상식적인 명제를 설명
하는 것 정도의 반론을 편다. 이러한 대응 논리는 인식의 빈약성을
말해주는 것으로, 임화가 자신의 시뿐만 아니라 프롤레타리아시 일반
이 갖는 낭만주의적 성격에 대해 아직 명확한 인식에 도달하지 못한
것을 보여준다. 그리하여 앞서 Ⅲ장 「기교주의 논쟁의 의미와 위상」

---

145) 같은 글, 『조선중앙일보』, 1934.1.11.
146) 이정구, 「시에 대한 감상 : 벗아 감상주의를 버려라」, 『조선일보』, 1933.9.19~20.
　　　, 「그대의 로맨티시즘을 버려라」, 『조선일보』, 1933.9.21~23.

에서 밝혔듯이, 이 문제에 대한 본격적인 검토는 「낭만적 정신의 현실적 구조」(『조선일보』, 1934.4.19~25)에 이르러 이루어진다.

이상에서 임화 초기 시론에 나타난 '내용'과 '형식'의 개념을 '사회적·역사적 토대'에 상응하는 시의 '양식' 문제를 중심으로 살펴보았다. 그것을 요약하면, 프롤레타리아시의 독자성과 필연성을 확보하기 위해 낭만주의시·순수시·주지주의 경향의 시·시조·카톨리시즘 등의 제반 시의 양식과 조류들을 부정하다가, 프로시에 스며 있는 낭만적 요소에 대해 미묘한 입장의 변화를 보이는 것이다. 다음으로 시의 내용과 형식을 연결하는 '기법적 매개'의 개념으로서 '풍자'에 대한 논의를 살펴보기로 한다. 「33년을 통하여 본 현대조선의 시문학」에서 임화는 권환의 「책을 살으면서 : '힛틀러'의 부르는 노래」(『조선일보』, 1933.7.29), 「오 향락의 봄동산 : 장개석의 부르는 노래」(『조선일보』, 1933.9.16) 등을 대상으로 풍자시에 대해 언급한다.

> 첫째로 '풍자'의 문학 시가라는 것이 현실의 곤란을 초월할 수가 잇느냐 하는 문제이다. 그러나 '풍자'라는 것은 현상에 대한 적극적인 참오(慘惡)라든가 또 직접적인 것이 아니다. 그것은 냉소적으로 부정하거나 항것해야 '씨니시즘'을 가지고 대하는 한계에 머므르는 것임으로 적극적으로 그것을 어찌할 수 없는 소극적인 것임을 알 수가 있다. (…중략…)
> 그럼으로 이러한 시에서는 ?전한 감각, 박력잇는 열정 그 모든 것이 결함되는 것이다. 이러한 소시민적 영향인 주지적 감각의 이토(泥土)로부터 우리들의 시는 정화되여야 하며 우리들의 풍자시는 권환의 시편과는 전연 다른 경지에서 자기의 길을 개척해야 할 것이라고 나는 생각한다.147)

임화는 풍자시는 대상에 대한 소극성 때문에 현실의 곤란을 초월할

---

147) 임화, 「33년을 통하여 본 현대조선의 시문학」, 『조선일보』, 1934.1.12.

수 없고, 오늘의 현실이 너무 통절하므로 풍자를 부정하는 것은 소시민적 주지적 감각을 부정하는 것과 상통한다는 논지를 펼친다. 이러한 부정과 비판은 '풍자'를 소시민성이나 주지적 감각과 동일시하는 근거에서 나온 것이므로, 섬세한 고찰이 결여된 재단적 평가에 머물고 있다. 한편 1937년에 발표된 「진보적 시가의 작금(昨今)」(『풍림』 2호, 1937.1)에서는 프롤레타리아시의 다양한 양식으로서 풍자시를 긍정하고 있어 그 인식의 변모를 보여준다. 그런데 이 두 평문, 즉 「33년을 통하여 본 현대조선의 시문학」(1934.1)과 「진보적 시가의 작금」(1937.1) 사이의 시간적 간격 속에, 김기림이 문학의 현실 참여와 새로운 현실에 대응하는 문학양식으로서 '풍자'를 주장한 「오전의 시론─시의 시간성」(『조선일보』, 1935.4.21~23)과, 최재서가 주지주의 문학론의 소개에서 비약하여 문단 전체의 체질 변화를 시도하며 커다란 여파를 일으킨 「풍자문학론」(『조선일보』, 1935.7.14~21)이 존재하고 있어, 그 영향관계나 상호 텍스트성에 대한 고찰이 중요한 문제로 제기될 수 있다.

지금까지 살펴본 임화의 초기 시론은 정립된 시학의 원리나 기준에 입각한 것이 아니라, 프롤레타리아시의 독자성 확립을 위한 노력으로서 강한 대타의식의 소산으로 특징지워진다. 예술운동 볼세비키화의 방향으로서 예술 대중화의 논리, 조직과 계급의 논리 등이 임화 시론의 중심축을 이룬다고 볼 때, 임화 시론의 적은 바로 이 논리에서 벗어나 있거나 대항하는 것이라고 볼 수 있다. 이러한 관점에서 임화는 프로시 이외의 모든 시양식과 경향들을 비판하게 되는데, 우리는 특히 그의 낭만주의 비판에 주목할 필요가 있다. 임화는 낭만주의를 1920년대 한국문단에서 성행했다가 완료된 관점으로 인식하며, 자신이 주장하는 프로시의 미학적 원리인 리얼리즘과 절대적으로 분리된 영역으로 파악한다. 이 관점에 한해서는 김기림과 공통점을 지니는데, 임화는 1920년대 초 『창조』『백조』 등의 문예지를 중심으로 근대시의 주조를 형성한 낭만주의 경향을 완전히 극복하지 못함으로써, 한국의 근대시는 부르조아 자유시로서의 자신을 완성하지 못했다는 것이다. 그러나 임화의 낭만주의에 대한 비판은 전면적인 부정만으로 일관되지 않고 시론의 전개과정에서 일정한 변모를 보여주는데, 여기서 우리는 임화의 시장르의 특성에 대한 인식이 심화되고 있음을 알 수 있다.

한편 순수시나 주지주의적 경향에 대한 임화의 비판은 다른 시 경향에 대한 것보다 강한 강도를 지니고 있는데, 이는 임화가 강한 대타의식으로 이들 두 경향을 인식하고 견제했다는 사실을 말해준다. 그러나 이러한 비판은 시장르의 특성에 대한 깊은 이해나 인식, 즉 시론의 미학적 근거를 결여한 상태에서 개진된 것이어서, 정론성과 원칙론에 머무르는 한계를 보이게 된다. 결국 임화는 자신이 옹호한 프롤레타리아시의 미학적 근거를 시적 내용과 형식의 상관성을 매개로 설명하지 못한다든가, 시적 형식을 그 구성요소들의 결합체로 섬세하게 이해하지 못하는 등의 한계를 보여주게 되는 것이다.

2) 리얼리즘 시론과 실천

이 절에서는 「낭만적 정신의 현실적 구조」(1934.4) 이후의 1930년대 시론을 후기 시론으로 칭하고, 앞서 제시한 분석소를 중심으로 구조적으로 고찰한다. (1) 항목에서는 '현실'과 '주체' 개념으로 객관적 현실과 노동자계급 주체를, 그 사이의 '인식적 매개'로 당파성을 중심으로 서술한다. (2) 항목에서는 '내용과 형식의 통일'과 '기법적 매개'로 실천을 중심으로 서술한다.

(1) 객관적 현실과 노동자계급 주체, 당파성

임화 시론의 전개과정에서 일종의 인식론적 단절의 계기는 1933년경부터 전개된 휴머니즘론에서 마련된다. 카프 계열의 비평가들에게 이 휴머니즘 논의는 사회주의 리얼리즘의 수용 문제와 밀접히 결부되어 있다. 사회주의 리얼리즘은 백철의 「문예시평」(『조선중앙일보』, 1933.3.2~8)에서 최초로 언급되고 추백(안필승)의 「창작방법의 문제의 재검토를 위하여」(『동아일보』, 1933.11.29~12.6)에서 본격적인 논의가 이루어지면서, 그 수용 여부를 둘러싸고 창작방법 논쟁이 벌어진다. 이 논쟁은 객관적 정세의 악화라는 상황 속에서 사회주의 리얼리즘의 수용 여부와 유물변증법적 창작방법에 대한 평가를 둘러싸고 전개된다. 임화는 사회주의 리얼리즘을 수용하는 입장을 보이면서 그것을 '혁명적 낭만주의'와 관련시켜 이해하고 있다. 이는 임화의 낭만주의론이 소련에서 사회주의 리얼리즘의 한 계기로 설정되었던 혁명적 낭만주의를 이론적 근거로 이루어짐을 확인케 한다.

임화 시론의 분기점에 해당하는 「낭만적 정신의 현실적 구조」(『조선일보』, 1934.4.19~25)는 이러한 맥락에서 제출된다. 그는 사회주의 리얼리즘 수용과정의 탈정치적 경향과 객관주의적 편향의 위험성을 지적하면서 '낭만적 정신'을 주창한다. 신창작 이론, 즉 사회주의 리얼리즘의 수용이 유해한 형태로 왜곡되면서 유포되고 있다고 비판하는데, 그 유해한 형태로 형식주의와 예술지상주의의 부활, 시민문학으로서의 일직선적인 전회(轉回), 예술 일반으로부터 정치의 완전한 축출 등을 들고 있다. 그리고 그 결과 이 이론은 본래적·핵심적 구체성이 제거되어 '리얼리즘의 실천'이란 간소한 개념으로 변모되고, 한편으로는 예술 문학의 당파성을 완전히 부정하고 문학적으로는 낡은 18세기의 소위 절대 객관적 몰아(沒我)의 사실주의로 복귀한다고 지적한다. 따라서 임화는 진정한 사실주의를 낭만적 정신과의 관련성에서 찾아야 한다고 주장한다.

그리고 문학의 역사 위에서 이러한 사실적, 낭만적인 것은 지배적인 2대 경향으로 표현되어 문학사의 현실은 이 양대 조류의 상호 침투, 대립, 상충의 복잡한 작용으로 각각 그 특수화된 성격을 구현하게 된 것이다. 그리하여 나는 문학상에서 주관적인 것으로 표현되는 모든 것을 낭만적인 것이라고 부르며, 그것이 사실적인 것의 객관성에 대하여 주관적인 것으로 현현하는 의미에서 '낭만적 정신'이라고 부르고 싶다.

따라서 이곳에서 부르는 낭만적 정신이란 개념은 어떤 특정의 시대, 특정의 문학상의 경향을 의미하는 것이 아니라 한 개의 원리적인 범주로서 칭호되는 것이다. (…중략…)

직접적으로는 인간의 의식적 활동의 일 소산인 문학적 현실이란, 현실적이면서 동시에 낭만적인 것의 상호관계라고 부를 수 있기 때문이다. 따라서 문학적 현실의 세계라는 것은 객관과 주관의 상극적 운동에서 현실적인 것과 낭만적인 것의 모순되는 관계 가운데서 형성되며, 반대로 문학적 현실은 현실적인 것과 낭만적인 것으로 전부가 환원되기 때문이다.148)

임화는 초기 시론에서 일방적으로 부정하던 낭만주의를 재평가하는 과정에서, 그것을 문예사조상의 역사적 범주로 인식하는 데서 벗어나 '원리적 범주'로 보게 된다. 인용문에서 임화는 '낭만적인 것'과 '사실적인 것'을 양대의 원리적 범주로 파악하고, 이를 주관과 객관에 대응시키고 있다. 이는 문학을 객관 현실의 수동적 반영이 아니라 주-객 관계의 표현으로서 주체의 능동적 역할을 인정한 것으로, 임화 시론에 있어서 '주체' 개념이 변모되는 계기로 작용한다. 임화가 이런 논리로서 '낭만적 정신'을 강조한 것은 프로문학의 당파성을 수호하고 당파성과 리얼리즘을 분리하려는 경향에 대항하기 위한 것이다. 즉 낭만적 정신이 진정한 리얼리즘을 달성하는 하나의 중요한 계기라는 점을 확인하는 것이다.

임화는 문학사가 낭만적인 것과 사실적인 것의 대립과정이었으며,

---

148) 임화, 「낭만적 정신의 현실적 구조」(『조선일보』, 1934.4.19~25), 『문학의 논리』, 서음출판사, 1989, 16~17면.

그 대립의 기초는 계급적 분열에 있었다고 분석한다. 따라서 새로운 계급관계 속에서 형성된 사회주의 리얼리즘은, 부르조아문학과는 달리 주체의 이상과 현실의 관계가 더 이상 대립적이거나 추상적인 것이 아니라, 구체적이고 현실적인 관계에 서게 된다는 것이다. 그런데 이러한 설명과정에는 '낭만적인 것'과 '사실적인 것'을 원리적 범주로 보는 관점과, 낭만주의·사실주의 등의 문학사적 범주로 보는 관점 사이에서 미묘한 혼란이 보이고 있다. 이러한 혼란은 인식상의 보편적 범주인 주관과 객관을 문학적 형상화의 방식, 즉 낭만적인 것과 사실적인 것에 그대로 대입한 것과 관련된다. 낭만주의나 리얼리즘에는 이미 그 나름대로 주관과 객관의 상호 연관이 어떤 형태로든 내재되어 있으며, 낭만적인 것과 사실적인 것에도 그러하기 때문이다. 이는 일종의 이분법적 도식성의 문제점을 노출시키는데, 김기림의 한계를 지적한 임화에게서 그와 유사한 문제점이 발견되는 것은 흥미로운 일이다. 이러한 문제점은 이후의 평문에서도 리얼리즘과 낭만주의를 구별하면서도 둘 사이의 경계를 올바로 설정하지 못하는 등의 현상으로 나타나는데, 이는 결국 사회주의 리얼리즘 자체가 혁명적 낭만주의와 객관주의의 미묘한 절충이라는 점에서 연유하는 것으로 볼 수 있다.

이러한 특징을 지닌 임화의 낭만주의론은 카프 조직의 와해와 동료들의 전향 등의 악화된 상황 속에서, 사회주의 리얼리즘을 당파성의 약화와 무제약성으로 해석하는 경향에 대항하여 새로운 방향 모색의 일환으로 이루어진 것이다. 여기서 '낭만적 정신'이 주관의 능동적 역할을 인정하는 양상을 통해 '주체의 강화'라는 측면을 지니고 있음에 유의할 필요가 있다. 그런데 이처럼 주관과 객관 사이의 미묘한 균열을 지닌 임화의 '낭만적 정신'은 상황이 점차 더 악화됨에 따라, 노동자계급의 당파성을 견지하는 주체에 대한 일면적인 강조로 기울어지게 된다. 즉 주관적 편향으로 치달아 객관 현실과의 변증법적 관계를 상실하는 방향으로 전개되는 것이다. 「위대한 낭만적 정신」(『동아일보』, 1936.1.1~4)에는 '이로써 자기를 관철하라!'라는 열정적 어조의 부제가 암시하듯, 이러한 주관적 편향성이 드러나고 있다.

> 진실한 꿈은 미래에의 지향, 창조만을 체현한다. 그러므로 회상에는 비애와 감상이 따르고 몽상에는 즐거움과 용기가 상반한다. 그러나 꿈과 현실은 모순하는 것이다. 몽상하는 표상이란 현실과 일치하지 않으므로 그것은 꿈이다. 그러면 문학은 몽상과 현실 가운데의 모순과 부조화로 분열되어 있어야 하는 것일까? 이곳에 문학의 존재 이유, 즉 창조의 체현자로서 문학이 성립하는 것이다.149)

임화는 '낭만적 정신'을 더 밀고 나가 '진실한 꿈'이라고 표현하고, 그것을 "미래에의 지향, 창조만을 체현"하는 것으로 긍정한다. 그리고 꿈과 현실의 모순 가운데 문학의 존재 이유가 있으며 창조의 체현자로서 문학이 성립한다고 역설한다. '꿈', 즉 '창조하는 몽상'이 필요함을 주장하는 임화의 논리는 "일련의 전통주의적 대가들은 이미 회상한 지 오래였고 중견 작가들은 단지 환상하거나 단지 모방하고, 경향 작가군은 몽상에서 모방으로 후퇴하고 있다"150)라고 밝히며, 당대 문학의 특징을 '꿈의 결핍'으로 보는 데서 출발한다. 이처럼 '진실한 꿈'과 '창조하는 몽상'으로 강조된 낭만적 정신은 도식적 낭만주의와 구별되는 '생생한 낭만주의'·'몽상의 낭만주의' 등으로 다시 사조적 명칭으로 표현되는데, 이는 앞서 언급한 원리적 범주와 사조적 범주 사이의 혼란이 그대로 이어지고 있음을 보여준다. 이러한 '꿈'과 '몽상'의 낭만주의는 객관 현실과의 교섭을 도외시한 채 미래의 이상을 강조한 나머지 주관적 편향으로 치달을 가능성을 지니고 있다. 이는 악화된 현실에서 오는 위기감을 극복하기 위해 주체의 신념과 의지를

---

149) 임화, 「위대한 낭만적 정신―이로써 자기를 관철하라!」(『동아일보』, 1936.1. 1~4), 『문학의 논리』, 26면.

150) 같은 글, 28면.

강조한 조급함에서 기인하는 것이다. 그러나 임화는 "이러한 몽상의 낭만주의는 결코 작품에 있어서의 사실성을 제외하는 것은 아니다"라고 말하며, 사실성과의 관련성을 유지하려는 면모를 보여준다. 원칙론적 표현이기는 하지만 이러한 면모는 "이 낭만주의는 가진 바 본래의 성질인 강고한 리얼리즘에 의하여 그것(부당한 과정과 불분명한 상징에로 문학을 몰아넣을 위험─인용자)은 스스로 배제될 것이다"에서 보듯, 임화가 리얼리즘이 지닌 당파성을 시종일관 견지하고 있음을 보여준다. 그리하여 임화는 이 낭만주의를 '신로맨티시즘'이라고 부르며 '새 리얼리즘'의 내용적 측면으로 간주하려 한다.

> 따라서 이 낭만주의는 새 리얼리즘이라고 부르는 문학의 불멸의 내용이고, 그 빛나는 일면이다.
> 이것은 아마도 일편(一便)으로서는 '신로맨티시즘'이라고 불러질 것으로 리얼리즘 가운데 시를 존재케 하는 것이다.
> 그러므로 이것은 분명히 당파적이다. 왜냐하면 현재에 있어 당파적인 문학만이 미래에 있어 비당파적, 전인류적 공감 가운데 설 수 있으므로……. 공간적으로만 아니라 우리의 문학은 시간적으로 보편적이라고 한다.151)

「위대한 낭만적 정신」의 결말에 해당하는 이 대목에 이르면, 임화의 낭만주의론이 '신로맨티시즘'으로 정의되는 것을 볼 수 있다. 사회주의 리얼리즘의 한 계기인 혁명적 낭만주의의 수용에서 비롯된 그의 낭만주의 재평가와 수용은, '낭만적 정신'과 '진실한 꿈' · '창조하는 몽상'을 거쳐 '신로맨티시즘'에 이르러 그 모습을 정립하게 된다. 임화가 말하는 '신로맨티시즘'은 과거의 낭만주의와 구별되는 동시에 과거의 리얼리즘과도 구별되면서 '새 리얼리즘'의 형성 근거로 간주되고 있다. 이는 '사실적인 것'과 '낭만적인 것', 객관과 주관의 변증법적 통일

---

151) 같은 글, 35면.

을 상정한 연후에 얻어지는 새로운 양식의 개념으로 이해할 수 있는데, 그것의 특징을 '당파적'인 것으로 요약하는 부분은 주목할 만한 대목이다. 임화는 꿈을 지닌 새로운 리얼리즘을 '신로맨티시즘'이라고 부르고, 이것이야말로 "리얼리즘 가운데 시를 존재케 하는 것"이라고 강조한다. 결국 임화는 리얼리즘의 핵심적인 미학적 범주로서 당파성을 이해하였고, 그 당파성을 낭만적 정신과 결부시킨 것으로 보인다.

　초기 시론에서도 임화는 당파성을 이해하고 있었지만, 그 이해는 당대 객관적 현실의 제약을 받고 있는 식민지 조선의 민중이 아니라, 일반적인 관념의 상태로 인식한 프롤레타리아에 근거하고 있었다. 더구나 이들은 주체적 역량의 미숙으로 인해 지식인들의 전위적 지도에 의해 변혁 운동에 추동되어야 할 대상으로 간주되고 있다. 이처럼 관념적 무산계급에 기초한 당파성은 임화의 '볼세비키적 대중화론'과 '사회적 사실주의' 등의 이론이 단순히 유물론적 세계관의 원칙론적 제시에 그치고 있으며, 작품 외부에 정치적 이데올로기 형태로 존재케 하는 원인을 제공한다. 그런데 신로맨티시즘을 주창하는 시기에 오면, 임화의 당파성에 대한 이해가 당대 현실에 기초한 집단적 무산계급으로서의 노동자계급에 근거하게 된다. 임화는 노동자계급의 당파성에 의해서만 주·객관의 변증법적 통일이 가능하고, 문학적 진실과 당파성을 동일성 가운데 양기하는 객관적 당파성에 이를 수 있다고 보고 있다. 결국 이 시기의 임화의 '현실'관은 당대 '객관적 현실'이며, '주체'에 대한 인식은 이 객관 현실에 기초한 '노동자계급의 민중'에 있다. 임화에게 있어 객관 현실이란 역사적·사회적으로 제약되며, 개개인의 의욕으로부터 독립한 현실의 운동과정으로 존재한다. 그리고 주체는 유물변증법적 세계관에 의해 이러한 생활 현실을 파악할 수 있는 인식의 주체로서의 노동자계급이다. 이러한 이해는 그가 '반영론적 인식'을 확보함으로써 가능하게 된 것으로 보인다. 즉 '인식'을 객관적 실재로서의 현실을 인간 의식 내에서 정확히 반영152)하는 것으로 이해하는 것이다. 이것은 그가 '형상적 인식'을 추구하는 예술

이념으로서의 리얼리즘의 토대를 확보했음을 의미한다. 이를 기초로
하여 임화의 형상론은 문학예술의 특수성으로서 '형상' 인식으로부터
'전형론'으로 발전한다. 「위대한 낭만적 정신」에서 임화는 '창조하는
몽상'에서 비롯된 '전망'의 형상화를 통해 단순한 성격의 묘사가 아닌,
그 기초에 작가의 꿈이 실현되어 있는 성격의 창조를 요구하는데, 이
것이 '전형'에 해당된다. 이런 관점에서 그는 이기영의 「고향」을 평하
면서 "묘사는 완전하고 박진력있고 자연스러운" 안승학보다 김희준이
"전형으로서의 보편성"이 강하다고 분석한다.153) '전망'의 형상화와
'전형'의 개념을 결부시킴으로서 리얼리즘론을 구체화하고 있는 것
이다.

임화의 이러한 신로맨티시즘론은 그의 시론을 변모시키는 데도 결
정적인 역할을 담당하는데, 그의 낭만주의론 직후에 벌어진 기교주의
논쟁도 이러한 자장(磁場) 속에서 전개된다. 「낭만적 정신의 현실적
구조」 이후에 발표된 「담천하의 시단 1년」(『신동아』, 1935.12)에서 기
교파 시인들을 비판하는 다음의 대목을 살펴보자.

> 그러나 현대의 혁명시인일려는 이들 기교파의 시인들은 시의 내용
> 과 사상을 방기(放棄)히고 있다. 다만 있는 것은 언어의 표현의 기교
> 와 현실에 대한 비관심주의 그것이다.
> 이들에게서 특유한 것은 시적 열정의 전무(全無)이다. 그러므로 그
> 들은 일률로 낭만주의의 무조건적인 부정자이며, 고전주의의 질서와
> 지성의 찬미자인 것이다. (…중략…)
> 그러므로 그들은 감정을 노래함을 멸시하고 감각(감정이 아니라!)
> 을 노래한다. 감정이란 곧 사상에 통하는 것이므로……154)

---

152) Georg Lukács 외, 이춘길 편역, 『리얼리즘 미학의 기초 이론』, 한길사, 1985,
   80~111면 참조.
153) 임화, 「위대한 낭만적 정신」, 앞의 책, 32면.
154) 임화, 「담천하의 시단 1년」(『신동아』, 1935.12), 『문학의 논리』, 369면.

임화는 기교파 시인들이 시의 내용과 사상을 방기(放棄)한 채 언어 표현의 기교에만 몰두하여 현실에 관심을 기울이지 않는다고 비판한다. 그런데 여기서 이 기교파 시인들을 "낭만주의의 무조건적인 부정자"라고 말한 부분에 주목할 필요가 있다. 임화는 낭만주의의 특징인 '감정'을 '사상'과 통하는 것으로 간주하고, 낭만주의와 감정을 긍정하고 있는 것이다. 이런 이유로 김기림·정지용·신석정 등의 소위 기교파 시인들의 시를 감정과 대비되는 감각을 노래한다는 점에서 비판하고, 그들의 시를 "사상 없는 시"라고 부른다. 낭만주의에 대한 이러한 긍정은 일방적인 부정으로 일관하던 초기 시론과 변별되는 양상으로서, 사회주의 리얼리즘의 혁명적 낭만주의를 나름대로 수용한 데서 비롯되는 것이다. 임화는 이런 차원에서 김기림의 「기상도」를 비판하면서, "씨(김기림-인용자)의 지성이란 비행동성의 산물이며, 감정, 정서에의 기피는 곧 행동에의 기피"라는 논리를 제시한다. '감정'과 '정서'를 '사상'과 동일시하는 논리에서 더 나아가 그것을 '행동'과 직결시킨다. 여기서 행동이란 "현실에 대한 지적 판단을 통한 행동적 격투"155)를 의미한다. 이는 임화가 낭만주의가 지닌 감정적 요소를 수용하면서 변모된 논리로써 역시 낭만주의를 수용하면서 인간성을 주창한 김기림의 논리를 비판한 점에서 주목을 요한다.

　그러나 항상 진정한 비판은 반드시 행동에로 통한 것이며, 오직 사고로만 비판한다는 것은 충심(衷心)으로부터의 비판자이지 못한 유일의 표치(表幟)이다.
　그러므로 씨의 시적 감격의 원천으로서의 인간정신이란 무력(無力)에 대한 한 개의 이론적 미봉이며 '인텔리겐차'의 과분한 주관적 자신의 결과이리라. 그러므로 그들은 단순한 지성의 신도인 것이다. (…중략…)
　오히려 이 「기상도」에는 비판정신, 그것보다도 자연, 기물, 인간 등의 대상을 '인텔리겐차'류의 소비적 취미에 의하여 시적으로 '질서화'

---

155) 같은 글, 375면.

하고 있는 한 개 감각적인 심미성이 보다 더 강하게 노현(露現)되어
있는 것이다.156)

김기림은 「시에 있어서의 기교주의의 반성과 발전」(『조선일보』,
1935.2.10~14)에서 역사적 의의를 상실한 편향화된 기교주의를 비판
하고 그것이 전체로서의 시에 종합되어야 한다고 말하는데, 이 전체
로서의 시는 기교주의와 인간성의 종합을 의미한다. 휴머니즘론을 통
해 낭만주의를 재평가하고 그 인간성의 가치를 옹호하고 수용한 것이
다. 그런데 임화는 김기림의 이러한 인간정신이 "무력(無力)에 대한
한 개의 이론적 미봉이며 '인텔리겐차'의 과분한 주관적 자신의 결과"
라고 폄하한다. 이런 이유로 「기상도」를 "인텔리겐차류의 소비적 취
미"에 의거한 "감각적인 심미성"으로 평가하고 비판하는 것이다. 이
러한 비판의 근저에는 임화가 자신이 받아들인 낭만주의를 감정·사
상·행동의 가치와 동궤로 놓으며 김기림의 인간정신과 차별화하는
인식이 놓여 있다. 이런 차원에서 프롤레타리아 계열의 시들도 대부
분 개인적·내성적인 자기 추구로만 향하고 있음을 우려하면서, 이찬
의 시를 "시적 영역의 신변잡사적 한계로의 퇴각과 영탄적 운율에 의
하여 표시되고 있다"157)고 비판한다. 임화의 요지는 이찬의 시에는
진실한 낭만주의 대신에 감상주의가 자리잡고 있다는 것이다. 그리고
임화는 진실한 낭만주의의 전형적 예로서 안용만의 「강동(江東)의
품」(『조선중앙일보』, 1935년 신춘 당선작)을 들고 있다.

> 그리고 진실한 낭만주의의 전형적 일례로서 나는 이 시를 생각한
> 다. 자연, 인간, 감정, 모두가 골수에까지 밴 생활의 냄새로 용해되고
> 시화되어 있다.
> 이 시에는 우선 진정한 민족성, 그 가장 큰 것으로 향토에 대한 한

---

156) 같은 글, 375면.
157) 같은 글, 377면.

없는 사랑이 표시되어 있다.

　그러나 동시에 그는 동경만 내의 공장지대, '아라가와'의 탁류를 단
풍든 무야(武野)보다도 사랑한다 했을 때, 그 자연을 생활을 통하여
생생한 자태로 노래한 것이다.

　자연을 이만치 생활적으로 노래한 예는 우리 땅의 시 가운데서 그
비(比)를 찾기 어려울 것이다. 그러나 그는 감상가(感傷家)는 아니었
다. 그들의 '사업'의 위대한 명령을 그들이 이곳에서 떨쳤을 때 그는
결연하였다.158)

　안용만의 「강동의 품」159)은 시적 화자가 일본 동경에서 성장한 후
고향인 압록강 근처로 돌아와서 그 곳을 회상하는 내용을 담고 있는
시인데, 이른바 '이야기시'의 형태로 되어 있다. 김기진이 '단편 서사
시'라고 말한 바 있는, 이 이야기시는 임화의 초기시들처럼 소설적 이
야기 전개를 보여주는 형식으로, 당시 이용악 같은 시인들에서도 발
견되는 경향이다. 그런데 임화가 특별히 이 안용만의 시를 상찬한 이
유는, 그것이 자연·인간·감정 등의 요소를 생활에 용해시키고 있다
는 점에서이다. 여기서 '인간'과 '감정'은 임화가 낭만주의를 수용하면
서 시적 내용과 동일시하고 더 나아가 행동과도 연결시킨 바 있는데,
'자연'을 "생활적으로 노래"했다는 진술은 주의를 요한다. 그것은 일
단 현실태로서의 사실성을 지닌 자연이 생활 주체의 세계관에 의해
의미화되었다는 것을 의미한다. 그런데 안용만의 시를 살펴보면, 그가
'아라가와'와 '압록강'을 자연이라는 동일한 범주로 간주함으로써 자연
에 대한 역사적 인식을 결여하고 있음을 알 수 있다. 즉 프롤레타리
아 계급의 세계관을 견지하고 있는 것으로 보이는 안용만의 시는, 계
급투쟁에 대의(大義)에 치중하여 당시 식민지라는 민족적 특수성을
고려하지 못하고 있는 것이다. 이러한 안용만의 시를 자연을 생활적

---

158) 같은 글, 378면.
159) 안용만, 「강동의 품 – 생활의 강 '아라가와'여」, 『조선중앙일보』, 1935.1.1.

으로 노래한 작품으로 상찬한 임화의 안목도, 계급의식에 의한 역사의 전망에 치우쳐 당대 식민지 현실에 투철하지 못한, 제한된 역사인식의 한계를 보여주고 있다.

또 하나의 문제는 임화가 '진실한 낭만주의'를 주장하며 내세우는 '낭만적 정신'과 리얼리즘의 기본항인 '당파성'이 어떻게 결합되는가에 있다. 김기림이 제기한 기교주의와 인간성의 통합으로서의 '전체성의 시'가, 시적 구성요소의 각각을 분리하여 양식에 대입하고 그것을 다시 결합시키는, 절충적 종합의 한계를 지닌다는 점을 앞 장에서 살핀 바 있다. 임화는 신로맨티시즘을 통해 낭만적 정신을 꿈·창조하는 몽상으로 보고, 그 중요한 요소인 감정을 사상·행동과 동일시한다. 그리고 자연과 더불어 그것들이 생활에 용해되고 시화됨으로써 사실성과 낭만성의 변증법적 종합이 이루어진다고 본다. 그런데 이러한 낭만성의 수용은 그가 꿈, 혹은 몽상이라고 말한 바 있는 주관적인 의지와 친연성을 지닌 것이어서, 그가 견지해 왔던 반영론에 입각한 리얼리즘 미학의 근본 개념과 상충하면서 균열을 일으킨다. 반영론의 미학적 당위는 인간 의식의 외부에 그것과 독립적으로 존재하는 객관적 실재를 인정한 후, 그 객체를 일정한 형식으로 재현하는 데 있다.160) 즉 현실에 대한 인식은 그 인식으로부터 독립된 객관적 현실을 전제로 하기 때문에, 사유에 대한 현실의 우위를 상정하고 있는 것이다. 따라서 임화는 객관 현실의 형상적 반영과 형상을 통한 인식이라는 반영론에 입각한 리얼리즘의 기본 전제를 견지하려는 태도와, 로맨티시즘을 받아들이면서 수용한 '낭만적 정신' 사이에서 모순과 딜레마를 겪게 되는 것이다. 이러한 문제점을 간과한 임화는 1937년에 이르러 「사실주의의 재인식」을 통해 신로맨티시즘에 대한 자기 비판을 시도하게 된다.

　　이러한 킬포친과 와시리엡스키의 '로맨티시즘'론을 중심으로 만들

---

160) Kofnin, 김현근 역, 『마르크스주의 인식론』, 이성과현실사, 1988, 103~104면 참고.

어지는 것이 필자의 「낭만정신의 현실적 구조」란 논문이었다.

　이러한 입장을 낡은 공식주의에 대한 비판으로서 또는 관조주의에
대한 반발로서 설정하려고 하였던 일방 나는 시의 리얼리티를 고적
(高適)한 시대적 로맨티끄 가운데서 찾으려고 했던 것이다.

　이것은 작년 초까지의 나의 이론상 입장으로 충분한 책임과 아울러
기회를 보아 자기 비판할 과제이나 오류의 출발점은 전기(前記) 논문
의 제목이 말하듯 시적 리얼리티를 현실적 구조 그곳에서 찾는 대신
정신을 가지고 현실을 규정하려는 역도(逆倒)된 방법에 있었던 것이
다.161)

　임화는 자신의 낭만주의론을 정리하면서 그 오류가 "시의 리얼리티
를 고적(高適)한 시대적 로맨티끄 가운데서 찾으려" 했던 점과, 그 출
발점으로 시적 리얼리티를 현실적 구조에서 찾지 않고 전도된 방식으
로 찾으려 했던 점을 지적하고 있다. 임화의 낭만주의론은 조직의 와
해와 동료들의 전향이라는 국면에서 주체의 자기동일성을 강화하려
는 의도에서 제시되었으나, 객관 현실과 매개되지 않은 '낭만적 정신'
에 치우쳐 미래적 변혁에 대한 주관적 열망의 표출에 그치고 만 것이
다. 이는 혁명적 낭만주의를 수용하는 과정에서 자신의 시론에 리얼
리즘의 원리와 낭만성의 차원을 변증법적으로 종합하려 했던 노력과
맞물리는 것이다. 이러한 시도는 인식 주체의 주관성과 반영 대상의
객관성 사이의 관계 정립이라는 난점을 과제로 남겨 놓은 채 자기 비
판됨으로써, 이후 '주체의 재건'이라는 명제를 통한 소설론의 전개로
진행되는 양상을 초래하고 만다.

　(2) 내용과 형식의 통일, 실천

　임화는 초기 시론에서 당위론적이고 규범적으로 설정했던 현실 개

---

161) 임화, 「사실주의의 재인식」(『동아일보』, 1937.10), 『문학의 논리』, 60면.

념과 주체 개념을 인식론적 차원에서 재정립하여, 객관 현실을 반영하는 노동자계급 주체를 설정한다. 후기 시론에 나타난 이러한 인식론적 진전은 유물론적 인간 이해와 리얼리즘의 반영론적 미학을 확보한 데서 얻어지는 것으로 보인다. '형상적 인식'으로 정의될 수 있는 '반영론적 미학'으로의 이러한 진전을 '내용'과 '형식'의 문제에 초점을 맞추어 살펴보기로 한다. 임화는 일관되게 예술 창작과정에서의 방법의 문제를 반영 대상과의 형식 논리가 아니라 변증법적으로 파악해야 함을 역설한다. 그런데 임화 비평의 실제적 양상은 내용과 형식의 관계를 변증법적으로 이해한다는 말과는 달리, 그것을 분리해서 대립시키는 모습이 나타난다. 임화의 시론에서 형식의 가치가 폄하되는 것은 기교파를 비판하는 과정에서 '형식'과 '기교'를 혼동하는 대목에서 확연히 드러난다. 임화는 김기림이 "시의 가치를 기술을 중심으로 하고 체계화하려고 하는 사상에 근저를 둔 시론"이라고 한 기교주의에 대해 "내용과 사상을 방기(放棄)하고" "시의 제작만을 위해 사유"한다고 비판함으로써 사실상 '기교'와 대립되는 위치에 '내용'을 놓았다.162) 임화는 「담천하의 시단 1년」에 이어 「기교파와 조선시단」에서도 '기교'와 '형식'을 동일시하는 논리의 미분화 상태를 보여주고 있다.

① '전체주의'라는 씨(김기림 – 인용자)의 개념 가운데는 내용과 형식을 동열(同列)에 놓는 등가적 균형론의 여훈(餘薰)이 적지 않음에 불구하고 시 가운데 생활 현실이 차지할 중요한 자리를 작만하고 있음은 사실이다.

② 물론 이 상태(전체주의의 시 – 인용자)는 시의 이상적 상태로서 '내용과 기교를 통일한 한 전체로서의 시'일게 틀림이 없으나 그것을 전체주의라고 이름하는 것보다는 가장 완성된 시, 다시 말하면 명일

---

162) 임화, 「담천하의 시단 1년」, 앞의 책, 369면.

(明日)에 있어 유일한 완성된 시라고 봄이 명확한 개념으로 결코 아전인수(我田引水)적인 주견(主見)이 아닐까 한다.163)

①에서 임화는 김기림이 제시한 전체주의의 시를 "내용과 형식을 동열(同列)에 놓는 등가적 균형론"이라고 말하는 데 비해, ②에서는 그것을 "내용과 기교를 통일한 한 전체로서의 시"라고 말한다. 따라서 임화는 '기교'와 '형식'을 동일시하는 오류를 범하고 있는데, 마르크스・레닌주의 미학은 이 두 개념 사이에 분명한 변별성을 두고 취급하고 있다. '형식'이란 예술 작품의 내면적인 조직 구조이며, 주어진 예술 종류의 특수하고 고유한 물질적인 표현 수단의 원조에 의해 만들어진, 그리고 작품의 내용을 표명하고 정착시킨 표현으로, 거기에는 이미 특수한 기술적인 표현 수단도 포함되어 있는 것이다.164) 따라서 임화가 '기교'라고 비판한 것은 실상 형식을 구성하는 일부분, 혹은 수단에 지나지 않는 것으로서 형식 그 자체는 아니다. 임화는 김기림이 기교주의의 경향을 비판하고 인간성에 토대한 높은 시대정신을 요구한 것을, 평면적 차원에서 형식과 내용의 종합으로 간주한 것이다. 임화가 기교주의 논쟁에서 김기림의 논리에 대한 비판과 대안으로 제시한 다음의 구절은, 임화 논리의 문제점을 그대로 보여주고 있다.

　　오직 이 '내용과 기교의 통일' 가운데는 양자가 등가적으로 균형되어 있는 것이 아니라, 이 통일은 우선 전체로서의 양자를 가능케 하는 물질적, 현실적 조건으로 성립하고 그것에 의존하며, 동시에 내용의 우위성 가운데서 양자가 스스로 형식논리학적이 아니라 변증법적으로 통일되는 것이다.
　　이 '통일'과 '전체'에 변증법적 이해를 결(缺)할 때 균형론, 형식논리

---

163) 임화, 「기교파와 조선시단」(『중앙』 28호, 1936.2), 『문학의 논리』, 381, 392면.
164) 소련 과학아카데미 편, 신승엽 외 역, 『마르크스・레닌주의 미학의 기초이론』, 일월서각, 1988, 142~143면 참조.

가 군림하는 것이며, 기림씨의 전 논문을 통하여 이것에 대한 명확한 해답을 얻지 못한 것임으로, '전체'라는 개념이 형식논리적 여훈(餘薰)을 전한다고 나는 말한 것이다.[165]

김기림의 시론이 산술적 종합에 불과하다고 비판한 것은 정확한 지적이지만, 사실상 임화의 논리는 내용과 기교의 통일을 통한 전체성적 시론이라는 김기림의 논리에다 '변증법적 통일'과 '내용의 우위성'을 첨가했을 뿐이다. 형식에 비해 상대적으로 그 형식을 결정하는 내용의 우위성을 강조하는 것은 마르크스주의 미학의 일반적 공식에 해당한다.[166] 그런데 이러한 내용 중심의 변증법은 현실을 해석하는 원칙과 작품을 구성하는 원칙이 상호 분리될 수 없다는 전제 하에서, 내용과 형식이 본질적으로 상호 유기적인 관계에 있다는 이해 없이는 성립할 수 없는 것이다. 그러나 임화의 논리는 내용과 형식을 분리하여 기교파 시인들을 내용을 방기한 형식주의자로 비판하고, 다시 내용과 기교의 변증법적 종합을 요구하는 것이므로, 내용과 형식의 상호 유기적 관계성에 대한 내면적인 논리가 결여된 것이다. 더구나 형식의 한 부분인 기교를 형식과 동일시함으로써 논리상의 오류를 범하고 있다. 임화는 초기 시론에서 일관되게 프롤레타리아시의 독자성을 주장하며 다른 경향의 시들을 비판하는 과정에서, 유물론적 세계관과 프롤레타리아 당파성을 관념적·추상적으로 제시하는 원칙론에 머물렀다. 신로맨티시즘론과 기교주의 논쟁으로 이어지는 후기 시론에서 임화는, 형상적 인식이라는 리얼리즘의 미적 원리를 확보하여 정치 편중적 도식주의와 언어 예술에 대한 무지에 대해 반성의 계기를 마

---

165) 임화, 「기교파와 조선시단」, 앞의 책, 392면.
166) Henri Arvon, 오병남·이영환 공역, 『마르크스주의와 예술』, 서광사, 1981, 69면.
　　Terry Eagleton, 이경덕 역, 『문학비평 : 반영이론과 생산이론』, 까치, 1986, 36면 참조.

런했지만, 기교와 형식을 동일시하며 형식과 내용을 분리하여 사고하
는 문제점을 노출하게 되는 것이다.

내용과 형식의 문제가 임화에게는 아직 해결되지 않은 이론적 과제
인 셈인데, 기교주의 논쟁이 마무리된 이후에 집중적으로 언어에 대
해 천착하는 것도 이러한 과제를 해결하려는 노력의 일환으로 간주된
다. 이러한 시도는 시장르의 일반적 특성을 규명하려는 의도와 결부
되는데, 시와 시인에 대한 일반적 인식을 보여주는 평문으로 「시의
일반 개념」(『삼천리』 69호, 1936. 1)과 「시와 시인과 그 명예」(『학등』
22호, 1936. 1)를 들 수 있다. 「시의 일반 개념」에서 임화는 시를 대화
이며 한 행위의 출발점으로 보는데, 이는 완성된 시는 시인 자신의
것임을 부정하고 대립자의 것으로 전화한다는 의미를 지닌다. 시는
시인의 손을 떠나는 순간 이미 객체가 되고 과거뿐 아니라 미래에 있
어서도 자유로운 상태가 되는데, 이때 시가 시인에 대하여 자유로울
수록 시와 그것의 결과에 대한 시인의 책임은 일층 강고한 것이 된다
는 것이다. 이러한 논리로 임화는 '허위의 시'와 '진실한 시'를 구분하
는데, 그 기준은 시인의 윤리적 책임이 된다. 결국 임화는 시인의 윤
리적 책임을 시가 역사 발전의 변증법적 과정 속에서 발전한다는 진
보적 신념과 연관시키고 있다. 이러한 임화의 관점은 시를 미학적 자
율성의 테두리에 가두지 않고 역사 발전의 과정 속에서 사회적 기능
과 역할을 수행해야 한다는, 일관된 입장에서 비롯되는 것이다. 이런
입장은 임화의 시론이 주체의 이성과 자기동일성, 역사적 진보의 시
간관에 토대를 둔 역사철학적 근대성을 근간으로 하고 있으며, 예술
의 자율성 미학과 관련하여 감성적·심미적 주체와 무의식과 순간의
시간관을 중시하는 미적 근대성과는 거리를 두고 있음을 보여준다.
그런데 임화 시론이 근거로 하는 사회주의 리얼리즘의 근본적 지향은
자본주의로 특징지워지는 근대를 부정하고 근대 이후를 상정하고 있
으므로, 임화 시론이 지닌 역사철학적 근대성은 가장 근대적인 사유
방식으로 근대 이후를 지향하는 자체 내 모순을 내포하고 있다고 볼

수 있다.

한편 「시와 시인과 그 명예」에서 임화는 시인을 불명예스럽게 여기는 원인이, 동양시가 생활 대신에 풍월과 영탄으로 일관했고, 근대시의 경우 1920년대 대부분의 시인들이 연애의 자유를 노래한 데 있다고 지적한다. 그리고 명예스런 시인의 조건으로 1) 진실한 생활 능력과 투철한 현실 관찰력 2) 시를 가지고 전선에 서는 전위성 3) 현실생활의 본질적 관계에 대한 과학자와 동일한 진리 탐구의 열의를 들고 있다. 이 세 가지 조건을 함축하는 것은 '전위성'과 '과학적 세계관'인데, 시인의 필수 조건으로 과학성을 강조하는 것은 주목할 필요가 있다.

> 그러므로 금일의 시와 시인은 과학을 기피함이 아니라 과학을 좋아하고 과학과 대립함이 아니라 과학과 연합하는 것입니다.
> 이곳에서 증오와 애정의 정열은 과학적으로 밝히워진 진리 우에 스며 그것은 단순히 감정적이 아닌 이성에 의하야 일층 더 견고해저서 시적 감정은 신념에 의한 확고부지의 것이 됩니다. (…중략…)
> 따라서 똑똑해진 진리에 의하야 굳어진 신념은 똑똑한 눈을 낳고 똑똑한 눈은 모든 인간 사물을 똑보고 느끼어 그것은 불가피적으로 명확한 언어에 의하야만 표현하게 됩니다.167)

임화의 사유구조는 '증오와 애정=감정적인 것=시적 감정'의 항과, '과학적인 것=이성=신념'의 항으로 이분법적으로 구분되어 있다. 그리고 이 두 대립항을 과학·이성·신념을 중심으로 변증법적으로 결합시킨다. 이는 헤겔이 말한 주인과 노예의 변증법이 적용된 양상으로서, 감정에 대한 이성의 우위를 전제로 성립한다. 결국 임화의 논리를 지배하는 변증법적 문제설정은 이성 중심·내용 중심으로서 주체의 자기동일성에 근거하는데, 이때 감정·형식 등은 완전히 무시되지

---

167) 임화, 「시와 시인과 그 명예」, 『학등』 22호, 1936.1, 10면.

는 않지만 결국 자기동일성에 종속되는 타자의 위치에 놓이게 된다. 임화가 주장하는 과학성은 이러한 주객 변증법과 역사철학적 근대성에 근거해 있으므로, 김기림이 주장하는 과학성과 변별된다. 김기림은 시의 연구에 언어학·사회학·심리학 등이 필요하다고 보며 시의 구성요소로서 언어의 세 측면을 음·형태·의미로 분석하는 차원에서, 즉 구성요소들간의 결합이라는 의미의 전체적 체계를 고려하였다. 김기림이 주장한 이러한 과학성은 또한 역사철학적 근대성과 그 미적 저항을 함께 고려하는 미적 근대성의 양면적 추구와도 관련되어 있는 것이다.

한편 임화는 감정과 이성의 변증법에 의해 진리가 형성된다고 보는데, '똑똑해진 진리'가 '굳어진 신념'을 낳고, 그것은 다시 '똑똑한 눈'을 낳는다고 말한다. "과학적으로 밝히워진 진리"라든지 "똑똑해진 진리"라는 표현은, 임화의 논리가 근거하고 있는 변증법적 문제설정이 과학성을 통해 결국 '진리'를 추구하고 있음을 보여준다. 이 '진리' 개념은 '객관적 실재를 이성으로 파악하여 구성한 본질적 법칙'이란 의미로서, 그 속에는 이성적 주체의 자기동일성, 주체의 인식에 의해 재현될 수 있는 실재, 실재를 구성하는 본질적 법칙, 그리고 그 법칙의 합목적적인 진보성 등의 개념들이 모두 함축되어 있다. 따라서 이 '진리'라는 용어는 임화의 논리가 지닌 역사철학적 근대성의 특징을 여실히 보여주는 것이다. 그런데 '똑똑해진 진리'와 '굳어진 신념'과 '똑똑한 눈'이 불가피하게 '명확한 언어'에 의해서만 표현된다는 대목에 주목할 수 있다. 일종의 매개로서의 '언어'에 대한 관심이 나타나는 부분이기 때문이다.

　　이 언어의 명확성의 원리란 곧 노래되어야 할 대상에 대한 가장 적
　　절한−(그 말 아니면 그것을 표시할 수 없는) 언어를 골게 되며 보
　　다 더 많이 감성에 의하야 전달되어야 할 시적 감정은 가장 감성적
　　인 제 조건을 많이 가진 함축적이고 음악적이며 가장 풍부한 연상성을

가진 아름다운 말—시적 언어—에 의하야 우리들의 시를 가능케 합
니다.

이러한 말은 말할 것도 없이 일상어 그것입니다.

웨 그러냐하면 일상어 그것만이 모든 것을 표현키에 부족함이 없는
어휘를 가진 것이 없고 또 그것만이 국한된 언어보다 많은 사람을 감
동시킬 일반성을 갖고 연상성이 넓으며 보다 함축성이 많고 조작된
언어의 부자연 대신에 언어 본래의 생생한 음향을 전할 수가 있는 것
이 없는 때문입니다.168)

임화는 언어의 명확성을 대상에 대한 가장 적절한 언어를 고르는
것이라고 말하고, 시적 감정을 표현할 시적 언어로서 일상어를 주목
한다. 여기서 임화는 비록 원칙적인 차원이지만 감성과 시적 감정, 함
축적이고 음악적이고 풍부한 연상성을 지닌 시적 언어에 가치를 부여
하는 듯이 보인다. 이것은 시에 있어서 개성과 미학적 가치를 긍정하
는 것으로 이해될 수 있는데, 그렇다면 앞서 제시한 내용 중심·이성
중심의 자기동일성에 근거한 주체의 진리 개념과 일견 상충되는 양상
을 보여준다. 그러나 임화는 곧바로 이 미학적 조건을 대중성·공리
성과 당파적으로 결합시킴으로써 이러한 자기 논리 이탈을 수습한다.

이러한 의미에 있어 시에 있어서의 미학적 조건과 대중성 공리성의
조건은 시인 자신의 외견상으로 국한된(당파적으로!) 입장이 객관적
으로는 만인의 미래의 입장과 통일된 진보적 시에서 비로서 근본적으
로 일치되는 것입니다. 그러므로 가장 아름답고 가장 내용 풍부한 시
를 일체의 불분명한 언어, 비현대적 언어—사어, '고급' 언어와는 무관
계합니다.

이러한 언어는 분명한 현실을 불분명하게 왜곡하는 대만 필요하고
현대와 미래 대신 과거를 사랑하는 대 소용되며 만인의 감정이 아니

---

168) 같은 글, 10~11면.

오 '교양있는 소수'의 마음을 짓거리는 데야 적합한 것입니다.169)

임화는 시에 있어서의 미학적 조건과 대중성·공리성의 조건은 시인의 당파적인 입장이 만인의 미래의 입장과 통일된 진보적 시에서 일치한다고 피력한다. 이러한 논리는 결국 만인으로 칭해진 프롤레타리아계급의 미래적 해방을 전제로 한, 시의 대중화론으로 귀착되는 것으로 보인다. 따라서 임화는 감성과 시적 감정, 함축적이고 음악적인 시적 언어 등 시의 미학적 측면을 일종의 객체로 간주하고, 그것을 다시 이성과 내용 중심의 대중적 공리성의 논리에 종속시킴으로써, 주체 중심의 주객 변증법의 테두리에서 벗어나지 않는 것이다. 기교주의 논쟁의 과정 중인 1936년 1월에 발표된 위의 두 편의 글에서 임화는 기교주의 논쟁에서 관건이 된 언어 개념을 중심으로 시와 시인의 문제를 천착하고 있는데, 이는 비교적 분명한 시론의 체계를 지닌 김기림과 박용철을 의식하여 나름대로 시론의 체계를 잡아가려는 노력으로 보인다. 이러한 모색은 기교주의 논쟁이 마무리된 이후 언어 문제를 천착한 일련의 평문으로 이어진다.

「언어의 마술성」(『비판』 34호, 1936.3)은 임화가 시에 있어서의 언어의 문제를 본격적으로 천착하는 글인데, 그것은 '문학어'와 '원어(原語)'의 구별에서 시작된다. 임화는 예술적 표현 가운데로 선택되고 정련되지 않은 '보통으로 실재하는 말'을 '원어'라고 칭하고, 이 '원어'로부터 '문학어'가 변별성을 갖는 가장 현저한 영역이 시라고 말한다. 곧 시에서는 언어가 독특한 음향적인 고려를 통해 결합되고, 어법도 그 시의 고유한 의미 내용·어감·음향·구성의 강약 등의 고려 가운데 분해되고 재결합되어, 일상 원어와는 전혀 다른 외모를 갖춘다는 것이다. 이러한 견해는 일상어에서 시적 언어를 찾고자 했던 「시와 시인과 그 명예」에서 진일보한 것으로 보인다. 그러나 상부구조로서

---

169) 같은 글, 11면.

의 언어가 물질적 토대인 생활 현실의 반영에 불과하고, 더 나아가
그 생활 현실에 의해 규정된다는 인식은 그대로 유지되어 '문학어'를
'생활 언어'의 한 특수한 일종으로 봄으로써, 「시와 시인과 그 명예」
에서 보여주었던 논리적 난점을 다시 노출시킨다. 그것은 시적 언어
라는 문학어의 특수성을 인정하면서도 그 미학적 자율성을 부정하는
데서 오는 논리의 난맥상을 의미한다. 이러한 논리로 임화는 언어가
갖는 합리적인 의의보다 그 외형적 미감만을 우선적으로 고려하는
'언어상의 장식주의—형식주의'를 부정하면서 다시 기교주의를 비판
하고 있다. 정지용·이태준의 작품을 "장식적 유미적 경향, 즉 음향
좋은 말을 택하는" 경향으로, 김기림·이상·박태원 등의 작품을 "은
유의 교묘한 사구(使驅)와 다수한 결합"의 경향으로 구분한다. 그리고
임화는 초기의 프로문학이 언어를 무시하고 무방침으로 일관해 온 까
닭에 노동자나 농민의 언어에 대한 무원칙적 추종의 태도로 표시된
사실에 유감을 표시하고, 푸시킨의 예를 들어 전형적인 언어를 구사
할 것을 제시한다.

> 그러나 "푸시킨은 그 이상으로 신중히 노서어(露西語)의 보고(寶
> 庫)로부터 전형적인 아름다운 필요한 언어를 골라내인 것으로 닥치는
> 대로 골라잡은 것은 아니다. 이 불굴의 노력으로 전형적인 것을 면밀
> 히 선택하야 그 총명한 모둔성(牟鈍性)을 창조하였다." (팡페로-프)
> 는 것이다.
> 그럼으로 언어적 창조 가운데 전형성이란 언어의 합리성 가운대 심
> 미성을 통일하는 것으로 그것은 다시 문학 자체가 그러함과 같이 창
> 조적 교육적인 것이다.170)

'전형'이란 계급 혹은 민족을 대표적 개인을 통해 인식하고 형상화
한 것171)으로, 마르크스·레닌주의 미학에서 리얼리즘에 대하여 논의

---

170) 임화, 「언어의 마술성」, 『비판』 34호, 1936.3.

하는 중요한 척도의 하나이다. 엥겔스가 "리얼리즘이란 디테일의 성
실성 외에도 전형적인 환경에서 전형적인 성격을 충실하게 재현하는
것을 의미"한다고 말한 이후, 전형은 흔히 리얼리즘을 정의하는 중요
한 개념이 되어 왔다. 여기서 전형은 전체와 개체의 유기적 관련 속
에서 특수성을 통해 보편성을 획득하는 요소인데, 후기 시론에서 임
화는 반영론적 사고와 함께 이 전형론을 인식한다. 임화는 소설론에
서 주로 인간 형상에 주목하는데, 이 형상에 대한 논의는 바로 전형
론으로 연결된다. 그는 인간을 형상화한다는 것은 곧 개인과 집단의
관계를 그리는 것으로 본다. 따라서 작가는 구체적·특수적인 것 가
운데서 전형적인 성격을 표시해야 하며, 이것이 바로 개성과 집단 문
제의 과학적 해석이라고 인식한다. 그런데 인용문에서는 임화가 소설
에서 주로 논의된 이 전형의 개념을 시적 언어에 적용시키고 있어 주
목된다. 팡페로프의 말을 인용하여 푸시킨이 러시아어의 전형을 선택
하였다고 지적하면서 언어적 창조의 전형성을 언급한다. 이는 시어의
전형성을 고려하여 시에 있어서의 리얼리즘을 탐색했다는 점에서 의
의가 있으나, 그 전형성을 언어의 합리성과 심미성을 통일하는 것으
로 인식한 점에서, 이분법적 대립과 그 변증법적 통일이라는 원칙론
에 여전히 머무르고 있는 한계를 보여준다. 한편 임화는 언어의 전형
성을 창조적·교육적인 것으로 파악하여, 일관되게 시의 대중화론을
견지하고 있다.

　기교주의 논쟁 이후에 주로 언어에 대한 관심을 중심으로 시론을
전개하던 임화는, 1937년 이후 시론 분야에서는 단편적인 논의만을
보여주고 리얼리즘론을 중심으로 한 소설론에 치중하게 된다. 1937년
의 중일전쟁을 전후하여 일본 군국주의의 파시즘적 폭압이 더욱 가혹
해짐에 따라, 프로문학을 포함한 민족문학 전체가 심각한 위기 국면
에 처하게 된다. 이 시기 임화의 이론적 모색은 민족문학에 대한 역

---

171) 伊東 勉, 서은혜 역, 『리얼리즘이란 무엇인가』, 청년사, 1987, 69면.

사적 인식을 계기로 '진정한 의미의 민족문학'의 수립을 당면 과제로 설정한 속에서 이루어진다. 임화에게 있어 이 진정한 민족문학은 계급적 내용을 민족적 형식에 담는다는 의미를 담고 있다. 임화는 '주체 재건론'을 통해 작가의 세계관과 생활적 실천을 매개하는 개념으로 '예술적 실천'을 규정하고, 사회주의 리얼리즘의 한국적 구체화를 통해 양심적 작가 전체의 리얼리즘적 실천을 주장한다. 리얼리즘적 실천이란 주체의 세계관과 객관 현실 사이의 역동적 상호 반응의 장 (場)이므로, 이를 통해 올바른 세계관을 구체화함으로써 와해된 주체를 재건할 수 있다는 것이다. 임화에게 있어 주체는 곧 세계관의 담지자인데, 현실을 운동하고 있는 장, 즉 주체의 능동적인 행위의 장으로 설정함으로써 주객 변증법에 입각한 리얼리즘론을 정초하게 되는 것이다. 1938년에 제출된 임화의 '본격소설론'은 이러한 진전된 리얼리즘론을 소설 분야에 적용한 것이다. '성격과 환경의 조화'라는 명제는 인물과 환경의 상호 관련 속에서 주인공의 운명을 창조하고 그것을 통해 작가의 사상을 드러내는 소설 내적 구조의 형식적 규범으로서, 주체적 욕구와 객관적 여건 사이의 조화와 투쟁이라는 문학인의 현실 인식 태도를 강조한 것이다. 임화는 이러한 본격소설을 근대문학사의 흐름 속에서 도출해 내며, 이것의 완성이 문학사적 과제임을 역설한다.

한편 1937년 이후에 발표된 시론은 활로를 잃은 시정신에 어떤 새로운 대안을 제시하지 못한 채, 당시 문단 상황에 대한 시평적(時評 的) 입장 표명에 머무르는 모습을 보여준다. 「진보적 시가의 작금」 (『풍림』 2호, 1937.1)은 '프로시의 걸어온 길'이라는 부제가 보여주듯, 그 동안의 프롤레타리아시에 대한 반성적 성찰을 보여주고 있다. 임화는 유물변증법적 창작방법, 방향전환 이론의 연장인 예술운동 볼세비키화, 사회주의 리얼리즘의 수용, 소위 '뼉다귀' 시 논의, 풍자시 등에 걸쳐 프로시와 관련되어 그 동안에 진행된 쟁점들을 반성적으로 요약한 후, 프로시의 나갈 길을 다음과 같이 제시한다.

그러나 길은 시야를 널피어 현실의 대해(大海) 도처에서 제재를 발견하야 시화하고 그것을 새로히 전진하고 있는 계급의 생생한 감정에서 노래하는 웅대한 서사시의 레아리즘이고 암흑한 제야(除夜)에 위대한 도정에서 넘어지는 비극에 한 웅대한 낭만적 비가(悲歌) 또 모든 곤란 가운데서도 오히려 굿건히 전진하는 히로이즘 그리고 그 가운데서 늣기는 높흔 감정 그것이 우리의 감정시의 최대의 내용이다.

부자유한 입을 가지고 오히려 종횡히 기지(機智) 은유를 가지고 명확히 소살(笑殺)될 대상을 풍자하는 것도 우리의 시가만 가질 수 있는 물건이다.172)

임화가 제시한 '웅대한 서사시의 리얼리즘'이 '현실'과 '전진하는 계급'뿐 아니라 '감정'에 의해서도 규정되고 있는 점에 유의할 수 있다. 이는 지금까지 후기 시론을 통해 고찰한 바대로, 초기 시론의 '유물변증법적 창작방법'의 원칙을 당파성·반영·전형·실천 등의 개념을 통해 더 구체적으로 규정해 가면서, 한편으로 낭만적 정신이 지닌 주관의 요소를 수용하려는 시도로 볼 수 있다. 그것은 다시 "비극에 한 웅대한 낭만적 비가(悲歌)"와 "굿건히 전진하는 히로이즘"으로 설명되고, 결국은 '감정시'라는 용어로 귀결된다. 임화는 감정시의 속성으로 풍자의 개념까지를 포함시키는데, 이는 초기 시론에서 부정했던 풍자의 기능을 긍정적으로 평가하는 점에서 주목된다. 그런데 프로시의 전망에 대한 이러한 주장은 지금까지 자신이 논의해 왔던 요소들을 종합하여 언급한 것으로서, 새로운 대안의 제시라고 볼 수는 없다. 특히 서사시의 리얼리즘과 풍자시의 경우는 프로시가 개척해야 할 중요한 과제가 되는 것인데, 이에 대해 더 심화된 논의가 진행되지 못한 아쉬움을 남긴다.

---

172) 임화, 「진보적 시가의 작금」, 『풍림』 2호, 1937.1, 17면.

3) 변증법적 문제설정과 역사철학적 근대성의 추구

초기 시론과 후기 시론의 변별성에도 불구하고 임화 시론은 전반적으로 변증법적 문제설정을 토대로 이루어지는 것으로 보인다. 변증법적 문제설정은 넓은 의미로 헤겔 미학이 지닌 주인과 노예의 변증법에 근거를 두고 있으며, 좁은 의미로는 마르크스·레닌주의 미학이 지닌 유물변증법적 설명모델에 근거를 두고 있다. 그리고 그것은 다시 문예이론의 본질 개념 및 창작방법으로서의 리얼리즘과 밀접한 관련성을 지닌다. 마르크스와 레닌에 의해 제시된 리얼리즘의 개념들은 문예사조나 경향이 아닌 예술작품의 미적 인식방법으로는 이데올로기의 등가물 이상으로 규정되는데, 구체적인 형상화 방법으로 '전형'과 '반영'의 개념이 제시된다. 이후 루카치 등을 거치면서 문학을 현실성의 토대 위에서 그 관련성을 엄격히 규정하는 문학 이해와 창작의 기준으로 정착된다. 이들의 리얼리즘론은 소설을 주된 대상으로 하는데, 그 이유는 소설이 세부 묘사의 진실성뿐만 아니라 환경 및 성격의 전형을 반영하는 데 있어 객관성과 총체성을 확보하기 때문이라는 것이다.173) 이에 비해 시에 있어서의 리얼리즘 논의는 활발히 진행되지 못했는데, 따라서 1930년대 임화의 시론은 한국 리얼리즘 시론의 길을 연 선구적 의미를 지니는 것이다.

본고는 임화 시론이 변증법적 문제설정과 그 원리의 구체적 실현으로서 리얼리즘에 근거하고 있다고 판단하고, 그 특징을 '반영'과 '전형'과 '실천'의 개념을 중심으로 다시 정리하기로 한다. 그리고 그러한 개념들이 근대성의 개념과 어떻게 관련되는지 고찰하기로 한다.

변증법적 유물론의 기본적 인식은 '반영론'인데, 그것은 우리의 인식이 객관적 실재의 모사물이라는 전제를 가지고 있다. 따라서 '반영'이라는 개념 속에는 이미 인식의 주인으로서의 '주체' 개념과, 인간의

---

173) Peter Bürger, 이춘길 역, 「문예학에 있어서의 반영개념의 역할」, 『리얼리즘 미학의 기초이론』, 한길사, 1985, 146~178면 참고.

의식 외부에 그 대상으로 존재하는 객관적 실재라는 '객체' 개념이 내재되어 있다. 이는 역사철학적 근대성의 근간이 된, 데카르트의 의식적 주체와 이로부터 파생되는 의식/대상의 이분법적 사유틀과 직접적으로 관련된다. 반영론은 이 주체와 객체의 이분법을 변증법적 지양을 통해 통일하는 것을 목표로 하는데, 여기서 '진리'의 개념이 생겨난다. '진리'란 의식이 객관적 실재를 정확히 반영할 때 그 일치점을 의미하는 것으로, 인식론적 범주에서 본질적인 역할을 담당한다. 이 인식론적 범주로서의 '진리'가 가치론적 범주로 전환될 때 '진실성'이라는 개념이 등장하기도 한다. 마르크스 · 레닌주의 인식론에서 이 진리의 개념은 '객관성'이라는 용어와도 밀접히 관련되는데, 객관성은 다시 객관적 현실의 차원과 예술적 형식의 객관성으로 나누어 살펴볼 수 있다. 객관적 현실성을 지시하는 가장 보편적인 범주는 '물질'이라는 개념이다.174) 한편 예술적 형식의 객관성은 내용과 형식의 통일로 정의될 수 있는데, 형식의 객관성 문제는 마르크스주의 미학에서 가장 거북한, 그리고 가장 소홀히 취급된 부분에 속한다. 예술적 형식의 객관적 원리를 고찰하는 것을 꺼리게 만든 이유는 예술이 부르조아적 유미주의로 떨어지게 됨을 두려워하는 데 있지만, 그 근본 원인은 내용과 형식의 변증법적 통일성에 대한 오해에 근거한다고 볼 수 있다.175) 내용과 마찬가지로 예술적 형식도 현실 반영의 일종이라는 사실을 파악하는 것인데, 반영이론의 난점은 이렇게 현실 반영으로서 파악된 내용과 형식을 다시 어떻게 통일하느냐에 있는 것으로 보인다. 임화의 시론에서도 나타나듯, 반영론과 리얼리즘은 형식에 대한 내용의 우위 · 주관에 대한 객관의 우위를 일관되게 유지함으로써 객관적 현실성을 최우선으로 하며, 그 내용으로 프롤레타리아 당파성을 제시하는 것이다. 이러한 특징은 변증법적 문제설정이 지닌 주체 중

---

174) Thomas Metscher, 「반영이론으로서의 미학」, 앞의 책, 81면.
175) Georg Lukács, 「예술과 객관적 진리」, 앞의 책, 61면.

심의 주객 변증법의 특징과 상통한다. 즉 모순관계에 의해 대립항으로 설정된 객체는 변증법적 지양을 통해 결국 다시 주체에 복속되는 것이다. 정-반-합의 변증법적 지양에서 '반'의 존재는 타자로서의 온전한 가치를 지니지 못한 채, 주체의 자기동일성을 충족시키는 대상적 존재에 불과하게 된다. 이러한 사실은 변증법적 문제설정이 역사철학적 근대성이 지닌 도구적 합리성의 측면, 즉 주체의 자기동일성과 이분법적 사유틀, 그리고 타자성의 억압이라는 특징과 상당 부분 관련되어 있음을 보여준다. 이는 또한 마르크스 · 레닌주의 이전의 변증법적 이론 중 가장 진보적인 형태인 헤겔의 미학이, 칸트 류의 혹은 다른 류의 주관주의를 단호히 배격하는 양상과도 관련된다.176) 미적 자율성에 대한 거부는 마르크스 · 레닌주의 미학의 기본 전제이며, 사회주의 리얼리즘에 있어서 문학작품은 일반적으로 목적을 지닌 하나의 합목적적 구조물이다. 임화의 경우도 시를 자율적 구조로 보지 않고, 객관적 현실을 반영하거나 프롤레타리아 당파성을 고취하는 목적성을 지닌 합목적적 구조로 파악한다. 따라서 우리는 임화 시론에서 문학의 자율성 미학을 거부하는 현실 규정성의 미학과, 더 구체적으로 시와 시인의 비분리 · 시와 현실의 비분리성 등의 특징을 추출할 수 있을 것이다.

한편 내용과 형식의 통일이라는 문제를 해결하기 위해 '전형'의 개념이 등장한다. 전형은 보편적인 것과 개별적인 것 사이의 문제로서, "시문학은 보편자를 대상으로 하고 있으며 역사 서술은 개별자를 보고하고" 있다고 말한 아리스토텔레스의 견해로부터 시작되어, "전형적인 상황 아래서 전형적인 인물을 충실하게 재현하는 것"177)이 리얼리즘의 과제라고 말한 엥겔스에게서 제기되었다. 개별적인 것과 보편

---

176) Thomas Metscher, 여균동 · 윤미애 역, 「헤겔과 예술사회학의 철학적 정초」, 『헤겔미학입문』, 종로서적, 1983, 43~51면 참고.

177) Engels, Brief an Harkness(1888), p.157(Stephan Kohl, 여균동 편역, 『리얼리즘의 역사와 이론』, 미래사, 1982, 158면에서 재인용).

적인 것의 통일, 개인적인 것과 전형적인 것의 통일 등은 고립적으로 파악된 문학의 내용상의 문제가 아니라, 형식과 내용의 교호작용의 산물이다. 여기서 전형적인 상황은 객관적 현실에 바탕을 둔 시대적·역사적 상황을 대변하는 환경을 말하고, 전형적인 성격이란 인물이 제시하는 이데올로기와 세계관에 의해 작가의 사상과 감정을 드러내는 것을 말한다. 그런데 소설을 중심으로 제시된 이 '전형'의 개념을 시에 적용하는 것은 적지 않은 난점을 수반한다. 임화 시론에서 전형의 문제가 언어의 차원으로 전이되고, 언어의 합리성과 심미성을 통일하는 개념으로 설정된 것은 그러한 예에 해당한다.

한편 변증법의 원리는 앞서 언급한 '진리'가 처음부터 주어지는 것이 아니라 과정 속에서 발견된다는 데 있다. 이는 대립물의 통일과 지양을 통해 일면적인 현실 파악의 불완전성·고정성·불모성이 극복될 수 있다는 것인데, 유물론적 변증법과 '실천'의 연관도 이로부터 파생된다. 객관적 현실과 주체, 내용과 형식 등의 대립항은 이 '실천'을 통해 변증법적으로 지양되는 것이다. 따라서 의식을 통한 객관적 현실의 올바른 반영과, 전형적 상황과 인물을 통한 개별성과 보편성의 통일도 이 '실천'을 통해 매개된다. 임화는 그의 시론에서 실천의 개념을 경험주의적 의미의 개인적 실천이 아니라, 당대 사회계급의 조직적 실천으로 간주한다. 이는 실천을 노동자계급의 당파성과 결부시키고, 이 당파성을 통해서만 주관과 객관의 변증법적 통일이 가능하다고 보는 것이다. 그러나 임화는 '내용과 형식의 변증법'으로 대표되는 이 변증법적 문제설정을 비평의 근본 원리로 상정하였음에도 불구하고, 시론의 실제에 있어서 기교와 내용을 동일시한다든지, 언어를 형식의 외관적 측면으로 간주하는 등의 편협한 관점으로 인해, 형식과 언어에 대한 정당한 이해에 도달하지 못하고 만다. 또한 내용과 형식을 변증법적으로 통일한다고 말하면서도, 실제에 있어 내용과 형식을 분리하여 사고하고 다시 관념적인 차원에서 결합하는 논리상의 취약성을 드러내기도 한다.

지금까지의 고찰을 통해 우리는 임화 시론이 반영론과 전형론, 그리고 실천의 개념을 중심으로 변증법적 문제설정에 근거하고 있음을 확인하였다. 그리고 이러한 변증법적 문제설정이 이성적 주체의 인식에 의해 반영되는 객관적 실재라는 의미의 진리 개념, 진리의 합목적적 진보성, 주체의 자기동일성에 근거한 내용과 형식·현실성과 낭만성의 종합이라는 특징들을 지닌 점에서 역사철학적 근대성의 추구와 밀접히 연관되어 있음을 알 수 있었다. 이 역사철학적 근대성은 베버·호르크하이머·하버마스의 견해처럼 가치적 합리성과 도구적 합리성의 양면성을 지니는데, 우리는 임화 시론이 지닌 역사철학적 근대성의 특징을 이 두 가지 측면에서 각각 논의해 볼 수 있을 것이다. 임화 시론이 지닌 역사철학적 근대성의 가치적 합리성의 측면은, 전근대성이 지배적이던 그리고 일제에 의해 불순한 목적으로 근대가 실험되던 1930년대의 한국 현실 속에서, 확고한 주체의 이성에 의한 역사의 진보를 상정하고 그 진보의 실현을 통해 당면한 민족적·계급적 모순을 극복하려 했다는 점에 있다. 이것은 임화가 추구했던 마르크스주의에 입각한 계급 해방의 목적의식이 반봉건·반외세의 측면과 결부되는 양상과도 관련되어 있다. 가치적 합리성의 또 하나의 측면은 과학적 객관성에 근거하여 문학비평의 체계를 세움으로써, 일관된 원리와 체계를 통해 문학을 이해하고 설명하려고 노력한 데서 찾을 수 있다. 이것은 김기림과 그 성과를 공유하는 부분으로, 한국 근대비평사에 임화가 기여한 중요한 측면으로 평가될 것이다. 한편 임화 시론이 지닌 역사철학적 근대성의 도구적 합리성의 측면은, 전반적으로 심미적 근대성의 가능성을 억압한 데서 찾을 수 있을 것이다. 의식과 인식으로 대표되는 이성적 주체는 감성과 감각, 무의식과 신비적 교감 등의 심미적 근대성의 측면을 자기동일성을 확인하는 차원에 국한하여 객체로서 수용한다. 이는 시적 형식과 언어 등의 가치를 온전히 평가하지 못하고 내용 중심과 현실 중시의 시관으로 치우친 양상과 연결된다. 이러한 특징은 문학의 자율적 측면을 부정하고 현실 규정성의 측면에서만 문학을 이해한 점에서, 임화 비평이 이념 중심의 문학관을 근거로 하고 있음을 확인시켜 준다. 이처럼 내용 중심·현실 중심·이념 중심의 경직된 문학관은 시가 지닌 자본주의적 근대성에 대한 형식적 저항의 측면을 간과하고 폄하함으로써, 근대문학의 중요한 가능성의 한 측면을 비평적 사유에서 제외시키는 우를 범하게 되는 것이다.

3. 박용철의 시론

1) 존재의 시론과 수용과정의 탐색

이 절에서는 「을해 시단 총평」(1935.12) 이전의 초기 시론을 앞서 제시한 분석소를 중심으로 구조적으로 연구한다. 박용철의 초기 시론은 존재의 시론을 중심으로 수용과정의 탐색이 주를 이루는데, (1) 항목에서는 '주체' 개념으로 천재적 개인을, (2) 항목에서는 '형식' 개념으로 '음악적 형식'을 중심으로 서술한다.

(1) 존재로서의 시와 천재적 개인

시인으로서 출발한 박용철은 시에서는 별다른 성과를 거두지 못했지만, 비평 활동을 통해 1930년대 시단에서 중요한 하나의 역할을 담당한다. 박용철의 시관은 문학적 이념이나 기법의 측면에서 벗어나 문학의 본질이라고 할 수 있는 어떤 것에 닿아 있다. 이러한 시관은 1920년대 후반의 계급주의문학과 민족주의문학이 지향했던 목적의식에서 벗어나 시의 본래적 측면을 되새기는 계기를 제공한다. 이데올로기의 갈등으로 혼란을 빚고 있던 1920년대 후반에서 30년대 초반의

시단에 대해 시의 순수성을 주장하고, 더 나아가 우리 시의 방향을
제자리로 끌어올리겠다는 시도는, 다른 한편으로 세계, 즉 구체적·객
관적 현실과의 관련성을 고려하지 않는 문제점을 배태한다. 박용철의
시론에는 현실이나 세계에 대한 관심과 천착이 배제되어 있는 것이
다. 따라서 이 절에서는 박용철 초기 시론의 주체 개념과 함께, 현실
개념 대신에 시를 바라보는 관점을 중심으로 논의를 전개하기로 한
다. 1930년 3월의 『시문학』지 창간을 계기로 발표한 「'시문학' 창간에
대하여」에는 박용철 시론의 기본 정신이 나타나 있다.

> 현재 인식의 주체란 지나간 인식의 내부 기억의 총화성(總和成)인
> 한 전일체이며 한 개의 존재에 대한 개인의 인상은 제각기 상이한 것
> 이나 그 상이한 가운데의 공통성이 우리의 공동 감상의 기초가 되는
> 것이니 이 공통성의 규정이 없다면 비평은 성립 불가능이 될 것이다.
> 비평은 자기를 감수 공통성의 한 표준으로 가정하는 데서 출발한
> 다.178)

이 짧은 인용문에는 박용철 시론의 원형질이 배태되어 있다. 첫째
는 주체 개념이고, 둘째는 시를 보는 관점이며, 셋째는 인상을 중심으
로 한 작품 감상의 차원이다. 우선 첫째로, 박용철은 '현재 인식의 주
체'를 "지나간 인식의 내부 기억의 총화성(總和成)인 한 전일체"로 간
주한다. 주체를 현재와 과거, 인식과 기억의 통일체로서 하나의 전체
개념으로 파악하는 것인데, 이는 이후 '천재'와 '생리' 개념을 중심으
로 전개되는 박용철의 주체 개념의 근간이 된다. 그런데 인용문에서
이 주체는 작품 창작의 주체인지, 작품 감상의 주체인지 불분명하게
제시되고 있다. 앞으로 고찰하겠지만, 박용철에게서 주체의 개념은 창
작 주체로서의 시인과 감상 주체로서의 비평가가 혼용되거나 동일시

---

178) 박용철, 「'시문학' 창간에 대하여」(『조선일보』, 1930.3.2), 『박용철전집』 2권,
　　동광당 서점, 1940, 142면.

되는 경향이 있다. 그는 시인뿐만 아니라 비평가도 비범한 천재적 감수성의 소유자이어야 한다고 생각하는 것이다. 둘째로, 이러한 전일체로서의 주체로부터 산출된 시작품을 "한 개의 존재"로 간주한다. 시인의 손을 떠났을 때 시는 이미 하나의 자율적 객체로서 존재한다라는 의미인데, 이는 리차즈나 엘리어트 등의 뉴크리티시즘이 주장하는 '시와 시인의 분리'와도 맥락이 닿아 있다. 그렇다면 이 관점에서 박용철은 김기림과 만나는 지점을 형성하는데, 이를 염두에 두면서 그 공통점과 차별성을 고찰하기로 한다. 셋째로, 박용철은 작품에 대한 인상을 비평의 기반으로 삼는다. 즉 비평을 작품에 대한 개인의 인상을 토대로 그 상이성에 대한 공동 감상의 차원으로 이해하고 있는 것이다. 이는 시의 제작과정이 아닌 수용과정에 대한 관점인데, 그것이 인상비평에 의해 규정되고 있는 점에 유의할 수 있다. 이 양상은 박용철 초기 시론의 특징에 해당하는 것으로, 후기 시론으로 전개되면서 창작과정에 대한 관점으로 변모하게 된다. 이제 이 세 가지 기본 관점을 중심으로 박용철 초기 시론을 더 면밀히 고찰하기로 한다.

시라는 것은 시인으로 말미암아 창조된 한낱 존재이다. 조각과 회화가 한 개의 존재인 것과 꼭같이 시나 음악도 한낱 존재이다. 우리가 거기에서 받는 인상은 혹은 비애 환희 우수 혹은 평온 명정 혹은 격렬 숭엄 등 진실로 추상적 형용사로는 다 형용할 수 없는 그 자체 수대로의 무한수일 것이다. 그러나 그것이 어떠한 방향이든 시란 한낱 고처(高處)이다. 물은 높은 데서 낮은 데로 흘러나려온다. 시의 심경은 우리 일상 생활의 수평 정서보다 더 고상하거나 더 우아하거나 더 섬세하거나 더 장대하거나 더 격월(激越)하거나 어떠튼 '더'를 요구한다. 거기서 우리에게까지 '무엇'이 흘러 '나려와'야만 한다. (그 '무엇'까지를 세밀하게 규정하려면 다만 편협에 빠지고 말 뿐이나) 우리 평상인보다 남달리 고귀하고 예민한 심정이 더욱이 어떠한 순간에 감득한 희귀한 심경을 표현시킨 것이 우리에게 '무엇'을 흘려주는 자양이

되는 좋은 시일 것이니 여기에 감상(鑑賞)이 창작에서 나리지 않는 중요성을 갖게 되는 것이다.179)

"시라는 것은 시인으로 말미암아 창조된 한낱 존재이다." 이 한 문장에는 박용철 초기 시론의 특징을 결정짓는 몇 가지 중요한 관점이 내포되어 있다. 첫째, 시를 하나의 '존재'로 보는 관점인데, 이는 조각이나 회화와 같이 시나 음악도 그 자체로 완결되어 있다는 의미이다. 앞서도 잠시 살폈듯, 이것은 시를 하나의 자율적 객체로 본다는 점에서 '시와 시인의 분리'를 전제로 한 것이다. 둘째, 이러한 '시와 시인의 분리'는 '시와 현실의 분리'와 연결되어 임화가 중심이 된 프로시의 특징, 즉 현실과 이념 중심의 시관에 대응하는 의미를 지닌다. 그것은 "한낱"이라는 부사가 강조된 데서도 암시된다. '한낱'에는 시를 거창한 이념의 선언이 아닌 그저 노래 그 자체로 보는 관점이 내포되어 있는 것이다. 셋째, 박용철의 존재로서의 시가 지닌 '시와 시인의 분리'는 뉴크리티시즘에 근거한 김기림의 그것과도 차별성을 지닌다. 그것은 "시인으로 말미암아 창조된"에서 유추될 수 있다. 김기림이 시와 시인을 분리하는 것은 시의 존재로서의 가치를 객관적으로 평가하기 위해서인데 반해, 박용철의 그것은 시보다 시인의 가치를 더 높이기 위해서인 것이다. 따라서 "한낱"이라는 부사에는 시보다 시인의 가치에 더 비중을 두는 관점도 내포되어 있다. 결국 이 하나의 문장 속에는 임화로 대표되는 프로시의 이념 중시와, 김기림으로 대표되는 모더니즘시의 작품 중시를 동시에 부정하는 대타의식이 용해되어 있는 것이다.

"한낱 존재"인 시보다 더 큰 가치를 지닌 시인을 박용철은 '비범한 심정'을 지닌 '천재적 존재'로 간주한다. 그리고 이 천재적 개인에 의해 창조되는 시를 "더욱이 어떠한 순간에 감득한 희귀한 심경을 표현

---

179) 같은 글, 142~143면.

시킨 것"으로 설명하고 있다. 박용철은 시를 시인이 순간적으로 감득한 심경의 표현으로 보는 것이다. 이는 낭만주의적 시관에 가까운 것인데, 박용철이 19세기 서구 낭만주의의 소품 서정시를 번역하면서 얻어진 소박한 시론이라고 볼 수 있을 것이다. 그런데 인용문에서 '천재적 심경의 표현'이라는 창작과정의 관점이 다소 불분명하게 제시된 것처럼, 초기 시론에서는 시인과 시의 관계, 즉 창작과정의 관점보다 시와 감상자의 관계, 즉 수용과정의 관점이 주된 초점이 되고 있다. 인용문에서 박용철은 시에서 받은 인상이 무한수임을 말하고, 시가 지닌 심경이 일상 생활의 정서보다 더 고상하고 우아하고 섬세하다는 의미에서 시의 고처(高處)를 말한다. 이는 결국 시를 인상과 감상을 중심으로 한 수용의 관점에서 이해하고 있는 것이다. 박용철은 시를 시인과 분리하면서 시간적·공간적 현실과도 분리시켜 하나의 예술적 형상으로서 객관적 존재로 파악한다. 그리고 시보다 시인에게 더 큰 가치를 둔다. 그런데 '존재로서의 시'의 관점에서 시와 시인의 관계를 창작과정에서 천착하는 것은 자체 내 모순을 야기한다. 즉 '시와 시인의 분리'라는 자율성의 관점과, 천재적 개인으로서의 시인이 시를 창조하는 과정을 천착하는 관점을 하나로 통합하는 데에는 난점이 따르는 것이다. 이러한 난점은 존재로서의 시를 시의 수용과정에 대한 관점과 우선 결부시키는 양상으로 나타나는 것으로 보인다.

이상의 논의를 요약하면, 시를 하나의 '존재'로 보는 관점과 그것을 감상자, 혹은 비평가의 입장에서 바라보는 수용과정의 관점이 박용철 초기 시론을 특징짓는 중요한 요소가 된다. '존재로서의 시'는 시를 그 자체의 예술작품으로 보는 입장으로 미적 자율성을 긍정하는 관점을 지닌다. 이는 『시문학』 제3호의 편집후기에서 박용철이 시문학 동인의 시를 "미의 추구…… 우리의 감각에 녀릿녀릿한 기쁨을 이르키게 하는 자극을 전하는 미, 우리의 심회(心懷)에 빈틈없이 폭 들어안기는 감상(感傷)"으로 정의하면서 "장원(長遠)한 미적 가치를 가진 작품"[180]을 강조하는 것과 상통한다. 그 '무엇'까지를 세밀하게 규정할 수 없다는 언급에서 보듯, 시를 분석 불가능한 절대적 개성의 경지로 간주하고, 그것을 다만 느끼는 감상이 가능하다고 보는 입장으로 연결하는 것이다. 그런데 그 다음 문장, "이러한 시를 추구하는 것은 현대에 있어 힌거품 물려와 부디치는 바휘 우의 고성(古城)에 서 있는 감이 있읍니다. 우리는 조용히 거러 이 나라를 찾어볼가 합니다"라는 표현은, 이러한 순수미의 추구가 현대 사회의 현실과 거리가 있는 것임을 인정하면서도 신념을 갖고 추구하겠다는 태도를 보여준다. 이를 통해 우리는 박용철의 '존재의 시론'이 일단 역사철학적 근대성에 대응하는 미적 근대성의 측면을 지닌다고 간주할 수 있을 것이다.

그러나 '존재의 시론'이 지닌 이 미적 근대성의 측면은 단순히 칸트의 '예술의 자율성' 개념으로서의 '시와 시인(사회)의 분리'라는 자족적인 차원에서 형성된 것이어서 소극적인 한계를 지닌다.181) 그것은 소박한 낭만주의적 시관이 지닌 내밀하고 폐쇄적인 공간에 국한되는 것인데, 박용철은 이러한 협소함을 인식하고 나름대로 넘어서기 위해 존재의 시론을 시의 수용에 대한 관점과 결부시키는 것으로 보인다. 그것이 바로 '시의 고처(高處)'와 '감상(鑑賞)'에 근거한 시의 수용과정에 대한 고찰로 나타나는 것이다. 박용철의 본격적인 첫 시론에 해당되는 「효과주의적 비평논강」(『문예월간』 창간호, 1931.11.1)은 이러한 고찰의 연장선에서 시의 사회적 효용론의 양상을 보여준다.

박용철이 이 글을 쓴 목적은 "예술을 평가함에 그것이 사회 변화에 (특히 우리 생활의 가장 직접적 결정자인 정치의 변혁에) 공헌하는 역(力)의 방향과 강약에 준거하야 하려하는 현대의 사회적 비평의 가

---

180) 박용철, 『시문학』 제3호 편집후기, 『전집』 2권, 220~221면.

181) 김명인은 "분석 불가한 절대의 개성적인 미로서, 시를 느끼는 태도로서 박용철의 존재로서의 시론은 스스로를 내밀하고 폐쇄적인 공간으로 유폐시키는 미의 밀실, 곧 순수 시론의 세계를 마련하는 데 있다"고 지적하고, 그 논리를 A.E. 포우에 연원을 둔 심미주의와 관련시킨다(김명인, 「순수시의 환상과 문학적 현실」, 앞의 책, 226면).

능에 대한 일 논고"라는 표현대로, 예술의 특성을 그 사회적 효과의 측면에서 고찰하기 위한 것이다. 이는 개인적이고 폐쇄적인 미적 자율성의 관점에서 벗어나 그것을 감상을 중심으로 한 수용과정에서 이해하려는 관점을 확장하여 사회적 효용의 측면으로까지 전개된 것으로 볼 수 있다. 이는 당시 문단적 상황에 비추어 보면, 프로문학과 민족주의문학의 목적의식성을 정면에서 비판하기 위한 의도도 지니고 있다. 따라서 박용철의 이론적 기초가 비록 인상주의의 한계에 머물러 있고, 예술의 자율성에 대한 인식이 근대 사회의 속성에 대한 구체적인 저항의 의미를 확보하지 못했다 하더라도, 당시 문단에 던지는 비평적 개입으로는 긍정적인 평가를 받을 수 있는 것이다.

> 그때 작품을 읽은 독자는 거기서 어떠한 인상을 받아 얼마큼 심정에 변화를 일으켜서 그는 그 달라진 심정을 가지고 달라진 태도로써 모든 사회적 활동에 참가하여 전(全) 사회가 그 영향을 받을 것이다. 그러면 그 사회의 전(前) 상태 Y는 그 작품의 영향 X로 말미암아 $X+Y=Y'$의 변화를 일으켰다고 볼 수 있다. 예술은 은밀한 가운대 우리 생활의 모든 방면에 영향을 끼친다. 우리의 판별력으로 그것을 측정할 수 있고 없는 문제는 있으나 한 개의 예술적 작품의 효과는 간접 다시 간접으로 우리의 생활에 작용하야 우리의 정치, 경제, 사상, 과학, 종교가 다 그 영향을 입었다고 할 수 있다.[182]

박용철이 언급하는 예술작품의 사회적 효과는 두 가지 측면에서 프로문학이나 민족주의문학의 관점과 구별된다. 첫째는 예술의 사회적 영향력은 간접적으로 작용한다는 점이다. "예술은 은밀한 가운대 우리 생활의 모든 방면에 영향을 끼친다"에서 "은밀한 가운대"라는 표현은, "간접 다시 간접으로"라는 표현과 함께 예술의 사회적 효과가

---

182) 박용철, 「효과주의적 비평논강」(『문예월간』 창간호, 1931. 11.1), 『전집』 2권, 27면.

지닌 간접성을 드러내고 있다. 둘째는 이러한 간접적 영향력이 작품을 읽는 독자의 인상, 심정의 변화, 달라진 태도, 사회적 활동이라는 전이과정을 통해 설명되고 있다는 점이다. 결국 박용철은 예술은 그것의 인상을 받아들이는 독자의 수용과정을 거쳐 간접적으로 사회에 영향을 미친다고 말함으로써, 프로문학과 민족주의문학이 주장하는 직접적 사회 계도의 목적성에 반발하고 있는 것이다. 이러한 박용철의 입장에서 앞서 살핀 인상의 관점이 유지되고 있음을 발견할 수 있다. 그런데 "우리의 판별력으로 그것을 측정할 수 있고 없는 문제는 있으나"라는 표현은, 인상주의적 비평에 의한 독자의 수용이 수월하지만은 않다는 여운을 남긴다. 다음의 인용문은 이 문제에 대한 박용철의 관점을 잘 보여준다.

> 비평가의 직능…… 그러나 한 개의 작품이 개인의 심리에 나아가 사회에 끼치는 영향은 과연 측정하기 쉬울만큼 두드러진 것이냐. 아니다. 이 영향은 지극히 미세한 것이어서 비상(非常)한 천재의 진맥이 아니고는 알아낼 수 없는 것이다. (…중략…) 보통의 독자는 자기의 받은 인상을 분석하야 언어로 발표할 수도 없는 미소(微少)한 영향을 더구나 사후의 실증적 측정이 아니라 예측할 책임을 문예비평가는 가지는 것이다. 그러므로 비평가는 특별히 예리한 감수력을 가지고 자기의 받은 인상을 분석하므로 일반 독자의 받을 인상을 추측하야 이 작품이 사회에 끼칠 효과의 민감한 계량기, 효과의 예보인 청우계(晴雨計)가 되어야 한다.183)

박용철은 한 작품이 개인의 심리에서 나아가 사회에 끼치는 영향은 지극히 미세한 것이어서 "비상한 천재의 진맥"이 아니고는 알아낼 수 없다고 말한다. 그리고 이것을 예측하는 책임이 문예비평가에게 있다고 보는데, 이 점에서 박용철은 비평가를 특별히 예리한 감수력을 지

---

183) 같은 글, 28면.

닌 비범한 천재로 간주하고 있다. 원래 낭만주의 시론의 기본 개념은 시인을 천재적 개인으로 보고, 시를 그 천재의 영감이나 상상력이 자발적으로 유출되어 표현된 것으로 보는 것이다. 박용철은 이러한 관점을 역으로 적용하여 작품을 감상하고 그 효과를 측정하는 비평가에게 이 천재의 지위를 부여한다. 다시 말하면, '존재의 시론'과 수용과정의 관점을 결부시키고 이를 더 확장하여 사회적 효용론으로써 비평가의 역할을 강조하는 것이다. 그런데 비평가의 천재성으로 귀결되는 이러한 시론 전개의 양상 속에는 이미 시인을 비범한 천재로 간주하는 관점이 전제되어 있다고 보아야 할 것이다. 수용과정의 탐색과 그 연장으로서의 사회적 효용론은 그 내면에 동전의 양면으로서 창작과정의 탐색을 내포하고 있는 것이다. 결국 우리는 박용철 초기 시론이 지닌 '주체'의 개념이 시인과 비평가를 하나로 묶어 '천재적 개인'으로 간주하는 것임을 알 수 있다.

(2) 음악적 형식과 인상주의 비평

앞 절에서 살펴본 대로 박용철 초기 시론은 존재로서의 시와 그것을 감상하고 수용하는 과정에 초점이 맞추어져 있다. 따라서 이 절에서는 내용과 형식의 관점이 아니라 '형식'과 그 '수용과정의 관점'에 따라 초기 시론의 특징을 살펴보기로 한다.

박용철의 초기 시론에는 "시라는 것은 시인으로 말미암아 창조된 한낱 존재이다"라는 규정 이외에, 시의 형식에 관한 구체적이고 체계화된 진술은 보이지 않는다. 그러나 단편적으로 제시된 진술들을 토대로 박용철이 상정하고 있는 시의 형식 개념을 유추해 볼 수 있다. 우선 시가 한낱 존재라는 언급 바로 다음의 문장 "조각과 회화가 한 개의 존재인 것과 꼭같이 시나 음악도 한낱 존재이다"라는 진술을 살펴보자. 시와 음악을 하나로 묶어서 말하는 박용철의 태도에는 시의 속성을 음악적 특징과 결부시켜 사고하는 관점이 용해되어 있는 듯하다. 조각·회화와 대비시킨 이러한 관점은 조각·회화가 지닌 공간적 형식과 구별하여 시를 음악이 지닌 시간적 형식과 관련시키는 것으로 이해된다. 이것은 시를 "한낱 고처"로 보고 물이 높은 데서 낮은 데로 흘러내리는 비유를 사용한 대목에서도 확인될 수 있다. 물이 흘러내리는 것은 그 유동성으로 인하여 회화적 형식이 지닌 공간성보다 음악적 형식이 지닌 시간성과 밀접한 관련을 지니기 때문이다. 이러한 단편적 진술이 삽입된 「'시문학' 창간에 대하여」와 거의 비슷한 시기에 발간된 『시문학』 창간호의 편집후기에는 다음과 같은 대목이 눈에 띈다.

> 우리는 시를 살로 색이고 피로 쓰듯 쓰고야 만다. 우리의 시는 우리 살과 피의 맺힘이다. 그럼으로 우리의 시는 지나는 거름에 슬적 읽어치워지기를 바라지 못하고 우리의 시는 열 번 스무 번 되씹어 읽고 외여지기를 바랄 뿐 가슴에 느낌이 있을 때 절로 읊어나오고 읊으면 느낌이 이러나야만 한다. 한 말로 우리의 시는 외여지기를 구한다. 이것이 오즉 하나 우리의 오만한 선언이다. (…중략…)
> 한 민족의 언어가 발달의 어느 정도에 이르면 구어(口語)로서의 존재에 만족하지 아니하고 문학의 형태를 요구한다. 그리고 그 문학의 성립은 그 민족의 언어를 완성식히는 길이다.184)

박용철은 "우리의 시는 우리 살과 피의 맺힘이다"라고 선언한다. '살'과 '피'로 쓰는 시는 머리로 쓰는 시가 아니라 몸 전체를 바쳐서 쓰는 시를 의미하는데, 이것은 '생리'를 중시하는 시관이다. '생리'는 임화 시론으로 대변되는 프로시의 '이데올로기'와, 김기림 시론으로 대변되는 모더니즘시의 '지성'에 대한 대타개념으로 설정된 측면도 지닌다. 이 대타의식은 프로시나 모더니즘시에 맞서는 소위 시문학파 시동인들의 결속감으로 이어지는데, 그것이 인용문에 반복되는 "우리

---

184) 박용철, 『시문학』 창간호 편집후기, 1930.3, 『전집』 2권, 218~219면.

는", "우리의 시"라는 표현으로 나타나는 것으로 보인다.

박용철은 이처럼 살과 피로 쓰여지는 시가 외워지기를 바란다. 외워지는 시는 곧 "가슴에 느낌이 있을 때 절로 읊어나오고 읊으면 느낌이 이러나"는 시를 의미하는데, 이는 시를 생리와 체험에 근거한 청각적 감흥의 대상으로 보는 것이다. 즉 박용철에게 있어 시란 곧 노래이다. 가슴에 느낌이 있을 때 절로 시가 읊어나오는 것은 '감정의 자발적 유출'이라는 워즈워스의 낭만주의적 표현론에 닿아 있는데, 박용철은 그 관점을 수용과정에도 적용하여 시를 읊으면 느낌이 일어나야 한다고 말한다. 시를 노래로 보고 그 느낌과 표현을 중시한 이러한 관점은, 박용철의 시론이 생리에서 자연스럽게 흘러나오는 음악적 운율을 중시하는 것을 확인시켜 준다.

'생리'와 '음악적 운율'을 중시하는 태도는 박용철이 "시인은 천성(天成)이요 배화되는 것이 아니라 하며 시란 감정의 자연스런 발로며 분방한 횡일(橫溢)"[185]이라고 말한 바 있는, 서구 낭만주의 시관과 밀접한 관련성을 지닌다. 서구의 낭만주의는 감성적 세계인식·유기체적 세계관·관념주의로 요약되며, 그것은 다시 천재로서의 창조적 자아·직관과 상상력 옹호·초개인적인 힘·기연론적(起緣論的) 세계관·범신론적 자연·원시 동경(primitivism), 시간적 공간적 동경·내면적 동경 등으로 세분될 수 있다.[186] 박용철의 초기 시론이 소박한 낭만주의적 표론론에 닿아 있다는 것은 그의 미적 근대성이 소극적인 차원, 즉 사회의식과 결별된 예술의 순수성을 추구하는 것과 관계된다. 서구의 낭만주의는 예술 형식의 합목적성·미적 판단에 있어서의 무관심성 등으로 요약되는 칸트의 '예술의 자율성 이론'을 사상적 배경으로 하는 동시에, 프랑스 혁명의 좌절과 산업혁명의 와중에서 사회적 압박에 대한 대항으로서 시를 우월한 실재의 가치로 인식하고

---

185) 박용철, 「신미(辛未) 시단의 회고와 비평」, 『전집』 2권, 76면.
186) 오세영, 「낭만주의」, 『문예사조』, 고려원, 1983, 88~118면 참고.

옹호한 점에서, 미적 근대성의 적극적 차원을 지닐 수 있었다. 이에 반해 박용철의 초기 시론은 감성적 직관과 유기체적 세계관으로 프로시와 모더니즘시가 지닌 이성적 주체에 의한 진보적 역사관에 대응한 점에서 미적 근대성의 일면을 지니지만, 다분히 사회적 근대화의 진행과 유리된 채 예술의 순수성을 추구하는 측면에만 한정된 점에서 소극적 차원을 지니게 된다.

이처럼 시에서 생리와 음악적 운율을 중시하는 관점은 사상이나 이념, 사회의식이나 현실 개념과 단절된 채 독자적이고 자율적인 시의 형태를 요구하게 된다. 현실과 사상 등에 얽매이지 않는 순수한 예술성을 추구하는 자세가 시의 존재 방식에 고유한 형태를 요구하는 것인데, 이로써 박용철은 언어 문제를 천착하게 되는 것으로 보인다. 그런데 표현 방식으로서의 언어에 대한 고찰은 "시라는 것은 시인으로 말미암아 창조된 한낱 존재"이며 그 인상은 어떠한 "추상적 형용사로는 다 형용할 수 없는 그 자체 수대로의 무한수"라는 자신의 최초의 관점과 상충되는 것이어서, 그 추구가 처음부터 난점을 동반하고 있는 것이다. 인용문에 나타난 민족어에 대한 언급이 시 창작과정과 수용과정에 대한 구체적 인식이 아닌 일반적 원칙론의 차원에서 제시된 것도 이러한 이유에서 연유하는 것으로 보인다. 결국 박용철에게 있어 표현 방식으로서의 언어에 대한 천착과, 민족어의 절차탁마와 세련이라는 문제는, 난점을 동반한 채 지속적으로 추구되어야 하는 과제에 해당된다. 다음의 대목은 소박하나마 표현 방식으로서의 언어의 중요성을 인식하고 있어 주목된다.

시의 주제되는 감정은 우리 일상의 감정보다 그 수면이 훨신 높아야 됩니다. 물은 높은 데서 낮은 데로 흘러듭니다. 그래야 우리가 그 시를 읽을 때에 거기서 우리에게 흘러나려오는 무엇이 있을 것이 아닙니까. 더 고귀한 감정 더 섬세한 감각이 남에게 없는 '더'를 마음 속에 가져야 비로소 시인의 줄에 서볼 것입니다.

그러나 이 '더'는 나타날 '더'라야 할 것입니다. 우리의 감각이 촉지(觸知)할 수 있는 나타나 있는 것만이 우리 감수의 대상이 되는 것입니다.

그림 그리기를 배호지 않은 사람이 좋은 경치를 그리기 위하야 붓을 들기로 그려 놓은 것을 본 우리는 웃을 뿐입니다. 미인을 앞에 놓고 석고를 만저거려도 손의 숙련이 없으면 훌륭한 조상(彫像)의 출래(出來)를 우리는 헐되히 기다릴 것입니다.187)

박용철은 시의 주제가 되는 감정은 일상의 감정보다 수면이 높아야 된다고 말하며 '시는 한낱 고처'라는 관점을 반복한다. 그리고 시인에게 있어 "고귀한 감정"과 "섬세한 감각"이 중요함을 역설하면서, 표현 숙련도의 중요성을 아울러 언급하고 있다. "나타날 '더'라야 할 것"이라는 구절은 표현된 언어의 숙련도에 의해 감지되는 차이가 생겨난다는 인식으로, 상식에 속하는 것이지만 박용철 시론의 전개과정에서는 중요한 의미를 지닌다. 이러한 관점에서 박용철은 실제비평에 해당하는 시인평을 '고귀한 감정과 표현의 능력'이라는 중간 제목 하에 시도하고 있다. 이는 표현 이전의 충동, 즉 시 이전의 시인의 감정을 중시한 관점과 함께 표현의 능력, 즉 언어의 숙련도를 고려하는 태도를 보여주는 것이다. 그러나 이러한 태도 변화는 실제비평을 살펴볼 때 소박한 인식의 차원에 머무를 뿐, 그 방법을 체득하거나 구체화하지는 못한 것으로 판단된다.

그(김기림─인용자)의 시는 한 개의 독특한 개성입니다. 그는 새로운 도시의 미를 이해합니다. 그를 걸핏 모더니스트라 부르지마는 그에게는 그 향락적 요소가 없읍니다. 거기서 도로혀 간열픈 애상을 추구합니다. 그는 이제 언어의 요술을 연구하고 있는 연금학자입니다. 김여수(金麗水) 그가 최근에 걷는 길은 찾는 이 별로 없는 숲울 속

---

187) 박용철, 「신미 시단의 회고와 비평」, 앞의 책, 77~78면.

길 처사같이 조용한 명상 성심(成心)없는 어린애같은 경이 그는 빛갈 없는 빛을 사랑하려 하고 생명없는 흙에서 생명의 경이를 발견하려 합니다.

지용은 신여성 11월에 「촛불과 손」이라는 신작을 냈읍니다. '완─투─드리'하고 손을 펴면 거기서 만국기가 펄펄 날리는 '말씀의 요술'을 부립니다. 왕년의 센티멘탈리즘은 어디 가고 람보가 '시인의 시인'이라는 칭을 드름같이 그는 우리의 '시인의 시인'입니다.

영랑의 시를 만나시랴거든 『시문학』지를 들추십시오. 그의 사행곡는 천하일품이라고 나는 나의 좁은 문견(聞見)을 가지고 단언합니다. 미란 우리의 가슴에 저릿저릿한 기쁨을 이르키는 것(A thing of beauty is a joy for ever)이라는 것이 미의 가장 협의적이요 적확한 정의라 하면 그의 시는 한 개의 표준으로 우리 앞에 설 것입니다.[188]

인용문에서 박용철은 김기림, 정지용, 김영랑 등의 시에 대한 평을 시도한다. 여기서 김기림은 "언어의 요술을 연구하고 있는 연금학자"로, 정지용은 "말씀의 요술"을 부리는 "시인의 시인"으로 평가된다. '언어의 요술'이라는 공통된 언급은 시적 표현과 기교의 측면을 지적한 것인데, 더 이상의 언급이 없는 점으로 미루어 언어와 표현 방식에 대한 인식이 구체화되지 못하고 있음을 알 수 있다. 한편 김영랑의 시에 대해서는 키이츠의 표현을 빌어 미의 하나의 표준으로 평가한다. 박용철은 김영랑을 유미적 정서에 바탕을 둔 서정주의의 한 극치로서 높이 평가하는 것이다. 그러나 박용철은 실제비평에 있어서 직관적으로 파악한 소박한 형태의 인상을 피력할 뿐, 그 인상의 근거나 작품의 구조를 체계적으로 분석할 만한 비평 능력을 보여주지 못하고 있다. 이는 「효과주의적 비평논강」에서 그가 스스로 제시한 효과의 민감한 계량기, 효과의 예보인 청우계로서의 비평가의 직능에 못미치는 것인데, 다시 그 평문을 살펴보면 인상주의 비평은 박용철

---

188) 같은 글, 78~79면.

이 오히려 적극적으로 옹호하는 비평 형태임을 알 수 있다.

> 이러한 기계주의적 비평이 우리에게 흥미 적은 것은 물론이나 그 이후의 인상주의 비평 이것은 오늘날까지도 많은 애호자를 가지고 있다. 성심(成心)을 가지지 않고 비교적 소박한 마음으로 작품을 대해서 인상을 받어드리고 그 인상을 매력있는 필치로 기술하려 한다. 작품의 가치 판단보다 해석에 가까워 우리 감상의 지도가 되며 그 작품을 기연(機緣)삼아 자기의 심정을 토로하는 예술적 작품을 스사로 지어낸다.189)

박용철은 이 글에서 예술의 사회적 효과를 비평가의 "비상한 천재적 진맥"을 중심으로 논하면서 인상주의 비평을 옹호하고 있다. 먼저 고전주의 비평은 "약간의 미듬받는 고전을 표준삼아 몇 개의 법칙을 추출해서 그것으로 예술 비평의 척도를 삼는다"라고 지적하고, 그것을 '기계주의 비평'이라고 칭한다. 이에 반해 인상주의 비평은 소박한 마음으로 작품의 인상을 받아들여 매력있는 필치로 기술하며, 작품의 가치 판단보다 해석을 중시하고 작품을 기연(機緣)삼아 자신의 심정을 토로하는 독창성을 지닌다고 언급한다. 이는 박용철의 시론이 인상주의 비평과 그것을 발전시킨 창조적 비평을 의도하고 있음을 알려준다. 따라서 박용철의 시론은 1930년대 당시 김환태의 인상주의 비평이나 김문집의 소위 창조적 비평과 일맥 상통하는 측면을 지니고 있는데, 그것이 최재서·김기림 등의 주지적 비평이나 임화·김남천 등의 사회적 비평과 거리를 두고 있음은 쉽게 알 수 있다. 박용철은 이 평문에서 특히 마르크스주의 예술비평에 대한 비판을 제시하고 있는데, 이는 이 글이 예술의 사회적 효과를 점검하는 주제 하에 이루어지고 있기 때문으로 보인다.

---

189) 박용철, 「효과주의적 비평논강」, 앞의 책, 29면.

맑스주의가 우리 심리에 따라 예술의 사회적 기초를 설명하는 데는 적지 않은 성공을 얻었으나 그 반면에 예술의 생리학이라고 부를 만한 예술의 특성—웨 많은 사회 현상 가운데 예술 현상이 분화되어 오는가, 웨 한 계급의 예술적 표현이 특히 갑이라는 예술가를 통해서 이루어지는가 웨 예술가 을은 예술가 병보다 더 강한 표현력을 가졌는가—에 대한 고구(考究)가 아즉까지 부족하야 예술 발생학으로서의 완성을 보지 못하고 있다. 또 작품의 평가에 있어서도 그의 정치적 영향만을 결정하기에 급하야 그 영향을 일으키게 하는 예술 독특의 경로를 이해치 못하는 혐(嫌)이 있다. (…중략…)

맑스주의 예술비평이 예술의 사회적 효과의 객관적 칭량(秤量)을 목표로 하면서 도로혀 작품의 효과를 면밀히 추측하려는 것보다 작자의 의도에 의해서 분류해 치우려는 경향을 띤다. 이것은 일면 예술이 사회에 끼치는 영향이 미소(微少)하야 그를 측량하기 어려운 것과 예술의 특성을 이해함이 부족하야 그 형식적 조건을 등한시함에 인유하는 것 같다.190)

박용철은 마르크스주의 비평을 두 가지 관점에서 비판하는데, 하나는 예술 발생학의 관점이고, 또 하나는 사회적 효과의 측정의 관점이다. 그는 우선 예술 발생학의 관점에서, 마르크스주의 비평은 예술의 생리학이라고 부를 만한 예술의 특성에 대한 연구가 부족함을 지적한다. 그것은 사회 현상 가운데 예술의 분화 양상과, 같은 계급에 속한 예술가들 사이의 능력 차이를 엄밀히 밝혀내지 못한다는 비판이다. 그리고 그는 정치적 영향이나 작가의 의도, 즉 세계관을 기준으로 작품을 평가하는 마르크스주의 비평을 사회적 효과의 객관적 측량과 형식적 조건의 이해가 부족하다는 관점에서 비판한다. 이러한 비판은 마르크스주의 비평이 지닌 한계를 정확히 지적하고 있는데, 우리는 박용철의 비판이 예술의 수용과정뿐 아니라 창작과정의 관점을 고려

---

190) 같은 글, 30~31면.

하고 있음에 주목할 수 있다. 「효과주의적 비평논강」은 제목 그대로 예술의 사회적 효과를 그 주제로 하는 것이어서 수용과정의 관점이 중심이 된다. 여기에 창작과정의 관점을 함께 고려하는 것은 박용철의 안목과 인식이 이 글을 계기로 확장되면서 이론적 체계화를 시도하고 있음을 암시한다. 이 평문의 후반부에서 예술을 평가하는 비평가의 작업을, 8항목에 이르는 작품의 효과를 측정하는 요소와 함께, 4항목으로 작품 발생의 근거를 고찰하는 요소를 제시하는 것도 이를 뒷받침한다. 그런데 이러한 작품 발생의 근거에 대한 고찰도 결국 작품의 효과를 측정하려는 수용과정의 탐색에 포함하여 서술된다. 따라서 박용철 초기 시론의 전체적 관점은 수용과정에 대한 탐색으로 특징지워진다.

　수용과정에 대한 탐색의 특징은 인상주의 비평으로 요약될 수 있는데, 이 방법은 "예술의 생리학이라고 부를 만한 예술의 특성"을 훼손하지 않고 보존하고 전달함에 주안점이 놓여진다.

　　　요새 보통 부르조와 문학론이라고 불려지는 문학론을 보면 문학은 쾌감을 일으키는 것 그러나 그것은 상인이 돈을 얻음같은 발명가가 발명을 완성함같은 군인이 전승함같은 쾌감이 아니라 직접 실생활의 이해관계를 떠난 쾌감(Uninterested interest) 실행에 의한 쾌감 아닌 관조에 의한 쾌감을 말한다. (…중략…) 예술은 추상적 관념에 의해서가 아니라 구체적 형상에 의해서 표현하는 것이며 사회에 끼치는 영향도 논리의 설복으로서가 아니라 감정의 전염으로 하는 것이다. 문예의 사회적 영향을 논함에 이 문예 독특의 경로를 무시하는 것은 그 영향 그것에 대한 측정을 불가능하게 할 것이다.191)

　박용철은 문학의 사회적 영향을 효용론으로서 관조에 의한 쾌감과, 전달론으로서 감정에 의한 전염의 두 가지 관점에서 논의한다. "실생

---

191) 같은 글, 30~31면.

활의 이해관계를 떠난 쾌감(Uninterested interest) 실행에 의한 쾌감이 아닌 관조에 의한 쾌감"은 문학의 효용론으로서의 쾌감설과 칸트의 미적 판단에 있어서의 '무관심의 관심'을 원용한 것이며, "감정의 전염"은 톨스토이의 감정의 전염설(infection)과 관련되어 있다. 이러한 두 가지 관점을 결합한 박용철의 영향론은 "문예 독특의 경로"를 강조하는데, 여기에 그가 상정한 '예술의 생리학'이 놓인다. 결국 박용철 시론의 중심 개념인 '생리'의 고유한 특성은 낭만주의 시관의 토대가 되는 칸트의 주관적 관념론의 미학과 밀접한 관련성을 지니고 있다. 칸트는 『판단력 비판』에서 이론이성과 실천이성을 매개하려 하는데, 그 중 미적 판단과 관련된 내용은 예술 형식의 합목적성·미적 판단에 있어서의 무관심성·예술적 표현에 있어서의 천재의 개념 등으로 요약될 수 있다. '예술 형식의 합목적성'은 예술의 경우 대상의 아름다움은 합목적성의 형식으로 고찰된다는 의미이며, '미적 판단의 무관심성'은 미적 판단은 개념에 의존하지 않고 쾌감이나 불쾌감과 같은 감정에 의존한다는 의미이다. 따라서 미적인 합목적성은 단순히 형식적이며, 인간의 목적이나 관심과는 아무런 관련이 없다는 것이다. 칸트는 이런 방식으로 현실과 미적인 것 사이의 관계의 특수성을 파악하려고 한다. 그리고 칸트에 있어서 예술의 주체는 예술작품을 아무런 모방없이 창조할 능력이 있는 천재이다.192) 박용철의 초기 시론은 이러한 예술의 자율성 이론을 내포하는데, 당대 사회의 현실 문제나 시대적 상황, 즉 식민지 조선의 특수성 속에서 겪은 근대성의 역사적 전개에 무관심함으로써 소극적 의미의 미적 근대성에 국한되는 모습을 보여준다.

---

192) I. Kant, 이석윤 역, 『판단력 비판』, 박영사, 1974, 17~247면 참고.

2) 변용의 시론과 창작과정의 탐색

박용철의 시론에 일종의 질적 변화의 계기를 마련해 준 것은 하우스만 A.E. Housman의 시론 「시의 명칭과 성질」(The Name and the Nature of Poetry)이다. 박용철은 1933년 2월 캠브리지 대학의 레슬리 스티븐 강연으로 행한 이 시론을 번역하여 『문학』 제2권(1934.2)에 권두 논문으로 싣는데, 이를 통해 자신의 시론을 이론적으로 체계화하여 이후 본격적인 시론을 발표하게 된다. 하우스만의 시론이 박용철에게 미친 영향은 크게 두 가지 관점에서 정리될 수 있다. 하나는 초기 시론의 입장을 확인하는 것이고, 또 하나는 시적 특징에 대한 새로운 이해를 얻는 것이다. 전자는 감상자, 혹은 비평가의 입장에서 보는 시의 수용과정에 대한 관점이 되며, 후자는 시인의 입장에서 보는 시의 창작과정에 대한 관점이 된다. 먼저 시의 수용과정에 대한 종전의 입장 확인을 살펴보자.

① 시의 주제를 논하는데 최초의 장애는 그 언사의 본래부터 애매함이라고 나는 말했다. 그러나 우리는 이제 제2의 아마 보다 큰 곤란 —즉 판단자로서의 능력 유무 다시 말하면 감지자의 감수성 유무를 결정하는 곤란이 우리를 기다리고 있는데 다다렀다. 내가 시를 만난다면 그것을 알아볼 수 있겠느냐, 시를 감지할 수 있는 기관을 나는 가지고 있느냐.

② 매슈 아놀드가 말한 바와 같이 워즈워스 신도들은 흔히 저의 시인을 그릇된 점에서 칭송했든 것이다. 그의 철학이라고 부를 것에 저의들은 가장 애착을 가지고, 우주의 도덕성과 사물은 선으로 향한다는 그의 신념을 수용하고 자연을 살아 있는 유감(有感)한 인자한 존재로 보는 그의 사상('드라이아드'나 '나이아드' 이야기같이 순연히 신화적인 사상)까지 받아들이랴고 했었다. 사람의 가슴을 섬관(閃貫)해서 그의 의견이나 신념을 아모렇게도 알지 않는 무수한 사람의 눈에

눈물을 가져오는 저 감동적인 언사에 대해서는 그들은 특별한 감수력이 없었다.193)

①에서 하우스만은 시를 감지하는 감수성을 가지기 어렵다고 하면서, 그 이유로 시의 언사(言辭)가 본래부터 지닌 애매함을 든다. 이 진술은 시를 감상하고 수용하는 감지자, 혹은 비평가의 관점에 초점이 맞추어져 있는데, 따라서 박용철은 이 시론을 번역하면서 초기 시론에서 지녔던 관점을 확인하며 그 시야를 넓히는 계기를 얻는 것으로 보인다. ②는 하우스만이 ①의 구체적 예로서, 워즈워스 신도들이 그의 철학이나 도덕적 신념을 칭송하고 감동적인 언사에 대해서는 특별한 감수력이 없었다는 점을 지적하고 있다. 이런 점에서 워즈워스 신도들은 워즈워스 시의 진정한 본질보다 그릇된 점을 칭송했다는 것이다. 결국 하우스만의 주장은 시의 감상자나 비평가는 사상이나 도덕적 신념이 아니라 애매성과 감동을 내포한 시의 언어에 대해 예민한 감수력을 지녀야 한다는 것이다. "인간성에 대한 그의 통찰의 심원함과 그의 도덕적 사상의 숭고함을 정당하게 찬앙(讚仰)했다 할지라도 이런 것들은－시는 그것들과 긴밀하고 조화있게 종합되어 있지마는－시 그 자체와는 다른 것이다"에서 다시 강조되고 있는 하우스만의 이러한 견해는, '내용과 형식의 유기적 결합'설로 요약될 수 있다.

시는 말해진 내용이 아니요 그것을 말하는 방식이다. 그러면 그것은 분리해서 따로 연구할 수 있는 것이냐, 언어와 그 지적 내용 그 의미와의 결연은 상상할 수 있는 가장 긴밀한 결합이다. 혼성되지 않은 순연한 시 의미에서 독립된 시 그런 것이 어디 있겠느냐. 시가 의미를 가지고 있을 때에도 (언제나 그러한 것이지마는) 그것을 따로 끌어내는 것은 재미스럽지 않다. (…중략…)

---

193) A.E. Housman, 박용철 역, 「시의 명칭과 성질」, 『전집』 2권, 56, 58면.

의미는 지성에 속한 것이나 시는 그렇지 않다. 만일 그렇다 하면 18세기는 더 좋은 시를 썼을 수 있을 것이다.[194]

하우스만은 시에서 말해진 내용보다 말하는 방식에 비중을 둔다. 그리고 시에서 내용을 따로 끌어내어 연구하는 것은 바람직하지 않다고 보는데, 그 근거로 언어와 내용(의미)의 긴밀한 결합관계를 제시한다. "상상할 수 있는 가장 긴밀한 결합"이라는 표현은 시가 지성과 논리로 분리되기 어려운 유기적 결합의 차원임을 암시하고 있다. 초기 시론에서 "그 '무엇'까지를 세밀하게 규정하려면 다만 편협에 빠지고 만다", "이 영향은 지극히 미세한 것이어서 비상한 천재의 진맥이 아니고는 알아낼 수 없는 것이다"라고 말한 바 있는 박용철에게, 이러한 하우스만의 견해는 자신의 견해를 확인하고 심화시키는 계기가 되기에 충분한 것이다. 이로써 박용철은 이후 기교주의 논쟁에 개입하면서 제출한 「을해 시단 총평」(1935.12)과 「'기교주의'설의 허망」(1936.3) 등의 시론에서, 이러한 관점을 원용하여 임화와 김기림의 논리에 대응하게 되는 것이다.

이상에서 하우스만 시론 「시의 명칭과 성질」의 번역이 박용철 시론에 미친 영향 중 첫 번째 관점, 즉 수용과정에 대한 종전의 입장 확인에 대해 살폈다. 이제 두 번째 관점, 즉 시의 창작과정에 대한 새로운 이해에 대해 살펴보기로 한다.

① '시작(詩作)의 기술' 그것은 내가 오늘의 주제로 처음 생각해 보았든 것이다. 거기 복재(伏在)해 가지고 있는 일련의 사실은 그것을 실지로 행사하고 있는 사람도 대부분 그것을 모르고 있고, 그들이 성공할 때에 그 성공은 본능적 분별과 청각의 자연적 우수(優秀)에 의거하는 것이다. 모든 시작의 조건이 되여 가지고 있는 자연법칙과 좋은 시작이 줄 수 있는 쾌감의 비밀한 원천을 포괄하고 있는 이 잠재

194) 같은 글, 60~61면.

적 기초는 비평가에게 많이 탐색되지 아니했다.

② 내 생각에는 시의 산출이란 제1단계에 있어서는 능동적이라는
것보다 오히려 수동적 비지원적(非志願的) 과정인가 한다. 만일 내가
시를 정의하지 않고 그것이 속한 사물의 종별만을 말하고 말 수 있다
면, 나는 이것을 분비물이라 하고 싶다. 종나무의 수지(樹脂)같이 자
연스런 분비물이던지 패모(貝母) 속에 진주같이 병적 분비물이던지간
에 내 자신의 경우로 말하면 이 후자인 줄로 생각한다. (…중략…)
내가 걸어갈 때에, 내 마음 속으로 갑작한 설명할 수 없는 감동을
가지고 어느 때에는 시의 1, 2행이 어느 때에는 한꺼번에 1절이 흘러
들어온다.─그것이 그 시의 일부를 형성해야 할 운명에 있는 시 전편
의 히미한 상(想)을 (앞서 있든 것이 아니라) 동반해 가지고. 그런 다
음에는 한 시간 가량의 침정(沈靜)이 있고 그 다음에 아마 그 새암은
다시 솟아 오른다. 나는 솟아 오른다고 한다. 이렇게 뇌에 와서 제공
되는 시사(示唆)의 원천은 내가 인식할 수 있는 한에서는 심연 즉 (내
가 이미 말한 바와 같이) 흉와(胸窩)이다.195)

①에서 하우스만은 이 강연의 주제가 '시작(詩作)의 기술'임을 밝히
는데, 그것은 바로 시 창작과정에 대한 탐색이다. 그것을 시인들이 의
식하지 못하는 이유는 "본능적 분별과 청각의 자연적 우수에 의거하"
며 "비밀한 원천을 포괄하고 있는" "잠재적 기초"이기 때문이다. ②는
하우스만이 자신의 체험을 통해 이 시 창작과정을 구체적으로 서술하
고 있는 대목이다. 그 내용은 크게 두 가지로 요약될 수 있는데, 하나
는 시 창작의 일단계를 수동적 비지원적(非志願的) 과정으로 보는 점
이고, 또 하나는 그 원천을 심연 즉 흉와(胸窩)로 간주하는 점이다.
첫째로, 하우스만은 시작(詩作)과정의 불안과 피로를 전제하면서, 그
것을 능동적이 아니라 수동적인 과정으로 파악한다. 여기서 시를 '분

---

195) 같은 글, 53, 72~73면.

비물'로 보는 관점이 생겨나는데, 하우스만은 자신의 체험을 들어 그 것을 패모(貝母) 속의 진주와 같은 병적 분비물로 비유한다. 이러한 시작과정의 수동성은 인용문 ①에서 밝힌 "본능적 분별과 청각의 자 연적 우수"에 해당하는 것으로 비이성적·비기교주의적 측면을 지니 고 있다. 하우스만에게 있어 시작이란 이성에 근거를 둔 기교의 문제 가 아니라 신체적 본능의 문제인 것이다. 따라서 하우스만은 시를 '쓴 다'고 말하지 않고 '흘러 들어온다', '솟아 오른다'라는 표현을 사용하 고 있다. 둘째로, 이러한 시작의 원천으로 본 '흉와'는 신체적·본능적 중심부로서 심정의 근원인 영감을 상징하는 것이다. "다음날 영감이 다시 찾아오기를 바라고"라는 구절은 이를 뒷받침해 준다. 결국 하우 스만의 시 창작과정에 대한 체험적 시론은 '신체적 본능에 의한 수동 설'과 '영감설'로 요약될 수 있을 것이다.

  박용철은 초기 시론에서 이러한 시 창작과정의 비밀을 어느 정도 감지하고 있었다. 앞 절에서 살펴본 『시문학』 창간호 후기에서 "우리 는 시를 살로 새기고 피로 쓰듯 쓰고야 만다. 우리의 시는 우리 살과 피의 맺힘이라"고 말한 것은, 시작의 능동적 의지가 강조되어 있지만, 그것이 살과 피라는 신체적·생리적 소산임을 인식하고 있다. 또한 시 「떠나가는 배」에 대한 평을 청하기 위해 김영랑에게 보낸 편지에 서 박용철은 "그 전에는 시를 (뿐만 아니라 아무 글이나) 짓는 기교 (골씨)만 있으면 거저 지을 셈 잡았단 말이야 그것을 이새 와서는 속 에 덩어리가 있어야 나오는 것을 깨달았"[196]고 쓰고 있다. 여기서 '속에 덩어리'란 바로 표현 이전의 충동, 혹은 영감을 의미한다고 볼 수 있는데, 이는 하우스만이 말한 심연 즉 흉와와 유사한 것이다. 그 리고 박용철은 그 다음 문장에서 "시를 한 개의 존재로 보고 조소나 처(妻)와 같이 시간적 연장(延長)을 떠난 한낱 존재로 이해(당연히 감 (感)이라야 할 것)하고 거기 나와있는 창작의 심태(心態)(이것은 창작

---

196) 박용철, 영랑에게 보내는 편지, 1930.9.5, 『전집』 2권, 326면.

품에서 감상자가 받는 심태이지 창작가가 갖었든 혹은 나타내려 하든 심태와는 독립한 것이지)를 해득하는데서 차츰 여기 이르렀단 말이야"라고 쓰고 있는데, 이는 감상자의 입장에서 파악하고 있던 창작의 심리적 양상을 시인의 입장에서 파악하게 되었음을 보여준다. 결국 박용철은 초기 시론에서 시 창작과정의 은밀한 비밀과 원천을 감지하고 있긴 했지만, 전반적으로 그 관점보다는 존재로서의 시를 감상자나 비평가의 관점에서 수용하는 과정에 대한 탐색에 치중했던 것이다. 따라서 하우스만의 시론을 번역하면서 박용철은 종전의 자신의 시관을 확인하는 동시에, 그것을 시 창작과정에 대한 탐색으로 발전시킬 수 있는 계기를 마련한 것으로 간주된다. 이로써 박용철은 기교주의 논쟁 이후에 발표한 「시적 변용에 대하여」(『삼천리 문학』 창간호, 1937.1)에서 이러한 관점을 집약하여 '체험과 변용'의 시론을 제시하게 되는 것이다.

지금까지 하우스만의 시론 「시의 명칭과 성질」이 박용철 후기 시론에 끼친 영향을 시 수용과정에 대한 관점으로 '내용과 형식의 유기적 결합'과, 시 창작과정에 대한 관점으로 '신체적 본능과 영감설'로 나누어 살펴보았다. 이제 이 두 관점이 박용철 후기 시론에 적용되는 양상을 구체적으로 살펴보기로 한다. 전자는 주로 기교주의 논쟁 시기의 평문 「을해 시단 총평」과 「'기교주의'설의 허망」에서 임화와 김기림의 시론을 비판하는 데 적용되었으며, 후자는 주로 기교주의 논쟁 이후의 평문 「시적 변용에 대하여」에서 시 창작과정에 대한 시론을 정립하는 데 적용되었다.

(1) 반기교주의와 변설 이상의 시

하우스만의 「시의 명칭과 성질」을 번역하고 3, 4년간의 침묵 후에 발표한 「을해 시단 총평」(『동아일보』, 1935.12)은 박용철 후기 시론의 첫 자리에 놓인다. '새로우려하는 노력', '변설 이상의 시', '태어나는

영혼', '기상도와 시원(詩苑) 5호', '활약한 시인들' 등 다섯 항목으로
나누어 전개되는 이 평문은 전체적으로 김기림과 임화를 비판하고 정
지용과 『시원』을 옹호하는 내용으로 되어 있다. 이러한 내용은 이 평
문이 기교주의 논쟁에 개입하면서 제출된 사정과도 관련된다. 박용철
은 김영랑·정지용 등으로 대표되는 시문학파를 옹호하면서, 임화 중
심의 현실과 내용을 중시하는 프로시파와 김기림 중심의 지성과 형식
을 중시하는 모더니즘시파를 비판하는 것이다. 따라서 본고는 김기림
비판, 임화 비판의 순서로 이 평문의 내용을 구체적으로 살펴보기로
한다. '새로우려하는 노력'과 「기상도」 비판은 주로 '김기림 비판'의
성격을 지니는데, 그것은 '반기교주의'로 요약될 수 있을 것이다.

> 그들은 참신한 의상을 매일 고안해 입으려 하고 신기한 분장에 애
> 를 태운다. 이 의상과 분장까지도 그대로 용인하자 그러나 그들이 기
> 초적 수완을 완전히 마스터한 의상사(衣裳師)로서 심혈을 경주해서
> 유행의 선구를 이룰 의상을 새로 고안한 것이냐. (…중략…)
> 김기림씨가 그의 제 시론에서 생리에서 출발한 시를 공격하고 지성
> 의 고안을 말할 때에 이 위험은 내장되어 있었고 그가 '오전의 시론'
> 의 첫 출발에서 "실로 벌서 말해질 수 있는 모든 사상과 논의와 의견
> 이 거진 선인들에 의하야 말해졌다 …… 우리에 남어 있는 가능한 최
> 대의 일은 선인의 말한 내용을 다만 다른 방법으로 설론하는 것이다"
> 고 말할 때에 이 위험은 이미 절정에 달한다.
> 우리는 이러한 출발점을 가져서는 안된다. 선인과 같은 시를 쓸 우
> 려가 있으니 우리는 새로운 고안을 해야 한다는 데서 출발하면 거기
> 는 의상사에로의 길이 있을 뿐이다.
> 우리는 이러한 출발점을 가져야 한다. "우리는 전생리(全生理)에
> 있어 이미 선인과 같지 않기에 새로히 시를 쓰고 따로이 할 말이 있
> 기에 새로운 시를 쓴다"(전생리라는 말은 육체, 지성, 감정, 감각 기타
> 의 총합을 의미한다).197)

박용철은 모더니즘 경향의 시인들을 유행의 선구를 이룰 의상을 고안하는 데 급급한 의상사(衣裳師)라고 비판하는데, 그 원인을 그들의 시가 '생리'가 아닌 '지성'에 근거하는 점을 든다. 그리고 "선인의 말한 내용을 다만 다른 방법으로 설론하는 것"이 남아 있다는 김기림의 말을 인용하면서, 지성과 의상사의 길을 기교주의와 연결시킨다. 박용철의 김기림 비판은 '지성' 혹은 '기교' 대 '생리'라는 대립 개념을 토대로 이루어지는데, 박용철이 주장하는 '생리'는 초기 시론에서부터 유지되어 하우스만 시론의 수용으로 더욱 강화된 중심 개념이다. 그것은 '살과 피', '흙와', '덩어리', '분비물' 등의 비유를 모두 포괄하고 있는데, 박용철은 '전생리(全生理)'라는 용어를 사용하고 그것을 육체·지성·감정·감각 등의 총합을 의미한다고 정의하고 있다. 이러한 포괄적 의미 부여는 생리의 속성상 논리적 검증이 불가능한 점에서 어느 정도 주관적 언급에 해당하는데, 그 포괄성에는 김기림 시론의 지성이 지닌 편협함과 대비시키려는 의도가 내포되어 있는 듯이 보인다. 아무튼 박용철은 지성이나 시적 기법보다 그것을 가능케 하는 생리적 필연이 시의 본질이라는 입장인데, 이러한 관점의 지성 비판은 실제비평에 해당하는 「기상도」에 대한 평가에도 그대로 적용된다.

　　이 시의 인상은 한 개의 모티프에 완전히 통일된 악곡이기보다 필름의 다수한 단편(斷片)을 몬타−쥬한 것 같은 것이다. 우리가 시를 쓸 때 절실히 느끼는 것은 조선말의 완전 종지형은 가버리고 걷어잡는 맛이 없어서 둥근 맛을 내기가 어려운 것이다. 더구나 이 시에서와 같이 동격성 나열이 전편의 대부(大部)를 점령한 때는 시의 각 부는 제대로 뿔뿔히 다라나 버리고 동실하게 받혀 들리지가 않는다. 다시 비유하면 한 개의 급속도로 회전하는 축의 주위에 시의 각 부가 구심적으로 구를 이루지 못하고 제각기 직선의 방향을 가진다는 느낌이다.

---

197) 박용철, 「을해 시단 총평」(『동아일보』, 1935.12), 『전집』 2권, 83~84면.

시인의 경복(敬服)할 만한 노력과 계획에 불구하고 시인의 정신의
연소가 이 거대한 소재를 화합시키는 고열에 달하지 못하고 그것을
겨우 접합시키는 데 그쳤든 것 같다. 그 중에서도 필자의 가장 불만인
점은 이 시가 명랑한 아침 폭풍경보에서 시작해서 다시 명랑한 아츰
폭풍경보 해제에 끝나는 이 완전한 좌우동형적 구성이다.198)

인용문의 전반부는 김기림의 「기상도」가 통일된 하나의 악곡이 아
니라 단편적 몽타쥬에 가깝다고 지적하고, 그것을 시어의 문제와 관
련시켜 논의한다. 이때 ‘조선말’의 특성을 언급하는 대목은 박용철 시
론이 지닌 우리말에 대한 천착을 엿보게 한다.『시문학』창간호 후기
에서 언급한 바 있는, 민족어의 중요성에 대한 인식은 초기 시론에서
더 이상 구체화되지 못했지만, 이 평문에서 어느 정도 실제비평으로
구체화되고 있다. 민족어의 특성과 관련한 이러한 비판은 상대적으로
김영랑·정지용 등의 시문학파 시를 상찬하는 하나의 근거로 제시된
다. 한편 후반부에서는 「기상도」가 지닌 문제점으로 소재를 화합시키
는 데 필요한 정신적 연소의 부족과 완전한 좌우동형적 구성에 대한
불만을 들고 있다. 여기서 좌우동형적 구성은 도식적·의도적 시 구
성이라는 의미로 이해되는데, 박용철은 그것이 인위적 조작성을 지닌
점에서 생리적 필연성을 결여하고 있다고 비판하는 것이다. 결국 박
용철은 김기림의 시론과 시가 지닌 지성과 기술적 측면을 ‘생리적 필
연성’의 측면에서 비판한다. 이것은 하우스만이 형이상학파 시를 비판
하는 관점을 원용한 것이라고 볼 수 있다.

그것들(윗트-인용자)이 주는 유락(愉樂)은 순전히 지성적인 것이
요 지성적으로도 경조쇄세(輕佻瑣細)한 것이다. 그러나 이것이 17세
기 영국의 지식계급이 50년 이상을 두고 시 가운데서 주로 찾고저 하
고 발견하든 유락이다. 그 시대인에게 이것을 제공하든 문인들의 얼

---

198) 박용철, 앞의 글, 95면.

마는 우연히 상당한 시인들이었다. 그래 비록 그들의 시가 대체로 비
화음적이요 귀먹은 수학자들이 외형에 있어서 기리 마처 자르고 다발
로 묶은 것이지마는 그들의 시의 어떤 소부분은 아름다웁고 또 지극
히 훌륭하기까지 한 것이다. 그러나 그들이 이것으로 독자의 흥미를
끌려하든 것은 아니다. 시의 본질은 아닌 직유와 은유가 그들의 마음
을 빼앗은 선급무(先急務)였고 그 비유가 먼 데서 가져온 것일사록
칭찬되였든 것이다. (…중략…) 그저 놀래고 재미보는 것이 유일한 소
원인 다중(多衆)을 그 신기로 놀래게 하고 그 교묘로 재미보이는 것
이 그들의 목적이였다.199)

하우스만은 17세기 영국의 형이상학파 시를 그것이 지닌 윗트와 지
성과 기교를 중심으로 비판한다. '형이상학파'라는 명칭이 처음 사용
된 것은 당시의 사무엘 존슨 Samuel Johnson이 존 단 John Donne
등의 시를 지적하여 "가장 이질적인 사상도 폭력으로 연결시킬 수 있
다"라고 비난한 때부터이지만, 바로 같은 이유 때문에 엘리어트에 의
해서 형이상학파에 대한 긍정적 평가가 이루어졌던 것은 주지하는 바
와 같다.200) 지성과 기교라는 동일한 현상을 놓고 긍정하는 관점과
부정하는 관점으로 나뉘는 것인데, 김기림은 엘리어트의 맥락에 닿아
있고 박용철은 사무엘 존슨과 하우스만의 맥락에 닿아 있다고 볼 수
있다. 인용문에서 하우스만은 형이상학파 시를 비화음적이고 의도적
조작을 추구한 점, 시의 본질이 아닌 은유와 직유로 독자의 마음을
빼앗은 점을 들어 비판한다. 그렇다면 이 견해에는 화음적이고 비의
도적 자발성을 지니며 비유보다는 운율을 중시한 시를 옹호하는 관점
이 내포되어 있다. 이는 결국 생리적 필연성에 입각한 순수서정시를
옹호하는 것이 되는데, 이 점에서 박용철과 하우스만의 시론은 공통
점을 지니는 것이다.

---

199) A.E. Housman, 앞의 글, 55면.
200) 이창배, 『20세기 영미시의 형성』, 민음사, 1989, 20면.

이상에서 박용철의 후기 시론에 나타난 김기림 비판, 혹은 지성과 기교주의 비판의 양상을 살폈는데, 이제 임화 비판, 혹은 현실과 내용 중시의 시론에 대한 비판의 양상을 살펴보기로 한다. 박용철의 「을해 시단 총평」은 임화의 「담천하의 시단 1년」에 대한 반박에 가장 많은 비중을 두고 있는데, 이 글의 두 번째 항목인 '변설 이상의 시'가 임화 비판에 해당된다.

> 임화씨의 논문 『담천하의 시단 1년』(신동아 송년호)은 세밀한 토의 의 대상이 되기에는 너무 수많은 사실 인식의 착오와 논리의 혼란이 있다. 그러나 그 논문의 본질은 역시 표제(表題) 중시의 사상에 있고 시적 기법을 이해함에 있어서는 시를 약간의 설명적 변설(辨設)로 보 는 데 지나지 않는다. (…중략…)
> 시는 아름다운 변설 적절한 변설 이로정연(理路整然)한 변설, 이러 한 약간의 변설에 그칠 것이 아니다. 특이한 체험이 절정에 달한 순간 의 시인을 꽃이나 혹은 돌맹이로 정착시키는 것 같은 언어 최고의 기 능을 발휘시키는 길이다.201)

박용철은 임화 시론의 본질을 '표제 중시의 사상'으로 보고, 시적 기법의 차원에서는 시를 '설명적 변설'로 본다고 언급한다. 이는 임화 시론이 지닌 내용 우위의 시관을 지적한 것으로, 시를 주로 내용의 측면에만 치중하여 인식하는 태도를 가리킨다. 여기서 내용 우위의 시관은 "그(시인－인용자) 자격은 그가 시대 현실의 본질이나 그 각 각의 세세한 전이의 가장 민첩하고 정확한 인지자이며, 그 시대가 역 사적 진전을 위하여 체현한 바 시대적 정신의 가장 솔직 대담한 대변 자"202)라는, 임화의 진술에 나타난 '시대 현실의 인지와 그 반영'의 관 점을 내포하고 있다. 이에 대해 박용철은 "막연한 현실을 논의하는

---

201) 박용철, 「을해 시단 총평」, 앞의 책, 85, 87면.
202) 임화, 「담천하의 시단 1년」, 『문학의 논리』, 360면.

것보다는 그 시대 현실을 체험하는 한 개인이 (개인은 물론 정당하게 계급이나 민족의 대표일 수 있는 것이다) 자기의 피를 가지고 느낀 것 가슴 가운데 뭉쳐 있는 하나의 엉터리(엉어리의 오식인 듯함. 이후 엉어리로 표기—인용자)를 표현할랴고 애"쓰는 것이 중요하다고 말하고, "그 (임화—인용자)가 그 가슴 속에 파지(把持)하고 있는 엉어리를 그의 말하는 바 '시적 언어로 반영 표현'하는데 얼마나 성공하였는가"라고 반문한다.203) 즉 시대 현실보다 그것을 체험하는 개인의 생리적 필연으로서 엉어리를 표현하는 것이 더 중요함을 피력하고 있다. 따라서 박용철은 인용문에서 시는 "약간의 변설에 그칠 것이 아니다"라고 말하며 '변설 이상의 시'를 주장하는데, 이어서 그것을 체험과 변용의 차원에서 언어 최고의 기능을 발휘하는 길이라고 설명한다. 이는 「을해 시단 총평」에서 이미 「시적 변용에 대하여」의 주된 내용이자 자신의 시론의 정점에 해당하는 체험과 변용에 대한 인식을 가지고 있었음을 보여준다. 여기서 '언어 최고의 기능'을 더 구체적으로 진술한 대목을 살펴보자.

아름다운 변설 적절한 변설을 누가 사랑하지 않으랴 그것은 우리 인생의 기쁨의 하나다. 시가 언어를 매재로 하는 이상 최후까지 그것은 일종의 변설이라고 볼 수도 있다. 그러나 그것은 결정(結晶)되고 응축되어서 그 가운대의 일어일어(一語一語)가 일상 언어와 외관의 상이함은 없으나 시적 구성과 질서 가운대서 승화된 존재가 되여야 한다.204)

박용철은 시가 언어를 매재로 한 예술인 이상 일종의 '변설'임을 부정하지 않는다. 그러나 시가 아름다운 변설·적절한 변설에 그치지 않는 것은, 그 언어가 결정(結晶)되고 응축되어서 시적 구성과 질서

203) 박용철, 「을해 시단 총평」, 앞의 책, 86면.
204) 같은 글, 93면.

가운데 승화되었기 때문이라고 피력한다. 이는 일상어와 구별되는 시
적 언어의 특징을 간파하는 동시에, 시가 유기적 구조임을 인식하고
있는 점에서 중요한 의미를 지닌다. 즉 체험이 변용되는 과정에서 발
휘되는 언어 최고의 기능은, 시의 내용과 형식을 유기적으로 융합시
키고 승화시키는 데 있다는 것을 인식한 것이다. 이 점에서 박용철의
시론은 유기체적 문제설정에 해당한다. 박용철 시론의 유기체적 문제
설정은 시의 구조를 구성요소들간의 유기적 결합관계로 보는 관점뿐
아니라, 시 자체나 시의 생성과정과 수용과정까지를 유기적 생명의
원리로 보는 관점을 포함한다. 더 엄밀히 말하면, 전자의 협의의 관점
은 후자의 광의의 관점에 의해 규정된다고 볼 수 있다. 결국 박용철
시론이 제시한 유기적 결합의 구조는 생리적 필연성에 근거하고 있
어, 영미 신비평가들이 제시한 '시의 유기적 구조'와는 변별되는 측면
이 있다.

　브룩스 Clearth Brooks에 의하면, "구조는 분명코 내용을 담고 있는
일종의 싸개로서의 형식을 생각하는 그러한 관습적 의미로서의 형식
이 아닌 것이다. 구조란, 명백히 어디서나, 시작품을 만들어내는 매체
(언어)의 본질 여하에 따라서 조건지어진다."[205] 브룩스는 언어를 매
재로 한 내용과 형식의 유기적 결합으로서의 구조를 말하고, 이를 전
제로 내용의 산문적 번역이 시의 본질을 구성하는 참된 의미핵이 아
니라는 '패러프레이즈 이단(Heresy of Paraphrase)론'을 제기한다.[206]
이후 이 '패러프레이즈 이단론'은 신비평주의자 사이의 찬반논쟁을 거
쳐 하나의 이론으로 정착되었다. 그런데 브룩스가 제기한 '패러프레이
즈 이단론'은 시의 구조를 내용과 형식의 유기적 결합으로 보는 관점
에 기초하고 있지만, 그것을 더 넓은 의미의 유기체적 문제설정에 근
거하여 본 것은 아니다. 광의의 유기체적 문제설정이란 앞서 말한 대

---

205) Cleanth Brooks, *The Well Wrought Urn*, Harvest Books, New York,
　　 1947, p.66.
206) 같은 책, p.197.

로, 시 자체를 생명 현상과 결부시켜 사고하거나 시의 생성과정과 수
용과정을 유기적 생명의 원리로 사고하는 관점을 의미하며, 더 나아가
면 세계나 자연을 유기체적 생명으로 간주하는 낭만주의적 세계관과
관련된다. 그런데 브룩스나 신비평주의자들이 말하는 시의 유기적 구
조는, 이러한 광의의 유기체적 문제설정이 아닌 신고전주의나 주지주
의적 태도를 근거로 하고 있다는 점에서 변별되는 측면이 있다. 이는
하우스만과 박용철이 시의 유기적 구조를 생리적 필연성으로 설명하
는 데 비해, 브룩스나 신비평주의자들은 아이러니·패러독스·긴장
(tention) 등의 기법적 개념으로 설명하는 데서도 확인될 수 있다. 따
라서 하우스만과 박용철 시론을 브룩스의 '패러프레이즈 이단설'과 동
궤에 놓고 논의를 전개한 한계전의 견해207)는, 더 정밀한 논의에 의해
보완되어야 할 것으로 보인다. 한계전은 스톨면 R.W. Stallman이 『시
론선집』208)의 제4장 '패러프레이즈' 항목 속에 하우스만의 시론을 발
췌 수록함으로써 하우스만 시론을 '패러프레이즈론'의 선도적 논문으
로 취급하고 있는 점을 들어, 하우스만 시론을 '패러프레이즈 이단론'
과 동궤에 놓고 논의를 진행하고 있으며, 하우스만 시론이 이른바 뉴
크리티시즘과도 깊이 관련된다고 언급한다.209) 그러나 스톨면의 견해
를 그대로 수용한 이러한 논의는, 하우스만의 시관과 브룩스를 비롯한
신비평주의자들의 시관이 지닌 차별성을 간과하는 문제점을 노출시키
고 있는 것이다.

---

207) 한계전, 「하우스만 시론의 수용과 순수 시론」, 『한국현대시론연구』, 일지사,
　　　1938, 135~153면.
208) R.W. Stallman, ed., *The Critic's Notebook*, University of Minnesota
　　　Press, 1950.
209) 한계전, 앞의 책, 138면.

(2) 체험과 변용

　박용철 후기 시론의 중요성은 시의 창작과정에 대한 탐색에서 찾을
수 있다. 앞서 언급한 대로 시 창작과정에 대한 인식의 단초는 초기
시론(영랑에게 보낸 편지·「시문학 창간에 대하여」·『시문학』창간호
편집후기)에서 이미 발견되지만, 그것은 잠재되어 있다가 하우스만
시론의 수용을 계기로 구체화되고 체계화된다. 이 창작과정의 시론은
하우스만 시론의 수용뿐 아니라, 기교주의 논쟁의 과정에서 임화 시
론과 김기림 시론에 대응하는 나름의 독자적인 시론을 제시한다는 의
도도 그 계기로 작용하고 있다. 즉 임화나 김기림의 시론이 간과하고
있는, 시의 생성과정에 작용하는 은밀한 비밀을 밝혀냄으로써 시의
본질을 천착하고자 한 것이다. 따라서 우리는 하우스만의 「시의 명칭
과 성질」의 번역 이후에 발표된 「을해 시단 총평」에서 다음과 같은
대목을 주목할 필요가 있다.

　　　현실의 본질이나 각각(刻刻)의 전이를 민속정확히 인지하는 것은
　　인간 일반에게 요구되는 이상이오 시인은 이것을 인지할 뿐 아니라
　　령혼의 가장 깊은 속에서 그것을 체험하는 사람이여야 한다. 그러나
　　이것까지도 사고자 일반에게 요구될 수 있는 것이요 그 우에 한 거름
　　더 나아가 최후로 시인을 결정하는 것은 이러한 모든 깊이를 가진 자
　　신을 한 송이 꽃으로 한 마리 새로 또는 한 개의 독용(毒茸)으로 변용
　　시킬 수 있는 능력에 있다.210)

　인용문 첫 문장의 "현실의 본질이나 각각(刻刻)의 전이를 민속정확
히 인지하는 것"이라는 대목은, 임화가 「담천하의 시단 1년」에서 시
인의 명예와 자격은 시대 현실을 정확히 인지하고 시대적 정신의 솔
직한 대변자인 데 있다라는 의미로 언급한 것211)을 인용한 것이다.

---

210) 박용철, 「을해 시단 총평」, 앞의 책, 87면.

박용철은 임화의 견해에 덧붙여 시인은 "령혼의 가장 깊은 속에서 그
것을 체험하는 사람이여야 한다"고 주장한다. 그리고 최후로 자신을
변용시킬 수 있는 능력이 있어야 한다고 말한다. 여기에는 창작과정
에 대한 박용철 시론의 핵심 개념이 모두 포함되어 있는데, '영혼'과
'체험'과 '변용'이 그것이다.

'영혼'은 박용철이 「영랑에게 보내는 편지」에서 언급했던 '속에 덩
어리'나 하우스만 시론에 나타난 '영감'과 동궤에 있는 것으로서, 시
창작의 원천에 해당된다. 그것을 '체험'한다는 것은 박용철이 말한 '살
과 피', 하우스만이 말한 '흥와' 등과 관련되는 것으로 신체적·생리적
필연성을 의미한다. 박용철은 '영혼의 체험'이라는 차원을 "사고자 일
반에게 요구되는 것"으로 보는데, 이는 여기까지가 언어 표현 이전의
단계라고 간주하는 것이다. 따라서 자연히 다음 단계로서 언어 표현
의 과정이 요구되는데, 그것이 자신을 '변용'시킬 수 있는 능력으로
제시된다. 그런데 자신을 한 송이 꽃으로 한 마리 새로 또는 한 개의
독용(毒茸)으로 변용시킨다는 언급은, '언어 표현'의 차원뿐 아니라
'존재 전환'이라는 더 적극적인 차원을 포함하고 있는 듯이 보인다.
따라서 박용철 시론에서 '변용'이 의미하는 바를 좀 더 섬세히 살펴볼
필요가 있다. 박용철은 「을해 시단 총평」에서 임화 시론의 변설을 비
판한 후, 변설에 대적적인 수법을 예시하기 위해 정지용의 「유리창」
을 해설하면서 다음과 같이 말하고 있다.

> 유리에 어른거리든 미묘한 감각은 그의 비애의 체현자가 된다.
> 우리가 한 가지 강렬한 감정에 잠길 때에는 우리의 호흡과 맥박에
> 변동이 생기고 영혼의 미분자의 파동은 이형(異形)을 그릴 것이다. 정
> 지용씨는 이 시에서 호흡을 호흡으로 표현하므로 그의 전감정(全感情)
> 을 표현하려고 한 것이다. 이 얼마나 엉뚱한 변설의 앙양(昻揚)이냐.

---

211) 임화, 「담천하의 시단 1년」, 앞의 책, 360면.

불교류의 우리 전설에 영혼이 그 정착할 곳을 얻지 못해서 공중에 방황하다가 그 때 마츰 산출하는 애기가 있으면 그 육체에 가서 태여난다는 이야기가 있다. 시인의 비애의 감정은 유리의 형체에 와서 태여난 것이다.
시를 이루는 원천인 영혼의 전동(顫動)은 그 자체가 결코 말을 가지지 아니한 것이다. 표현된 시란 반드시 기리를 가진 시간에 연장되는 것이다. 감정은 다만 하나의 온전한 상태인 것이다. 이 상태 감정은 반드시 어떠한 형체에 태여나야 그 표현을 달성하는 것이다.212)

박용철은 정지용의 「유리창」에 나타난 미묘한 감각을 그의 비애의 체현물로 본다. 이때 '비애'는 '강렬한 감정'과 '영혼의 미분자의 파동'으로 제시되기도 하는데, 그것은 시의 원천인 표현 이전의 충동에 해당한다. 이 '비애' '강렬한 감정' '영혼의 파동'은 시인에게 호흡과 맥박의 변동을 가져다주는데, 정지용은 이 변화된 호흡을 호흡으로 표현함으로써 변설 이상의 시를 낳았다는 것이다. 그리고 영혼이 형상을 바꾸어 새로운 육체로 태어난다는 불교의 환생(幻生)설을 예로 들어, 정지용의 비애가 유리의 형체로 다시 태어난 것임을 강조한다. 그렇다면 박용철 후기 시론의 중심 개념인 '변용'은 단지 표현 이전의 충동을 언어로 표현한다는 차원이 아니라, 영혼·영감·감정 등이 새로운 형체로 변신하는 과정을 의미하는 것이다. 즉 박용철의 '변용'은 표현 이전의 충동뿐 아니라, 그것이 언어로 표현된 형태까지를 육체를 지닌 유기적 생명체로 간주하고 있다. 이런 점에서 이 '변용'은 엘리어트 T.S. Eliot가 말한 '객관적 상관물'과 유사한 측면이 있지만, 엄밀한 차원에서 변별성을 지닌다.
엘리어트의 '객관적 상관물'은 시인의 사상과 감정을 온전히 표현하고 독자에게 전달하기 위해서는 객관적 사물의 이미지를 통해 형상화해야 한다는 이론이다. 그것은 감정의 절제와 이미지의 객관성을 중

---

212) 박용철, 「을해 시단 총평」, 앞의 책, 92면.

시한다는 점에서, 흄의 반낭만주의적 사상이나 에즈라 파운드를 중심
으로 한 이미지즘과 연관성을 지닌다. 따라서 '객관적 상관물'은 표현
이전의 충동보다 언어로 표현된 작품의 이미지에 초점이 맞춰진다.
이에 반해 박용철의 '변용'은 표현 이전의 충동과 시 창작과정의 역동
성에 초점이 맞춰진다. 박용철의 '변용'은 유기체적 문제설정의 또 하
나의 중요한 양상이 되는 것이다. 결국 박용철의 시론은 작품 자체를
유기적 구조로 간주하는 좁은 의미뿐만 아니라, 영감 혹은 영혼의 표
현이라는 시 창작과정을 유기적 생명으로 간주하는 넓은 의미의 유기
체적 문제설정에 근거하고 있다. 따라서 박용철 시론에 나타난 '변설
이상의 시론'과 '변용'은 브룩스의 '패러프레이즈 이단론'과 엘리어트
의 '객관적 상관물'과는 변별성을 지니게 되는 것이다. 이런 관점에서
하우스만 시론을 엘리어트 시론과 비교해 볼 때 본질적인 차이는 거
의 없는 것으로 간주하고, 박용철 시론의 보편성을 엘리어트의 이론
과 관련해서 언급한 김윤식의 견해213)는 재고되어야 할 것으로 보
인다.

한편 인용문의 후반부에서 영혼 그 자체는 말을 가지지 않으며 감
정은 다만 하나의 온전한 상태라는 언급은, 박용철이 여전히 표현 이
전의 충동에 주안점을 두고 있음을 말해준다. 그런데 이 관점은 "표
현된 시란 반드시 기리를 가진 시간에 연장되는 것이다"라는 작품에
대한 객관적 관점이나, "이 상태 감정은 반드시 어떠한 형체에 태어
나야 그 표현을 달성하는 것"이라는 언어 표현과정을 중시하는 관점
과 미묘한 이율배반성을 발생시킨다. 박용철 시론이 지닌 이 관점상
의 모순과 균열은 초기 시론에서도 발견되는데, 박용철은 후기 시론
에서 더욱 부각된 이 균열을 그대로 안은 채 시 창작과정을 탐색함으
로써 이를 넘어서려 한 것으로 보인다. 이러한 시도는 「을해 시단 총
평」 이후의 평문 「'기교주의'설의 허망」에서 구체화되기 시작한다. 이

213) 김윤식, 「용아 박용철 연구」, 『학술원 논문집』 9집, 1970, 260~261면.

글에서 박용철은 '기교주의'의 '기교' 대신 '기술'이라는 용어를 제안하고, 이 '기술'을 "표현을 달성하기 위하야 매재를 구사하는 능력"으로 정의한다. 이것은 그가 주안점을 두었던 '표현 이전의 충동'을 어떻게 언어로 표현하느냐 하는 문제에 해당한다. 결국 박용철은 '기술' 개념을 중심으로 이전에 소홀했던 언어 표현의 문제를 구체적으로 천착하게 되는 것이다.

박용철은 표현의 매재인 언어를 조잡한 인식의 산물로 보는데, 이는 '표현 이전의 충동'에 대한 애착과 상통하는 것이다. 박용철은 이 애착을 유지하면서도 언어 표현의 문제를 천착할 수밖에 없는데, 그 천착은 '언어의 개조'와 '형(形)의 발명'으로 구체화된다. 이런 차원에서 박용철은 기술가, 수학자로서의 시인의 계획된 기술을 강조하게 된다. 언어의 성능을 기술가나 수학자처럼 엄밀히 계산해서 구사해야 한다는 주장은, 표현을 달성하기 위해 매재인 언어를 구사하는 능력인 '기술'의 중요성을 지적한 것이다. 그런데 이 관점은 영혼과 영감의 표현을 생리적 필연성으로 보는 종전의 관점과 상충하는 면이 있다. 이는 박용철의 시론이 표현 이전의 충동이 지닌 생리적 체험을 중시하는 관점과, 언어 표현상의 엄밀히 계획된 기술을 고려하는 관점 사이에서 동요하고 있음을 보여준다. 이러한 균열과 동요는 언어를 시인과 세계와 시적 형식이 상호 교섭하는 매개로 보지 않고, 단순히 표현의 도구로 보는 제한된 관점에서 연유하는 것이다. 박용철은 언어에 대한 새로운 이해가 아니라 표현 이전의 충동이 이미 완성되어 있다는 논리로써 이 딜레마를 해결하려 한다.

그러나 필자가 고집하는 관점은 이것이 우성적(偶成的)(eccentric)이 아니여야 한다는 것이다. (…중략…)
최초의 발염(發念) 속에 의식적은 아니나마 모든 세부가 결정되었느냐 아니냐 조각이 완성될 때 조각에 나타날 형태가 먼저 뇌 속에 원본 모양으로 있었느냐 아니냐 이렇게 형이상으로 문제를 끌어가려

는 것도 아니오 제작과정 중에서 일어나는 발전 수정에 몽매하려는
것도 아니다. 오히려 최초의 일점은 제작과정에서 비판적 발전을 필
수로 하는 것을 인(認)하려는 것이다. 다만 모든 출발점으로 한 인간
적 충동을 설정하려 한다.214)

우성적(eccentric)이란 시 창작과정의 우연적 계기를 의미한다. 따
라서 언어 표현의 기술이 우성적이 아니어야 한다는 박용철의 주장
은, 표현 이전의 충동이 그 자체 이미 완성되어 있는 상태라는 관점
과, 그것이 언어로 표현되는 과정이 인과적 필연성을 지닌다는 관점
을 포함한다. 이러한 관점은 표현 이전의 충동과 언어 표현의 기술이
라는 두 관점에서 흔들리는 박용철이, 전자에 비중을 두고 후자를 포
섭하려는 의도를 보이는 것이다. 그러나 이는 자체 내 모순을 무마하
기 위해 무리한 논리적 규정을 시도함으로써, 딜레마를 해결하지 못
하고 오히려 심화시키는 결과를 낳는다. 인용문에서 "오히려 최초의
일점은 제작과정에서 비판적 발전을 필수로 하는 것을 인(認)하려는
것이다. 다만 모든 출발점으로 한 인간적 충동을 설정하려 한다"라는
부연 설명은, 결국 '시의 표현 기술이 우성적이 아니어야 한다'는 주
장을 무화시키는 것이다. 박용철은 「'기교주의'설의 허망」에서 임화와
김기림 시론에 대한 대안으로 '창작과정의 비밀'을 밝히려 했지만, 표
현 이전의 충동에 비중을 두는 이전의 관점과 언어 표현의 기술을 고
려해야 한다는 새로운 관점 사이에서 균열을 일으킨다. 본고는 이 균
열의 원인으로 언어를 단순히 표현의 도구로 보는 관점을 지적하였는
데, 박용철은 이 균열을 해소하기 위해 '체험'과 '변용'의 개념을 집중
적으로 탐색하는 것으로 보인다. 이러한 탐색은 박용철의 마지막 시
론인 「시적 변용에 대하여」에서 구체화되는데, 이 평문은 종전의 시
관들을 한 차원 높은 수준에서 결집하고 승화시킨 의미를 지닌다.

---

214) 박용철, 「'기교주의'설의 허망」, 앞의 책, 22~23면.

우리의 모든 체험은 피 가운대로 용해한다. 피 가운대로, 피 가운대로. 한낮(한낱의 오식인 듯-인용자) 감각과 한 가지 구경과, 구름같이 퍼올랐든 생각과, 한 근육의 움지김과, 읽은 시 한 줄, 지나간 격정이 모도 피 가운대 알아보기 어려운 용해된 기록을 남긴다. (…중략…)

흙 속에서 어찌 풀이 나고 꽃이 자라며 버섯이 생기고? 무슨 솜씨가 피 속에서 시를, 시의 꽃을 피여나게 하느뇨? 변종을 맨들어 내는 원예가. 하나님의 다음가는 창조자. 그는 실로 교묘하게 배합하느리라, 그러나 몇 곱절이나 더 참을성있게 기다리는 것이랴!

교묘한 배합. 고안. 기술. 그러나 그 우에 다시 참을성있게 기다려야 되는 변종 발생의 챈스.215)

인용문은 '체험'과 '변용'이라는 중심 개념으로 요약될 수 있다. 먼저 첫 단락은 '체험'에 대한 진술로서, "우리의 모든 체험은 피 가운대로 용해한다"라는 문장에 집약된다. 감각·구경·생각·근육의 움직임·시 한 줄·지나간 격정 등의 모든 삶의 체험들이 피 가운데로 용해된다는 말은, 생리적 필연성으로 육화된다는 의미이다. 우리의 몸속에는 이 모든 체험들이 녹아서 침전되어 있다는 것이다. 둘째 단락은 이러한 체험의 '변용'에 대한 진술이다. "피 속에서 시를, 시의 꽃을 피여나게 하"는 것은 신체적·생리적으로 육화된 체험에서 시를 생성시키는 과정, 즉 시 창작과정인데, "무슨 솜씨가"라는 구절은 이 창작과정에 '기술'이 요구된다는 의미를 지닌다. 그런데 박용철은 이 변용에 '기술'뿐 아니라 '기다림'이 요구된다고 지적하고, "몇 곱절이나 더 참을성있게 기다리는 것"이라고 강조한다. 이 기다림은 시 창작의 과정이 단순한 의도적 기술의 문제가 아니라 비의도적·생리적 필연성에 근거하고 있음을 의미하는 것이다. "교묘한 배합. 고안. 기

---

215) 박용철, 「시적 변용에 대하여」(『삼천리문학』 창간호, 1937.1), 『전집』 2권, 3~4면.

술. 그러나 그 우에 다시 참을성있게 기다려야 되는 변종 발생의 챈스"라는 문장은, '기술'과 '기다림'을 통해 '변용'이 가능해진다는 의미를 재확인시킨다. 결국 박용철 후기 시론의 요체인 '체험'과 '변용'은 경험의 신체적 육화와 시 제작과정에서의 기술과 기다림으로 요약되는 것으로, 표현 이전의 충동과 시 창작과정의 모순을 해소하려는 시도인 것이다. 박용철은 「시적 변용에 대하여」에서 릴케의 '체험'과 '변용'을 중심으로 상징주의적 시론을 수용하여 시 창작과정상의 표현의 문제를 천착하고 있음에도 불구하고, 표현 이전의 충동인 영혼·영감·감정의 독자적 가치를 보존하고 싶어 한다. 이 고민은 시 창작과정의 언어 표현의 관점이 '기술사(奇術師)'의 차원으로 떨어질 우려에서 기인하는데, 이를 해소하기 위해 박용철은 체험과 변용의 시론에 '나무'의 비유와 '영감'의 성장설을 도입하게 된다.

① 시인은 진실로 우리 가운대서 자라난 한 포기 나무다. 청명한 하늘과 적당한 온도 아래서 무성한 나무로 자라나고 장림(長霖)과 담천(曇天) 아래서는 험상궂인 버섯으로 자라날 수 있는 기이한 식물이다. (…중략…) 그는 다만 기록하는 이상으로 그 기후를 생활한다. 꽃과 같이 자연스러운 시, 꾀꼬리같이 흘러 나오는 노래, 이것은 도달할 길 없는 피안을 이상화한 말일 뿐이다. 비상한 고심과 노력이 아니고는 그 생활의 정(精)을 모아 표현의 꽃을 피게 하지 못하는 비극을 가진 식물이다.

② 영감이 우리에게 와서 시를 잉태시키고는 수태(受胎)를 고지하고 떠난다. 우리는 처녀와 같이 이것을 경건히 받들어 길러야 한다. 조금이라도 마음을 놓기만 하면 소산(消散)해 버리는 이것은 귀태(鬼胎)이기도 한다. 완전한 성숙이 이르렀을 때 태반이 회동그란이 돌아 떨어지며 새로운 창조물 새로운 개체는 탄생한다.
많이는 다시 영감의 도음의 손을 기다려서야 이 장구한 진통에 끝을 맺는다.216)

①에서 박용철은 시인을 나무에 비유한다. '나무'의 비유는 여러 가지 의미에서 유기체적 시관을 함축한다. 나무는 성장하고 성숙하는 생명체인 점에서 생명의 의지를 지니고 있다. 나무는 기후나 온도 등의 환경 여하에 따라 다르게 자라나는 비의지적 수동성과 생리적 필연성을 지닌다. 시인은 나무와 같이 기록하는 이상으로 기후를 생활(체험)한다는 것이다. 그런데 이러한 언급은 표현 이전의 충동에 해당하는 체험이나 생리적 필연성을 강조하는 관점이므로, 박용철은 그것이 절대화되는 것을 경계하여 표현과정의 노력이 중요함을 덧붙인다. "꽃과 같이 자연스러운 시, 꾀꼬리같이 흘러 나오는 노래"는 이상화한 말일 뿐이며 "비상한 고심과 노력이 아니고는 그 생활의 정(精)을 모아 표현의 꽃을 피게 하지 못"한다는 말은, 언어 표현과정의 기술과 수련의 중요성을 지적하는 대목이다.

①에 이어지는 문장 ②는 언어 표현의 기술에 치중하면 기술사(奇術師)로 전락할 수 있으므로, 영감의 도움이 필요하다는 것을 강조한다. 영감이 시를 잉태시키고 시인은 처녀같이 그것을 받들어 기른다는 비유는 역시 유기체적 시관에 입각해 있다. 잉태에서 탄생에 이르는 진통의 과정은 생명의 씨앗이 자라나 꽃을 피우고 열매를 맺는 유기적 성숙의 과정에 해당된다. 완전한 성숙에 이르렀을 때 비로소 새로운 생명체, 새로운 창조물인 시가 탄생한다는 것이다. 영감은 이 유기적 성숙과정에서 최초의 씨앗에 해당한다. 그러나 박용철은 "다시 영감의 도움의 손을 기다려서야 이 장구한 진통에 끝을 맺는다"라고 말하면서, 영감이 최후의 완성 단계에도 작용하는 것을 지적하고 있다. 결국 박용철은 생리적 필연성과 언어 표현의 기술이라는 두 관점 사이를 왕래하며 '체험'과 '변용'의 시론을 구체화하고 있는 것이다. 이 평문의 제목이 '시적 변용에 대하여'인 점에서도 암시되듯, 박용철은 이 글에서 주로 언어 표현의 기술을 포함하는 '변용'의 과정을 천

---

216) 같은 글, 7~9면.

착하려 했던 것으로 보인다. 그러나 표현 이전의 충동에 해당하는 영혼·영감·감정 등의 고유한 가치와 영역에 대해 애착을 가지는 박용철은, 그것을 다시 강조하면서 시론을 끝맺는다.

> 시는 시인이 느려놓는 이야기가 아니라, 말을 재료삼은 꽃이나 나무로 어느 순간의 시인의 한 쪽이 혹은 왼통이 변용하는 것이라는 주장을 위해서 이미 수천 언(言)을 버려 놓았으나 다시 도리켜 보면 이것이 모도 미래에 속하는 일이라 할 수도 있다. 시인으로나 거저 사람으로나 우리게 가장 중요한 것은 심두(心頭)에 한 점 경경(耿耿)한 불을 길르는 것이다. 나마(羅馬) 고대에 성전 가운대 불을 정녀(貞女)들이 지키는 것과 같이 은밀하게 작열할 수도 있고 연기와 화염을 품으며 타오를 수도 있는 이 무명화(無名火) 가장 조그만 감촉에도 일어서고, 머언 향기도 맡을 수 있고, 사람으로서 우리가 아모 것을 만날 때에나 어린 호랑이 모양으로 미리 겁(怯)함없이 만져보고 맛보고 풀어 볼 수 있는 기운을 주는 이 무명화 시인에게 있어서 이 불기운은 그의 시에 앞서는 것으로 한 선시적(先詩的)인 문제이다. 그러나 그가 시를 닦음으로 이 불기운이 길러지고 이 불기운이 길러짐으로 그가 시에서 새로 한 거름을 내여드릴 수 있게 되는 교호작용이야말로 예술가의 누릴 수 있는 특전이요 또 그 현상적인 코ー스일 것이다.[217]

인용문의 첫 문장은 '변용'이 단지 언어를 도구로 한 의미 전달의 문제가 아니라, 언어를 매개로 존재를 전환하는 의미를 지니고 있음을 확인시켜 준다. 그러나 박용철은 "심두(心頭)에 한 점 경경(耿耿)한 불"이 가장 중요하다고 강조하고, 그것을 "무명화(無名火)"라고 부른다. 이 무명화는 초기 시론에서부터 견지해 온 박용철 시론의 중심 개념인 표현 이전의 충동, 즉 영혼·영감·감정을 의미한다. 그것을 '불'에 비유한 것은 생명의 의지와 성(聖)스러운 기운을 암시하기 위

---

217) 같은 글, 9~10면.

함이요, '무명'이라고 한 것은 언어 표현 이전의 상태, 즉 시 이전의 상태를 암시하기 위한 것으로 보인다. 따라서 이 '무명화'는 릴케의 '이름없는 것'과는 변별성을 지닌다. 릴케의 대지(大地)의 사상은 시인의 내면공간에서 언표 가능한 세계의 사물들이 언표 불가능한 비의 (秘意)를 지닌 상태로 변용하는 것을 말하는 데 반해, 박용철의 '무명화'는 변용과 언어 표현 이전의 순수한 영감의 상태를 말하는 것이기 때문이다. 그런데 박용철은 무명화, 즉 선시적(先詩的)인 것이 가장 중요하다는 전제하에, 시의 진전을 위해서는 이 불기운과 언어 표현의 기술을 연마하는 것 사이에 교호작용이 요구된다는 지적을 덧붙인다.

결국 박용철 후기 시론의 요체는 초기 시론에서부터 견지해 온 표현 이전의 충동에 애착을 가지면서, 그것과 교호작용하는 언어 표현의 기술적 문제를 '체험'과 '변용'의 시론으로 구체화하는 데 있다. 그 작업은 표현 이전의 충동을 중시하는 관점과 언어 표현과정을 천착하는 관점 사이의 균열을 안은 채, 그 사이를 왕래하면서 유기체적 시론의 의미있는 성과를 이루었다고 평가될 수 있다. 이러한 본고의 평가는 "불행히도 박용철은 이 불기둥이 존재로서의 시작품과의 상호 작용에 관한 이론으로 발전시키지 못하고 말았"다는 김윤식의 평가[218]와 대비된다. 김윤식의 이 평가는 「시적 변용에 대하여」가 제시한 체험과 변용의 개념을 전체적으로 시 이전의 상태, 즉 선시적인 영역에 포함시키는 관점에서 생겨나는 것으로 보인다. 김윤식은 앞의 인용문 ②에 대해 "이처럼 시 이전의, 시인이 지닌 순수 상태만을 드러내고 있는 것이다. 따라서, 박용철의 이 시론은 지극히 일면적인 시론"이라고 말하고 "그 선시적인 것이 시가 되기 위해서는 언어와의 격투 및 타협이 있어야 한다"고 지적한다.[219] 그런데 이러한 관점은

---

218) 김윤식, 「용아 박용철 연구」, 앞의 책, 287~288면.
219) 같은 글, 286면.

박용철이 말한 '변용'의 의미를 온전히 이해하지 못한 데서 오는 단순화의 오류라고 보여진다. 왜냐하면 박용철 시론의 '변용'은 시 이전의 선시적인 문제가 아니라, 언어를 매개로 한 존재 전이의 과정을 시 창작의 과정으로 설명하는 것이기 때문이다. 결국 박용철은 선시적인 것에 애착을 가지고 있으면서 그것과 언어 표현의 기술이라는 두 관점 사이를 왕래하면서 그 상호 교섭의 작용을 천착했던 것이다.

3) 유기체적 문제설정과 소극적인 미적 근대성의 추구

초기 시론과 후기 시론의 연속성과 변별성을 포괄하여 박용철 시론의 특징을 전체적으로 규정하는 것은 유기체적 문제설정이다. 문학에 있어서의 유기체론은 시간적·공간적으로 대단히 넓고 다양한 영역과 개념을 포함하고 있다. 따라서 본고는 문학 유기체론의 일반적 개념을 먼저 정리하고, 그것에 비추어 박용철 시론이 지닌 유기체적 문제설정의 특징을 살펴보고자 한다.

문학의 유기체론220)은 우선 유비적 사유와 유기체적 세계관에 기초한다. 사유 방법으로서의 '유비'(analogy)는 '논리'와 대비되는 것으로서, 인간의 내면과 외부 현상을 결합시켜 동일화하거나 닮지 않은 것 사이에서 동일성을 찾는 것이다. 인간적 삶이나 행위를 자연 현상에 견주는 전통적 사유형태도 이 유비에 해당한다. 따라서 유기체적 문학관은 그 근거가 되는 사유방식에서부터 동·서를 포함하는 전통적 문학관과 연결될 수 있다. 한편 유기체적 세계관은 이 유비적 사유가 하나의 세계관으로 정립된 것으로서, 세계·우주·혹은 대상을 정적 기계주의로 보지 않고 식물과 같은 동적 유기체로 보는 관점이다. 유기체란 이미 만들어져 고정된 대상이 아니라 만들어지고 있거

---

220) 문학 유기체론의 일반적 개념은 구모룡의 「한국근대유기론의 담론분석적 연구」, 부산대 박사논문, 1992, 10~22면 참고.

나 자라나고 있는 과정의 생명체이다. 생명체는 탄생·성장·소멸의 연속성을 그 본질로 삼는다. 따라서 이 유기체적 세계관은 유기체적 자연관, 유기체적 역사관 등을 포함하고 있다. 유기체적 자연관이란 자연을 스스로 활동하는 생명체로서 세계정신이나 신(神)이 내재하는 공간으로 간주하는 관점을 말하고, 유기체적 역사관은 시간의 흐름, 즉 역사 자체를 고정된 대상으로 보지 않고 탄생·성장·소멸의 지속적 과정으로 보는 관점을 말한다.

　이러한 유비적 사유방식과 유기체적 세계관을 기초로 한 문학 유기체론은 과정 이론·존재 이론·가치 이론·역사 이론 등의 이론 영역을 갖는데,221) 그 전체적 내용은 연속성·역동성·전체성 등의 중심 개념으로 요약된다고 볼 수 있다. ‘과정 이론’은 ‘연속성’으로 요약되는 것으로, 생명 현상의 유기적 과정에 초점을 맞춘 이론이다. 이 이론은 우주의 발생을 태극으로부터 음양·사상·팔괘로 이어지는 생성의 과정으로 본 『주역』사상222) 등의 전통적 우주 생성론에서부터, 생명 현상에 있어서 과정이 곧 실재라는 화이트 헤드 A.N. Whitehead의 사상223)에까지 이어진다. 이것은 우주의 모든 부분들이 하나의 유기체적 전체에 속하며, 그 부분들은 저절로 발생하는 하나의 생명과정의 참여자로서 상호 작용한다는 것을 의미한다. 세계를 발생-성장-완성의 하나의 연속적 과정으로 보는 이러한 관점은, 문학론에서 창작과

---

221) 정금철, 『현대시의 기호학적 연구』, 새문사, 1990, 16면 참고.

222) 是故로 易有太極하니 是生兩儀하고 兩儀生四象하고
　　四象이 生八卦하니 八卦定吉凶하고 吉凶이 生大業하나니라.
　　그러므로 역에는 태극이 있으니 이것이 음(--)과 양(-)의 양의를 생성하고, 양의가 태양(⚌) 소음(⚍) 태음(⚏) 소양(⚎)의 4상을 생성하고, 사상이 삼련건(☰) 상절태(☱) 허중리(☲) 하련진(☳) 하절손(☴) 중련감(☵) 상련간(☶) 삼절곤(☷)의 8괘를 생성한다. 8괘는 길흉을 결정하고 길흉은 위대한 일을 성취하게 한다(김인환 역, 「계사상전(繫辭上傳)」, 『주역(周易)』, 나남출판, 1997, 510면).

223) A.N. Whitehead, 오영환 역, 『과정과 실재』, 민음사, 1991.

정의 이론으로 구체화될 수 있다. 즉 문학 창작의 과정을 유기적 생명 현상의 과정으로 설명하는 것이다.

'존재 이론'은 '역동성'으로 요약되는 것으로, 유기적 과정의 생명체 가 역동적 체계를 구성한다는 이론이다. 유기적 과정은 끊임없는 변 화와 유동성을 그 본질로 한다. 하나의 대상이나 존재를 역동적 체계 를 지닌 유기체로 보는 관점은, 문학에서 텍스트를 구성요소들간의 유기적 결합의 구조로 보는 이론으로 구체화될 수 있다.

'가치 이론'은 '전체성'·'통일성'으로 요약된다. 문학과 유기체의 유 비는 둘 다 1) 상이한 요소들로 구성된 복잡한 전체라는 점, 2) 그 전 체는 통일되어 있다는 점, 3) 전체의 구성요소들은 전체의 통일성이 핵심적이거나 그렇지 않음에 따라 위계적인 질서를 이룬다는 점 등224)에 근거한다. 가치 이론은 이 세 가지 관련 양상에서 전체 우위 론적 가치 이론과 위계론적 질서 이론으로 전개되는 것이다. 생명 현 상은 하나의 전체성 속에서 이루어지므로, 유기체론에서 전체와 부분 의 관계는 전체 우위론으로 귀결될 수밖에 없다. 따라서 유기체론은 개체보다는 통합을, 분석보다는 직관을, 개별적인 요소보다는 전체적 인 과정에 비중을 둔다.

'역사 이론'은 생명체의 성장과정을 역사를 설명하는 틀로 전이한 유기적 역사의 개념으로서, 앞서 언급한 유기체적 역사관에 해당한다. 유기적 역사는 마치 생명체가 완성을 지향하듯이 목적이나 목표를 설 정하려는 경향이 있다. 이것은 연속적인 역사의 과정 속에서 잠정적 인 목표와 궁극적인 목표를 설정한다. 이러한 과정은 법칙으로 설명 되기보다 원리나 이념으로 설명되어진다. 그리고 이러한 원리나 이념 은 본질적 자유라는 생명 현상에 상응하는 것이기 때문에 법칙성과 다르다.225)

---

224) P. Steiner, *Russian Formalism*, Cornell University Press, 1984, p.69, 구모 룡, 앞의 글, 18면에서 재인용.

225) H. White, 천정균 역, 『메타역사』, 문학과지성사, 1991, 28~29면, 구모룡, 앞

　지금까지 살펴본 문학 유기체론은 앞서 언급한 대로 동·서의 전통적 문학관에 그 뿌리를 두고 있는데, 근대 이후의 문예사조나 미적 실천으로는 직접적으로 낭만주의적 문학관과, 간접적으로 상징주의적 문학관과 관련성을 지닌다. 낭만주의 문학관은 창조적 개인으로서의 천재 개념, 직관과 인상에 근거한 영감과 상상력, 문학적 수법으로서 암시와 상징 등을 중시하는데, 서정시에서 암시와 상징은 창조적 변용의 중심 동력이 된다. 따라서 낭만주의는 현실의 존재를 단순히 재현하는 것보다, 그것을 이상화하여 유토피아적 세계로 변화시키는 변용에 더 큰 의미를 부여한다. 이것은 자연과 감정에 대한 새로운 관점의 형성, 변용에 있어서 상상력의 관여를 천재의 개념으로 이론화할 수 있었던 데 크게 의지한다.[226] 한편 낭만주의는 스스로 유기적인 세계인 자연에 대해 관심을 기울이는데, 이 유기체적 자연관은 유기체적 세계관으로 확장되기도 하고 문학 유기체론으로 연결되기도 한다. 이로부터 문학작품 자체를 유기적 구조로 보는 관점, 문학 창작 과정을 유기적 생성의 과정으로 보는 관점 등이 파생된다고 볼 수 있다. 낭만주의 문학관의 사상적 배경으로는 루소와 칸트를 들 수 있는데, 그 중 소위 '예술의 자율성 이론'으로 불리는 칸트의 주관적 관념론의 미학은 예술 형식의 합목적성, 미적 판단에 있어서 무관심성, 예술 표현에 있어서의 천재의 개념 등을 정초하여 낭만주의 문학관의 토대가 된다.

　한편 상징주의는 낭만주의를 계승하면서도 그것에 일정하게 반발하며 자신의 영역을 개척한다. 시는 '영감'이 아니라 계획된 '구성'에 대해 신비한 효과를 낸다고 생각하고, 은유·이미지·상징 등의 기법을 '감정'이 아닌 '감각'과 결부시켜 표현함으로써 낭만주의 문학관과 거리를 둔 것이다. 낭만주의가 현실에서 벗어나 과거나 이국적 공간

의 글, 19면에서 재인용.
226) 최유찬, 『문예사조의 이해』, 실천문학사, 1995, 119면.

을 동경하는 수평적 지향의 경향을 지닌 반면, 상징주의는 지상과 천
상·현실과 절대적 영원 사이의 이원성을 견지하는 수직적 지향의 경
향을 지닌다. 시대적 배경에 있어서 낭만주의는 18세기 후반에서 19
세기 전반의 자본주의 성숙기를 배경으로 하는 데 비해, 상징주의는
자본주의적 문화가 생활 전영역에 뿌리내린 19세기 후반을 배경으로
하는 점에서도 다르다. 그러나 문학적 특징으로서 천재적 개인·상상
력과 개성·시적 기법에 있어서의 암시와 상징을 중시한 점에서 상징
주의는 낭만주의와 공통점을 지닌다. 전체적으로 자본주의와 민족주
의로 특징지워지는 근대의 역사적·사회적 전개과정 속에서 역사철학
적 근대성에 대한 심미적 대응과 저항의 형식으로 생성되었다는 점에
서도 공통점을 지닌다. 낭만주의와 상징주의가 공유하고 있는 천재와
상상력의 개념은, 모든 것이 분화되고 파편화되어 가는 자본주의적
근대화에 대한 비판이며, 물화된 세계 속에서 합리적으로 분리된 사
물들간의 관계를 새롭게 구성하는 힘이며, 모든 것이 새롭게 통합되
는 세계에 대한 동경이기도 한 것이다. 이런 전제하에 박용철 시론이
지닌 미적 근대성의 측면도 섬세하게 고찰될 필요가 있다.

　박용철 초기 시론의 한 중요한 관점인 '존재로서의 시'는 시를 하나
의 자율적 객체로 보는 것이지만, 그 내포된 의도는 시보다 시인의
가치를 높이기 위한 것이다. '시는 한낱 존재이다'와 그 이전에 '덩어
리'가 있어야 한다는 관점은, 시 이전에 시인이 지닌 영감과 감정을
중시하는 태도이다. 박용철 시론을 전체적으로 일관하는 가장 중심되
는 관점은 언어 표현 이전의 내면적 충동에 대한 애착이다. 그것은
초기 시론에서 '존재로서의 시관'으로 전경화되면서 시를 감상하고 수
용하는 과정에 대한 관점과 상충하여 미묘한 균열을 일으킨다. 시론
에 내재하는 이러한 역학관계는 시론 자체의 논리적 완결성을 저해하
는 모순을 노출시키기도 하지만, 한편으로는 박용철 시론의 생성과
전개의 원동력으로 작용하기도 한다. 이 역학관계를 중심으로 박용철
시론이 지닌 미적 근대성의 측면과 유기체적 문제설정을 정리해 보기

로 한다.

'장원(長遠)한 미적 가치'를 중시하는 초기 시론의 '존재로서의 시관'은 칸트의 '예술의 자율성 이론'과 관련되어 '미적 근대성'의 측면을 지니고 있지만, 소박한 낭만주의적 시관이 지닌 내밀하고 폐쇄적인 차원에 국한된 것이어서 소극적인 차원에 머물러 있다. 박용철은 이 협소함을 넘어서기 위해 감상을 중심으로 한 수용과정을 천착하는데, 그것은 「효과주의적 비평논강」에서 예술의 사회적 효용에 대한 고찰로 이어진다. 이 평문은 비록 인상주의 비평의 한계에 머물러 있고 근대 사회의 속성에 대한 구체적인 저항의 의미를 확보하지 못했지만, 당시 프로문학과 민족주의문학의 계몽적 목적의식을 비판하는 비평적 개입으로 문학사적 의미를 획득할 수 있다. 그런데 이 사회적 효용론에 있어서도 비평가와 시인을 비범한 천재적 재능을 지닌 존재로 동일시함으로써, 영감과 천재를 중시하는 최초의 관점을 유지하게 된다. 천재의 영감·음악적 운율을 중시하는 박용철의 시론은, 서구 낭만주의 시관과 관련성을 지니며 유기체적 문제설정과 미적 근대성의 측면을 공유한다. 그런데 서구 낭만주의는 칸트의 '예술의 자율성 이론'을 사상적 배경으로 하면서, 프랑스 혁명의 좌절과 산업혁명의 진행 속에서 근대 사회의 압박과 질곡에 대항하는 미적 근대성의 적극적 측면을 지닌 반면, 박용철 시론이 지닌 소박한 낭만주의적 표현론은 당대 사회의 현실 문제, 즉 식민지 조선이 겪는 특수한 근대성에 대한 고려없이 예술의 순수성만을 추구하여 미적 근대성의 소극적 측면을 지니게 된다. 박용철의 시론은 사회의식보다는 당시 문단에서 다른 문학 경향과의 대타의식이 중요한 동인(動因)으로 작용한 것이라고 볼 수 있다. 그러나 감성적 직관과 생리적 필연성에 근거한 유기체적 시관을 보여줌으로써, 당시 프로시와 민족주의시가 지닌 계몽적 목적의식, 그리고 프로시와 모더니즘시가 지닌 이성적 주체에 근거한 진보적 시간관에 대응했다는 점에서, 미적 근대성의 소극적 측면도 소홀히 평가될 것만은 아니다.

한편 후기 시론에서 박용철은 하우스만 시론을 수용하면서 '변설 이상의 시'와 '반기교주의'의 관점에서 임화와 김기림 시론을 비판하는 동시에, 시 창작과정의 문제를 '체험'과 '변용'을 중심으로 천착한다. '신체적 본능에 의한 수동설'과 '영감설'로 요약되는 하우스만의 시론을 원용한 박용철의 '체험'과 '변용'의 시론은, 초기 시론에서부터 중시된 영감·생리적 필연성과 만나 새로운 단계로 나아간다. 박용철은 다시 릴케의 변용과 대지(大地)의 시론을 수용하면서 이를 「시적 변용에 대하여」에서 체계화하게 된다. 여기서 '변용'은 단순히 표현 이전의 충동을 언어로 표현하는 과정을 의미하는 것이 아니라, 존재의 변신, 혹은 전이의 과정을 포함하는 것이다. 따라서 '변용'의 시론에도 시 창작과정을 유기적 생명체로 간주하는 유기체적 문제설정이 근저에 자리잡고 있다. 박용철은 「시적 변용에 대하여」에서 표현 이전의 충동, 즉 선시적인 관점과 언어 표현과정, 즉 시 창작과정의 기술의 관점을 왕래하면서 그 사이의 균열을 '체험'과 '변용'의 개념을 중심으로 해소하려 한다. 이 두 관점 사이의 균열을 완전히 해소하지는 못했지만 그 교호작용을 천착함으로써, 박용철의 시론은 1930년대 김기림과 임화의 시론이 관심을 기울이지 못했던 시적 본질의 한 측면을 포착할 수 있었다. 결국 박용철 시론의 특징은 소극적 차원의 미적 근대성과 유기체적 문제설정으로 요약될 수 있다. 그리고 박용철 시론이 근거하고 있는 유기체적 문제설정은 앞서 고찰한 유기체적 문학관의 존재 이론, 과정 이론, 가치 이론 등을 포함하고 있는 것으로 판단된다.

V. 1930년대 시론의 상관성

　이 장에서는 김기림·임화·박용철의 시론을 현실과 주체·내용과 형식·인식적 매개와 기법적 매개 등의 분석소를 중심으로 분석한 Ⅳ장의 결과를 종합적으로 비교·검토함으로써, 1930년대 시론의 전체적 상관성을 고찰하고자 한다. 그리고 이 세 시론가가 근거로 하는 기하학적 문제설정, 변증법적 문제설정, 유기체적 문제설정이 미적 근대성의 개념과 어떻게 관련되어 있는지를 아울러 비교·검토함으로써, 1930년대 시론의 양상뿐 아니라 한국 근대시론의 세 가지 유형을 설정하고자 한다.

　김기림은 초기 시론에서 '현실 중시의 시관'을 견지하면서 '유동적 현실'과 '미시적 주체'의 개념을 설정한다. 그는 현실(리얼리티)을 주관과 객관·시간과 공간이 상호 교섭하고 침투하는 일점으로 파악하고, 그것이 부단히 변하고 있다고 봄으로써 '유동적 현실'의 개념을 천명한다. 그리고 주체를 지식인계급·시민계급·민중·군중 등에서 찾으려는 모색을 계속하면서 작은 자아·작은 주관에 주목함으로써 '미시적 주체'를 발견한다. 그것은 근대 문명과 예술이 도달한 죽음과 같은 균정(均整)의 상태, 즉 전체적 통일성을 깨뜨리는 '원시적 조야 (粗野)의 힘'을 지닌 개념이다. 이 원시적 조야는 '프리미티브(primitive)한 감각'과 연결되는데, '감각'은 '지성'과 함께 주체가 현실과 교섭하는 인식적 매개에 해당한다. 따라서 초기 시론에서 인식적 매개로서 '지성'과 '원시적 감각'이 공존하며 상충하는 현상이 발생한다. 이는 한국 현실과 문학의 요청에 부응하는 관점과 세계 문명과 문학의 역사적 단계를 전체적으로 파악하는 관점 사이의 균열이며, 역사철학적 근대성과 그 미적 저항 사이의 균열과도 관련된다. 이러한 양 측면의 동시적 추구는 시론 자체 내의 논리적 모순을 발생시키는데, 그것은 물론 김기림 시론의 한계로 지적되어야 하겠지만, 당시 한국의 현실을 감안할 때 세계적 상황과의 관련 속에서 한국문학의 현실에 주체적으로 개입하려 했던, 한 식민지 지식인의 고뇌라는 긍정적인 평가도 가능할 것이다.

한편 초기 시론에서 김기림은 시의 내용으로 '시대정신'을, 기법적 매개로서 '언어'를, 언어를 매개로 한 시의 형식으로서 '일상 언어의 리듬'과 '회화적 이미지'를 설정한다. 김기림은 변화하는 현실에 대응하는 주체의 사상을 이데(시대정신)로 보는데, 당대의 시대정신을 근대 과학문명의 발전에 따른 생활 감정의 변화, 즉 근대화에 따른 발전과 변화의 근대성으로 파악하고, 다시 그것을 자본주의 말기의 퇴폐화 경향으로 파악한다. 이 내용으로서의 시대정신이 형식으로 전이되는 양상을 김기림은 넓은 의미의 시양식의 문제와 좁은 의미의 시적 형식의 문제로 구분하여 사고한다. 그는 센티멘탈 로맨티시즘과 편내용주의의 프로시를 부정하고 다다나 초현실주의시 등도 대체로 부정하면서 모더니즘 계열의 시를 옹호한다. 그리고 내용으로서의 시대정신과 형식을 연결시키는 매개로서 '언어'를 중시하는데, 시의 언어를 음·형태·의미의 세 가지 구성요소들의 결합으로 보는 김기림은 음의 가치로서 생동하는 '일상 언어의 리듬'을, 형태의 가치로서 '회화성'과 '이미지'를 부각시킨다. 그런데 역동성에 초점을 둔 '일상 언어의 리듬'과 조소성에 초점을 둔 '회화적 이미지'가 하나의 시작품 속에서 구성요소로서 공존하는 것은 모순을 발생시킨다. 이것은 리듬과 이미지를 시 내부의 기법적 차원이 아닌 시사적 차원에서 각각을 분리하여 사고한 데서 연유한다. 즉 김기림은 시의 구조를 음·형태·의미의 유기적 결합으로 보지 않고 각각을 분리해서 사고하며, 더 나아가 낭만주의=음악성, 이미지즘=회화성, 프로시=의미 등으로 그것을 역사적 문학양식에 대입하는 도식성을 보여준다. 이는 역사철학적 근대성과 그 미적 저항이라는 미적 근대성의 양면을 동시에 추구하는 데서 오는 균열과도 관련되지만, 작품 자체의 내재적 비평의 관점과 역사적 비평의 관점 사이의 혼동과도 관련되는 것이다.

여기서 우리는 일반적 통념과는 달리, 김기림이 초기 시론에서부터 '현실 중시의 시관'을 강하게 가지고 있으며, 유동하는 현실과 주체의 상호 침투 속에서 시대정신을 발견하고, 그것을 내용으로 삼아 다시 언어를 매개로 시적 형식으로 전이시키는 관점을 지니고 있음을 알 수 있다. 김기림은 시를 하나의 객관적 구조로 보는 내재적 비평의 관점과, 그것을 다시 역사적 진행과정 속에서 사회적 현상으로 보는 외재적 비평의 관점을 동시에 추구한다. 이러한 그의 비평 태도는 시의 예술성과 사회성을 동시에 고려하는 관점을 보여주는데, 그는 예술성과 사회성의 매개로서 지성과 원시적 감각, 그리고 언어의 문제를 천착한다. 특히 그는 내용(시대정신)과 형식(문학양식·시적 형식)을 매개하는 언어를 음·형태·의미의 세 가지 요소의 결합으로 보고, 이러한 언어관을 토대로 시의 형식을 분석한다. 김기림의 이러한 비평 태도는 근본적으로 기하학적 문제설정을 근거로 한다. 가치 중립적 객관주의와 과학적 분석주의와도 일맥 상통하는 기하학적 문제설정은, 흄에 의해 정의된 대로 현대 사상의 비연속성의 원리·반인간주의·반낭만주의를 토대로 하고 있으며, 현대예술의 주지적 경향이나 추상성과도 관련되어 있다. 이는 결국 자본주의 근대의 역사적 진행과정에서 20세기 현대예술에 부여된 근대성에 대한 반영과 반발, 수용과 저항을 그 특징으로 한다는 의미가 된다. 결국 흄·파운드의 이미지즘, 리차즈·엘리어트 등의 뉴크리티시즘, 미래주의 등의 서구 문예 경향과의 관련 속에서 생성된 김기림의 시론은, 그 선택과 배제의 복잡한 관계망 속에서 역사철학적 근대성과 그 미적 저항이라는, 미적 근대성의 양면을 동시에 고려하고 추구한 것이다. 그러나 그 두 측면이 시론 자체에 용해되어 하나의 완결된 논리로 표현되지 못하고, 상충하여 모순을 노출시키는 문제점도 지적되어야 한다.

김기림은 후기 시론에서 인간성 옹호와 낭만주의 재평가를 계기로 근대시의 순수화 경향과 관련하여 당시 한국시의 기교주의화를 비판하고 지성과 인간성의 종합, 기교와 내용의 통일을 지향하게 된다. '전체로서의 시관'은 시대적 현실과 집단적 주체, 그리고 주관과 객관을 잇는 매개로서 풍자와 모랄을 제시한다. 초기 시론의 미시적 주체 대신에 '집단적 주체', 유동적 현실 대신에 '시대적 현실'이 설정되고, 그 매개로 지성과 원시적 감각 대신에 '풍자'와 '모랄'이 설정된 양상이다. 한편 '전체로서의 시'가 추구하는 '지성과 인간성의 종합'은 '기교와 내용의 통일'로 설명되고 있으므로, 초기 시론의 '시대정신'을 대체할 시적 내용은 '인간성'이 되는 셈이다. 그런데 '인간성'이 주체와 현실 사이의 상호 교섭과 침투의 결과로 생겨난 시적 내용에 해당하는 것은 어폐가 있다. 그것은 주체의 주관성에 근접해 있는 것이기 때문이다. 그리고 기교와 형식을 동일시하는 문제도 노출된다. 따라서 김기림의 후기 시론은 초기 시론에 내재되어 있던 모순과 균열이 증폭되고 표면화되어 비평 관점의 불균형과 논리적 모순을 상당히 노출하고 있다. 그것은 내재적 비평의 관점이 단순화되면서 위축되고, 외재적 비평의 관점이 압도하는 양상으로 전개된 데서 연유한다. 시의 예술성보다 사회성을 중시하는 이러한 양상은, 물론 1930년대 후반의 시대 현실에 적극적으로 대응하려는 태도에서 생겨나는 것이지만, 시론 자체의 논리적 미비점은 한계로서 지적되어야 할 것이다.

임화는 초기 시론에서 역사성의 확보·볼세비키적 대중화·시의 프롤레타리아화라는 논의를 중심으로 프로시의 독자성을 원칙론에 입각하여 주장한다. 프로시의 사실주의 지향으로 요약될 수 있을 이 초기 시론의 주안점은 시인의 세계인식 태도, 곧 세계관에 있다. 임화

는 이 세계관을 중심으로 대중화의 논리·조직의 논리·계급의 논리
를 펼치는데, 이 논리의 정론성(政論性)에서 벗어나 있거나 대항하는
시 경향을 적으로 간주하고 일관되게 비판한다. 낭만주의와 기교주의
시 비판도 이러한 차원에서 행해지는 것이다. 이런 관점 아래 임화는
'정치·경제적 현실'과 '관념적 무산계급 주체', 그리고 그 매개로서
주체의 '세계관'을 강조한다. 시의 내용과 형식에 대한 관심은 사회적
·역사적 토대에 상응하는 시의 양식 문제에 초점이 맞춰지는데, 그
것은 주로 프로시의 독자성과 정론성을 옹호하기 위해 그것과 대립되
는 시양식과 시론들을 비판하는 양상으로 전개된다. 한편 내용과 형
식을 매개하는 요소로서 '풍자'를 그것이 지닌 소시민성과 주지적 감
각을 이유로 부정한다.

　임화 시론은 우선 토대와 상부구조의 관계로서 '정치·경제적 현실
의 이데올로기적 반영이 시'라는 명제에 입각해 있다. 그리고 주체관
은 '시인 주체의 프롤레타리아 계급성'이라는 명제로 요약될 수 있다.
이 두 명제를 종합하면, 정치·경제적 현실에 의한 이데올로기적 반
영과 무산계급 주체의 세계관에 의해 시작품이 산출된다는 의미가 된
다. 그것은 '현실→작품'과 '주체→작품'의 일방적 진행과정으로 이
해되고, 현실과 작품 사이의 매개로서 '이데올로기'를, 주체와 작품 사
이의 매개로 '세계관'을 설정한 것이다. 그런데 여기서 임화는 창작
주체로서 프롤레타리아계급을 상정하고 있지만, 당시 실제 노동자·
농민을 염두에 둔 것이 아니라 막연히 관념적 차원에서 사유하고 있
다. 또한 실제로는 지식인계급에 해당하는 시인들이 작품을 통해 민
중들을 선도해야 한다는 개념을 가지고 있었기 때문에, '관념적 계급
주체'라고 설정한 것이다. 한편 임화는 작가의 세계관이 작품의 내용
뿐 아니라 형식 및 수준까지 결정한다는 단순화된 논리를 지니고 있
다. 그리고 예술의 임무는 프롤레타리아의 계급 해방에 조력하는 데
있다고 보고, 시인은 그 역할을 수행해야 한다고 주장한다. 이로부터
시의 대중화론과 프롤레타리아화라는 명제가 생겨난다. 이는 시의 수

용과정에 해당하는 관점인데, 임화는 이 수용관계의 구조를 생산관계의 구조와 동일한 동시대적 현실의 차원에서 고려하고 있다. 그러나 시의 대중화론과 프롤레타리아화의 최종 목표로 상정된 계급 해방은 미래에 속한 것이므로, 근본적으로 미래지향적인 역사관에 토대하고 있다는 점을 고려할 수 있을 것이다. 결국 지금까지 정리한 임화 초기 시론은 넓은 의미의 마르크스주의와 당대 문학운동의 성격에 의해 규정되는 특징을 지니며, 정론성에 입각한 사회적 비평과 규범적 비평으로 정의될 수 있다. 따라서 그것은 프로비평의 원칙론과 규범에서 벗어나지 못하는 한계를 보여준다.

그런데 임화는 후기 시론에서 사회주의 리얼리즘의 '혁명적 낭만주의'를 수용하면서 낭만적 정신을 진정한 리얼리즘을 달성하는 중요한 계기로 삼는다. 이 시기에 임화는 '당파성'을 강조하는데, 그것은 노동자계급의 당파성에 의해서만 주·객관의 변증법적 통일이 가능하다고 보기 때문이다. 당파성을 기초로 임화는 초기 시론에서 규범적으로 설정했던 현실 개념과 주체 개념을, 당대 식민지 조선의 '객관적 현실'을 반영하는 '노동자계급의 주체'로 설정한다. 이러한 이해는 '형상적 인식'을 추구하는 리얼리즘의 반영론적 인식을 확보함으로써 얻어진다. 임화는 이 형상론을 전형론으로 발전시키는데, 이러한 반영론적 미학을 기반으로 내용과 형식의 변증법적 통일을 '실천'의 개념으로 매개함으로써 리얼리즘 시론의 정립을 추구하게 된다.

후기 시론에서 임화는 당위성과 규범에 입각한 프롤레타리아 시론을 반영론과 전형론에 입각한 리얼리즘 시론으로 발전시킨다. 따라서 임화 시론의 전개는 프로 시론의 당위적 원칙론을 당대 한국 현실과 문학에 구체적으로 적용하기 위해 이론적 밀도와 깊이를 보충해 나간 노력으로 이해될 수 있다. 결국 반영론과 전형론에 입각하여 정초된 이 리얼리즘 시론은 그 자체의 내부적 모순과 균열을 비교적 적게 노출시키는 논리적 완결성을 지니게 된다. 그러나 이 완결성이 곧 그 시론의 우수성을 의미하는 것은 아니다. '실천을 통한 내용과 형식의 변

증법적 통일'이라는 명제를 포함하여, 그의 리얼리즘 시론은 초기 시
론에 비해 구체화되긴 했지만 시비평의 실제에 적용되기에는 너무 추
상적이고 원리적인 거대 이론이다. 또한 실제의 경우 임화는 내용과
형식을 분리하여 사고하는 문제점도 노출시킨다. 시론 자체의 모순과
균열이 적다는 것은 오히려 예술작품이 지닌 복합성에 밀착하여 그것
을 정밀하게 규명하려는 노력의 부족을 의미할 수도 있다. 이 점은 리
얼리즘 이론이 지닌 거시 담론의 특징과 그것이 근거하고 있는 변증
법적 문제설정이 지닌 본질적 양상과도 관련성을 지닌다. 반영론과
전형론, 당파성과 실천의 개념 등으로 정의될 수 있는 리얼리즘 이론
은 근본적으로 변증법적 문제설정에 근거하고 있다. 변증법적 문제설
정은 이성적 주체의 인식에 의해 반영되는 객관적 실재라는 '진리'의
개념을 중핵으로 하고 있는 점에서, 주체의 자기동일성에 의한 합목
적적 진보의 역사관으로 설명될 수 있는 역사철학적 근대성의 특징을
강하게 가지고 있다. 따라서 임화 시론이 지닌 역사철학적 근대성은
당대 식민지 현실 속에서 계급 해방의 목적 의식이 반봉건 · 반외세와
결부되는 점에서 가치적 합리성을 지닌 반면, 시의 예술성 및 자율성
의 측면과 타자의 문학을 배제하고 억압하는 도구적 합리성의 부정적
측면도 함께 지닌다. 또한 임화의 변증법적 문제설정과 리얼리즘 시
론이 궁극적으로 목표로 한 것은 계급 해방의 사회주의 건설인데, 그
것은 근대 이후의 성격을 지닌 것이다. 따라서 가장 근대적인 속성을
지닌 역사철학적 근대성에 입각하여 근대 이후를 추구하는 것은 태생
적인 이율배반성을 지닌 것이 된다. 결국 내용 중심 · 현실 중심 · 이념
중심의 문학관으로 요약될 수 있는 임화의 리얼리즘 시론은, 시론 자
체의 논리적 모순보다는 그 변증법적 문제설정과 역사철학적 근대성
이 지닌 근본적인 특징과 한계에서 자유롭지 못한 것이다.

　박용철의 초기 시론은 천재적 개인으로서의 주체, 감정과 감상 중
시, 음악적 형식과 인상주의 비평 등의 특징을 지니고 있다. 그것은
크게 보아 시를 하나의 존재로 보는 관점과, 그것을 감상자나 비평가

의 입장에서 수용하는 관점 사이에서 형성된다. '존재로서의 시론'은
시를 하나의 예술적 형상과 객관적 존재로 간주하는 것으로, 시와 시
인·시와 사회를 분리하는 칸트의 '예술의 자율성 이론'과 맞닿아 있
는 듯이 보인다. 그런데 그것이 지닌 미적 근대성의 측면은 역사적·
사회적 근대성의 경험에 대한 미적 대응의 차원이 아니라 폐쇄적이고
소극적 차원에 국한되는 것이다. 박용철은 이 협소함을 넘어서기 위
해 '존재의 시론'을 시의 수용과정에 대한 천착과 결부시키는데, '시의
고처(高處)'와 '감상'을 중심으로 한 인상주의 비평과 예술의 사회적
효과를 측량하는 비평가의 직능을 강조하게 된다. 이러한 특징을 가
진 박용철의 초기 시론은 낭만주의의 소박한 시관과 인상주의 비평의
한계에 머물러 있지만, 당시 프로문학과 민족주의문학의 계몽적 목적
성에서 벗어나 시의 본질적 측면을 돌아보게 하는 점에서 긍정적인
의미도 지니고 있다.

　박용철의 시론에는 현실에 대한 고려가 거의 나타나지 않는다. 다
만 작품을 중심으로 '천재적 개인'이라는 주체관에 입각한 창작 주체
와 수용 주체와의 관계망이 설정된다. '시인 → 작품 → 비평가'로 진행
되는 이 관계망은 창작과정과 수용과정의 시·공간이 동질적인 차원
으로 사유되고 있다. '존재로서의 시론'은 일단 시와 시인·시와 현실
의 분리라는 '예술의 자율성 이론'과 연결되지만, 그 내포된 의미는
표현 이전의 충동, 즉 시인의 감정을 중시하는 관점이므로 시와 시인
의 비분리가 전제되어 있어 미묘한 모순과 균열을 일으킨다. 그리고
수용과정의 관점에서 시의 사회적 효과를 탐색한 점에서 '시와 현실
의 분리'와도 그러한 균열이 발견된다. 박용철은 시의 사회적 효과를
탐색하면서도 천재적 비평가의 역할에 비중을 둠으로써, 온전한 의미
의 시의 사회성을 추구하지 못한다. 따라서 박용철 초기 시론은 천재
적 시인의 감정과 천재적 비평가의 직능에 의미가 부여되면서, 시를
감상하는 차원에서의 인상주의 비평이 강조되는 것이다.

　한편 박용철은 하우스만의 시론 「시의 명칭과 성질」을 번역한 이후

발표한 「을해 시단 총평」에서부터 초기 시론의 입장을 유지하면서 새로운 관점을 천착하게 된다. 즉 '존재로서의 시'와 '수용과정의 관점'을 유지하면서 '창작과정에 대한 탐색'을 시도하는 것이다. 수용과정의 관점에서는 하우스만 시론을 원용하여 김기림 시론과 임화 시론을 비판하면서 정지용·김영랑 등의 시를 옹호한다. 김기림 비판은 하우스만의 형이상학파 비판을 원용하여 '반기교주의'의 입장에서 시도되고, 임화 비판의 경우에는 하우스만의 '언어와 의미의 긴밀한 결합론'을 원용하여 '변설 이상의 시'라는 입장에서 시도된다. '지성'과 '변설'에 대한 비판은 결국 '생리적 필연성'에 대한 옹호와 상통하는 것인데, 그것은 후기 시론의 중심 개념인 '영혼'과 '체험'과 '변용'을 중심으로 구체화되고 체계화된다. '영혼'은 영감·감정과 함께 낭만주의적 시관을 대표하는 것인 반면, '체험'과 '변용'은 상징주의에 해당하는 릴케의 변용과 대지의 사상을 수용하여 형성시킨 것이다. 따라서 후기 시론은 초기 시론의 낭만주의적 시관에 상징주의적 시관을 결부시킨 양상을 띠는데, 그 결과 이 두 관점 사이의 미묘한 균열이 생겨난다. 박용철의 후기 시론은 영혼·영감·감정 등의 표현 이전의 충동을 고유한 영역으로 보존하려는 관점과, 그것이 언어로 표현되는 과정을 고려하는 관점 사이에서 동요하는 것이다. 그러나 박용철은 '체험'과 '변용'을 중심으로 선시적인 것과 언어 표현상의 기술 사이의 상호 교섭을 천착함으로써, 「시적 변용에 대하여」에 이르러 유기체적 시론의 중요한 성과에 도달하게 된다.

후기 시론의 중심 개념인 '체험'과 '변용'은 생리적 필연성과 언어 표현 과정의 기술 문제를 융합시킨 것으로서, 경험의 신체적 육화와 시 제작과정의 기술과 기다림으로 제시된다. 릴케의 변용과 대지의 사상을 수용하여 체계화한 이 시론은, 그러나 선시적인 것에 대한 애착과 창작과정의 기술 사이의 균열을 완전히 해소하지는 못하는데, 두 관점 사이를 왕래하면서 그 상호 교섭의 양상을 구체적으로 천착하였다는 점에서 이 방면의 선구적 위치에 놓인다. 이러한 특징을 가진 박용철의 시론은 유기체적 문제설정을 근거로 하는데, 유비적 사유방식과 유기체적 세계관에 입각한 그것은 과정 이론으로서 연속성, 존재 이론으로서 역동성, 가치 이론으로서 전체성을 중시한다. 그것은 낭만주의적 문학관이나 상징주의 문학관과 관련성을 가지며 미적 근대성의 측면과도 관련된다.

 이상에서 현실과 주체, 내용과 형식, 인식적 매개와 기법적 매개라는 분석소를 중심으로 한 문학이론의 좌표를 염두에 두면서 김기림·임화·박용철 시론의 특징을 요약적으로 정리하였다. 이제 김기림·임화·박용철의 시론이 지닌 상관성을 일목 요연하게 고찰하기 위해, 지금까지의 논의를 통해 드러난 특징들을 하나의 도표로 정리해 보기로 한다. 그 구체적인 방법으로는 각 시론이 지닌 문제설정을 기준으로 분석소를 중심으로 한 미시적 요소의 상관성을 먼저 살펴보고, 다음으로 문제설정으로부터 유추되는 거시적 요소의 상관성을 살펴보기로 한다.

분석소 ＼ 시론가	박용철	임 화	김기림
현 실	－	정치·경제적 현실 → 객관적 현실	유동적 현실 → 시대적 현실
주 체	천재적 개인 (시인·비평가)	관념적 계급 주체 → 노동자계급 주체	미시적 주체 → 집단적 주체
현실과 주체의 매개 (인식적 매개)	－	이데올로기 → 당파성	지성과 원시적 감각 → 풍자와 모랄
내 용	감정, 덩어리 → 영혼, 영감 (선시적인 것)	이데올로기 → 당파성	시대정신 → 인간성
형 식	음악적 형식 (운율)	－	공간적 형식 (회화적 이미지, 생동하는 리듬)
내용과 형식의 매개 (기법적 매개)	표현 → 변용	세계관 → 실천	언어
시의 예술성과 사회성	예술성	사회성	사회성 + 예술성
문제설정	유기체적 문제설정	변증법적 문제설정	기하학적 문제설정

〈그림 6〉

관점 \ 시론가	박용철	임화	김기림
문제설정	유기체적 문제설정	변증법적 문제설정	기하학적 문제설정
문학적 태도	문학적 초월주의	이념적 전망주의	객관적 분석주의
문학관의 유형	예술가 중심 문학관	민중 중심 문학관	지식인 중심 문학관
문학론의 유형	표현론	반영론	종합적 고려
관련된 문예사조 및 이론	낭만주의, 상징주의	리얼리즘 (사회주의 리얼리즘)	현대 모더니즘 (영미 주지주의)
대타의식	프로문학, 민족문학, 모더니즘	부르조아 자유주의 문학	감상적 낭만주의 편내용적 프로문학
미적 근대성의 양상	미적 근대성 (소극적 의미)	역사철학적 근대성	미적 근대성(역사 철학적 근대성 + 미적 저항)

〈그림 7〉

VI. 결론

    본고는 한국 근대시론사 연구의 기초를 마련하기 위해 1930년대의 대표적인 시론가인 김기림·임화·박용철의 시론을 대상으로 근대시론의 세 가지 문제설정을 시도해 보았다. 모더니즘·리얼리즘·낭만주의라는 문예사조적 개념을 중심으로 연구되어온 종래의 방법틀에서 벗어나, 텍스트를 내적 역동성의 체계와 외적 역동성의 체계로 간주하는 구조적 연구의 방법을 모색하였다. 이를 위해 문학비평 연구의 좌표를 새롭게 설정하고 근대성과 미적 근대성의 개념을 적용하여 근대문학의 제 양상들을 균형있게 연구할 수 있는 토대를 마련하였다. 본고가 채택한 구조적 연구는 텍스트 자체를 심층적이고 미시적으로 분석하는 내재적 연구를 통해 개별 시론의 미학적 원리와 특징을 규명하고, 다시 그것들을 1930년대 시론의 전체적 구도 속에서 살피기 위해 상호 연관성과 차별성을 비교·검토하는 작업이다. 각 시론가의 시론을 인식론적 단절에 유의하여 초기 시론과 후기 시론으로 나누고, 그 각각을 전개과정의 관점과 내재하는 원리 분석의 관점을 결합시켜 분석소를 중심으로 분석하였다. 이때 분석소는 문학비평 연구의 좌표 속에서 설정된 현실과 주체, 내용과 형식, 인식적 매개와 기법적 매개라는 개념이다. 일종의 징후발견적 독법으로 시도된 초기 시론과 후기 시론의 분석을 종합하여 각 시론이 근거하고 있는 이론적 문제설정을 발견하고, 이 문제설정과 미적 근대성의 관련 양상을 검토하였다. 그 결과 우리는 다음과 같은 결론을 얻게 되었다.

김기림은 초기 시론에서 현실 중시의 시관을 통해 '유동적 현실'과 '미시적 주체'를 설정하고, 그 사이의 인식적 매개로서 '지성'과 '원시적 감각'에 주목한다. 시의 내용으로서는 '시대정신'을, 기법적 매개로서 '언어'를, 언어를 매개로 한 시의 형식으로서 '일상 언어의 리듬'과 '회화적 이미지'를 설정한다. 인식적 매개인 지성과 원시적 감각, 시적 형식인 역동적 리듬과 조소적 이미지가 공존하는 것은 시론 내부에 논리적 모순을 야기하는데, 이는 세계문학의 단계와 한국문학의 단계 사이의 시대적 격차에서 오며 역사철학적 근대성과 그 미적 저항 사이의 균열과도 연관된다. 후기 시론에서 김기림은 낭만주의 수용을 계기로 기교주의시를 비판하고 지성과 인간성, 기교와 내용의 종합으로서 '전체성의 시'를 주창한다. 이에 따라 '시대적 현실'과 '집단적 주체', 인식적 매개로 '풍자'와 '모랄'을 설정하는데, 문학의 사회성을 중시하는 외재적 비평의 방향으로 전개됨으로써 초기 시론에 내재된 모순과 균열이 증폭되고 표면화되는 모습을 보여준다. 이런 특징을 지닌 김기림의 시론은 전체적으로 기하학적 문제설정에 근거한다고 볼 수 있다. 그것은 반인간주의・반낭만주의・객관적 분석주의 등의 특징을 기초로 하는데, 덧없는 현실에 대한 불만의 표현으로서 시간의 흐름을 정지시켜 공간으로 변형시키는 '추상'의 속성과도 연관된다. 이러한 추상의 속성은 미적 근대성의 측면과 연결되고, 과학적 객관주의와 이분법적 사유틀은 역사철학적 근대성과 연결될 수 있다. 따라서 김기림 시론의 기하학적 문제설정은 역사철학적 근대성의 수용과 그 미적 저항이라는, 미적 근대성의 양면적 추구를 보여주는 것이다.

임화는 초기 시론에서 프롤레타리아시의 독자성을 원칙론에 입각하여 규범적으로 주장하면서 '정치・경제적 현실'과 '관념적 무산계급 주체', 그 매개로서 '이데올로기'와 '세계관'을 강조한다. 시의 내용과 형식에 대한 구체적 관심보다는 프로시의 독자성을 옹호하기 위해 여타 시양식과 이론을 비판하는 양상을 보여준다. 임화 시론의 특징은 넓은 의미의 마르크스주의와 당대 문학운동의 성격에 의해 규정되는데, 정론성(政論性)에 입각한 사회적 비평과 규범적 비평으로서 원칙론에서 벗어나지 못하는 한계를 지닌다. 후기 시론에서 임화는 사회주의 리얼리즘의 혁명적 낭만주의를 수용하여 낭만적 정신을 강조하는데, '객관적 현실'을 '당파성'에 의해 반영하는 '노동자계급 주체'를 설정한다. 반영론적 인식과 전형론을 기반으로 내용과 형식의 변증법적 통일을 '실천'의 개념으로 매개함으로써 리얼리즘 시론을 정초하게 된다. 이런 특징을 지닌 임화의 시론은 전체적으로 변증법적 문제설정에 근거한다고 볼 수 있다. 이성적 주체의 인식에 의해 반영되는 객관적 실재라는 '진리'의 개념은 역사철학적 근대성과 연결된다. 임화 시론의 역사철학적 근대성의 양상은 계급 해방의 목적의식이 반봉건·반외세와 결부되는 점에서 가치적 합리성을 지닌 반면, 타자성을 배제하고 억압한 점에서 도구적 합리성의 부정적인 측면도 지닌다. 그리고 가장 근대적인 속성을 지닌 역사철학적 근대성의 사유방식으로 계급 해방의 사회주의 건설이라는 근대 이후를 추구한다는 점에서 태생적인 모순을 지니고 있다.

박용철은 초기 시론에서 '천재적 개인'으로서의 시인과 비평가, '음악적 형식', '인상주의 비평' 등을 중시하는데, 그것은 시를 존재로 보는 관점과 수용과정의 관점 사이에서 형성된다. 시를 하나의 예술적 형상과 객관적 존재로 간주하는 태도는 칸트의 '예술의 자율성 이론'과 맞닿아 있는데, 그것이 지닌 미적 근대성은 근대 사회의 전개와 속성을 의식하고 저항하는 측면보다 사회 현실로부터의 분리를 통해 폐쇄적이고 자족적인 영역에 머물러있는 점에서 소극적인 의미를 지닌다. 하우스만 시론의 수용 이후 후기 시론에서 박용철은 초기 시론의 관점을 유지하면서 창작과정에 대한 탐색을 시도한다. '변설 이상의 시'와 '반기교주의'로 임화 시론과 김기림 시론을 비판하고 생리적 필연성을 중시하는 '체험'과 '변용'의 시론을 전개한다. 영혼·영감·감정 등의 '선시적'(先詩的)인 것을 중시하는 관점과, 그것을 언어로 표현하는 '기술'을 고려하는 관점 사이에서 동요하는데, 박용철은 '체험'과 '변용'을 중심으로 이 둘의 상호 교섭을 천착하여 유기적 시론의 중요한 진전을 보여준다. 이런 특징을 지닌 박용철의 시론은 전체적으로 유기체적 문제설정에 근거한다고 볼 수 있다. 시를 유기적 구조로 보는 좁은 의미뿐 아니라, 시 창작과정과 수용과정까지를 유기적 생명의 원리로 간주하는 넓은 의미의 유기체적 문제설정에 근거한 박용철의 시론은, 과정 이론으로서의 연속성·존재 이론으로서의 역동성·가치 이론으로서의 전체성 등을 중시한다.

위에서 살펴본 개별 시론들의 특징과 문제설정을 기초로 하여 1930년대 시론의 상관성을 고찰하였다. 김기림은 '기하학적 문제설정'을 토대로 시의 예술성과 사회성, 내재적 비평과 외재적 비평을 함께 고려하면서 표현론과 반영론이 아닌 복합적 문학관을 형성한다. 객관적 분석주의에 입각한 지식인 중심의 문학관을 지니며, 주로 영미 주지주의의 영향 속에서 감상적 낭만주의와 편내용적 프로문학에 대타의식을 보여준다. 이러한 특징은 역사철학적 근대성을 반영하면서 동시에 그 미적 저항을 시도하는 양면적 추구의 양상과도 관련되어 있다. 임화는 '변증법적 문제설정'을 토대로 시의 사회성을 중시하는 반영론과 외재적 비평의 태도를 견지한다. 이념적 전망주의에 입각한 민중 중심의 문학관을 지니며, 주로 리얼리즘의 영향 속에서 부르조아 자유주의문학에 대타의식을 보여준다. 이런 특징은 역사철학적 근대성의 추구와도 관련되어 있다. 박용철은 '유기체적 문제설정'을 토대로 시의 예술성을 중시하는 표현론의 관점과 인상주의적 비평의 태도를 견지한다. 문학적 초월주의에 입각한 예술가 중심의 문학관을 지니며, 주로 낭만주의와 상징주의의 영향 속에서 프로문학·민족문학·현대 모더니즘에 대타의식을 보여준다. 이런 특징은 소극적 의미의 미적 근대성의 추구와도 관련되어 있다.

　본고에서 연구 방법으로 상정한 구조적 연구는 계보적 연구와 연계
될 때 그 온전한 완결에 이를 수 있다. Ⅱ장 1절 「구조적 연구의 의미
와 방법」에서 언급한 대로, 1930년대 시론의 구조적 연구 결과 얻어
진 세 가지 문제설정과 그 특징적 양상을 준거로 넓은 의미의 통시적
연구가 진행될 필요가 있다. 즉 유기체적 문제설정 · 변증법적 문제설
정 · 기하학적 문제설정의 세 유형을 상정하고, 박용철 · 임화 · 김기림
의 시론을 기준으로 그 이전과 이후의 계보를 추적하는 것이다. 이
계보적 연구는 각 계보의 독자성이 유지되는 방향과 함께, 계보들 사
이의 상호 교섭과 침투에 의한 새로운 이론 생성의 방향을 추적하는
과정이 될 것으로 예상된다. 그런데 각각의 시론들은 이 세 문제설정
중 어느 하나에 무게중심을 두고 있는 경우가 많으므로, 일단 그것을
중심으로 유형을 설정한 후 상호 교섭과 창조적 변용의 양상을 검토
하는 방식이 유용할 것으로 판단된다.

　이 계보적 연구의 구체적이고 본격적인 진행은 차후의 과제로 남겨
두고, 여기서는 그 개괄적인 윤곽을 그려보기로 한다. Ⅲ장에서 1930
년대 이전의 계보를 개괄적으로 정리하였으므로 그 이후의 계보를 중
심으로 정리하기로 한다. 먼저 유기체적 문제설정에 해당하는 시론의
계보로는 1930년대 후반의 정지용 시론, 1940년대의 조지훈 시론,
1980년대 이후의 최동호 시론 등을 거론할 수 있다. 시론 이외의 분
야로서는 1930년대 김환태의 인상주의 비평, 식민지 시대에서 해방
이후까지 이어지는 조윤제의 유기체적 문학사론, 김동리 · 조연현의
비평도 여기에 속한다고 볼 수 있다. 유기체적 문제설정은 동 · 서양
의 고전적 문학관과 밀접한 연관성을 지니고 있으므로, 한국 고전시
론사 연구도 이 유형의 계보적 연구에 포함시킬 수 있을 것이다. 따
라서 이 유형의 연구는 국문학의 중요한 과제 중의 하나인, 고전문학
과 근대문학의 연속성을 발견하는 데에도 기여할 것으로 생각된다.
변증법적 문제설정에 해당하는 시론의 계보로는 우선 1920년대의 박
영희 시론 · 김기진 시론이 언급될 수 있다. 이 밖에 식민지 시대에

권환·백철·이정구 등의 시론이 있으나, 체계화된 이론을 남기지는
못한 것으로 보인다. 해방 이후에도 이 유형의 시론은 1960년대까지
별다른 성과를 얻지 못하는데, 이는 반공 이데올로기가 지배하는 시
대적 분위기와 함께 변증법적 문제설정이 주로 원론과 소설론을 중심
으로 전개된 사정과도 관련된다. 그러나 1970년대 김지하의 민중 시
론·신경림의 민요 시론·고은의 민족문학에 입각한 시론 등으로 새
로운 단계에 접어들고, 1980년대 왕성한 리얼리즘 논의를 거쳐 1990
년대 초반에 리얼리즘시 논쟁이 벌어진다. 이 논쟁은 식민지 시대 리
얼리즘 시론을 재검토하면서, 그것을 더 체계적으로 다듬고 실제 창
작에 적용하는 데에 초점이 맞춰졌다. 시론 이외의 분야에서는 1930
년대 김남천의 소설론, 1940년대 후반의 김동석의 비평, 1960년대 후
반 이후의 백낙청·염무웅의 비평, 1970년대 후반 이후의 최원식의
비평이 이 계보에 속한다. 이상에서 살펴본 유기체적 문제설정과 변
증법적 문제설정의 계보는 대체로 그 유형의 독자성을 유지하는 방향
으로 전개된다. 기하학적 문제설정의 계보는 상대적으로 독자성의 강
도가 약한 반면, 상호 교섭을 통한 새로운 이론 생성의 전개를 보여
준다. 기하학적 문제설정에 해당하는 시론은 김기림 이후 1950년대
김경린·조향 등에 의해 단편적으로 이어지다가 1950년대 후반에서
1960년대 김종길·김수영·김춘수에 의해 한 단계 높은 성과를 얻게
된다. 그리고 이 삼각구도로부터 다시 1960년대 후반 이후의 유종호
·김우창·김현의 시론이 전개되고, 1970년대 이후의 김흥규의 시론
이 전개된다. 시론 이외의 분야에서는 1930년대 최재서의 비평, 1960
년대 이후의 조동일·김치수의 비평, 1970년대 이후의 김인환의 비평
등이 여기에 속한다.

그런데 이 계보적 연구에서 유의해야 할 점은 연구 대상을 하나의
문제설정으로 환원하거나 수렴하지 않고, 텍스트에 내재하는 문제설
정들간의 상호 교섭 및 갈등의 양상을 섬세하게 적출하는 것이다. 이
를 위해서는 개별 시론의 연구에 있어서 본고가 시도한 구조적 연구

의 방법론을 구체적으로 적용하여 미시적 분석과 거시적 조망을 함께 추구하는 것이 바람직할 것이다. 이러한 방식을 통해 구조적 연구와 계보적 연구가 상호 보완적으로 진행되고 성과를 얻는다면, 본고가 전제한 한국 근대시론사의 전체적 구도가 잡힐 것으로 기대한다. 그리고 이러한 관점은 시론사뿐만 아니라 시사·소설사·비평사 등에도 적용될 수 있는 것으로서, 각 분류사에서의 이러한 시도가 종합된다면 온전한 근대문학사 기술에 기여할 수 있을 것이다.

제2부 한국 근대시의 구조적 연구

Ⅰ. 서정주 초기시의 의미구조 연구
― 이원성과 그 융합의 의지를 중심으로

1. 서론

1) 연구사 검토 및 문제 제기

서정주는 1936년 『동아일보』 신춘문예에 시 「벽」이 당선됨으로써 문단에 등장하였다. 그는 식민지 지배체제가 구축해 놓은 암울한 시대 상황 속에서, 그것이 한 개인에게 안겨준 고통과 좌절을 강렬한 생명의 미학으로 형상화하면서 문학적 대응 양식을 보여주었다. 인간의 내면 깊이 숨겨진 영원과 절대에의 갈구를 인간성 자체의 탐구를 통해 표출하였던 것이다.

1941년 근대시사에 큰 획을 긋는 시집 『화사집(花蛇集)』을 출간한 이후, 그는 독자적인 한 생애를 이루면서 오랜 시적 여정을 계속해 왔다. 1948년에 제2시집 『귀촉도(歸蜀途)』를 출간하면서 변모의 조짐을 보이기 시작한 그의 시세계는, 10여 권의 시집을 내는 동안 계속 변화를 거듭하여 오늘에 이르렀다. 1972년에는 전5권으로 된 『서정주 문학전집』(일지사)이 간행되어 시와 문학론과 자서전과 수필을 함께 묶어낸 바 있다. 하지만 서정주 시세계의 전모를 총결산하게 된 것은

1983년에 간행된 『미당서정주시전집』(민음사)에 와서이다. 이 전집이 간행됨에 따라 시세계의 변모과정과 함께, 그 변모의 내면을 관류하고 있는 일관된 정신적 흐름을 조망할 수 있게 되었다.

서정주 시에 대한 연구는 시적 전개와 변모가 다양했던 만큼 다각도로 행해져 왔다. 그 성과에 대한 전체적 평가도 역시 찬사와 비판이 엇갈렸으나, 그가 1930년대 후반 이후 한국시를 이끌어 온 주류임을 부정하는 사람은 없을 것이다. '한국시의 대표', '한국시의 정부(政府)'라는 표현은 그가 근대시사에 우뚝 솟은 봉우리로서 대가적 면모를 지닌 시인임을 말하여 준다. 이제까지의 선행 연구를 살펴보면 평론과 학위논문을 합쳐서 120여 편에 달한다. 이는 주로 초기시에 중점을 두고 후기시의 변모 양상에 주목하고 있는데, 시인론·작품론·시세계의 해명·상상력 연구 등을 통해 서정주 시세계의 전체적 모습이 거의 밝혀지고 있는 실정이다. 하지만 시의 심층 분석을 통해 그 형상화를 가능케 한 내적 동인(動因)을 밝혀낸다면, 서정주 시세계에 대한 본질적 해명이 가능하게 될 것으로 기대한다.

본고의 전개에 앞서 서정주 시에 대한 선행 연구를 중요한 가치를 지닌 논문을 뽑아 몇 가지 유형으로 정리하면 다음과 같다.

첫째 연구의 유형은 서정주 시세계의 객관적 전개 양상을 살핌으로써 중요한 주제나 특징을 고찰하는 것이다. 이는 대부분 초기시에 중점을 두고 후기시와의 관계에 주목하면서 시적 여정에 따른 시세계의 변모 양상을 추적하고 있다. 『화사집』을 중심으로 한 초기시에 나타난 육체적 관능에 대한 해명과, 그것의 극복이 어떤 양상으로 전개되는 지를 살피는 것이다.

서정주 시에 대한 최초의 본격적인 평가는 조연현에 의해 이루어졌다. 그의 논문 「원죄의 형벌」은 시의 정밀한 분석에 의한 것이라기보다는 직관적 관찰에 의한 평가이며, 따라서 논지가 추상적이고 포괄적이다. 그럼에도 불구하고 이 글은 이후 서정주 시에 대한 비평적 접근의 방향을 정해주는 선구적인 것이었다. 그는 「자화상」에 시인의 숙명적인 어떤 운명의 행로가 이미 예언되어 있다고 보고, 이 천치와 죄의식이라는 운명적인 업고는 '인류의 원죄의식'에서 온 것이라고 피력한다.

> 씨의 이러한 모든 전율과 반항과 발악과 절망과 통곡과 비원(悲願)을 초래시킨 굴욕과 유랑과 천치와 죄의 의식은 어디에서 온 것일까. 그것을 씨 한 개인의 성격이나 운명으로 돌려버리기엔 씨의『화사집』의 세계는 너무나 많은 인류의 운명을 노래해 버리고 만 것이다.
> (…중략…)
> 그러면 씨의 모든 운명적인 업고는 어디에서 온 것인가. 여기에 우리가 경탄하지 않을 수 없는 이유가 있다. 그것은 씨의 모든 운명적인 업고가 인류의 원죄의식에서 왔다는 것이다.[1]

그는 또한『귀촉도』를 이 원죄의 형벌에서 몰락하지 않고 다시 살아나는 재생의 노래라고 말하고, 이 재생은 '모가지'만 남은 자기의 주체를 재편성하고 재구성해 가는 과정이라고 파악한다. 조연현의 이 글은『화사집』의 형벌이 '원죄의식'에서 온 것이라고 규정하여 초기시 세계의 본질에 대한 최초의 언급을 하였다는 점에서 의미가 있으나, 그 원죄의식이 어떻게 생성되었는가 하는 내재적 동인에 대한 구체적 해명이 불충분하다. 따라서『화사집』에 나타나고 있는 갈등의 양상을 섬세하게 추출해 내지 못하고 있다. 또한『귀촉도』로의 전개를 하나의 단절과 재편성과정으로 인식한 점에서, 표면적 단절 속에 내재된 내면적 연속성의 고찰에까지는 나가지 못한 것으로 보인다.

송욱은「서정주론」에서「화사」의 약점을 지적하면서, 육체와 정열을 제약하는 요소로서 지성과 윤리의 결핍을 언급한다.

---

1) 조연현,「원죄의 형벌」(『문학과 사상』, 1949.12),『서정주연구』, 동화출판공사, 1975, 12면.

이 시인의 서구적인 표현이 완전히 성공하지 못한 것은 강력한 육
체적인 정열을 들여다보고 처리할 수 있는 명쾌하고도 투명한 지성,
다시 말하자면 샤를르 보들레르에서 볼 수 있는 영혼의 흑투(黑鬪)와
지성의 투명함을 동적으로 결정(結晶)시킬 수 있는 미학이 없다는 점
이다.2)

초기시의 세계에서 머리의 무게보다는 심장의 무게에 더 큰 비중이
있음을 파악한 송욱은, 후기시에서 시인이 정서의 이력서를 뒤적거리
며 전통적인 정서의 세계로 들어오고야 만다고 말한다. 송욱의 이러
한 견해는 거의 최초로 행한 서정주 시에 대한 비판적 고찰로서 의의
를 지니고 있으나, 그 비판의 기준에 있어서는 문제점이 노출된다. 그
것은 서구문학을 하나의 완성된 기준으로 보고 서정주 시를 비판하는
재단적 비평에 가깝다. 이러한 비판은 「화사」라는 한 작품의 유기적
구조에 대한 더 세밀한 분석에 의해 행해지거나, 초기 시세계의 전체
적 의미구조의 해명을 통해 행해져야 확실한 근거점을 마련할 수 있
을 것으로 보인다.

김학동은 「서정주 시인론」에서 <시인부락>의 시사적 의미를 개략
적으로 설명한다. 그리고 서정주가 그의 초기 작품 『화사집』의 행동
적이며 육감적인 서구 지성의 전통에서 출발하여, 『귀촉도』 이후 감
성의 세계로 귀의하여 정감적인 동양의 전통으로 옮겨가는 시적 변모
를 보인다고 말한다.3) 이 논문은 전체적으로 조연현의 논지를 따르면
서 구체적인 시편들을 많이 인용하고 해석함으로써, 초기시의 양상과
후기시의 변모과정을 소상히 밝히고 있다.

김인환은 초기시에 나타난 성적(性的) 심상에 주목하는데, 특히
「자화상」에서 그것은 정상적인 인간관계를 불가능하게 하는 내심의
정열에 기인하고, 동시에 시작(詩作)에 몰입함으로써 그 정열이 생활

2) 송 욱, 「서정주론」(『문예』 18호, 1953.11), 『서정주연구』, 19면.
3) 김학동, 「서정주 시인론」, 『동양문화』 5집, 1966.6.

을 파탄시키지 않게 되었을 것이라고 언급한다. 그리고 초기시가 후기시로 변모되어가는 과정에서 연결고리로서 '쬐그만 이 휴식'(「도화도화」)을 들고, 그것이 커다란 결과를 초래하였다고 피력한다.4)

한편 천이두는 「자화상」의 '바람'이 시적 생애를 이끌어 가는 기본적 추진력이며 그 바람을 불러일으키는 요인은 '피'라고 파악한다.

> 서정주의 생애를 지배하여 온 것이 그 숙명적인 '바람'이라면, 그러한 바람을 불러일으키게 하는 기본적인 유인(誘因)이 되는 게 '피'이다. 사실 『화사집』에서 『동천』에 이르기까지 그의 시에는 언제나 몇 방울의 피가 섞여 있기 마련이다. 그의 시의 생애는 단적으로 말해서 자신의 '피'를 어떻게 다스려 나가는가의 고된 싸움의 과정이다.5)

이 글은 서정주 시의 기본적 동력이 되는 '바람'과 '피'를 추출해내고 '피의 이율배반성'을 지적한다. 또한 그것에 입각하여 『화사집』에서 『동천(冬天)』에 이르는 시적 여정을 명료하게 추적한 점에서 의의를 지닌다. 하지만 이 글은 그 성과에도 불구하고 몇 가지 보완을 필요로 한다. 첫째, '피의 이율배반성'이 생겨난 실제적 생성 동기와 그 내적 갈등의 구조를 구체적으로 해명할 필요가 있다. 둘째, '피'와 '바람'의 맹목적 지향을 언급하였는데, 그것이 맹목적 질주 속에서도 도달하려고 하는 목표, 즉 지향점을 고찰할 필요가 있는 것이다.

둘째 연구의 유형은 시인을 하나의 존재론적 주체로 보는 관점을 지니는 것이다. 이는 시적 자아의 의식이 외부세계의 현실에 어떻게 대처해 나가는가에 주목한다. 따라서 시인이 세계에 대한 반응의 주체로서 서정시 속에 형상화한 시의식을 중점적으로 고찰하는 방식이다.

김춘수는 『화사집』의 세계를 니체적인 생체험이라고 하고, 그것은

---

4) 김인환, 「서정주의 시적 여정」, 『문학과 지성』 8호, 1972.5.
5) 천이두, 「지옥과 열반」, 『시문학』 11~14호, 1972.6~9. 『서정주연구』, 208면.

1940년 전후의 한국적 현실이 주된 원인으로 작용한다고 본다. 그는 "시인이 어떤 내적 현실을 창조한다는 것은 시인이 처한 시대의 현실 속에서 그 현실의 가장 깊이 은폐된 부분을 열어보여 준다는 뜻이 된다"라고 언급한다. 따라서 그는 서정주를 한 시대의 처절한 생의 참 모습에 육박하여 그것을 상징적으로 부각시킬 수 있었던 시인으로 평가하고 있다.6) 김춘수의 이 지적은 논지의 당위성에도 불구하고 일반적이고 추상적인 명제의 차원에 머물러 있으며 구체적 예증을 보여주지 못하고 있다.

한편 주체로서의 시적 자아가 현실에 대응하는 양상을 분석적인 논증으로 보여주는 글로서 김우창의 논문이 있다. 그는 초기시와 후기시의 특징을 대별하면서 갈등과 구제의 각도에서 서정주 시의 형성원리를 설명한다. 그는 서정주 초기시, 특히 『화사집』의 두 가지 특징으로 강렬한 관능과 대담한 리얼리즘을 들고, 이 리얼리즘의 원리를 불리한 사회적 여건에 대하여 자기를 대결시키는 대결의 원리라고 말한다. 또한 이것을 일반화하여 대립의 원리라고 보고 육체와 정신의 갈등, 사회와 개인, 자아와 외부조건의 대립도 여기에 포함된다고 파악한다.7) 이 글은 외부세계에 대한 자아의 대결 양상을 하나의 원리로 확대하여, 서정주 시의 핵심적인 특징을 잘 보여주고 있다. 하지만 이 대결의 원리는 너무 일반화되어 있어 서정주 시의 형성원리가 되는 구체적 대립구조를 섬세하게 추출하지는 못한다. 또한 『귀촉도』로의 변모를 살피는데 있어 '갈등과 화해'라는 심리의 기본적 리듬으로 일반화시켜 설명한다든지, 한국의 전통적 정신이 강하게 작용하였을 것이라고 지적한 것은 불충분하다고 생각된다. 이 변모는 초기시의 생성원리가 지닌 내적 필연성에 의해 밝혀내어야 할 성질의 것이다. 이를 위해서는 초기시가 발생되는 내적 동인과 그 발생과정의 현실적

---

6) 김춘수, 「시인론을 위한 각서」, 『신작품』 8집, 1954.
7) 김우창, 「한국시와 형이상」, 『세대』, 1968.7.

의미에 대한 구체적 해명이 선행되어야 한다. 따라서 초기시의 구조
화 원리가 되고 있는 대립 개념을 추출하고, 그 갈등의 전개 양상을
통해 구체적인 시세계의 전개를 정확히 설명해 내는 것이 연구의 과
제로서 요청되고 있다. 이로써 초기시의 전체적 의미구조를 해명해
낸다면, 후기시로의 표면적 변모에 내재된 내면적 연속성의 고찰에까
지 나아갈 수 있을 것으로 기대한다.

고은은 「서정주 시대의 보고」에서 몇 비평이 서정주 초기시를 지나
치게 예찬하고 그것을 후기시를 규탄하기 위한 대비로 삼는 경향에
대해 경고한다. 그리고 서정주 시가 지닌 현실과의 대응관계를 살필
때, 현실의 원형을 자기 자신의 정열에 천착시키는 예술가적 특질에
비중을 두어야 한다고 말한다. 결국 서정주의 시적 변모는 차원적이
고 상투적인 현실에 대한 관심으로부터 점차 일탈하여 무속적 사랑으
로 나아가고 있음을 지적한다.8)

최동호는 「서정적 자아 탐구와 시적 변용」에서 시인의 시의식과 시
적 대상의 상호 조명을 통해 서정주 시를 해명한다. 그는 초기시에서
후기시에 이르는 과정에 작용하는 시인의 시의식을 의식의 주체와 대
상의 관섬에서 고찰한다. 특히 「자화상」에서 서정적 주체가 추구하는
자아 탐구의 한 원형적 틀을 발견하고, 이러한 자아의 내면적 성숙과
정과 더불어 시적 형상화의 방향이 변모함을 논증하면서 후기시의 양
상을 살피고 있다. 결국 그는 이상(李箱)과 윤동주와의 공통점을 추출
하여 1930년대 시의 특징으로 의식 주체로서의 자아와 그 대상으로서
의 자아가 분리되고 있음을 밝히는 데까지 나아간다.9)

셋째 연구의 유형으로는 중요한 시작품의 유기적 구조를 분석한 작
품론과, 현상학적 조명에 의해 작품에 나타난 심상(心像)을 분석하여
상상력의 질서를 해명하는 논문을 들 수 있다.

---

8) 고 은, 「서정주 시대의 보고」, 『문학과 지성』, 1973년 봄.
9) 최동호, 「서정적 자아 탐구와 시적 변용」, 『현대문학』, 1980.6.

작품론의 대표적인 경우로 김종길의 「'추천사'의 형태」가 있다.10) 그는 시를 하나의 유기적인 통일체로 보는 시관을 견지하면서, 「추천 사(鞦韆詞)」를 형태와 운율의 측면에서 살피고 유기적 관계 속에서 역설적 구조를 밝혀낸다. 이 글은 한 편의 시를 언어구조로 간주하고 운율과 구조, 그리고 시적 대상들 사이의 의미연관을 분석함으로써 시가 지닌 비밀을 알아내는데 성공하고 있다.

이외에도 작품론으로 김재홍의 「화사」에 대한 분석11)과 천이두의 「동천」에 대한 분석12)을 들 수 있다. 한편 김화영은 『미당 서정주의 시에 대하여』13)에서 시적 전개에 따라 중요 테마를 설정하고 여러 시 편들에 중복되어 나타나는 이미지를 연관적으로 고찰하여, 서정주 시 의 의미공간을 풍부하고 다양하게 해석하고 있다. 이 글은 시전집을 통해 일관되고 있는 정신적 흐름의 맥락, 즉 전체적 의미구조의 통일 성을 고찰하기 위한 기본적 연구로서의 의미를 지니고 있다고 보여 진다.

서정주 시에 나타난 중요한 시적 대상의 현상학적 고찰을 보여주는 논문으로는 하재봉과 이종윤의 학위논문이 있다. 하재봉은 서정주 시 에 나타난 물질적 상상력을 연구하여 시인의 정신적 변모과정을 살핀 다. 그에 의하면 서정주 시의 중심적인 시적 대상은 피와 물인데, 이 중 피는 관능적·동물적 상상력, 즉 생명의식의 탐구를 보여주고, 물 은 정화(淨化)와 심화·역동성을 보여주고 있음을 밝힌다.14) 이종윤 은 피의 심상에 주목하고 현상학적 조명을 통해 그 상징적 의미를 고 찰하여 서정주 시의식의 지향성을 추적한다.15) 이 두 논문은 중요한

---

10) 김종길, 「'추천사'의 형태」, 『사상계』, 1966.3.

11) 김재홍, 「서정주의 '화사'」, 『한국현대시작품론』, 문장, 1981.

12) 천이두, 「서정주의 '동천'」, 『한국현대시작품론』, 문장, 1981.

13) 김화영, 『미당 서정주의 시에 대하여』, 민음사, 1984.

14) 하재봉, 「서정주 시의 물질적 상상력 연구」, 중앙대 석사논문, 1981.

15) 이종윤, 「서정주 초기시의 연구」, 경희대 석사논문, 1984.

몇 가지 심상을 분석하여 그 상상력의 질서를 파악하는 데 성과를 보았으나, 서정주 초기시의 전체적 의미공간 속에서 그것이 어떤 부분적 의미와 위치를 차지하고 있는가라는 질문을 가능케 한다. 한 이미지의 의미체계는 부분과 전체의 상호 조명을 통해 보다 큰 구조 속에 삽입되어 이해되어야 할 것이다. 따라서 셋째 연구의 유형은 한 편의 시 혹은 몇 가지 시적 대상의 의미를 밝히거나 다양하고 풍부한 해석에 있어서 성과를 보았으나, 그것이 전체적 의미공간 속에서 어떤 통일성을 지니는가를 파악하는 데에는 미치지 못하고 있다.

이상의 선행 연구의 검토를 통해서 제기된 문제점을 정리하면 다음과 같다. 첫째 유형의 연구는 시적 전개에 따른 시세계의 특징과 변모 양상을 고찰하는 것인데, 주로 직관적 관찰에 의하거나 시의 표면에 나타난 현상, 또는 중요한 모티프를 중심으로 초기시의 주제를 특징짓고, 그것이 어떤 변모 양상을 나타내는지를 보여주는 것이었다. 그러나 외부현실의 압력에 대한 의식적 주체로서의 자아의 반응이 자세히 나타나 있지 않다. 의식의 주체와 대상 사이의 관계 설정에 따라 대립 개념을 추출하고, 그것이 작품을 형상화시키는 구조화 원리를 해명함으로써, 서정주 시를 끌어가는 동력의 원천을 알아낼 필요가 있다. 둘째 연구의 유형은 이런 문제점을 어느 정도 극복하고 있는데 반해, 한편으로 직관적이고 추상적인 가설의 차원에 머무를 우려를 가지게 한다. 따라서 시의식의 형성원리가 시세계의 구체적인 형상으로 드러나는 양상에 의해 입증할 필요가 있다. 서정적 주체로서의 시적 자아가 현실과의 대응방식을 통해 어떤 시적 표현을 낳는가라는 시적 형상화의 측면에 대한 고찰이 필요한 것이다. 이는 시 속에 구현된 형태적 요소, 특히 심상의 실제적 분석이 요청됨을 뜻한다. 이런 의미에서 셋째 유형의 연구는 이 문제점을 보완해 줄 수 있다. 이것은 작품에 나타난 구체적 심상의 분석을 통해, 시의식의 발생과 지향성을 추적해 가면서 전체적인 상상력의 질서를 밝혀내는 작업이다. 그런데 이렇게 해명된 심상의 의미는 전체적 의미구조 속의 부분에 불과하므로, 셋째 연구 유형의 한계를 극복하기 위해서는 부분과 전체의 상호 조명의 작업이 요청되는 것이다.

이상과 같이 각 연구 유형에서 드러난 문제점을 정리해 본 결과, 서정주의 시세계를 제대로 파악하기 위해서는 세 가지 연구 유형들 간의 상호 보완적인 연구가 필요함을 알 수 있다. 이는 서정적 주체로서의 시적 자아가 외부세계에 대응하는 방식의 측면에서 시의식의 구도를 묻는 작업과, 작품의 구체적인 전개 양상에 따라 시세계의 특징을 규명하는 작업을 상호 연관성을 유지하면서 행하는 것이 된다. 그리고 이 동일한 연구의 다른 방향에서의 두 작업은 각각 작품에 나타난 구체적 심상의 분석을 통해 이루어져야 한다. 따라서 본고는 선행 연구들의 축적된 성과를 바탕으로 이러한 상호 보완적인 고찰을 통해 서정주 초기시의 실체에 접근하려고 하는 것이다.

2) 서정주 시 이해의 전제

서정주의 시세계를 온전히 이해하기 위해서는 서정주 시가 지닌 독특한 특성에 대한 고려가 선행되어야 할 것 같다. 이는 본고의 텍스트 선정의 문제와 서정주 시가 지닌 두드러진 시적 특성, 즉 전경화(前景化)된 형식적 요소에 대한 고려와 관계가 있다.

첫째, 서정주 시세계의 전모를 파악하기 위해서는 우선 초기시, 특히 『화사집』의 전체적 의미구조를 파악하는 것이 필수적이다. 일반적으로 한 편의 시는 그 자체로서 완결된 의미와 형식을 지니고 있지만, 시의식이나 시세계의 특징을 고찰할 경우 그것은 시집 전체의 흐름 속에서 전반적 구조 속에 통합되어야 한다. 서정주 시의 경우는 10권의 시집을 묶어 전집을 형성하고 있기 때문에 전집 또한 하나의 완결된 상징체계로 간주할 수 있다. 그런데 본고의 입장은 『미당서정주시전집』을 하나의 작품으로 볼 때 『화사집』의 의미구조가 큰 비중을 차지한다는 것이다. 이것은 『화사집』의 시적 자력(磁力)이 후기시에까지 뻗치고 있음을 의미한다. 지금까지의 선행 연구들도 이러한 관점에 기초하여 초기시에 중점을 두고 후기시의 변모 양상을 고찰하였다. 하지만 선행 연구들에서 노출되는 문제점은 『화사집』 자체에 대한 완결된 의미구조를 제대로 파악하지 못함으로써, 그 변모의 양상을 내면적 연속성이 아닌 단절과 재편성으로 간주한 점이다. 혹은 그 연속성의 인식에 있어서도 『화사집』의 의미구조에 대한 온전한 파악이 선행되지 않은 데서 오는 오류가 나타나는 것으로 보인다. 따라서 본고는 『미당서정주시전집』의 전모를 파악하기 위한 디딤돌로서 『화사집』을 주된 텍스트로 선정하고 그 완결된 의미구조를 파악하려는 입장을 취한다.16)

둘째, 서정주 시의 시적 화자(persona)는 대부분 시인 자신이다. 일반적으로 시적 화자와 시인은 반드시 일치하는 것은 아니지만, 서정주 초기시의 경우에는 강렬한 자아의 직접적 표출로 인해 그것이 대부분 일치하고 있다. 초기시에는 시인의 자의식이 시의 전면에 두드러지게 나타나는데, 그 드러남의 양상은 크게 두 가지로 나누어진다. 하나는 '나'라는 주체가 직접 시어로서 등장하는 경우인데, '시적 화자=나'의 등식이 성립되며 결국 이는 시인 자신이 된다. 또 하나는 '문둥이'처럼 서정적 자아에 상응하는 시적 상관물을 등장시키는 경우이다. 이때는 시적 화자인 시인 자신이 '문둥이'라는 시적 상관물로 나타나는 또 하나의 자아를 대상으로 묘사하게 되는데, 이는 시인이 분리되고 있는 자아의 두 측면을 자의식으로 바라보는 양상이 된다. 따라서 이 경우는 서정주 시에 나타난 시적 화자와 자아의 또 다른 모습으로 나타나는 상관물의 관계를 살펴봄으로써, 시의식의 양상을 파악할 수 있는 근거를 마련해준다.

셋째, 서정주 시의 형식적 요소 중 상징적 심상과 원형적 심상이

---

16) 이 전제를 바탕으로 본고는 논의의 편의를 위해 『화사집』을 초기시, 『귀촉도』 이후의 시를 후기시로 칭하기로 한다. 그리고 앞으로의 시 인용은 모두 『미당서정주시전집』(민음사, 1983)을 근거로 한다.

특히 중요하다. 일반적으로 심상(image)은 대상을 감각적으로 인식하도록 자극하는 말을 통칭하는 용어인데,[17] 이것은 정신적 심상·비유적 심상·상징적 심상의 3가지 유형으로 분별된다. 이 중 상징적 심상은 반복과 회귀의 양상을 통해 상징적 형식으로 극화되거나 신화 또는 원형과 관련될 수 있다.[18] 서정주 시에서는 바로 이 상징적 심상과 원형적 심상이 중요한데, 이 고찰을 위해서는 바슐라르 Gaston Bachelard의 물질적 상상력과 윌라이트 P. Wheelwright의 원형 개념, 그리고 융 C.G. Jung적인 원형 개념의 적용이 유용할 것으로 생각된다. 결국 이러한 연구 방법과 개념의 적용을 통해 밝혀지게 될 상징과 원형의 요소는, 서정주 시세계에 나타난 상상력의 질서를 구체적으로 해명하여 초기시의 전체적 의미구조에 도달되는 매개체가 된다.

넷째, 서정주 시의 음악적 형식 중에서는 운율과 리듬보다는 어조와 호흡의 요소가 중요하다. 특히 『화사집』에서는 자아의 표출이 직접적이고 강렬하기 때문에 운율과 리듬에 대한 섬세한 배려가 개입될 여유를 주지 않는다. 사실상 초기시가 지닌 형식상의 두드러진 특징은, 강렬한 생명적 상상력의 분출에 의한 호흡의 단절과, 그에 따른 급격한 시상(詩想) 전환이다. 서정주는 자신의 어풍(語風)을 장식하지 않은 순라(純裸)의 미의 형성이라고 말하고, 그것을 직정 언어(直情言語)라고 표현한 바 있다.[19] 이러한 이유로 서정주 초기시에 나타난 어조와 호흡의 특징에 주목하여 시의 문맥과 문맥 사이의 맥락을 해석해 낸다면, 시인의 정서 상태나 내면의식뿐만 아니라 그 사회적 인력, 즉 상황과 자아가 충돌하여 빚어내는 양상을 유추할 수 있게 될 것이다.[20]

---

17) 이상섭, 『문학의 이해』, 서문당, 1972, 76면.
18) 이승훈, 『시론』, 고려원, 1979, 114~127면 참고.
19) 서정주, 『서정주문학전집』 5권, 일지사, 1972, 266~267면.
20) 바흐쩐은 가치 평가의 가장 준수한 표현은 어조 속에서 발견되며 어조는 늘 언어적인 것과 비언어적인 것, 언급된 것과 언급되지 않은 것 사이의 경계에

3) 연구 목적 및 방법

본고의 목적은 주로 서정주 초기시 『화사집』의 전체적 의미구조를 파악하는데 있다. 모든 문학작품은 극단적인 풍부성과 극단적인 통일성이라는 양극단 사이의 극복된 긴장의 결과로 볼 수 있다. 여기서 전체적 의미구조는 풍부성과 통일성의 상호 연관적인 왕복운동에 의해 접근할 수 있다. 또한 이는 심층 분석을 통한 시의 본질적 해명을 필요로 한다.

이 목적을 달성하기 위한 연구의 방법은 『화사집』이라는 동일한 텍스트에 시의식의 구도와 시세계의 규명이라는 두 가지 방향으로 접근하는 방식을 취한다. 이는 시인이 세계에 대한 반응의 주체와 객체로서 서정시 속에 형상화한 시의식의 형성원리를 묻는 방향과, 시작품의 구체적인 전개 양상을 살펴 시세계를 명확히 규명해 내는 방향이 된다. 그런데 이 각각의 접근법은 중요한 심상의 상징적 의미와 원형적 의미를 추적해 가면서 상상력의 질서를 살피는 작업과, 작품의 유기적 분석과 해석이라는 세부적인 작업을 통해 이루어지게 될 것이다. 이 연구 방법을 차례로 제시하면 다음과 같다.

첫째, 하나의 주체로서의 시적 자아가 세계에 대처해 나가는 방식에 주목하여 시의식의 구도를 잡는 작업이다. 이를 위한 매개항으로 대립 개념을 설정하여 시의 형상화를 가능케 한 발생의 근거를 고찰하고, 그 동력적 의지를 이끄는 지향점을 추적하여 시의식을 재구성하려고 한다. 초기시의 출발점에 서 있는 「자화상」을 중점적으로 분석함으로써 핵심적인 형성원리가 되는 대립 개념을 추출하고, 그 대립 개념에 유념해서 시의식의 발생과 지향을 추적하는 것이다. 이때 이 작업은 시인의 전기적 사실에 근거하지 않고 작품 자체의 구체적

위치한다고 말한다. 또 언술은 그 속에 발화자와 청취자, 그리고 주인공의 사회적 상호 작용을 반영한다고 파악한다(Tzvetan Todorov, 최현무 역, 『바흐찐 : 문학사회학과 대화이론』, 까치, 1987, 167~174면 참고).

인 심상이나 전체적 구조를 분석함으로써 진행시킨다. 시인의 내적인 경험의 실체를 재구성함으로써 시의식의 구도를 잡는 이 접근법은 어느 정도 가설적 성격을 띠게 된다.

둘째, 앞의 접근 방법에서 추출된 대립 개념을 갈등 대립의 전개 양상으로 펼쳐서 제시하고, 그것에 구체적인 시작품의 전개 양상을 겹쳐서 시세계의 해명을 시도한다. 따라서 이 방법은 초기시의 형성 원리가 되는 시의식의 갈등 양상의 전개에 따라 시세계의 변모 양상을 재구성하여 제시되는 작업이 된다. 이는 『화사집』에 혼재되어 나타나는 갈등의 구조와 진행을 명확하게 가시화(可視化)하려는 목적 때문에 생겨난다. 이 작업은 '시의식의 구도'가 지닌 가설적 성격을 구체적 작품의 해석을 통해 검증하는 역할도 지니게 된다.

이상에서 살펴본 대로 본고는 시의식의 구도를 추출해 내는 작업과, 시세계의 변모 양상을 추적하는 작업이라는, 상호 보완적인 두 방향의 접근을 텍스트 내의 중요 심상의 분석을 통해 가시화함으로써, 『화사집』이 지닌 전체적 의미공간에 도달하려는 한 시도이다.

2. 대립 개념과 시의식의 구도

본고는 서정주 초기시의 전체적 의미구조를 파악하는 것을 목적으로 하고 있다. 이를 위해 이 장에서는 구조화 원리를 지배하고 있는 내적 동인을 추출하고, 그 동력적 의지의 지향점을 물어 상상력의 움직임을 질서정연하게 가시화하고자 한다.

이를 위해 「자화상」을 집중적인 분석의 대상으로 삼는다. 우선 「자화상」의 구조를 전체적으로 분석하고 모티프로서 전면(前面)에 부각되는 대립 개념을 추출해 내고자 한다. 다음으로 시의식의 발생을 매개항으로 설정된 대립 개념의 이원성(二元性)으로 설명하고, 그 지향

의 양상을 역시 대립 개념으로 설명함으로써 시의식의 구도를 잡으려
는 것이다.

1) 「자화상」의 구조 분석

① 애비는 종이었다. 밤이기퍼도 오지않었다.

② 파뿌리같이 늙은할머니와 대추꽃이 한주 서 있을뿐이었다.

③ 어매는 달을두고 풋살구가 꼭하나만 먹고 싶다하였으나…… 흙
  으로 바람벽한 호롱불밑에

④ 손톱이 깜한 에미의아들.

⑤ 甲午年이라든가 바다에 나가서는 도라오지 않는다하는 外할아
  버지의 숯많은 머리털과

⑥ 그 크다란눈이 나는 닮었다한다.

⑦ 스물세햇동안 나를 키운건 八割이 바람이다.

⑧ 세상은 가도가도 부끄럽기만하드라

⑨ 어떤이는 내눈에서 罪人을 읽고가고

⑩ 어떤이는 내입에서 天痴를 읽고가나

⑪ 나는 아무것도 뉘우치진 않을란다.

⑫ 찰란히 티워오는 어느아침에도

⑬ 이마우에 언친 詩의 이슬에는

⑭ 멫방울의 피가 언제나 서껴있어

⑮ 볓이거나 그늘이거나 혓바닥 느러트린

⑯ 병든 숫개만양 헐덕어리며 나는 왔다.

— 「自畵像」 전문

이 한 편의 시 「자화상」 속에는 서정주 시세계의 숨은 비밀을 엿볼
수 있는 많은 모티프로 가득 차 있다. 또한 그것들은 거의 완벽한 전
체 구조 속에 유기적으로 형상화되어 있다. 이 시는 '원죄의식과 그

숙명적인 시적 여정에의 예언'21)이라든지 '자기 주장과 대결이라는 강렬한 리얼리즘의 원리'22)를 살펴볼 수 있을 뿐만 아니라, 이러한 시의 식을 가능케 한 발생적 요인을 고찰하는데 있어서도 중요한 작품이 다. 다시 말하면 「자화상」은 시의식의 발생에 대한 현실적 근거와 그 여정을 가능케 한 내적 동인을 강하게 암시하고 있다는 것이다. 이는 조연현이 '원죄의 형벌'이라고 부른 초기시의 혼돈과 고통과 방황, 그리고 김우창이 '대결의 원리'라고 말한 정신적 자세가 어떤 요인들의 상호 작용에 의해서 생겨나게 되는가에 대한 대답을 제시한다는 의미가 된다.

이제 시의식의 발생과 지향의 내적 동인이 되는 현실적 근거를 고찰하기 위해 「자화상」의 구조를 분석하기로 한다. 「자화상」은 전체적 구조상 완결성을 지니고 있다. 이는 시의식의 발생에 대한 현실적 근거와, 그것의 갈등 양상이 천치와 죄의식으로 드러나는 모습, 그리고 그 과정에서 표출되는 시인의 정신적 자세가 지향하는 목표를 순차적인 단계로 제시함으로써 생겨난다. 이 단계화 과정을 자세히 설명해 낸다면, 서정주 초기시가 지닌 의미구조의 틀을 해명할 수 있는 실마리를 찾아낼 수 있으리라 생각된다.

형태상 2연으로 되어있는 이 시의 구조는 사실상 3부분으로 나누어져 있다. 1연은 ⑦행에 와서 의미의 맥락이 건너뛰는 비약을 가져온다. 따라서 ①~⑥행을 첫째 단계, ⑦~⑪행을 둘째 단계, 그리고 2연의 ⑫~⑯행을 셋째 단계로 구분하기로 한다.

우선 첫째 단계에서는 '나'라는 시적 자아가 자신이 살아왔던 생활환경을 주로 애비와 에미, 할머니와 외할아버지라는 가족관계의 조건을 통해 제시하고 있다. 이 환경과 조건은 시인이 체험한 과거의 경험이다(혹은 그것의 비유적 표현이다). 이것은 ①, ②, ③행에 나오는

---

21) 조연현, 「원죄의 형벌」, 앞의 책, 10면.
22) 김우창, 「한국시와 형이상」, 앞의 책, 161면.

과거시제의 서술어("오지않었다", "서 있을뿐이었다", "싶다하였으나")를 통해서도 확인할 수 있다. 그런데 이 과거의 환경 조건이 풍기는 분위기는 암울하고 삭막하다. 주된 시간적 배경은 밤이며 경제적 궁핍과 삭막한 가족관계를 엿볼 수 있다. 우선 이 궁핍함과 삭막함은 애비의 부재(不在)로 인해 생겨나는 것으로 보인다. 여기서 중요한 사실은 이 과거의 환경 조건이 둘째 단계에 나타나는 '바람'과 '부끄러움'과 '죄인'과 '천치'라는 시인의 현재 상태에 어떤 영향을 주었는가라는 점이다. 일단 이 과거의 암울했던 경험이 시인의 의식 내부에 어떤 내적 동인으로 작용하여, 바람과 직면하게 하고 부끄러움과 죄인과 천치를 가져다주었다고 생각할 수 있다.

둘째 단계는 이 내재적 원인으로 발생된 갈등의 대립적 양상이 시인에게 죄의식과 천형의 모습으로 나타남을 보여준다. "나를 키운건 八割이 바람이다"는 시인이 부모의 사랑과 생활 환경의 보호를 받지 못한 채 고독과 방황의 길을 오랜 기간 거쳤음을 암시한다. 이 바람을 통해 얻어지는 것은 부끄러움과 죄인과 천치의 모습이다. 이는 과거의 비극적 체험이 원인이 되어 생겨난 현재의 표면적인 상태이다. 한편 "나는 아무것도 뉘우치진 않을란다"라는 ⑪행은 이 혼돈과 고통 속에서 시인의 어떤 정신적 결의를 보여준다. 이것은 미래적 결의이다. 즉 ⑪행은 둘째 단계의 혼돈과 고통과 천형의 상태를 셋째 단계의 아침과 이슬에 연결시켜 주는 역할을 맡고 있는 것이다. 따라서 시인이 결코 뉘우치지 않을 수 있는 정신적 결의는, 셋째 단계의 '찰란한 아침'과 '시의 이슬' 때문에 가능하였음을 알 수 있다.

셋째 단계는 첫째 단계의 밤의 배경이 주는 암울하고 삭막한 분위기와는 대조적으로 밝은 아침의 배경과 희망적인 분위기를 지니고 있다. 아침은 밤의 어둠을 극복하고 찬란히 틔워 오는 밝음이며, 이마 위에 얹힌 이슬은 그 영롱함과 투명함으로 인해 정화와 순수와 희망의 분위기를 띠는 것이다. 이때 '시의 이슬'은 갈등 대립의 표면적 양상인 혼돈과 방황을 '피'의 고통을 통해 극복함으로써, 밝아오는 아침

에 시인의 이마 위에 얹히는 것이다. 한편 다시 ⑪행을 살펴보면, 이
시행은 '과거-현재-미래'라는 단계적 구분에서 오는 도식성을 피하
여 그들간의 연결을 도모하고 있다. 이런 역할을 마지막 행(⑯행)도
담당하고 있는데, '병든 수캐'의 이미지는 둘째 단계인 '죄인'·'천치'
와 연결되고, '나는 왔다'의 시제는 과거로부터 현재까지의 진행을 표
시하고 있는 것이다.

이상의 논의를 통해 살펴본 「자화상」의 구조는 '과거의 비극적 생
활 환경'-'현재의 혼돈과 고통 상태'-'미래에의 정신적 결의'라는 단
계화로 구성되어 있으며, 이 단계화가 가져오는 도식성의 위험을 종
결어 시제의 적절한 배합이 막아내고 있다. 결국 「자화상」은 단계적
으로 제시된 세 가지 요소를 전체적인 구조 속에 유기적으로 형상화
하고 있는 작품인 것이다.

이러한 「자화상」의 구조에 대한 분석은 시의식의 발생과 지향을 고
찰함으로써 시의식의 구도를 설정하려는 이 장의 연구방법에 근거를
마련해 준다. 이 연구의 진행을 위한 매개항으로서 대립 개념을 추출
해 보면, 그것은 첫째 단계에서 부성(父性)의 부재(不在)와 모성(母
性)에의 연민, 셋째 단계에서 피와 이슬 혹은 아침으로 나타난다.

먼저 첫째 단계에서 삭막하고 암울한 환경은 단절된 가족관계와 결
부되어 제시된다. 이런 환경과 가족관계의 단절을 가져온 가장 현실
적인 원인은 무엇일까. 그것은 "애비는 종이었다. 밤이 기퍼도 오지
않았다"에서 제시된 부성의 부재이다.23) 종으로 표현된 굴욕은 아버
지로서의 권위의 상실을 의미하며, 동시에 경제적 궁핍을 빚게 한 현
실적인 무능을 의미한다. 여기서 가장 극단적인 대비항은 애비와 에

---

23) 여기서 사용한 부성(父性)의 개념은 아버지의 원형적 의미이다. 즉 인간존재
의 보편적이고 본질적인 차원에서 말하여지는 '아버지의 원리'를 뜻한다. 이
때 부성은 가장(家長)이 지닌 권위, 경제적 능력, 자녀에 대한 애정과 보살핌
등의 의미를 지닌다. 또한 그 범위를 확대하면, 외향적 행동성과 힘의 논리가
지배하는 사회적 현실체계를 뜻하기도 한다.

미의 상황이며, 문제가 되는 것은 이 현실 상황이 아들에게 주는 심리적 작용이다. 아들의 입장에서 에미는 임신을 하여 풋살구가 먹고 싶다고 하나, 애비는 종이고 밤이 깊어도 오지 않는다. 따라서 애비의 집에 없음과 에미의 결핍이 가장 핵심적인 대립 개념이 되는 것이다. 그리고 이러한 외부적 현실 상황이 아들에게 미치는 심리적 작용에서 시인의 초기 시의식이 싹트게 되는 것이다.

다음으로 셋째 단계에서, 시의 '이슬'은 지상적이고 동물적인 욕망의 상징인 '피'를 승화시켜 찬란히 틔워오는 아침의 '하늘빛'에 이르는 과정인 시작(詩作)의 결정체이다. 따라서 셋째 부분의 대립 개념은 일단 '피와 이슬' 또는 '피와 하늘빛'으로 나타난다고 볼 수 있다.

2) 시의식의 발생

앞에서 추출한 부성(父性)과 모성(母性)의 대립 개념을 매개항으로 삼아 이 항목에서는 시의식의 발생을 고찰하고자 한다. 「자화상」의 구조를 염두에 두면서 다시 그 과거시제 부분으로 돌아가 보기로 한다.

> 애비는 종이었다. 밤이기퍼도 오지않었다.
> 파뿌리같이 늙은할머니와 대추꽃이 한주 서 있을뿐이었다.
> 어매는 달을두고 풋살구가 꼭하나만 먹고 싶다하였으나…… 흙으로 바람벽한 호롱불 밑에
> 손톱이 깜한 에미의아들.
> 甲午年이라든가 바다에 나가서는 도라오지 않는다하는 外할아버지의 숯많은 머리털과
> 그 크다란눈이 나는 닮었다한다.

어매는 임신을 하여 신 맛이 나는 풋살구를 먹고 싶어하지만 그걸 가져다 줄 애비는 집에 없다. 흙으로 바람벽한 어둠 속에 호롱불 하

나와 아들이 있을 뿐이다. 이 상황에서 아들의 심정은 어떠한가. 바람벽과 호롱불은 아들에게 있어서 무엇인가. 애비와 에미, 할머니와 외할아버지는 아들에게 어떤 영향을 미치는 것인가.

「자화상」 자체에는 이 물음에 대답할 확실한 근거를 남겨놓고 있지 않다. 다만 파뿌리같이 늙은 할머니를 깡마르고 주름진 대추나무의 형상과 대추꽃의 초라함에 비유한 데서 결핍된 환경과 가족관계의 삭막함이 암시되고 있으며, 풋살구가 꼭 하나만 먹고 싶다고 한 어매의 말에서 경제적 궁핍과 함께 생명의 잉태와 관련된 어떤 느낌을 가질 수 있을 뿐이다. 그런데 여기서 '풋살구'는 전반적으로 제시된 대상들의 궁핍함과 불모성에 비교해 보면, 생명의 잉태를 상징하고 있다는 점에서 모성과 관련된 생산성을 암시하고 있는 것으로 보인다. 하지만 이 일말의 갈구조차 "먹고 싶다하였으나……"의 안타까운 어조에 와서는, 그 좌절을 자조의 느낌으로 표현하고 있다. 따라서 이런 어매에 대한 아들의 심정은 모성적 안식과 풍만함을 갈구하는 한편, 현실적으로 결핍되고 무기력한 그녀에게로 향한 연민이 엇갈리고 있는 것 같이 보인다.

한편 어매의 결핍은 종으로 표현된 애비의 부재가 그 현실적 원인으로 작용하고 있다. 왜냐하면 이 결핍을 채워주어야 할 애비는 종이고 집에 없기 때문이다. '종'이라는 신분이 실제적이든 비유적이든 시인의 내적 체험의 공간에서 애비는 무력하다. 게다가 외할아버지는 바다에 나가서는 돌아오지 않는다. 부성의 부재를 단적으로 알아챌 수 있다. 그런데 여기서 아들은 어떻게 외할아버지와 닮았다고 하는 것일까. 또 바다의 의미는 무엇일까. 이러한 의문점을 푸는 실마리를 「다섯살 때」에서 찾을 수 있다

내가 孤獨한 者의 맛에 길든 건 다섯살 때부터다.
父母가 웬 일인지 나만 혼자 집에 떼놓고 온 종일을 없던 날, 마루에 걸터앉아 두 발을 동동거리고 있다가 다듬잇돌을 베고 든 잠에서

깨어났을 때 그것은 맨 처음으로 어느 빠지기 싫은 바닷물에 나를 끄
집어들이듯 이끌고 갔다. 이 바닷속에서는, 쑥국새라든가―어머니한테
서 이름만 들은 形體도 모를 새가 안으로 안으로 안으로 初파일 燃燈
밤의 草綠등불 수효를 늘여가듯 울음을 늘여 가면서, 沈沒해가는 내
周圍와 밑바닥에서 이것을 부채질하고 있었다.

　뛰어내려서 나는 사립門 밖 개울 물가에 와 섰다. 아까 빠져 있던
가위눌림이 얄따라이 흑흑 소리를 내며, 여뀌풀 떨 물거울에 비쳐 잔
잔해지면서, 거기 떠 가는 얇은 솜구름이 또 正月 열나흗날 밤에 어머
니가 해 입히는 종이적삼 모양으로 등짝에 가슴패기에 선선하게 닿아
오기 비롯했다.

― 「다섯살 때」 전문, 『신라초』24)

　「다섯살 때」는 어린 시절의 가위눌림을 통한 내면적 경험을 과거시
제를 사용하여 회상하는 어조로 씌어져 있다. 「자화상」에서 피가 섞
인 시의 이슬을 이마 위에 얹고 숙명의 앞 길을 예견하기 이전의 어
린 시절에, 오히려 시인의 시적 체험은 바다물에 침몰해 가는 가위눌
림의 신비로운 경험을 통해 싹트고 시작되었을 것이다. 여기서 바다
는 실재 존재하는 현실적 대상이 아닌 무의식의 공간, 또는 죽음과
재생이 공존하는 생명적 신비로 보는 것이 타당할 것이다.25) 이 무의

---

24) 이 시는 『화사집』에 수록된 시는 아니지만 전집을 하나의 상징체계로 보는
　　입장에서 초기시의 부분적 의미 해명을 위해 보조자료로 인용한다(앞으로의
　　후기시 인용도 이런 관점에서 행하여진다).
　　「다섯살 때」는 어린 시절의 경험을 회상하는 어조와 형식으로 되어 있다.
　　따라서 이 시는 제작 시점의 정서는 물론 어린 시절과 초기 시작의 심리 상
　　태와 정서의 모습을 함께 보여주고 있다.
25) 게린은 시 속에서 반복되는 상징의 의미로 '원형'이라 말하고, 원형이 지닌
　　이미지와 그 상징적 의미를 유형별로 고찰한다. 그 중 바다의 이미지가 지닌
　　상징적 의미는 무의식, 모든 생명의 어머니, 정신적 신비, 무한, 죽음과 재생,
　　무시간성과 영원으로 파악한다(W.L. Guerin, Mythological and Archetypal
　　Approaches, *A Handbook of Critical Approaches to Literature*, Harper &
　　Row Publishers, 1979, p.158 참고).

식의 바다 속으로 어머니에 이끌려 빠져들면서 그는 자기 존재의 원초적 체험을 하였으며, 이로써 고독한 자의 맛에 길든 시인은 그것이 안겨다 주는 안주할 수 없는 심적 방황과 정리될 수 없는 혼돈 속에 사로잡히게 된다. 결국 집에 없거나 무기력한 아버지와 어머니의 현실적 조건이 시인에게 고독과 방황과 혼돈을 가져다 주는데, 그런 시의식의 공간 속에서 시인은 부성과 모성의 원형적(原形的) 탐구를 통해 인간존재의 본질과 근원에 도달하려고 하는 것이다.

이 같은 가설적 입론을 논증하기 위해, 내면 시의식의 공간에서 어떤 양상이 벌어지고 있는지 부성과 모성의 대립 개념에 입각해서 제시해 보기로 한다.

부모(父母)는 나만 혼자 두고 하루 종일 집에 없다. '나'는 가위눌림 속에서 이름만 들은 형체도 모를 새에 이끌려 바닷물에 빠져들고 만다. 아버지도 어머니도 현실적으로 집에 없다. 하지만 어머니는 무의식 속에서 나를 이끌어 바닷물에 빠지게 하는 존재이고, 깨어났을 때도 해입히는 종이적삼 모양으로 선선하게 다가오는 존재이다. 즉 아버지는 부재하고 있으며 더 이상의 언급은 없지만, 역시 현실적으로 부재한 어머니는 시인이 정서적으로 연민과 친밀감을 느끼는 존재이다. 이것은 시인의 무의식 깊은 곳에 잠재된, 현실적 어머니를 초월하는 영원한 안식으로서의 모성적 세계에 대한 동경과 갈구를 의미한다.[26]

한편 바다로의 침몰과 방황으로 이끄는 구체적 존재는 "어머니한테서 이름만 들은 形體도 모를 새"라는 데 주목해야 한다. 이 '새'는 생명적 신비로 가득찬 바다 속에서 자력처럼 그를 끌어당기는 이성(異性)이다. 이 이성으로서의 여성은 육체적 아름다움으로, 때로는 정신

---

26) 부성(父性)이라는 원형 개념이 가장(家長)으로서의 권위와 능력, 애정과 보살핌, 그리고 사회적 현실체계의 의미를 지닌다면, 모성(母性)이라는 원형 개념은 부성적 힘의 원리가 지배하는 개인적·사회적 현실체계로부터 벗어나, 내면 깊은 곳에 자리잡고 있는 영원과 안식의 세계를 의미한다.

적 신비로움으로 그를 유혹한다. 새의 이름을 들려준 어머니는 이 여
성에의 첫 그리움이며 여성에게 건너가기 위해 시인 앞에 놓여진 징
검다리이다. 즉 이것은 '새'로 상징화된 '여성'이 '모성'의 원형적 세계
에서 파생되어 나온 것임을 의미한다. 이러한 견해의 타당성을 검토
하기 위해 '새'의 이미지를 다른 작품들에서 찾아보기로 한다.

> 솟작새같은 게집의 이얘기는 벗아　　　　　　—「葉書」부분

> 밤이 깊으면 淑아 너를 생각한다.(…) 서러운 서러운
> 옛날말로 우름 우는 한 마리의 버꾹이새
> 　　　　　　　　　　　　　　　　—「밤이 깊으면」부분

> 애초부터 天國의 사랑으로
> 사랑하여 사랑한건 아니었었다.
> 　　　　　　　　　　　　　—「쑥국새타령」부분

(방점은 필자가 붙임. 이하에서도 동일)

　여기서 솟작새·버꾹이새·쑥국새는 게집과 숙(淑)과 아내를 비유
하는 심상으로 나타난다. '새'의 이미지는 다양한 여성적 속성을 띠고
있는 일반적 여성상을 상징하는 것이다. 그런데 이 여성에 대한 시인
의 태도는 육체적인 강렬한 탐닉과 정신적 숭고함으로 나누어진다.

> 우리 순네는 스믈난 색시, 고양이같이 고흔입설
> 　　　　　　　　　　　　　　　　—「花蛇」부분

> 땅에 누어서 배암같은 게집은
> 땀흘려 땀흘려
> 　　　　　　　　　　　　　　　　—「麥夏」부분

여기서 순네 · 게집은 고양이 · 배암 등의 동물적 속성을 띠고 있는
욕망과 관능의 대상이다.

> 눈섭이 검은 金女 동생
> 얻어선 새로 水帶洞 살리
>
> ─ 「水帶洞詩」 부분

> 내마음속 우리님의 고은 눈섭을
>
> ─ 「冬天」 부분

> 고향 떠나올때
> 가슴속에 끄리고 왔던 눈섭
>
> ─ 「秋夕」 부분

이때의 금녀 동생 · 우리 님은 '눈섭'으로 표시되는 고상하고 정신적
인 사랑의 대상이다. 그렇다면 '새'와 '배암'과 '눈섭'의 여성적 이미지
의 차별성은 어떤 시의식의 면모를 보여주는 것인가. 그것은 모성의
원형적 세계에서 파생되어 나온 여성의 원형(새)이 육체적 탐욕의 대
상(배암)과 정신적 사랑의 대상(눈섭)으로 분화되어 가는 양상을 보여
준다.

그렇다면 이제 다시 부성의 문제를 구체적으로 고찰해 보자. 아버
지는 현실적으로 부재하지만, 시인의 내면공간에는 부성의 원형이 자
리잡고 남성의 원형으로 파생되는 양상을 띤다. 이 남성의 원형은 역
시 두 가지 속성으로 분화되는데, 그 하나는 결핍과 가난을 극복하는
현실적 능력, 또는 완전하고 절대적인 존재 자체의 권위로 나타나고,
다른 하나는 육체적 생명력의 발산으로 나타난다. 이 두 가지 속성은
육체적 탐닉에 이끌리면서도 그것을 혐오하는 모순적 대립에서 생겨
나며 따라서 이율배반적이다. 그러므로 시인이 추구하는 것은 현실적
능력과 완전한 존재의 권위를 지닌 남성상이지만 한편으로 그것은 성

적 공격성으로 치달아 죄의식으로 혐오하는 대상이 되며, 갈구하는 것은 정서적 낙원의 세계인 모성이지만 그것은 또한 육체적 탐닉의 대상인 관능적 여성과의 사이에서 갈등을 일으키는 것이다.

바로 이와 같은 이원성(二元性)과 그것이 내포한 이율배반성(二律背反性)이 서정주 초기시의 의미구조를 발생시키는 핵심적인 형성원리가 된다. 애비의 집에 없음과 에미의 결핍이라는 현실적 체험을 통해 고독과 좌절과 방황을 겪는 시인은, 내면 무의식공간에서 부성과 모성의 원형적 세계에 대한 탐구를 통해 존재 근원에의 인식으로 나아간다. 이 부성과 모성의 이원적 대립 개념은 복잡한 분화과정을 통해 결국 육체와 정신의 이원성으로 전개되는데, 이 역시 이율배반성을 내포한 것이다. 따라서 육체적 탐닉에의 유혹과 그에 대한 죄의식이 상극하는 에로티시즘 시학으로 표출되어 나온다. 초기 시세계를 뒤덮고 있는 '원죄의식'은 바로 이런 내적 필연성에 의해 생성되어진 것이다.

3) 시의식의 지향

앞 절에서 부성과 모성의 이원성과 그 이율배반성이라는 대립 개념을 매개로 초기 시의식의 발생을 살펴보았다. 그리고 그것이 육체와 정신의 이원성으로 분화되는 양상을 가설적으로 제시하였다. 그런데 이 육체와 정신의 대립은 부성과 모성의 대립 개념에서 발생된 시의식이 어떤 목표점을 향해 나아가는 과정에서 생겨나는 것이다. 이 지향점을 명확히 밝혀낸다면, 앞 절에서 제시한 가설을 검증하면서 시의식의 구도를 완성하게 될 것이다. 이를 위해 다시 「자화상」의 셋째 단계로 돌아가서 대립 개념에 주목해 보자.

> 찬란히 티워오는 어느 아침에도
> 이마우에 언친 詩의 이슬에는

몇방울의 피가 언제나 서꺼있어
볓이거나 그늘이거나 혓바닥 느러트린
병든 숫개마냥 헐덕어리며 나는 왔다.

이미 「자화상」의 구조 분석에서, 시인이 혼돈과 고통 속에서도 그
것을 뉘우치지 않을 수 있는 것은, 어둠의 밤을 극복하고 찬란히 틔
워오는 아침에 시인의 이마 위에 얹히는 시의 '이슬'이 있기 때문이라
고 한 바 있다. 여기서 가장 중요한 시적 장치는 그 '이슬'에 몇 방울
의 '피'가 섞여 있다는 점이다. 이때 '이슬'은 '피'로 상징되는 지상적·
동물적 존재의 내적 모순이 지향하는 최종의 목표점은 아니다. 그것
은 '밝은 아침'과 '푸른 하늘'이라는 열려진 광명의 세계, 또는 인간의
근원적 상태를 지향하는 시인의 정신적 결의가 생성시키는 부산물,
즉 투명한 의식의 결정체이다.

이는 물질적 상상력과 원형의 심상이 지닌 상징적 의미를 살펴봄으
로써 입증될 수 있다. '피'는 원형적 상징으로서 선과 악의 두 요소로
구성되는데, 긍정적인 면에서 생명을 상징하며 부정적인 면에서 사회
적 금기, 혹은 죽음을 상징한다. 이는 탄생과 죽음이라는 육체적 양상
을 대표하는 것이다. 또한 자연적 원리로서의 피는 무서운 형벌을 의
미한다.27) 따라서 「자화상」을 위시한 초기시에 나타나는 '피'는 인간
의 육체적 양상을 상징하는데, 그것은 생명력과 육체적 탐닉의 이율
배반성을 내포하고 있어서 고통스런 형벌을 자초한다.

'이슬'은 원형적 상징으로서 '물'의 특수한 변형이다. 물은 정화의
특성과 생명을 유지시키는 특성을 지니는데, 따라서 '순수'와 '새 생명'
을 의미한다.28) 한편 바슐라르는 상상적 생명의 관점에서 이슬은 물
의 진실한 결정이라고 보고 천국의 물질이 배어들어간 물로 간주한

---

27) P. Wheelwright, The Archetypal Symbol, *Metaphor & Reality*, Indiana
   University Press, 1962, pp.113~114 참고.
28) 같은 글, p.125 참고.

다. 이슬은 물질적으로 말하면 모든 것을 뚫고 들어가는 우주적인 섬세함의 정신이라고 본다. 따라서 이슬을 통해 상상하는 보편적 생명의 순환은 하늘과 땅을 더 강한 연대관계로 맺어 준다고 설명하고 있다.29)

이상과 같은 피와 이슬의 상징적 의미를 「자화상」에 적용하면, '시의 이슬'은 육체적 요소인 '피'가 그 이율배반성을 극복하기 위해 찬란히 티워오는 '아침'을 지향하는 정신적 의지가 낳은 결정체이다. '이슬'은 밤의 어둠을 극복하고 '피'를 여과하여 밝은 아침에 시인의 이마 위에 얹힌다. 따라서 '이슬'을 육체적 욕망과 생명력의 충돌 속에서 정화를 통해 새 생명을 얻으려는 정신적 지향의 산물로 보고, 그 '피'가 지향하는 목표점은 어둠을 극복하는 '찬란한 아침'이라고 보는 것이다. 요약해서 말하면, 「자화상」에 나타난 '피'의 핵심적인 대립 개념은 '아침'이 된다. 이 광명의 아침을 가능하게 하는 실체는 빛인데, 그것은 「화사」에서 '푸른 하늘'로 「문둥이」에서는 '해와 하늘빛'으로 나타난다.

> 소리없은채 낼룽거리는 붉은 아가리로
> 푸른 하늘이다.…… 물어뜯어라. 원통히무러뜯어.
> (…중략…)
> 크레오파투라의 피먹은양 붉게 타오르는 고흔입설이다……
> 슴여라! 베암.
>
> ─ 「花蛇」 부분

여기서 베암은 시인의 내면 깊이 숨어있는 동물적 본능과 육체적 욕망을 육화(肉化)한 시적 상관물이다. 베암은 자신도 알지 못하는 크다란 슬픔으로 태어난 숙명과 천형(天型)에서 벗어나고 싶어 푸른 하

---

29) G. Bachelard, 민희식 역, 『대지와 의지의 몽상』, 삼성출판사, 1982, 402~411면 참고.

늘을 지향하지만 그것은 좌절된다. 땅을 기어다니는 지상적 한계를
지닌 존재인 것이다. 따라서 지상적 존재로서 '베암'은 육체적 욕망의
상징인 '피'의 이미지와 결부된다. 이는 푸른 하늘과 극한적인 대립구
조를 형성한다. 이 대립은 '지상 / 천상'의 대립이며, 시인의 의식 내부
에서 그것은 '육체 / 정신'의 대립으로 귀속된다.

> 해와 하늘빛이
> 문둥이는 서러워
>
> 보리밭에 달 뜨면
> 애기 하나 먹고
>
> 꽃처럼 붉은 우름을 밤새 우렀다
>
> — 「문둥이」 전문

　서정적 자아의 모습으로 등장하는 '문둥이'는 밤과 달의 세계에 속
해있는 존재이므로 해와 하늘빛이 서럽다고 한다. 자신의 육체적 한
계를 극복하지 못하고 그 자학의 모습을 보이는 시적 자아는 꽃처럼
'붉은 우름'을 우는데, '붉은 우름'은 결국 '피'의 심상을 연상시킨다.
애기 하나를 먹고 나서 우는 붉은 울음이기 때문이다. 따라서 「문둥
이」를 지탱하는 대립구조는 역시 '피—하늘빛'의 모순적 갈등이 된다.
　한편 '우름'은 '이슬'과 같이 물의 변종이지만 그 속성은 구별된다.
이슬은 투명함과 증류의 속성으로 지적·정신적 면모를 띠면서 상승
의 의미를 내포하지만("이마우에 언힌 詩의 이슬"), 우름은 좌절에서
오는 서러움을 동반하며 내면 심정세계로의 침잠과 함께 밑으로 흐르
는 하강의 의미를 내포한다("서름의 강물 언제나 흘러"). 결국 문둥이
는 자신의 육체적 고통과 천형을 정신적으로 극복하려고 해와 하늘빛
을 지향하지만, 그 한계에 부딪혀 좌절하고 설움을 눈물로 위안하는
소극적인 방식을 보여준다. 이와 같이 '푸른 하늘'을 지향하는 정신적

의지는 육체(피)의 이율배반성에 갇혀 좌절되고 마는데, 그것은 대부
분의 초기시에 꿈틀거리는 원색적 생명력과 함께 자학과 설움과 울음
으로 뒤덮혀서 형상화되고 있다. 하지만 이런 표면적 형상화의 방식
은 '푸른 하늘'이라는 근원의 극한점에 대한 정신적 추구가 없었다면
생겨나지 않았을 것이라는 견해가 본고의 입장이다.

　이 정신적 지향의 모습은 작품 속에서 '불'의 심상으로 나타난다.

> 　꺼저드는 어둠속 반딧불처럼 까물거려
> 　靜止한 (나)의
> 　(나)의 서름은 벙어리처럼……
>
> 　　　　　　　　　　　　　　　　　　— 「壁」 부분

　'불'은 정신에 대한 중심적·상상적 상징이며, 불꽃은 지상의 불이
지닌 궁극적 근원인 태양을 상기할 때 '선(善)'은 내포하며 동시에 상
향(上向)의 관념과 결합한다. 또한 불은 집중과 연소의 이미지를 지니
기 때문에 공포의 대상이 되기도 한다.[30] 불꽃은 동물적 삶의 존재와
정신의 상승이라는 두 가지 측면을 동시에 지닌다. 불꽃은 어떤 점에
있어서 벌거벗은 대로의 동물성이며 본능의 극단적인 동물이다. 또한
불꽃은 생명이 깃들어 있는 정신의 운동이며 스스로를 상승시킨다.[31]
불은 그 색채의 연상으로 인해 피와 결부되고 빛의 발산으로 인해 하
늘·태양과 결부된다. 결국 불은 생명이 깃든 정신의 상징이며, 그것
은 동물적 본능을 지니고 있으면서 불의 근원인 태양을 향해 상승하
는 의지를 지닌다. 이와 같은 불의 원형적 속성은 서정주 초기시에
있어서도 '피'의 육체성을 '푸른 하늘'의 정신적 극한점까지 끌어올리
는 융합의 의지로 보여주고 있다. 이것은 결국 수직적 상승의 자세를
띠게 되는 것이다.

---

30) P. Wheelwright, 앞의 책, pp.118~119 참고.
31) G. Bachelard, 민희식 역, 『초의 불꽃』, 삼성출판사, 1982, 154~156면 참고.

이상에서 피·푸른 하늘·이슬과 울음·불의 심상이 지닌 상징적 의미를 고찰해본 결과, 서정주 초기시의 의미구조를 형성하고 있는 상상력의 질서를 가시화할 수 있다. 이를 도식으로 보이면 다음과 같다.

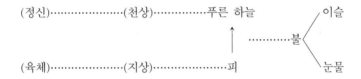

이들 심상 중에서 초기시의 의미구조를 형성하는 핵심적 대립 개념은 '피'와 '푸른 하늘'임을 논증하였다. 육체적 욕망과 지상적 한계를 지닌 시적 자아는 '피'의 이율배반성으로 고통을 받으면서 존재의 근원적 극한점인 '푸른 하늘'에의 정신적 상승을 추구한다. 이는 애비의 집에 없음과 에미의 결핍이라는 현실적 조건을 통해 발생된 시의식이, 그 혼돈과 방황 속에서 존재 근원에의 탐구 과정에서 시의식의 지향점을 향해 진행되어 감을 의미한다. 그것은 결국 '육체적 욕망과 정신적 탐구'의 모습을 띠게 되는 것이다. 이때 이 정신적 지향은 '피'와 '푸른 하늘'의 이원성을 하나로 결합하려는 융합의 의지이며, 그 결과 시의식은 수직적으로 상승하게 된다.

3. 갈등의 전개 양상과 시세계의 규명

1) 부성의 부재와 모성의 동경

서정주 초기시 『화사집』의 세계를 표면상 뒤덮고 있는 것은 자아 내부로 통곡하는 비극적 생명력이다. 시인은 닫힌 공간 속에서 억압된 정신의 자유를 대담한 관능으로 표출하게 되는데, 그것에는 처절한 윤리적 갈등과 죄의식이 포함되어 있다. 그런데 이 에로티시즘과 비극적 자아인식의 근저에는 오히려 여성주의적 경향이 기본항으로 자리잡고 있는 것으로 보인다. 이는 2장 2절 「시의식의 발생」에서 살펴본 대로, '부성의 부재와 모성의 동경'에서 생겨나는 것으로 판단된다. 즉 애비의 집에 없음은 시인에게 사회적 현실체계 속에서의 권위와 능력·애정과 보살핌·역사의식 등의 진정한 부성의 의미를 가리키지 못하고, 에미의 결핍과 나약함은 시인에게 모성적 안식과 영원에 대한 갈구와 동경을 지니게 한다. 이러한 무의식 내부의 작용에 의해 서정주 시의 한 특징적 요소인 여성주의적 경향이 생겨나는 것으로 보인다.

이는 서정주의 후기시에 와서 전면에 부각되는 여성주의의 정감적 세계가, 초기시의 기저에 이미 그 형성원리로 작용하고 있음을 보여준다. 이 여성주의적 기본 정서는 민족적 정서의 세계와 긴밀히 결부되어 있는데, 이 또한 후기시의 향방을 미리 암시하고 있다. 『화사집』에서 이러한 특징을 보여주는 대표적인 작품으로 「수대동시」가 있다.

> 흰 무명옷 가라입고 난 마음
> 싸늘한 돌담에 기대어 서면
> 사뭇 숫스러워지는 생각, 高句麗에 사는듯
> 아스럼 눈감었든 내넋의 시골
> 별 생겨나듯 도라오는 사투리.
>
> 등잔불 벌서 키어 지는데……
> 오랫동안 나는 잘못 사렀구나.
> 샤알·보오드레-르처럼 설스고 괴로운 서울女子를
> 아조 아조 인제는 잊어버려,
>
> 仙旺山그늘 水帶洞 十四번지
> 長水江 뻘밭에 소금 구어먹든

曾祖하라버짓적 흙으로 지은집
오매는 남보단 조개를 잘줍고
아버지는 등짐 서룬말 졌느니

여긔는 바로 十年전 옛날
초록 저고리 입었든 금女, 꽃각시 비녀하야 웃든 三月의
금女, 나와 둘이 있든곳.

머잖어 봄은 다시 오리니
금女동생을 나는 얻으리
눈섭이 검은 금女 동생,
얻어선 새로 水帶洞 살리.

— 「水帶洞詩」 전문

「수대동시」는 무한 욕망의 전율과 그 갈피를 잡을 수 없는 혼돈과
방황의 과정에서 "원수를 찾아가는 길의 쬐그만 休息"에서 얻어진 작
품으로 보인다. 서정주는 영(靈)과 육(肉)의 모순 대립 속에서 인간성
의 본질을 탐구하는데, 그 본질은 육체의 동물적 본성을 통하여 얻어
질 수밖에 없었다. 시인은 그 욕망의 실체를 '원수'라고 표현하고 있다.

원수여. 너를 찾어 가는길의
쬐그만 이休息.

나의 微熱을 가리우는 구름이있어
새파라니 새파라니 흘러가다가
해와함께 저므러서 네집에 들리리라.

— 「桃花桃花」 부분

존재 본질에 대한 탐구의 도정에서 잠시 휴식을 취한 시인은, 해와
함께 저물어 '네집'에 들리리라는 자신의 행로에 대한 암시를 보이고

있다. 여기서 '네집'은 누구의 집인지 나타나 있지 않은데, 「수대동시」에 나오는 '금녀'의 집으로 간주된다. 「수대동시」를 초기시의 전개과정 속에서 살펴보면, 이 잠시 동안의 휴식을 통해 무한 욕망의 전율에 휩싸이기 이전의 평화로운 안정의 상태를 되살려 보는 작품이다.

「수대동시」에서 관심의 초점은 작품의 유기적 분석을 통해 '서울여자'와 '금녀'의 대립이 어떤 의미망을 구축하고 있는가를 살피는 데 있다. 그리고 이를 통해 육체성의 문제와 전통의 문제를 해명하는 것이다.

1연에서 평화와 안정의 상태는 "흰 무명옷 가라입고 난 마음"으로 표현되고 있다. '흰 무명옷'은 "카인의 쌔빩안 囚衣"(「웅계(하)」)의 육체적 전율과 대비되는 평안한 심정적 상태를 암시하면서, 동시에 "고구려"·"내 넋의 시골"·"사투리" 등과 결부되는 민족적 정서를 암시한다. 2연은 맹목적으로 질주하며 살아온 날들에 대한 회한과 반성을 보여주는데, 그것은 "샤알·보오드레-르처럼 설스고 괴로운 서울女子"로 대변되는 삶이었다. 이 보들레르를 닮은 서울여자는 심미적인 육체성과 서구적 예술정신의 두 가지 요소를 결합하고 있는 것으로 보인다. 3연은 육체적 탐욕의 찌꺼기가 개입되지 않은 과거의 건강한 생활과 삶의 의욕을 표현하고 있다. 「자화상」의 가족관계가 과거의 결핍되고 삭막한 생활 환경의 실제적 체험이었다면, 이 건강한 가족관계가 영위하는 삶의 터전은 시인의 잠재의식 속에 스며 있는 심정적 체험이며 일종의 소망적 사고라고 보여진다. 4연에서 결국 시인이 동경하고 갈구하는 세계는 삼월의 봄날과 같은 희망의 공간이며, 그것은 "초록 저고리 입었든 금女", "꽃각시 비녀하야 웃든 三月의 금女"와의 건전한 사랑의 관계가 형성되는 공간임을 알 수 있다.

결국 '금녀'는 '서울여자'와 대립관계를 이루는데, 이는 이 시의 긴장된 자력을 형성하는 중요한 요소이다. 곧 '금녀'는 육체적 고뇌에서 벗어난 건전하고 정감적인 심정 상태를 암시하는 동시에, 보들레르의 영향하에 씌어진 관능과 정열의 시세계에서 민족적 전통의 세계로 돌아오는 구체적 매개가 되는 인물이다. 따라서 ‘금녀’가 형성하고 있는 공간은 모성적 안식의 공간과 민족적 정서의 공간이며, 이 둘은 시인의 의식 속에서 긴밀히 결부되어 있는 것으로 보인다.

그런데 5연의 “봄은 다시 오리니”와 1연의 “별 생겨나듯 도라오는 사투리”에 주목하면, ‘봄’과 ‘사투리’는 이전에 이미 존재했던 것으로 나타난다. 따라서 나와 금녀가 둘이 있던 공간은 초기시 이전의 기본적 정서이며, 그것은 초기시의 혼돈과 전율 내부에 잠재되어 있는 평화의 공간이 된다. 이로써 초기시에 내재된 기본적 정서로서 여성주의적 경향을 파악할 수 있는데, 그것의 구체적인 매개물은 “꽃각시 비녀하야 웃든 三月의 금女”에 나타나는 ‘꽃’의 심상인 것으로 짐작된다. 이 견해를 검토하기 위해 다음 시를 살펴보기로 한다.

> 어느해 봄이던가, 머언 옛날입니다.
> 나는 어느 親戚의 부인을 모시고 城안 冬栢꽃나무그늘에 와 있었습니다.
> 부인은 그 호화로운 꽃들을 피운 하늘의 部分이 어딘가를
> 아시기나 하는듯이 앉어계시고, 나는 풀밭위에 흥근한 落花가 안씨러워 줏어모아서는 부인의 펼쳐든 치마폭에 갖다놓았읍니다.
> 쉬임없이 그짓을 되풀이 하였읍니다.
>
> 그뒤 나는 年年히 抒情詩를 썼읍니다만 그것은 모두가 그때 그 꽃들을 주서다가 디리던―그 마음과 별로 다름이 없었읍니다.
>
> 그러나 인제 웬일인지 나는 이것을 받어줄이가 땅위엔 아무도 없음을 봅니다.
> 내가 줏어모은 꽃들은 제절로 내손에서 땅우에 떨어져 구을르고 또 그런마음으로밖에는 나는 내詩를 쓸수가없읍니다.
> ― 「나의 詩」 전문, 『서정주시선』

시인이 시를 쓰게 되는 동기나 그 정서 상태를 친척 부인에게 꽃을
주워다 드리는 상황에 비유한 시이다. '나의 시'라는 제목에서도 알
수 있듯, 이 시는 시작의 내적 동기를 엿볼 수 있게 한다. 그리고 그
런 기본적 정서가 이 작품을 쓰는 시기에 와서는 사라지고 없음을 허
전하고 안타까운 어조로 표현하고 있다. 여기서 시인이 어떤 연모의
정을 느끼고 있는 친척 부인은 모성적 이미지를 지니고 있다. 따라서
시인은 근본적으로 친척의 부인이 대변하는 모성적 세계를 정서적 친
밀감을 가지고 동경하는 듯하다.

그런데 이 시에서 가장 먼저 눈에 띄는 것은 시적 대상들 간의 의
미연관이다. 이는 부인과 호화로운 꽃과 꽃을 피운 하늘의 관계에서
생기는 것인데, 꽃을 피운 하늘의 부분을 아시는 듯한 부인은 꽃·하
늘과 조화로운 의미연관을 이루면서 시인 앞에 앉아 있다. 이때 떨어
진 꽃잎이 안쓰러워 주워다 드리는 시인의 마음은 사모의 마음이며,
이는 2연에서 알 수 있듯이 시를 쓰는 기본적 정서가 되는 것이다. 따
라서 시인과 부인의 관계는 꽃을 매개로 하여 이루어지는데, 시인이
꽃의 심상과 결합된 여성에 대해 느끼는 마음은 모성적 안식과 평화
의 정서와 관계가 있는 것이다.

한편 '꽃과 부인과 하늘'의 의미연관은 「내 영원은」에서는 '라일락
과 여선생님과 영원'의 관계로 변주되면서 등장한다.

> 내 永遠은
> 물 빛
> 라일락의
> 빛과 香의 길이로라.
>
> 가다 가단
> 후미진 굴형이 있어,
> 소학교때 내 女先生님의
> 키만큼한 굴형이 있어,

이뿐 女先生님의 키만큼한 굴형이 있어,

— 「내 永遠은」 부분, 『동천』

시인에 있어 '영원'은 물빛 라일락의 빛과 향을 통해서 도달하는 길
이다. 라일락의 빛과 향은 소학교때 예쁜 여선생님을 연상시키고, 굴
형이 주는 안식도 이 여선생님이 주는 편안함의 정서적 부피와 동일
시되고 있는 것이다.

이상의 고찰을 통해 「수대동시」에 등장하는 '금녀'는 '꽃'의 심상과
의 결합을 통해 친척 부인·여선생님이 지닌 모성적 이미지와 연관됨
을 알 수 있다. 결국 이 모성적 정감의 세계는 시인이 동경하는 대상
이며, 시인이 지닌 기본적 정서의 세계이다. 어머니가 인간의 영원한
갈구의 대상이라면, 그 원형적 세계로서의 모성은 부성이 내포하는
외향적 행동성과 힘의 논리가 지배하는 사회적 현실체계를 빗겨나서
존재한다. 그것은 안식이 보장된 내면의 심정적 공간이며, 변하여 가
는 것들의 유한성과 투쟁이 제거된 영원의 품 속인 것이다. 시인에게
있어서 그 세계는 "아스럼 눈감었든 내넋의 시골"이며 "봄"이다. 이
내면공간은 안쓰러운 마음도 서정도 흐르며 빛과 향의 감각을 통해
외부세계와 교류되고 있다. 따라서 이 세계는 부드럽고 넓게 가라앉
아 있는 심정의 공간이면서 열려진 공간인 것이다. 이런 모성적 세계
에 대한 친화력을 넓은 의미에서 여성주의(feminism)이라고 부를 수
있다. 서정주 초기시의 격정 속에 내재된 기본적 정서는 바로 이 모
성적 세계에 대한 동경, 즉 여성주의에 기초해 있다. 이는 초기시의
형성원리가 되는 부성적 세계와 모성적 세계라는 대립항의 긴장관계
에서도 모성적 세계에 시인의 정서적 무게중심이 놓여있음을 보여주
는 것이다.

2) 외계의 억압과 자아의 폐쇄

초기시의 기본적 정서는 여성주의적 경향이지만, 그것은 전면(前面)에 드러나지 않고 내면적으로 숨겨져 있다. 전면에 드러나고 있는 것은 폐쇄된 공간 속에서 내부로 통곡하는 비극적 생명력이다. 이 닫혀있음은 어떤 내재적 요인들의 작용을 거쳐서 시의 전면에 나타나는 것일까. 이를 해명하는 것은 초기시를 형성케 한 동력적 의지의 갈등 양상을 고찰하는 것이 된다. 이 갈등 양상의 전개를 살핌으로써 초기시의 형성원리를 살피고 시세계의 구체적인 해명으로 나아가려 한다.

> 덧없이 바래보든 壁에 지치어
> 불과 時計를 나란이 죽이고
>
> 어제도 내일도 오늘도 아닌
> 여긔도 저긔도 거긔도 아닌
>
> 꺼져드는 어둠속 반딧불처럼 까물거려
> 靜止한 '나'의
> '나'의 서름은 벙어리처럼…….
>
> 이제 진달래꽃 벼랑 햇빛에 붉게 타오르는 봄날이 오면
> 壁차고 나가 목매어 울리라! 벙어리처럼,
> 오- 壁아.
>
> — 「壁」 전문

김화영은 서정주 시의 출발점을 벙어리의 절규로 파악하고, 『화사집』이 전체적으로 「벽」의 테마를 깊이 깔고 있다고 보았다. 「자화상」의 밤·흙으로 바람벽한 호롱불·죄인·천치 등과 더불어 '종'도 포괄적이고 근원적인 의미에서 '갇혀있음'을 표현한다고 언급한다. 그리고

시인을 가두고 있는 '벽'은 참다운 시의 체험과 자아를 갈라놓는 벽이
라고 파악한다.32) 김화영의 견해는 초기시의 여러 시편에 나타난 중
심적 테마로서 '벽'을 발견하고, 그것이 참다운 인식과 자아를 갈라놓
는 상황을 이미지의 섬세한 연관적 고찰을 통해 밝혀 놓은 데 의미가
있다. 하지만 그 '벽'의 폐쇄된 공간이 형성된 원인과, 참다운 인식이
란 구체적으로 무엇을 지칭하는가라는 질문에 대한 해명이 필요하다
고 본다.

「벽」은 단형시로서 소품적 한계를 지니고 있으며, 불완전한 구문
속에서 과감한 생략과 급격한 시상 전환을 보여주는 시이다. 이는 연
구분에 의한 장면 전환, 그 갑작스런 단절에 의한 비약의 효과, 다른
시상으로의 교묘한 연결이 주는 연상의 효과를 가져온다. 이 같은 형
태상의 특징은 대부분의 초기시에서 나타나는데, 이는 정돈될 수 없
는 강렬한 생명력에서 오는 '가쁜 호흡'과 솟아오르는 상상력의 돌출
에 의해 생겨나는 것으로 보인다.

1연에서 벽에 지치어 '불'을 죽이는 것은 존재의 근원인 하늘의 극
한점을 향해 타오르는 정신적 의지를 포기하는 것이며, 벽에 지치어
'시계'를 죽이는 것은 시간의 흐름, 즉 존재의 일반적인 상태인 지속
성을 차단하는 것이다. 따라서 불과 시계를 나란히 죽이는 것은 존재
의 생명적 활동과 지속성을 단절시키고 고정시키는 것이 된다. 2연은
이 단절과 고정을 더욱 강화한다. 2연은 1연과의 구문적 단절을 보여
주는데, 이는 1연에서 벽에 가로 막혀있는 자아가 불과 시계라는 현
실적 상황을 압살한 후, 의식의 내면 속으로 시·공간을 옮겨오는 순
간이 된다. 이로써 시간과 공간의 규정성을 초월하고 있는 자의식의
모습을 보여준다. 결국 이 자의식은 외부현실과의 소통이 단절된 폐
쇄된 공간을 형성한다. 이것은 외부현실, 즉 부성적 의미를 지닌 사회
적 현실체계라는 타의(他意)의 압력을 거부하고 자아의 내부로 잠입

---

32) 김화영, 『미당 서정주의 시에 대하여』, 민음사, 1984, 17~22면.

하여 의식의 자유를 얻고자 하는 양상이다. 하지만 이것은 한편으로 객관적 현실로부터의 도피의 속성을 띠고 있기 때문에, 진정한 자유를 획득하지는 못한다. 이 두 양상의 충돌은 '벽'의 이율배반성으로 나타난다. 「자화상」에 나타나는 '벽'("흙으로 바람벽한 호롱불밑에")은 바람으로부터 호롱불을 지켜주는 보호막의 속성을 띠는데 반해, 「벽」에서의 그것은 시인의 자유의지를 차단하는 장애물로서 등장한다. 따라서 부성적 현실에 맞서 모성적 심정세계를 지키려는 시인의 자아와, 그 밀폐된 공간 속에서 진정한 자유를 획득하려는 의지가 서로 충돌하여 시 「벽」의 긴장력을 형성하게 되는 것이다. 이는 「벽」 뿐만 아니라 초기시에 일관되는 정신의·구도로서 작용하고 있다. 3연의 '어둠속 반딧불'은 시공(時空)을 초월한 내면 무의식 속에서 근원점을 찾아 나서는 탐구의 정신적 의지를 표시하는 상관물이다. 그리고 '벽'은 시적 자아의 폐쇄된 심정적 공간을 상징적으로 표시한다. 따라서 심정적 내면 공간은 '벽'으로, 그 속에서 자의식의 실오라기가 정신의 끈으로 이어지는 모습은 '어둠속 반딧불'로 상징된다. 그러나 절망적 상태에서 그것을 극복하려는 불조차 어둠 속에서 꺼져들고 까물거리고 있다. 이는 외부의 억압에 맞서 시공을 초월한 내면의 무의식 공간으로 잠입해 그것을 극복하려는 정신적 의지를 '반딧불'로 표시하고, 이것이 벽의 한계를 뚫지 못하고 좌절하고 명멸되어가는 모습은 "까물거려 靜止한 '나'의 서름"이라고 표현한 것이다. 이 폐쇄된 내면 공간 속에서 싹튼 정신적 지향은 좌절되고 설움을 가져온다. 그것은 목매어 울 수밖에 없는 것이다.

여기서 다시 한 번 주목하는 것은 '벽'과 '반딧불'의 이미지이다. 이 시에서 '벽'은 표출하고 싶은 내면적 욕구를 차단하는 장애물로서의 벽이다. 이는 현실에의 능동적 참여와 자유에의 욕구를 차단하는 속성을 지닌다. 그리고 이 공간 속에서 극복의 의지로 상징되는 '불'은 비록 까물거리고 있지만 어떤 지향점을 가지고 있다고 보아야 한다. 그것은 현실적 시공의 생명성과 지속성을 초월한 내적 본질, 즉 정지된 공간의 일점(一點)으로 볼 수 있다. 따라서 '불'은 존재의 본질과 근원을 탐구하려는 정신적 의지이며, 그것이 목표로 하는 대상은 모든 것이 압축된 절대 상태의 일점이다. 이 일점은 자아 내부에서 추구하는 절대성이며, 동시에 근원적 진리인 하늘의 빛과도 연결된다. 즉 자아 내부로 깊이 파고드는 존재 본질에의 탐사는 하늘의 빛이라는 근원에의 탐구로 연결되는 것이다. "이제 진달래꽃 벼랑 햇볕에 붉게 타오르는 봄날이 오면"에서 보듯, 어둠 속에서 까물거리는 반딧불은 햇빛을 향한 지향성을 지니고 있는 것이다. 이것은 또한 벽의 구속과 폐쇄성에서 벗어나려는 자유의지를 뜻하기도 한다.

이상과 같은 의미의 '벽의 어둠'과 그 어둠을 밝히려는 '불빛'의 이미지는 대비를 이루면서 초기시 곳곳에서 등장하고 있다.

> 애비는 종이었다. 밤이 기퍼도 오지않었다.
> (…중략…)
> 흙으로 바람벽한 호롱불밑에
> 손톱이 깜한 에미의아들
>
> —「自畵像」부분

> 등잔불 벌서 키어 지는데……
> 오랫동안 나는 잘못 사렀구나.
>
> —「水帶洞詩」부분

> 아- 반딧불만한 등불 하나도 없이
> 우름에 젖은얼굴을 온전한 어둠속에 숨기어 가지고
>
> —「바다」부분

> 燭불밖에 부흥이 우는 돌門을열고가면 江물은 또 몇천린지
>
> —「復活」부분

　　이 밤속에밤의 바람壁의 또 밤속에서
　　　　　　　　　　　　　　　　　 ―「밤이 깊으면」 부분

　이상에서 살펴본 바 「벽」은 초기시의 출발에서 중심적 테마가 되는
데, 그러한 폐쇄된 내면공간이 생성되는 원인을 '시의식의 발생'에서
살펴본 부성과 모성의 대립 개념을 통해 고찰해 보기로 한다. 앞 항
에서 모성적인 여성주의가 시인의 기본적 정서라고 파악하였다. 하지
만 이 안식과 평화의 유토피아적 세계는 시인에게 더 이상 지속되지
못한다. 「자화상」의 분석에서 살폈듯이 모성의 세계로 주어져야 할
에미는 나약하고, 애비의 부재와 무능은 시인에게 부성의 진정한 의
미를 가르치지 못한 채 어떤 현실적 능력과 힘을 강요하게 된다. 그
런데 이 강요는 개인적 영역에서든 사회적 영역에서든 남성적 생명력
의 욕구를 가져온다. 바로 이 욕구 자체가 시인의 본래적인 여성주의
적 내면공간에 억압의 요소로 작용하게 되는 것이다. 이때 이 여성주
의적 내면공간은 개인적·사회적 외부현실과 심리적으로 대립한다.
그 현실적 강요에의 따름은 남성적 힘과 능력의 욕구로 나아가지
만, 한편으로는 그 억압에 반발하여 본래의 여성주의적 세계를 지키
기 위해 내부에 굳게 보호막을 씌우게 되는 것이다. 이 추구와 반발
의 모순된 대립 상태 속에서 외부현실과 단절된 내면공간이 형성하게
되는 것이다. 이것은 외부세계와 자아의 대립 양상에서 빚어지는, '현
실의 억압과 그것의 배제'라는 심리적 작용을 보여주는 것이다. 이때
이 폐쇄된 심리적 내면공간은 외부세계와의 긴장 속에서 그 중압에
맞서기 위해 스스로를 강화한다. 따라서 이 심정적 공간은 정신적으
로 긴장하고 모순 대립의 갈등 속에서 자의식은 어둠을 극복하려는
정신적 의지를 보여주게 된다. 닫혀있는 내면공간에서 싹튼 정신적
지향은 존재 근원에의 탐구를 시작하는 것이다.
　'벽'에 갇힌 존재로서의 '벙어리'는 결국 폐쇄된 공간 속에서 내부로
통곡하고 출혈을 일으키는 시인 자신의 모습이다. 이처럼 서정적 자

아의 상관물로 등장하는 또 다른 시적 대상에는 '문둥이'와 '부흥이'가
있다

　　　해와 하늘 빛이
　　　문둥이는 서러워

　　　보리밭에 달 뜨면
　　　애기 하나 먹고

　　　꽃처럼 붉은 우름을 밤새 우렀다.
　　　　　　　　　　　　　　　　　　　　　　　　— 「문둥이」 전문

　「문둥이」는 간결한 내용과 단순한 호흡에도 불구하고, 충격적 상황
이 주는 강렬함과 넘쳐흐르는 원색의 색채감으로 인하여 시적 긴장을
획득하고 있는 시이다. 이 시의 표면구조는 '원인 – 행위 – 결과'의 논
리적 단순성을 띠고 있지만, 이 간결한 구성 속에서 인간의 한 원형
적 모습을 가장 극적으로 보여주고 있다.[33] 문둥이는 세계로부터 소
외되고 차단되어 외계(外界)와의 진정한 소통이 불가능하게 된 비극
적 인물이다. '해와 하늘빛'은 선과 광명의 세계이지만 '문둥이'는 그
것을 마주 보고 대할 수 없는 저주받은 존재이다. '하늘빛이 서럽다'
라는 말은 문둥이가 하늘빛을 거부하는 것이 아니라, 그 밝음의 세계

────────────

33) 이 비극적 인간의 원형은 융이 제시한 그림자(shadow)의 개념과 관계가 있
　는 듯하다. 융에 의하면 '원형'이란 가장 먼 무의식에 뿌리를 드리우고 있는
　이미지를 뜻한다. 또한 그것은 극적 투사를 할 수 있는 인격의 한 측면을 뜻
　하기도 하는데 persona, anima, animus, shadow로 구분된다. 그 중 'shadow'
　는 의식의 바로 뒷 면에 있는 심리 현상, 특히 억압된 동물적 본능으로서 악
　마와 야만인의 모습을 취한다(Jolande Jacobi, 이태동 역, 『칼 융의 심리학』,
　성문각, 1978, 63~81면, 182~183면; 이부영, 『분석심리학』, 일조각, 1978, 41
　~97면 참고).

로 나아가고 싶어하는 욕구가 천형(天刑)으로 인하여 차단되고 있음을 암시한다. "보리밭에 달 뜨면/애기 하나 먹고"에서 천형을 안고 있는 시적 자아가 정상인으로 환원하고 싶다는 욕구를 지니고 있음을 보는데, 이는 결국 3연의 "붉은 우름"을 통해 윤리적 갈등, 즉 죄의식으로 표출된다. 이 행위는 달이 뜬 밤에 이루어지는데, 결국 문둥이는 밝음의 세계에 속한 정상적 존재로 되돌아가고 싶지만 그것이 차단된 닫힌 상태, 어둠 속의 존재이다.

한편 이 문둥이의 닫혀있는 상태는 해·하늘빛과 꽃처럼 붉은 우름의 강렬한 색채 대비를 통해 비극성이 고조되고 있다. "꽃처럼 붉은 우름"은 윤리적 갈등을 일으키는 비도덕적 행위를 하고서도 해결되지 않는 자신의 형벌을 발견하고 통곡하는 육성(肉聲)인데, 이것은 또한 '피'의 심상과 연결되고 있다. 여기서 '울음'은 「자화상」의 '이슬'이 지닌 정신적 정화의 의미와는 달리, 좌절과 그 비극의 내면적 수용을 뜻한다. 결국 「벽」의 '벙어리'와 '문둥이'의 울음은 외부현실과의 심리적 대결 양상에서 생성된 폐쇄된 자아 속에서, 그 모순과 벽의 한계를 뚫고 하늘과 태양으로 향하려는 정신적 지향이 좌절될 때 생겨날 수밖에 없는 서러움을 감정적으로 해결하려는 모습인 것이다.

> 저놈은 대체 무슨심술로 한밤중만되면
> 차저와서는 꿍꿍앓고 있는것일까
> 우리 아버지와 어머니에게 또 나와 나의 안해될사람에게도
> 분명히 저놈은 무슨불평을 품고있는것이다.
> 무엇보다도 나의詩를, 그다음에는 나의 表情을, 흐터진머리털 한가
> 닥까지, …… 낮에도 저놈은 엿보고있었기에
> 멀리 멀리 幽暗의 그늘, 외임은 다만 수상한 呪符.
> 피빛 저승의 무거운물결이 그의쭉지를 다적시어도
> 감지못하는 눈은 하눌로, 부흥 …… 부흥 …… 부흥아 너는
> 오래전부터 내 머릿속暗夜에 둥그란집을 짓고 사렀다.
> ― 「부흥이」 전문

이 시의 전체적 진행은 '대립—해소'의 관계가 설정되어 있다. 1~6 행에서 부흥이와 시적 화자의 관계는 대립 갈등의 양상을 띠면서 점차 긴장이 고조되어 간다. 부흥이는 아버지와 어머니, '나'와 '나'의 아내 될 사람에게 불평을 품고 있으며, '나'의 시와 표정과 머리털까지도 불평을 품어 나간다. 부흥이와 시적 화자의 이 대립 양상은 7~9행에 와서 천형을 지고 있는 부흥이가 "내 머리속暗夜"에 집을 짓고 살아왔음을 밝힘으로써, 둘 사이의 동질감이 확인되고 대립은 해소된다. 그런데 이 시에서 가장 먼저 해명되어야 할 것은 부엉이의 정체이다. '나'는 시적 화자로 나타나고 '부흥이'는 시적 대상으로 등장한다. 하지만 부흥이는 "내 머릿속暗夜"에 같이 살아온 또 하나의 자아이다. 결국 화자로서의 시인은 또 하나의 자아의 모습을 부흥이로 객관화하여, 그를 통해 스스로의 삶을 관찰하는 자의식의 편린을 보여주고 있다. 즉 이 시는 주체로서의 자아가 자의식을 통해 객관화된 또 하나의 자아를 인식하고 두 자아가 빚는 갈등과 그 해소를 표현한 것이다.

이런 관점에서 다시 이 시를 해석해 보면, 또 다른 자아의 표상인 부흥이는 한밤중만 되면 찾아와서는 아버지와 어머니, 나와 아내 될 사람에게 불평을 품고 있다. '저놈'이라는 비하의 말투가 시작 부분에서 갑작스럽게 대두되는 것은, 「자화상」의 "애비는 종이었다"의 표현과 유사한 바가 있다. 그리고 또 하나의 자아인 부흥이가 아버지와 어머니에게 불평을 품는다는 표현은, 「자화상」에서 고찰한 바 있는 에비의 부재와 어매의 무능이 아들에게 불만을 가져다 주었을 것이라는 짐작을 가능케 한다. 또한 이 부성과 모성의 부재는 결핍된 환경과 가족관계의 단절을 시인에게 안겨주었기 때문에, 부흥이의 그러한 불평이 생겨나는 것일 수도 있다. 이 부흥이는 더 나아가 시인과 그 아내 될 사람에게까지 불평하고 시인의 시와 표정, 머리털까지 불평을 품는다. 전체적으로 이러한 전개는 밤의 배경이 주는 절망과 부흥이의 불길한 속성이 결부되면서 긴장을 고조시킨다. 결국 고조된 긴장은 부흥이의 처절한 운명과 비극성을 밝힘으로써 강화가 되는 듯 하다가, 부흥이와 '나'의 동질감 확인을 통해 해소되고 있다. "피빛 저승의 무거운물결"에서는 육체적 한계를 지닌 시인의 저주스런 자학이 표시되는데, 여기서 주목할 것은 부흥이의 감지 못하는 눈이 "하눌"을 향하고 있다는 점이다. 결국 '부흥이'도 '벙어리'·'문둥이'와 마찬가지로 비극적 운명 속에 갇혀 있는 존재이며, 그 어둠을 극복하기 위하여 광명의 세계, '하늘'을 추구하고 있는 것이다.

이상에서 살펴본 바대로, 시 「부흥이」는 화자와 대상 간의 분리와 일체화를 통해 가족과 자신에 대해 현실적 불만을 품고 있는 시인 자신을 표현하고, 자신에게 주어진 외부현실과의 단절이라는 비극성 속에서 그 극복을 '하늘'에의 지향을 통해 추구하는 모습을 형상화한 작품이다.

3) 육체적 욕망과 정신적 탐구

앞 절에서 외부현실과의 심리적 대결 양상에서 밀폐된 자아가 형성됨을 살펴보았다. 그리고 이 양상은 부성적 현실체계로 나아가려는 욕구와 그 압력을 거부하고 본래적인 정서인 모성적 심정공간을 지키려는 욕구의 충돌에서 생겨났으며, 따라서 현실로부터 도피하는 속성과 자아의 절대성 추구 및 자유의지를 특징으로 하고 있음을 고찰하였다. 그런데 현실로부터의 도피와 자유에의 의지라는 상반되는 두 속성은 바로 무한 욕망의 성적(性的) 에너지를 낳는 근본 요인이 된다. 에리히 프롬 Erich Fromm은 성적 타부를 깨려는 충동은 대체로 그 본질에 있어서 자유를 회복하려는 데 목적을 둔 반항의 기도라고 언급한다.34) 외부현실의 요구에 사회적인 활동으로 대처하지 못하는 시인의 자아는, 밀폐된 무의식의 공간 속에서 그 진실과 자유에의 욕구를 성적 생명력의 발산으로 대응할 수밖에 없었던 것이다. 그런데

---

34) Erich Fromm, 김진홍 역, 『소유냐 삶이냐』, 홍성사, 1978, 106면.

이 성적 생명력의 발산은 스스로의 죄의식에 의해 고통받지 않을 수 없는 것이다. 따라서 육체적 욕망에 휩쓸리면서도 그 죄의식은 정신적 절대점을 향한 승화의 노력을 낳게 만든다. 이는 '육체적 욕망과 정신적 탐구'라는 갈등구조의 현실적 근거를 제시하는 것이 된다.

이미 「자화상」의 구조 분석에서 '부성'과 '모성'의 대립 개념과 '피'와 '하늘'의 대립 개념을 가장 핵심적인 모티프로 간주하였는데, 이 '하늘'의 구체적인 모습을 보여주는 시에 「화사」가 있다. 이 시의 분석을 통해, 닫혀있는 '벽'의 어둠 속에서 발아된 정신적 의지의 싹인 '불'이 '하늘'을 지향하고 있는 모습을 살펴보기로 한다.

麝香 薄荷의 뒤안길이다.
아름다운 베암 ……
을마나 크다란 슬픔으로 태어났기에, 저리도 징그라운 몸둥아리냐

꽃다님 같다.
너의할아버지가 이브를 꼬여내든 達辯의 혓바닥이
소리잃은채 낼룽그리는 붉은 아가리로
푸른 하늘이다 …… 물어뜯어라. 원통히무러뜯어,

다라나거라. 저놈의 대가리!

돌 팔매를 쏘면서, 쏘면서, 麝香 芳草ㅅ길
저놈의 뒤를 따르는 것은
우리 할아버지의안해가 이브라서 그러는게 아니라
石油 먹은듯 …… 石油 먹은듯 …… 가쁜 숨결이야

바눌에 꼬여 두를까부다. 꽃다님보단도 아름다운 빛 ……

크레오파투라의 피먹은양 붉게 타오르는 고흔 입설이다 …… 슴여

라! 베암.

　우리순네는 스믈난 색시, 고양이같이 고흔 입설 …… 슴여라! 베암.
                                                                  ─「花蛇」 전문

　「화사」는 「자화상」과 함께 초기시의 대표작으로 간주되는 작품이
다. 김재홍은 「화사」에 나타난 동물적 이미지와 대지적 상상력을 분
석함으로써 초기시의 특성을 살피는데, 꽃베암은 서정주 자신의 본질
적 내면의 원형을 비추어 주는 '존재의 거울'이 된다고 파악한다. 또
한 그는 "푸른 하늘이다 …… 물어뜯어. 원통히무러뜯어"를 숙명에
대한 철저한 저항으로 보고, 이러한 저항은 원죄의식과 전적으로 복
합되어 '푸른 하늘'로 표상되는 모든 열려진 세계를 부정하고 원통히
물어뜯는 극단적인 컴플렉스의 새디즘에 도달하게 된다고 피력한
다.35)
　그런데 김재홍의 견해 중에서 '푸른 하늘'에 대한 해석은 재고할 필
요가 있다. 푸른 하늘은 숙명에 대한 저항을 통해 부정하는 대상이
아니라, 시적 자아가 자신의 천형을 이겨내고 도달하려고 지향하는
목표점이다. 어둠 속의 벽에 갇힌 채 육체적 욕망에 휩싸여 붉은 피
로 전율하는 시적 자아는, 그 고통을 정신적으로 승화하여 존재의 근
원적 일점을 추구하게 된다. 여기서 '푸른 하늘'은 그 지향의 목표점
이 되는 것이다. 원통히 물어뜯는 행위는 푸른 하늘에 대한 추구가
강렬한 육체적 관능에 휩쓸려 좌절되었을 때 일어나는 좌절과 자학의
표현인 것이다.
　이 작품은 시적 화자가 베암과 순네를 바라보는 시각과 그 관계 양
상에 주목해서 고찰할 필요가 있다. 베암은 성경적 의미로서 인간에
게 죄의식에 눈뜨게 한 악마(demon)의 근원이 된다. 이 죄는 인간에
게 있어 증오의 대상이면서 동시에 유혹의 대상이기도 하다. 따라서

---

35) 김재홍, 「서정주의 '화사'」, 『한국현대시작품론』, 문장, 199~205면.

죄를 가져다 주는 베암은 "아름다운 베암"이기도 하면서 "징그러운 몸둥아리"를 가지고 태어난다. 즉 베암은 관능적 유혹과 그 죄의식이라는 이율배반성을 지니고 있는 것이다. 3연에서 돌팔매를 쏘면서도 그 뒤를 따르는 화자의 모습에서는 죄의식과 그 유혹에의 이끌림이 엇갈려서 나타난다. 베암의 이율배반성은 결국 화자가 지닌 이율배반성과 일치하게 되는 것이다.

베암은 시인의 자의식이 바라본 서정적 자아의 모습이다. 이는 동물적 본능과 육체적 욕망을 대표한다. 결국 「화사」에서 시인은 '베암'으로 형상화된 자신의 또 다른 자아를 저주하기도 하고 공감하기도 하는 갈등을 반복하고 있다. 이 갈등은 육체적 탐욕에 대한 유혹과 죄의식 사이의 대립이다. 한편, "우리 할아버지의안해가 이브라서 그러는게 아니라/石油 먹은듯 …… 石油 먹은듯 …… 가쁜 숨결이야"는 논리적 귀결에 의한 문장이 아니다. 시인은 관능적 욕망과 죄의식이 충돌하는 이율배반성의 혼돈 속에서 자신의 내면 갈등의 구조를 인식하지 못한 상태에서, 그 강렬한 육체적 체험을 "가쁜 숨결이야"라고 표현할 수밖에 없었던 것이다. 이로써 마지막 부분에 가서는 동물적 본능에 사로잡히고 마는 모습을 보여주게 되는 것이다. 결국 「화사」는 시인 자신의 내부에 꿈틀거리는 성적 욕망과 그것을 어떻게 받아들이느냐는 도덕적 갈등을 형상화한 작품이다.

> 속눈섭이 기이다란, 게집애의 年輪은
> 댕기 기이다란, 붉은댕기 기이다란, 瓦家千年의銀河물구비 …… 푸르게 푸르게만 두터워갔다.
>
> 어느 바람속에서도 부끄러운 열매처럼 부끄러운 게집애.
> 靑蛇.
> 뽕나무에 오디개 먹은 靑蛇.
> 天動먹음은,

번갯불 먹음은, 쏘내기 먹음은,
검푸른 하늘가에 草籠불달고 ……

고요히 吐血하며 소리없이 죽어갔다는 淑은,
유체 손톱이 아름다운 게집이었다한다.
                                    ―「瓦家의 傳說」 전문

　이 시의 화자는 마음 속에 자리잡고 있는 여성의 육체적 모습을 천
년 와가(瓦家)의 전통적 분위기와 결부시켜, 감각적이고 색채적인 기
법으로 형상화하고 있다. 2연에서는 다시 그 '게집애'를 "오디개 먹은
靑蛇"의 이미지와 결부시킴으로써, 욕망의 맹렬한 충동을 아름다움과
생명력의 충돌을 통하여 보여준다. 3연에서 결국 피를 흘리며 죽어갔
다는 '숙'의 비극적인 죽음은, 유체 손톱의 애상적 아름다움으로 미화
하여 슬픔의 세계를 형성한다.
　이 시는 전체적으로 색채의 대조에 의해 시적 긴장을 얻어내고 있
다. 이 긴장감은 붉은 색과 푸른 색이 형성하는 상극적 대비로 인해
생겨난다. 붉은 댕기와 푸르게 두터워가는 은하 물구비는 게집애와
천년 와가를 대비와 조화의 이중적 색채감각으로 제시한다. "어느 바
람속에서도 부끄러운 열매처럼 부끄러운 게집애"는「자화상」에서 시
인이 만나는 바람과 부끄러움을 연상시키는데, 그것은 은밀한 육체적
비밀과 죄의식을 암시하는 것 같다. 여기서 부끄러운 게집애는 청사
(靑蛇)와 결부되며, 부끄러운 열매는 뽕나무의 오디개와 결부된다. 따
라서 "뽕나무에 오디게 먹은 靑蛇"는 붉은 피의 육체적 욕망이 지니
는 격렬한 열정과 혼란, 그리고 푸른 색이 주는 무한한 정신적 세계
를 결합시킨 형상을 띠고 있다.36) 결국 이것은 "검푸른 하늘가에 草

────────────

36) 색채의 심상을 상징적 의미에서 살펴볼 때, 붉은 색은 피・희생・격렬한 열정
　・혼란을 나타내고, 푸른 색(하늘색)은 정신적인 면에서 작용하는 색깔로서 인
　간에게 무한의 세계와 순수에 대한 동경을 일깨워준다(W.L. Guerin, etc, *A*

籠불달고"에서 푸른 하늘과 불의 결합으로 나타난다. 따라서 「와가의
전설」이 지닌 붉은 색과 푸른 색의 대비는, 육체적 욕망의 전율과 푸
른 하늘에의 정신적 탐구라는 이원적 요소가 서로 대립하고 상응하면
서 긴장된 의미구조를 형성한다. '육체적 욕망과 정신적 탐구'는 초기
시의 한 중요한 테마가 되는데, 이원성의 결합은 붉은 색과 푸른 색
의 색채 결합을 통해 형상화되고 있다. 결국 이원성과 그 융합의 의
지는 초기시의 핵심적인 형성원리가 되는 것이다.

4) 융합의 의지와 수직적 상승

초기시의 핵심적 형성원리의 하나는 모순 대립하는 육체성과 정신
성을 결합하려는 융합의 의지이다. 이것은 『화사집』 곳곳에서 '피의
붉음'과 '하늘의 푸름'이라는 강렬한 색채 대비를 통해 표현되고 있다.

　　　검푸른 하늘가에 초롱불 달고

　　　　　　　　　　　　　　　　　　— 「瓦家의 傳說」 부분

　　　다만 붉고 붉은 눈물이
　　　보래 피빛 속으로 젖어

　　　　　　　　　　　　　　　　　　— 「서름의 江물」 부분

　　　바람뿐이드라. 밤허고 서리하고 나혼자뿐이드라.
　　　거러가자. 거러가보자. 좋게푸른 하눌속에 내피는 익는가. 능금같이
　　　익는가. 능금같이 익어서 떠러지는가.
　　　오- 그 아름다운 날은 …… 내일인가. 모렌가. 내명년인가.

　　　　　　　　　　　　　　　　　　— 「斷片」 전문

Handbook of Critical Approaches to Literature, New York, 1979, p.158 참
고).

「단편」에서 보듯, 시인은 푸른 하늘 속에 자신의 피로 능금알을 익게 하고 싶어한다. 자신의 피 묻은 육체를 그것과 상반되는 푸른 하늘에까지 끌어올려 육체성과 정신성의 융합을 추구하는 것이다. 그렇게 익어서 떨어지는 능금알은 시인이 바라는 시의 완전한 모습이기도 하다. 그것이 완성되는 날, 그 날은 아름다운 날이다. 그러나 "그 아름다운 날은 …… 내일인가. 모렌가. 내명년인가"에서 보듯, 시인에게 그 날은 멀리 있다. 왜냐하면 '피'와 '하늘'의 이원성은 모순이 대립하는 이율배반성을 지니고 있어서 그 융합이 쉽지 않기 때문이다. 따라서 이율배반성에 절망하여 돌파구를 찾지 못한 채 육체의 벽에 갇힌 시인은 통곡할 수밖에 없고, 그 설움의 눈물은 강물이 되어 대지를 적시며 흘러간다. 결국 지상에서의 하늘 지향은 '피'로 인하여 좌절되어 "서름의 江물"을 낳고, 이 강물이 바다에 이르러 '바다'를 통한 하늘 지향을 보여주게 된다.

> 귀기우려도 있는것은 역시 바다와 나뿐.
> 밀려왔다 밀려가는 무수한 물결우에 무수한 밤이 往來하나
> 길은 恒時 어데나 있고, 길은 결국 아무데도 없다.
>
> 아— 반딧불만한 등불 하나도 없이
> 우름에 젖은얼굴을 온전한 어둠속에 숨기어가지고 …… 너는,
> 無言의 海心에 홀로 타오르는
> 한낫 꽃같은 心臟으로 沈沒하라.
>
> 아— 스스로히 푸르른 情熱에 넘쳐
> 둥그란 하눌을 이고 웅얼거리는 바다,
> 바다의깊이우에
> 네구멍 뚫린 피리를 불고 …… 청년아.
> 애비를 잊어버려
> 에미를 잊어버려

兄弟와 親戚과 동모를 잊어버려,
마지막 네 게집을 잊어버려,

아라스카로 가라 아니 아라비아로 가라
아니 아메리카로 아니 아프리카로
가라 아니 沈沒하라. 沈沒하라. 沈沒하라!
오— 어지러운 心臟의 무게우에 풀닢처럼 훗날리는 머리칼을 달고
이리도 괴로운나는 어찌 끝끝내 바다에 그득해야 하는가.
눈뜨라. 사랑하는 눈을뜨라 …… 청년아.
산 바다의 어느 東西南北으로도
밤과 피에젖은 國土가있다.

아라스카로 가라!
아라비아로 가라!
아메리카로 가라!
아푸리카로 가라!

— 「바다」 전문

「바다」는 나아갈 길을 찾을 수 없는 절망과, 모든 인간관계를 끊고
침몰하려는 시도와, 바다를 통해 하늘에 닿아보려는 몸부림, 그리고
바다와 대지 사이에서 선택에 고민하는 시적 자아의 모습을 격렬한
어조로 표현하고 있다. 1연의 1행은 의지할 곳 없는 자아의 발견이며,
2·3행은 절망적인 시간의 흐름과 자신의 길을 현실에서 찾지 못하는
방황을 제시한다. 이 방황은 "반딧불만한 등불 하나도 없이"라는 절
망을 안고 바다에 침몰한다. 3연에 와서는 모든 인간관계를 끊고 사
적(私的)인 현실을 초월하여 어떤 원시적 생명력의 백열 상태를 추구
하고 있다. 그러면서도 괴로운 자아는 그가 존재해야 할 곳이 바다인
지, 밤과 피에 젖은 국토, 즉 대지인지를 묻고 있다.

일면 시인은 이 막다른 바다에 이르러 침몰하여 버리는 것같이 보

인다. 그러나 이 침몰은 하늘로의 정신적 지향을 포기하는 것이 아니라, 바다의 깊이를 통해 하늘에 도달하려는데 그 의미가 있다. 바다의 깊이 위에 구멍 뚫린 피리를 부는 청년은 바로 시인 자신인 것이다. 여기서 구멍 뚫린 피리는 아직도 육체적 전율로 웅얼거리는 바닷물을 잠재우고 무화(無化)시켜 하늘에까지 이르게 하는 도구를 뜻한다. 후기시에 자주 등장하는 이 '피리'는 「바다」에서 그 단초를 보이고 있는 것이다.

> 먼저 한자루의 피리를 마음속에 지니고
> 나는 바다에 떴다.
> 바다도 잠재운다는 저 옛날부터의 피리소리로 ……
> ── 「어느 늙은 水夫의 노래」 부분, 『떠돌이의 시』

> 그대
> 바다를 재워
> 부는 피리소리에
> 내 마음의 바다는 黃金가락지를 끼고
> ── 「나는 잠도 깨어 자도다」 부분, 『동천』

붉은 피가 꿈틀거리는 대지 위에서 푸른 하늘로 상승하려다 좌절한 그가, 바다에 이르러 바다의 깊이를 통해 하늘에까지 도달하려고 하는 것이다. 여기서 가장 중요한 동력적 의지는 피(대지적 속성·육체적 욕망)를 푸른 하늘(천상의 진리·정신적 극한점)에까지 끌어올려 하나로 결합하려는 융합의 의지이다.

> 별아, 별아, 해, 달아, 별아, 별들아
> 바다들이 닳아서 하늘 가며는
> 차돌 같이 닳아서 하늘 가며는
> 해와 달이 되는가, 별이 되는가
> ── 「旅愁」 부분, 『신라초』

香丹아 그넷줄을 밀어라
머언 바다로
배를 내어 밀듯이,
香丹아

이 다수굿이 흔들리는 수양버들 나무와
벼갯모에 뇌이듯한 풀꽃댐이로부터,
자잘한 나비새끼 꾀꼬리들로부터
아조 내어밀듯이, 香丹아

珊瑚도 섬도 없는 저 하눌로
나를 밀어 올려다오.
彩色한 구름같이 나를 밀어 올려다오
이 울렁이는 가슴을 밀어 올려다오!

— 「鞦韆詞」 부분, 『서정주시선』

　「추천사」는 김종길에 의해 탁월한 해석이 행해진 바 있다. 그는 그네를 지상적인 괴로움과 운명을 벗어나려는 '상징의 그네'로 해석하고, 작품의 구조를 지탱하는 요소로 바다와 하늘이 함축되어 있다고 본다. 2연의 "수양버들 나무"와 "풀꽃댐이"와 "나비새끼 꾀꼬리들"은 모두 춘향에게 지상적인 번뇌들이며, 이 지상적인 것에서 떠나고 싶어하는 욕망과 떠나지 못하는 애착이라는 내적 대립이 시의 긴장을 짜내고 있다고 말한다. 따라서 춘향의 심정은 지상의 질서와 천상의 질서 사이에 놓여있는 자신의 모순을 깨달은 데서 오는 역설적인 것임을 밝히고 있다.37) 이러한 해석은 「바다」에서 '바다의 깊이'와 '푸르른 하늘'의 구도가 어떠한 것인가를 상기시켜 준다. 즉 바다와 하늘의 관계 설정에 있어서 지상적 세계에서 천상적 세계로 상승하기 위해서

---

37) 김종길, 「'추천사'의 형태」, 『사상계』, 1966.3, 220~224면.

는 바다를 중간 매개로 거쳐서 갈 필요가 있음을 보여주는 것이다.

여기서 바다의 깊이에서 하늘의 높이로 상승하는 시의식은 존재의 본질에 대한 탐사가 존재의 근원에 대한 탐구로 거슬러 올라가는 모습을 띤다. 이 연결은 직관적 차원에서, 온 정신이 참여한 진공 상태에서 이루어진다. 즉 육체와 정신의 이원성이 온전한 변증법적 지향을 시도할 틈을 주지 않은 채, 정신의 수직적 비약이 이루어지는 것이다. 지상의 육체성과 천상의 정신성이라는 대립항을 일시에 한 점으로 융합하려는 의지는 현실적 시공을 초월한 내적 본질의 일점에서 일어나는 현상이며, 그것은 곧 시의식의 수직적 상승을 동반하게 된다. 이 수직적 상승은 시적 형상화를 통해 '서있는 자세'로 나타난다. 이는 의식의 극도의 긴장 상태를 의미하며, 수직적 상승에 따른 집중력과 고통을 동반하는 것이다.

> 못 오실이의 서서 우는 듯
>
> —「서름의 江물」 부분

> 서서우는 눈먼사람
> 자는 관세음
>
> —「西風賊」 부분

> 불기둥처럼 서서 울다간
> 스스로히 생겨난 메누리 발톱
>
> —「조금」 부분, 『귀촉도』

상반되는 것에 대한 융합의 의지와 그것이 동반하는 시의식의 수직적 상승은, 서정주 초기시의 구조원리를 핵심적으로 보여주고 있는 것이다.

> 잔치는 끝났드라. 마지막 앉어서 국밥들을 마시고

빠앍안 불 사루고,
재를 남기고,

포장을 거드면 저무는 하늘.
이러서서 主人에게 인사를 하자

결국은 조끔ㅅ식 醉해가지고
우리 모두다 도라가는 사람들.

목아지여
목아지여
목아지여
목아지여

멀리 서 있는 바다ㅅ물에선
亂打하여 떠러지는 나의 種ㅅ소리.

—「行進曲」 전문

「행진곡」은 1940년 『조선일보』 폐간호에 싣기 위해서 쓰여진 시이
다. 이 시는 이런 시대적 상황을 상징적으로 표현하고 있는데, 그것에
는 시인 자신의 개인적 상황도 함축되어 있다. 시의 시작 부분에 "잔
치는 끝났드라"라는 종결된 상황을 배치해 놓음으로써 긴박감을 조성
하고, "빠앍안 불 사루고/재를 남기고"에서는 잔치가 끝난 후의 허전
함과 여운을 부각시킨다. 포장을 거두면 '하늘'도 저물고 사람들은 모
두 취해서 돌아간다. 이때 잔치에서 돌아가는 사람들은 조선일보 폐
간이라는 공식적 상황과 당시 억눌린 현실을 비유하는 동시에, 시인
의 시적 생애에 있어 지탱해 오던 하나의 잔치에서 돌아가는 자신을
비유한 것이다.

시인의 시적 체험의 측면에서 이 시를 다시 살펴보면, 빨갛게 타고

있는 '불'은 시인의 의식 속에서 지속되어 오던 정신적 지향의 모습이다. 그것은 고통스럽지만 황홀한 잔치와도 같다. 이 잔치가 끝나고 정신적 추구가 좌절되었을 때, '불'은 꺼지고 '하늘'은 저물어 결국 취해서 돌아갈 수밖에 없다. 목아지는 신체 구조상 바로 이 생명력을 지탱하는 가장 소중한 부분이며, 그 모양은 곧게 '서 있는' 형상을 하고 있다. 네 번이나 반복되는 "목아지여"는 형태상 위에서 아래로 읽어 내리는 까닭에 시각적으로 하강의 느낌을 준다. 그리고 마지막 연은 '서 있는 바다물'과 '떠러지는 종소리'라는 상승과 추락의 대응이다. "서 있는 바다ㅅ물"과 "亂打하여 떠러지는 나의 種ㅅ소리"는 고통 속에서도 생명력에 충일하여 지탱해 오던 푸른 하늘에의 정신적 지향인 '시의식의 수직적 상승'이 추락하는 소리이다. 그러나 이 추락의 소리는 네 번이나 반복되는 "목아지여"의 비장감과, '난타하여 떨어지는 종소리'의 파열음으로 울려 퍼질 때, 새로운 발걸음을 떼어놓는 '행진곡'이 된다.

따라서 상징적인 이 한 편의 시는 하나의 정신적 추구의 몰락 속에서도 새로운 길을 모색하는 시인의 모습을 비장감과 황홀경으로 표현하고 있는 것이다. 결국 이 「행진곡」은 '하나의 푸른 하늘'에의 정신적 지향이 '많은 하눌'로의 전환을 가져오는 계기가 되는 작품이다.

　　참 이것은 너무 많은 하눌입니다. 내가 달린들 어데를 가겠습니까.
紅布와 같이 미치기는 쉽습니다. 몇千年을, 오- 몇千年을 혼자서
놀고온 사람들이겠습니까.

　　種보단은 차라리 북이있습니다. 이는 멀리도 안들리는 어쩔수도없
는 奢侈입니까. 마지막 불을 이름이 사실은 없었습니다. 어찌하야 자
네는 나보고, 나는 자네보고 웃어야하는 것입니까.
　　　　　　　　　　　　　　　　　　　─「滿洲에서」 부분, 『귀촉도』

이러한 후기시로의 변모는 단절에 의한 재편성과정이 아닌 전환의
과정으로 이해되어야 한다. 이는 초기시의 형성원리가 된 갈등의 전
개과정이 후기시의 변모 양상에도 내재적 필연성으로 작용하고 있음
을 뜻한다. 이로써 '닫혀있는' 공간과 수직적 상승의 '서있는' 자세는
굳게 잠긴 문을 열고 나와서 '흘러가는' 세계를 맞이하게 된다. 이 흐
름의 세계는 내면의 의식공간과 외부세계 사이의 열려진 교류와 상호
침투를 가능케 한다. 따라서 초기시가 전환되어 후기시로 이어질 때
그 맺힘을 풀어주는 작용을 하는 것이다.

> 거북이여 느릿 느릿 물ㅅ살을 저어
> 숨 고르게 조용히 갈고 가거라.
>
> — 「거북이에게」 부분, 『귀촉도』

> 노들강 물은 서쪽으로 흐르고
> 능수 버들엔 바람이 흐르고
>
> (… 중략 …)
>
> 붉은 두볼도
> 헐덕이든 숨ㅅ결도
> 사랑도 맹세도 모두 흐르고
>
> — 「노을」 부분, 『귀촉도』

> 千年 맺힌 시름을
> 출렁이는 물살도 없이
> 고은 강물이 흐르듯
> 鶴이 나른다.
>
> (… 중략 …)

山덩어리 같어야 할 忿怒가
草木도 울려야 할 서름이
저리도 조용히 흐르는구나

— 「鶴」 부분, 『서정주시선』

4. 초기시의 의미구조와 후기시의 양상

이 장에서는 시의식의 구도와 시세계의 규명이라는 두 방향의 연구를 통해 밝혀진 『화사집』의 의미구조를 전체적으로 정리하고, 이 의미구조가 『귀촉도』 이후의 후기시에 어떤 내재적인 연속성을 지니고 변모의 양상으로 나타나는지를 개괄적으로 살펴보고자 한다. 후기시에 대한 정밀한 연구는 본고의 범위를 넘어서는 것이므로, 『귀촉도』 이후의 시들에 나타나는 몇 가지 특징적인 양상을 초기시의 의미구조와 연관하여 고찰하는 데 그치려 한다.

1) 이원성과 그 융합의 의지

『화사집』을 전체적으로 특징짓는 중요한 테마는 밀폐된 자아 속에서 안으로 통곡하는 비극적 생명력이다. 이것은 제어할 수 없는 강렬한 성적 에너지와 그 죄의식이 빚어내는 갈등과 전율로 꿈틀거린다. 하지만 이 에로티시즘의 표면적 현상 속에는 그것을 가능케 한 내재적 요인, 즉 시의 형성원리가 작용하고 있다. 이것은 서정주 초기시의 전체적 의미구조를 지배하는 본질적이고 핵심적인 요소이며, 따라서 후기시의 양상을 해명하는 데도 중요한 역할을 하게 된다.

우선 '시의식의 발생'에서 살펴본 바에 의하면, 집에 없거나 무기력한 아버지와 어머니의 현실적 조건이 시인에게 고독과 방황과 혼돈을 가져다 주고, 내면 시의식의 공간 속에서 시인은 부성과 모성에 대한 원형적 탐구를 통해 인간존재의 본질과 근원에 도달하려고 한다. 여기서 가장 먼저 시인에게 주어지는 것은 부성과 모성의 이원성이다. 부성이란 원형 개념으로서 아버지의 원리를 뜻하는데, 가장으로서의 권위와 능력·애정과 보살핌·그리고 사회적 현실체계라는 의미를 지니고, 모성은 외향적 행동성과 힘의 논리가 지배하는 사회적 현실체계를 벗어나서 내면 깊은 곳에 자리잡고 있는 영원과 안식의 세계를 의미한다. 이 이원성은 모순이 대립하고 갈등하는 이율배반성을 지니는데, 이때 시인은 부성적 세계보다는 모성적인 세계에 무게중심을 두고 연민과 친밀감을 가지고 심정적으로 이끌린다. 넓은 의미의 여성주의라고 부를 수 있는 이 태도는 시인이 지닌 기본적 정서이며, 초기시의 기저에 기본항으로 자리잡고 있는 요소가 된다. 이 모성적 안식의 공간은 민족적 정서의 공간과도 긴밀히 결부되어 있는데, 이는 초기시의 격정 속에 내재되어 있다가 후기시에 와서 전면(前面)에 부각되는 주요한 경향이 된다.

한편 이 여성주의적 의식공간은 개인적·사회적 외부현실과 심리적으로 대립한다. 현실적 강요에의 따름은 남성적 힘과 능력에의 욕구로 나아가지만, 한편으로는 그 억압에 반발하여 본래의 여성주의적 세계를 지키기 위해 자아 내부에 굳게 보호막을 씌우게 된다. 이 추구와 반발의 긴장 속에서 외부현실과 단절된 밀폐된 내면공간이 형성되는 것이다. 이러한 상황은 외부 현실, 즉 부성적 영역으로서의 사회적 현실체계의 압력에 반발하고 자아 내부로 잠입하여 본래적 여성주의의 세계를 지키려는 것인데, 그 억압이 강해질수록 자아는 더욱 강화되어 존재 근원에의 인식과 자유의 의지로 나아가게 된다. 그런데 이 인식은 객관적 현실 상황과의 교류와 소통이 차단되어 있기 때문에 밀폐된 공간 속에서 진정한 자유를 획득하지 못한다. 그 욕구는 스스로 형성한 '벽'에 갇혀 고통스런 충돌을 일으키게 되는 것이다.따라서 서정주 초기시의 특징은 개인적·사회적 외부현실의 억압에 대응하는 자아 내부의 생명력이라고 볼 수 있는데, 결국 이것은 벽에 갇혀 현실의 영역에서 해결되지 못하고 자아 탐구를 통한 존재 근원의 인식으로 나아간다. 초기시의 이러한 부성적 현실과 모성적 자아의 역학작용은, 후기시에 이르러 현실과 역사적 상황의 정면에서 빗겨나 세상을 바라보는 태도를 빚어내게 한다.

그런데 밀폐된 공간의 긴장과 갈등 속에서 자의식은 어둠을 극복하는 정신적 지향의 싹을 보여주게 된다. 이 지향의 과정에서 '부성과 모성의 이원성'이 '외부현실의 압력과 자아의 폐쇄'를 거쳐 '육체와 정신의 이원성'으로 분화된다. 이때 이 대립은 밀폐된 내부에서 분출되는 생명력으로 나타나 강렬한 성적 욕망에 휩쓸리게 된다. 시인은 제어할 수 없는 이 육체적 고통과 한계를 극복하기 위해 정신적 승화작용을 통해 절대의 극한점이며 존재의 근원인 '푸른 하늘'을 지향하게 된다. 이는 '육체적 욕망과 그 정신적 승화'의 모습을 보여주는 것이다.

지금까지 살펴본 대로 부성과 모성, 육체와 정신의 이원성은 모순이 대립하고 갈등하는 이율배반성을 내포하는데, 그 극복을 시인은 두 대립항을 일시에 한 점에 결합하려는 융합의 의지로 보여준다. 자신의 피 묻은 육체를 그것과 상반되는 푸른 하늘에까지 끌어올려 육체성과 정신의 융합을 추구하는 것이다. 시인에게 있어 그가 추구하는 존재의 본질과 근원은 육체의 동물적 본성을 통하지 않고서는 얻어질 수 없는 것이었다. 따라서 그는 육체적 욕망의 심연으로 침수함으로써 정신적 극한점까지 상승하려 하였으며, 이는 영과 육이 합일된 절대 상태의 일점을 추구하는 것이었다. 따라서 이 융합의 의지는 육체와 정신의 이원성이 '정―반―합'이라는 온전한 변증법적 지향을 시도할 틈을 주지 않은 채 시의식의 수직적 비약을 이루게 되는 것이다. 이로써 상반되는 것의 융합의 의지와 시의식의 수직적 상승은 서정주 초기시의 가장 핵심적인 형성원리가 된다. 이 융합의 의지와 수직적 상승은 현실과 자아의 대립과 모순을 인식하는 데서 현실적 시공을 초월한 내적 본질의 절대점으로 나아가는 것이었으므로, 진정한 완성을 이루지 못하고 추락할 수밖에 없었다. 그러나 후기시로의 전개를 통해 시인은 '이원성과 그 융합의 시학'을 중심 테마로 유지하면서 다양한 시적 변모를 통해 그 완성을 추구하게 되는 것이다.

2) 후기시의 양상

초기시의 '닫혀있는 공간'과 '서있는 자세'에서 벗어난 시적 자아가 굳게 잠긴 문을 열고 나와서 처음 만나게 되는 대상은 '꽃'과 '누님'이다.

> 굳게 잠긴 재ㅅ빛의 문을 열고 나와서
> 하눌ㅅ가에 머무른 꽃봉오리ㄹ 보아라
>
> ─「密語」 부분, 『귀촉도』

> 이, 우물 물같이 고이는 푸름 속에
> 다수굿이 젖어있는 붉고 흰 木花 꽃은,
> 누님.
> 누님이 피우셨지요?
>
> ─「木花」 부분, 『귀촉도』

> 그립고 아쉬움에 가슴 조이든
> 머언 먼 젊음의 뒤안길에서
> 인제는 돌아와 거울앞에 선
> 내 누님같이 생긴 꽃이여
>
> ─「菊花옆에서」 부분, 『서정주시선』

초기시에서 육체성으로 인해 비하의 대상이 되었던 가시내·게집은 그 젊음의 뒤안길에서 돌아와 누님 같은 모습으로 거울 앞에 서 있다. '누님'의 이미지는 '목화'·'국화'와 의미연관을 이루는데, 이 꽃들은 화려하지도 초라하지도 않으면서 편안한 느낌을 준다. 이는 수수하고 은은하면서 친밀감을 주는 누님의 이미지와 유사한 것이다. 이 같은 '꽃'과 '누님'의 의미연관은 초기시의 격동이 지난 후에 시인의 정서가 정적(靜的)인 내면성 속에 깃들이게 되었음을 보여준다. 이 정적 감성의 세계는 시인의 기본 정서였던 모성적 안식의 여성주의적 요소가, 초기시의 격렬한 혼돈과 갈등 속에 내재되어 있다가 변주를 이루면서 표면화되는 것이라고 볼 수 있다. 이 점에서 후기시의 전환과 변모는 하나의 세계가 폐기되고 재편성되는 과정이 아닌, 내면적 연속성 위에 놓인 변주의 과정으로 이해될 수 있다. 후기시의 양상은 초기시에 이미 그 비밀의 싹이 배태되고 있었던 것이다.

'꽃'과 '누님'을 통해 정감적인 정서의 세계로 다시 돌아온 시인은 억압되었던 생명의 숨소리를 '관세음'의 푸른 숨결을 통해 새롭게 내쉴 수 있게 된다. 이미 「서풍부」에서 그 모습을 보였던 관세음("서서 우는 눈먼 사람/자는 관세음")은 『귀촉도』에 와서 「석굴암 관세음의 노래」에서 전면으로 나서게 된다.

> 그리움으로 여기 섰노라
> 湖水와 같은 그리움으로,
>
> (…중략…)
>
> 이 싸늘한 바위ㅅ속에서
> 날이 날마닥 드리쉬고 내쉬이는
> 푸른 숨ㅅ결은
> 아, 아직도 내것이로다.
>
> — 「石窟庵觀世音의 노래」 부분, 『귀촉도』

이 관세음은 이후 서정주가 귀의하게 될 불교적 선(禪)의 세계를 암시하는데, 『서정주시선』에서는 이와 유사한 심상으로 '신령님'과 '하눌'이 등장한다.

　　신령님 …….

　　처음 내 마음은
　　수천만마리
　　노고지리 우는 날의 아지랑이 같었습니다
　　　　　　　　　　　　— 「다시 밝은날에」 부분, 『서정주시선』

　　하눌이여 한동안 더 모진狂風을 제안에 두시던지, 날르는 몇마리의
　　나븨를 두시던지, 반쯤 물이 담긴 도가니와같이 하시던지 마음대로
　　하소서.
　　　　　　　　　　　　— 「祈禱 壹」 부분, 『서정주시선』

　‘신령님’과 ‘하눌’은 도교적·무속적 색채를 띄고 나타나는데, 이는
불교적 세계와 함께 동양적 정신주의의 편린을 보이고 있다. 또한 이
것은 후기시의 주류적인 경향이 될 샤머니즘적 세계와 노장사상에 기
반을 둔 무위자연(無爲自然)의 세계를 암시해 주고 있는 것이다. 이
불교적 세계와 도교적·무속적 세계는 절대적 근원점을 지향하던 서
구적 정신이 동양적 정신세계로 전환되어 나타나는 것이며, 여기에
초기시의 여성주의적 경향과 긴밀히 연결되어 있던 민족적 정서가 결
합되어 형상화되고 있는 것으로 파악된다.
　『귀촉도』에서의 회귀를 통해 숨을 틔운 ‘정적(靜的) 감성의 세계’
와 ‘동양적 정신세계’는 『서정주시선』에 와서 자연과의 폭 넓은 친화
를 통해 진정한 부성의 의미를 깨닫는 데 이른다.

　　靑山이 그 무릎아래 芝蘭을 기르듯
　　우리는 우리 새끼들을 기를수밖엔 없다.
　　　　　　　　　　　　— 「無等을 보며」 부분, 『서정주시선』

수부룩이 내려오는 눈발속에서는
까투리 매추래기 새끼들도 깃들이어 오는 소리. ……
(…중략…)

끊임없이 내리는 눈발속에서는
山도 山도 靑山도 안끼어 드는 소리. ……
— 「내리는 눈발속에서는」 부분, 『서정주시선』

봄이 와 햇빛속에 꽃피는것 기특해라.
— 「꽃피는것 기특해라」 부분, 『서정주시선』

우리는 서뿔리 우리 어린것들에게 서름같은 걸 가르치지 말일이다.
— 「上里果園」 부분, 『서정주시선』

　인용 시들의 공통점은 "靑山이 그 무릎아래 芝蘭을 기르듯/우리는 우리 새끼들을 기를수밖엔 없다"에서 보듯, 자연적 생명의 섭리를 가족관계의 윤리와 동일시하여 인식하고 있다는 것이다. 시인은 『서정주시선』에 이르러 자연과의 폭 넓은 친화를 통해 진정한 부성의 의미를 깨닫고, 부모의 사랑으로 인간과 사물을 보는 넉넉함을 획득하게 된 것이다. 그리하여 그것을 어른스런 목소리로 말할 수 있게 되었다. 여기서 목소리, 즉 작품에 나타난 어조에 주목해서 다시 시적 변모과정을 살펴볼 수 있다. 「다섯살 때」「나의 시」에서는 회상의 형식 속에서 어린 아이의 목소리, 「자화상」「화사」 등에서는 혈기 왕성한 청년의 목소리, 「국화 옆에서」의 성년의 목소리를 지나 「상리과원」 등에서는 부모의 음성으로 변모해 오고 있다. 이것은 시인의 정신적 성숙을 의미하며, 또한 사회 현실의 억압과 가족관계의 결핍에서 빚어진 시의식이 자연의 섭리를 통해 다시 가족관계의 윤리와 사랑을 획득해 가는 과정으로 볼 수 있다.
　한편 후기시의 가장 중심이 되는 테마의 하나는 영적(靈的)인 무

(無)를 형상화하려는 노력일 것이다. 이것은 있음에 대한 없음으로서
의 무가 아닌, 잡을 수 없는 어떤 미지(未知)의 영원성 같은 것이다.
즉 현실을 달관한 형이상학적 정신세계의 모습을 의미하는데, 이때
빈 그릇·금가락지·구멍 등은 이 무를 담는 그릇으로서 무를 형상화
하기 위해 등장하는 시적 상징물인 것이다.

> 사발에 냉수도
> 부서 버리고
> 빈 그릇만 남겨요.
>
> — 「피는 꽃」 부분, 『동천』

> 이것은 꽃나무를 잊어버린 일이다.
>
> — 「無의 意味」 부분, 『동천』

> 이 븨인 金가락지 구멍에
> 끼었던 손까락은
> 이 구멍에다가 그녀 바다를 조여 끼어 두었었지만
> 그것은 구름되어 하늘로 날라 가고 ……
>
> — 「븨인 金가락지 구멍」 부분, 『동천』

이 영적 무의 형상화는 초기시의 핵심적인 형성원리인 육체와 정신
의 이원성과 그 융합의 의지의 연장선에 놓여있다고 보여진다. 시인
은 상반되는 것의 융합을 시공을 초월한 내적 본질의 일점에서 찾으
려 하였으나, 그 수직적 상승은 추락할 수밖에 없었다. 그러나 시인은
이 육체와 정신의 이원성을 더 나아가 유(有)와 무(無)의 형이상학적
주제로 확산시켜, 그 완성을 동양적 정신세계의 결합방식으로 계속해
나가는 것이다. 이는 시인이 자신의 삶과 정신적 궤적을 완성시키려
는 노력이며, 한편으로는 외부현실과의 심리적 대립에서 빚어진 자아
의 탐구가 구체적 현실을 초월한 형이상학적 차원의 무의 추구로 나

갔다는 점에서 후기시의 약점으로도 지적될 수 있을 것이다.

5. 결론

본고는 『화사집』을 관류하고 있는 전체적 의미구조를 파악하려는 목적하에서 진행되었다. 그리고 이를 통해 서정주 시의 전모를 밝히는 기초를 마련하려고 하였다. 이 목적을 달성하기 위한 연구 방법으로는 시의식의 구도와 시세계의 규명이라는 두 가지 방향으로 접근하는 것이었다. 이는 시인이 세계에 대한 반응의 주체와 객체로서 서정시 속에 형상화한 시의식의 형성원리를 묻는 작업과, 시작품의 구체적인 전개 양상을 살펴 시세계의 실체를 명확히 규명해 내는 작업을 상호 연관적으로 시도하는 것이다.

2장에서는 시의식이 어떤 내적 동인에 의해 발생하였는가를 살피고, 그것의 지향점을 추적하여 '시의식의 구도'를 잡으려고 하였다. 「자화상」의 구조를 집중적으로 분석하여 시의식의 발생과 지향을 고찰할 수 있는 근거로 삼고, 다시 중요한 대립 개념을 매개항으로 설정하여 시의식을 해명하였다. 이러한 작업은 작가의 전기적 고찰에 의하지 않고 작품의 구체적 심상이나 유기적 분석에 의해 진행되었으며, 한편으로는 일종의 가설적 성격을 띠고 있었다. 3장에서는 추출된 대립 개념을 갈등의 전개 양상으로 펼치고, 그것에 구체적인 작품의 양상을 상호 조명하면서 시세계의 규명을 시도하였다. 이를 통해 『화사집』에 혼재되어 있는 갈등의 구조와 진행을 명확하게 가시화하고, '시의식의 구도'가 지닌 가설적 성격을 검증하는 역할을 하였다. 이상과 같이 시의식의 구도를 추출하는 작업과 시세계의 전개 양상을 규명하는 작업을 중요 심상의 분석을 통해 가시화하였는데, 이를 통해 확인된 바를 요약하면 다음과 같다.

애비의 부재와 에미의 결핍이라는 현실적 상황을 통해 자기 존재의 비극적 체험을 하게 된 시인은, 그것이 안겨주는 고독과 혼돈과 갈등 속에서 인간존재의 근원적 차원으로 그 문제를 해결하려 한다. 즉 내부 무의식의 공간에서 부성과 모성의 원형 탐구를 통해 존재의 본질과 근원에 도달하려고 한 것이다. 존재의 본질과 근원에 대한 인식은 초기시의 흐름 속에 견지된 시인의 탐구 의지이며, 이것이 시적 전개에 있어서 하나의 지향성을 낳게 하는 것이다. 여기서 시인에게 주어진 요소는 부성과 모성의 이원성이다. 이 이원성은 부성의 원형이 남성의 두 가지 속성(현실적 능력과 권위, 육체적 욕망)으로 분화되고 모성의 원형이 여성의 두 가지 속성(정신적 안식의 세계, 육체적 탐닉의 대상)으로 분화되면서 더 복잡한 갈등 양상을 띠게 된다. 부성과 모성의 이원성이 지닌 이율배반성은 결국 육체와 정신의 이원성으로 전개되는 것이다.

시의식의 지향을 추적하여 그 전개과정을 고찰하기 위해 초기시에 나타난 주요 심상을 분석하였다. 피·푸른 하늘·이슬과 울음·불의 심상이 지닌 상징적 의미를 고찰해 본 결과, 초기시의 의미구조를 형성하고 있는 상상력의 질서를 가시화할 수 있었다. 그리고 이들 중 핵심적인 대립 개념은 '피'와 '푸른 하늘'임을 고찰하였다.

3장에서는 2장에서 추출한 '시의식의 구도'를 구체적인 작품의 형상화 양상을 통해 검토하였는데, 이는 갈등의 전개 양상을 토대로 시세계를 규명하고 그 의식공간을 고찰하는 방식을 취한다. 우선 시인은 기본적으로 모성적 낙원의 세계에 대해 정서적 친밀감을 지니고 있다. 이 시세계의 공간은 안식이 보장된 심정적 내면공간이며 유한성과 투쟁이 제거된 영원의 품 속이다. 이 세계는 부드럽고 넓게 가라앉아 있는 세계이면서 열려진 세계이다. 이는 부성의 부재와 모성에의 동경에서 빚어진 세계인데, 이를 넓은 의미의 여성주의라고 부르고자 한다. 이 모성적 안식의 여성주의적 공간은 민족적 정서의 공간과 긴밀히 결부되어 있는 것으로 보인다. 하지만 이 여성주의적 심정

공간은 오래 지속되지 못하고, 시인에게 현실의 결핍과 무기력을 극복할 수 있는 부성적 능력과 권위를 강요한다. 이 외부현실의 강요는 시인의 본래적인 정서인 여성주의적 공간에 억압의 요소로 작용하게 되는데, 이때 이 내면공간은 개인적·사회적 외부현실과 심리적으로 대립한다. 이런 양상을 '부성적 현실의 억압과 그 배제'라고 설명할 수 있다. 이는 결국 열려있던 여성주의적 심정 공간을 강화시켜 폐쇄된 공간을 형성하게 된다. 현실과 대립하는 심리적 작용은 '외계의 억압과 자아의 폐쇄'라는 양상을 빚어내는 것이다

이같이 닫혀있는 의식공간 속에서 모순이 대립하는 이율배반성을 극복하기 위해, 시인은 육체적 욕망의 고통을 거쳐 존재의 절대적 본질과 근원점을 향한 정신적 추구를 시도하게 된다. 시의식이 지향하는 절대적 목표점인 '푸른 하늘'은 육체적 요소인 '피의 붉음'을 거쳐서 도달할 수 있는 것으로 나타나는데, 이는 결국 육체적 욕망에 대한 반발과 대응의 양상에서 생성된 것이다. 이때 이 양상은 육체와 정신의 이원성을 그 이율배반성을 내포한 채 상반되는 것을 융합하려는 의지로 나타난다. 이는 피 묻은 육체를 정신적 절대점인 하늘에까지 끌어올리려는 의지를 뜻하며, 지상에서의 하늘 지향이 좌절되고 바다를 통한 하늘 지향에 이르러 '서있는 자세'를 띠게 된다. 이것은 육체와 정신의 이원성을 일시에 한 점으로 결합시키려는 융합의 의지이며, 시의식의 수직적 상승의 모습을 보여주게 된다.

4장에서는 초기시의 의미구조를 정리하고, 그 내면적 연속성의 관점에서 후기시를 몇 가지 특징적인 양상에 주목하여 개괄적으로 제시하였다. 『화사집』에 전경화되고 있는 것은 밀폐된 자아 내부의 비극적 생명력인데, 그 속에는 모성적 안식의 여성주의적 경향이 기본항으로 자리잡고 있다. 이것은 현실적 체험을 통해 형성된 부성의 부재와 모성에의 동경이라는 이원성에서 빚어지는 양상으로 보인다. 이 모성적 안식의 공간은 민족적 정서의 공간과 결부되어 있는데, 이는 후기시에 와서 전면에 부각되는 주요한 경향이 된다.

한편 이 여성주의적 기본 정서는 개인적·사회적 외부현실과 심리적으로 대립하여 밀폐된 심정적 내면공간을 형성한다. 이 속에서 긴장된 자아는 존재 근원에의 인식과 자유의 의지로 나아가지만, 외부현실과의 소통이 차단되어 진정한 자유를 획득하지 못하고 만다. 초기시의 이러한 특징은 후기시에 이르러 현실과 역사적 상황의 정면에서 빗겨나 세상을 바라보는 태도를 빚어내게 한다. 그런데 이 닫혀있는 자아는 외부현실의 억압에 대한 대결과 반항을 밀폐된 내부공간에서 분출할 수밖에 없었고, 따라서 이 대응은 강렬한 관능적 에너지로 터져 나오게 된다. 시인은 이 육체적 욕망과 전율에 휩쓸리면서도 고통과 한계를 극복하기 위해 정신적 승화의 모습을 보여주게 된다.

부성과 모성, 그리고 육체와 정신의 이원성은 이율배반성으로 고통을 겪는데, 이것의 극복을 시인은 상반되는 것을 결합하는 융합의 의지로 보여준다. 이 융합의 의지는 육체와 정신의 이원성이 온전한 변증법적 지향을 시도할 틈을 주지 않은 채 수직적 비약을 이루게 된다. 따라서 이 융합은 완성되지 못하고 추락할 수밖에 없었는데, 후기시의 변모를 통해 시인은 그 융합의 완성을 계속 추구하게 되는 것이다.

II. 불교적 역설의 시적 구현
― 한용운론

1. 문제 제기

만해 한용운은 독립 투사이자 시집 『님의 침묵』의 기념비적 문학인 으로서, 또한 실천적인 종교인으로서, 한국 근대사에 있어서 위대한 인물의 한 사람으로 평가되기에 충분하다. 그는 식민지 체제가 구축 해 놓은 암울한 시대 상황 속에서 승려, 혁명가, 시인의 모습을 하나 의 생애 속에 포괄하는 전인적(全人的) 구도자의 면모를 보여주었다.

『만해한용운연구』[38]가 간행되면서 본격화된 그의 사상과 문학에 대한 관심은, 1970년대 이후 『님의 침묵』을 중심으로 한 활발한 문학 적 연구로 이어졌다.[39] 만해 시에 대한 연구는 첫째, 불교사상과의 관 련을 중심으로 논의하는 방식,[40] 둘째, 사회역사적 맥락에서 논의하는

---

38) 박노준·인권환, 『만해한용운연구』, 통문관, 1960.
39) 단행본으로 송욱의 『전편 해설 님의 침묵』(과학사, 1974), 김재홍의 『한용운 문학연구』(일지사, 1982), 윤재근의 『님의 침묵 연구』(민족문화사, 1985) 등이 있고, 기타 논문이 400여 편에 이르는 등 국문학 연구 사상 가장 많은 관심이 집중되어 왔다.
40) 김운학, 「한국 현대시에 나타난 불교사상」, 『현대문학』, 1964.10.

방식,41) 셋째, 비유와 운율과 어조 등의 내재적 요소들을 중심으로 분
석하는 방식42)으로 분류될 수 있다. 이들 연구는 각 유형별로 괄목할
만한 성과를 올리며 만해 시의 의미와 구조를 거시적 · 미시적으로 밝
혀내고 있다. 그런데 첫째와 둘째 유형을 묶어 외재적 연구로, 셋째
유형을 내재적 연구로 볼 때, 이들 연구는 각 유형의 방법론이 내포
하고 있는 한계를 어느 정도 지니고 있는 것으로 보인다. 즉 불교사
상이나 사회역사적 맥락을 중시할 때 작품 자체의 내밀한 가치를 경
시하기 쉬우며, 작품의 내재적 요소에 치중할 때 사상과 사회역사적
맥락을 소홀히 하기 쉬운 것이다. 이런 문제점을 극복하고 만해 시의
전체적 의미와 위상을 객관적으로 고찰하기 위해서는, 내재적 연구와
외재적 연구의 연결고리를 포착하여 그 상호 관계에 주목하는 것이
새로운 과제로 요청된다. 이런 관점에서 김인환의 논문은 두 유형 사
이의 상호 연관적 고찰의 방식을 제시하고 있어 주목된다.43) 지금까

서경보, 「한용운과 불교사상」, 『문학사상』, 1973.1.
송재갑, 「만해의 불교사상과 시세계」, 『동악어문논집』 9집, 1976.
최원규, 「만해시의 불교적 영향」, 『현대시학』, 1977.8~11.
41) 백낙청, 「시민문학론」, 『창작과 비평』, 1969년 여름.
염무웅, 「만해 한용운론」, 『창작과 비평』 1972년 겨울.
김우창, 「궁핍한 시대의 시인」, 『문학사상』, 1973.1.
김흥규, 「님의 소재(所在)와 진정한 역사」, 『창작과 비평』, 1979년 여름.
42) 오세영, 「침묵하는 님의 역설」, 『국어국문학』 1965 · 1966 합본호.
김열규, 「슬픔과 찬미사의 이로니」, 『문학사상』, 1971.1.
김재홍, 『한용운문학연구』, 일지사, 1982.
김현자, 『시와 상상력의 구조』, 문학과지성사, 1982.
최동호, 「한용운 시와 기다림의 역사성」, 『현대시의 정신사』, 열음사, 1985.
오탁번, 「만해시의 어조와 의미」, 『사대논집』 13집, 1988.
43) 김인환, 「문학과 사상」, 『비평의 원리』, 나남출판, 1994.
저자는 만해 시를 문학과 사상 사이의 상호 작용의 관점에서 보고, 율격과
비유를 중심으로 한 내재적 분석의 과정에서 자연스럽게 그의 사상적 맥락을
고찰한다. 그리하여 만해 시가 불교사상의 일부를 포섭하고 일부를 배제함으
로써 이룩된 주제와 변주에 근거한다는 사실을 밝혀내고 있다.

지 한용운의 시를 그의 사상을 통해 이해하려는 시도가 꾸준히 이어져 왔으나, 그 관련성을 시작품의 유기적 구조와 비유의 구체적 양상에서 유추하고 정밀하게 분석한 결과는 드물었던 것이다. 본고는 이런 상호 연관적 관점을 견지하여 작품의 구조와 비유를 심층적으로 고찰함으로써 만해 시의식의 한 측면을 밝히는 데 목적이 있다.

논자들은 시집 『님의 침묵』을 때로는 불교적 구도의 노래로, 때로는 민족의 해방을 염원한 노래로, 때로는 전통적 여성의 애절한 사랑의 노래로 보기도 하였다. 이는 한용운 생애의 다양한 면모와 『님의 침묵』이 지닌 신비성에 기인하는 것인데, 결국 이는 '님'의 정체에 대한 다양한 해석과 관계가 있다. 지금까지 '님'의 문제는 빈번히 논의되어 왔는데, 그 의미와 위상에 대한 해명이 『님의 침묵』 이해의 핵심이라고 볼 때 이는 어쩌면 당연한 것으로 보인다. 기존의 님의 정체에 대한 견해를 정리하면, 민족·조국·무아(無我) 등의 단일 개념으로 보는 견해44)와 복합 개념으로 보는 견해가 있다. 후자는 다시 민족과 불(佛) 등의 일체화로 보는 견해45)와, 조국도 불타도 자연도 되는 복수적 다양성으로 보는 견해46)로 나누어진다.

---

44) "그의 임은 불타도 이성(異性)도 아닌, 바로 일제에 빼앗긴 조국이었다." 정태용, 「한용운론」, 『현대문학』, 1957.5, 192면.
　　"필자는 님의 참다운 정체를 열반의 경지에 들게 하는 참다운 아(我), 즉 무아(無我)로 보고자 한다." 오세영, 「침묵하는 님의 역설」, 앞의 책, 126면.
45) "결국 만해에게 있어 '님'이란 다름아닌 생명의 근원이었고 영혼의 극치였으며, 또한 삶을 위한 신념의 결정이었다." 박노준·인권환, 앞의 책, 139면.
　　"그는 무상(無上)의 불도에 다다르는 길과 우리 민족을 일제로부터 해방하여 독립시키고 구제하는 길을 꼭 같은 것이라고 생각하였을 것이다." 송욱, 『시학평전』, 일조각, 1963, 314면.
　　"그에게 있어 민족과 불(佛)과 시는 하나의 님이란 이름으로 추상되었고 그 님에의 사모, 그 님에의 신앙, 그 님에의 복종이 그 생애의 전부였던 것이다." 조지훈, 「한국의 민족시인 한용운」, 『사상계』, 1966.1, 326면.
46) "님은 어떤 때는 불타가 되고, 자연도 되고, 일제에 빼앗긴 조국이 되기도 하였다." 조연현, 『한국현대문학사』, 성문각, 1969, 597면.

실제로 '님'은 여성 화자의 간절한 그리움의 대상인 동시에, 그 이면에 잃어버린 조국, 상실된 정의, 욕된 삶을 초월하는 종교적 진리를 내포하기도 한다. 그렇다고 '님'을 애정과 시대적 고민과 종교적 추구가 통합된 일체성, 혹은 그것들을 포괄하는 복수적 다양성으로 이해하는 것은, 단일 개념으로 단정하는 것 못지않게 불충분한 견해라고 생각된다. 왜냐하면 한용운의 '님'은 정적(靜的)으로 한 자리에 놓여 있는 대상적 실체가 아니라, 역설과 부정을 통해 끊임없이 도달하고자 하는 존재의 가능성이기 때문이다. 그것은 현실적 애인이나 민족이나 진리, 혹은 그것의 통합인 이상화된 절대자가 아니라, 생활세계의 구체적 현실에 토대를 두면서도 미래적 기약으로 상정된 원리를 지칭한다. 따라서 '님'은 먼저 규정되어질 성질의 것이 아니라, 작품 내부에서 변모되고 발전되어 가는 양상을 관찰함으로써 유추되어야 하는 것이다.47) 특히 시적 화자인 '나'와 '님'의 관계성에 주목하여 그것이 작품의 유기적 관련 속에서 어떻게 변용되고 있는지를 살펴본다면 님의 정체는 귀납적으로 유추될 수 있을 것이다. 그리고 이 과정에서 '침묵'의 의미에 근접할 수 있다면 님의 정체를 파악하는 실마리를 찾을 수 있을 것이다. 따라서 이 글은 '나'와 '님'의 관계성이 '침묵'의 의미를 둘러싸고 어떻게 형상화되고 있는지를 작품의 유기적 구조와 비유의 구체적 양상을 통해 고찰하고자 한다. 그리하여 '님'의 정체를 유추하고 만해 시가 지닌 시의식의 핵심에 접근하려는 것이다.

"님은 오히려 조국이 존재함으로써 이루어질 것으로 기대되는 사랑,희망, 이상을 두루 상징하는 말이다." 조동일, 「김소월 · 이상화 · 한용운의 님」, 『우리 문학과의 만남』, 홍성사, 1978, 269면.
"그것은 이상적 대상의 님과 진리, 애인인 동시에 불(佛)이며, 그것 모두를 포함하는 다의적 이념이다." 김현자, 앞의 책, 113면.

47) 김인환은 만해 시가 독자에게 모호하게 느껴지는 이유로 첫째, 님의 의미를 작품 자체의 체계 안에서 규정하려고 하지 않은 점, 둘째, 독자가 자신의 선입견을 지나치게 투사하면서 수용하는 점을 들고 있다. 김인환, 앞의 책, 84 ~85면.

2. '님'의 정체와 '침묵'의 의미

① 님은 갔습니다. 아아 사랑하는 나의 님은 갔습니다.

② 푸른 산빛을 깨치고 단풍나무숲을 향하여 난 적은 길을 걸어서 차마 떨치고 갔습니다.

③ 황금의 꽃같이 굳고 빛나던 옛 맹서는 차디찬 티끌이 되어서, 한숨의 미풍에 날아갔습니다.

④ 날카로운 첫 키쓰의 추억은 나의, 운명의 지침을 돌려놓고, 뒷걸음쳐서, 사라졌습니다.

⑤ 나는 향기로운 님의 말소리에 귀먹고, 꽃다운 님의 얼굴에 눈멀었습니다.

⑥ 사랑도 사람의 일이라, 만날 때에 미리 떠날 것을 염려하고 경계하지 아니한 것은 아니지만, 이별은 뜻밖의 일이 되고 놀란 가슴은 새로운 슬픔에 터집니다.

⑦ 그러나 이별을 쓸데없는 눈물의 源泉을 만들고 마는 것은 스스로 사랑을 깨치는 것인 줄 아는 까닭에, 걷잡을 수 없는 슬픔의 힘을 옮겨서 새 희망의 정수박이에 들어부었습니다.

⑧ 우리는 만날 때에 떠날 것을 염려하는 것과 같이, 떠날 때에 다시 만날 것을 믿습니다.

⑨ 아아 님은 갔지마는 나는 님을 보내지 아니하였습니다.

⑩ 제 곡조를 못 이기는 사랑의 노래는 님의 침묵을 휩싸고 돕니다.

— 「님의 침묵」 전문48)

「님의 침묵」은 시집 전체의 내용과 구조를 함축적으로 제시한다는 점에서 서시(序詩)의 성격을 띤다. 10행으로 구성된 이 시는 기 · 승 ·

---

48) 한용운, 『님의 침묵』(회동서관, 1926), 미래사, 1991, 12~13면. 앞으로도 시 인용은 이 책에 근거한다. 이 텍스트는 원문을 크게 훼손하지 않는 범위 내에서 부분적으로 한자를 한글로, 맞춤법 · 띄어쓰기 · 외래어 등을 현대 표기로 고쳤다고 밝히고 있다.

전·결의 전개방식을 지니고 있다. ①~④행은 "갔습니다", "날아갔습니다", "사라졌습니다"라는 이별의 상황을 제시하고, ⑤~⑥행은 "귀먹고", "눈멀"고, "새로운 슬픔에 터"지는, 이별 후의 슬픔과 고통을 나타낸다. ⑦~⑧행은 각성과 희망으로의 전이를 나타내고, ⑨~⑩행은 "님은 갔지마는 나는 님을 보내지 아니"한 역설의 순간과 만남의 확신으로 이어진다.

이 시가 시집의 내용과 구조를 함축한다는 점에서, 시집 『님의 침묵』은 님과 나의 이별과 만남의 드라마를 전체적인 주제로 삼고 있음을 알 수 있다. 이러한 주제에는 자신과 자신의 시대를 어둠(헤어짐)으로 파악하고 밝음(만남)에 의해 극복하고자 하는 시인의 변증법적 상상력이 형성원리로서 작용하고 있다. 그러면 이 상상력에 동력을 전달하는 것은 무엇일까? 그것은 님에게 도달하려고 하는 사랑의 힘이다. 사실 『님의 침묵』 전편의 내용은 이별한 님에 대한 사랑과, 그 사랑을 새롭게 발견하려는 인식이라고 요약될 수 있다. 사랑의 진정한 의미와 방식을 깨닫고 체득함으로써만 님과 다시 만날 수 있기 때문이다. 그런데 이 사랑의 변증법이 '님'과 '나'의 관계성에 근거한 상호 침투로 파악되고 있는 점에 주목할 수 있다. '님'과 '나'의 관계를 더 자세히 규명하기 위해 서문(序文)격인 「군말」을 살펴 보기로 한다.

① '님'만 님이 아니라, 기룬 것은 다 님이다. 중생이 석가의 님이라면, 철학은 칸트의 님이다. 薔薇花의 님이 봄비라면 마시니의 님은 이태리다. 님은 내가 사랑할 뿐 아니라 나를 사랑하나니라.

② 연애가 자유라면 님도 자유일 것이다. 그러나 너희는 이름 좋은 자유에 알뜰한 구속을 받지 않느냐. 너에게도 님이 있느냐. 있다면 님이 아니라 너의 그림자니라.

③ 나는 해 저문 벌판에서 돌아가는 길을 잃고 헤매는 어린 양이 기루어서 이 시를 쓴다.

― 「군말」 전문

「군말」은 발문(跋文)격인 「독자에게」와 함께 만해 자신이 독자에게 말하는 형식으로 되어 있다. ①에서는 님과 나의 관계를 통해서 님의 정체를 밝힌다. "님은 내가 사랑할 뿐 아니라 나를 사랑하나니라"는 님과 나의 상호 관련성을 여실히 보여 준다. 그리고 "기룬 것은 다 님이다"49)라고 하여, 일반적인 님의 개념을 부정하고 그 개념 범주를 넓히고 있다. '중생', '철학', '봄비', '이태리' 등이 다 '님'이 될 수 있다고 하여 복합적 존재임을 말한다. 그러나 이로써 모든 그리운 대상을 다 님이라고 판단한다면, 그것은 평면적인 이해가 되고 말 것이다. 왜냐하면 ②에서 시인은 연애나 님이 지닌 자유와 구속의 이중적 속성을 말하면서, "너에게도 님이 있느냐. 있다면 님이 아니라 너의 그림자니라"라고 말하고 있기 때문이다. 이는 궁극적 님에 도달하려는 부정의 움직임이 정지되고 님을 단지 현존하는 대상으로 파악할 때, 님은 '님'이 아니라 우리를 기만하는 자신의 그림자에 불과하게 된다는 의미로 이해된다.

③의 "어린 양이 기루어서 이 시를 쓴다"에서 '어린 양'은 한용운이 그리워하는 자신의 님을 지칭한 것이다. "해 저문 벌판에서 돌아가는 길을 잃고 헤매는 어린 양"은 구원을 잃은 중생, 또는 조국을 잃은 민족의 상징임을 쉽게 알 수 있다. 따라서 만해의 님은 일단 중생 혹은 민족이라고 생각할 수 있을 것이다. 그렇다면 이로부터 『님의 침묵』의 본문 88편에 등장하는 '님'도 어린 양, 즉 중생 혹은 민족이라고 볼 수 있는가? 일반적으로 시 작품 속의 화자가 시인 자신과 반드시 일치하는 것은 아니다. 따라서 전체의 체계로 볼 때, 「군말」과 「독자에게」의 '나'는 한용운 자신이고, 「님의 침묵」에서 「사랑의 끝판」에 이르는 88편의 시 속에 등장하는 '나'는 시적 화자로 나타나는, 이별한 님을 기다리는 여성이라고 보는 것이 타당하다(몇 편의 시를 제외하

---

49) '기룬'은 '그립다'가 변화한 말이라고 한다. 송욱, 『전편 해설 님의 침묵』, 과학사, 1974, 17면 참고.

고는 만해 시의 시적 화자는 여성으로 나타난다). 이 여성은 만해 자신까지를 포함한 모든 중생의 대표 명사로 간주할 수 있으므로, 「군말」에서 만해의 님으로 나타난 어린 양, 즉 중생과 민족은 『님의 침묵』 본문 속에서는 '님'이 아니라 화자인 '나'로 나타나는 것이다. 그렇다면 중생과 민족과 만해 자신까지 포함하는 시적 화자인 '나'가 그리워하는 '님'은 어떤 존재인가?

> 아아 님은 갔지마는 나는 님을 보내지 아니하였습니다.
> 제 곡조를 못 이기는 사랑의 노래는 님의 침묵을 휩싸고 돕니다.
> ― 「님의 침묵」 부분

님은 '침묵'의 존재로 드러나 있다. 「님의 침묵」에서 님의 모습은 하나의 실체로 표현되지 않고, "푸른 산빛을 깨치고" 그가 걸어간 "단풍나무 숲을 향하여 난 적은 길"로 암시되어 있을 뿐이다. 푸른 산빛이 깨어짐은 그의 존재를 음각적으로 드러내고, 단풍나무 숲을 향하여 난 적은 길은 비어 있음으로 인하여 그의 존재를 암시한다. 즉, '님'은 은폐되어 있으나 그 은폐를 통하여 존재를 드러내는 것이다. 따라서 '침묵'은 님의 존재의 현시(顯示)이다. 지금까지 마지막 행의 '침묵'을 님의 부재(不在)와, 그로 인한 암담한 현실 상황으로 보는 견해가 지배적이었으나, 이는 님의 부재가 아닌 님의 존재 자체, 즉 님의 본질로 보는 것이 더 타당할 것이다. 즉 본고는 "님의 침묵을 휩싸고" 도는 "사랑의 노래"를, 님과의 만남에 대한 확신을 전제로 님의 본질인 침묵에 근접하고자 소용돌이치는 역동적 움직임으로 보는 것이다. 이는 ⑦행의 "새 희망의 정수박이에 들어부었습니다"와 ⑧행의 "다시 만날 것을 믿습니다"에 이은 ⑨행의 "님은 갔지마는 나는 님을 보내지 아니하였습니다"라는 역설적 긍정 직후에 제시된 마지막 행을, '암담한 현실 상황의 제시'라기보다는 '만남에 대한 확신과 그 구체적 노력'으로 간주하는 것이 더 자연스럽다는 점에서도 뒷받침될 수 있다.

다시 말하면, 님의 존재 자체, 즉 님의 본질에 대한 지향은 ⑨행의 역설을 통해 가능하게 된다. 이 역설은 시인이 유심적 사유의 경지에서 모순을 변증법적으로 상승시켜 하나의 원리로 통합할 때 현실의 가능성을 잉태한다. 그러나 이 가능성은 사유의 차원만으로는 실현될 수 없으므로, '님'에 도달하기 위해서는 주체의 의지와 적극적 실천의 행위가 요구된다. 따라서 실천적 의지가 내포된 이 고도의 승화과정을 거쳐서 나타난 ⑩행의 '침묵'은, 단순히 님의 부재로 인한 암담한 현실이 아니라, 어두운 현실을 초극하는 원리로서의 님의 본질인 것이다. ⑨행의 역설은 이별과 만남, 떠남과 보내지 않음, 현실에 없음과 있음이라는 이분법적 분별을 뛰어넘어 그것을 하나로 통합할 때 얻어지는 것이다. 이는 부정을 통해 긍정에 이르고 그것을 다시 부정함으로써 극복과 초월의 보다 큰 긍정에 도달하는 불교적 명상의 방식을 연상시킨다. ⑨행이 지니는 정신적·실천적 차원과, 이로 인해 생성된 ⑩행의 '침묵'의 의미를 통해 우리는 '님'이 '나'의 실천적 의지와 행위를 통해서만 생성되는 역동적인 가치임을 알게 된다. 즉, '님'은 존재와 부재, 긍정과 부정의 변증법을 통해 총체적 통합으로 발전해 나가는 끝없는 과정에 있는 것이다. 따라서 "사랑의 노래"는 님의 '침묵' 그 본질에 곧바로 가 닿지 못하고 끊임없이 휩싸고 돌면서 그것에 근접하고자 하는 것이다.

기존의 논의가 '침묵'을 님의 부재와 어두운 현실이라고 해석한 것은, "제 곡조를 못 이기는"을 슬픔의 감정 상태로 이해한 때문이기도 하다. 그런데 시집 속의 마지막 시 「사랑의 끝판」에서 "님이여, 나는 이렇게 바쁩니다. 님은 나를 게으르다고 꾸짖습니다. 에그 저것 좀 보아, '바쁜 것이 게으른 것이다.' 하시네. /내가 님의 꾸지람을 듣기로 무엇이 싫겠습니까. 다만 님의 거문고줄이 완급을 잃을까 저퍼합니다"를 보면, 님과의 만남을 이루기 위해서는 급하고 게으름의 완급의 조절과 절제가 필요함을 알 수 있다. 따라서 "제 곡조를 못 이기는 사랑의 노래"는 사랑의 벅찬 환희와 만남에의 기대로 인해 이 완급 조절과 절제를 넘어선 조급함을 보여 주는 것이다. 그리하여 만해는 『님의 침묵』의 전체적 전개과정을 통해 진정한 사랑의 자세를 새롭게 인식하고 배워 나가면서 절제와 완급의 조절을 획득하게 되는 것이다. '침묵'이 님의 부재가 아닌 님의 본질이라는 견해는 다음의 시편들을 통해서도 유추될 수 있다.

> 나는 나의 노래가 님에게 들리는 것을 생각할 때에 光榮에 넘치는 나의 적은 가슴은 발발발 떨면서 침묵의 음보를 그립니다.
>
> — 「나의 노래」 부분

> 비오는 날, 가만히 가서 당신의 침묵을 가져온대도, 당신의 주인은 알 수가 없습니다.
>
> — 「비」 부분

> 당신의 소리는 침묵인가요
> 당신이 노래를 부르지 아니하는 때에 당신의 노랫 가락은 역력히 들립니다그려
> 당신의 소리는 침묵이어요
>
> — 「반비례」 부분

3. '밤'과 '잠'의 의미

위의 분석을 통해 '침묵'은 '님'의 존재의 암시이며, 갔지만 보내지 않은 '님'의 본질 자체가 됨을 알 수 있었다. '님'을 '침묵'으로 나타냄으로써 역설이 성립하고, 이 역설은 '님'의 진정한 의미에 더 가까이 접근하게 한다. '님'은 침묵하고 있으며 알 수 없으므로 님을 사랑하

는 '나'는 그 실체에 도달하기 위해 노력하는데, 그것은 님에 대한 사랑을 재인식하고 발견해 나가는 데서 얻어질 수 밖에 없다. 이렇게 사랑의 진정한 자세를 체득함으로써 님의 본체와 만나려는 구도적 과정이 시집 전체의 흐름을 이루게 된다. 결국 '님'은 시적 자아인 '나'가 추구하는 궁극적 원리이지만, 그것은 그 자체로 현존하는 것이 아니라 나와의 관계를 통해서만 존재하며, 따라서 생활세계의 구체적 현실 위에 존재하는 것이다. 그러면, 이러한 님의 모습이 어떻게 드러나는가를 다음의 시를 통해 살펴보기로 한다.

① 바람도 없는 공중에 수직의 파문을 내이며, 고요히 떨어지는 오동잎은 누구의 발자취입니까.
② 지리한 장마 끝에 서풍에 몰려가는 무서운 검은 구름의 터진 틈으로, 언뜻언뜻 보이는 푸른 하늘은 누구의 얼굴입니까.
③ 꽃도 없는 깊은 나무에 푸른 이끼를 거쳐서, 옛 탑 위의 고요한 하늘을 스치는 알 수 없는 향기는 누구의 입김입니까.
④ 근원은 알지도 못할 곳에서 나서, 돌부리를 울리고 가늘게 흐르는 적은 시내는 굽이굽이 누구의 노래입니까.
⑤ 연꽃 같은 발꿈치로 가이없는 바다를 밟고, 옥 같은 손으로 끝없는 하늘을 만지면서, 떨어지는 날을 곱게 단장하는 저녁놀은 누구의 詩입니까.
⑥ 타고 남은 재가 다시 기름이 됩니다. 그칠 줄을 모르고 타는 나의 가슴은 누구의 밤을 지키는 약한 등불입니까.

　　　　　　　　　　　　　　　　　— 「알 수 없어요」 전문

이 시는 크게 ①~⑤행의 전반부와 ⑥행의 후반부로 나누어진다. 전반부는 공안(公案)의 형식,50) 즉 화두의 제시와 그 반복으로 이루어

―――――――――

50) 공안(公案)은 선(禪)에 있어 의정(疑情)을 일으키는 방편으로서 깨달음의 실마리가 됨과 동시에 마침내 견성오도(見性悟道)를 이루는 수단이 되는 것이다. 인권환, 『고려시대 불교시의 연구』, 고려대 민족문화연구소, 1983, 33면

져 있다. 오동잎—발자취, 푸른 하늘—얼굴, 향기—입김, 적은 시내—
노래, 저녁놀—시와 같이 그것은 모두 자연 현상을 인간적인 모습과
대응시킨다. 화자는 자연의 현상을 그것 자체로 보지 않고 또 다른
존재자의 현현(顯現)으로 보는 것이다. 이는 자연과 인간의 근원적 본
질에 대한 탐구를 구체적 비유와 방식으로 제시한 것이다. 이러한 비
유적 대응 방법은 자연과 인간, 현상과 본질, 무(無)와 존재를 연결함
으로써 시적 초월과 극복의 모티프를 마련해 준다. 여기서 또 다른
존재자인 '님'의 모습은 '발자취 → 얼굴 → 입김 → 노래 → 시'의 단
계로 점차적인 정신적 상승의 과정을 거쳐 ⑥행의 전환이 이루어지게
된다.

　"타고 남은 재가 다시 기름이 됩니다." 이 역설적 표현은 "님은 갔
지마는 나는 님을 보내지 아니하였습니다."와 함께 만해 시정신의 핵
심을 이룬다. 재가 기름이 되는 전이는 '무'로부터 '유'로의 적극적인
전환이며, 그것은 정신적 초극의 찰라적 순간에 가능하게 된다. 이는
현상을 꿰뚫고 본질에 도달하려는 유심론적 사유, 즉 불교적 명상의
사유방식과 맥이 닿아 있다. 이 역설적 비유를 통해서 은폐되어 있던
님의 본질이 현시되는데, 동시에 이 표현 속에는 현실의 모순과 한계
를 초극하려는 시인의 실천적 의지와 행위가 내포되어 있다.

　이때 마지막 행의 "누구의 밤을 지키는 약한 등불입니까."에서 '누
구'는 '님'으로 바꿀 수 있는데, 이 님의 정체를 제목에서는 "알 수 없
어요"라고 말한다. 이는 '님을 무엇이라고 규정할 수 없다'라고 말하
는 것과 같다. 이 알 수 없는 '님'의 은폐성을 드러내 주는 것은 자연
현상을 통해서 음각적으로 가능하며, 결국은 '나'와의 관계성을 통해
서 드러날 뿐이다. '나의 가슴'은 '약한 등불'로 비유되고 있다. 등불의
이미지는 구제와 희망의 의미를 지니는데, 그러므로 누구의 '밤'은 미
망(迷妄)에 빠져있는 시대의 어둠이라고 볼 수도 있다. 시대의 어둠

　참고.

속에서 시인은 등불의 약한 빛으로나마 어둠을 견디며 님을 기다린다
는 해석이 가능하다. 따라서 이 시에서 '밤'은 시대의 어둠이고 '님'은
광명의 날빛과 해방된 조국을 가리킨다는 것이 기존의 일반적인 견해
였다. 그러나 앞서 '님의 침묵'의 의미와 마찬가지로, "타고 남은 재가
다시 기름이 되"는 경지를 통과한 '누구의 밤'은 단순한 어둠이 아니
라 밤 자체에 새벽과 광명의 빛을 내포하고 있는, 님의 본질적 모습
인 것이다. 이는 갔지마는 보내지 아니한 님의 본질이 '침묵'인 것과
마찬가지로, 타고 남은 재가 기름이 되는 주체의 의지와 정신적 초극
의 자세가 현실과 팽팽하게 맞서는 지양의 상태가 '밤'인 것이다. 이
러한 밤의 의미를 통해서만 현상과 본질의 양극을 통일하고 지양하는
또 다른 존재자인 '누구'가 '님'으로 귀결되는 과정을 밝혀낼 수 있다.

　이 시에 대한 기존의 견해는 '누구', 즉 '님'의 정체를 ①~⑤행까지
는 종교적 절대자로, ⑥행은 조국으로 보는 이중적 해석에서 크게 벗
어나지 못하고 있는 듯하다. 물론 이 시의 ①~⑤행을 자연 현상을 통
한 불교적 명상의 단계로서 '응화법신(應化法身)' 또는 '화신(化身)'을
이야기한 것이고,[51] ⑥행은 각성을 통한 초극으로서 시대의 어둠을
극복하려는 역사적 소명감을 나타내었다고 볼 수 있다. 이를 통해 종
교적 상상력과 역사의식이 시 속에서 균형을 유지하고 있다고 생각할
수도 있다. 그러나 그렇다고 해서 이중적 해석의 문제점이 모두 해소
된 것은 아니다. 그리고 님이 지닌 본질적 모습으로서의 '밤'을 단순
한 시대적 어둠이라고 보는 것은 평면적 견해라고 간주된다. 이제
「알 수 없어요」와 유사한 제목을 지닌 「?」를 살펴보자. 「알 수 없어
요」에서 시적 화자를 대변하는 "약한 등불"은 「?」에서 "바람에 흔들

---

51) 불법(佛法)의 관점에서 보면 '화신(化身)'은 중생을 위해 여러 가지 모양으로
　　변한 부처의 몸이요, '응화법신(應化法身)' 역시 때에 따라 교화하기 위해서
　　한량없는 가지 가지의 모습으로 나타난 부처의 몸이다. 따라서 오동잎·푸른
　　하늘·적은 시내·저녁놀 등은 모두 부처의 화신, 또는 응화법신의 이미지라
　　고 볼 수도 있다.

리는 약한 가지"로 변용되어 나타난다.

 ① 희미한 졸음이 활발한 님의 발자취 소리에 놀라 깨어, 무거운
  눈썹을 이기지 못하면서 창을 열고 내다보았습니다.
 ② 동풍에 몰리는 소낙비는 산모롱이를 지나가고, 뜰 앞의 파초잎
  위에 빗소리의 남은 음파가 그네를 뜁니다.
 ③ 감정과 이지가 마주치는 찰나에, 人面의 악마와 獸心의 천사가
  보이려다 사라집니다.

 (…중략…)

 ④ 사막의 꽃이여 그믐밤의 만월이여 님의 얼굴이여.
 ⑤ 피려는 薔薇花는 아니라도, 갈지 않은 白玉인 순결한 나의 입술
  은, 미소에 목욕 감는 그 입술에 채 닿지 못하였습니다.
 ⑥ 움직이지 않는 달빛에 눌리운 창에는, 저의 털을 가다듬는 고양
  이의 그림자가 오르락나리락합니다.
 ⑦ 아아 佛이냐 魔냐 인생이 티끌이냐 꿈이 황금이냐.
 ⑧ 적은 새여, 바람에 흔들리는 약한 가지에서 잠자는 적은 새여.
           — 「?」 1, 3연

 1연에서 화자는 님의 발자취 소리에 놀라 깨고, 감정과 이지가 마
주치는 찰나에 인면(人面)의 악마와 수심(獸心)의 천사가 보이려다
사라진다. 이어 화자는 3연에서 님의 입술에 가닿지 못하는 안타까움
과 절망을 노래하다가, ⑦에 와서 인면의 악마와 수심의 천사 등의 서
로 대립하고 반목하는 갈등 양상이 하나의 각성으로 진입하는 순간을
맞이한다. 이 찰나적 순간은 불(佛)과 마(魔), 인생과 꿈, 티끌과 황금
등 일체의 이원론적 구분과 모순이 엇갈리는 순간이며, 이분법적 분
별을 뛰어 넘는 님의 본질을 문득 바라보는 순간이다. 결국 "아아 佛
이냐 魔냐 인생이 티끌이냐 꿈이 황금이냐"는 "아아 님은 갔지마는

나는 님을 보내지 아니하였습니다"와 "타고 남은 재가 다시 기름이
됩니다"와 마찬가지로, 부재와 존재, 무와 유, 악마와 천사 등의 서로
상반되는 가치체계가 하나로 융합되는 깨달음의 순간을 역설로서 표
현한 것이다.

  이 각성의 순간, 「알 수 없어요」의 마지막 행 "누구의 밤을 지키는
약한 등불"과 유사한 구절인, "약한 가지에서 잠자는 적은 새"가 눈
앞에 펼쳐진다. '적은 새'에 관한 논의는 기존의 연구에서 간과되어
왔는데, 이 이미지는 '님'에 도달하려고 몸부림치는 중생의 모습으로
파악되기 쉽다. 이러한 해석은 "잠자고" 있음에서 오는 미망(迷妄)의
의미와, "바람에 흔들리는 약한 가지"와 "적은"이 지닌 연약함의 의미
에서 기인하는 것이다. 그러나 「님의 침묵」에서 갔지만 내가 보내지
아니한 님의 본질적 모습이 '침묵'이고, 「알 수 없어요」에서 재가 기
름이 되는 역설의 순간 약한 등불이 지키는 님의 본질적 모습이 '밤'
인 것처럼, 선과 악의 구분을 허무는 각성의 순간 떠오르는 '적은 새'
는 깨달음의 본체인 님의 모습을 함축하고 있는 것으로 보인다. 바람
에 흔들리는 연약한 가지 위에서도 초연히 잠자고 있는 '적은 새'는
명상과 깨달음을 체현하고 있는 님의 모습을 형상화하고 있는 것이
다. 따라서 이 시에서 "바람에 흔들리는 약한 가지"는 연약한 중생으
로서의 화자 자신이며, 그 가지 위에서 "잠자는 적은 새"는 깨달음의
원리인 '님'의 표상으로 볼 수 있을 것이다. 그러나 이때도 "약한 가
지"와 "잠자는 적은 새", 즉 시적 화자와 님을 현실과 이상의 대립적
관계로 보아서는 안된다. 앞서도 언급한 대로 '님'은 '나'와의 관계를
통해서만 성립되는 것이므로, '님'은 현실적 존재인 동시에 궁극적 이
상을 실현하는 존재가 되는 것이다. 따라서 "약한 가지에서 잠자는
적은 새"는 시적 화자와 님을 아우르는 모습으로 보는 것이 타당하다.
이 견해를 뒷받침하기 위해 '적은 새'가 등장하는 다음의 시를 살펴보
기로 하자.

벗이여, 나의 벗이여, 애인의 무덤 위에 피어 있는 꽃처럼 나를 울리는 벗이여.

적은 새의 자취도 없는 사막의 밤에, 문득 만난 님처럼 나를 기쁘게 하는 벗이여

— 「타골의 詩(GARDENISTO)를 읽고」 부분

이 시에서 '적은 새'는 나를 기쁘게 하는 '벗'인 동시에 '님'과 같은 존재로 나타난다. 따라서 우리는 '님'이 현실을 초월해 있는 절대자가 아니라, 현실의 연약한 중생과 깨달음의 원리를 실천하는 사람을 아우르는 의미와 위상을 지님을 확인할 수 있다.52)

4. 생활세계와 역사적 실천의 통합

앞에서 말한 대로 만해 시의 동력은 님에 대한 사랑인데, 그 사랑의 표현양식은 노래와 꿈으로 나타난다.

제 곡조를 못이기는 사랑의 노래

— 「님의 침묵」 부분

나는 나의 노래가 님에게 들리는 것을 생각할 때에

— 「나의 노래」 부분

---

52) 김인환은 인간 이외에 다른 절대자를 용인하지 않는 불교사상의 핵심을 지적하면서, '님'을 나날의 노동을 하는 보통 사람과, 나날의 노동을 역사적 실천으로 전화하는 참된 사람을 아우르는 개념으로 파악한다. 김인환, 앞의 책, 91~95면.

꿈은 님을 찾아가려고 구름을 탔었어요
　　　　　　　　　　　　　　　— 「꿈 깨고서」 부분
一切萬法이 꿈이라면
사랑의 꿈에서 不滅을 얻었습니다.
　　　　　　　　　　　　　　　— 「꿈이라면」 부분

　만해 시에 나타나는 사랑의 방식은 노래와 꿈뿐 아니라 수 놓기 (「수(繡)의 비밀」), 거문고 타기(「거문고 탈 때」) 등이 있는데, 이 모든 것을 포괄하는 자세는 '기다림'이다. 『님의 침묵』 전편은 님을 기다리는 화자의 슬픔과 희망으로 점철되어 있다. 이 기다림 속에서 사랑의 정체를 측량하기도 하고 님의 모습을 헤아리기도 하면서 진정한 사랑을 발견해 나간다. 그렇다면 『님의 침묵』은 '이별—만남' 사이의 기다림의 과정에 있는 동적 생성의 연작시라고 볼 수 있다.53) 그런데 '이별 → 사랑의 이해 → 사랑의 측량 →님의 이해 → 만남의 예감'으로 이어지는 시집 전체의 유기적 구조는, 한편으로 「님의 침묵」, 「알 수 없어요」, 「?」와 같이 만해 시의 형성원리를 응축하고 있는 작품들을 통해서도 그 핵심이 노출되고 있다. 기다림의 과정인 시집 전체의 유기적 구조를 『님의 침묵』을 이끌고 나가는 횡적 구조라 한다면, 이 작품들의 핵심적인 구조화 원리로 작용하는 불교적 역설의 상상력은 그 종적 구조라 할 수 있다. 결국 이 구조화 원리를 심층적으로 분석함으로써 만해 시정신의 핵심에 있는 '님'의 '침묵'에 도달하려는 것이 본고의 연구 방법이다. 이제 이와 같은 성격을 띠고 있는 또 한 편의 시로서 「당신을 보았습니다」를 살펴보기로 한다.

　① 나는 집도 없고 다른 까닭을 겸하여 民籍이 없습니다.

---

53) 『님의 침묵』 전체를 연작시로 파악할 것을 제안한 평자는 백낙청, 김재홍, 윤재근, 오탁번 등이 있다. 백낙청, 앞의 글, 490면; 김재홍, 앞의 책, 99면; 윤재근, 앞의 책, 17면; 오탁번, 앞의 글, 74면.

② "民籍 없는 자는 인권이 없다. 인권이 없는 너에게 무슨 정조냐"
하고 능욕하려는 장군이 있었습니다.

③ 그를 항거한 뒤에, 남에게 대한 격분이 스스로의 슬픔으로 化하
는 찰나에 당신을 보았습니다.

④ 아아 온갖 윤리, 도덕, 법률은 칼과 황금을 제사지내는 연기인
줄을 알았습니다.

⑤ 영원의 사랑을 받을까, 인간역사의 첫페지에 잉크칠을 할까, 술
을 마실까 망설일 때에 당신을 보았습니다.

— 「당신을 보았습니다」 3연

이 시의 화자는 땅도, 추수도, 인격도, 생명도, 민적도 없는 비천한
사람이다. 이런 화자가 갖은 수모 속에서 '당신'을 보았다고 할 때, '당
신'은 누구일까? 이 시는 '님이 가신 뒤'와 '당신을 봄'이라는 대립적
명제 속에, 부재와 실재가 불러 일으키는 모순과 갈등을 드러내고 있
다. 그는 인격도, 민적도, 인권도 없는 절망적 현실, 즉 인간적 주체성
과 존엄성을 상실한 비극적 세계에 속해 있다. 그러므로 ③에서 격분
이 스스로의 슬픔으로 전이하는 찰나에 본 '당신'은, 상실한 인격과
주체성을 되찾아 줄 윤리의 세계, 혹은 국권의 회복을 의미하는 것으
로 볼 수도 있다. 그러나 ④에 와서 화자는 이런 윤리, 도덕, 법률이
그 자체의 현존으로 머물러 있을 때, 그것은 오히려 자신을 묶는 밧
줄이 되며 칼과 황금이라는 세속적 힘과 욕망에 복속됨을 직시한
다.54) 그리하여 이 각성을 거친 후 ⑤에서 진정한 '당신'과의 만남을
통해 궁극적 깨달음에 도달하게 된다.

"영원의 사랑"이란 속세를 떠나 초월적 세계로 비약하는 것이며,

---

54) 만해 시에서 '황금'은 이중적 의미로 형상화된다. "황금의 꽃같이 굳고 빛나
던 옛 맹서"(「님의 침묵」) 등에서는 긍정적인 가치로 나타나지만, "님이여,
당신은 義가 무거웁고, 황금이 가벼운 것을 잘 아십니다."(「찬송」)와 "그의
무덤을 황금의 노래로 그물치지 마셔요"(「타골의 시(GARDENISTO)를 읽
고」) 등에서는 세속적 가치를 대표하는 부정적 의미로 나타난다.

"인간역사의 첫페지에 잉크칠"을 하는 것은 인간 역사의 과정을 부정하는 행위이다. "술을 마실까"는 이 모든 현실에서 벗어난 도취의 삶을 의미한다. 그러므로 이러한 선택에 망설일 때 본 '당신'은 초월적 삶, 인간 역사의 부정, 도취의 삶을 뛰어넘는 가치를 지닌다. 따라서 그것은 나날의 삶과 역사적 실천을 토대로 기약되는 존재의 가능성으로 볼 수 있다. 다시 말하면, 이 시는 전체 내용상 민권과 주권을 잃은 일제 치하의 현실 상황을 토로하고 비판하고 있지만, 그 격분이 슬픔으로 화하는 순간 바라본 '당신'은 해방된 조국의 모습만이 아닌, 그것을 포함한 존재의 궁극적인 정의와 선의 상태로서 나타난다. 이때 깨달음의 순간에 작용하는 보이지 않는 형성원리가 바로 불교적 명상의 사유방식인데, 이는 배워서 아는 세계가 아니라 깨달아 아는 자기 실현의 세계다. 이처럼 깨달음을 통해 도달할 수 있는 '님'의 정체는『님의 침묵』전편을 통해서 다른 사물의 모습을 빌어서 현현(顯現)되고 표시된다.

> 님이여, 당신은 백 번이나 단련된 金결입니다.
> 뽕나무 뿌리가 산호가 되도록 천국의 사랑을 받읍소서.
> 님이여, 사랑이여, 아침 볕의 첫걸음이여.
>
> (…중략…)
>
> 님이여, 당신은 봄과 광명과 평화를 좋아하십니다.
> 약자의 가슴에 눈물을 뿌리는 자비의 보살이 되옵소서.
> 님이여, 사랑이여, 얼음 바다에 봄바람이여.
> ─「讚頌」1, 3연

님을 찬양하고 있는 이 시는 님을 '금결', '아침 볕의 첫걸음', '옛 오동의 숨은 소리', '얼음 바다에 봄바람' 등으로 표시하고 있다. 이는 어둠, 고통의 이미지와 상반되는 빛과 밝음, 사랑과 평화에 대한 열망을 보여 준다. '님'은 현상과 본질의 이분법적 대립을 뛰어넘어 생활세계의 현실과 역사적 실천을 통합하는 과정 속에서 생성된다. 즉 그것은 구체적 생활세계와 역사적 현실의 차원을 초월한 피안의 세계에서 얻어지는 것이 아니다. 그것은 폐쇄적이거나 정적(靜的)이지 않고 역동적으로 현재와 연결되어 있는 가능성으로 존재한다. 즉 '님'은 '나'의 갈구와 기다림과 실천을 통해서만 존재하게 되는, 부재와 현존 사이에 걸쳐 있는 존재인 것이다. 그러므로 "기룬 것은 다 님이다"고 해서 불타도, 조국도, 중생도 다 님이라고 보는 것뿐 아니라, 님을 신비화된 절대자로 보는 것도 불충분한 견해이다. 불타, 조국, 중생은 부재와 현존 사이에서 '나'와의 관계성을 통해 역동적으로 생성되는 '님'의 여러 현상적 모습인 것이다. 그리하여 그의 시에서 '님'은 '인도자'(「나의 길」)로, '그렇게 어여쁜 님'(「슬픔의 삼매(三昧)」)으로, '행인'(「나룻배와 행인」)으로, '아침 볕의 첫걸음'(「찬송」) 등으로 변용되어 나타난다.

5. 맺음말

지금까지 만해 시집 『님의 침묵』을 하나의 일관된 창조적 상상력의 소산인 연작시로 간주하면서 고찰하였다. 이 연작성을 이끄는 시적 동력을 사랑, 즉 님에 대한 기다림으로 보고 '이별－만남' 사이의 기다림의 과정을 횡적 구조로 간주하였다. 이런 전제 하에 만해 시의 구조화 원리라고 할 수 있는 시정신의 핵심을 살피기 위해 「님의 침묵」, 「알 수 없어요」, 「?」, 「당신을 보았습니다」를 분석하여 종적 구조의 고찰을 시도하였다. 이 종적 구조의 파악을 통해 궁극적으로 '님'의 정체를 밝혀 보고자 하였는데, 이는 직접적으로 규정될 수 없고 시작품의 유기적 구조 속에서 '나'와의 관련성과 '침묵'의 의미를 밝힘으로써 귀납적으로 유추되어야 하는 것이었다. 지금까지 살펴본 시들을 '나'와 '님'의 관계성에 주목하여 정리하면 다음과 같은 도식을 얻을 수 있다.

「님의 침묵」	(나) ——노래—→ 침묵 : (님)
「알 수 없어요」	나의 가슴 ——빛—→ 밤 : 누구 약한 등불
「?」	약한 가지 ————→ 잠 : 적은 새
「당신을 보았습니다」	거지 ——바라봄—→ 당신

'침묵', '밤', '잠' 등은 실체로 언어화할 수 없는 님의 본질을 드러내기 위한 시적 언어이다. 일상어로 지시될 수 없는 님의 실재를 일탈된 언어, 역설의 언어로 표현하고 있는 것이다. 이때 '침묵'은 '나'와 '님'의 관계성 속에서만 의미를 지니게 된다. 즉 침묵은 우리가 그 오묘한 소리를 들을 수 있을 때만 우리 마음 속에서 울려나오는 노래가 되고, 소리를 들을 수 없으면 그 침묵은 부재와 어둠으로 남게 된다. 결국 인위성이 배제된 듯한 『님의 침묵』의 불교적 명상의 방식에도 '나'의 의지, 주체의 강한 실천적 의지가 개입되어 있는 것이다. 그것은 "님은 갔지만 나는 님을 보내지 아니"한 정신적 초극과, "타고 남은 재가 기름이 되"는 유심적 사유에, 현실의 구체적 노력과 역사적 실천의 의지가 개입되어 있음을 의미하는 것이다.

　기존의 일반적인 견해는 「알 수 없어요」는 종교적 상상력을, 「?」는 선과 악의 윤리 문제를, 「당신을 보았습니다」는 주권 회복의 역사의식을 노래하였다는 것이었다. 그리고 이렇게 절대자도, 윤리도, 조국도 될 수 있는 '님'을 그것들을 통합한 일체성이나 그것들을 포괄하는 복수적 다양성으로 간주하였다. 그러나 이상의 고찰을 통해 각 시편의 종결 부분에 공통적으로 나타나는 시의식의 핵심인 '각성의 원리'는,

각각 종교적 상상력, 윤리, 역사의식을 한 차원 뛰어넘어 일체의 존재
적 본질을 직관하는 경지에 진입하게 함을 알 수 있었다. 그리하여 이
각성을 통해 발견하는 '님'은 현상과 본질, 구체적 생활세계의 현실과
참된 삶의 실천을 하나로 아우르는, 일원론적 원리로 나타난다.

   그러므로『님의 침묵』에 일관된 사유방식을 추출하면 '이별과 슬픔
→각성→님의 발견'이라고 요약할 수 있다. 이는 이별과 만남·어둠
과 밝음·없음과 있음의 이원 대립을 사랑의 힘인 역설적 사유방식을
통해 허물고, 생활세계와 역사적 실천을 아우르는 더 넓은 세계로 진
입하는 것이다. 이 사랑의 역설적 사유방식은 불교적 명상의 방식에
맥이 닿아 있는데, 이는 유와 무·현상과 원리의 이분법으로부터 벗
어나 생멸과 불생멸을 하나로 보는 불교의 근본적 사유에서 연유한
다. 결국 만해가 이 깨달음을 통해 도달하고자 하는 '님'의 정체는 정
적인 존재나 대상적 실체가 아니라, 존재와 부재·긍정과 부정의 변
증법을 통해 총체적 통합으로 발전해 가는 과정에 있는, 존재의 현실
이며 동시에 가능성이다. 따라서 '님'은 삶의 구체적 현실과 참된 삶
의 실천을 토대로 존재하며, '침묵'을 통해서만 그 본질을 드러낸다.
그러므로 '침묵'은 님의 부재가 아니라, 갔지만 내가 보내지 않은 '님'
의 본질 그 자체인 것이다.

III. 풍경의 배음(背音)과 존재의 감춤
— 김종삼론

1. 문제 제기

김종삼은 1953년 『신세계』에 「원정(園丁)」을 발표하면서 작품 활동을 시작하였다. 이후 그는 1984년 63세의 일기로 타계할 때까지 『십이음계』(삼애사, 1969), 『시인학교』(신현실사, 1977), 『누군가 나에게 물었다』(민음사, 1982)의 3권의 시집을 상재하였다. 그리고 2권의 시선집 『북치는 소년』(민음사, 1979), 『평화롭게』(고려원, 1984)가 출간된 이후 1988년에 『김종삼전집』(청하)이 간행됨으로써 시세계의 전모를 조망할 수 있게 되었다.

지금까지 김종삼 시에 대한 관심과 논의는 꾸준히 지속되어 왔다. 그 대표적인 성과로서 우리는 김현, 황동규, 이승훈, 장석주의 글을 들 수 있다. 김현은 김종삼 시의 기법적 특징으로 '묘사의 과거체 사용'과 '절제의 미덕'을 지적하고, 인식적 특징으로는 「원정」에서 세계와 자아 사이의 간극을 비화해적으로 보는 '비극적 세계인식'에 주목한다.55) 김현에 의해 지적된 기법적 측면과 인식적 측면의 이 두 가

---

55) 김 현, 「김종삼을 찾아서」, 『시인을 찾아서』, 민음사, 1975.

지 특징은 김종삼 시에 대한 비평적 접근의 방향을 정해주는 선구적
인 역할을 하여 이후 논의에 의해 보완되어 간다. 황동규는 다시 그
것을 '잔상(殘像) 효과'에 의한 여백의 시와 '인간부재 의식'으로 파악
하고, 전체적으로 김종삼 시를 '미학주의', '순수시의 극단', '보헤미아
니즘'으로 규정한다.56) 기법과 인식의 측면 이외에 이미지 분석에 주
력한 이승훈은 김종삼의 상상력을 지배하는 두 개의 이미지로 물과
돌을 지적하고, 전자는 성스러운 평화의 세계, 후자는 고통과 죽음의
세계로 파악한다. 그리고 나무와 산의 이미지를 고통의 세계에서 행
복의 세계로 나가는 내면의 몸짓으로 보고 있다.57) 장석주는 김현, 황
동규가 보여준 관점의 연장선에서 이승훈의 이미지 분석을 결합하여
기존 논의를 종합하고 있다. 김종삼 시의 주제인 삶에 대한 비극적
비전을 떠받치고 있는 세계/자아, 생활/예술, 타락한 가치/순수한 가
치의 대립의 변증법을 지적하고, 미학주의·예술주의·보헤미아니즘
은 그 '초월적 낭만주의'를 떠받치는 지주라고 언급한다.58)

이상의 고찰을 통해 김종삼 시에 대한 기존 논의는 주로 기법적 측
면과 그것의 근거가 되는 인식적 측면에서 이루어지고 있으며, 여기에
심상들이 이루는 상상력의 질서가 첨가된 것임을 알 수 있다. 그것은
묘사와 절제·여백의 시·잔상 효과 등의 기법과, 비극적 세계 인식,
인간부재 의식, 초월적 낭만주의라는 인식과, 그 사이에 타락한 세계/
순수한 자아의 대립의 변증법이 있다는 것으로 요약된다. 그리고 김종
삼 시의 전체적 특징을 예술지상주의·미학주의·순수시·보헤미아니
즘 등으로 규정하는데 일치점을 찾고 있다. 그러나 기존 논의들은 이
같은 비평적 동의와 성과에도 불구하고 김종삼 시의 실체가 지닌 전
체성을 포괄할 수 있는가라는 의문이 제기될 수 있다. 즉 기존 논의는
전체시 중 중요한 몇 편의 해석에서 유추되었거나, 그 해석에 있어서

---

56) 황동규, 「잔상의 미학」, 『북치는 소년』, 민음사, 1979, 시선집 해설.
57) 이승훈, 「평화의 시학」, 『평화롭게』, 고려원, 1984, 시선집 해설.
58) 장석주, 「한 미학주의자의 상상세계」, 『김종삼전집』, 청하, 1988.

도 작품이 지닌 유기적인 구조와 의미의 내밀한 분석에까지 도달하지
못하여, 결국 전집이 지닌 전체적 의미구조의 파악이 불충분한 것으로
보인다. 기법적 측면으로서의 형상화 방식과 그것의 토대인 의식의 해
명은 개별 작품의 세밀한 해석과 전집이 지닌 전체적 의미구조의 조
망이 부분과 전체의 상호 보완을 이루면서 시도되어야 할 것이다. 따
라서 이 글은 『김종삼전집』을 하나의 작품으로 간주하고 대표작으로
생각되는 「물 통」의 구조와 의미의 세밀한 분석을 통해 전체적 의미
구조를 파악하고자 한다. 그리고 개별 작품들을 대상으로 시의 형상화
방식과 인식적 측면의 연관적인 고찰을 시도하여, 이 요소들의 유기적
종합으로 이루어진 김종삼 시세계의 전체성에 도달하고자 한다.

2. 「물 통」의 구조와 의미

　「물 통」은 핵심적인 이미지의 연쇄를 매개로 시적 형상화 방식과
존재의 의미론적 측면이 함축적이고 유기적으로 결합되어 있어, 김종
삼 시의 비밀과 전체적 의미구조에 접근하는 실마리를 제공해 준다.

　　희미한
　　風琴 소리가
　　툭 툭 끊어지고
　　있었다

　　그동안 무엇을 하였느냐는 물음에 대해

　　다름아닌 人間을 찾아다니며 물 몇 桶 길어다 준 일밖에 없다고

　　머나먼 廣野의 한복판 얕은

하늘 밑으로
영롱한 날빛으로
하여금 따우에선

— 「물 桶」 전문, 96[59)

이 작품은 풍금 소리(1연)-물음과 대답(2·3연)-하늘과 광야와
날빛(4연)의 세 부분이 불연속적으로 제시되어 있다. 2, 3연만이 의미
연결이 가능할 뿐(그나마 문장은 완결되지 않은 채 생략되어 있다)
각 연은 단편적인 장면을 하나씩 보여준다. 4연은 또한 "머나먼 廣野
의 한복판 얕은/하늘 밑으로"와 "영롱한 날빛으로/하여금 따우에선"
이 구문적 연결없이 결합되고 다시 행갈음되어 있다. 그러나 마치 풍
경화의 부분들을 보여주는 듯한 이 불연속적 장면을 통해 독자는 미
완성의 밑그림을 그려볼 수 있다. 그림의 전체적 배경이 되는 것은
하늘과 광야(따우)이며 그 사이에 날빛과 풍금 소리와 물 몇 통이 등
장한다.

4연에서 제시되는 배경에는 하늘과 광야(땅)라는 수직적 대비가 내
포되어 있고, 그 속에 영롱한 날빛이 제시된다. '광야'는 사막·바다·
돌과 같이 삭막하고 갈증나는 지상적 삶의 현장이며 폐허·불모성·
죄의 세계를 의미한다("돌뿌리가 많은 廣野를 지나" <100>, "아무도
가본 일 없는/바다이고/사막이다" <133>). 이와 대비되는 '하늘'은 지
상적 삶을 초월하는 천상적인 공간이며 모든 순결·행복·평화의 상
징인 '빛'(영롱한 날빛)을 내려주는 은총의 근원이 된다("天上의 여러
갈래의 脚光을 받는 수도원" <61>).

그런데 하늘의 은총인 이 날빛은 '하여금'을 통해 '따우에서' 다른
형체로 변형된다. 그것은 땅 위에서 툭 툭 끊어지는 1연의 풍금 소리
이다. 마지막 구절 "영롱한 날빛으로/하여금 따우에선" 이하의 생략된

여백은 여운의 효과를 얻으면서 동시에 시 자체 내에서 다시 충족될 수 있게 되어있다. 그것은 1연의 첫 행 "희미한/風琴 소리가/툭 툭 ……"으로 연결된다. 하늘은 그가 내리는 '날빛'으로 하여금 '따우'에서 '풍금 소리'가 툭 툭 끊어지게 하는 것이다. 이때 4연의 '날빛'이라는 시각적 이미지는 1연의 '풍금 소리'라는 청각적 이미지로 전환되는 동시에, "얇은 하늘 밑으로" 내리는 빛이라는 수직적 하강의 영상이 "툭 툭 끊어지고"의 시각적 묘사로 연결되면서, 대비와 조화의 이중적인 이미지의 연쇄를 이룬다. 이 시각적 이미지의 연결을 통해 이동된 독자의 시선은 결국 3연의 "물 몇 桶"에서 물이 떨어지는 듯한 장면으로 귀착되는 것이다. 한 음절씩 끊어 읽게 되어있는 "물 몇 桶"의 형태는 마치 길어가는 물통에서 떨어지는 물을 연상시킨다. 따라서 '날빛'과 '풍금 소리'와 '물'은 이미지의 미묘한 대비와 조화 속에서 하강의 시각적 이미지로 연결되어 있다.

시인 자신의 모습을 배제하고 있는 대부분의 작품과는 달리 자신의 목소리를 등장시켜 구체적 의미 전달을 하는 2·3연에서, '물'은 시적 자아가 투영된 심상으로 나타난다. 한편으로 '물'은 하늘/땅의 대립구조 속에서 하늘에서 내리는 날빛이 풍금 소리로 전환되고 그것이 다시 변용되어 생성된 것이다. 물은 하늘에서 지상에 내리는 은총인 빛과 은밀히 연결되어 있으므로, 시인이 사막으로 여기는 이 세상에서 인간을 소생시킬 수 있는 생수와 같이 가치있는 것이 된다. 결국 물은 시인 자신의 자아와 의지가 투영되어 있을 뿐 아니라, 천상의 빛과도 연결되어 하늘이 내려주는 은총이라는 속성도 지니고 있는 것이다. 그러므로 김종삼은 물을 하늘이 내려주는 은총과 그것을 인간들에게 전달해 주려는 자기 의지가 결합된 산물로 인식하고 있다. 이 이중적 의미의 물은 그에게 '시'와 같은 것으로 간주되며("이 時刻까지 무엇을 하며 살아 왔느냐다/…오늘은 찾아가 보리라/…거기서 몇 줄의 글을 감지하리라" —「시작 노우트」), 또한 시각(날빛)과 청각(풍금 소리)의 이미지 결합 속에 개입되는 시적 '의미'의 차원을 뜻하기도 한다.

이상의 이미지체계의 분석을 통해 김종삼 시가 지닌 전체적 상상력의 질서는 하늘과 땅 그리고 물(빛·소리)로 이루어져 있음을 알 수 있다. 결국 「물 통」은 '날빛→풍금 소리→물 몇 통'이 '하늘-광야'의 배경 속에서 이미지의 복잡한 연쇄를 이루면서 전체적 구조를 형성하고 있다. 그것은 1연→2·3연→4연→1연으로 연결되는 순환적이고 영속적인 구조를 이루는 것이다.

그런데 날빛→풍금 소리→물로 변용되는 과정에는 어떤 시적 형상화의 방식이 작용하는 것일까. 김종삼의 시는 빛과 소리, 즉 시각적 이미지와 청각적 이미지의 전환과 변용에 근거를 두고 있으며, 그 결합 방식 속에 시적 의미를 암시적으로 개입시키고 전달하는 것이다. 그것은 시각→청각→의미화의 과정을 뜻한다. 1연의 "風琴 소리가/툭툭 끊어지고/있었다"에서 독자는 풍금 소리를 듣는 것이 아니라 소리의 형태를 시각적으로 보게 된다. 소리의 시각적 제시는 시의 전면(前面)을 이루는 풍경 속에 배경 음악으로 작용하여 묘한 여운과 분위기를 자아낸다. 소리없는 음악은 풍경을 감싸고 도는 배음(背音)이 되어 시를 비현실의 공간으로 떠오르게 한다. 이 풍경과 배음의 결합방식은 4연의 "영롱한 날빛"이 1연의 "희미한 風琴 소리'"로 바뀌는 찰나에 그 원리가 핵심적으로 작용하고 있다. 천상적 낙원의 세계에서 내리는 날빛은 지상적 유한성의 세계와 구분되는 순수와 광명의 속성으로 인해 영롱하고 찬란하다. 그 영롱한 날빛이 땅 위에 내려와서 희미한 풍금 소리로 변용되는 것이다. '희미한'은 영롱한 빛이 지닌 순결함과 고귀함이 지상의 불완전성과 유한성에 섞이는 희석화의 결과로 볼 수도 있으며, 동시에 그것은 빛이 소리로 변용되는 과정에 개입되는 모호성과 신비성의 비밀을 감추고 있다. 장면의 제시가 주는 영상 속에 음향을 개입시켜 풍경을 신비스런 경지로 변화시키는 것이다. 풍경을 신비롭게 변화시키는 소리의 경지, '풍경의 배음(背音)'은 김종삼 시의 중요한 형상화 방식이 되며, 이는 기존 연구에서 지적된 묘사·절제·여백의 시, 그리고 잔상의 미학 등의 기법적 측면을 더 구체적으로 규명한 것이 된다.

이상에서 살펴본 이미지의 체계와 형상화 방식 이외에도 김종삼 시의 본질을 해명하기 위해서는 「물 통」에 감추어진 주체를 발견해야 한다. 물 몇 통을 길어다 주는 주체와 영롱한 날빛을 내리는 주체는 누구일까? 전자의 주체는 물론 시인의 분신으로 보이는 시적 화자이다. 그런데 "길어다 준 일밖에 없다고"는 물을 길어주는 일만이 가장 가치있다라는 의미 이외에, 물을 만드는 일은 자신이 할 수 없고 다만 길어다 주는 일만을 할 수 있을 뿐이라는 겸손의 의미도 포함되어 있다. 물은 하늘이 내려주는 영롱한 날빛이 풍금 소리로 변환되어 생성된 것이며, 시적 화자는 그렇게 생성된 물을 인간들에게 길어다 주는 전령일 따름이다. 따라서 물을 길어다 주는 주체는 시적 화자이지만 그 속에 내재된 주체는 하늘이며, 후자의 날빛을 내려주는 주체 또한 하늘이 된다. 왜냐하면 "영롱한 날빛으로 하여금"에 주목하면 날빛은 스스로 주체가 되지 못하고, 그것의 주체가 되는 것은 하늘에 있는 어떤 존재라고 간주할 수 있기 때문이다. 이처럼 하늘, 혹은 하늘에 있는 존재는 시의 표면에 나타나지는 않지만 본질적인 근원으로 존재하여 삭막한 현실에 평화와 위안을 주는 어떤 힘으로 작용한다. 따라서 김종삼 시에는 인간의 주체보다 더 큰 근원적 주체를 인정하는 시의식이 내재되어 있다.

대부분의 김종삼 시에서 인간적인 모습은 극히 제한되어 있지만, 「물 통」에서 전령으로서의 시인이 보여주는 가장 인간적인 모습은 "다름아닌 人間을 찾아 다니며"에 있다. 그는 이 세상의 죄와 유한성에 시달리면서도 하늘로 초월하려 하지 않고, 인간을 찾아 다니며 하늘이 내리는 날빛과 풍금 소리로 생성된 물(시)을 길어다 주는 고통스럽지만 고귀한 행위를 계속하는 것이다. '인간을 찾아 다님'과 '물을 길어다 줌'은 김종삼이 추구하는 시적 가치와 여정을 동시에 보여준다. 따라서 그의 시가 보여주는 표면적인 인간부재 의식 속에는 연약하고 가난한 인간 전체에 대한 사랑과 연민이 자리잡고 있으며, 그는 그들에게 근원적 주체인 하늘에서 내려오는 선과 평화와 위안의 상징인 물을 길어다 주는, 즉 시를 쓰는 행위를 계속하는 것이다. 그것은 지상의 죄와 투쟁과 참상 속에서 인간에게 참된 가치의 천상의 빛과 소리, 물 몇 통을 길어다 주는 시적 추구가 되는 것이다.

3. 풍경의 배음(背音)

근본적으로 김종삼은 회화적 상상력을 지니고 있다. 대부분의 그의 시는 시적 화자가 말하는 진술의 방식이 아니라, 풍경의 일면을 시각적으로 제시하는 묘사의 방식을 취한다. 이 장면의 제시는 불연속적이어서 독자는 풍경의 부분과 부분만을 엿보게 된다. 그 사이에 소리 없는 배경음악이 흐르고 있으므로 독자로 하여금 상상공간에서 미완성의 그림을 채우게 한다. 이때 일어나는 연상작용을 통해 독자는 시의 풍경에 참여하고 의미를 감지하게 된다.

> 물먹는 소 목덜미에
> 할머니 손이 얹혀졌다.
> 이 하루도
> 함께 지났다고,
> 서로 발잔등이 부었다고,
> 서로 적막하다고,
>
> ― 「墨畵」 전문, 71

「물 통」에서는 본문에서 회화적 장면을 제시한 반면, 「묵화」는 제목에서 회화임을 표시하고 본문에서는 그 화면의 내용을 설명하는 역전된 방식을 보여준다. 이로써 제목과 설명의 대비를 통해 독자는 상상 속에 장면을 떠올리고 그것이 주는 의미를 음미하게 된다. 1·2행은 장면의 재현이며 3·4행, 5행, 6행은 그 장면에 내포된 의미를 할머니와 소의 내면적 대화를 통해 설명한다. 삶과 현실은 소와 할머니서로에게 힘겹고 적막하다. 그 하루를 보내고 마시는 물은 생수와 같이 위안과 평화를 주는 것이다. 그리고 이 느낌은 할머니와 소 사이에 형성된 유대감과 사랑의 관계에서 더 강화되고 있다. 이러한 '물'의 심상이 풍경과 배음의 완벽한 조화 속에서 제시되는 작품은 「G.마이나」일 것이다.

> 물
> 닿은 곳
>
> 神羔의
> 구름밑
>
> 그늘이 앉고
>
> 杳然한
> 옛
> G.마이나
>
> ― 「G.마이나」 전문, 105

  이처럼 회화적 상상력의 핵심을 이루는 형상화 방식인 '풍경의 배음'은 작품 곳곳에서 드러난다.

> 아뜨리에서 흘러나오던
> 루드비히반의
> ˙˙˙
> 變奏曲

素描의 寶石길

— 「아뜨리에 幻想」 부분

뿔과 뿔 사이의 처량한 박치기다 서로 몇 군데
명중되었다 명중될 때마다 산 속에서 아름드리
나무 밑둥에 박히는 도끼의 소리다

— 「피카소의 落書」 부분

얕은 소릴 내이는
초가집
몇 채
가는 연기들이

— 「소리」 부분

「아뜨리에 환상」 등의 제목에서 보듯 풍경과 소리가 결합된 그림은
환상적 요소를 띤다. 풍경과 배음의 미묘한 결합방식이 그의 시를 현
실 위에 떠있는 환상으로 살아 움직이게 하는 것이다. 이 환상의 성격
을 더하여 주는 것은 현실 속에 살고 있지 않는 과거 인물(이중섭, 로
트렉, 챠프린, 김소월 등의 예술가)의 등장이다. 시인 자신이 같은 대
열에 들 수 있는 이 예술가들은 ("金素月 성님을 만났다" <200>, "나
의 막역한 친구/볼프강 아마데우스 모짜르트가" <163>) 공통적으로
타락한 세속세계에 물들지 않은 순수예술을 추구하며, 선량하고 가난
한 사람들에게 평화와 기쁨을 가져다 준다.

내가 많은 돈이 되어서
선량하고 가난한 사람들을 위해 맘 놓고 살아갈 수 있는
터전을 마련해 주리니

내가 처음 일으키는 微風이 되어서

내가 不滅의 平和가 되어서
내가 天使가 되어서 아름다운 音樂만을 싣고 가리니
내가 자비스런 神父가 되어서
그들을 한번씩 訪問하리니

　　　　　　　　　　—「미사에 參席한 李仲燮氏」 전문

　이중섭은 스스로 불멸의 평화가 되기도 하고 천사·신부처럼 하늘
의 평화를 전해주는 매개자가 되기도 한다. 여기서 '아름다운 음악'은
이중섭으로 대변된 시인 자신이 인간들에게 전해주려고 하는 '시'와
같은 차원에 놓인 것이다. 김종삼은 이로써 현실에 맞서는 환상의 방
식을 보여준다. 회화와 음악은 극단적으로 말해 색채와 음률의 순수
성을 추구한다. 그리고 예술가는 그것의 창조 혹은 매개자가 되어 선
량하고 가난한 사람들에게 평화와 기쁨을 안겨다 준다. 김종삼은 '풍
경의 배음'이란 시적 형상화의 방식으로 그 순수성과 평화에 도달하
려 하였다. 그것은 「북치는 소년」에서 '내용없는 아름다움'이란 표현
으로 요약되고 있다.

　　　내용 없는 아름다움처럼

　　　가난한 아희에게 온
　　　서양 나라에서 온
　　　아름다운 크리스마스 카드처럼

　　　어린 羊들의 등성이에 반짝이는
　　　진눈깨비처럼

　　　　　　　　　　—「북치는 소년」 전문, 73

　이 시는 세 연 모두 '~처럼'의 완결되지 않는 구문으로 마무리되고
있다. 이 미완결의 구문을 이해함에 있어서 끝 행의 "진눈깨비처럼"

다음에 제목 '북치는 소년'을 덧붙이면 전체 맥락이 살아난다는 견해
가 있지만,60) 각 연의 세 가지 '~처럼'은 크리스마스 카드에 그려진
북치는 소년을 보면서 연상되는 단편적인 이미지의 제시이며, 전체시
는 이 이미지의 병치로 보는 것이 더 적절하다. 크리스마스 카드에
북치는 소년이 그려져 있다. 화자는 이 그림이 "서양나라에서" "가난
한 아이에게 온"것처럼 낯설면서 아름답고, "반짝이는/진눈깨비처럼"
아름답지만 허전하다고 말한다. 그리고 그런 이미지들을 "내용없는
아름다움" 같다고 요약하는 것이다. 이 단편적 이미지의 병치 사이에
북치는 소년의 모습에서 연상되는 북소리가 잠재되어 있으므로 그림
의 장면과 분위기를 암시하는 것이다. 따라서 이 시 역시 이미지의
시각적 제시와 그 속에 녹아 있는 배경음악이 빚어내는, '풍경의 배음'
이란 기법을 보여준다. 그런데 이렇게 전달되는 이 시의 분위기는 적
막하고 쓸쓸하다. 이 공허함은 '내용없는 아름다움'이 지닌 순수성과
어떤 관련이 있을까?

> 헬리콥터가 떠 간다
> 철뚝길 연변으론
> 저녁 먹고 나와 있는 아이들이 서 있다
> 누군가 담배를 태는 것 같다
> 헬리콥터 여운이 띄엄하다
> 김매던 사람들이 제집으로 돌아간다
> 고무신짝 끄는 소리가 난다
> 디젤 기관차 기적이 서서히 꺼진다
>
> ─「文章修業」 전문, 79

　이 시는 '문장수업'이란 제목이 암시하듯 김종삼이 추구하는 시작
기법을 잘 보여주는 작품이다. 그것은 우선 초점과 원근법을 갖춘 풍

---

60) 황동규, 앞의 글, 『김종삼전집』, 249면.

경화의 기법으로 나타난다. 화면 속에 고정된 것은 "서있는 아이"뿐이고 다른 것은 모두 멀어져 가고 사라져 간다. 마치 '아이가 있는 풍경'이란 제목이 붙은 그림처럼 아이가 풍경의 초점이 되고 나머지는 흐릿한 배경으로 묘사되고 있다. 그런데 이 아이의 정체가 분명하지 않으므로 풍경화의 초점도 희미해지고, 냄새와 소리가 개입되어 더 미묘한 양상이 된다. 독자는 1행에서 헬리콥터가 떠가는 형태를 떠올리고 2·3행에서 서 있는 아이들의 모습을 상상하게 된다. 그러나 더 이상 구체적인 장면의 묘사는 없고 담배 태우는 냄새와 헬리콥터 여운, 고무신짝 끄는 소리, 기관차 기적의 음향으로 여운만을 암시한다. 초점은 있으나 분명하지 않은 풍경을 제시하면서 그 속에 주로 소리를 개입시켜 여운을 통해 의미를 전달하는 것이다. 풍경과 소리의 이러한 결합방식 속에서 전달하려는 시적 의미는 무엇일까. 그것은 헬리콥터가 띄엄한 여운을 남기며 점차 멀어져 가는 것과, 고무신짝 끄는 소리처럼 사람들이 돌아가는 것과, 기관차의 기적소리가 점차 사라지는 것에서 공통적으로 느껴지는, 어떤 실체의 사라짐과 그것이 주는 적막감이라고 볼 수 있다. 그러면 「북치는 소년」과 「문장수업」의 공간을 감싸쥐고 있는 이 실체 없음과 적막감은 어디서 연유하는 것일까? 이는 김종삼 시에서 '풍경의 배음'이란 기법이 보여주는 '내용없는 아름다움'의 순수성 속에 어떤 내용이 숨어 있는가를 묻는 것이 된다.

4. 인간 부재와 절대적 존재의 감춤

대부분의 김종삼 시에서 아이를 제외한 인간의 모습은 등장하지 않는다(아이 또한 현실의 존재가 아닌 과거의 아이, 혹은 동화 속의 인물처럼 느껴진다). 그러나 「물 통」에서 우리는 이러한 인간 부재 속에 더 큰 근원적 주체가 감추어져 있음을 살펴보았다. 전면에 등장하지 않지만 숨어 있는 이 존재는 시의 여백 속에 어떤 자장(磁場)을 형성한다. 이것이 김종삼 시의 독특한 분위기를 만들고 형상화 방식인 풍경의 배음을 생성시키는 근본 동인(動因)이 된다.

> 醫人이 없는 病院뜰이 넓다.
> 사람들의 영혼과 같이 介在된 푸름이 한가하다.
> 비인 乳母車 한臺가 놓여졌다.
> 말을 잘 할 줄 모르는 하느님의 것일까.
> 버리고 간 것일까.
> 어디메도 없는 戀人이 그립다.
> 窓門이 열리어진 파아란 커튼들이
> 바람 한점 없다.
> 오늘은 무슨 曜日일까.
>
> ― 「무슨 曜日일까」 전문, 92

황동규는 이 시에서 부재의식을 지적하고, 그 빈 공간을 구체적이고 아름다운 영상들이 메우고 있다고 말한다. 그리고 아름다움이 들어있는 부재는 그 자체로 자족(自足)의 세계를 이룬다고 보고 있다.[61] 그러나 이 시를 자세히 음미해 보면, 의인(醫人)도 연인도 바람도 없고 유모차도 비어 있는 부재와 결핍의 공간에 사람들의 '영혼'과 같은 푸름이 개입되고 '하느님'의 존재가 암시되고 있다. "말을 잘 할 줄 모르는 하느님"은 존재하지만 현실에서 음성을 들을 수 없는 하늘의 절대적 존재를 의미한다. 따라서 부재의 빈 공간은 구체적인 영상이 채우고 있는 것이 아니라, 사람들의 영혼과 눈에 보이지 않지만 내재하는 하느님의 존재로 인해 비어있는 듯 채워져 있고 채워있는 듯 비어 있다. 더 정확히 말하면 인간은 부재하지만 영혼과 하느님의 존재가

---

61) 황동규, 앞의 글, 『김종삼전집』, 253~254면.

암시되는데, 그것은 숨어 있는 영적 실재이므로 시의 공간은 결핍된 부재의 공간과 충만의 공간 사이에 놓여지게 되는 것이다. 따라서 이 부재의 공간은 아름다움으로 채워진 자족의 공간이 되는 것이 아니라, 결핍과 충만(자족) 사이에 걸쳐있는 공간이 된다. 존재하지만 감추어져 있는 이 근원적 주체는 인간이 등장하지 않는 그의 시공간에 보이지 않는 신비스런 힘으로 작용하고 있다.

> 뜰악과 苔瓦마루에 긴 풀이 자랐다.
> 한 모퉁이에 자근 발자욱이 나 있었다.
>
> 풀밭이 내다 보였다. 풀밭이 가끔 눕히어지는 쪽이 많았다.
> 옮아 간다는 눈치였다.
>
> 아직
> 해가 머물러 있다.
> ──「해가 머물러 있다」 전문, 39

아무도 등장하지 않는 뜰악과 태와(苔瓦)마루라는 배경에 풀이 자라고, 한 모퉁이에 작은 발자욱이 나고, 풀밭이 가끔 눕히어 지는 것은 보이지 않는 어떤 힘이 작용하고 있기 때문이다. 풀밭이 눕히어 지는 것은 그 힘의 주체가 옮아간다는 눈치인 것이다. 이 힘의 근원은 3연에서 '해'로 나타나는데, 이때 해는 머물러 있다. 따라서 해는 머물러 있는 듯하면서 움직이는 존재인 것이다. 없는 듯이 있음, 머물러 있음과 옮아감 사이의 보이지 않는 존재의 움직임, 이것은 김종삼 시의 부재의 공간 속에 어떤 신비한 존재가 감추어져 있음을 여실히 보여주는 것이다.

풍경은 겉모습만으로 외양을 이루지만 그 외양 속에는 보이지 않는 숨은 존재의 세력이 내재해 있다. '해'로 표시된 이 힘의 근원은 하늘 혹은 하늘에 있는 절대자이며, 그로부터 파생된 실체는 '빛'이다. 이

'빛'은 「물 통」에서 고찰한 대로, '소리'와 '물'로 변용되면서 김종삼 시에서 '시각적 이미지 → 청각적 이미지 → 의미화'의 과정을 밟아 풍경의 배음이란 기법을 형성하게 된다. 따라서 '풍경의 배음'이라는 형상화 방식에는 '인간 부재와 절대적 존재의 감춤'이라는 미학적 원리가 근본적인 동인으로 작용하고 있다. 인간 부재의 삭막하고 결핍된 공간과, 영혼·하느님이 존재하는 완전한 공간 사이의 크고 먼 간극을 빛과 소리, 풍경과 배음으로 채우고 있는 것이다.

한편 그의 시에서 인간부재 의식은 죽음의 의미와 결부되어 주로 빈 공간·닫힌 대문·돌막·무덤의 이미지로 나타난다("한 여인의 죽음의 門은/西部 한 복판/돌막 몇개 뚜렷한/어느 平野로 열리고" <128>, "교황청 문 닫히는 소리가 육중/하였다. 냉엄하였다" 「내가 죽던 날」). 그것은 지상적 삶의 공간인 땅·광야·사막과 의미연관을 이룬다. 한편, 빛(햇볕·달빛)과 색채(푸름), 소리와 선율(악기 소리·음악) 등은 천상에서 지상에 내려지는 은총의 하강적 이미지로서 감추어진 하늘의 존재를 암시하는 신호이며("동틀 때마다/동트는 곳에서 들려오는/가늘고 鮮明한/樂器의 소리" <135>), 산·계단·돌층계 등은 지상에서 영원의 하늘로 올라가는 매개물이라는 상승적 이미지로 나타난다("내일은 꼭 하나님의 은혜로/엄마의 지혜로 먹을거랑 입을거랑 가지고 오마/엄만 죽지 않는 계단" <109>, "그 오랜동안 내려온 전설의 돌층계를 올라가서" 「부활절」). 이와 같은 고찰은 「물 통」에서 이미 살핀 '하늘'-'땅'-'달빛·풍금 소리·물'의 이미지체계에 '무덤'(부재·죽음)과 '계단'(상승의 매개물)의 이미지를 보충하여 김종삼 시가 지닌 전체적인 상상력의 질서를 완성한 것이 된다.

  — 한 모퉁이는 달빛 드는 낡은 構造의 大理石. 그 마당(寺院) 한구석 —

  잎사귀가 한 잎 두 잎 내려 앉았다
                              — 「주름간 大理石」 전문, 57

'대리석'은 현실 속에 있는 영원을 닮은 사물, 즉 단단한 완전성을 상징하는 것이다. 이 시는 제목에서 '주름간 대리석'을 제시하고 다시 1행에서 낡은 대리석 한 모퉁이에 달빛이 드는 장면을 보여준다. 곧 이어 사원 마당을 배경으로 잡은 후 잠시 여백을 두고 잎사귀가 떨어지는 장면을 포착한다. 이는 회화의 부분을 제시하는 묘사의 방식이며, 카메라의 시선을 이동시켜 풍경의 초점을 비추면서 독자의 시선을 유도하는 것이다. 견고하고 완벽한 구조물의 속성을 지닌 대리석이 주름가고 낡았다는 것은, 그것이 영원의 속성을 지녔음에도 불구하고 변하여 가는 무상성을 지닌 지상적 사물로 인식되는 것이다. 대리석의 순수한 견고성과 완전성은 시간의 흐름에 따라 주름이 가고 흠이 생긴다("神의 墨守는 차츰 어긋나기 시/작/하였다" <49>, "나는 몹시 구겨졌던 마음을 바루 잡노라고 뜰악이 한 번 더 들여다 보이었다" <58>, "앉아 볼 자리마다 흠이 잡히어/도라다니다가 말았읍니다" <45>) 그런데 이 주름간 대리석의 한 모퉁이에 드는 달빛은 천상의 절대적 존재로부터 내려지는 빛과 색채, 소리와 선율, 물의 하강적 이미지와 상응하는 것이다("말을 주고 받다가/부서지다가/영롱한 달빛으로 바뀌어 지다가" <122>). 이 달빛으로 하여 진공 상태처럼 느껴지는 인간 부재의 공간은 절대적 존재의 영향으로 잎사귀가 내려앉는 것이다. 그러나 차가운 느낌을 주는 달빛은 햇볕과는 달리 소극적 의미로서 절대적 존재의 실체가 아니라 그 암시에 불과하므로, 역설적으로 이 공간은 적막함과 허무감에서 이탈하지 못하고 있다. 대리석과 유사한 소재를 형상화한 「돌각담」은 '빛'의 하강적 이미지와 '계단'의 상승적 이미지가 '무덤'의 부재의 이미지와 긴밀히 결합되어 '땅-하늘'의 구도 속에 제시된 대표적인 작품이다.

　　　　廣漠한地帶이다기울기
　　　　시작했다잠시꺼밋했다
　　　　十字型의칼이바로꼽혔

다堅固하고자그마했다
흰옷포기가포겨놓였다
돌담이무너졌다다시쌓
았다쌓았다쌓았다돌각
담이쌓이고바람이자고
틈을타凍唇이잦아들었
다포겨놓이던세번째가
비었다.

— 「돌각담」 전문, 103

　황동규는 이 작품에서 자유연상에 의한 이미지의 조합과 부재의식
을,62) 이경수는 해체된 형상들을 형태상의 완벽성으로 다시 구축하려
는 의지를63) 지적하고, 민영은 이상(李箱)의 시에서 느껴지는 폐쇄된
불안과 공포, 격절의식과 연결시킨다.64) 그러나 이러한 기존 견해의
일반적인 동의는 시의 구조와 이미지의 세밀한 분석을 통한 의미 해
명이 있어야 더 온전한 이해가 이루어질 것으로 보인다.
　이 시는 문장을 모두 이어붙이고 다시 일정한 간격으로 끊어 전체
적인 형태상 하나의 돌각담을 제시한다. 그리고 마지막 행의 여백을
통해 돌각담이 비어있음을 시각적으로 확인하게 한다. 이는 자유연상
에 의한 이미지의 조합이라기보다는 의도적으로 선택된 대상들을 의
식 속에서 조합하고 재구성한 것으로 보인다. 이 조합과 재구성은 위
에 언급한 형태상의 시각적 효과와 함께, 행 가름 부분에서 의미의
연속과 호흡의 단절이라는 상반됨에서 오는 효과를 얻도록 되어 있
다. 즉, 1행의 "기울기"는 2행의 "시작했다"와 의미상 연속적으로 읽
혀져야 하나 행 가름으로 인해 호흡상의 정지가 생긴다. 이때 "기울

---

62) 황동규, 앞의 글, 『김종삼전집』, 253면.
63) 이경수, 「부정의 시학」, 『김종삼전집』, 261면.
64) 민영, 「안으로 닫힌 시정신」, 『김종삼전집』, 272면.

기"의 어사는 휴지(休止)를 통해 잠시 기우는 동작성을 구체적으로
독자들에게 연상시킨다. 3행의 "꼽혔"과 4행의 "다"도 마찬가지 효과
를 얻어낸다. 반면에 2행의 "꺼밋했다", 4행의 "자그마했다", 5행의
"포겨 놓였다"는 의미와 호흡이 일치되어 그 자체로 완결된 구문을
이룬다. 따라서 이 시의 재구성을 다시 해체하여 의미적 구분을 시도
해 보면 다음과 같다.

> ① 廣漠한 地帶이다. 기울기 시작했다. 잠시 꺼밋했다.
> ② 十字型의 칼이 바로 꼽혔다. 堅固하고 자그마했다.
> ③ 흰 옷포기가 포겨놓였다
> ④ 돌담이 무너졌다. 다시 쌓았다. 쌓았다 …… 포겨놓이던 세번째
>   가 비었다.

①의 '광막한 지대'는 지상적 삶의 공간인 '광야'와 상응하는 배경이
다. 그것은 죄와 유한성으로 불완전한 이 세상을 의미한다. "기울기
시작했다"와 "꺼밋했다"는 이 지대의 불완전성과 유한성을 상기시켜
준다("까마득한 벼랑바위/하늘과 땅이 기울었다가/바로 잡히곤 한다"
<202>) 이 곳에 ②의 '십자형의 칼'이 바로 꼽힌다.65) 그것은 기울고
꺼밋하는 불안정한 수평적 공간에 수직적으로 내려박히는 작지만 견
고한 절대적 완전성의 세계를 의미한다. 이는 「물 통」의 '빛'보다 더
직접적인 기독교적 이미지로서, 천상적 영원의 세계에서 내려오는 완
벽한 평화와 구원의 상징이다("다시 끝없는 荒野가 되었을때/하늘과
땅 사이에/밝은 화살이 박힐때" <165>). 기존의 논의는 김종삼의 시
세계와 기독교적 의식의 관련을 무시하거나 원죄의식의 언급에만 국
한하여 소극적으로 보고 있는데, 기독교적 의식은 근본적으로 김종삼

---

65) 『김종삼전집』에 '십자가(十字架)의 칼'로 표기되어 있으나 원시집에는 '십자
   형(十字型)의 칼'로 표기되어 있다. 십자형의 칼은 십자가의 형태를 묘사한
   것으로 십자가와 같은 의미로 해석할 수 있다.

의 의식과 시세계에 융화되고 자연스럽게 체득되어 있는 것으로 보인
다. 이는 기존 논의에서 간과되었던 하늘의 절대적 존재를 인정하는
관점과 빛·십자가의 하강적 이미지와 더불어 성경적 상징의 빈번한
원용에서도 살펴볼 수 있다.

　이런 관점에서 ③의 '흰 옷포기'는 빈 무덤 속에 놓여진 예수의 성
스러운 의복을 암시하는 것으로 간주될 수 있다. 그 곳에는 시체도
사라지고 흰 옷만 놓여 있지만, 즉 예수의 형체는 부재하지만 그 실
체는 영적 존재로서 살아있음을 의미한다. '십자형의 칼'과 '흰 옷포기'
는 가장 핵심적인 기독교적 상징이며, "十字型의 칼이 바로 꼽혔다"
와 "흰 옷포기가 포겨놓였다" 사이에는 예수의 죽음과 부활이라는 성
경적 사건의 가장 밀도 높은 함축이 내재하고 있다. 결국 ①~③은 죄
로 인해 불완전한 이 지상의 광야에 하늘의 구원인 십자형의 칼이 꼽
힌 후 예수의 죽음과 부활이 진행되었음을 제시하고 있는 것이다.

　④의 "돌담이 무너졌다"는 이런 절대적 존재가 현실세계에서 시인
의 손에 만져지지 않기 때문에, 견고한 완전성의 상징이며 지상에서
하늘로 올라가는 상승적 이미지인 '돌담'이 무너지는 형상으로 표시되
는 것이다("살아있다는 하나님과/간혹/이야기-ㄹ 나누며 걸어가고 싶
었읍니다/그러나 하나님은 저의 한손을/잡아주지 않았읍니다" <222>,
"나에게도 살아가라 하시는/주님의 말씀은 무성하였던/잡초밭 흔적이
고" <210>). 절대성과 완전성이 무너진 상황 속에서 시인은 스스로의
의지로 이 세계를 재구축하려는 시도를 계속하는데, 그것은 무너진
돌담을 다시 쌓는 행위의 반복으로 나타난다. 영원성과 완전성을 지
닌 하늘의 존재가 철저히 숨어있는 현실 속에서 견고한 영원의 세계
를 구축하려는 이 '돌각담 쌓기'는 김종삼이 추구하는 시적 지향을 요
약하는 것이 된다.

　그러나 이렇게 다시 쌓은 돌각담은 동혼(凍昏)이 잦아들었을 때 포
겨놓이던 세 번째가 비는 것이다. 돌담이 비었다는 결핍과 부재의 상
황, 그리고 동혼이 전달하는 허무와 적막의 분위기를 감지할 수 있다.

이 부재와 허무의식은 광막한 지대에 십자가의 칼이 꼽혔음에도 불구하고 돌담이 무너지는 상황과, 무너진 돌담을 다시 쌓았지만 쌓았던 돌담의 세 번째가 비는 것처럼 끝없이 반복되는 것이다("惡靈들과 昆蟲들에게 시달려왔다/다시 계속된다는 것이다" <159>). 이처럼 영원성과 절대성이 결핍된 세계에서 그 완전성을 회복하려는 '돌각담 쌓기'로 요약되는, 그의 시적 추구는 쌓았던 돌담이 비는 것처럼 근본적으로 완벽할 수 없다는 데에, 김종삼 시의 비밀과 부재의식의 근거를 찾을 수 있다. 결국 「돌각담」의 형태와 의미는 십자형의 칼이 꼽히는 하강적 '빛'의 이미지와 무너진 돌담을 쌓는 상승적 '돌계단'의 이미지가 쌓는 돌담이 비게 되는 '무덤'(부재)의 이미지로 연결되면서 땅(광막한 지대)과 하늘의 대비 속에서 긴밀히 결합되어 있는 것이다. 이때 또한 세 번째가 비어있는 돌담의 '무덤'의 이미지는 흰 옷포기가 포겨놓여있는 예수의 '빈 무덤'의 이미지와 유사하지만 상반되는 이중적 대비를 이루어 낸다. 그것은 "포겨놓였다"와 "포겨놓이던 세번째가 비었다"의 대조를 통해 절대적 존재의 숨어있음과 인간의 부재라는 대비를 더 분명히 드러내고 있다.

지금까지의 분석을 통해 김종삼 시에서 단지 인간부재 의식만을 파악하는 것은 불충분하고, 그것의 근저에 놓인 절대적·근원적 존재의 본질과 그 본질의 비현실성을 포착해야 온전한 이해가 이루어짐을 알 수 있다. 즉 하나님으로 대표되는 절대적 영원성의 추구와 현실에서 그와 만나지 못하는 시인의 비극을 인지해야 풍경의 배음이란 형상화 방식이 지닌 환상의 비밀을 감지하게 된다. 죄 많고 불완전한 이 세상에서 영원의 하나님을 찾고자 하지만 만나지지 않을 때 그의 부재의식은 생기고, 이로 인해 그는 이 추구와 결핍 사이의 공간을 하강과 상승의 시각 및 청각의 이미지로써 채우는 것이다. 이로써 우리는 '인간 부재와 절대적 존재의 감춤'이란 원리가 '풍경의 배음'이란 형상화 방식을 낳는 생성 근거로서 작용함을 확인할 수 있다.

5. 환멸과 영원 사이의 순례

이상에서 우리는 '풍경의 배음'이란 기법의 근거가 되는 인식적 측면으로서 '인간부재 의식과 근원적 존재의 감춤'을 살펴보았다. 그렇다면 「물 통」의 "다름아닌 人間을 찾아다니며"에서 '다름아닌 인간'이란 어떤 존재일까? 그것은 인간부재 의식과 어떤 관계가 있을까?

> 終點에는, 地名不詳이란
> 이름 아래에는
> 나의
> 主와, 無許可 선술집 <47>

> 스와니江이랑 요단江이랑 어디메 있다는
> 이야길 들은 적이 있다 <72>

김종삼이 추구하는 궁극적 지점에는 주(主)와 술이 있고, 그가 동경하는 먼 곳에 요단강과 스와니강이 있다. 주와 요단강으로 대표되는 기독교적 이미지와, 술과 스와니강으로 대표되는 낭만주의적 이미지는 그의 시 도처에서 발견된다. 그런데 이 낭만주의적 요소에 술이 결부되는 것은 무엇을 의미하는 것인가. 그리고 이 두 종점의 관계는 어떠한가.

> 먼 산 너머 솟아오르는
> 나의 永園을 바라보다가
> 구멍가게에 기어들어가
> 소주 한 병을 도둑질 했다
>
> ― 「極刑」 부분, 206

김종삼이 추구하는 주와 낭만주의는 그의 시에서 단순히 병렬적으로 결합되어 있는 것이 아니다. 그의 낭만주의는 주로 대표되는 영원 (永園)에 대한 추구가 현실 속에서 좌절될 때 생겨나는 것이며, 그것 이 동경하는 스티븐 포스터의 나라 또한 현실에서 충족되지 않는 환 상의 세계이기에 비극적이고 허무적일 수 밖에 없다("무척이나 먼/언 제나 먼/스티븐 포스터의 나라를 찾아가 보았다 …… 같이 한잔하려 고" ─「꿈의 나라」). 이는 표면적으로 동일선상에 놓여있는 듯한 두 궁극적 종점의 세계 중에서 주와 영원의 추구가 더 근본적으로 그의 비극적 낭만주의를 떠받치고 있는 근거라는 사실을 말해준다. 위 인 용시의 "바라보다가"에는 이런 전이과정이 내재되어 있다. '영원의 추 구'와 그 좌절로 인한 '비극적 낭만주의'라는 두 가지 요소는 현실세 계에서 끝없이 그를 내몰고, 따라서 그는 절대적 가치와 순결한 인간 을 찾아다니는 순례자의 모습과 아울러 허무주의자의 모습을 띠게 된다.

> 해가 남아있는 동안은
> 조곰이라도 더 가야겠읍니다 <45>

> 술 없는
> 황야를 다시 걷자 <119>

> 罪가 많다는 이 불구의 영혼을 이끌고 가보자
> 그치지 않는 전신의 고통이 하늘에 닿았다 <153>

> 인간되었던 모진시련 모든 추함 다 겪고서
> 작대기를 짚고서 <207>

따라서 현세의 삶은 잠시 머물다 떠나는 정류장으로 인식된다("그 럼으로 모-두들 머물러있는 날이랍니다" <41>). 그러나 이 머물고 떠 남은 현실을 초월하는 순례가 아니라 불구의 영혼을 이끌고 인간의 시련과 추함을 다 겪으면서 떠나는 순례이므로 고통을 동반한다. 그 전신의 고통은 땅에서 하늘까지 맞닿아 있다. 따라서 이 고통의 순례는 현실 도피의 차원이 아닌 인간의 근원적 문제를 탐구하는 모색의 과정이 된다("나의 本籍은 人類의 짚신이고 맨발이다" <104>). 그러므로 「물 통」의 '다름아닌 인간'은 죄와 불구의 영혼을 안고 있는 인간 전체, 즉 인류의 근원적 모습을 일컫는 것이다. 이로써 "다름아닌 人間을 찾아다니며 물 몇 桶 길어준 일 밖에 없다고"에 함축된 의미 과정을 이해할 수 있게 된다. 이 시적 추구는 죄 많은 지상에서 근원적 인간의 모습을 찾아다니며 천상의 빛으로 생성된 물을 전달해주는, 환멸과 영원 사이의 순례의 길과 같은 것이다. 따라서 기존 논의의 '초월적 낭만주의'라는 규정은 수정되어야 하며, 또한 '인간부재 의식' 속에는 인간 전체에 대한 사랑과 연민이 내재되어 있음을 파악해야 할 것이다. 여기서 우리는 그의 시가 허무적·비극적 낭만주의의 속성 이외에도 인간의 죄를 대속하려는 속죄의식을 지니고 있음을 발견할 수 있다. 그것은 인류의 죄와 불완전성을 자신의 몸에 부여하고 순례의 길을 걸으면서 영혼을 정화시키려는 의식이다.

이와 관련해서 「원정」의 "몇 개째를 집어 보아도 놓였던 자리가/썩어 있지 않으면 벌레가 먹고 있었다/그렇지 않은 것도 집기만 하면 썩어갔다"(<94>)를 온전히 이해하려면, 이미 지적된 '세계와의 불화'[66]라는 시의식 속에 자신이 인간의 죄와 불구성을 대표한다는 의미의 원죄의식과 속죄의식이 내포되어 있음을 발견해야 한다. 이 구절의 정확한 이해는 과실이 아니라 과실이 놓여있던 자리가 썩어 있거나 벌레가 먹고 있다는 것이다. 과실은 지상적 삶의 산물을 뜻하고, 과실이 놓여있던 자리는 지상 혹은 세상을 뜻한다. 따라서 김종삼은 죄많은 이 세상을 위에서 혐오의 눈으로 내려다 보는 순결한 자의 자의식이 아니라, 세상과 인간의 죄를 스스로의 몸에 부여하고 오히려

---

66) 김현, 앞의 글, 『김종삼전집』, 238면.

자신을 죄와 불구의 존재로 간주하는 결백한 양심을 지니고 있는 것
이다. 자신의 죄와 불구성으로 인하여 과실을 집으면 그 놓였던 자리
마다 썩는다는 생각은 "당신 아닌 사람이 집으면 그럴 리가 없다
고"(<95>)에서 확인되고, "앉아볼 자리마다 흠이 잡히어/도라다니다
가 말았습니다"(<45>)에서 다른 표현으로 나타난다. 이같은 원죄의식
과 속죄의식의 표현은 여러 작품에서 반복되어 나타난다.

> 한 걸음이라도 흠잡히지 않으려고 생존하여갔다
>
> 몇 걸음이라도 어느 성현이 이끌어 주는 고된 삶의 쇠사슬처럼 생
> 존되어갔다
>
> 세상 욕심이라곤 없는 불치의 환자처럼 생존하여갔다
>
> 환멸의 습지에서 가끔 헤어나게 되면은 남다른 햇볕과 푸름이 자라
> 고 있으므로 서글펐다
>
> 서글퍼서 자리잡으려는 샘터 손을 담그면 어질게 반영되는 것들 그
> 주변으론 색다른 영원이 벌어지고 있었다
> ―「평범한 이야기」 전문, 140

"흠잡히지 않으려고", "불치의 환자"와 "어느 성현이 이끌어 주는
고된 삶의 쇠사슬"은 이 원죄의식과 속죄의식을 다시 확인시켜 준다.
이 시는 또한 현세의 삶을 보는 두 가지 시선을 시사해주고 있어 주
목된다. 이 시선이 바라보는 두 세계는 환멸의 습지와, 남다른 햇볕·
푸름이 자라는 공간이다. 기본적으로 시인에게 현실은 환멸의 습지이
다. 죄로 가득찬 불구의 영혼, 추한 인간이 사는 혐오스런 공간이다.
그러나 가끔 헤어나 남다른 햇볕과 푸름을 엿보는 순간이 오기도 한
다. 햇볕과 푸름은 현실에서 감지되는 영원의 흔적이지만, 동시에 현

실에 지속적으로 존재하지 않기에 서글픈 것이다. 즉 서글픔은 햇볕과 푸름이 자라고 있는 현실에 대한 애착과 그런 현실이 영속적이지 않다는 안타까움이 교차하는 데서 오는 것이다. 이는 그가 다만 죽음을 동경하거나, 현실의 삶을 완전히 부정하고 초월하려는 것이 아님을 알 수 있게 한다("여러날 동안 사경을 헤매이다가 살아서 퇴원하였다/나처럼 가난한 이들도 명랑하게 살고 있음을 다시 볼 수 있음도/익어가는 가을 햇볕과/초겨울의 햇볕을 즐길 수 있음도 반갑게 어른거리는/옛 벗들의 모습을 다시 볼 수 있음도/主의 은총이다" <225>). 이 서글픔 속에서 샘터에 손을 담그면 반영되는 것들, 그 주변에 벌어지는 색다른 영원, 그것이 그가 추구하는 시의 모습이 된다. 색다른 영원은 영원 자체는 아니지만 영원을 감지할 수 있게 하는 어떤 감각을 말하며, 그의 시는 이 신비로운 감각 효과를 통해 부재의 공간 속에 감추어진 영원의 존재를 감지하게 한다. 그러면 이 색다른 영원을 가능케 하는 것은 무엇이며, 그의 시에서 환멸의 습지와 햇볕·푸름의 세계는 어떻게 묘사되고 있을까?

> 밤이 깊었다
> 또 外出하자
>
> 나는 飛翔할 수 있는 超能力의 怪物體이다
>
> 노트르담寺院
> 서서히 지나자 側面으로 한 바퀴 돌자 차분하게
>
> 和蘭
> 루벤스의 尨大한 天井畵가 있는
> 大寺院이다
>
> 畵面 全體 밝은 불빛을 받고 있다 한귀퉁이 거미줄 쓸은 곳이 있다

부다페스트
죽은 神들이
點綴된

膝黑의
마스크

外出은 短命하다.

— 「外出」 전문, 173

이 시는 김종삼의 상상력이 움직이는 모습과 그것이 포착하는 상상 세계를 특징적으로 살펴볼 수 있는 작품이다. 샘터에 손을 담그면 벌어지는 색다른 영원은 비상할 수 있는 초능력의 괴물체, 즉 상상력을 통해 가능해진다. 상상력은 그의 시를 환상의 세계로 이끄는데 노트르담 사원, 루벤스의 천정화가 있는 대사원으로 상상세계는 펼쳐진다. 이 천정화의 화면 전체는 밝은 불빛을 받고 있다. 이를 통해 사원과 루벤스의 그림이 있는 세계는 햇볕과 푸름이 있는 아름다움의 세계와 상응하는 것임을 알 수 있다("나무마다 제각기 이글거리는 / 색채를 나타내이고 있었다 // 세잔느인 듯한 노인네가 / 커피 칸타타를 즐기며" <156>).

그러나 그 화면의 한 모퉁이에는 거미줄 쓸은 곳이 있고 그것은 곧바로 부다페스트 죽은 신(神)들의 마스크로 연결된다. 즉 그의 상상력이 찾아가는 공간은 불빛을 받고 있는 아름다움의 세계인데, 그 한 구석에서 다시 환멸의 세계를 보게 되는 것이다. 그것은 부다페스트, 아우슈비츠, 6·25 전쟁 등으로 대표되는 전쟁과 참상, 인간 비극의 세계이다.

家族 하나하나가 뒤로 자빠지고 있었다
크고 작은 人形같은 屍體들이

— 「아우슈뷔츠 라게르」 부분

사공은 조심 조심 노를 저어가고 있었다.
울음을 터뜨린 한 嬰兒를 삼킨 곳.
스무 몇 해나 지나서도 누구나 그 水深을 모른다.

　　　　　　　　　　　　　　　　　　　 ─「民間人」부분

　비극적 사건은 절제된 묘사를 통해 내부에 감추어져 있다. 아무도 알지 못하는 수심(水深)은 그 비극의 깊이를 더해 준다. 그것은 현실의 비애를 숨기는 깊이이며, 김종삼 시가 지닌 절제의 미학적 거리를 보여주는 것이다. 그런데 이 상상력의 비상인 외출은 단명(短命)하다. 가끔 헤어나 엿보는 햇볕과 푸름이 서글픈 것은, 그를 통해 찾아가는 색다른 영원이 오래 지속되지 못하고 단명하다는 데 있다. 그의 외출은 단명할 뿐 아니라 자신의 참여가 제한되어 있거나 소극적이기도 하다 ("가까이가 말참견을 하려해도/거리가 좁히어지지 않았다" <156>, "나의 無知는 어제 속에 잠든 亡骸 쎄자아르 프랑크가 살던 寺院 주변에 머물렀다" <89>). 이 외출의 단명성과 참여의 제한성은 그의 시세계가 지닌 소품성과 관조적 성격의 근거를 설명해 주고 있다.
　결국 환멸의 현실 속에서 김종삼의 상상력이 찾아가는 세계는 햇볕과 푸름의 아름다운 공간과, 환멸의 세계인 비극과 참상의 공간이 된다. 이때 상상력이 찾아가는 비극의 공간은 환멸의 현실세계를 관조적·미학적 거리를 두고 보는 것이 된다. 이 거리는 현실의 고통을 환상으로 대면하고 견디는 김종삼의 시적 태도와 관련이 있다. 결국 '환멸과 영원 사이의 순례'라고 요약될 수 있는 그의 시세계는 환멸의 현실에서 불구의 영혼을 이끌고 영원에 도달하려는 시인의 의지와, 그 좌절에서 오는 술과 먼 나라의 동경이라는 비극적 낭만주의로의 경사와, 잠시 엿보는 색다른 영원을 통해 아름다움과 비극의 세계를 미학적 거리를 두고 바라보는 상상력이 결합되어 나타나는 것이다. 이로써 그의 시세계는 기독교적 의식과 비극적 낭만주의가 근저에 깔린 '환멸과 영원 사이의 순례'라는 전체적 구도 속에서 '인간 부재와 절대적 존재의 감춤'이라는 미학적 원리를 거쳐 '풍경의 배음'이란 형상화 방식으로 표면화되는 것이다.

6. 맺음말

지금까지 이 글은 김종삼 시전집을 하나의 작품으로 간주하고 구체적 심상과 작품의 분석을 매개로 시적 형상화 방식에서 그것의 근거가 되는 세계인식적 측면으로 진행되는 단계적 고찰을 시도하여 그것들의 유기적 종합으로 이루어진 김종삼 시세계의 전체성에 도달하려고 하였다. 이를 위해 우선 김종삼 시의 비밀을 함축하고 있는 「물통」의 구조와 의미를 세밀히 분석하여 중요한 이미지의 체계와 형상화 방식과 인식의 측면을 고찰하였다. 그리고 이를 실마리로 기법과 미학적 원리와 세계인식에 대한 해명을 전체시를 대상으로 진행하여 기존 논의에서 간과되었던 새로운 시적 의미를 발견하고 개별시의 더 구체적인 해석을 시도하였다.

그 결과 우리는 김종삼 시세계를 떠받치고 있는 세계인식으로 지금까지 소홀히 취급되어 왔던 '기독교적 의식'을 발견하고, 이 의식과 영원 추구의 좌절에서 생기는 '비극적 낭만주의'가 두 개의 기본적 인식의 토대임을 입증하였다. 이때 '기독교적 의식'이란 하늘(영원)-땅(유한)의 대립적 구도 속에서 하늘의 절대적 존재를 인정하고 빛·소리·물 등의 이미지를 그가 내려주는 은총의 의미로 간주하는 시의식의 측면과, 인류의 죄를 자신의 몸에 부여하고 고통스런 순례의 길을 걷는 원죄의식과 속죄의식의 측면에서 말하여지는 것이다. 그리고 '비극적 낭만주의'는 하늘의 은총인 하강적 이미지(빛·소리·물)와 땅에서 하늘까지 도달하려는 상승적 이미지(산·돌층계·계단)의 추구가 좌절되었을 때, 술과 스티븐 포스트를 찾아가는 먼 나라로의 동경과 그 비영속성을 말하는 것이다. 따라서 기존 논의에서 언급되었던 '초월적 낭만주의'라는 규정은 수정되어야 하며, '인간부재 의식' 속에는 인간 전체에 대한 연민이 자리잡고 있음을 상기해야 할 것이다.

기독교적 의식과 비극적 낭만주의의 결합으로 이루어진 그의 시세계는 '환멸과 영원 사이의 순례'라고 요약될 수 있다. 이 순례는 현실에서 잠시 엿보는 색다른 영원, 즉 상상력의 비약을 통해 아름다움과 비극적 참상의 세계를 관조적으로 바라보는 시적 추구가 된다. 그러므로 마치 현실과 유리된 듯이 언급되었던 '예술지상주의', '미학주의', '순수시' 등의 기존 논의는 비극적 현실의 미학적·관조적 반영과 현실에 맞서는 환상이라는 측면에 의해 보충되고 더 엄밀히 규정되어야 할 것이다.

환멸과 영원 사이의 순례는 '인간부재 의식과 절대적 존재의 감춤'이라는 미학적 원리로 나타난다. 「돌각담」에 핵심적으로 함축된 이 원리는 죄 많고 불완전한 이 세상에 십자형의 칼, 즉 절대적 존재의 구원이 내려졌음에도 불구하고, 그 영원이 손에 잡히지 않을 때 돌담은 무너지고, 그것을 다시 쌓는 노력에도 불구하고 돌담이 비는 데서 생기는 것이다. 따라서 김종삼 시의 '인간 부재'라는 공허의 공간에는 인간 전체에 대한 연민뿐 아니라 '절대적 존재의 감춤'이 내재되어 있다. 이 부재와 존재의 감춤이란 원리는 「돌각담」의 형태와 구조와 의미를 구성하는 필연적인 근거이며 따라서 '돌각담 쌓기'로 요약될 수 있는 김종삼의 시는 이 원리가 표면적으로 때로는 내면적으로 작용하고 있는 것이다.

이로부터 김종삼 시의 회화적 상상력을 이루는 '풍경의 배음'이 생겨난다. 풍경의 배음은 인간 부재의 시 공간 속에 하늘에서 내리는 빛과 소리의 미묘한 결합으로 시적 의미를 전달하고자 하는 방식이다. 장면의 제시가 주는 영상 속에 음향을 개입시켜 풍경을 신비스런 경지로 변화시키는 것이다. 이 '풍경의 배음'은 기존 논의에서 지적된 묘사·절제·여백·잔상 효과 등의 기법적 측면을 더 구체적으로 규명한 것이 된다.

결국 그의 시세계는 단계적으로 고찰한 이 세 가지 측면, 즉 시적 형상화 방식과 미학적 원리와 세계인식이 긴밀히 결합되고 교직되어 하나의 전체를 이루고 있다. 따라서 김종삼은 기독교적 의식을 자연스럽게 체득한 시인으로서, 영원의 추구와 그 현실적 좌절 사이에서 근원적 죄의 문제를 안고 인간 본연의 가치를 찾아다니며 하늘에서 내리는 신호를 전달해주는 순례자의 정신에 그의 시의식의 본령이 있는 것이다.

Ⅳ. 투영된 자아와 시적 형상화의 방식
— 정지용·서정주·김수영의 경우

1. 문제 제기

한 시인의 작품을 읽으면서 그 의미공간에 접근하는 방식은 삶을 이해하는 방식만큼이나 다양할 것이다. 그렇다고 모든 경우의 시 읽기를 타당한 것으로 받아들일 수는 없는 일이다. 다른 의사소통의 양식과 마찬가지로 시를 읽고 이해하는 데 있어서도 전제가 되는 최소한의 합의가 필요하다. 이 합의는 어디에서 시작되어야 하는 것일까. 아마 시란 무엇인가, 시적인 것은 무엇인가라는 질문에 대한 대답에서 비롯되어야 할 것이다. 그러나 시적인 것을 실체 개념으로 간주하고 그 정체를 규명하려 한다면, 그것은 우리가 포위하는 그물망을 쉽게 빠져나가 버린다. 시적인 것은 시대의 변화, 시의식의 변화, 독자의 인식 지평의 변화에 따라 끊임없이 변모하는 유동적 개념이기 때문이다.

전통적 시학은 크게 모방론적 관점, 표현론적 관점, 효용론적 관점, 존재론적 관점으로 진행되어 왔다.67) 서구의 시관과 동양적 시관을

---

67) M.H. Abrams, *The Mirror and the Lamp*, London : Oxford University

통해 지금까지 반복되어 온 이 전통적 시학뿐만 아니라, 그것을 토대
로 형성된 현대적 논의 또한 오늘날의 시를 이해하는 데 난관이 따른
다. 서정시를 정의함에 있어, 슈타이거 Emil Steiger의 '회감(回感)',[68]
카이저 Wolfgang Kayser의 '대상의 내면화',[69] 그 연장선에서 이기
(理氣) 철학과의 조응을 통해 얻은 조동일의 '세계의 자아화',[70] 그리
고 동화(assimilation)와 투사(projection)를 통해 세계와의 갈등을 극
복하는 합일의 경지를 모색하는 김준오의 '동일성의 시학'[71]은 공통적
으로 주객 변증법에 입각해 근대예술의 미학적 체계를 세운 헤겔
G.W.F. Hegel의 사유방식[72]을 받아들여 형성된 것이다. 그것은 자아

Press, 1953, pp.8~29.

Harzard Adams, *The Interests of Criticism*, New York : Harcourt, 1969.

Paul Hernadi, *Beyond Genre*, Ithaca and London : Cornell University Press, 1972.

이상섭, 『문학의 이해』, 서문당, 1972.

＿＿＿, 『문학이론의 역사적 전개』, 연세대 출판부, 1975.

이승훈, 『시론』, 고려원, 1979, 16~79면.

김준오, 『시론』, 이우출판사, 1988, 12~18면.

68) 슈타이거에 의하면, '회감(Erinnerung)'은 주체와 세계의 상호 동화라는 의
미를 지니고 있으며, 이 작용으로 인해 서정장르에서는 의미와 리듬뿐 아니
라 과거 · 현재 · 미래도 서정적 정조 속에서 상호 융합된다.

Emil Steiger, 이유영 · 오현일 역, 『시학의 근본개념』, 삼중당, 1978, 17~
127면 참고.

69) 카이저에 의하면, '대상의 내면화'는 세계와 자아가 자기 표현적 정조의 자
극 속에서 융합하고 상호 침투하는 것이다. 심령적인 것이 대상성에 깊이 파
고 들어 그 대상성은 내면화된다.

Wolfgang Kayser, 김윤보 역, 『언어예술작품론』, 시인사, 1988, 520~521면
참고.

70) 조동일, 『한국소설의 이론』, 지식산업사, 1977, 103면.

＿＿＿, 「시조의 이론, 그 가능성과 방향 설정」, 『고전문학을 찾아서』, 문학
과지성사, 1979, 186면.

71) 김준오, 앞의 책, 23~31면 참고.

72) G.W.F. Hegel, 최동호 역, 『헤겔시학』, 열음사, 1987.

와 세계, 주관과 객관, 이성과 감정 등의 이분법적 대립항을 전제로
그 융합과 내면화와 극복을 설명하고 있어, 실체가 아닌 흔적으로 존
재하는 시적 언어의 본질을 온전히 포착하지 못하고 만다.

따라서 우리는 새로운 시대의 시적 감수성과 어법을 이해하기 위해
지금까지와는 다른 설명방식을 찾아내어야 할 지도 모른다. 우리는
일단 포괄적인 의미에서, 시를 세계에 대한 서정적 자아의 언어적 의
사소통의 방식으로 간주할 수 있을 것이다. 이때 시는 고정된 실체로
놓여 있지 않고, 자아와 세계 사이의 상호 침투뿐 아니라 독자의 능
동적인 시 읽기 속에서 대화를 나누며 살아 움직이는 역동적 과정으
로 존재한다. 따라서 시인과 세계와 독자 사이의 상호 침투 및 교섭
의 과정에 존재하는 작품에 대한 이해가 최소한의 합의에 기초하기
위해서는, 텍스트 내부의 구체적 매개를 통한 접근이 이루어져야 할
것이다. 여기서 구체적 매개를 통한 시 읽기란 작품의 질료적 양상을
통해 의미공간의 차원으로 거슬러 올라가는 귀납적 접근법을 의미
한다.

시에 있어서 구체적 매개로는 운율·비유·어조와 호흡 등의 요소
가 있을 수 있지만, 이 글에서 주목하는 것은 시적 자아가 투영된 심
상(心象)이다. 일반적으로 심상은 대상을 감각적으로 인식하도록 자극
하는 말을 통칭하는 용어인데,73) 시작품은 다양한 심상들이 이루는
무한히 확장되며 움직이는 상상력의 공간이라고 볼 수 있다. 그런데
이 다양한 심상들이 이루는 상징의 숲에서 상상력의 질서를 조망하기
위해서는, 시집 전체를 하나의 작품으로 간주하고 읽을 필요가 있다.
한 편의 시에 나타나는 심상의 의미는 다른 작품들과의 상호 연관적
고찰을 통해, 부분과 전체의 왕복작용을 거쳐 전체적 의미공간 속에
편입되어 이해되어야 하기 때문이다. 이렇게 전집을 하나의 상징체계

G.W.F. Hegel, 두행숙 역, 『헤겔미학』, 나남출판, 1996 참고.
73) 이상섭, 『문학의 이해』, 서문당, 1972, 76면.

로 볼 때, 이 글에서 주목하는 것은 시적 자아가 투영된 핵심적 심상이다. 이상(李箱)의 '거울'이 분열된 자아와 밀폐된 자의식을, 윤동주의 '우물'이 내면화된 자아의 여러 양상을 대변한다면, 이 글에서는 시적 자아를 대변하고 있는 상관물뿐 아니라 그 의식이 추구하는 지향성까지를 자아가 투영된 심상으로 간주하고자 한다.

결국 시적 자아의 발생과 지향성을 투영하고 있는 이 심상들은 시의식의 본령에 닿아 있는 핵심어일 가능성이 높으며, 따라서 시세계의 전체적 의미구조에 접근하는 지름길을 제시해 줄 수 있다. 그러므로 이러한 내재분석을 통해 외부세계에 대한 반응의 주체인 시인의 의사소통 방식과, 자아와 세계의 관련 양상을 살펴보는 것이 이 글의 목적이다. 또한 이 과정에서 시인의 의식이 시적으로 형상화되는 기법의 원리를 유추할 수 있다면 더 의미있는 작업이 될 것이다. 이러한 전제하에서 이 글은 정지용·서정주·김수영의 작품을 대상으로 하여 시적 자아가 투영된 핵심적 심상을 매개로 그 의미공간에 근접해 보고자 한다.

2. 정지용─유리창과 별 : 감정의 지적 절제와 공간화

琉璃에 차고 슬픈것이 어린거린다.
열없이 붙어서서 입김을 흐리우니
길들은양 언날개를 파다거린다.
지우고 보고 지우고 보아도
새까만 밤이 밀려나가고 밀려와 부디치고,
물먹은 별이, 반짝, 寶石처럼 백힌다.
밤에 홀로 琉璃를 닥는것은
외로운 황홀한 심사이어니,
고흔 肺血管이 찢어진 채로

아아, 늬는 山ㅅ새처럼 날러 갔구나!

— 「琉璃窓 1」 전문74)

제1시집 『정지용시집』에 수록된 이 시는 초기시의 시적 자아를 투영하고 있는 대표적인 심상인 '유리창'을 소재로 한 작품이다. 이 시의 구조를 살펴보면, 1~6행, 7~8행, 9~10행으로 나누어져, '제시─전개─결말'의 시상 전개를 보여준다. 제시부에서는 '유리'라는 대상을 시각화하고 그것의 찬 느낌을 슬픈 자신의 감정과 결합시킨다. "입김을 흐리우니/길들은양 언날개를 파다거린다"는 선명한 시각적 형상화를 통해 유리창에 어린 입김을 실감나게 제시한다. 이때 "琉璃"는 다음에 등장하는 "寶石"·"肺血管"·"山ㅅ새"와 함께 의도적으로 한자로 표기되어, 대상을 더 사물화하여 시각적으로 받아들이게 한다. 또한 "새까만 밤"은 밤이라는 시간의 색상을 시각적으로 강조하여 공간적인 차원으로 대상화시키고, "물먹은 별"은 초롱초롱한 빛의 속성과 촉촉한 물기를 결합하여 슬프고도 생동감있는 이중적 의미를 표시한다. 이같은 이미지의 중첩은 전개부에 와서 내용상의 전환을 가져오는데, "외로운 황홀한 심사"라는 시적 자아의 심리 표출은 지금까지 억제해 온 감정의 실마리를 보여주고 있다. 그리고 결말부에 와서 "고흔 肺血管이 찢어진 채로"라는 충격적인 영상과 의미를 던지고, 입김이 사라진 상태를 "山ㅅ새처럼 날러 갔구나!"라고 마무리하게 된다.

시적 자아는 유리창을 경계로 밤과 대면하고 있다. 유리창의 안 쪽에서 유리를 닦고 입김을 흐리우는 그의 심사는 외롭고도 황홀하다. 그러나 시인의 이러한 내면적 감정은 그대로 표출되지 않고 차가운 유리를 통해 외계(外界)와 마주친다. 여기서 유리창은 시적 자아가 외부세계와 만나는 경계로서, 내면의 감정과 열의를 식히고 제어하는 지적 특성을 표상하고 있다. 따라서 외부의 밤이 밀려와 보석처럼 박

---

74) 정지용, 『정지용전집』 1권─시, 민음사, 1988, 71면.
　　이하 정지용 시 인용은 이 책을 근거로 한다.

히는 '별'은, 그 투명함과 명징성으로 인하여 자아가 외부세계와의 부딪힘에서 얻어지는 결과인 정지용 시의 상관물이라고 볼 수 있다. 그것은 시의식의 정점을 말하는데, 시적 자아의 의식이 겉으로 직접 드러나지 않고 유리창에 투영되면서 외부와 팽팽한 긴장을 형성할 때, 명증한 별과 같은 투명한 시가 생성되는 것이다. 결국 이 시는 8행과 10행의 고조된 어조를 제외하고는 시적 자아의 감정이 지적으로 절제되고, 감각적 이미지의 시각적 형상화, 완결된 시상 전개, 3음보·4음보의 적절한 조절을 통해 유리창을 하나의 공간적 비유로 형상화하고 있다.

이상의 분석을 요약하면, '유리창'은 외부세계와 경계를 이루는 시적 자아의 투영체이며, '별'은 그 결과 얻어지는 시의 결정체로 간주된다. 그리고 이 두 핵심적 심상을 통해 이루어지는 시적 형상화의 방식을 '감정의 지적 절제와 명증성', '비유의 공간화'라고 말할 수 있다. 그러나 『정지용시집』 전체에서 자아와 세계의 팽팽한 긴장과 그 산물인, 이와 같은 성취는 드물게 얻어지는 것으로 보인다. 시집 전체가 지닌 그러한 한계를 특징적으로 엿보기 위해, 유리창과 별의 심상이 재현되고 있는 다음의 두 시를 살펴보기로 한다.

> 나는 목이 마르다.
> 또, 가까이 가
> 유리를 입으로 쫏다.
> 아아, 항안에 든 金붕어처럼 갑갑하다.
> 별도 없다, 물도 없다, 쉬파람 부는 밤.
> 小蒸氣船처럼 흔들리는 窓.
> 透明한 보라ㅅ빛 누뤼알 아,
> 이 알몸을 끄집어내라, 때려라, 부릇내라.
> 나는 熱이 오른다.
>
> — 「琉璃窓 2」 부분

누워서 보는 별 하나는
진정 멀─ 고나.

(…중략…)

잠살포시 깨인 한밤엔
창유리에 붙어서 였보노나.

(…중략…)

문득, 령혼 안에 외로운 불이
바람처럼 일는 悔恨에 피여오른다.
— 「별 1」 1, 3, 5연

　이 두 시에서는 「유리창 1」이 보여준, 자아와 외계의 팽팽한 긴장과 그로부터 생성된 별을 발견할 수 없다. 시적 자아는 유리창을 경계로 내부에 갇혀 외부세계와 진정한 관련을 맺지 못한 채, 안으로만 연소되는 열정을 감지하고 있다. "나는 熱이 오른다"와 "령혼 안에 외로운 불"은 결국 "바람처럼 일는 悔恨"이 되고 마는 것이다. 이런 상황에서 시인이 추구하는 대상인 별은 없거나 너무 멀리 있다.
　「유리창 2」에서 유리창의 안 쪽에 있는 '나'는 목이 마르고 금붕어처럼 갑갑하다. 그것은 시의식의 투명한 결정체인 별도, 물도 없는 상황과 상통한다. 그러나 별을 뜻하는 "투명한 보라ㅅ빛 누뤼알"을 갈구하는 시적 자아의 절실함은 내면에서 꿈틀거리고, 알몸을 외부로 끌어내리려고 몸부림치면서 열이 오르게 되는 것이다. 한편 「별 1」은 제목만 바뀐 채 「유리창 2」와 거의 유사한 상황과 시적 의미를 보여준다. 이 시에서도 시적 자아의 영혼 안에는 외로운 불이 회한에 피어 오르고, 한 밤에 창유리에 붙어서 엿보지만 별 하나는 진정 멀기만 하다.

  결국 정지용 초기시에 있어서 유리창 내부에 속해 있는 시인의 내면의식은 그 정열이 외부로 표출되지 못한채 안에서 연소되고, 그로 인한 회한과 슬픔의 정서가 주조를 이루게 된다. 이런 상황에서 시적 자아는 외부세계와의 진정한 대면을 통해 얻어지는 시의 완성을 간절히 바라고 있는 것이다. 이런 특징과 시적 성취의 한계는『정지용시집』전체를 관류하고 있는 시적 형상화의 원리와 한계를 보여준다. 이를「유리창 1」의 성취와 비교할 때 우리가 짐작할 수 있는 것은, '유리창'과 '별'의 관련 양상이 정지용 초기 시세계의 특징을 함축하는 핵심이 되며, 시적 형상화의 방식뿐 아니라 시적 성취도와도 긴밀히 연결되어 있다는 점이다. 결국『정지용시집』전반에 걸쳐「유리창 1」은 '유리창'과 '별'이 보여주는 긴장과 절제와 비유의 명증성으로 인하여 시적 성취의 한 정점에 위치하고 있다. 그러한 성취에 미치지 못하는 다른 예로서, 바다 연작과 호수 연작 중의 시를 인용하여 초기시의 경향을 다시 살펴보기로 한다.

> 고래가 이제 橫斷 한뒤
> 海峽이 天幕처럼 퍼덕이오.
>
> — 「바다 6」 부분

> 오리 목아지는
> 湖水를 감는다.
>
> 오리 목아지는
> 자꼬 간지러워.
>
> — 「湖水 2」 전문

  이 두 편의 시는 감각적 느낌과 시인의 특이한 비유적 방법이 감지될 뿐, 외부세계와 부딪혀 생성되는 투명한 별과 같은 명증성과 시적 긴장은 보이지 않는다. 즉 바다·호수 등의 소재는 그 본래의 넓이와 자연적 의미의 내포를 상실한 채, 시각적으로 외면만 제시되어 시의 공간 안에서 좁혀지고 감각적 방법만이 남게 된다. 결국 1930년대 모더니즘시의 선두 주자였던 정지용은, 세계와 맞서 대응하려는 자아의 지적 투명성과 명증성을 「유리창 1」의 성취를 통해 보여주었으나, 그 가능성을 지속적인 성취로 이끌어 내지는 못하였던 것이다.

한편 『백록담』 이후의 후기시에 오면 대상과의 폭 넓은 교류가 이루어지고 자연의 섭리에 자신의 감정을 기대게 되면서 새로운 시작 방식을 보여주게 된다. 후기시의 이런 면모와 특징은 역시 '별'의 심상이 등장하는 「별 2」에서 암시적으로 살펴볼 수 있다.

窓을 열고 눕다.
窓을 열어야 하눌이 들어오기에.

벗었던 眼鏡을 다시 쓰다.
日蝕이 개이고난 날 밤 별이 더욱 푸르다.
                                        ― 「별 2」 부분

이제 시적 자아는 창을 열고 하늘을 맞이하여 푸른 별을 대면할 수 있게 되었다. 외부세계와의 친화는 주로 자연의 섭리에 자신의 감정을 기대어 표출하는 것으로 나타난다. 그것은 자아 내부의 좁은 공간에서 그의 시를 끌어내어 자연과 화합하고 동양의 전통사상과 접목시킨다. 이같은 후기시의 공간 확장은 자아가 외부세계와 팽팽히 맞서면서 대결 의지를 보여주었던 '유리창'의 경계를 벗어버린 결과로 얻어진 것이므로, 지적 투명성과 시적 긴장의 감소라는 대가를 치르고 말았다. 그러나 시인은 이 양상을 "벗었던 안경을 다시 쓰"고, "일식이 개이고 난 날 밤 별이 더욱 푸르다"라는, 새로운 경지의 체험으로 표현하고 있다. 이로써 초기시의 한계 속에서 가능성을 보여준 지적 절제와 공간적 비유는, 자연과 몸이 하나로 합일되는 새로운 경지의 세계로 변모되는 것이다.

3

白樺 옆에서 白樺가 髑髏가 되기까지 산다. 내가 죽어 白樺처럼 힐
것이 슝없지 않다.

(…중략…)

6

첫새끼를 낳노라고 암소가 몹시 혼이 났다. 얼결에 山길 百里를 돌아
西歸浦로 달어났다. 물도 마르기 전에 어미를 여힌 송아지는 움매— 움
매— 울었다. 말을 보고도 登山客을 보고도 마구 매여 달렸다. 우리 새
끼들도 毛色이 다른 어미한틔 맡길것을 나는 울었다.

—「白鹿潭」 부분

3. 서정주─피와 이슬 : 육체적 정신의 언어

애비는 종이었다. 밤이기퍼도 오지않었다.
파뿌리같이 늙은할머니와 대추꽃이 한주 서 있을뿐이었다.
어매는 달을두고 풋살구가 꼭하나만 먹고 싶다하였으나…… 흙으
로 바람벽한 호롱불밑에
손톱이 깜한 에미의아들.
甲午年이라든가 바다에 나가서는 도라오지 않는다하는 外할아버지
의 숯많은 머리털과
그 크다란눈이 나는 닮었다한다.
스믈세햇동안 나를 키운건 八割이 바람이다.
세상은 가도가도 부끄럽기만 하드라
어떤이는 내눈에서 罪人을 읽고가고
어떤이는 내입에서 天痴를 읽고가나
나는 아무것도 뉘우치진 않을란다.

찰란히 티워오는 어느아침에도
이마우에 언친 詩의 이슬에는
몇방울의 피가 언제나 서꺼있어
볓이거나 그늘이거나 혓바닥 느러트린
병든 숫개만양 헐덕어리며 나는 왔다.   — 「自畵像」 전문75)

서정주 초기시의 특징을 함축적으로 보여주는 「자화상」은 전체가 2연으로 되어 있지만, 내용상 3부분으로 나누어질 수 있다. 1연은 7행의 "스믈세햇동안……"에 와서 의미의 맥락이 건너뛰는 비약을 보여준다. 따라서 이 시의 구조는 1~6행, 7~11행, 12~16행의 세 단계로 구성되어 있고, 그것은 각각 '과거의 비극적 생활 환경', '현재의 혼돈과 고통 상태', '미래에의 정신적 결의'라고 요약될 수 있다. 첫째 단계는 과거의 환경과 삶의 조건을 제시하는데, 그것은 주로 밤의 배경과 가족관계의 단절을 통해 형상화된다. 따라서 여기서 풍기는 분위기는 암울하고 삭막하다. 둘째 단계는 이 내재적 원인으로 발생된 갈등의 대립 양상이 시인에게 죄의식과 천형의 모습으로 나타남을 보여준다. 궁핍함과 삭막함이라는 과거의 경험이 시인의 의식에 어떤 내적 동인으로 작용하여 바람과 직면하게 하고, 부끄러움과 죄인과 천치를 가져다 주었다고 생각할 수 있다. 그러나 이 혼돈과 고통 속에서도 시인은 "아무것도 뉘우치진 않을란다"라는 정신적 결의를 보여주는데, 이는 결국 셋째 단계에 나타나는 "이마우에 언친 詩의 이슬"이 있기 때문에 가능하게 된다.

셋째 단계는 첫째 단계의 밤의 배경이 주는 암울함과 삭막한 분위기와는 대조적으로, 밝은 아침의 배경과 희망적인 분위기를 지니고 있다. 아침은 밤의 어둠을 극복하고 찰란히 티워오는 밝음이며, 이마위에 얹힌 이슬은 그 영롱함과 투명함으로 인해 정화와 순수와 희망

75) 서정주, 『미당서정주시전집』, 민음사, 1983, 35면.
     이하 서정주 시 인용은 이 책을 근거로 한다.

의 의미를 내포한다. 그런데 여기서 가장 중요한 시적 장치는 이 이슬에 몇방울의 피가 섞여 있다는 점이다. '피'는 인간의 육체적 양상을 의미하는데, 그것은 건강한 생명력과 육체적 욕망의 이율배반성을 내포하고 있어서 고통스런 형벌을 자초한다. 따라서 시의 이슬에 언제나 몇 방울의 피가 섞여 있다는 표현은, 그의 시가 생명의 강렬한 힘과 육체적 탐닉의 이율배반성에 근거하여 그것을 정화하는 과정에서 생성된 것임을 알 수 있게 한다. 다시 말해 '이슬'은 '피'로 상징되는 지상적·동물적 존재의 내적 모순이 열린 아침을 지향하고자 할 때, 그 정신적 결의가 생성시키는 투명한 의식의 결정체이다. 결국 '피'와 '이슬'은 서정적 자아가 지닌 '이율배반성과 그 극복'이라는 시 의식을 표상하는 핵심적 심상이며, 따라서 이는 서정주 초기시의 특징을 함축적으로 보여주고 있다.

서정주는 초기시에서 존재의 근원과 본질을 추구하는데, 이는 육체의 동물적 본성을 통하지 않고는 도달할 수 없는 것이었다. 따라서 육체적 욕망의 심연으로 침수함으로써 정신적 극한점에까지 상승하려 하였으며, 이는 결국 영(靈)과 육(肉)이 융합된 절대 상태의 일점을 추구하는 것이었다. '피가 섞인 이슬'의 심상을 통해 추구된 이 영과 육의 융합은 서정주 초기시의 핵심적인 구조화 원리를 이루는데, 우리는 그것을 '육체적 정신의 언어'라고 요약할 수 있을 것이다.

병든 숫개만양 헐덕어리며 나는 왔다.   ─「自畵像」 부분

을마나 크다란 슬픔으로 태여났기에, 저리도 징그라은 몸둥아리냐
                                              ─「花蛇」 부분

땅에 누워서 배암같은 게집은   ─「麥夏」 부분

어느 바람속에서도 부끄러운 열매처럼 부끄러운 게집애
                                           ─「瓦家의 傳說」 부분

좋게 푸른 하눌속에 내피는 익는가, 능금같이 익는가

―「斷片」 부분

인용된 구절들은 한결같이 강렬한 생명적 상상력의 분출로 인하여, 감정과 지성과 생명력이 통합된 형식을 보여준다. 이 언어는 서정주가 스스로 직정 언어(直情言語)라고 말한 바 있는, 꾸미지 않고 토로하는 어풍(語風)이며 순라(純裸)의 미이다. 이러한 시의 형식과 언어는 서정주가 지닌 강렬한 정신의 힘에서 원동력을 얻는다. 서정주는 초기시에서 지상과 천상, 육체와 정신의 이원성을 그 이율배반성에 고민하면서 하나로 융합하려는 강한 의지를 지니고 있었다. 이 '이원성과 융합'의 의지로부터 '육체적 정신의 언어'라는 표현 방식이 나오게 되는데, 이는 강렬한 집중과 고통이라는 시적 긴장력을 내포하고 있다. 이 육체적 정신의 언어는 시의 표현뿐 아니라 시를 형성케 하는 구조화 원리로서 개별 작품의 구조와 초기시 전체의 의미구조를 지배하게 되는 것이다.

그러나 이율배반성과 그 융합의 의지로 형성된 이 생명적 상상력은 『귀촉도』에서 변모의 조짐을 보이고 『서정주시선』에 오면 또 다른 하늘로의 비상을 꿈꾸게 된다.

저는 시방 꼭 텡븨인 항아리같기도하고, 또 텡븨인 들녘같기도 하옵니다. 하눌이여 한동안 더 모진狂風을 제안에 두시던지, 날르는 몇 마리의 나븨를 두시던지, 반쯤 물이 담긴 도가니와같이 하시던지 마음대로 하소서. 시방 제 속은 꼭 많은 꽃과 향기들이 담겼다가 븨여진 항아리와 같습니다.

―「祈禱 壹」 전문

이 시에서 시적 자아의 내면 상태를 표시해주는 심상은 '텅빈 항아리'로 나타난다. 화자는 이 텅빈 항아리로 표시된 자신을 "하눌이여…… 마음대로 하소서"라고 간구한다. 초기시에서 육체와 정신의 이원

성에서 출발하여 융합의 의지로 상승하려 했던 '하늘'은, 이제 '하눌'
이 되어 친화의 대상, 혹은 주술의 대상처럼 되어버린 것이다. 그는
많은 꽃과 향기들이 담겼다가 비워진 항아리와 같다. 그러면 장차 이
빈 항아리에 무엇이 담겨질 것인가.

> 피가 아니라
> 피의 全集團의 究竟의 淨化인 물로서,
> 조용하디 조용한 물로서,
> 이제는 자리잡은 新房들을 꾸미었는가.
> 가마솥에 軟鷄닭이
> 사랑김으로 날아오르는
> 구름더미 구름더미가 되도록까지는
> 오 바다여!
>
> — 「바다」 부분

> 하지만 가기 싫네 또 몸 가지곤
> 가도 가도 안 끝나는 머나먼 旅行
> 뭉클리어 밀리는 머나먼 旅行
>
> 그리하여 思想만이 바람이 되어
> 흐르는 내 兄弟의 앞잡이로서
> 철따라 꽃나무에 기별을 하고,
>
> — 「旅愁」 부분

네 번째 시집 『신라초』에 수록된 「바다」에서, 초기시의 자아를 대
표하는 심상이었던 '피'는 정화되어 '물'이 된다. 서정주의 시적 여정
은 천이두의 말대로 피를 맑히어 가는 과정이지만,[76] 한편으로는 그

---

76) 천이두, 「지옥과 열반」(『시문학』 11~14호, 1972.6~9), 『서정주연구』, 동화
   출판공사, 1975, 209면.

가 매혹당하면서도 거부하며 대결했던 육체성과 피를 인간적인 것으로 받아들여 내면화하는 과정이다. 이렇게 가라앉힌 조용한 물은 변전(變轉)되어 구름더미로 날아오른다. 「여수」에서도 역시 그는 '몸'을 두고 '사상'만의 바람이 되어 여행을 떠나게 된다. 육체적 정신의 언어 대신에 몸 없는 사상만의 언어를 택한 것이다. 이제 육체를 떠나 자유로워진 정신은 구름이 되고 바람이 되어 어디든지 날아 다닌다. 그것은 자유연상과 무한한 변전으로 시적 형상화의 방식을 바꾸게 되는 것이다.

영산홍 꽃 잎에는
山이 어리고

山자락에 낮잠 든
슬픈 小室宅

小室宅 툇마루에
놓인 놋요강

山 넘어 바다는
보름 살이 때

소금 발이 쓰려서
우는 갈매기   ―「映山紅」 전문

내가
돌이 되면

돌은
연꽃이 되고

내가
호수가 되면

호수는
연꽃이 되고

연꽃은
돌이 되고

— 「내가 돌이 되면」 전문

이렇게 육체를 떠나 자유로워진 정신은 구름과 바람이 되어 신라의 하늘을, 질마재의 신화를 떠도는 시가 되고, 서(西)으로 가는 달처럼 여행하게 된다. 이러한 후기시의 방식은 육체성과 정신성, 세계와 자아를 처음부터 분리하지 않고 하나로 보는 동양사상, 특히 불교의 연기설(緣機說)과 노장사상에 근거를 두고 있다. 즉 모든 사물과 대상을 근원적 일원성에서 변전되어 나오는 현상으로 파악하는 것이다. 서정주는 이율배반성과 그 융합이라는 초기시의 주제를 유지하면서 자아의 완성을 추구하였지만, 그 해결 방식을 동양적 일원론의 사상에 기대어 미리 결론을 내려 버림으로써 시적 긴장을 놓쳐 버리고 말았다. 그리하여 육체를 떠난 정신의 자유로움은 가벼움으로 귀착되고 만다.

4. 김수영 - 영사판과 어둠 : 역동성과 각성의 시학

김수영의 시는 난해한 느낌을 준다. 시적 표현의 측면에서, 김수영 시의 대부분은 의미가 명확히 드러나 명제화된 구절과, 의미가 불투명하고 모호한 구절이 섞여 있고, 간혹 긴장과 생동감이 감도는 생생한 구절이 나타난다. 이 세 가지 상이한 표현 양상들이 어떤 내적 동

인에 의해 표면화되는지 밝혀낸다면, 김수영 시의 형성원리를 도출하
는 실마리를 찾을 수 있을 것이다. 이를 밝혀내기 위해서는 먼저 주
체로서의 시적 자아가 현실 혹은 세계와 대면하는 방식을 검토할 필
요가 있다. 그런데 김수영 시의 구절들은 시인의 의식 내부에서 자아
와 현실이 고도로 압축된 채 주저없이 토로된다. 이 직설적 표현은
강한 어조의 자기 고백과도 같아서 듣는 상대를 염두에 두고 있지 않
다. 따라서 그의 시에서 시인의 자아가 투영된 심상을 발견하는 것은
쉽지 않다. 그러므로 김수영 시에 대한 접근은 다른 대상과의 관계성
에 주목하여 역으로 시적 자아의 양상을 도출하는 유추의 방법이 유
효한 듯하다. 그런데 예외적인 경우로, 시적 자아가 투영된 심상을
「영사판」에서 발견할 수 있다.

> 고통의 영사판 뒤에 서서
> 어룽대며 변하여가는 찬란한 현실을 잡으려고
> 나는 어떠한 몸짓을 하여야 되는가
>
> 하기는 현실이 고귀한 것이 아니라
> 영사판을 받치고 있는 晝夜를 가리지 않는 어둠이
> 표면에 비치는 현실보다 한치쯤은 더
> 소중하고 신성하기도 한 것인지도 모르지만
>
> (…중략…)
>
> 이때이다─
> 나의 온 정신에 畵龍點睛이 이루어지는 순간이
> 영사판 우의 모오든 검은 현실이 저마다 색깔을 입고
> 이미 멀리 달아나버린 비둘기의 두 눈동자에까지
> 붉은 광채가 떠오르는 것을 보다
>
> 영사판 양편에 하나씩 서있는

설움이 합쳐지는 내 마음 우에

— 「映寫板」 부분77)

이 시는 김수영의 창작 체험에 개입되는 시의식의 원형질을 보여주고 있다. 마지막 행에서 보듯 '영사판'은 내 마음과 동일시되면서 자아와 현실 양편을 비추어 준다. 영사판은 자아를 투영하면서 동시에 현실을 반영하고 주야를 가리지 않는 어둠을 비추기도 한다. 따라서 자아를 투영하면서 동시에 현실의 설움을 반영하는 '영사판'은 김수영 시의 상징어로 볼 수 있을 것이다. 그러면 이 영사판의 양편에 하나씩 서있는 설움이란 무엇일까. 그것은 시인 자신의 자의식이 지닌 설움과 현실의 설움을 가리킨다. 이 표현이 가능한 것은, 현실은 자의식의 설움이 바라보고 인식할 때 현실의 설움이 되기 때문이다. 그만큼 김수영에게 있어 자아와 현실은 영사판의 앞면과 뒷면처럼 밀착되어 있는 것이다. 그렇다면 그의 자아와 현실은 왜 서러운 것일까. 그리고 현실보다 어둠이 더 소중하다고 말하는 이유는 무엇일까.

김수영 시 전반에 있어서 주조를 이루는 이 설움의 감정은, 현실이 시인이 바라는 이상에 언제나 어긋나 있기 때문에 생겨난다. 다시 말하면 그는 현실의 어둠 때문에 서러워진다. 그래서 그는 "낮에도 밤에도/어둠을 지니고 있으면서/어둠과는 妥協하는 법이 없다"(「수난로」)에서처럼 어둠을 거부하고 타파하고자 한다. 그럼에도 불구하고 그의 정직한 양심은 "표면에 비치는" 거짓되고 위장된 밝음보다는, 있는 그대로의 어둠이 더 중요하고 신성하다고 생각하는 것이다. 그리하여 시인은 밝음으로 어둠을 타파하는 것이 아니라 어둠을 어둠으로 물리치는 방식을 택하게 된다. 이 방식이 바로 "누이야/諷刺가 아니면 解脫이다"(「누이야 장하고나!」)에서 언급한 '풍자'의 방식이며, 이로부터 그의 냉소와 풍자가 생각난다. 그는 이 냉소와 풍자로써 일상적

---

77) 김수영, 『김수영전집』 1권—시, 민음사, 1981, 59~60면.
   이하 김수영 시 인용은 이 책을 근거로 한다.

비겁과 소심함(「강가에서」)에서부터 소시민적 옹졸함(「어느날 고궁을 나오면서」)과 성적 타부(「성(性)」)에 이르기까지, 자신의 어둠을 포함한 현실의 어둠을 있는 그대로 정직하게 드러내게 된다.

 그러면 다시 「영사판」으로 돌아가 보자. 자아와 현실이 밀착되어 있는 그의 영사판이 작동하는 순간은, 온 정신에 화룡점정(畵龍點睛)이 이루어지는 순간이며, 검은 현실이 색깔을 입고 달아난 비둘기의 눈동자에 붉은 광채가 떠오르는 순간이다. 이는 바로 시인의 시의식이 자아와 현실의 경계에서 작동하는 순간이다. 이때 죽어 있던 어둠의 현실은 시의식의 긴장과 함께 생생하게 살아나 역동적으로 움직이는 데 주목할 필요가 있다. 이 부분에서 시는 의미뿐만 아니라 호흡에서도 긴장과 생동감을 얻고 있다. 따라서 자아와 현실의 이중적 인화지인 김수영의 시는, 이 양편이 합쳐지는 순간에 긴장과 생동감을 얻고, 시인의 정신에 화룡점정을 이루듯 집중력과 역동성을 얻게 됨을 알 수 있다. 이 '역동성'과 '집중력'이야말로 '영사판'으로 상징되는 김수영 시의 핵심적 형상화 방식을 이루는 것이다. 이는 「서시」에서 '첨단의 노래'와 '정지의 미'라는 다른 표현으로 나타난다.

> 나는 너무나 많은 尖端의 노래만을 불러왔다
> 나는 停止의 美에 너무나 等閑하였다
> (…중략…)
> 나는
> 아직도 命令의 過剰을 용서할 수 없는 時代이지만
> 이 時代는 아직도 命令의 過剰을 요구하는 밤이다
> 나는 그러한 밤에는 부엉이의 노래를 부를 줄도 안다
>
> 지지한 노래를
> 더러운 노래를 生氣없는 노래를
> 아아 하나의 命令을
>
> ― 「序詩」 부분

「서시」는 시집의 첫 번째 작품으로 싣기 위해 쓰여진 것이 아니라, 시인이 자신의 시적 여정에서 하나의 재인식과 그 실천을 천명한 시이다. 내용을 요약하면, 지금까지 첨단의 노래만을 불러 왔지만 이 시대는 명령의 과잉을 요구하는 밤이므로 정지의 미에 관심을 가지고 부엉이의 노래를 부르겠다는 것이다. 여기서 '첨단의 노래'란 시대를 앞질러 가는 자아의 전위적 의식을 뜻하고, '정지의 미'는 현실의 침체와 후진성을 직시하는 사유를 의미한다. 따라서 거칠게 요약한다면, 김수영 시의 형성 원리로 작용하는 두 계기는 '자아의 전위적 의식―첨단의 노래―역동성'과 '현실에 대한 명확한 인식―정지의 미―각성'이 된다. 결국 '부엉이의 노래'는 이 자아와 현실·첨단과 정지·역동성과 각성이 하나로 통합된 지점에서 불리워지며, 이는 어둠을 어둠으로 물리치는 풍자의 방식과 상통하는 것이다. 왜냐하면 부엉이의 노래는 명령의 과잉을 용서할 수 없는 시인의 자아와 그것을 요구하는 시대의 밤이 팽팽히 맞설 때, 어둠을 노래함으로써 어둠을 물리치겠다는 양자의 결합과 그 극복 의지이기 때문이다. 그것은 지지하고 더럽고 생기없는 노래이지만, 이 시대는 어둠의 타파를 위해 그 노래가 필요하다는 것이다.

한편 김수영의 시적 자아와 그 의식의 지향은 그가 대결하고자 하는 이 '어둠'을 통해 역으로 더듬어 볼 수도 있다. 어둠은 그의 시에서 '적'이라는 다른 이름을 얻어 나타나기도 한다.

더운 날
敵이란 海綿같다
나의 良心과 毒氣를 빨아먹는
문어발같다
　　　　　　　　　　　　　　　　　　　　　―「敵」부분

우리는 무슨 敵이든 敵을 갖고 있다
敵에는 가벼운 敵도 무거운 敵도 없다
　　　　　　　　　　　　　　　　　　　　　―「敵(一)」부분

제일 피곤할 때 敵에 대한다
바위의 아량이다
날이 흐릴 때 정신의 집중이 생긴다
神의 아량이다

—「敵(二)」 부분

우리들의 敵은 늠름하지 않다
(…중략…)
그들은 民主主義者를 假裝하고
자기들이 良民이라고도 하고
자기들이 選良이라고도 하고

—「하 … 그림자가 없다」 부분

그의 적은 뚜렷한 형체를 지닌 대상이나 인물이 아니다. 그것은 양심과 독기와 집중을 무너트리는 일상 속에 숨어 있는 가식과 나태와 가짜 민주주의이다. 그의 적은 관습과 상식과 일상적 성과 윤리이기도 하다. 따라서 어둠과 적은 자유와 사랑과 혁명의 반대말이다. 그런데 시인은 이 어둠이 체제의 억압뿐만 아니라 자기 내면의 무지와 허위와 비겁과 나태에서도 생겨나는 것을 알고 있다. 그러므로 그는 체제의 억압을 뛰어넘는 혁명과 사상의 자유를 요구하기도 하고, 개인의 내부를 각성시키는 진실과 집중을 요구하기도 한다. 그는 사회적 자유를 요구하면서 동시에 그것을 위한 자기 의식의 각성을 요구하는 것이다.

그렇다면 이 '자유'와 '각성'이라는 두 계기는 「영사판」에서 언급한 '역동성'과 '집중력', 「서시」에서 언급한 '첨단의 노래'와 '정지의 미'와 함께, 김수영 시의 구조화 원리인 동시에 시적 여정을 이끌어 가는 지향적 동력이 된다. 결국 '각성'은 '역동성'과 함께 김수영 시의 주제인 자유와 사랑과 혁명을 가능케 하는 핵심적 동인이 되는 것이다.

꽃이 열매의 上部에 피었을 때
너는 줄넘기 作亂을 한다

(…중략…)

동무여 이제 나는 바로 보마
事物과 事物의 生理와
事物의 數量과 限度와
事物의 愚昧와 事物의 明晰性을

그리고 나는 죽을 것이다
— 「孔子의 生活難」 부분

제트機 壁畵밑의 나보다 더 뚱뚱한 주인 앞에서
나는 결코 울어야 할 사람은 아니며
영원히 나 자신을 고쳐가야 할 運命과 使命에 놓여있는 이 밤에
나는 한사코 放心조차 하여서는 아니될 터인데
팽이는 나를 비웃는 듯이 돌고 있다
— 「달나라의 장난」 부분

'줄넘기'와 '팽이 돌리기'는 공통적으로 정지와 죽음을 극복한 운동
성을 보여주지만, 관성의 한계 내에서 움직인다. 관성은 일상성, 혹은
관습의 의미와 상통한다. 그래서 시인은 "줄넘기 作亂", "달나라의 장
난"이라고 냉소적으로 말하는 것이다. 그러나 이 장난을 보면서도 시
인이 부끄러운 것은, 그것의 한계보다 자신의 현재 모습이 더 정태적
이고 죽어 있음에 가깝다고 인식하기 때문이다. 이때 시인은 서러움
을 느끼지만, "동무여 이제 나는 바로 보마"라고 말하며, "영원히 나
자신을 고쳐나가야 할 運命과 使命에 놓여있"다고 말한다. 이것은 현
실을 직시하고 자신의 사명을 인식하는 각성의 의지이다. 이 '각성'의

의지가 집중력과 정지의 미를 가능케 하고, '역동성'의 시학과 함께 자유와 혁명을 향한 온몸의 이행을 가능케 하는 것이다.

결국 김수영은 자아와 현실의 이중적 인화지인 영사판을 통해 현실과 자기 내부의 어둠을 직시하고, 어둠을 정직하게 드러냄으로써 그것을 극복하고자 하였다. 자유와 혁명이라는 주제의식은 '역동성과 각성의 시학'이라는 구조화 원리로부터 생겨나는 것이다. 김수영의 시적 형상화 방식인 이 '역동성'과 '각성'의 두 계기는 후기시에까지 작용하여 「사랑의 변주곡」과 「풀」에서 이렇게 노래할 수 있게 된다.

> 욕망이여 입을 열어라 그 속에서
> 사랑을 발견하겠다
>
> (…중략…)
>
> 이 단단한 고요함을 배울거다
> 복사씨가 사랑으로 만들어진 것이 아닌가 하고
> 의심할 거다!
> 복사씨와 살구씨가
> 한번은 이렇게
> 사랑에 미쳐 날뛸 날이 올거다!
>
> — 「사랑의 變奏曲」 부분
>
> 풀이 눕는다
> 바람보다도 더 빨리 눕는다
> 바람보다도 더 빨리 울고
> 바람보다 먼저 일어난다
>
> — 「풀」 부분

5. 맺음말

 지금까지 시적 자아가 투영된 심상을 중심으로 정지용·서정주·
김수영 시의 발생과 지향을 추적해 보았다. 이를 통해 이들 시세계의
중심부에 접근하고자 하였으며, 자아와 세계의 관계 양상을 추출하여
시적 형상화의 방식을 고찰해 보았다.
 정지용은 '유리창'을 통해 외부세계와 대면한다. 자아 내부의 외롭
고 황홀한 열정이 외부세계의 밤과 팽팽히 맞서 긴장을 이룰 때, 시
의식의 결정체인 '별'이 보석처럼 유리창에 박힌다. 감정의 지적 절제
와 명증성, 비유의 공간화라는 형상화의 방식으로 나타나는 이러한
성취는, 그러나 『정지용시집』의 대부분의 시에서는 자아가 외부세계
와 진정한 관련을 맺지 못하는 데서 그 한계를 노출시킨다. 이후 『백
록담』 시기의 작품들은 자연의 섭리에 기대어 자신의 감정을 표출하
고 동양사상과 접목시키면서 초기시의 공간적 비유를 세련시켜 또 다
른 시적 차원을 얻어낸다. 이를 통해 우리는 정지용이 1930년대 모더
니즘 시인으로서, 자아와 세계·내면공간과 외부현실의 간극을 분명
히 인식하였으며, 그 경계 지점에 '유리창'처럼 투명한 지적 명증성을
놓고 내면의 감정을 통제하면서 외부세계와의 진정한 의사소통을 추
구하였음을 알 수 있다. 여기서 시인의 자아가 현실과 팽팽히 맞서
대결 의지와 긴장력을 보여줄 때 시적 형상화의 성취도 얻을 수 있었
으나, 그것을 지속적으로 유지하지는 못하였던 것이다.
 서정주 초기시에서 자아가 투영된 심상은 '피'와 '이슬'이다. 피와
이슬은 서정주 시의 발생과 지향을 표상하는 이미지라고 할 수 있다.
더구나 이 두 심상은 '피가 섞인 시의 이슬'이라는 이미지로 결합되는
데, 그것은 육체와 정신·감정과 지성의 이율배반성을 통합하고 있어
'육체적 정신의 언어'라는 표현양식을 얻는다. 서정주는 정지용이 보
여 주었던 자아와 세계의 분리 및 대립을 그대로 견지하면서, 자아

내부에서도 모순 대립하는 이율배반성의 양상을 주시하고, 그 양극의 갈등과 전개의 드라마를 시적 주제와 지향점으로 삼았다. 그것은 영과 육·정신과 육체·건강한 생명력과 성적 욕망 사이의 모순과 대립인데, 이 양극의 긴장과 극복을 통하여 그의 시는 한국시의 현대적 방법을 모색해 나갔던 것이다. 그러나 후기시에 오면 피는 정화되어 물이 되고(이슬이 아닌), 물은 변전되어 구름이 되고 바람이 된다. 그리하여 몸을 두고 사상만의 여행을 한다. 육체를 떠난 정신의 자유로움은 자유연상과 무한한 변전의 방식으로 시작 기법을 옮겨 가지만, 그 가벼움은 시를 세계와 현실의 구체적 맥락에서 벗어나게 하고 만다.

김수영은 '영사판'을 통해 자아와 현실 양 편의 설움과 어둠을 동시에 인화해 낸다. 시적 자아의 내면의식과 현실은 영사판의 앞면과 뒷면을 이루는 것이어서, 그의 시는 언제나 이 둘이 겹쳐서 표현된다. 시인은 현실의 어둠을 거부하고 타파하려 하지만, 거짓 밝음보다 정직한 어둠이 더 소중하다고 생각한다. 따라서 그는 어둠을 어둠으로 물리치는 방식을 보여주는데, 이는 냉소와 풍자의 시적 지향으로 나타난다. 그런데 자아와 현실의 이중적 인화지인 그의 시는 이 양편이 합쳐지는 순간, 어둠과 설움을 포착하면서 '집중력'과 '역동성'을 획득하게 된다. 이때 집중력은 현실에 대한 명확한 인식과 각성의 자세인 '정지의 미'와 상통하고, 역동성은 현실을 배반하고 시대를 앞서서 미지의 세계로 전진하려는 전위적 의식인 '첨단의 노래'와 상통한다. 결국 시인은 자아와 현실, 첨단과 정지, 역동성과 각성의 양극이 변증법적으로 통합된 지점에서 '부엉이의 노래'를 부르게 된다. 이는 자아의 요구와 시대적 현실의 요구가 팽팽히 맞서는 지점에서 어둠을 노래함으로써 어둠을 물리치겠다는 양자의 결합과 그 극복의 과정이다. 그러므로 이는 다시 풍자의 시적 방식과 만나게 되는 것이다. 따라서 '영사판'과 '어둠'의 심상으로 나타난 김수영의 시와 그 지향은, '역동성'과 '각성'이라는 형상화 원리이자 지향적 동력을 통해 자유와 사랑과 혁명의 시적 이상을 향해 온몸의 이행으로 전진하게 된다. 이로써 김수영은 정지용이 보여준 자아와 세계·내면과 외부현실의 분리, 서정주가 보여준 자아 내부에서의 이원적 모순 대립과 갈등을 견지하면서, 역동성과 각성의 시학을 통해 자신을 포함한 현실의 어둠을 극복하고자 하였다. "영원히 나 자신을 고쳐가야 할 運命과 使命"으로 요약되는 그의 시정신은, 시대를 앞서 무한대의 혼돈 속으로 나아가려는 전위적 의식을 구체적이고 정직한 현실 인식으로 교정하면서 끝없이 밀고 나가는 모험과 탐구의 정신이라고 할 수 있다. 그는 시의 완성이라는 과제를 통하여 이를 실천함으로써 오늘의 우리에게 여전히 유효한 교훈을 남겨 주었던 것이다.

참고문헌

1. 기본 자료

신문 및 잡지

『동아일보』(1930~40), 『조선일보』(1930~40), 『조선중앙일보』(1930~40), 『문예월간』, 『비판』, 『삼천리문학』, 『시문학』, 『시원』, 『신동아』, 『인문평론』, 『중앙』, 『풍림』, 『학등』, 『형상』

단행본 및 전집

김기림, 『김기림전집』, 심설당, 1988.
김수영, 『김수영전집』, 민음사, 1981.
김종삼, 『김종삼전집』, 청하, 1988.
박용철, 『박용철전집』, 동광당서점, 1940.
서정주, 『미당서정주시전집』, 민음사, 1983.
_____, 『서정주문학전집』, 일지사, 1972.
임규찬·한기형 편, 『카프비평자료총서』, 태학사, 1990.
임 화, 『문학의 논리』(학예사, 1940), 서음출판사, 1989.
정지용, 『정지용전집』, 민음사, 1988.
편집부 편, 『1930년대한국문예비평자료집』, 한일문화사, 1987.
편집부 편, 『한국현대시이론자료집』, 한국학진흥원, 1988.
한용운, 『님의 침묵』(회동서관, 1926), 미래사, 1991.

2. 연구논문 및 저서

강영안, 『주체는 죽었는가』, 문예출판사, 1996.
강은교, 「1930년대 김기림의 모더니즘 연구」, 이선영 외, 『한국근대문학비평
　　　사연구』, 세계, 1989.
고　은, 「서정주 시대의 보고」, 『문학과 지성』, 1973년 봄.
구모룡, 「한국근대유기론의 담론분석적 연구」, 부산대 박사논문, 1992.

권성우, 「1920~30년대 문학비평에 나타난 타자성 연구」, 서울대 박사논문, 1994.

김기중, 「김기림 연구」, 고려대 석사논문, 1984.

김명인, 「순수시론의 환상과 문학적 현실」, 『한국근대시의 구조연구』, 한샘, 1988.

_____, 『한국근대시의 구조연구』, 한샘, 1988.

김상환, 『해체론 시대의 철학』, 문학과지성사, 1996.

김선학, 「시혜적 지성의 한계-시인 한용운론」, 『현대문학』, 1983.11.

김성기 편, 『모더니티란 무엇인가』, 민음사, 1994.

김시태, 『한국프로문학비평연구』, 아세아문화사, 1978.

_____, 「기교주의 논쟁」, 『현대시연구』, 정음사, 1981.

김열규, 「슬픔과 찬미사의 이로니」, 『문학사상』, 1971.1.

김외곤, 「물논쟁의 미학적 연구」, 『외국문학』, 1990년 가을.

_____, 「주체의 재건을 중심으로 한 임화의 리얼리즘론 비판」, 『한국근대리얼리즘문학비판』, 태학사, 1995.

김용직, 「모더니즘의 시도와 실패」, 『한국현대시연구』, 일지사, 1974.

_____, 「해외시의 수입과 수용」, 『한국현대시연구』, 일지사, 1974.

_____, 「1930년대 한국시의 스티븐 스펜더 수용」, 『관악어문연구』, 1979.4.

_____, 『한국근대시사』, 학민사, 1986.

_____, 『임화문학연구』, 세계사, 1990.

_____, 『한국현대시사』, 한국문연, 1996.

_____ 편, 『모더니즘연구』, 자유세계, 1993.

김우창, 「한국시와 형이상」, 『세대』, 1968.7.

_____, 「궁핍한 시대의 시인」, 『문학사상』, 1973.1.

_____, 『김우창전집』, 민음사, 1993.

김운학, 「한국 현대시에 나타난 불교사상」, 『현대문학』, 1964.10.

김윤식, 『한국근대문예비평사연구』, 일지사, 1970.

_____, 「용아 박용철 연구」, 『학술원논문집』 9집, 1970.

_____, 『한국현대시론비판』, 일지사, 1975.

_____, 「전체시론」, 『한국근대문학사상사』, 한길사, 1984.

_____, 『임화연구』, 문학사상사, 1989.

_____, 「신문학사론 비판」, 권영민 편저, 『월북문인연구』, 문학사상사, 1989.

김윤식·김현, 『한국문학사』, 민음사, 1973.

김윤태, 「한국 모더니즘 시론 연구」, 서울대 석사논문, 1985.

김은전, 「김억의 프랑스 상징주의 수용 양상」, 서울대 석사논문, 1982.

김인환, 「서정주의 시적 여정」, 『문학과 지성』 8호, 1972.5

_____, 「김기림의 비평」, 『문학과 문학사상』, 열화당, 1979.

_____, 「구조와 실천」, 『상상력과 원근법』, 문학과지성사, 1993.

_____, 『상상력과 원근법』, 문학과지성사, 1993.

_____, 「문학과 사상」, 『비평의 원리』, 나남출판, 1994.

_____, 『비평의 원리』, 나남출판, 1994.

김재혁, 『릴케의 예술과 종교성』, 고려대 독일문화연구소, 1994.

김재홍, 「서정주의 '화사'」, 『한국현대시작품론』, 문장, 1981.

_____, 『한용운문학연구』, 일지사, 1982.

김정숙, 「김기림 시론을 통하여 본 주체의 의미변화 연구」, 외국어대 석사논
　　　　문, 1996.

김종길, 『시론』, 탐구당, 1965.

_____, 「'추천사'의 형태」, 『사상계』, 1966.3.

_____, 「한국 현대시에 끼친 T.S. 엘리어트의 영향」, 『진실과 언어』, 일지사,
　　　　1974.

_____, 『시에 대하여』, 민음사, 1986.

김주언, 「임화 시론 연구」, 단국대 석사논문, 1992.

김준오, 『시론』, 이우출판사, 1988.

김진경, 「박용철 비평의 해석학적 연구」, 『선청어문』 13집, 1982. 11.

김춘수, 「시인론을 위한 각서」, 『신작품』 8집, 1954.

김학동, 「서정주 시인론」, 『동양문화』 5집, 1966.6.

_____, 「용아 박용철 연구」, 『국어국문학 논총』, 탑, 1977.

_____, 『한국근대시의 비교문학적 연구』, 일조각, 1981.

_____, 『김기림연구』, 새문사, 1988.

김 현, 「김종삼을 찾아서」, 『시인을 찾아서』, 민음사, 1975.

_____, 『프랑스비평사』, 문학과지성사, 1981.

_____, 『김현전집』 문학과지성사, 1991.

김현자, 『시와 상상력의 구조』, 문학과지성사, 1982.

김형효, 『구조주의의 사유체계와 사상』, 인간사랑, 1989.

김형효, 『데리다의 해체철학』, 민음사, 1993.

김화영, 『미당 서정주의 시에 대하여』, 민음사, 1984.

김 훈, 「박용철의 순수시론과 기교」, 『한국현대시사연구』, 일지사, 1983.

김흥규, 「님의 소재와 진정한 역사」, 『창작과 비평』, 1979년 여름.

_____, 「전파론적 전제와 비교문학의 문제」, 『문학과 역사적 인간』, 창작과비평사, 1980.

_____, 『문학과 역사적 인간』, 창작과비평사, 1980.

_____, 『조선후기의 시경론과 시의식』, 고려대 민족문화연구소, 1982.

나병철, 「임화의 리얼리즘과 소설론」, 『1930년대 문학연구』, 평민사, 1993.

남송우, 「1930년대 전환기 비평의 해석학적 연구」, 부산대 박사논문, 1992.

문덕수, 『한국모더니즘시연구』, 시문학사, 1981.

문혜원, 「김기림 문학론 연구」, 서울대 석사논문, 1990.

민경희, 「임화의 소설론 연구」, 서울대 석사논문, 1990.

민 영, 「안으로 닫힌 시정신」, 『창작과 비평』, 1979년 겨울.

민족문학사연구소 편, 『민족문학과 근대성』, 문학과지성사, 1995.

박기수, 「김기림의 모더니즘 시론 연구」, 한양대 석사논문, 1995.

박남훈, 「카프 예술대중화론의 상호소통적 연구」, 부산대 박사논문, 1990.

박노준·인권환, 『만해한용운연구』, 통문관, 1960.

박삼옥, 「김기림 시론 연구」, 세종대 석사논문, 1997.

박상천, 「김기림의 시론 연구」, 한양대 석사논문, 1981.

박인기, 『한국현대시의 모더니즘 연구』, 단국대출판부, 1988.

박철희, 『한국시사연구』, 일조각, 1982.

박철희·김시태 편, 『문예비평론』, 탑출판사, 1995.

백낙청, 「시민문학론」, 『창작과 비평』, 1969년 여름.

_____, 『민족문학과 세계문학 Ⅱ』, 창작과비평사, 1985.

_____, 「문학과 예술에서의 근대성 문제」, 『창작과 비평』, 1993년 겨울.

백운복, 『한국현대시론사연구』, 계명문화사, 1993.

백 철, 『신문학사조사』, 백양당, 1949.

_____, 『조선신문학사상사─현대편』, 백양당, 1950.

서경보, 「한용운과 불교사상」, 『문학사상』, 1973.1.

서준섭, 「한국 현대문예비평사에 있어서 시비평이론 체계화 작업의 한 양상」, 『비교문학』 5집, 한국비교문학회, 1980.

서준섭, 「모더니즘과 1930년대의 서울」, 『한국학보』 45집, 1986년 겨울.

_____, 『한국모더니즘문학연구』, 일지사, 1988.

송 욱, 「서정주론」, 『문예』, 18호, 1953.11.

_____, 「한국 모더니즘 비판」, 『시학평전』, 일조각, 1963.

_____, 『전편 해설 님의 침묵』, 과학사, 1974.

송재갑, 「만해의 불교사상과 시세계」, 『동악어문논집』 9집, 1976.

신동욱, 『한국현대비평사』, 한국일보사, 1975.

신두원, 「임화의 현실주의론 연구」, 서울대 석사논문, 1991.

신범순, 「1930년대 모더니즘에서 산책가의 꿈과 재현의 붕괴」, 『한국현대시
        사의 매듭과 혼』, 민지사, 1992.

_____, 「김기림의 근대성 추구에 있어서 작은 자아, 군중, 그리고 가슴의 의
        미」, 김용직 편, 『모더니즘연구』, 자유세계, 1993.

신승엽, 「이식과 창조의 변증법」, 『창작과 비평』, 1991년 가을.

염무웅, 「만해 한용운론」, 『창작과 비평』, 1972년 겨울.

_____, 「30년대 문학론」, 『민중시대의 문학』, 창작과비평사, 1979.

오문석, 「1920~30년대의 프로시론의 전개과정 연구」, 연세대 석사논문,
        1993.

오성호, 「식민지 시대 리얼리즘 시론 연구」, 『문학과 논리』 창간호.

오세영, 「침묵하는 님의 역설」, 『국어국문학』 1965 · 1966 합본호.

_____, 『한국낭만주의시연구』, 일지사, 1980.

_____, 「낭만주의」, 『문예사조』, 고려원, 1983.

_____, 「한국 모더니즘 시의 전개와 그 특질」, 『예술원 논문집』 25집, 1986.

_____, 「근대시와 현대시」, 『20세기한국시연구』, 새문사, 1989.

오탁번, 「만해시의 어조와 의미」, 『사대논집』 13집, 1988.

_____, 『한국현대시사의 대위적 구조』, 고려대 민족문화연구소, 1988.

오현주, 「임화의 문학사 서술에 대한 고찰」, 『현상과 인식』, 1991년 봄 · 여름.

유종호, 「비평 50년」, 『한국현대문학 50년』, 민음사, 1995.

_____, 『유종호전집』, 민음사, 1995.

_____, 『시란 무엇인가』, 민음사, 1995.

윤여탁, 『리얼리즘시의 이론과 실제』, 태학사, 1994.

윤재근, 『님의 침묵 연구』, 민족문화사, 1985.

윤평중, 『푸코와 하버마스를 넘어서』, 교보문고, 1990.

윤평중, 「탈현대 논쟁의 철학적 조망」, 『세계의 문학』, 1991년 가을.

이경수, 「부정의 시학—북치는 소년」, 『세계의 문학』, 1979년 가을.

이기서, 「용아 박용철 연구」, 고려대 석사논문, 1964.

_____, 『한국현대시의식연구』, 고려대 민족문화연구소, 1984.

이남호, 「현실과 문학과 모더니즘」, 『세계의 문학』, 1988년 가을.

이명찬, 「시의 언어에 대한 새로운 자각」, 한계전 외, 『한국현대시론사연구』, 문학과지성사, 1988.

이미경, 「김기림 모더니즘 문학 연구」, 서울대 석사논문, 1988.

이병기·백철, 『국문학전사』, 신구문화사, 1965.

이병헌, 「한국 현대비평의 유형과 그 문체에 대한 연구」, 고려대 박사논문, 1995.

이부영, 『분석심리학』, 일조각, 1978.

이상경, 「임화의 소설사론과 그 미학적 근거에 대한 비판적 검토」, 『창작과 비평』, 1990년 가을.

이상섭, 『문학의 이해』, 서문당, 1972.

_____, 『문학이론의 역사적 전개』, 연세대출판부, 1975.

_____, 『영미비평사』, 민음사, 1996.

이선영 외, 『한국근대문학비평사연구』, 세계, 1989.

이승훈, 『시론』, 고려원, 1979.

_____, 「평화의 시학」, 『평화롭게』, 고려원, 1984, 시선집 해설.

_____, 『한국현대시론사』, 고려원, 1993.

_____, 『모더니즘시론』, 문예출판사, 1995.

이재선, 「한국현대시와 T.E. 흄」, 『한국문학의 해석』, 새문사, 1981.

이종윤, 「서정주 초기시 연구」, 경희대 석사논문, 1984.

이진경, 「마르크스주의와 근대성」, 김성기 편, 『모더니티란 무엇인가』, 민음사, 1994.

이창배, 「현대 영미시가 한국의 현대시에 미친 영향」, 동국대 석사논문, 1974.

_____, 『20세기 영미시의 형성』, 민음사, 1989.

이창준, 「20세기 영미시·비평이 한국 현대시·비평에 끼친 영향」, 『단국대 논문집』, 1973.

이형권, 「임화 문학 연구」, 충남대 박사논문, 1997.

이 훈, 「1930년대 임화의 문학론 연구」, 서울대 박사논문, 1993.

인권환, 『고려시대 불교시의 연구』, 고려대 민족문화연구소, 1983.

임규찬, 『일본 프로문학과 한국문학』, 연구사, 1987.

──, 「임화의 신문학사를 바라보는 최근의 관점과 비판」, 『한길문학』, 1991년 가을.

──, 「임화의 신문학사에 대한 연구」, 『문학과 논리』, 1991.10.

임홍배, 「사회주의적 현실주의 성립기의 쟁점들」, 『창작과 비평』, 1988년 여름.

장사선, 『한국리얼리즘문학론』, 새문사, 1988.

장석주, 「한 미학주의자의 상상세계」, 『김종삼전집』, 청하, 1988.

장양완, 「박용철 연구」, 단국대 석사논문, 1992.

정금철, 『현대시의 기호학적 연구』, 새문사, 1990.

정순진, 『김기림문학연구』, 국학자료원, 1987.

정우봉, 「19세기 시론 연구」, 고려대 박사논문, 1992.

정종진, 『한국현대시론사』, 태학사, 1988.

정태용, 「한용운론」, 『현대문학』, 1957.5.

정한모, 『한국현대시문학사』, 일지사, 1978.

──, 「한국 근대시 연구의 반성」, 『현대시』 1집, 1983.

정한숙, 『한국현대문학사』, 고려대출판부, 1982.

정효구, 「1930년대 순수서정시 운동의 시대적 의미」, 『한국현대시사의 쟁점』, 시와시학사, 1991.

조남철, 「김기림 연구」, 연세대 석사논문, 1981.

조동일, 『한국소설의 이론』, 지식산업사, 1977.

──, 「김소월·이상화·한용운의 님」, 『우리 문학과의 만남』, 홍성사, 1978.

──, 「시조의 이론, 그 가능성과 방향설정」, 『고전문학을 찾아서』, 문학과 지성사, 1979.

──, 「한국 근대문학 형성과정론 연구사」, 『근대문학의 형성과정』, 문학과 지성사, 1983.

조연현, 「원죄의 형벌」, 『문학과 사상』, 1949.12.

──, 『한국현대문학사』, 성문각, 1969.

조영복, 「미래주의 운동과 그 내적 논리」, 김용직 편, 『모더니즘연구』, 자유세계, 1993.

조영복, 「김기림 수필에 나타난 일상성」, 『외국문학』, 1995년 겨울.

조지훈, 「한국의 민족시인 한용운」, 『사상계』, 1966.1.

_____, 「한국현대시문학사」, 『조지훈전집』 7권, 일지사, 1973.

조현일, 「임화의 소설론 연구」, 『한국문학과 모더니즘』, 한양출판, 1994.

진정석, 「모더니즘의 재인식」, 『창작과 비평』, 1997년 여름.

천이두, 「지옥과 열반」, 『시문학』 11~14호, 1972.6~9.

_____, 「서정주의 ‘동천’」, 『한국현대시작품론』, 문장, 1981.

최동호, 「서정적 자아 탐구와 시적 변용」, 『현대문학』, 1980.6.

_____, 「한용운 시와 기다림의 역사성」, 『현대시의 정신사』, 열음사, 1985.

_____, 『현대시의 정신사』, 열음사, 1985.

_____, 『삶의 깊이와 시적 상상』, 민음사, 1995.

최두석, 『시와 리얼리즘』, 창작과비평사, 1996.

최문규, 『(탈)현대성과 문학의 이해』, 민음사, 1996.

최원규, 「만해시의 불교적 영향」, 『현대시학』, 1977.8~11.

최원식, 「한국문학의 근대성을 다시 생각한다」, 『창작과 비평』, 1994년 가을.

최유찬, 「1930년대 모더니즘론」, 『리얼리즘 이론과 실제비평』, 두리, 1992.

_____, 『문예사조의 이해』, 실천문학사, 1995.

하재봉, 「서정주 시의 물질적 상상력 연구」, 중앙대 석사논문, 1981.

하태욱, 「김기림 시론의 전개양상 연구」, 연세대 석사논문, 1996.

한계전, 「모더니즘 시론의 수용」, 『한국현대시론연구』, 일지사, 1983.

_____, 『한국현대시론연구』, 일지사, 1983.

_____, 「박용철에 있어서 하우스만 시론의 수용」, 『관악어문연구』 2, 1997.

_____ 외, 『한국현대시론사연구』, 문학과지성사, 1988.

한국현대문학연구회, 『한국현대시론사』, 모음사, 1992.

한기형, 「임화의 문학사 서술에 대한 관점의 몇 가지 문제」, 『한국근대문학사
      의 쟁점』, 창작과비평사, 1990.

한승옥, 『한국전통비평론탐구』, 숭실대출판부, 1995.

홍문표, 『한국현대문학논쟁의 비평사적 연구』, 양문각, 1980.

황동규, 「잔상의 미학」, 『북치는 소년』, 민음사, 1979, 시집 해설.

황종연, 「한국문학의 근대와 반근대 : 1930년대 후반기문학의 전통주의 연
      구」, 동국대 박사논문, 1992.

Kevin O’ Rourke, 『한국근대시의 영시 영향 연구』, 새문사, 1984.

3. 국외 논저 및 번역서

Abrams, M.H., *The Mirror and the Lamp*, London:Oxford University Press, 1953.

Adams, Hazard, *The Interests of Criticism*, New York:Harcourt, 1969.

Bennette, T., *Formalism & Marxism*, Methuen, 1979.

Bermann, Marshall, *All that is solid melts into Air*, New York, 1963.

Bradbury, M. · Mcfarlane, J., *Modernism*, Penguin Books, 1976.

Brooks, C., *The Well Wrought Urn*, New York:Harvest Books, 1947.

Brooks, C. · Warren, R.P., *Understanding Poetry*, Holt, 1960.

Eliot, T.S., *Selected Essays*, Faber ans Faber Limited, 1980.

Guerin, W.L., *A Handbook of Critical Approaches to Literature*, Harper & Row Publishers, 1979.

Hernadi, Paul, *Beyond Genre*, Ithaca and London:Cornell University Press, 1972.

Hirsh, E.D., *Validity in Interpretation*, New Haven and London:Yale University Press, 1967.

Hulme, T.E., *Speculation*, London:Routledge & Kegan Pall, 1971.

Lukᑐcs, G., *Realism in Our Time*, Harper & Row Publisher, 1991.

Perkins, David, *A History of Modern Poetry*, The Belknap of University Press, 1979.

Richards, I.A., *Practical Criticism*, Harcourt, Brace and Company, 1952.

_____, *Science and Poetry*, Kegan Paul, 1926.

_____, *Principle of Literary Cristicism*, Routledge & Kegan Paul, 1955.

Spears, M.K., *Dionysus and the City*, Oxford University Press, 1970.

Stallman, R.W., *The Critic' s Notebook*, University of Minnesota Press, 1950.

Steiner, P., *Russian Formalism*, Cornell University Press, 1984.

Wellek, R. and Warren, A., *Theory of Literature*, Penguin Books, 1970.

Wheelwright, P., *Metaphor & Reality*, Indiana University Press, 1973.

Adorno, T.W., 홍승용 역, 『미학이론』, 문학과지성사, 1984.

_____, 김주연 역, 『아도르노의 문학이론』, 민음사, 1985.

Althusser, Louis, 고길환 · 이화숙 역, 『마르크스를 위하여』, 백의, 1990.

_____, 김진엽 역, 『자본론을 읽는다』, 두레, 1991.

Anderson, Perry, 오길영 · 강우성 역, 「구조와 주체」, 『마르크스주의와 포스트모더니즘』, 이론과실천, 1993.

_____, 유재덕 · 김영희 역, 「근대성과 혁명」, 『창작과 비평』, 1993년 여름.

Aristoteles, 천병희 역, 『시학』, 문예출판사, 1976.

Arvon, Henri, 오병남 · 이영환 공역, 『마르크스주의와 예술』, 서광사, 1981.

Bachelard, Gaston, 민희식 역, 『초의 불꽃, 대지와 의지의 몽상』, 삼성출판사, 1982.

Bakhtin, Mikhail M., 이득재 역, 『문예학의 형식적 방법』, 문예출판사, 1992.

Benjamin, Walter, 반성완 편역, 『발터 벤야민의 문예이론』, 민음사, 1983.

_____, 황현산 역, 「보들레르의 작품에 나타난 제2제정기의 파리」, 『세계의 문학』, 1989년 여름.

Bürger, Peter, 김경연 역, 『미학이론과 문예학 방법론』, 문학과지성사, 1987.

_____, 이춘길 역, 「문예학에 있어서의 반영개념의 역할」, 『리얼리즘 미학의 기초이론』, 한길사, 1985.

Calinescu, Matei, 이영욱 외 역, 『모더니티의 다섯 얼굴』, 시각과언어, 1993.

Descombes, V., 박성창 역, 『동일자와 타자』, 인간사랑, 1990.

Dilthey, Wilhelm, 김병욱 외 역, 『문학과 체험』, 우리문학사, 1991.

Eagleton, Terry, 이경덕 역, 『문학비평 : 반영이론과 생산이론』, 까치, 1986.

Ferry, Luc, 방미경 역, 『미학적 인간』, 고려원, 1994.

Foucault, M., 이광래 역, 『말과 사물』, 민음사, 1987.

_____, 이정우 역, 『담론의 질서』, 새길, 1993.

Fromm, Erich, 김진홍 역, 『소유냐 삶이냐』, 홍성사, 1978.

Frye, Northrop, 임철규 역, 『비평의 해부』, 한길사, 1982.

Gluksmann, Miriam, 정수복 역, 『구조주의와 현대마르크시즘』, 한울, 1983.

Goldmann, Lucian, 송기형 · 정과리 역, 『숨은 신』, 인동, 1979.

_____, 박영신 · 오세철 · 임철규 역, 『문예사회학방법론』, 현상과 인식, 1984.

Habermas, J., 이진우 역, 『현대성의 철학적 담론』, 문예출판사, 1994.

Harris, K., 오병남 · 최연희 역, 『현대미술―그 철학적 의미』, 서광사, 1991.

Hauser, Arnold, 백낙청 · 염무웅 편, 『문학과 예술의 사회사』, 창작과비평사, 1974.

Hegel, G.W.F., 최동호 역, 『헤겔시학』, 열음사, 1987.

_____, 두행숙 역, 『헤겔미학』, 나남출판, 1996.

Hohendahl, Peter Uwe, 반성완 역, 『독일문학비평사』, 민음사, 1995.

Horkwimer, M. & Adorno, T.W., 이진우 역, 『계몽의 변증법』, 서광사, 1993.

Jacobi, Jolande, 이태동 역, 『칼 융의 심리학』, 성문각, 1978.

Jacobson, Roman, 신문수 편역, 『문학 속의 언어학』, 문학과지성사, 1989.

Kagan, M.S., 진중권 역, 『미학강의 1 · 2』, 새길, 1989 · 1991.

Kant, I., 이석윤 역, 『판단력비판』, 박영사, 1974.

Kayer, Wolfgang, 김윤보 역, 『언어예술작품론』, 시인사, 1988.

Kofnin, 김현근 역, 『마르크스주의인식론』, 이성과현실사, 1988.

Kohl, Stephan, 여균동 편역, 『리얼리즘의 역사와 이론』, 미래사, 1982.

Lacan, Jacques, 권택영 편역, 『욕망이론』, 문예출판사, 1994.

Lemaire, Anika, 이미선 역, 『자크 라캉』, 문예출판사, 1994.

Lukacs, G., 이춘길 역, 「예술과 객관적 진리」, 『리얼리즘 미학의 기초이론』, 한길사, 1985.

Lunn, Eugene, 김병익 역, 『마르크시즘과 모더니즘』, 문학과지성사, 1986.

Metcher, Thomas & Szondi, Peter, 여균동 · 윤미애 역, 『헤겔미학입문』, 종로서적, 1983.

Metscher, Thomas, 이춘길 역, 「반영이론으로서의 미학」, 『리얼리즘 미학의 기초이론』, 한길사, 1985.

Pitcher, George, 박영식 역, 『비트겐슈타인의 철학』, 서광사, 1987.

Soviet Science Academy 편, 신승엽 외 역, 『마르크스 레닌주의 미학의 기초이론』, 일월서각, 1988.

Steiger, Emil, 이유영 · 오현일 역, 『시학의 근본개념』, 삼중당, 1978.

Todorov, Tzvetan, 곽광수 역, 『구조시학』, 문학과지성사, 1977.

_____, 최현무 역, 『바흐찐 : 문학사회학과 대화이론』, 까치, 1987.

White, H., 천정균 역, 『메타역사』, 문학과지성사, 1991.

Whitehead, A.N., 오영환 역, 『과정과 실재』, 민음사, 1991.

柄谷行人(가라타니 고진), 박유하 역, 『일본근대문학의 기원』, 민음사, 1997.
劉勰(유협), 최동호 편역, 『문심조룡』, 민음사, 1994.
伊東 勉(이토우 츠토무), 서은혜 역, 『리얼리즘이란 무엇인가』, 청년사, 1987.
김인환 역, 『주역』, 나남출판, 1997.

찾아보기

ㄱ

ㄷ

ㄹ